2016年度国家社科基金项目成果（16BZW001）

民国时期词学理论批评衍化与展开研究

胡建次 邱美琼 著

黄霖

中国社会科学出版社

图书在版编目（CIP）数据

民国时期词学理论批评衍化与展开研究／胡建次，邱美琼著. —北京：中国社会科学出版社，2019. 12
ISBN 978 - 7 - 5203 - 5713 - 5

Ⅰ. ①民… Ⅱ. ①胡…②邱… Ⅲ. ①词（文学）—文学评论—中国—民国 Ⅳ. ①I207. 23

中国版本图书馆 CIP 数据核字（2019）第 259034 号

出 版 人	赵剑英
责任编辑	刘 艳
责任校对	陈 晨
责任印制	戴 宽

出 版	中国社会科学出版社
社 址	北京鼓楼西大街甲 158 号
邮 编	100720
网 址	http://www.csspw.cn
发 行 部	010 - 84083685
门 市 部	010 - 84029450
经 销	新华书店及其他书店

印 刷	北京明恒达印务有限公司
装 订	廊坊市广阳区广增装订厂
版 次	2019 年 12 月第 1 版
印 次	2019 年 12 月第 1 次印刷

开 本	710 × 1000 1/16
印 张	32
插 页	2
字 数	489 千字
定 价	158. 00 元

序

彭玉平

建次兄的书稿，在我的邮件中已经躺有大半年了。

他偶尔会极有礼数地来信来邮催催序言的进展，而我则是一边抱歉，一边又只能还是拖延着。倒不是我忙得一点时间也没有，而是他洋洋洒洒几十万字的著作，要集中时间读完一遍，确实不易。因为我目前的时间实在是被切割得零碎不堪，深感在俗事中蹉跎了岁月，愧对了学术。

按我向来的习惯，若为人作序，不读书稿，是万万不敢下笔的。而今将书稿粗粗检读一过，却又觉得同样难以下笔了。何以会有这种两难的情况呢？大概的原因是，在民国词学的研究中，我虽然是较早介入者，但涉猎其实不广，即稍有论及者，也成就平平，殊无足称。面对这部对民国时期词学理论从批评接纳到建构与展开，具备宏大格局的著作，我一时张皇其间，真有点不知东西之感。

但这篇序真是到了必须完成的时候了。

我认识建次兄有年，每次见面我们都会交流彼此的研究情况，但也只是淡淡地聊聊而已，在记忆中好像还没有过把酒论文、激扬文字的时刻。这使得我与建次兄的交往一直保持在一种相当理性的状态，如今想来，这其实是一种不掺杂质的学术状态，纯净而清澈。

我们虽至今尚无临风把酒之时，但我一直关注着建次兄的研究。在六零后学者中，建次兄的勤奋与敏锐是相当突出的。他极为关注学术史，尤其关注当代的学术发展和学术生态，他的著作一部接着一部出版，而且往往篇制浩大，令人侧目。学术一定给他带来了许多的快乐，我总以为能够享受学术快乐的人，才是真正的学人。

本书是建次兄的第三个国家社会科学基金项目结项成果。凡上、中、下三遍，上编侧重民国时期若干重要词学理论命题的承纳与建构，主要从承传和新变的角度，考察民国时期传统词学中的体性论、词情论、词意论、词气论、词律论、词境论、用事论等。这些命题虽一直是词学中的主流问题，而在民国这个新变交替的时期，也必然面临着承续与发展的问题。中编主要考察民国时期重要词学批评命题的承纳与展开，涉及尊体、雅俗、体派之宗、南北宋之宗、明清词等论。下编则是对若干具有代表性词人批评的承纳与展开，主要涉及苏轼、周邦彦、秦观、辛弃疾、姜夔、吴文英、张炎等人。此三编，从理论、批评到词人，层级而下，并以承纳、展开与建构为关键词，建构起对民国时期词学的整体性认知，建次兄的学术魄力于此可见一斑。

三编皆以"承纳"一词奠其基础，这意味着学术史的源流是建次兄的论说之资；"展开"则侧重梳理其源流在民国时期的特殊衍化轨迹，其中包含的新变是其关注重点；"建构"则涉及到民国时期词学理论的重新建构问题，其实这种新的建构就是 20 世纪"新词学"的肇端。从旧词学的延续到新词学的萌生，有力地丰富了"中国文论古今演变"这一主流学术思潮，建次兄大著的学理正在于此。

建次兄对这一时期词学资料的关注相当全面，他既注意列举各说，更注意界说其异同。如关于词境类型的分析，便先后罗列了唐圭璋、沤庵、梁启勋、顾随、朱光潜等人的说法，体现了民国学术史的若干共识以及介乎其中的差异性。而下编中关于周邦彦、吴文英等诸多词人的批评，也在博征文献的基础上裁断是非。故此书既是一部民国词学的学术史，也是一部民国词学重要资料的汇编，其文献性与学术性都值得充分肯定。有此作为基础，建次兄已经完全有能力、有条件完成一部以理论为纲、源流分明、体系完整的民国词学史了。我相信这样一部词学史，一定能给建次兄带来更大更多的快乐。

去年，建次兄从南昌大学加盟云南师范大学。在彩云之南的地方，沉浸在词学的世界里，我觉得他简直就是直接生活在词境之中。学术研究与诗词创作一样，也是从有我之境入、从无我之境出，才见高致。而无我之境是需要豪杰之士能自树立耳，我直觉建次兄就是这样一位值得期待的豪杰之士。

我读王国维著作有年，对《人间词话》也曾反复玩味，但因为"陌生"而能瞬间触动我内心的主要有两则：其一是"词人之忠实，不独对人事宜然，即对一草一木，亦须有忠实之意"一则；其二是"诗人必有轻视外物之意，故能以奴仆命风月；又必有重视外物之意，故能与花鸟共忧乐"一则。前者说的是对自然、人事的敬畏，这种敬畏当然也可以移论学术；后者说的是从共花鸟忧乐的有我之境到"以奴仆命风月"的无我之境的精神提升。为人的境界一如为学的境界。我相信建次兄与我一样，一直在追求更深更高更远的学术境界。

2019 年 11 月 17 日

目　　录

下编   民国时期重要词人批评的承纳与展开

绪　　论

一　研究现状与研究的学术价值

民国词学长期以来少有人重视，大量留存的民国词学文献成为少有人关注的边缘化文学资料，这种状况直到 20 世纪 90 年代才逐渐改变。21 世纪以来，民国词学研究方兴未艾，成为传统词学研究的显著发展领域，已形成名家带头、骨干发力、青年学者紧跟其后的良好局面。词学界同人在不断拓展、充实与深化古典词学研究的同时，将更多的目光与精力投注到民国词学研究的空间之上。经过努力耕耘，取得了很大成绩，其主要体现在词学文献、词人词作、词学群体与流派、地域词学、词史、词作辑编与选释、词学传播与接受、词学理论批评史、词学学术史等研究领域。

1. 词学文献整理与研究。其主要著作有：张璋等编纂的《历代词话续编》（大象出版社，2005 年）、刘梦芙编校的《近现代词话丛编》（黄山书社，2009 年）、杨传庆编著的《词学书札萃编》（南开大学出版社，2015 年）、杨柏岭的《近代上海词学系年初编》（上海教育出版社，2003 年）、郑炜明的《蕙风散佚词辑考》（香港大学饶宗颐学术馆，2009 年）、王湘华的《晚清民国词籍校勘研究》（岳麓书社，2012 年），等等。值得特别提及的是曹辛华、钟振振主编的"民国诗词学文献珍本整理与研究"丛书，全套共十一卷 55 种，其中，词学研究 2 种，词学整理与研究 6 种，诗词法整理、词选整理 4 种，民国人选民国词 4 种，词学家文集（一）5 种，词学家文集（二）6 种。这是一套大型的诗词学研究丛书，在传统诗词研究界产生了不小的影响。孙克强、曹辛华、马大勇、谢永芳、薛玉坤、傅宇斌、兰玲、杨传庆、李宏哲等撰有论文；已立项国家社会科学基金重大项目"民国词集编年叙录与提要"，一般项目"民国旧体诗词编年史稿"、"二十世纪旧体诗词大事编年"等。

2. 词人词作研究。其主要著作有：刘梦芙的《二十世纪名家词述评》（安徽文艺出版社，2006 年）、李剑亮的《民国词的多元解读》（浙江大学出版社，2012 年）、林立的《沧海遗音：民国时期清遗民词研究》（香港中文大学出版社，2012 年）；博士学位论文有：徐新韵的《吕碧城及其姐妹词学研究》（中山大学，2011 年）、王慧敏的《民国女性词研究》（南开大学，2012 年）、谭若丽的《民国学人词研究》（吉林大学，2015 年），等等；叶嘉莹、施议对、刘庆云、林玫仪、段晓华、彭玉平、马大勇、张晖、薛玉坤等撰有论文；已立项国家社会科学基金一般项目"近百年名家旧体诗词及其流变研究"、"近百年学人诗词及其诗论词论研究"等。

3. 词学群体与流派研究。其主要著作有：汪梦川的《南社词人研究》（上海古籍出版社，2015 年）；博士学位论文有：查紫阳的《晚清民国词社研究》（南京大学，2008 年）、马强的《沤社研究》（华东师范大学，2014 年）；博士后工作报告有：曹辛华的《南社词学研究》（南京师范大学，2004 年），等等；曾大兴、陈水云、李剑亮、曹辛华、马大勇、莫立民、袁志成等撰有论文；已立项教育部人文社会科学研究项目"民国教授与民国词坛"、"晚清民国词人结社与词风演变"、"晚清民国词社研究"、"民国词人群体研究"等。

4. 地域词学研究。其主要著作有：谢永芳的《广东近世词坛研究》（上海古籍出版社，2008 年），袁志成的《晚清民国福建词学研究》（福建人民出版社，2013 年），袁志成、曾娟的《晚清民国湖湘词坛研究》（湖南师范大学出版社，2014 年）；博士学位论文有：谢燕的《近世京津词坛研究》（华东师范大学，2015 年），等等；李康化、马大勇、谢燕等撰有论文；这一领域目前还未有国家社会科学基金项目立项。

5. 词史研究。其主要著作有：唐景凯的《五四以来的中国词坛》（广东人民出版社，1995 年）、吴海发的《二十世纪中国诗词史稿》（中国文史出版社，2004 年），莫立民的《近代词史》（人民文学出版社，2010 年）亦有涉及；刘梦芙、朱惠国、曹辛华、查紫阳等撰有论文；已立项国家社会科学基金一般项目"20 世纪旧体词研究"、"百年词史研究"、"民国词史"，教育部人文社会科学研究项目"近代社会转型与清末民初词的流变研究"等。

6. 词作辑编与选释研究。其主要著作有：许菊芳的《民国重要唐宋词选研究》（河南文艺出版社，2015 年）；刘兴晖的《晚清民国的唐宋词选本研究——以光宣时期为中心》（安徽师范大学出版社，2017 年），等等；程郁缀、王小盾、王兆鹏、彭玉平、曹辛华、沙先一、王湘华、兰玲、马莎、潘明福等撰有论文；已立项国家社会科学基金重点项目"民国词集专题研究"、一般项目"近百年词集编纂整理研究"等。

7. 词学传播与接受研究。其著作方面，傅宇斌的《现代词学的建立——〈词学季刊〉与 20 世纪三四十年代的词学》（商务印书馆，2013 年）等有较多涉及；刘扬忠、朱惠国、彭玉平、卓清芬、孙赫男、巨传友、马莎、花宏艳等撰有论文；已立项国家社会科学基金一般项目"百年《清真词》诠释史"，教育部人文社会科学研究项目"晚清民国词的创作生态与传习方式研究"、"民国时期旧体诗词创作与传播研究"等。

8. 词学理论批评史研究。其主要著作有：杨柏岭的《晚清民初词学思想建构》（安徽大学出版社，2004 年），朱惠国的《中国近世词学思想研究》（上海古籍出版社，2005 年），曾大兴的《词学的星空——20 世纪词学名家传》（河北人民出版社，2009 年）、《20 世纪词学名家研究》（中华书局，2011 年）；博士学位论文有：秦惠娟的《民国时期词学理论新变研究》（中央民族大学，2009 年）、胡永启的《夏承焘词学研究》（河南大学，2011 年）、姜波的《叶恭绰词学研究》（中山大学，2011 年），等等；钱鸿瑛、刘庆云、彭玉平、陈水云、曹辛华、徐安琪、胡建次、沙先一、刘青海、刘红麟、陈雪军、路成文等撰有论文；已立项国家社会科学基金一般项目"民国时期重要词学理论批评承纳、建构与展开研究"，教育部人文社会科学研究项目"晚清民国词学研究"等。

9. 词学学术史研究。其主要著作有：曹辛华的《20 世纪中国古代文学研究史·词学卷》（东方出版中心，2006 年）、彭玉平的《中国分体文学学史·词学卷》（山西教育出版社，2013 年）等；博士后工作报告有：刘兴晖的《晚清民国词学学术史专题研究》（暨南大学，2010 年）；曹济平、刘扬忠、邓乔彬、施议对、杨海明、谢桃坊、刘石、王兆鹏、张宏生、朱惠国、巩本栋、曾大兴、李剑亮、陈水云、沙先一、汪梦川等撰有论文；已立项国家社会科学基金一般项目"现代词学史研究（1900—1949）"，教育部人文社会科学研究项目"中国词学从传统到现代的转型"等。

整体来看，民国词学已成为词学研究的热点区域，呈现出多维面展开与梯度掘进的态势，在很多方面取得令人眼亮的实绩。但总体而言，民国词学还处于研究的起步阶段。其主要表现在：基础工作仍欠深细，学术视域有待拓展，整体研究不够全面与深入，不同研究领域力量投入不够均衡，考察切入的深浅不一，空白留存与重复研究呈鲜明反差之态，通贯性与综合性研究还需要加强等。其存有很大的学术空间，留有很多学术开掘面与生长点，亟待更有效地切入，以聚合成有体系、规模化的研究。就词学理论批评领域而言，其主要在如下方面显出不足：（1）家底尚未完全摸清。包括"选、编、注、考、点、评、论、作"多种形态在内的民国时期词学理论批评材料，尚未得到全面的钩索整理，目前急需组织人力，进一步扎进对民国时期词学材料的摸索与整理中去。（2）体貌尚需进一步勾画。民国时期词学理论批评的纲目系统、主要筋络、承纳与衍化之蔓状生长样态，词学观念的相续与推阐，至今并未得到清晰的勾勒梳理与阐说建构。（3）理论批评专著尚未出现。目前，致力于从事民国时期词学理论批评研究的学者还不多，真正侧重于理论批评意义上的《民国词学史》还未催生出来，民国词学仍有待全面系统与细致深入地论说、阐释。（4）批评形态还需细致考察。"选、编、注、考、点、评、论、作"的不同形态里，都有关于词的学问在，有必要分体式探究民国时期词学的批评展开，并特别注重从中钩索所融含的词学理论思想与批评观念。（5）历史意义尚未充分凸显。在作为古典词学向现代词学过渡与转型研究方面，民国词学还有更深入探究与论说的空间。由此，本书对民国词学中具有重要意义的理论批评命题，对其承纳、衍化与建构、展开的历史脉络分专题进行考察，以期将民国词学理论批评研究向前推进。

我国传统词学从古到今的演变发展，内含着千丝万缕的联系。在词学整体动态变化发展观念的导引下，探讨民国词学理论批评承纳、衍化与建构、展开的历史进程及其丰富内涵，是很有意义的一件事情。

我国传统词学在上千年的历史生成中，其理论批评的构架不是一蹴而就的。它有着细微的承纳接受、衍化发展、成熟蜕变、转型创新等过程。已有研究对民国词学单一的个别考察多于综合性研究，虽然单一与专门有利于研究的精细，但词学理论批评必须以通贯性眼光来加以研究，才能得到有效的清理。正因此，我们选择传统词学的体制论、创作论、审美论、批评论、宗尚论、词人论等几大块内容，抓取民国时期其得以建构与展开之代表性论题，紧密依托不同词学家的言说与实践立论，整理不同专题在民国时期的承纳、衍化与建构、展开的复杂情形。以专题理论批评的历史承纳与创新发展为线索，以这一线索上众多的原点为支撑，揭橥民国时期词学承纳、建构与展开的丰富内涵，这便是本书的学术价值所在。其主要体现有三：（1）系统清理，完善建构。注重整体贯通，提纲挈领，在古与今、新与旧、中与西的有机交融背景下扣住民国时期词学理论批评主脉予以切入把握。（2）双向观照，动态呈现。以"承纳"与"衍化"的双向视点，对民国时期词学理论批评进行观照，将词学家当作历史发展中能动的、鲜活的人看待，始终把他们视为"承纳—影响"流程中的牢固支点。（3）辩证剖解，现代阐释。注重对民国词学中所体现出的消解性与融通性理论批评思想观念予以着力发掘与阐释，凸显其对前人的承纳、衍化、创新与超越性特征。

总之，本书立足于对不同词学理论批评专题建构与展开的勾勒分析，努力摒弃以"名家叙论"遮蔽或取代词学理论批评多向度衍展与具体流程的做法，注重考察"承纳"、"衍化"、"创新"、"发展"等环节，并将它们有机地纳入一个系统中，寻求古今文论之"通"，探讨传统词学之"变"，以期补充民国词学研究中的一块短板。

二　基本思路、创新之处、重点难点与主要目标

本书主要对民国词学中主要理论批评成果的历史承纳、衍化建构与推阐展开等予以考察。在内容把握上，围绕不同专题的承纳接受与演变发展，专注于从思想养料与历史生成的角度加以清理，在历史的长河中比照异同，揭橥所潜藏的词学内涵。始终以"承纳"与"衍生"为立足点，钩索出不同专题的历史发展过程及其丰富面貌的形成。其着力张扬的学术理念是揭橥更合乎历史逻辑的词学衍化过程，勾勒更入情合理的词学发展轨迹。注重思想的累积、历史的构架、理路的衍展、趋势的落点以及宏观与微观相结合，关注不同专题细微承纳与点滴创新是其基本特征。

在学术思想方面，本书依照不同专题系统考察民国时期词学理论批评的承纳接受与历史生成。积极回应"中国文论古今演变研究"学术思潮，紧密依据其学理逻辑，从一个独特的历史时期切入对我国传统词学承纳与发展的研究。其体现为以特定时期词学理论之主导性构架与批评之丰富性展开，映照传统词学承纳与衍化流程，具有努力阐说和积极开显中国传统文论转型、创新与现代化的价值及意义。

在学术观点方面，我们认为：（1）民国时期，我国传统词学仍然不断开出新义。其词学理论批评，是传统词学推衍发展的有机组成部分，是传统词论"众人添火"之内在延续，其流程似入"末世"而却非回光返照，其面貌似相对稳态而内含化转与开新，成为推动中国词学现代化转型的关键时期，体现出由古典向现代过渡与转型的重要意义。（2）民国时期词学理论批评在整体上呈现出有选择性展开与建构的特征。一方面，一些传统命题论说范围不断收窄，甚或"淡出"理论批评视域；另一方面，又有一些命题不断得以拓展与充实，并由此得以凸显，在承纳与衍化的细致变化中，民国词学呈现出独特的面貌，并体现出"过渡性"与"转型性"。（3）民国词学在体制论、创作论、审美论、批评论、宗尚论等方面都分别有着内在的承纳接受与创衍发展，这从质性上影响和规定着其理论构架及维面展开，最终构建出民国时期词学的历史面貌及承载方式。（4）民国词学所达到的广度与深度，从总体而言，是难与清代词学相比的，但它在一

些命题上或体现出卓越之见，或有着独特之处，或显示认识蜕变，进一步延展了传统词学的触角，完善了传统词学的建构，在很多论题上亦提升了词学理论批评的水平，具有重要的历史价值。（5）在多维词学发展流程中，民国时期词学理论批评体现出交融性、藤蔓状等特征，其"保守性"与"自觉性"共生，"建构性"与"破解性"并存，"传统性"与"现代性"糅合，甚富于历史观照与反思意味。（6）民国时期词学理论批评的承纳与衍化是历时和共时发生的必然结果；同时，其建构与展开又为传统词学的转型与创新起到直接的沟通或催化作用。它从一个独特的视域，有机地展示出"中国文论古今演变"的动态化历程，是对中国文论发展之民族性道路及特色与现代化视域及方向的生动诠释与实体呈示。

在研究方法方面，本书所注重的有：（1）立足于文本细读。扣住民国时期词学中一些具有关键意义的论题与大量词论家之言说，对其予以细致探究与深入开掘。（2）贯穿问题意识。以问题寻绎为突破点，以主体性理论建构与批评展开之丰富呈现为立足点，以理性分析与深度揭橥为宗旨。（3）历史与逻辑相结合。在对民国时期词学演变发展历史的细致梳理中，特别注重对词学理论批评内在承纳、衍化与创新的勾勒及清理。（4）系统观照与把握。已有不少研究仍流于零碎琐细，在不同局部或取得很大的成绩，但还未有系统整理民国时期词学理论建构与批评展开的成果出现。（5）现代性审视与开显。立足现代文艺学基点，对民国时期词学理论批评的承纳、建构与展开做出更高层次和更具深远意义的观照，开显其新义，彰显其价值，亦辨说其"历史没落性"。

民国时期词学理论批评研究有自身的重点与难点。1. 其重点表现为：（1）在内容研究方面，着重对民国时期词学中一些具有骨架意义的命题、范畴与主要批评观念加以清理，对一些具有超乎历史时代意义的消解性与融通性理论批评成果予以凸显，由此而揭橥其词学发展所达到的层次与水平。（2）在细微处理方面，着重从数量众多的词学思想家的批评言论与具体实践中，梳理出一些在词学发展史上或具有独创性，或具有转关意义的论断及举措，剖析其间的异同，挖掘深层次的联系与区别，彰显它们在词学史上的独特价值和地位。（3）在旨归寻绎方面，始终立足于承纳与创新的基点，凸显民国时期词学中所融含的传统词学过渡与转型之理论内涵及意义，阐释其结构体系，廓清其展开历程，揭橥其融含新义。2. 其难点表现为：（1）要尽一切可能扩大材料涉猎与收集范围，包括体现在"选、编、注、考、点、评、论、作"多种批评形态中的材料，补苴罅漏，搜罗辑佚。（2）要认真细致与全面深入地消化所收集材料，把握各种材料的本质内涵及相互之间的交集与网结。（3）要提炼出深层次的词学承纳、衍化与建构、展开内容及线索，努力从词学发展的本质层面勾画出不同专题的承纳聚结与历史生成，建构出民国时期词学的学理体系。

本书写作的主要目标体现为：1. 考察民国时期词学对古典词学的承纳与衍化及在此基础上的阐说和建构情况；在对多维词学流程展开的论说中，共构出民国时期词学的主体性样态与关节性聚结。2. 在历时与共时的相互融合中，努力使民国时期词学的理论骨架与批评筋络得到比较完整清晰的呈现；发掘出一个已然存在却未被深入系统抉发的词学思想传统与结构体系。3. 从一个独特视域，多方位展示出中国文论转型与发展的纵横交集及历史脉络，彰显出民国时期词学的理论价值、历史地位（包括不足）及现代意义。

三　主要内容

本书在"中国文论古今演变"的总体思路下，在对传统词学理论批评系统考察的基础上设计构架。专注于从不同词学专题的承纳接受与历史生成入手，考察特定时期的词学理论构架与批评展开内涵。其所及时段自1912年元月中华民国成立至1949年10月中华人民共和国建立，所涉材料既包括以论说、序跋、评点、书信等形式直接呈现的，也包括以选编、注考、创作、纪事等形态间接表现的；所设专题则主要包括词学体制论、创作论、审美论、批评论、宗尚论、词人论等方面的内容。其主要内容与所持观点大致如下：

上编"民国时期重要词学理论命题的承纳与建构"，主要考察民国时期传统词学中的体性论、词情论、词意论、词气论、词律论、词境论、用事论的承纳与建构。其大致认为：1. 词作体性论是民国时期传统词学的核心内容之一，其主要体现在四个维面：一是偏于从艺术体制与内在质性的角度；二是偏于从创作旨向与艺术功能的角度；三是偏于从音调变化与审美表现的角度；四是偏于从面貌呈现与风格特征的角度。其论既有力地界划开诗、词、曲等文体特征，又进一步改变人们对词体的观念与态度，也为民国时期词的创作奠定了思想基础。2. 民国时期传统词学中的词情论，主要体现在三个维面：一是对"情"作为词作生发之本的继续标树；二是对词情表现特征与要求的论说，其主要体现在含蓄蕴藉与真实自然要求之论中；三是对"情"与其他创作因素关系的探讨，其主要体现在"情"与"景"、"意"、"辞"关系之论中。3. 民国时期传统词学中的词意论，主要体现在三个维面：一是对词作之本"意内言外"论的继续标树；二是对词意表现特征与要求的论说，其主要体现在新颖独创、含蓄深致、真实自然、圆融浑成、不可取巧与精粹凝练、切实充蕴要求之论中；三是对"意"与其他创作因素关系的探讨，其主要体现在主体艺术表现能力与意致呈现关系、词作构思、用笔与表意关系，词作用语与意致呈现关系之论中。4. 民国时期传统词学中的词气论，主要体现在三个维面：一是对"气"作为词作审美之本的继续标树；二是对词气表现特征与要求的论说，其主要体现在潜伏流贯与运转自如及反对有书本迂腐之气论中；三是对词气呈现与创作因素关系的探讨，其主要体现在词作用笔与行气关系及词人性情与词气关系之论中。5. 民国时期传统词学中的词律之论，主要体现在三个维面：一是偏于对协律的标树之论；二是偏于对协律的消解之论；三是主张协律与破律相结合之论。其中，在第一个维面，很多词论家对协律的必要性不断予以强调，对如何协合音律予以了探讨。在第二个维面，不少词论家对拘守声律之论不断予以批评与消解。在第三个维面，不少词论家从较为综合的眼光与更为平正的视点出发，对词律表现之道予以会通，他们一方面强调协律的必要性，另一方面又对协律持较为融通平正的态度，主张因意而音，律为意用。上述三个维面，相互交融、相互补充，共构出民国时期传统词律之论的主体空间，将词律论推向一个新的平台。6. 民国时期传统词学中的词境论，主要体现在四个维面：一是对"境"作为词作审美之本的继续标树；二是对词境表现要求的论说，主要体现在真实自然、深致静穆与新颖别致之论中；三是对词境类型划分的辨析；四是对王国维"境界"说的反思与消解之论，主要体现在张尔田"流弊甚大"说、邵祖平"舍词境而论词心"说、胡适"不很清楚"说、顾随"代以人生"说、唐圭璋"不可舍情韵"说等之中。传统词境论在此时期有了更多质的跨越与内在提升。7. 民国时期传统词学中的用事之论，主要体现在三个维面：一是对词作用事的要求之论；二是对词作用事之法的探讨；三是对词作用事的分析之论。其中，在第一个维面，包括两条线索：一是要求词作用事自然妥帖圆融之论；二是要求词作用事灵活、事为意用之论。在第二个维面，词论家们将辩证原则充分运用到对事典运用的论说之中。在第三个维面，词论家们对词之寓事用典的多方面理据与相关注意之处、优缺点等予以论说。上述三个维面，从主体上展开了传统词学用事之论的空间，将词学用事论的内涵较为完整地呈现出来。

　　中编"民国时期重要词学批评命题的承纳与衍化"，主要考察民国时期词学批评中的尊体之论、雅俗之论、体派之宗论、南北宋之宗论、"明词"之论、"清词"之论的承纳与展开。其大致认为：1. 尊体之论在民国时期传统词学中仍然存有很大的空间，其主要体现在三个维面：一是从诗词同源或同旨的角度；二是从创作实践之难的角度；三是从有补于诗歌艺术表现的角度予以推尊。尊体成为民国时期词学批评的显在标志及主体性特征之一。此时，亦出现个别消解性之论，如龙榆生"尊体之言亦已成过去"说等，从一个侧面透视出词体观念的现代化历程。2. 民国时期传统词学中的雅俗之论，主要体现在两个维面：一是对去俗崇雅观念的继续标树；二是对雅俗呈现之论的多维面探讨，其主要体现在对雅俗呈现与情感表现、主体学养、语言运用、审美境界创造关系的不同论说之中。3. 民国时期传统词学中的体派之宗论，主要体现在两个维面：一是偏重对婉约之体的继续推扬之论；二是主张婉约与豪放不可偏废之论，如吴梅"固无所谓宗派"说、邵祖平"不忍婉约、不敢豪放之苦"说、龙榆生"既无所容心"说、顾随"原不可分"说等，此两方面线索各有推阐与交集。后一维面论说立足于对体派偏尚的反思和消解，有力地提升了传统词学体派之宗论的层次与水平。4. 民国时期传统词学中的南北宋之宗论，主要体现在两个维面：一是偏重对北宋词的继续推扬之论；

二是主张兼融并取南北宋词之论，如龙榆生"妄为轩轾"说、薛砺若"六个时期"说、赵尊岳"原无两宋之别"说等，两方面形成相互联系、相互对立的交集与建构关系。后一维面论说对南北宋偏尚予以不遗余力的破解，极大地深化与完善了南北宋之宗论的内涵。5. 民国时期传统词学中的"明词"之论，主要体现在三个维面：一是对明词总体性否定的继续判评；二是对明词衰亡的多元分析探讨；三是对词亡于明的消解与纠偏之论。其中，在第二个维面，人们主要从词曲相混、自度曲律、萎靡软俗、意格不高等方面对明词之弊予以了论说；在第三个维面，况周颐、赵尊岳从较为辩证的角度论说了明词的不足与值得肯定之处，显示出超越于时代的卓越识见。6. 民国时期传统词学中的"清词"之论，主要体现在对清词复兴的不断标举、对清词演变发展史的勾画梳理及对清词不足的多视点批评之中。其中，在第一个维面，清词"复兴"之论成为传统词学一以贯之的主体声音；在第二个维面，人们对清词流变予以分期，对清词流派的衍化予以了勾画；在第三个维面，人们评说清词在声韵表现方面显示出劣势，存在创新不足，有些或过于拘谨或过于随意等缺欠，将对清词的反思观照不断展衍开来。

　　下编"民国时期词学对典范词人批评的承纳与展开"，主要考察民国时期词学批评中的苏轼之论、周邦彦之论、秦观之论、辛弃疾之论、姜夔之论、吴文英之论、张炎之论的承纳与展开。其大致认为：1. 民国时期词学批评中的苏轼之论，主要体现在三个维面：一为襟怀才性与艺术特征论；二为词法技巧论；三为苏辛比较论。在第一个维面，词评家们肯定苏轼的天雨才华，品评其词的艺术特征，并予以了推扬。在第二个维面，词评家们就苏轼以诗为词的创作方法和其词是否协韵进行了详细论析。在第三个维面，词评家延续历来的苏辛比较之论，就两人之词的创作技巧、意境呈现、风格表现等方面展开了评述。2. 民国时期词学批评中的周邦彦之论，主要体现在三个维面：一是艺术特色论；二是词法技巧论；三是创作成就论。在第一个维面，词论家们对其沉郁顿挫、以赋为词、富艳精工、工于体物等艺术特征展开了论说。在第二个维面，词论家们对其知音审律、用字凝练传神、作词有明确法度予以了论析。在第三个维面，词论家们对其精心雕琢而自然天成的创作成就予以了推扬。3. 民国时期词学批评中的辛弃疾之论，主要体现在三个维面：一是词人襟怀情性与创作才力论；二是词作内涵与艺术特征论；三是苏辛比较论。在第一个维面，词论家普遍对辛弃疾胸怀广大、有情性、有恢宏才力予以了推扬。在第二个维面，词论家评说其词作充满爱国思想，其词作不仅有豪放之音，也见婉约之气。在第三个维面，词论家们在评说辛、苏之词以境界阔大、情感豪爽著称的同时，也对辛弃疾情感表现的浓烈、主观理念的执着持以分析论说。4. 民国时期词学批评中的姜夔之论，主要体现在三个维面：一是襟怀情性论；二是艺术特征论；三是姜吴比较论。在第一个维面，词论家们对其人格独立、情性真挚等予以了论说。在第二个维面，词论家们对其用笔精巧、善协音律及清空骚雅的艺术风格展开了论析。在第三个维面，词论家们从风格特色、创作情性等方面对比了其与吴文英的创作异同。5. 民国时期词学批评中的吴文英之论，主要体现在三个维面：一是周吴比较论；二是下字用语论；三是创作得失论。在第一个维面，词论家们普遍对吴文英以周邦彦为师而自成一家予以了称扬。在第二个维面，词论家们围绕其用字密丽、炼意深致、匠心独运进一步展开了评说。在第三个维面，词论家们对其创作得失进行了多样的分析评说。6. 民国时期词学批评中的张炎之论，主要体现在四个维面：一是词作主题抒写之论；二是艺术风格表现之论；三是词体声律运用之论；四是词史地位之论。其中，在第一个维面，一些批评家讨论了其词的黍离主题，探寻了其抒写缘由及表现手段等。在第二个维面，一些词论家通过寻绎其雅正清空艺术风格的源头，揭示其词的平淡韵致，并指出清空风格易生空疏之弊。在第三个维面，一些批评家探讨了其词的音律运用，认为其平、上、去三韵杂而入声韵极为严密。在第四个维面，一些词论家以姜夔为坐标，进一步标示了张炎的词史地位。

　　本书对民国时期词学理论批评中的一些论题也有意识地予以了省略。具体来说，在词学体制论领域，民国时期词学对词源之论的承衍论说并不见有太多新意；在词学创作论领域，民国时期词学对词法之论的承衍论说也少有特色；在词学审美论领域，民国时期词学对词味之论、词韵之论、词趣之论、词格之论的承衍论说也比较少，且新意无多；在词学批评论领域，民国时期词学对正变之论的承衍论说也比较少。在上述专题领域，民国时期词学理论批评都相对少有建树。这从不同方面显示出民国时期词学关注点的一些变化及其在理论批评建构上的着力所在，显示出传统词学在特定历史时期的承衍创新与萎缩消退的内在变化与消长。

总之，本书依据运用文献说话的传统之法，立足于翔实材料；遵循系统联系及将历史发展与逻辑观照相结合的辩证方法，将历史实证与逻辑推衍有机融合；遵循由点到线、由点到面的点、线、面三结合原则；以专题理论建构与批评展开为纲，以其中更细部而关键性的论说为聚结点，以清晰地阐发不同论说内容与衍展线索为宗旨。其总体观点是：民国时期词学理论批评是难与清代词学相比的。但其在一些命题上或体现出卓越之见，或有着独特之处，或显示认识蜕变，进一步延展了传统词学的触角，完善了传统词学的建构与展开，具有重要的历史价值。其流程似入"末世"而却非回光返照，其面貌似相对稳态而内含化转与开新，体现出由古典向现代过渡与转型的重要意义。民国时期词学理论批评在承纳与衍化的细致变化中，呈现出独有的面貌。其"保守性"与"自觉性"共生、"建构性"与"破解性"并存、"传统性"与"现代性"糅合，是对中国文论发展之民族性道路及特色与现代化视域及方向的生动诠释与实体呈示。

民国时期重要词学理论命题的承纳与建构　上编

第一章
民国时期传统词学中的体性论

　　体性之辨是我国传统词学的基本论题。这一论题主要从词与诗、曲等文体的联系和区别角度，来考察与观照词的基本体制、审美质性及艺术表现等问题。在我国传统词学史上，有关词作体性的论说不少，形成源远流长的承衍阐说线索，从不同维面上展开了词作体性之论，为我们全面深入地把握词体之质性提供了甚为丰富多样的辨识。

第一节　偏于从词作体制与内在
质性角度辨析之论

　　民国时期传统词学对词作体性辨析的第一个维面，是偏于从艺术体制与内在质性角度加以展开的。在这一维面，宋代陈师道，明代李开先，清代先著、鲁超、沈德潜、周大枢、郭麐、沈大成、杭世骏、张祥龄、钱符祚、钟显震、王国维等，对词与诗、曲等文体之异作出大量论说，从一个视点对词体之质性予以了不断的阐明。延至民国时期，卓揆、严既澄、蒋兆兰、黄意城、谭觉园、况周颐、憨庐、林大椿、顾宪融、方欣庵、《续修四库全书总目提要》作者、杨圻、胡怀琛、叶恭绰、庞俊等，对词作艺术体制与内在质性进一步予以论说，将对词作体性的辨析予以了拓展与完善。

　　民国中期，卓揆《水西轩词话》有云："词宁轻勿重，宁薄勿厚，故有'曲子相公多轻薄'之消，顾亦体格应尔与?"① 卓揆对词

---

① 卓揆：《水西轩词话》（乙稿），福建图书馆藏抄本。

体内在艺术质性予以简要的论说。他界定，词作用笔与面貌呈现宁可显得轻柔而勿使之凝重，宁可显得浅俗而勿使之滞塞不灵，这是由其归属于"媚体"的艺术质性所决定的。严既澄在《驻梦词自序》中云："昔人有言：'韩退之以文为诗，苏子瞻以诗为词，虽极天下之工，要非本色。'余亦向持此论，以为一切文体，胥各自有其特征，岂可比而齐之，乱其畛域？词之气骨略逊于诗，至其缠绵幽咽，疏状入微，若姚姬传所谓得阴柔之美者，求诸古近体诗中，惟七言绝句庶几得其一二，斯吾所谓词之特质，论词者所当依为圭臬者也。"① 严既澄在诗词体性之论上体现出严分畛域的观念。他持同前人对苏轼"以诗为词"创作路径的判评，认为其词作虽然甚见才情与工致，却呈现出非本色当行的面貌。严既澄强调任何文体都有内在的艺术质性，而不应随意趋入其他文体之域。他认为，词的创作在气脉贯穿与骨骼呈现上虽然比不上诗体，但其情感表现深细入微、含蓄委婉，极显阴柔之美，这是一般诗体所难以比拟的。为此，严既澄强调词的创作一定要立定准则，在与诗体的拉开距离中凸显独特的艺术质性，从而更有效地弘扬自身创作之道。

蒋兆兰《词说》云："初学作词当从诗入手，盖未有五七言不能成句，而能作长短句者也。词中小令，收处贵含蓄，贵神远，与诗之七绝最近。慢词贵铺叙，贵敷衍，贵波澜动荡，贵曲折离合，尤与歌行为近。其他四五七言偶句，则近于律诗。是故能诗者，学词必事半功倍。但使端其趣向，勿误歧途，一两年或三四年，用功为之，便成好手。"② 蒋兆兰从创作习效角度论说到诗词二体的相似相通。他认为，从一般意义而言，可以说根本不存在不善于作诗而擅长填词者。词之小令便近似于七言绝句，其妙处便在于都讲究委婉含蓄、神韵流长；而慢词又与歌行之体甚为相近，其共通之处都在于敷衍铺垫，讲究波澜起伏、曲折其妙。蒋兆兰论断善于作诗者必擅长填词，是深谙词作艺术之道的。黄意城在《与潘与刚论词中分段落书》中云："至于词，则其体虽今，而其义则狭，故举辞也。合以意，遗物世，镕以

---

① 严既澄：《初日楼诗·驻梦词》卷首，北平人文书店民国 21 年线装版。
② 唐圭璋编：《词话丛编》，中华书局 1986 年版，第 4629 页。

事，于转折关捩之处，掉之以虚，蹴之以活，分其段落，细致如发，可以意得而不可言传。好之而深思之，则可以意得之矣。我慨梦窗、樊榭之敝，于今转炽。堆积冷典，东拉西杂。初读之，未尝不清新隽雅，然细寻其段落，如坠云雾中矣。"① 黄意城对词之体性也予以较为细致的论说。他论断词作之体虽然出现较晚，但其意致表现仍然偏于狭深，在用语表意方面，它相对少实叙而多用虚写，一般不太对具体物事做过于实体化的描叙，其创作运思与艺术表现方面体现出较为清彻空灵与善于跳跃流转的特征。因此，填词确是一件甚为细致的事情，贵在会心悟入，对创作者而言是有独特要求的。黄意城批评晚清近代以来不少人热衷于寓事用典，或凑合不太相关之字语而入词，表面来看，似有经籍之光，学养丰赡，富于生新，吸人眼目，然细绎其创作运思与艺术结构，则凌乱不堪，不见用心，终使人盲然无所得之。

谭觉园《觉园词话》有云："词可作曲，曲决不可作词。晁无咎谓子瞻词曲子中缚不住，则词皆曲也。词字贵生动，词句贵巧丽，绝忌参有死字板句，每调中必有警句，全部方克生动，上能脱香奁，下不落元曲始得称为作手。"② 谭觉园对词曲之体有着甚为细致深入的认识把握。他从词曲之体的相通、相异角度对词之体性及特征予以论说。他强调词体可衍化为散曲，但散曲之体却难以转化为词体，两者在相通的同时又有着质性的差异。谭觉园强调词的创作，其用字造语要生动形象，在华美的形式中蕴含精思巧构，灵动鲜活，不落俗套，最好有警句妙语藏纳于内以为词眼，从而有效地提升整体的艺术表现效果。况周颐《词学讲义》有云："词与曲，截然两事。曲不可通于词，犹词不可通于诗也。其意境所造，各不相侔。（各有分际）即如词贵重、拙、大，以语王实甫汤义仍辈，宁非傎乎？乃至词涉曲笔，其为伤格，不待言矣。二者连缀言之，若曰词曲学者，谬也。并世制曲专家，有兼长词学者；其为词也，一字一声，不与曲混。斯人天姿

---

① 杨传庆编著：《词学书札萃编》，南开大学出版社2015年版，第415页。
② 杨传庆、和希林辑校：《辑校民国词话三十种》，（台湾）花木兰文化出版社2016年版，第222页。

学力，卓越辈流，可遇不可求也。"① 况周颐也对词曲之体艺术质性加以界划。他论断，两者在所表现意致及所创造境界上是各有差异的。他以所提出词学审美理想"重、拙、大"而言，认为其于散曲之体艺术表现而言便甚为不合。正因此，况周颐论断词的创作是不能流于散曲之笔法与声腔音调之中的，否则便有伤词格、低化词品。他进一步认为，同时兼擅词曲之体的"大家"是很少的，少数散曲家能兼长词学，但他们在填词之时，总是表现出与创作散曲不一样的更为细心谨严的态度，特别注重从体制显现与笔法运用上将其与散曲之体加以分隔，显示出丰富多样而又卓然超迈的艺术才能，是甚为不易的。憾庐在《谈词》中，将诗词之体的不同具体概括为三个方面：一是在都可以歌唱的基础上，是否有"音乐伴奏"；二是"纯粹抒情的"抑或在"抒情之外，还有应制、赠答、'载道'等"；三是在语言表现方面，"文言的"还是"白话的"，在风格显现方面，"古典的"还是"通俗的"。② 憾庐对诗词之体的辨析，综合从音律表现、艺术功能、面貌呈现及风格特征等方面加以展开，显示出对词作体性的多方位把握。其论说虽不一定完全入理，但将对词之体性的辨识进一步予以了凸显，是富于启发性的。

　　林大椿在《词之矩律》中有云："词虽导源于诗，然却自有其独特之本性与立场，非尽受诗与乐府之支配。后人辄好称词为诗余，实嫌牵强，或名乐府，义亦未协，至谓可以上接三百篇，尤属謷言，惟曰长短句，斯最相称耳。"③ 林大椿从词之称名的角度对其体性予以辨析。他反对单纯地将词视为"诗余"或"乐府"的做法，认为这都是有些牵强与不尽如人意的。他肯定以"长短句"之名而称词是最为相宜的，因其在渊源于诗体而衍化发展的过程中，逐渐形成自身独特的体制，它有机地糅合诗歌与民间音乐的表现元素，成为形式独特而甚具魅力的文学体制。其又云："词之体格，既不类诗，亦不似曲，另是一种之文体。如有作者，宜保其矩律性，仅能恪守范围，从

____

① 张璋、职承让、张骅、张博宁编纂：《历代词话续编》，大象出版社 2005 年版，第44 页。
② 同上书，第 1312 页。
③ 同上书，第 1098 页。

容发挥，慎勿强作解事，独创新格，仍复沿用旧有之词牌；俾词之本性，得以整个的系统之保存，以待后世有识者之研究，是亦吾人维护文化之应有责任也。"① 林大椿对词体之性有着甚为明晰的认识。他论断，作为一种独特的文体，词的创作应保持自身的艺术质性，在其作为文学体制所融含的范围内不断变化创新，而不应随意"创格"，这是使词体得以有效保持本色当行的良方，也是我们在传承前人优秀文化遗产中所要坚持的原则与应尽的责任。林大椿对词的创作强调因体而发、因性而为，体现出对词体内在质性充分尊重与维护的态度。

顾宪融在《填词百法》之"自序"中说，"诗浅而词深，诗宽而词隘，诗易而词难"，学词者如"苟得之矣，虽深亦浅，虽隘亦宽，虽难亦易。且惟愈深、愈隘、愈难，而其味亦愈永"②。顾宪融阐说到诗词之体艺术表现的不同特点。他倡导词作艺术表现要合乎内在体制质性，在创作的"深"、"隘"、"难"中做文章，亦即在词意表现的含蓄深致、创作路径的相对狭窄及创作所遇一定难度中，使其词作富于长久的吟味，呈现出永久的艺术魅力。方欣庵《词的起源和发展》云："词和诗本没有根本上的差别，不过形式上有些两样罢了。老实说，词不过是诗歌中的一体，与律诗、绝句、古体等等同为诗歌的一体是一样的。就音乐上的分别，诗歌中大体为入乐的与不入乐的两种，词便是合乐的歌词。就字句上分别，诗歌中大体为字句整齐与长短错落两种，词便是字句长短错落的诗歌。本来文学上的分类往往不以内容差别而以形体差别为标准，中国文学之形体分类，更为历史上显明的事实，即如《国风》与《楚辞》，就内容论同为诗歌，但以篇幅长短不同，便分别称为诗与赋了。词之得名，其理亦无不同，因为唐代的诗以五言、七言为宗，词的长短字句错落与诗不同，遂别立新名以别于诗。实则词的内容不但与诗没有两样，而且词的形式，更适宜于抒情诗的园地，更可算诗中的诗。所以唐代五七言诗之变而为五代两宋的词，乃是诗的形体上多生一种变化，多出一种花样，而且

———————————

① 张璋、职承让、张骅、张博宁编纂：《历代词话续编》，大象出版社 2005 年版，第1099 页。

② 顾宪融：《填词百法》卷首，上海崇新书局民国 14 年版。

是抒情诗的园地长足发展的一种新方向而已。"① 方欣庵详细地论说到诗词之体的相似与相异。他持论词体为诗歌中的一类，认为它们在本质上是没有区别的。从音律表现而言，词可谓"入乐"的诗；从字句显现而言，词则为"长短错落"的形式。但这些终究是属于形式表现方面的东西，词的特点与优长便在于更适合抒发主体情性，更切近人之心灵意绪，真可谓一种新的"抒情诗"，它使创作主体情性能够得到更为自如自由的抒发。方欣庵之论，又一次对诗词之体的相通予以了详尽和深入的阐明。

《续修四库全书总目提要》（以下简称《提要》）评马朴《阆风馆诗余》云："凡七十六首，期间杂以《黄莺儿》、《玉芙蓉》、《清江引》等南北小令，原本如此，今亦未□□□。所撰非浅即陋，非粗即俗，盖词与诗文曲诸体虽有相通之处，而各具其本质，今任意牵合，不伦不类，全不知词者也。"② 《提要》作者通过评说马朴《阆风馆诗余》中掺杂了一些类似于散曲的小令之词，认为这些词作相对体现出过于浅切与俚俗的特征，由此而论断词体在与诗、文、曲之体具有相似相通的基础上，还有其本质属性。他强调切不可消泯词体内在的艺术质性，以致面目全非。《提要》之论，将对词体独特质性的维护又一次体现出来。杨圻在《致王心舟》中云："盖词之为物，花露取姿，明珠嫌重，自有其体用及意境，本不能如诗、赋广博而无所不容。故仆谓诗无止境，词有止境者。且词细于诗，轻于诗，诗重性灵，词尤重性灵，梦窗、草窗，已病其质实，如曝书诸作，但夸炫淹博，而直忘倚声为何物，盖尤词中之《三都》、《两京》矣。下焉者谓之《事类韵编》盖无不可。故一阕成而注解千百矣。略述所怀，门户之见，学者不免耳。"③ 杨圻从诗词之体相互比照的角度，对词之体性展开甚具识见的论说。他认为词体是以华美为尚的，其质性轻柔，所涉范围不广；相对于诗赋之体具有更强、更广包容性的文学体制而言，它显示为"有止境者"，亦即在更多地接纳对社会生活的深

---

① 张璋、职承让、张骅、张博宁编纂：《历代词话续编》，大象出版社 2005 年版，第 1246—1247 页。

② 孙克强、岳淑珍编著：《金元明人词话》，南开大学出版社 2012 年版，第 570 页。

③ 杨传庆编著：《词学书札萃编》，南开大学出版社 2015 年版，第 296 页。

广反映与表现方面存在不足。但词体有其明显的特征，它比诗歌艺术表现更为细腻，其体制更见轻盈，更重视对创作者主体性灵的显现。杨圻评说即使南宋吴文英、周密之词，都有以"质实"之名而遭受批评的，可见，词之体性与炫弄博洽、注重夸饰的创作取向是存在区隔的。这寓意着词的创作，就是要轻盈空灵，要委婉细腻，要发抒性灵，在短小精致的体制中呈现出独特的艺术魅力。胡怀琛在《中国文学史概要》中有云："词的名称上说，白话诗称为'词'，民歌也称为'词'（如王建《宫词》、刘禹锡《竹枝词》之类），……但是他们固定的形式还是和诗没有分别，他们用一个'词'字的名称，就是表明比文人诗更通俗化、更民众化。""从词的实质上说，伶人取文人的诗而入歌，实际上就是词；另有文人取伶人传唱的小调，剪裁修饰，使他带点文人化，也就是词。"① 胡怀琛对词作之体的质性予以了论说。他认为，"词"的含义实际上是丰富多样的，涵括范围是较为广泛的，既包括白话诗，也包括民歌在内，其最大的特点就在于比诗之艺术表现更为通俗、更为大众化。胡怀琛概括词的创作关键，就在于"伶人之歌"与"文人之意"的相互结合上，它既显示出伶人传唱小调的形式表现特征，又表现出文人言说情志意绪的社会现实内涵。它确是界乎诗与歌、曲之间的文学形式，体现出"戏人"与"文人"彼此交融的特点。叶恭绰在《与陈柱尊教授论自由词书》中云："诗词曲本一贯之物，以种种关系而异其体裁与名称，其为叙事、抒情之韵文则一也。应求可以合乐与咏唱，则亦同。愚主张，曲之流变应产生一种可以合乐与咏唱之物，其名曰歌。其详已见拙著《振兰簃裁曲图诗序》，兹不复赘。尊著自由词实即愚所主之歌。鄙意应不必仍袭词之名，盖词继诗，曲继词，皆实近而名殊。犹行楷、篆隶，每创一格，定有一专名与之，以明界限，而新耳目。"② 叶恭绰之论进一步道出诗、词、曲之体的内在相通相异。他亦归结三种文体在叙事方法与抒情表达上是一致的。它们作为"韵文"之体，都体现出合于音律、宜于吟咏的特征，但内在确又存在流转与替变的关系。叶

---

① 胡怀琛：《中国文学史概要》，（上海）商务印书馆 1931 年版，第 80 页。
② 杨传庆编著：《词学书札萃编》，南开大学出版社 2015 年版，第 332 页。

恭绰主张将其时流行的自由词的创作名之为"歌",以凸显其与散曲之体制的差异。他将韵文之体相通相异的论题承衍阐说开来。

民国后期,庞俊《清寂词录叙》有云:"词之别行,日辟百里。其体宛约,其指要眇,遂有诗之所无以为者。"① 庞俊论断词作之体委婉精致,意致呈现幽远深细,它与诗作之体是存在一定区隔的,但在一定程度上,其对诗体艺术表现又有着补充延展之功效。

新中国成立以后,廖辅叔在《谈词随录》中提出:"诗与词的不同,一在于诗是自吟自唱的,可以深入浅出,也不妨深入理性,词的开始则是唱给别人听的,诉诸直觉的。这个本质的差异,使得诗即使在抒情的时候,也多少带有理性的成分;词则即使在说理的时候,也常常通过形象来表现,也就是说偏重感性的。"② 廖辅叔对诗词艺术体制与内在质性的比较,主要抓住其吟唱是对象于他人还是自己以及创作过程中所融含感性与理性成分的多少而加以展开,显示出其对诗词之体艺术质性有着更为深入的思考。虽然其所论也未必完全入理,如在论说感性与理性的融含与偏重时便不一定如此,但其论拓展了对诗词体性的辨识,将对词体之性的认识往前予以了推进。赵尊岳《填词丛话》有云:"论诗有穷而后工之说,词则不然,虽穷亦当以华贵雍容之音出之,一涉寒酸,便蹈卑格。"③ 赵尊岳针对传统诗论中的"穷而后工"之说,论断词的创作则并非如此。他强调词作之体制要始终以华丽典雅的面目加以呈现,要始终体现出落落大方的姿态与高雅的格调及意味,而反对其涉于寒酸与卑陋之中。

沈轶刘《繁霜榭词札》有云:"词曲兼擅之才,至为不易。非不能为,为之而各不相犯,则难乎其选矣。盖词雅而曲俗,为曲者习于歌者之流易,不尚雅言,故善曲者之为词,往往带有曲意,气格不高。明词之极于敝,正坐此故。清人之词曲皆工者如李渔等,类都格调卑下,其词无可观。惟吴梅晚出,为曲学大师,而特工于词,凡制

---

① 冯乾编校:《清词序跋汇编》,凤凰出版社 2013 年版,第 2159—2160 页。
② 张璋、职承让、张骅、张博宁编纂:《历代词话续编》,大象出版社 2005 年版,第 1107 页。
③ 刘梦芙编校:《近现代词话丛编》,黄山书社 2009 年版,第 305—306 页。

谱、填词、按拍，一身兼为之，其成就远出郑文焯上。为词不独严于
声律，最难得者厥惟词曲界限，判然不混，确臻绝诣。一曲既成，辄
付乐部，歌无不协，初不烦周郎之顾。即论其词品，亦能统一南北，
豪婉兼蓄，出手便成妙谛。"① 沈轶刘对词曲之体异别也予以论说。
他认为，词曲兼擅是甚为难得的，因为两者各有其艺术质性。从面貌
显现而言，词体雅致而曲体俗化；从创作取径而言，曲体便易而词体
讲究，以曲入词或以词入曲都必然伴随非本色特征，影响各自的体貌
显现。沈轶刘批评明人及清代李渔等作词有流于便易之缺失，致使格
调卑下、无足可观；称扬吴梅兼擅词曲，以自身独特的艺术才能充分
彰显各自的体制本色，是甚为不易的，成为后人学习的榜样。沈轶刘
对词曲之体相异相守的论说，体现出其对词体质性有着细致深入的认
识把握，不愧为现当代词坛高手与词学大家。

朱庸斋《分春馆词话》有云："吾人倡词，应使词之意境张、取
材富。不然词之生命行绝矣，尚足以言词乎？余曾有此等阅历：遇有
事物题材，写之于诗则易，入之于词则难，始渐悟因词之意境、取
材、辞汇过狭使然，乃刻意诗词合一。在广州词坛，诗词合一之说为
余首倡，詹无庵亟赞和之。"② 朱庸斋从对意境创造的张扬与题材择
取追求丰富多样的角度，对词作之体的本质所在予以论说。他道出诗
词之体在意境创造、题材择取及字语运用等方面都存在差异。他认
为，从总体而言，词的创作路径相对较窄，而诗的创作理路相对较
宽。正因如此，朱庸斋倡导"诗词合一"之论，主张以诗的创作理
路而填词，以有效地拓展其艺术路径。这里，他在立足于诗词之异别
的基础上，也倡扬诗词之体内在的相通相趋，显示出辩证把握的特
征。其又云："明词实已趋于沦亡，词、曲不分，格调一致。以曲为
词，则易成浅俗；以词为曲，则曲亦失其民间文学本色。词宜雅，曲
宜俗，未可混同也。"③ 朱庸斋通过评说明词之弊及其衰退现象，对
词曲之异也予以辨说。他强调词曲之体应有所分轾，要尽量避免词的

---

① 刘梦芙编校：《近现代词话丛编》，黄山书社 2009 年版，第 211 页。
② 同上书，第 323 页。
③ 同上书，第 465 页。

曲化或曲的词化，因为这都容易导致脱却词曲之体内在艺术质性而流于或浅俗或无谓之雅化中。朱庸斋倡扬传统词曲之体雅俗呈现之论，主张词体相对要以雅致为尚，而曲作之体则相对以适应大众化接受为审美追求，它们在创作的求取向度上确是有所不同的。

第二节　偏于从创作旨向与艺术功能角度辨析之论

民国时期传统词学对词作体性辨析的第二个维面，是偏于从创作旨向与艺术功能角度加以展开的。在这一维面，清代，王岱、徐旭旦、包世臣、魏际瑞、丁澎、梅曾荫、蒋景祁、陈星涵、张百禜等曾作出不少论说。延至民国时期，邵瑞彭、王闿运、翁麟声、蒋兆兰、舍我、赵尊岳、邵祖平、宋咸萃等对词之创作旨向与艺术功能继续予以阐说，不断丰富与完善了词作体性之论。

民国中期，邵瑞彭在《红树白云山馆词草序》中云："夫成孝敬，厚人伦，美教化，移风俗，则词不如诗。发摅性情，颣印治乱，登高临远，流连景物，则诗不如词。五季以来，盖有一志倚声而诗名无闻者。至于诗人为词，断无弗工，更无弗传。"① 邵瑞彭概括诗词之体在艺术表现功能上是有所偏重的，其体现为：在有益于教化方面，词体是难以与诗体相提并论的，它更适宜于抒发人之性情，感慨人事过往，是更见"私人化"的文学体制，其所显现的社会价值与道德功能则较诗体为弱；但在抒写人的性情及对人与自然事物交融感发的表现方面，词体又有着自身独特的优势。邵瑞彭归结擅词之人必定能诗，而能诗之人则不一定擅词，见出了词的创作更体现出独特性。总之，他认为，诗体的优长在于其社会功能更容易得到发挥与实现；相对而言，词体则更适宜于表现主体思想情感与生活趣味，两种文体在艺术表现上是各有所长的，其相互间有着无法割断的联系，但确又存在着内在"消长"与"替变"的关系。王闿运《论词宗派》有云："然诗文之用，动天地，感鬼神；而词则微感人心，曲通物性，

---

① 冯乾编校：《清词序跋汇编》，凤凰出版社 2013 年版，第 2136 页。

大小颇异，玄妙难论。盖诗词皆乐章，词之旨尤幽，曲易移情也。"①
王闿运对诗文之体与词体的艺术表现功能及效果予以比照。他概括诗
文之体的艺术功能偏重于社会性的一面，而词体的艺术功能更在于个
人性的一面；从所产生艺术效果而言，诗文之体似更容易感天动地，
产生强大的社会影响，而词作之体委婉细腻，似更容易深入人心、留
之长久。虽然两者都属于音乐性文学体制，但在表现社会现实内涵及
移人情性、感动人心上确是存在差异的。翁麟声《怡簃词话》有云：
"词以抒缠绵之情，而后之制词者，非缠绵乃轻佻矣。词以写韵妙之
事，后之制词者，非韵妙乃淫荡矣，如艳体诗然。义山之诗，艳丽极
矣，然读其《无题》、《锦瑟》诸诗，则只见其词丽而意不淫也，只
见其韵逸而声不佻也。攻艳词者，能多读义山诗，斯足以言词之艳
矣。"② 翁麟声论断词作之体的本质属性，在题材表现上为多抒写个
人化的委婉细腻之情感，在形式创造上多注重音律运用，但它并非如
有人所指责的，认为词作之体在属性上流于轻佻俗媚。翁麟声以艳体
诗的创作为例，高度称扬李商隐这类诗作用语华丽而意致趋正，音律
优美而不显轻佻，可作为后世人创作之典范。翁麟声对词作之体质性
特征与创作旨向是有着较为深入认识的。

　　蒋兆兰《词说》有云："词虽小道，然极其至，何尝不是立言。
盖其温厚和平，长于讽谕，一本兴观群怨之旨，虽圣人起，不易其言
也。周止庵曰：诗有史，词亦有史，一语道破也。"③ 蒋兆兰将词作
之道推尊到"立言"的高度。他大力肯定词体与诗体一样，同样具
有讽喻的艺术功能，同样寓含"兴"、"观"、"群"、"怨"之旨，体
现出对社会历史与现实人生的多维面触及。蒋兆兰将儒家政教思想旨
向衍化到了词体之论中。舍我《天问庐词话》有云："予论词颇宗宛
邻，以其能抉出词之奥旨，使读者能恍然大悟，不复以小道视词，且

---

　　① 张璋、职承让、张骅、张博宁编纂：《历代词话续编》，大象出版社 2005 年版，第
1 页。

　　② 杨传庆、和希林辑校：《辑校民国词话三十种》，（台湾）花木兰文化出版社 2016
年版，第 166 页。

　　③ 唐圭璋编：《词话丛编》，中华书局 1986 年版，第 4638 页。

知词之为物，出于中正，非仅止于游冶赠答也。"① 舍我通过评说与称扬清代词人张锜之作，实际上对词之艺术表现提出合乎中和化准则的审美要求，反对词作入乎艳冶与浮靡之中。他将传统词学政教审美原则之求继续予以了张扬。

民国后期，赵尊岳在《广川词录序》中云："词于文章尤极要眇之旨，广襟抱之情。谓其有涂辙也，则近于刻舟以求剑；谓其无师授也，则又每每涉于歧趋。承学之士，消息所系，圣解自悟，遂有未易言诠者。"② 赵尊岳比照词体与文章之体的艺术表现功能及创作特征。他认为，词的创作旨向与内涵表现相对更见细致幽深，它是甚有利于表现人之情怀襟性的文体，容易触及人的心灵深处；在创作取径上，词的创作更多体现出似"有法"而"无法"的艺术特征，其关键落足在创作者的心灵之悟，其具体创作之法相对是不容易诠解的。

邵祖平在《词心笺评·自序》中云："考词之为词，虽从诗来，而实不似诗！……诗可言政治之得失，树伦理之概模，有为而作，不求人赏，常有教人化人之意，故其言贵具首尾；若词则不然，不及政治，不涉伦理，无所为而作，引人同情，能写一时瞥遇之景、游离之情，从不透过历史议论，且不必成片段、具始末，盖文学中最动心入味者也！……虽与诗同号韵语，而词之灵感，及其语妙，忽然而来，杳然而去，断有非诗可仿佛者！"③ 邵祖平从诗词之体渊源相通的角度论说两者的相异。他持论，在创作旨向的表达上，诗歌的创作常触及政治伦理，更多的乃"有为而作"的产物，它常起到教化人伦、导引社会的作用；而词的创作则少涉政治伦理，更多的是"无为而作"的结果，作者常在偶发中寓情于景，自由抒写主体心性意绪，而不太注重所谓形式的完整性，也不刻意透视社会历史现实，但它是最为动人心神的文学体制。其次，在创作运思上，诗词之体也有着细微的差异，词的创作更体现出幽然而来、杳然而逝的艺术特点，它比诗歌创作更显灵妙生动。

---

① 朱崇才编纂：《词话丛编续编》，人民文学出版社 2010 年版，第 2288 页。
② 冯乾编校：《清词序跋汇编》，凤凰出版社 2013 年版，第 2154 页。
③ 邵祖平：《词心笺评》，复旦大学出版社 2007 年版，第 2 页。

此外，新中国成立以后，宋咸萃在《词学流变》中云："我们再从诗的内容上，来探索由诗演变为词的痕迹。我国的诗，在原始时内容是比较广泛的。如《诗经》三百篇，其中包括了宫廷宗庙的祭颂诗、知识分子的讽刺诗，与民间男女流露爱慕的抒情诗。魏晋的道德论，宋代的理学韵文，有的也算是诗，却远不如那些乐府歌谣受人喜爱。原来这些含有浓重民间社会情感的文学作品，描写多属男女艳情之类，这正说明了诗在内容上，是向抒情诗方面发展的。诗三百一向被尊为'经'，强调'温柔敦厚'，'思无邪'，在后世的诗人作品里，也不敢放胆写词藻浓艳和深刻描写男女私情的诗篇；就是唐代诗人的歌行和新体诗，虽然渐尝试写宫怨闺情，但其描写亦多含蓄委婉，而词体兴起，正是为了顺应诗向抒情诗、情诗变化的趋向。词本起自燕乐，以悦人耳目、快人心意为主。其产生的时代，又值唐末五代，当时社会大乱，人们趋向消极享乐；及宋升平，宴乐尤盛，声色犬马，正是词发展的环境。复因当词初兴之时，多沿用坊间歌谣，填以新词应世，故其在内容上，更多偏重于男女艳情了。"① 宋咸萃从诗歌所涉题材及所表现内容上，来探索由诗体演变为词体的痕迹。他认为，从《诗三百》以来，便出现各种题材与类型的诗歌，如"祭颂诗"、"讽刺诗"、"抒情诗"等，承纳与衍化抒情诗创作之道，在晚唐五代时期逐渐兴起了词作之体，它"顺应诗向抒情诗、情诗变化的趋向"。词作之体在创作上体现出几个方面的鲜明特征：一是在创作旨向上"以悦人耳目、快人心意为主"，它乃心灵文学之体制，注重给人以心理平衡与精神愉悦，这是有别于一般诗作之体的。二是它多沿用民间歌谣曲调，乃为"天然的"音乐文学之体。三是其最初在题材抒写上以表现男女之情为主，所涉及面是相对狭隘的，但它"先在地"破解了"温柔敦厚"、"思无邪"等局面，在创作取向上体现出开放性。宋咸萃将词视为从诗歌的一支脉系中衍化发展而来的文学形式，它乃以情为本的音乐文学体制。宋咸萃之论，进一步道出诗词之体的内在相异。

---

① 张璋、职承让、张骅、张博宁编纂：《历代词话续编》，大象出版社 2005 年版，第1262—1263 页。

第三节　偏于从音调变化与审美
表现角度辨析之论

　　民国时期传统词学对词作体性辨析的第三个维面，是偏于从音调变化与审美表现角度加以展开的。在这一维面，宋代晁补之、李清照，清代厉鹗、吴陈琰、张云璈、汪甲、谢元淮、周天麟、王增祺、孙衍庆、俞樾等曾作出很多的论说。延至民国时期，李澄宇、陈荣昌、况周颐、胡适、萧涤非、邵瑞彭、吴梅、夏仁虎、刘缉熙、邵祖平、顾随等继续从这一视域而论，对词体的独特质性予以了进一步的张扬。

　　民国前期，李澄宇在《珏庵词序》中云："虽然，文字之狱，诗文易蹈，词则罕焉。诚以词之为物，显者晦之，直者曲之，即有时姓氏事迹，刻画靡遗，而阅者熟视无睹。芳草美人，祖诗而父骚，其效乃竟至此也。此则词所擅长，虽诗文比兴，文号寓言，未可同年而语也。"① 李澄宇就词体与诗文之体艺术表现予以比照。他以文字狱往往牵出于诗文之体的创作为例，论说词体在艺术表现上是甚为委婉含蓄的，甚为讲究运用曲折之笔致，甚为注重通过摇曳多姿的审美意象来加以抒发与寄托，其与社会历史及现实之事在直切性上拉出了一段距离，因而，在这方面，它有着更大的艺术张力性与生发性，其将比譬与兴会之法运用到了极致。顾宪融《填词门径》有云："词之用韵，似较诗为宽，而其实则严于诗。盖诗仅分平仄，而词则上去之辨不可不明，此犹关于音韵者也。若于词令言之，亦有数忌，为学者所不可不知也。"② 顾宪融论说词之音律表现表面看来较之于诗体似乎更为宽松，而实际上更为严苛，诗歌创作大致辨分平仄即可，词的填制则于上声与去声之间也要细致讲究，它在创作上确是有着更大难度的。

---

① 冯乾编校：《清词序跋汇编》，凤凰出版社 2013 年版，第 2040—2041 页。
② 张璋、职承让、张骅、张博宁编纂：《历代词话续编》，大象出版社 2005 年版，第 686 页。

民国中期，陈荣昌在《虚斋词自加圈评记》中云："词既调之长短，声之平仄皆有一定。非若古文古诗，伸缩在已，舒卷自如也。多用实字硬句，则失之板滞，故必善用虚字以运动之，乃能灵活。虚字多，又失之软弱。此柳耆卿、吴梦窗两家各得一病，谓吴板而柳软耳，故两家皆不宜学。惟以白石、玉田为宗，自无此二病。"[①] 陈荣昌论说词体突出的特征有二：一是体制相对拘限，不如诗文之体自如便辟；二是下字用语讲究虚实结合，强调要注意把握内在之度，以避免或呆滞不灵，或软媚虚化。他主张，学词之道应以姜夔、张炎为宗尚，虚实结合，将一定之规制与自如之表现有机地结合起来。陈荣昌将对词作声律表现的要求具体落实到了字语运用之中。况周颐《词学讲义》有云："曲有煞尾有度尾，煞尾如战马收缰，度尾如水穷云起。煞尾犹词之歇拍也，度尾犹词之过拍也。如'水穷云起'，带起下意也。填词则不然，过拍只须结束上段，笔宜沉着。换头另意另起，笔宜挺劲。稍涉曲法，即嫌伤格。此词与曲之不同也。"[②] 况周颐具体论说散曲之体的收束之法及词体的过渡之法。他认为，散曲的收束之法大致包括两种类型：一"如战马收缰"，戛然而止；一如"水穷云起"，字句断而意连绵；而词的过片则往往"承上"而不"启下"，强调"一片一意"，并且要求笔调稳当而不显轻佻，流畅利索而不拖泥带水，以避免有伤词作格调。况周颐作为词坛大家，其对词曲之体具体艺术表现的论说是甚富于启发性的。胡适在《致钱玄同》中云："然词亦有二短：（一）字句终嫌太拘束；（二）只可用以达一层或两层意思，至多不过能达三层意思。曲之作，所以救此两弊也。有衬字，则字句不嫌太拘。可成套数，则可以作长篇。故词之变为曲，犹诗之变为词，皆所以求近语言之自然也。"[③] 胡适对词曲之体在艺术表现上的特征予以论说。他认为，散曲之体在艺术表现上是对词体的有效松绑与张扬，体现在字句运用上，散曲之体可自由地加

---

① 孙克强、杨传庆、裴喆编著：《清人词话》，南开大学出版社 2012 年版，第 2016 页。

② 张璋、职承让、张骅、张博宁编纂：《历代词话续编》，大象出版社 2005 年版，第 100 页。

③ 杨传庆编著：《词学书札萃编》，南开大学出版社 2015 年版，第 382 页。

入衬字，改变了字句过于拘束的状态；二是散曲之体可以连套而出，有效地增扩词体的篇幅与容量。

萧涤非《读词星语》有云："诗词之分也，显而微，彰而隐，前人亦少作具体之说明，李东阳云：'诗太拙则近于文，太巧则近于词，宋之拙者皆文也，元之巧者皆词也。'李东琪云：'诗庄词媚，其体元别。'必欲严诗词之分际，则巧、拙、庄、媚四字，差可以概举之，是以诗词二者，俱各有其本色语。一相混杂，必无是处，故尽有巧语，在诗则寂然无闻，入词则流脍人口者，小山之'落花人独立，微雨燕双飞'，其明例也。词家之翻诗语，盖即取其近于词者，并非漫无抉择，且其点染变化之间，语气之轻重，造句之巧拙，亦各有别。要皆'自然而然'，故仍不失为佳句，此点则有望于读者之注意也。"①萧涤非对诗词之异予以甚为细致的例说与辨析。他认为，李东阳、李东琪等从不同的角度对诗词分际予以了点明，但其更细致之处却是需要我们深入体悟的。他以"巧"、"拙"、"庄"、"媚"四个字概括两种文体质性之别，强调两种文体在用字造语上各具"本色当行"之尺度。其可用于诗中之语却不一定适宜入于词中，而诗中某一平常之语入于词中则可能成为佳言妙语，这些都是需要创作者细心体悟与"抉择"的。萧涤非之论，将对诗词之异的认识进一步予以了深化与完善。邵瑞彭在《红树白云山馆词草序》中云："永明以前，诗无定律，随意呕吟，悉可被之弦管。唐世今体区萌，法度益密，字必飐以宫商，句必审其单复。宜乎篇篇中节，章章应歌矣，然而司乐所收，律诗独鲜，于是雅词兴焉。昔人命词曰诗余，盖其和声成文，导源比兴，语殊修短，音分缓急，执鬲隐显，体别柔刚，调异舒惨。虽绳尺难违，而趋舍由己。极阴阳神变之妙，仍复自娱隐括之中。因思宋贤自署词卷，往往径标乐府，或云乐章，似欲振臂敧律诗之席矣。"②邵瑞彭对词体的产生及其艺术表现功能予以详细的论说。他认为，从总体而言，词体确是从诗体之中衍化而来的，但其主要缘于

————————

　　①　杨传庆、和希林辑校：《辑校民国词话三十种》，（台湾）花木兰文化出版社2016年版，第140页。

　　②　冯乾编校：《清词序跋汇编》，凤凰出版社2013年版，第2136页。

脱却音律表现的人为束缚而追求以比兴为本的创作机制。词的产生是在不断消解律诗之严苛束缚的基础上而成就的，它虽仍然受到曲调的限制，但在有效地发挥创作者自身独创性上显示出妙处，其更体现出由民间音乐孕育与融含而来的自然音律之美。邵瑞彭将词体的出现更多地联系于文学历史发展所蕴含的"消解"与"替变"机制，强调词体在一定意义上乃近体诗变化创新的产物。其论是甚有异于他人的。吴梅《词学通论》有云："作词之难，在上不似诗，下不类曲，不淄不磷，立于二者之间，要须辨其气韵。大抵空疏者作词，易近于曲；博雅者填词，不离乎诗。浅者深之，高者下之，处于才不才之间，斯词之三昧得矣。"① 作为词曲研究大家的吴梅，对词曲之体的艺术质性有着深入细致的认识与解会。他从诗、词、曲作为不同文体质性差异的角度来把握词体，把"气韵"视为辨分词作的切入点，吴梅强调作词既要力避空疏，融以才学，同时又要避免一味求取"博雅"，以炫正体与庄重的质性。他主张要灵活把握好艺术表现的浅深、高下之间的"度"，在既张扬才情又不一味唯才情而动中求取词作的独特韵致。

民国后期，夏仁虎《谈词》有云："词为诗余，但词之于诗，截然不同。此不能求之迹象，应在韵味神气间，玩索得之。昔阅《儒林外史》小说，中载一事云，杜慎卿阅季某诗稿，见有句云'桃花何苦红如此'，杜谓此句上添一'问'字，便是一句好词云云。极为叹服。盖此句置之诗中，并非佳联，添一字入词，便成隽语，此真教人为词之金针也。明乎此理，乃知词与诗之所以不同矣。"② 夏仁虎也论说到诗词之体的细微区别。他强调应从两种文学体制艺术表现的神韵与意味之间去加以把握。他例说《儒林外史》中所载"桃花何苦红如此"之句，认为在顶头增添一"问"字之后，对其原有诗体之属而言，并不见得有何生色，却使其成为了一句很好的词作之语，体现出更为隽永与令人回味的口语化特征，其中的意致、韵味是与前此

---

① 吴梅：《词学通论》，中华书局 2010 年版，第 2 页。
② 杨传庆、和希林辑校：《辑校民国词话三十种》，（台湾）花木兰文化出版社 2016 年版，第 123 页。

有着很大不同的。"桃花何苦红如此"与"问桃花何苦红如此"两句，其间只是相差一个"问"字，所表现出的意味却是有所差异的。前者寓疑问于规整庄正之句中，后者则转以设问，"问"上加"问"，进一步浓厚与强化了"怜物"之情，主体情感色彩进一步显得浓厚了。夏仁虎的这一论说是甚为细致形象的，富于启发性。

刘缉熙在《词的演变和派别》一文中云："盖词曲根本不同，词是拗涩而缓，声音是缓的，伴奏以管乐。北曲流利而急，觉着痛快、复杂，伴奏以弦乐。所以词至此遂感到'山穷水尽疑无路，柳暗花明又一村'。境界将穷，忽生新界也。故曲之于词，犹词之于诗也。此后的词，可以作古董看，案上文章看，不过其文学生命犹存耳。"①刘缉熙从音乐伴奏的角度比照词曲之体的不同。他概括词的声腔表现优游而缓曲，多以管乐器伴奏而歌；散曲之体则讲究直切流转，多以弦乐器伴奏而唱。相对词体衍生于诗体之中而言，散曲之体的出现也蕴含相通的艺术机制，它们都是传统文学体式不断变化创新的产物。刘缉熙一方面肯定"词"作为文学体式所具有的历史价值，另一方面又将其仅仅视为一种在特定时期出现与兴盛的文体，认为其蓬勃的生命已与时而去了。此论说是顺乎文学通变之理的。邵祖平在《词心笺评·序说》中云："词者意内而言外，尤非诗之略有比兴多带直致者可比，盖词之在内，心思微茫，唱叹低回，蕴蓄深厚，吞吐异常，而其外之文体，固圆润而明密，鲜泽而轻蒨者也。"②邵祖平从意致呈现的角度论说诗词之体的相异。他归结，在赋、比、兴三种表现手法之中，诗歌艺术表现以赋笔为主而以比、兴为辅，词之艺术表现相对更侧重于运用比兴之法，其更体现出表意深细、回环往复的特征，两者在面貌呈现上确有着一定差异的。

顾随《驼庵词话》有云："在我国古典韵文中，诗和词的区别只在形式而不在内容。词也就是诗，它的范畴比诗狭小一些：较之律诗，尚有优点；较之五古，已自弗如；较之七古及杂言，则弗如远

① 张璋、职承让、张骅、张博宁编纂：《历代词话续编》，大象出版社 2005 年版，第 1281 页。

② 邵祖平：《词心笺评》，复旦大学出版社 2007 年版，第 2—3 页。

甚。格律之严，篇幅之短，是它生来的'先天不足'，这就缩小了它内容的容量。使用起来，诸多不便。"① 顾随将词体视为大致介于古体诗与近体诗之间的文学体制。他论断，与律诗相比，词的创作在自由度上稍见出优长；而与古体诗及杂言诗相比，词的创作在自由度上又明显体现出劣势，所受到限制不少。顾随似乎并未识见到词体在音调运用与审美表现方面的优势，这显示出他作为文学理论批评家的不足。

第四节　偏于从面貌呈现与风格特征角度辨析之论

　　民国时期传统词学对词作体性辨析的第四个维面，是偏于从面貌呈现与风格特征角度加以展开的。在这一维面，明代王世贞，清代梁清标、曹尔堪、黄心甫、丁澎、万言、田同之、周大枢、宋翔凤、孙麟趾、陈澧、陈廷焯、胡玉缙等，对词体之性予以过多样的叙说。延至民国时期，仇埰、王蕴章、卓揿、赵尊岳等将对词作面貌呈现与艺术风格的论说进一步予以了丰富与完善。

　　民国中期，仇埰在《蓼辛词序》中云："词为诗余，蓄性情，据怀抱，与诗同其用，而殊其境。盖其婉曲绵邈，诗所不能到者，而词通之。"② 仇埰对诗词之体艺术功用持相通的态度，但他认为，两者在艺术表现及面貌呈现上又是存在差异的，词作之体艺术表现更为委婉曲折、幽细深致，它从一定程度上对诗体艺术表现具有延伸与拓展的作用。王蕴章在《梦坡词存序》中云："抑更有进者，诗词虽同为天籁，发于自然，然长言咏叹，词之取境，更进于诗，非玲珑其声、连犿其辞，不足以语于金荃之遗响。并世名流，工诗者未必能为残月晓风之唱，工词者又未必尽能为五言七字之师。"③ 王蕴章在肯定诗词之体都生发于自然的基础上，论说到两者艺术表现及其面貌呈现的

---

① 朱崇才编纂：《词话丛编续编》，人民文学出版社 2010 年版，第 3291 页。
② 冯乾编校：《清词序跋汇编》，凤凰出版社 2013 年版，第 2127 页。
③ 同上书，第 2120 页。

差异。他论断，相对于诗体而言，词的意境创造更显委婉幽约，更讲究在玲珑婉转的音律表现与华美雅致的言辞护佑中尽呈其艺术之美。正因此，擅诗之人未必工于词，而工词之人也未必擅于诗，两者在创作规制与体性要求上是有所不同的。卓揆《水西轩词话》有云："夫词与诗异者，词可幽不可涩，可疲不可削，尽有诗名动海内，而观所为词，实未敢附和尊崇也。一花一草，一风一月，要妙（笔者按：有误，应为"眇"）悠扬，引人无尽，词能之，诗不能也。"① 卓揆论断词作为独特的文学之体，其趋尚细微幽深而力避滞塞不灵，趋尚柔婉俗化而力避刻削孤峭，正因此，不少诗名远播之人却不能填出好词，其关键便在于此。词的创作追求在细微的意象运用及声腔韵律的悠扬婉转中尽显艺术魅力，它与诗的创作确是有所异别的。其在《纫佩轩词序》中又云："尝谓词婉而讽，贵得典雅之遗；文茂而隽，维以丽则相尚。"② 赵尊岳概括，相对于文章之体风华隽永、典则华美的面貌呈现与风格特征，词作之体的艺术特征多表现为委婉曲折而深寓旨趣，其呈现出柔美雅致的面貌及艺术风格。

新中国成立以后，陈兼与《闽词谈屑》有云："词至后来，抒情托意之作用，益为广泛，与诗同功，而较诗，尤为委婉，故学者皆喜为之。"③ 陈兼与在持论词作艺术表现功能不断拓展与丰富、最终"与诗同功"的同时，仍然肯定词体面貌呈现以委婉含蓄为本色，其与诗作风格表现是形成一定差异的。廖辅叔在《谈词随录》中，则对诗词之体的面貌呈现及其审美风格予以形象的叙说。其云："词与诗同是诗国的鲜花，所不同者在于它的色香味。也正因为各有不同的色香味，百花齐放才显得春天是无比的光辉灿烂，词也才有独立生存的意义。"④ 廖辅叔对诗词等文学之体呈现出丰富多样的艺术面貌及审美意味，表现出极为推尚的态度，由此大力肯定文体创造的多样性。这体现出他作为古典文学名家的卓然融通之识见。

---

① 卓揆：《水西轩词话》（乙稿），福建图书馆藏抄本。
② 冯乾编校：《清词序跋汇编》，凤凰出版社 2013 年版，第 2137 页。
③ 刘梦芙编校：《近现代词话丛编》，黄山书社 2009 年版，第 136 页。
④ 张璋、职承让、张骅、张博宁编纂：《历代词话续编》，大象出版社 2005 年版，第 1105 页。

第五节　偏于从词作自然表现角度辨析之论

民国时期传统词学对词作体性辨析的第五个维面，是偏于从词作自然表现角度加以展开的。在这一维面，胡适、叶恭绰等有所论说。

民国前期，胡适在《致钱玄同》中云："古来作词者，仅有几个人能深知音律，其余的词人，都不能歌。其实词不必可歌。由诗变而为词，乃是中国韵文史上一大革命。五言七言之诗，不合语言之自然，故变而为词。词旧名长短句。其长处正在长短互用，稍近语言之自然耳。即如稼轩词：'落日楼头，断鸿声里，江南游子，把吴钩看了，阑干拍遍，无人会，登临意。'此决非五言七言之诗所能及也。故词与诗之别，并不在一可歌而一不可歌，乃在一近言语之自然而一不近言语之自然也，作词而不能歌之，不足为病。正如唐人绝句大半可歌，然今人不能歌亦不妨作绝句也。"① 胡适论说词的创作本质并不在是否"可歌"之上。他认为，词由诗之体中衍化而出，乃我国抒情文学发展史上的一大创新，其根本优长在于词的语言表达更合乎自然，更接近与切合人们的口语表达习惯。胡适以辛弃疾《水龙吟·登建康赏心亭》一词为例，进一步阐明诗词之别并不在以"可歌"为原则，其关键在是否更切合人们的口语表达。很显然，胡适对"词"这种文学形式，是寄寓"文学革命"使命的，也从一定意义上寓示传统抒情文学的发展方向。其又云："然词亦有二短：（一）字句终嫌太拘束；（二）只可用以达一层或两层意思，至多不过能达三层意思。曲之作，所以救此两弊也。有衬字，则字句不嫌太拘。可成套数，则可以作长篇。故词之变为曲，犹诗之变为词，皆所以求近语言之自然也。"② 胡适同时提出词的创作也存在不足，一是"字句终嫌太拘束"，二是"只可用以达一层或两层意思，至多不过能达三层意思"。他认为，正因此，散曲之体从字语运用方面对词体形成补充拓展之艺术功效，它更多地融合衬字衬语，有效地弥补了字句之拘

---

① 杨传庆编著：《词学书札萃编》，南开大学出版社 2015 年版，第 381—382 页。
② 同上书，第 382 页。

束，可从不同的方面与程度上增扩与加强语言的表现效果；二是散曲之体在结构方面更显示出一定的纵深性，可更有效地表现多方面与多层次意旨。因此，散曲从词体中衍化而出，确将传统文学之体推陈出新了，是适应社会变化与时代发展的。

民国中期，叶恭绰在《与陈柱尊教授论自由词书》中云："诗词曲本一贯之物，以种种关系而异其体裁与名称，其为叙事、抒情之韵文则一也。应求可以合乐与咏唱，则亦同。愚主张，曲之流变应产生一种可以合乐与咏唱之物，其名曰歌。其详已见拙著《振兰簃裁曲图诗序》，兹不复赘。尊著自由词实即愚所主之歌。鄙意应不必仍袭词之名，盖词继诗，曲继词，皆实近而名殊。犹行楷、篆隶，每创一格，定有一专名与之，以明界限，而新耳目。"① 叶恭绰肯定诗、词、曲之体在内在本质上是相近相通的，认为它们乃因外在表现形式的不同而形成异别，但这并不是根本性的。叶恭绰倡导，从抒情性文学之体内在承衍与创变的过程与规律来看，将来应该出现一种可名之为"歌"的文学体制。它能较好地将"合乐"与"咏唱"，亦即协于声调与大众化吟唱融为一体，从而，既明确不同文体细微之界限，又将抒情性文学之体制推陈出新，是适应社会变化与时代发展的。

总结民国时期传统词学对词作体性的辨析，可以看出，其在承衍前人对词之体性辨说的基础上，较为集中地从艺术体制与内在质性、创作旨向与艺术功能、音调变化与审美表现、面貌呈现与风格特征，以及词作自然表现的角度进一步予以了展开。他们对词体与诗、曲等文体的相通相趋与相异相离进行了具体丰富而细致深入的辨说。这些辨说，从不同的视点上展开、充实、深化与完善了传统词体之论的内涵，为我们全面深入地把握词体之性提供了更为坚实的平台，也从一个视点显示出民国时期词学所达到的思维认识高度。

---

① 杨传庆编著：《词学书札萃编》，南开大学出版社 2015 年版，第 332 页。

第二章
民国时期传统词学中的词情论

我国传统词学创作论中包含一些重要的命题与范畴，如"兴"、"情"、"意"、"气"、"境"、"法"等，它们从不同的方面影响和决定着词的创作发生与运思，成为词的创作的根本性要素。其中，"情"作为词的创作动力之源与主要内容，曾被历代词论家反复论及，构建出多维面的理论阐说空间，从一个视点将对词作本质、特征及生成的探讨呈现出来。民国时期以来，这一领域论说如何，其在承纳接受与衍化创新的链条上有何特点，具体从哪些方面延伸、充实与深化、完善了有关论说，本章对此予以考察。

第一节　对"情"作为词作生发
之本标树之论

对"情"作为词作生发之本的标树，是我国传统词学一以贯之的内容。延至民国时期，这一维面内容，主要体现在碧痕、□灏孙、康有为、张尔田、配生、胡云翼、谭觉园、张龙炎、王易、程善之、憾庐、徐兴业、汪兆铭、赵尊岳、梁启勋、沈祖棻等的论说中。他们在传统文论与现代美学思潮相互交替、融合与转型的时代背景下，对词的创作中以情为本之论予以了大力的申说与张扬。

民国前期，碧痕《竹雨绿窗词话》有云："词有教人读之破颜、读之伤心、读之而慷慨激昂、读之而悔惧慑缩者，此无他，性情使然耳。我之性情，发乎声而见于词，人孰无性情，读有所触，则形随矣。

词之足以感人，是词之功用，亵声哀音，不可以入世，此其故也。"①
碧痕较早地将情感表现论断为词作艺术生发的本质所在。他将词作对
人的触动描述为欣然"破颜"与"伤心"，或"慷慨激昂"与"悔惧
慑缩"，见出了词作感动人心的丰富内涵与多维面特征。进一步，他又
将接受者与创作者的共鸣界定为立足于情性的相通相契，这赋予了词
作以不朽的艺术生命力。之后，□灏孙在《红藕词跋》中云："天地
间，音从情处生，音之道，有感斯妙。……吾尝谓诗古文词虽造自笔、
墨、纸、手，而文之音多怨，诗之音多忧，词之音多喜乐。造乎词之
诣极，则喜乐之音为宗。古之长于词者虽未必尽然，盖由喜乐之极而
哀怒生，其哀怒也而犹未忘乎喜乐焉。且夫天地间可喜可乐之情，男
女为大，发乎情，止乎礼义，情所以正，止其情，音之所以正也，正
而喜乐则已妙矣。"②□灏孙明确重申音声之道是由人之情感催生而出
的。他在标树以情为本的基础上，将对词作情感表现的探讨言说开来
并予以规范。□灏孙归结情感寓含于音声之中，有声之道表现可言之
情，无声之道表现无言之情，情感表现始终是与音声发抒相互联系、
相互共构的。□灏孙辨分诗、词、文所表现人之情感，归结词体多表
现人的喜乐之情，他进一步提出，男女之情应该是词作所表现的首要
内容，但他强调，男女之情的表现要入乎正道、合乎礼义，如此，其
所表现的喜怒哀乐之情则无不入乎妙处。康有为在《江山万里楼词钞
序》中云："明人于词不足道，国朝最盛，然朱、厉以来，皆组越甲以
为工，夸晋郊以炫富。夫词以纾情，非与波斯胡竞贾也，奚取于
斯?"③康有为在论说明清时期词作之缺失的基础上，也将情感表现标
树为词的本质所在。他批评清代浙西词派中很多人的创作喜好炫弄题
材，夸饰辞句，一味在艺术表现方面曲折摆弄，将词作情感表现的本
质功能予以了淡化，是本末倒置的。

　　民国中期，邵章在《渌水余音序》中云："词者，诗之余。意内
而言外，本诸性情，而托于咏叹。曰赋，曰比，曰兴，有三百篇之遗

①　朱崇才编纂：《词话丛编续编》，人民文学出版社2010年版，第2276页。
②　冯乾编校：《清词序跋汇编》，凤凰出版社2013年版，第1356—1357页。
③　孙克强、杨传庆、裴喆编著：《清人词话》，南开大学出版社2012年版，第339页。

则焉。世谓欢愉之音难好，牢愁之音易工，理所必然，特未足以概词之大全。要之，词必以诚立，犹之乐不可以伪为。"①邵章在肯定词源于诗骚之体，以抒情表意为本的基础上，对传统情感表现之论持以认同与张扬。他认为，传统情感表现之论有所欠缺，由此，他特别强调情感表现以真实诚挚为第一要义，归结此乃词的创作得以成就与感动人心的关键所在，是放之四海而皆准的普遍艺术要求。张尔田在《与光华大学潘正铎书》中云："尝谓词也者，所以宣泄人之情绪者也。情绪之为物，其起端也，不能无所附丽，而此附丽者，又须有普遍性，方能动人咏味。其知者可以得其意内，而不知者亦可以赏其言外，故古人事关家国，感兼身世，凡不可明言之隐，往往多假男女之爱以为情绪之造端，以男女之爱最为普遍，亦即精神分析学中所谓变相以出之者也。"②张尔田也将情感论断为词作艺术表现的本质所在。他强调词作情感表现要有所依托，要体现出普遍性，如此才能动人心魂。他认为，词作艺术表现往往通过托喻男女之情的模式来加以体现，因为"男女之爱最为普遍"，最易于为人所感知与理解，它能将"意内"与"言外"之意更好地表达出来。张尔田对词作情感表现要求的论说，将传统词情论的内涵进一步予以了拓展与丰富。配生《酹月楼词话》有云："盖文词之道，唯基于性情，然后可以动人。冯公之词，性情也，元献则故作休详语耳。"③配生将词的艺术魅力界定为创作主体之情感表现，亦体现出以情为主的创作本质论。他评断冯延巳词作之妙，便尽在真实情性的呈现，而晏殊词作在情感表现上则有矫揉造作之嫌。配生将对以情为本的倡导进一步张扬开来。

胡云翼在《宋词研究》中云："更从内容方面看，诗可以分为抒情诗、叙事诗、剧诗等类，词则仅限于抒情一体。我们试将词的作品，分析归纳一下，其描写的对象，总不外闺情、离别、伤怀、怅忆之范畴。如《花间》小令，务著艳语。南唐李后主，宋初柳永皆婉约为宗。虽然苏（轼）辛（弃疾）务为豪放，却号称别派，然亦未

① 冯乾编校：《清词序跋汇编》，凤凰出版社2013年版，第2106页。
② 杨传庆编著：《词学书札萃编》，南开大学出版社2015年版，第264页。
③ 同上书，第1370页。

尝非抒情也。南宋词若《绝妙好词》所选，莫非言情之作。"① 胡云翼对词作音律运用与情感表现之间的关系甚为注重。他强调，音律运用要服从与服务于情感表现，因为词在本质上乃抒情之体，其题材抒写不外乎人的现实生活中的各种情感，如闺阁之情、离别之情、伤怀之情、忆旧之情等。总之，自《花间词》以来，南北宋代表性词人之作中，未有不以抒情为创作旨归的。胡云翼从题材抒写的角度，将情感表现标树为词的创作的本质所在。

谭觉园《觉园词话》有云："作词乃以写性情，应随作者性情之所适，一韵中有千数百字，可任意选用，以求韵之工稳，即用定后，苟有不惬意者，亦可得而别改之，岂能受一二韵之束缚也。今人作词，好用古人原韵，或和韵，或叠韵，且间有连句者，殊不知文由情而生，韵随句而用，有情有句（非完成句），而后用韵，否则，是先有韵而后由韵生情造句也。如此所成之词，决不免有削足就履之弊，生僻聱哑之处，安能描写性情哉？"② 谭觉园以抒写性情为词之本质所在。他强调，词之音律表现应该围绕创作主体性情抒写而加以展开，自由地选择字语，切不可因平仄拘限而束缚之。谭觉园评说当世之人好用所谓原韵，或和其韵调，或在其韵调的基础上加以叠韵，甚至有连续叠韵者。他们在不经意中忘却了文辞随情感表现而用、音律随文辞运用而转的原则，将由情而文、由文而韵的创制关系予以了倒置，极大地消解了主体的情感表现，正可谓"削足就履之弊"，又哪里称得上视词体为抒写性情之具呢？

张龙炎《读词小纪》有云："词以缥缈绵邈哀感顽艳尽之，东坡以为己词合关西大汉持铜板高歌乃喜，实则柳耆卿之'晓风残月'由妙女按红牙歌之，亦何尝见有逊色，盖情之感人者，不能强定是非。"③张龙炎通过评说苏轼和柳永词作风格特色，重倡了词作以情感表现为本位的原则，强调不同的艺术风格都有其特色，也都有其感人之处，是不

---

① 张璋、职承让、张骅、张博宁编纂：《历代词话续编》，大象出版社 2005 年版，第1075 页。
② 杨传庆、和希林辑校：《辑校民国词话三十种》，（台湾）花木兰文化出版社 2016 年版，第 223 页。
③ 同上书，第 215 页。

能执一而论的。张龙炎将以情感人标举为词的本质所在。王易《学词目论》有云："一曰植本。何谓植本？正情是也。自《三百篇》而楚辞，而汉赋，而五七言诗歌乐府，以底于词曲，其本一也。一者何？情而已矣。"① 王易直接将情感表现论断为我国传统文学创作之本质所在。他评说从先秦时期的《诗经》一直到词曲之体，其共通点都体现为立足于情感表现而加以艺术生发与审美创造，"情"成为各种文学体制最重要的生发之源。程善之在《致夏承焘》中云："弟于词所得甚浅，而私以为文字之学，会有穷期，惟情感为无穷无尽。彊村先生之超出古今者，缘其情感深厚，而所关者一代之兴衰。以视水云楼之仅缘个人身世者，迥乎不同。……倘其人一生所处，只是顺境，如王渔洋、吴谷人辈，所造不过如此。成容若、项莲生便不然，则小小逆境为之。大概境愈逆，情愈悲，则成就愈大。而尤必其人素常抱温柔敦厚之品格，不甘于哺糟啜醨，时时存蝉蜕滓秽之心而不遂，乃掩抑摧藏而出于文字，凡诗文皆然。特长短句之晦曲艰深，最适于词中情性，诗文所不能及者。"② 程善之从具体创作经验之谈的角度，将情感标树为词作艺术表现的本质所在。他认为，情感含蕴乃词作感动人心的关键所在。朱祖谋词作之所以超迈古今，便在于其所表现情感关乎时代兴衰与大众命运；而蒋春霖《水云楼词》以述说个人情事为主，其艺术魅力自然相对为少。程善之概括王士禛、吴锡麒等人一生所处以顺境为多，故词作相对难以感人；而纳兰性德、项鸿祚等人所遭遇逆境较多，故词作情感表现悲切动人，更显示深厚的艺术魅力。程善之概括词之体制，是最适合于表现与传达人之情感意绪的，它在句式运用上长短相映，在艺术表现上则明暗相衬，是一般诗文之体所难以比拟的。程善之联系当世具体词人词作，对"情"为词作本质所在作出更为翔实的阐明，是甚富于启发性的。

朱光潜在《关于王静安的〈人间词话〉的几点意见》中云："我以为诗的要素有三种：就骨子里说，它要表现一种情趣；就表面说，它有

① 张璋、职承让、张骅、张博宁编纂：《历代词话续编》，大象出版社 2005 年版，第677 页。
② 杨传庆编著：《词学书札萃编》，南开大学出版社 2015 年版，第324—325 页。

意象，有声音。我们可以说，诗以情趣为主，情趣见于声音，寓于意象。这三个要素本来息息相关，拆不开来的；但是为正名析理的方便，我们不妨把他们分开来说。"① 朱光潜在这里所说的"诗"，当然是包括"词"在内的。他界断，诗词之体要以情致与意趣表现为本，创作主体将内心所包孕的情感通过以意象为载体、以声音为传达之径加以有序的表现，这之中，艺术情致与趣味表现成为其创作的旨归所在，它从内在影响着意象的运用与字语的择取。一句话，情感发抒与意趣表现是抒情性文体的艺术本质之所在。憾庐在《怎样读词》中云："我们要的，是有性灵，有意境，有情绪，有神韵的词。没有这些内容的词很多很多，大可不必读。各种的词集也都不是以这标准来选辑，我们仅能随意读而用我们的眼光去取它。"② 憾庐将"性灵"、"情绪"、"意境"、"神韵"同时作为词作审美的本质属性，其中，从创作主体而言，情感表现成为决定词作是否富于艺术魅力的关键因素之一。徐兴业在《清代词学批评家述评》一文中云："诗词者，所以抒人之情也，故曰：'文学为感情之记录。'能抒情者，即诗词之上乘，情深而作品亦深，情浅则所作亦浅。善乎！陈卧子之言：'其欢愉愁苦之致，动于中而不能抑者，类发于诗。'此我之所主张评词当以纯文艺为立场，亦即王国维《人间词话》之立足点也。"③ 徐兴业亦将情感表现论断为诗词之体的本质特征，他并以此而界分作品层次之高下，强调情感表现深挚，则作品自然感人至深。他将王国维在《人间词话》中所倡导的真情说进一步张扬开来。

民国后期，汪兆铭从尊体与选词的角度，论说到情感乃词作艺术表现的本质所在。其在《致龙榆生》中云："自三百篇以迄于五代，言情之作，大家不废，及宋则欲尊诗体。大家往往于所为诗汰去言情之作，而一发之于词。此于诗未为尊，而于词则未为亵也。今年又有所谓'尊词体'者，欲于词中删去言情之作，此真乃不可以已乎？（周止庵氏似未免此弊。）窃意词选于此，亦似宜留意。淫荡之作，固不可取。若夫缘情绮靡，则含英咀华，正当博搜而精取之，亦不必为'外集'、

---

① 张璋、职承让、张骅、张博宁编纂：《历代词话续编》，大象出版社 2005 年版，第783 页。

② 同上书，第 1305 页。

③ 徐兴业：《清代词学批评家述评》，无锡国学专修学校 1937 年印行，第 2 页。

'集外词'以强生区别也。"① 汪兆铭论说自先秦时期的《诗三百》以来，情感便是文学作品所表达的核心内容，但延至宋代，人们推尊诗作之体，一味强化其所谓社会现实功用与道德心性意义，将"缘情"的艺术功能更多地转替到了词体之中；而延至清代中后期以来，一些人又一味推尊词作之体，意欲消隐词体的言情之功，将词作艺术表现的本质所在不自觉地予以了偏位甚至歪曲。汪兆铭归结，在合乎中和艺术准则的前提下，缘情而发、因情而抒，应该成为词的创作的真正动力与核心内容，词选家们大可不必视之为不入大雅之堂的。赵尊岳《珍重阁词话》有云："作者往往完篇之后，自以为名章俊语，而读者每患索然，此作者不能以情馈之读者也。慧心所托，知之者焉能无动于衷？是以完篇之后，越日当循回读之，觉情致嫣然在纸，积月以还，更不少减，知读者于此词，必入彀中矣。其别有所寄，或语格迥殊，或自是名篇，但惬心赏，为他人所莫辨其甘苦者，又当别论。"② 赵尊岳强调词作要以情馈人。他论说作者在填词之后，要搁置一些时日，然后，自己作为读者先去读一读，切身感受是否有情感氤氲其中，著于纸上，如此，则读者自能从中切实感受到别样的意致与寄托。赵尊岳将以情动人视为词作具有长久魅力的最重要所在。其又云："读词之法，首窥作者之性情襟抱。盖词本抒写性灵之物，而性情襟抱，既不易悬鹄以求，且或有转足以限制人之学力者。读词能首加致意，则积久之后，性情可以陶融，襟抱可以开朗，自进益于不自知之中。"③ 赵尊岳从赏词的角度，将主体情性襟怀论说为词作艺术表现的本质所在。他界定，人的情性襟怀并不是可以凭空产生与成就的，它与人的日常习学是紧密相关的。读词之久，则人的情性自然可以得到陶冶，襟怀抱负自然可以得以开阔豁显。赵尊岳对情感表现作为词的本质所在作出了很好的阐说。

梁启勋在《词学》中云："文学乃一种工具，用以表示情感，摹描景物，发挥意志，陶写性灵而已"；"词为文学艺术之一种，就表示情感方面而言之，容或可称为一种良工具"。④ 梁启勋直接将词这一文体

① 杨传庆编著：《词学书札萃编》，南开大学出版社 2015 年版，第 336 页。
② 《同声月刊》第 1 卷第 3 号，第 34 页。
③ 同上书，第 47 页。
④ 梁启勋：《词学》（卷下），中国书店 1985 年影印版，第 1—2 页。

视为情感表现的美妙文体，道出了词体之于情感表现的便利性与巧妙
性。他明确地将情感表现视为词体艺术的本质特征与优长所在。沈祖棻
在《微波辞（外二种）》中云："尝与千帆论及古今第一流诗人（广义
的）无不具有至崇高之人格，至伟大之胸襟，至纯洁之灵魂，至深挚
之感情，眷怀家国，感慨兴衰，关心胞与，忘怀得丧，俯仰古今，流连
光景，悲世事之无常，叹人生之多艰，识生死之大，深哀乐之情，为天
地立心，为生民立命，夫然后有伟大之作品。其作品即其人格心灵情感
之反映及表现，是为文学之本，本植自然枝茂。舍本逐末，无益也。此
吟风弄月、寻章摘句，所以为古今有识之士所讥也。因共数自灵均、子
建、嗣宗、渊明、工部、东坡、稼轩、小山、遗山、临川等先贤不过十
余人，于是知文学之难、作者之不易也。"① 沈祖棻对古往今来我国的
大诗人、大词人所表现出的相似襟怀情性与创作特征极为称扬与崇敬。
她概括这些人的创作乃其"人格心灵情感之反映及表现"，强调主体情
感在文学创作中的本根地位与动力之源作用。沈祖棻将自屈原以来至王
安石、苏轼、晏几道、辛弃疾、元好问等人的创作，都视为对"人格
心灵情感"的极度抒写与表现，其中，饱含了作者对社会人生的丰富
感受与多样体验，确是有广度、有深度、有滋味、有魅力的文学，让人
沉醉其中而难以自拔。

第二节　对词情表现特征与要求的论说

民国时期传统词情之论的第二个维面，是对词情表现特征与要求的
论说。这一维面内容，主要体现在四个方面：一是词情表现真实自然要
求之论；二是词情表现含蓄蕴藉要求之论；三是词情表现新颖独创要求
之论；四是词情表现中和化要求之论。以下分别论说之。

一　真实自然要求之论

民国前期，柳亚子在《与高天梅书》中云："大抵诗词之道，贵
一真，然而今人喜以伪体乱之，此弟之所见，所由，与时贤大异也。

---

① 沈祖棻：《微波辞》（外二种），河北教育出版社 2000 年版，第 234 页。

然非知我若公者，亦安敢轻发狂言以取世忌哉！更幸公有以晋之耳！"① 柳亚子将诗词创作之道的本质归结为情感表现自然真实。他批评其时不少人在文学创作中流于"作秀"，感慨高旭持论能与自己相合，他将情感真挚视为作品得以传之久远的关键。其又云："弟窃谓词家流别，以南唐、北宋诸家为正宗。否，亦宁学苏、辛，勿学姜、张。盖学苏、辛而不似，犹有真性情；学姜、张而不似，徒以艰深自文其浅陋，欺人而已。"② 柳亚子之所以主张向苏轼、辛弃疾学习，便在于其更见真实之性情的缘故。他对故作艰深、搜求意象、堆砌辞藻的艺术表现不以为然，论断其是毫无前途的。

无名氏《闺秀词话》有云："古有为人作书与妇者，无过以文为戏，敷陈藻采，然寄书者必将其意，受书者亦宜会其诚，不以假手于人而有所隔也。至于惜别怀人，情自我发，莫能相代。良以无其事则无其情，其情则文不能至，又安所贵邪？近见会稽商景兰《锦囊诗余》有《十六字令》代人怀远，云：'瓜，今岁须教早吐花。圆如月，郎马定归家。'又《眼儿媚》云：'将入黄昏枕倍寒。银汉指阑干。半轮淡月，一行鸣雁，云老霜残。凭着飘英风自扫，小院掩双环。离情难锁，苕苕江水，何处关山。'又《菩萨蛮》代人忆外云：'蜡花香动烟中影，纱窗半掩罗帏冷。孤雁沙汀，寒砧梦里声。梦来相忆地，难诉相思意。夜雨渡芭蕉，怀人正此宵。'再三为之，殊不可解。景兰，明吏部尚书商周祚女，祁忠惠公彪佳室。"③ 《闺秀词话》作者通过列举与评说商景兰"代人怀远"、"代人忆外"之词，言说出创作主体情感表现是难以相互替代的。他强调，主体情感缘发于外在物事，无其事则难有其情，其情感表现也是相对缺乏艺术感染力的。《闺秀词话》作者之论，实际上从情感产生的角度对情感表现的真实自然性提出了要求。

周焯《倚琴楼词话》有云："穷而后工，词亦云然，非只穷其身，盖必穷其心，心穷而后志苦，志苦而后情幽且真，不然南唐、容成朱轮

---

① 杨传庆编著：《词学书札萃编》，南开大学出版社 2015 年版，第 362 页。
② 同上书，第 361—362 页。
③ 杨传庆、和希林辑校：《辑校民国词话三十种》，（台湾）花木兰文化出版社 2016 年版，第 17 页。

绿绮，不可以为词矣。"① 周焯进一步对"穷而后工"的命题加以阐说。他认为，不仅要使创作主体困厄其身，更应使其心困厄，只有创作主体的身体与心志一同受困，才可谓全方位地困厄其人了，其词作情感表现才能真正的细腻而真实，这也正是李煜、纳兰容若等人之作显示出巨大魅力的根本原因。

碧痕《竹雨绿窗词话》有云："黯然销魂者，惟别而已矣。春草碧色，春水绿波，有情者无不伤情。古人别情词甚多，大底既有真情，便不乏佳句。"② 碧痕通过详细论说与例列临别之词的创作，也提出词作情感表现真实动人的要求，将真情视为催生文学佳句的源泉所在。他对柳永、秦观、辛弃疾、吴棠祯、周邦彦、王休微等人抒写临别之词句甚为推崇，认为其对临别之情感的表现真切细腻，甚富于艺术魅力。其又云："作词与作诗等，大底兴之所至，真情流露，不自知为佳句。若深入其境，尽知其中曲折，所出之语，必在意想之外。否则即多牵强拉杂，不存本色矣。"③ 碧痕极力强调诗词创作要以意兴为本，在自然真实中而入乎本色当行，他反对尽为"曲折"之言，认为其与"兴之所至"的本色之途是背道而驰的。况周颐《餐樱庑词话》有云："真字是词骨，情真景真，所作必佳。金章宗《咏聚骨扇》云：'忽听传宣须急奏，轻轻退入香罗袖。'此咏物兼赋事，写出廷臣人对时情景。确是咏聚骨扇，确是章宗咏聚骨扇。它题它人，挪移不得，所以为佳。"④ 况周颐极力倡导真实自然，将之标树为词的创作的精髓所在。他提出，词作之"真"主要表现在情感的真实与景象描叙的真实，唯其如此，词作才富于艺术魅力。况周颐列举金章宗《咏聚骨扇》中"忽听传宣须急奏，轻轻退入香罗袖"一句述事极见其真，细腻地表现出臣下报事时为人之君的动作变化，其词句是不为人君者所难以写出的，活脱生动，意味浓厚，符合特定情境，是"情真"、"景真"的佳句。

---

① 杨传庆、和希林辑校：《辑校民国词话三十种》，（台湾）花木兰文化出版社 2016 年版，第 28 页。

② 朱崇才编纂：《词话丛编续编》，人民文学出版社 2010 年版，第 2263 页。

③ 张璋、职承让、张骅、张博宁编纂：《历代词话续编》，大象出版社 2005 年版，第 1393 页。

④ 同上书，第 89 页。

宣雨苍《词谰》有云："世以姜史并称，梅溪细腻运贴，允称作家。而考其根柢，实不逮姜远甚。盖白石风度，如孤云野鹤，高致在诗人陶孟之间，岂彼权门堂吏所可希及。人有真性情而后有真文字，彼搔首弄姿者，虽工亦奚为。"① 宣雨苍通过评说史达祖与姜夔虽齐名于词坛而在艺术成就上存在差异，对词作情感表现亦提出真实动人的要求。他论断注重于形式雕琢之人，其词作即便工致异常然缺乏艺术魅力，是毫无社会价值的。翁麟声《怡簃词话》有云："至于李后主之《浪淘沙》、《虞美人》、《相见欢》、《玉楼春》诸作，竟体隽逸，丽而不溺，密而不纤。盖情至之文，如水到渠成，山动秀生。情生文耶？文生情耶？天人兼到之作也。言风韵此为冠矣。"② 翁麟声以李煜《浪淘沙》等词为例，论说出情感表现真实则词作自然富于艺术魅力的道理。他认为，在情感表现的自然真实中，词之文采自然随之而起，呈现出"情"与"文"相互映生、相互促发的特征。翁麟声对词之情感表现的真实性是极为推尚的。

民国后期，赵尊岳《珍重阁词话》有云："情有数种，其以浓为深者最肤浅，以淡为深者最至挚。特以淡为深，笔须苍劲，非一蹴所易几。譬如斜阳芳草，至足流连。其言人之流连者，可作浓语，情实非深。其言风物之流连者，差胜一筹。其言风物之常存，而人之不能常自流连也，情较深而语亦不能过浓。若但风物言风物，人言人，而有机括以杼轴其间，则此乃一乃词之正有一彼此依依而不能常接、不如听之任之之意。作此等语，情最挚至，而其言则非苍劲冲淡，不易曲达矣。"③ 赵尊岳将艺术辩证原则运用到对词作情感表现的论说之中。他论断，词作情感表现以浓郁为深致者最显肤浅，而以平淡为深致者最见真挚。很显然，他是主张于平淡闲静之中而含寓山高水深的。其又云："言情愈挚，炼字愈细，字面愈淡，此第一胜著也。"④ 赵尊岳对词作情感表现反复倡导真挚之求。他将情感表现的真挚、字语锤炼的细致及言语运用

---

① 朱崇才编纂：《词话丛编续编》，人民文学出版社 2010 年版，第 2456 页。

② 杨传庆、和希林辑校：《辑校民国词话三十种》，（台湾）花木兰文化出版社 2016 年版，第 192 页。

③ 《同声月刊》第 1 卷第 3 号，第 35 页。

④ 同上书，第 37 页。

的平淡一起，视为词的创作的第一等境界。其又云："言词无非情景，而言情为尤难。有二三虚字中，便蕴无穷之转应者，有情深而繁，多言莫罄，转借一二字以达之者，有委婉语炼锤简易，转见深刻者，有字面拙大，而内实俳丽者，有以一二虚字振挈全篇者，有一二语中暗转四五，而立言之意，更在暗转之外，特其消息非于转应中莫达者，有言极肤浅，而实蕴蓄深厚者，有言此而实不指此者，但标纲领，已不胜言。至于关节所在，当在读者随意体会之。"① 赵尊岳论说词作艺术表现主要依托于"情"与"景"两个要素，这之中，情感表现的方式是丰富多样却不易成就的。其中，有善于运用虚字而含蕴无尽者，有仅依托于几个关键字而表现出丰富深致情感的，有用语显得简单而意蕴呈现深致者，有只利用几个虚字就使词作意致表现盎然者，有表面显得肤浅而内在含蕴深致绵厚情感的，也有言在此而意在外者，如此等等，不一而足。赵尊岳从字语择取与技巧运用的角度，道出了词作情感表现的多种方式与路径，其总体而言，都显现出以含蓄蕴藉为求的艺术特征。其又云："言情之空实，不可强求。盖情本吾心所发，蕴诸寸衷，磅礴弥漫，然后登之楮墨，挥转自如，自然佳胜。其强求之者，心本无情，貌为情语，纵笔力可胜，句字停匀，是哲匠耳，何名为情？"② 赵尊岳对词作情感表现重申自然而发的要求。他反对强作情感表现的或空灵或切实之求，认为情感本是人们内心自然而成的东西，其或深蕴于内，或弥漫于外，都是不可强求而致的。因此，创作者应该充分尊重情感发抒的自然本性，因其势而利其导，而切不可强为之。其又云："词之空质，在文字谓之泛，谓之实，在吾心谓之真，谓之伪。情真则所蕴自深，情伪则本无所蓄，谓之泛实，无宁谓之真伪。"③ 赵尊岳将词作艺术表现的空灵与质实和创作者情感含蕴的真实与伪饰加以联系论说。他强调作者情感表现要真实自然，如此，其词作含蕴自然深致。正由此，他论断，词作艺术的空灵或质实便缘于创作者情感含蕴的真实或伪饰。总之，情感质性从内在决定着词的艺术表现。赵尊岳还对词的创作强调以

---

① 《同声月刊》第 1 卷第 3 号，第 41—42 页。
② 同上书，第 47 页。
③ 同上书，第 48 页。

情感的真实性为本，"宜由胸中发出"，在气脉自然流转的基础上加以传达。其又云："隽语当有真情，否则流为佻荡，其境至不易别。盖即以真智慧强作隽语，亦且多佻，遑论其他。"① 赵尊岳对词作轻隽之语的表现提出应当有真挚之情加以为本的要求，他强调，如此便可有效地避免轻佻浮荡之声的显现。赵尊岳将主体情感的自然真挚视为保证词作艺术表现入乎正道的必要条件。其又云："辛刘并称，辛实高于刘。盖辛以真性情发清雄之语，足以唤起四坐靡靡，别立境界，其失或疏或犷，则为雄之所累。有辛之清，抒辛之雄，不免此失，无其清而效其雄者可知。实则清根于性情，雄由于笔力。综览全集，亦有《祝英台近》等不雄之作，而无不清之作，斯实由于真性情所寄托。彼貌为狂放者，当知所鉴矣。"② 赵尊岳称扬辛弃疾之词乃缘于真情实感而发，其风格显现清隽中兼融雄豪，在词坛别立境界。当然，有时也不免为雄豪所遮蔽。赵尊岳论断，清隽乃根源于作者之性情，而雄豪则显现于其笔力。辛词中，仍以清隽风格为绝大多教，此便缘于其真情实性寄托所致。后世学辛弃疾之词者，应当特别注意其有时貌似疏狂放达而内在清隽委婉的特征。其又云："乡里士人，辄有所作词，外表甚纳，而骨干殊强，语亦疏秀者。或用字极重极拙，虽笔力不足回旋，而通体尚有真情者。大抵此等文字，情胜于词。以情发乎灵府，通乎襟抱，无往不可。若词笔则须学力天分兼到，非信手拈来者所易致。"③ 赵尊岳论说一些乡土词人的创作，其外表显得甚为质朴无华而内里显示出骨力，有的字语运用显得下笔较为用力与拙致，笔触相对缺少回旋余地，但整个词作体现出真情实意。赵尊岳归纳这类创作情感表现是胜过言辞传达的。其情感表现发之于作者之肺腑，是其襟怀志向的最真实体现，是无施而不可的，它们往往给人以更多的感动。其又云："一气呵成之作，未尝不可精研字面。盖零玑碎锦，酝酿胸中，但有真情，便可驱策，随意运用，不致板滞。"④ 赵尊岳推尚真实之情感为词作艺术表现的本源，认为其从内在激活着创作素材，影响着词作艺术技巧的运用，同时也鲜活着其

---

① 《同声月刊》第 1 卷第 3 号，第 51 页。
② 同上书，第 51 页。
③ 同上书，第 53—54 页。
④ 同上书，第 60 页。

面目呈现。其又云："不必言情而自足于情，一字一语，落落大方，得天籁者，为词中最圣境界，大晏是也。"① 赵尊岳对词作情感表现提出很高的要求。他深受司空图以来我国传统文论对含蓄蕴藉之美的倡导，强调情感表现的极致境界便是"不著一字，尽得风流"，亦即在字语运用上似乎并不注重情感流露，但内在处处充蕴着主体之情感，其艺术表现自然天成，如盐溶于水中，毫无做作的痕迹。

　　赵尊岳《珍重阁词话》又云："至情之语，上入九天，俯达重泉，拗铁为丝，刻金成缕，固不可以理相限度。然当于理可通，即乍观似不可通者，亦当自圆其义，俾不価越于理外。此自圆之义，固不必明言，要当使读者细心玩索而可得，方为允当，否则风魔之语，更何足道？有欲学为蕃艳之作，胡帝胡天之语者，不可不致意于斯。"② 赵尊岳大力肯定饱含真情的语言表现是不必遵循现实逻辑的。它可上九天，可入地府，打破有限时空的限制，自由驰骋，也可以随着主观想象而变化事物的原有面貌，有着极强的艺术生成与表现能力。但赵尊岳同时强调，主体情感表现要合乎艺术逻辑，即表面看似不合乎事理而实则合乎情感逻辑，能"自圆之义"，否则，过度的艺术表现容易使词作入于"风魔"之道，偏离艺术表现之正轨，是难以感动人心的。其还云："言情自贵疏秀，然尤贵于沈著。若但以肤廓疏浅之语为疏秀，则非深于情矣。自当内事沈郁，外务松俊。笔愈空灵，情愈深炼，方为合作。《文心雕龙·隐秀》一篇，颇能尽其指归。"③ 赵尊岳对词作情感表现提出贵在淡远、贵在沉郁的要求。他强调，浅致之语并不一定显现为淡远之风格，语言表现的理想之境应该是内在以沉郁为求，外在以俊朗为尚，如此，其笔法运用愈见空灵，其情感表现则愈见沉郁，这才是词的创作的高妙之境。其还云："词中赋题，有由盛而衰之转折。小至庭花杂卉，由花开而至于花谢，大而君国，由开基而至于易代。其转折处自为一大关键，然此关键要处，在作者之深情。有情则笔自足以达之，不必定于一字一语求工，否则或为硬涩，或为松滑，虽珠玑络绎，却不足以寄此

　　① 《同声月刊》第 1 卷第 3 号，第 55 页。
　　② 同上书，第 70 页。
　　③ 同上书，第 74 页。

深情。"① 赵尊岳论说到赋物咏事之词的创作，将创作主体情感含蕴视为词的创作获得成功与感动人心的关键所在。他认为，小至花草之物，大至君国之事，其赋咏之道的关键便在于能否以情感而加以体悟与观照，使之充满艺术灵性与显示独特的意义，而不必用字造语以追求工致为妙，词作自能感人至深。赵尊岳将含蕴真实自然之情感视为词的创作的最重要因素。

张尔田在《致夏承焘》中云："词之为道，无论体制，无论宗派，而有一必要之条件焉，则曰真。不真则伪（真与实又不同，不可以今之写实派为真也），伪则其道必不能久，披文相质，是在识者。今天下纷纷宫调，率有年学子，无病而呻，异日者，谁执其咎？则我辈唱导者之责也。彊村诸公，固以词成其家者，然与谓其词之可贵，无宁谓其人之可贵。若以词论，则今之词流，岂不满天下耶？古有所谓试帖诗，若今之词，殆亦所谓试帖词耶？每见近出杂志，必有诗词数首充数，尘羹土饭，了无精彩可言。"② 张尔田对词之艺术表现十分强调自然真实的创作要求，将此放置在十分重要的地位，持论这是使词作富于长久魅力的根本所在。他批评一些初学者并非有感而发，而是无病呻吟、文质相离，尤其是所见报章杂志上的一些诗词，真如试帖之作，内在缺乏真情实感，了无滋味，是难以动人的。张尔田对情感表现真实性的强调，戳中了一些偏重音律表现与技巧运用之人的软肋，在民国时期风起云涌的变革大潮中有着强烈的现实意义。其《与龙榆生论词书》又云："弟所以不欲人学梦窗者，以梦窗词实以清真为骨，以词藻掩过之，不使自露，此是技术上一种狡狯法，最不易学，亦不必学。……盖先有真情真景，然后求工于字面。近之学梦窗者，其胸中本无真情真景，而但摹仿其字面，那得不被有识者所笑乎？"③ 张尔田通过论说其时一些人习效吴文英词作所体现出的舍本逐末之缺失，再一次道出对词作情感表现的真实自然之求。他界断，吴文英词作高妙之处便在于自现性情之真与艺术风格之清迈超卓，这是一般人所难以达到的层次。龙榆生在《晚近

---

① 《同声月刊》第 1 卷第 8 号，第 74 页。
② 杨传庆编著：《词学书札萃编》，南开大学出版社 2015 年版，第 3—4 页。
③ 同上书，第 286 页。

词风之转变》一文中云："吴氏与张孟劬、夏瞿禅两先生，往复商讨，力言词以有无清气为断，而深诋襞积堆砌者之失，孟劬先生亦然其说，而以情真景真，为词家之上乘，补偏救弊，此诚词家之药石也。"① 张尔田又论说词的创作贵在情感表现真实自然，景物描写真切生动为上乘之境。他甚为反对修饰雕琢，将此界定为衡量词作高下的标准之一。

詹安泰《无庵说词》有云："令词最重情意。情深意厚，即平淡语亦能沉至动人。否则镂金错采无当也。"② 詹安泰论断小令之词的创作以主体情感与意旨表现为本，论析如果创作主体情感表现深挚，那么其词作即使字面平淡亦感人至深。陈运彰《双白龛词话》有云："俳词与雅词，仅隔之间，俳词非不可作，要归醇厚。情景真，虽庸言常景，自然惊心动魄，本不暇以文藻之为妆点也。第一须避俗，俗不在乎字面，而在乎气骨，此不可以言传也，多读古人名作，自能辨之。"③ 陈运彰通过论说俗词与雅词之别，也对词的创作提出情感表现真实自然的要求。他将"情真"界定在"景奇"与"文藻"的艺术层次之上，认为这是词作富于艺术魅力的关键所在。徐兴业《凝寒室词话》有云："作词当尚情真，不当夸才大。惟其情真，而后有板拙语、至性语。惟其才大，而后有敷衍语、堆砌语。北宋诸家，除东坡外，才实不逮后人，但以其情真，遂觉脱语天籁，自有浑璞之诣。南宋诸词人，才大而气密，故能独创词境，不剿袭前人。然以其真挚之情稍逊，味之终觉隔一层。"④ 徐兴业强调词作情感表现要真实自然，而不以一味逞才为贵。他论断创作者唯其情真，故词作言辞运用便有朴拙之语与至性之语的名称出现；而相对地，如果一味逞才，则有敷衍之语与堆砌之语的名称出现。他评断北宋词人在创作上的共通之处便体现为情感表现真挚，所以其用语自然而意境天成；而南宋词人在情感表现的真挚上则稍逊一筹，

---

① 龙榆生：《晚近词风之转变》，《同声月刊》第 1 卷第 3 号。
② 张璋、职承让、张骅、张博宁编纂：《历代词话续编》，大象出版社 2005 年版，第1322 页。
③ 杨传庆、和希林辑校：《辑校民国词话三十种》，（台湾）花木兰文化出版社 2016 年版，第 308 页。
④ 张璋、职承让、张骅、张博宁编纂：《历代词话续编》，大象出版社 2005 年版，第1360 页。

其成就主要体现在对词境的开拓与创新之上。徐兴业对传统文学创作情感真实之求予以了重申与张扬。叶恭绰在《陈文忠公练要堂集序》中云：“盖凡以取其言之有物，固未暇计其体格、技巧之高下工拙也。诗之离真际益远，则其可取之性亦愈希。于是，论诗者亦往往以真性情为归。文文山之《正气歌》，岳鹏举之《满江红》词，令人感兴触发，岂遽不若李、杜、韩、柳？固知文学之真价，在此不在彼也。”① 叶恭绰也将情感表现的真实自然论说为诗词之体的本质要求，并界定其在体裁择选、格调呈现与具体技巧运用之上。他甚为推尚文天祥的《正气歌》、岳飞的《满江红》等动人肺腑之作，认为它们的艺术价值并不在李白、杜甫、韩愈、柳宗元等人的作品之下。他对情感表现的真实性也予以了张扬。

　　新中国成立以后，朱庸斋《分春馆词话》有云：“学词有偏重于性情，或偏重于词藻。人各不同，情词并茂，固是大佳；然情深意足虽白描亦能真切动人，稍加词藻则情文相生矣。”② 朱庸斋对词作情感表现亦强调自然真挚。他论说词的创作有以情感表现见长和以字语运用取胜两种类型。他认为，情感表现真挚，意致呈现充满，则词作自然感动于人。其又云：“无论何种文体，第一须发人深省，同感共鸣；第二使人印象深刻，历久不忘。如无真挚与深厚之感情，当难达到。于词亦然，一是以真取胜，一是以深取胜。温庭筠以深取胜，韦庄以真取胜——深使人玩味不尽，真使人有同一感受：真切。”③ 朱庸斋又对词作情感表现同时提出真挚与深厚的要求。他论断文学创作如无真挚之情感表现，作品便难以使人产生共鸣；而如无深厚之情感抒发，作品便难以使人铭心不忘。他评断韦庄之词以情感表现的真挚见长，温庭筠之词以情感表现的深致为胜，它们一同为富于艺术魅力之作。

二　含蓄蕴藉要求之论

　　张尔田、朱光潜、赵尊岳、夏敬观等人对词情表现阐说到含蓄蕴藉

---

① 叶恭绰：《遐庵汇稿》（中编），上海书店1990年版，第403页。
② 刘梦芙编校：《近现代词话丛编》，黄山书社2009年版，第336页。
③ 同上书，第340页。

要求之论。民国中期，张尔田在《与光华大学潘正铎书》中云："尝谓词也者，所以宣泄人之情绪者也。情绪之为物，其起端也，不能无所附丽，而此附丽者，又须有普遍性，方能动人咏味。其知者可以得其意内，而不知者亦可以赏其言外，故古人事关家国，感兼身世，凡不可明言之隐，往往多假男女之爱以为情绪之造端，以男女之爱最为普遍，亦即精神分析学中所谓变相以出之者也。"① 张尔田将表现人的情感意绪论断为词作之本。他认为，人的情感表现是要有所附着与依凭的，同时也要体现出普遍的可传达性。如此，词人们往往借助男女之情而托寄各种社会现实生活之事及对其感受体验。因此，男女之情便成为词作情感表现的普遍隐寓模式，成为一种"有意味的形式"。朱光潜在《关于王静安的〈人间词话〉的几点意见》中云："写景不宜隐，隐易流于晦；写情不宜显，显易流于浅。"② 朱光潜对词作写景与言情提出不同的要求，其中，他强调词作情感表现要含蓄深致，而不应流于肤浅暴露，缺乏审美的纵向深入性与横向延展性。

民国后期，赵尊岳《珍重阁词话》有云："言词无非情景，而言情为尤难。有二三虚字中，便蕴无穷之转应者，有情深而繁，多言莫罄，转借一二字以达之者，有委婉语炼锤简易，转见深刻者，有字面拙大，而内实俳丽者，有以一二虚字振掣全篇者，有一二语中暗转四五，而立言之意，更在暗转之外，特其消息非于转应中莫达者，有言极肤浅，而实蕴蓄深厚者，有言此而实不指此者，但标纲领，已不胜言。至于关节所在，当在读者随意体会之。"③ 赵尊岳论说词作艺术表现主要依托于"情"与"景"两个要素，这之中，情感表现的方式是丰富多样却不易成就的。其中，有善于运用虚字而含蕴无尽者，有仅依托几个关键字而表现出丰富深致之情感的，有用语显得简单而意蕴呈现深致者，有仅利用几个虚字就使词作意致表现盎然者，有表面显得肤浅而内在含蕴深致绵厚之情感的，也有言在此而意在外者，等等。赵尊岳从字语择取与技巧运用的角度，道出了词作情感表现的多种方式与路径，其总体而言，

---

① 杨传庆编著：《词学书札萃编》，南开大学出版社 2015 年版，第 264 页。

② 张璋、职承让、张骅、张博宁编纂：《历代词话续编》，大象出版社 2005 年版，第784 页。

③ 《同声月刊》第 1 卷第 3 号，第 41—42 页。

都显现出以含蓄蕴藉为求的特征。其又云："情语迷离直质，各有胜处。然迷离当致力于字面，直质当致力于骨干。"① 赵尊岳论说情感表现有委婉曲折与真切直率的方式，它们都是各有所长的。他认为，委婉曲折的情感表现因其过于细腻，故应尽量从字语的表面上着力，使人相对易于感受；而真切直率的情感表现则应尽量从词的内在骨干上用力，侧重体现出力度。其又云："情语宜有含蕴，有含蕴，便令人回味无穷。其以斩截语言情，而仍使人回咏者，是最大笔力。"② 赵尊岳强调词作情感表现要注重饱含内蕴，追求引人回味的艺术效果，此中，如果以决绝之语言情，而仍然要能引起人的回味，此乃词作艺术表现的"最大笔力"所在。其又云："词无非言情言景。言情者婉约以达意，词之正规也。言情多半得力于天分，天分不高，作者之情，何由而达？能有妙语，其次赋景，流连风物。赋景者但撷取耳闻而目见之事，停匀位置，天分稍逊者，犹可以学力拯之。"③ 赵尊岳对词的情景表现分别予以论说。他论断，词作情感表现要求委婉细腻、含蓄深致，此乃词作艺术表现之正途。词作情感表现的自如巧妙更多地缘于创作者之天分才气，它与景物描绘更多地依凭于创作者识见学力是很不相同的，后者只能创作出类似于"苦吟"之作，是缺乏灵心慧性、难以感人的。其又云："言情须含蓄之情，多于文字，似以吾满心所蕴蓄，寄托于此数十百字之间，回环而不能尽之，为事正不易易。其胸无所有，以强填一调者，必失之空，殆无疑义。"④ 赵尊岳对词作情感表现强调凝练含蓄的要求。他主张词作艺术表现应在尺幅短制之中融含创作者"满心所蕴蓄"之情，让主体情感充溢于所创造的艺术时空之中。他反对胸中少情韵而强为之说的创作，界定其必然使词作堕入虚空之地。其还云："词为温柔婉约之至文，故在在宜认定婉字。可迷离者迷离之，可曲达者曲达之，可比兴者比兴之。彼言杏花而曰燕子，言梅花而曰么凤者，亦不过曲达其事，使于情益为宛转耳。"⑤ 赵尊岳深受传统儒家思想的

---

① 《同声月刊》第 1 卷第 3 号，第 42 页。
② 同上。
③ 同上书，第 44 页。
④ 同上书，第 47—48 页。
⑤ 《同声月刊》第 1 卷第 4 号，第 52 页。

影响。他将词的本质属性论断为"温柔婉约"之体，认为委婉含蓄乃词体艺术表现的本质特征。由此，他仍然强调词作情感表现以委婉含蓄为其本色当行所在。赵尊岳将对词情表现含蓄蕴藉的要求进一步倡扬开来。

夏敬观《蕙风词话诠评》有云："矜者，惊露也。依黯与静穆，则为惊露之反。而依黯在情，静穆在神，在情者稍易，在神者尤难。情有迹也，神无迹也。惊露则述情不深而味亦浅薄矣，故必依黯以出之。能依黯，已无矜之迹矣。神不静穆，犹为未至也。"① 夏敬观归结"惊露"与"依黯"及"静穆"是截然相反的，前者在艺术表现上体现为缺乏涵咏吟味，下字用语过于直切浅白，其直接导致的结果是使创作主体情感表现不深致，词作韵味不见醇厚。夏敬观提倡词作情感表现要含蓄深致，在无声中述说；其精神气质呈现要宁静肃穆，在静穆中给人以震撼。

三　新颖独创要求之论

董每戡、陈柱对词作情感表现论说到新颖独创的要求。董每戡在持同曾今可在《词的解放运动》一文中所提出"三个意见"的基础上，在《与曾今可论词书》中认为"现代人填词，至少须守着以下几个条件"，其中，包括"不使事"；"不讲对仗"；"要以新事物、新情感入词"；"活用'死律'"；"不凑韵"；"自由选用现代语"。② 这里，董每戡将词作表现新颖的情感明确作为对词的改革的一项核心要求，这也是他从内涵表现方面对词作提出的唯一要求。陈柱在《答学生萧莫寒论诗词书》中云："近人论文学，尝有诗至唐为登峰造极，至宋而竭，词至宋而登峰造极，宋后而衰之说，此实似是而非之论。夫文学不外乎情与辞二者，凡一时代必有一时代之民情风俗，后者必不能尽同于前者。倘作者皆能自写怀抱，不傍古人，何患不能推陈出新，自成创作。"③ 陈柱由传统"唐诗宋词"之论加以辨说。他认为，文学之道所依托的

---

① 唐圭璋编：《词话丛编》，中华书局 1986 年版，第 4588 页。
② 杨传庆编著：《词学书札萃编》，南开大学出版社 2015 年版，第 523 页。
③ 同上书，第 376 页。

两个最重要因素，一是情感，二是辞章，任何时代必然有其独特的现实
环境与社会状况，因而也就必然有独特的情感内涵与取向及话语习尚，
其相互间是一定会存在差异的。作为文学创作者，就是要能"自写怀
抱"，抒发自身对于社会生活的独特感受与丰富体验，如此便能推陈出
新、独自成家。陈柱将对新颖独特情感的表现作为了赋予文学之道以生
生不息生命力的不竭源泉。

四　中和化要求之论

　　赵尊岳、谭觉园对词作情感表现又论说到中和化的要求。赵尊岳
《珍重阁词话》有云："词气能疏秀见风度，则字面虽精金美玉，不嫌
其七宝楼台。言情之作，每长风度，又辄失之空泛。须堆砌而能疏
秀，摇曳而不见空泛，始为允作。"① 赵尊岳对表现情感之词主张既要
富于风韵气度，又要不失空泛虚化。他主张情感表现要涵蕴切实而体
现出飘逸空灵之意味，动态流转而避免虚化，如此，才可谓合乎中和
艺术表现的要求。谭觉园《觉园词话》有云："词之写情，虽不能如
诗之庄严，然绝不可流于荒淫靡艳之途；即景之作，字句必高古，胸
襟必阔大，万千气象，皆入眼底，尤以词中有画为贵；登临怀古，或
低首徘徊，或激昂慷慨，声韵以洪亮较胜；叙事贵简明详尽，有情
景。"② 谭觉园对词之情感表现重申了中和化的原则与要求。他肯定词
之情感抒写不以庄重而显胜，但强调其不能过于俗媚艳丽，而应适宜
地把握好其抒写之度。

第三节　对"情"与其他创作因素关系的探讨

　　民国时期传统词情之论的第三个维面，是对"情"与其他创作因
素关系的探讨。这一维面内容，主要体现在"情"与涉世、"情"与学
力、"情"与构思、"情"与才力、"情"与"辞"、"情"与"景"、

---

① 《同声月刊》第 1 卷第 3 号，第 47 页。
② 杨传庆、和希林辑校：《辑校民国词话三十种》，（台湾）花木兰文化出版社 2016 年
版，第 226 页。

"情"与"韵"、"情"与"意"、"情"与"境"等的关系之论中。以下分别论说之。

一 "情"与涉世关系之论

周煐、张龙炎论说到词作情感表现与创作主体涉世的关系。周煐《倚琴楼词话》有云:"纳兰容若所著之《饮水》、《侧帽》词,继响南唐,齐名陈、朱,最擅长小令,字字句句均系性情语,而悱凉天成,缠绵独到,如有神助。其得天也厚,故虽生长华膴,而不作一秾丽语;其涉世也浅,故不作一寒酸语;不知人间有不幸事,故不作一抑郁语;语语以真性情,真学问出之,故又不作酬酢语。盖惟文人最真,亦惟文人最假,其入世稍深,经历既广,所谓真性情者渐澌灭,而酬酢征逐之事乃多,故其为词非性情语而市井语也。然其阅世至深,则又至真,盖能出世者也,其为词比如孤云野鹤,来去无迹,而作真性情语。故不入世者,固真入世,而出世者,亦真以真性情为词,则其词为个人之言,非众人之言,为独到之言,非肤浅之言。"① 周煐从纳兰性德身世经历与其词的创作论说到涉世与情性的关系。他认为,纳兰性德之词表现出至情至性,其缠绵悱恻、自然天成,这一方面与他涉世不多是紧密相关的。周煐提出,在一定意义上,人的情性与涉世是成反比关系的,涉世多、涉世深,其情性之真必然逐渐减少,而事功、应酬之性则可能相应增多。周煐归结少涉世者为真正入世者,此论显示出对社会人生的深入观照与细腻体认,体现出丰富的辩证色彩。张龙炎《读词小纪》有云:"入山宜深,深则尽林壑之美;入世宜浅,浅则保灵性之真。李后主幸而为宫闱少主,寄情文采,处优养尊,有'花明月暗飞轻雾'、'晚妆初了明肌雪'、'金窗力困起还慵'、'樱花落尽阶前月'、'寻春须是先春早,看花莫待花枝老'一类妙品,是'入世不深',天真未泯也。"② 张龙炎也论说到涉世深浅与情性表现的关系。他通过列举李煜词作,形象地说明涉世之浅对于保持主体情性之真的重要性,体现出涉世与用情

---

① 杨传庆、和希林辑校:《辑校民国词话三十种》,(台湾)花木兰文化出版社 2016 年版,第 28 页。

② 同上书,第 214 页。

在很大程度上是呈反比关系的。

二　"情"与学力关系之论

翁麟声对词作情感表现与主体学力的关系予以了探讨。其《怡簃词话》云："读书多，则书侵淫于性，含养于气，酝酿于情。性以道情，情以遣辞，辞以用气，如是则骨肉匀，情景肖，风格高，非借物遣怀，即将人喻物，有句句不露秋毫情意，而实句句是情，字字关情者，是读书多，而能以多量之书气遣情也。故善填词者，不论对景抒情，抑或临情写景，拈定现在或未来之时间，以气行之，则好词出矣。"① 翁麟声论说到读书问学与主体情性修养及养气的关系。他肯定读书问学对于词的创作具有十分重要的意义，它能从内在驱遣主体情感表现，使气脉潜贯恰到好处，最终使情景相融，内容与形式有机统一。翁麟声对学力蕴含与性情表现的关系予以了很好的论说。

三　"情"与构思关系之论

赵尊岳对词作情感表现与艺术构思的关系予以了论说。其《珍重阁词话》有云："作词以慧心驱灵笔，当用取譬之法，然务使取譬合于全首之情绪，哀乐悲欢，铢两相称。所取譬者，一动一静，若更能以有情者譬无情，则併此无情者，亦能驱之使为有情，尤非妙手莫办。"② 赵尊岳倡导以灵慧之心驱遣笔力，其中，恰当的方法之一便是采用比譬之法。他强调，运用比譬之法要合乎与应和整个词作情感表现的内在要求，注重从细微之处入乎。其最妙之处便是将"有情"者比譬为"无情"者，在相对中相生，在相反中相成，如此，无情之物亦便能使之"有情"，由此，词作情感表现必然更为生色。赵尊岳很好地将辩证原则运用到对情感表现的比譬之法中。

四　"情"与才力关系之论

赵尊岳对词作情感表现与才力显现的关系予以了论说。其《珍重

---

① 杨传庆、和希林辑校：《辑校民国词话三十种》，（台湾）花木兰文化出版社 2016 年版，第 175 页。

② 《同声月刊》第 1 卷第 6 号，第 63 页。

阁词话》有云："言情之笔，往往曲为之晦，加以藻饰，其工者固文情相因，其不工者转以文而失真。若李王'故国梦重归，觉来泪双垂'，举所怀者倾以吐之，怆感之神，率寄于言表，宁不视曲晦者为优。然曲晦者或以所怀非真诚，或无此笔力以赴之，遂不得不托于藻饰，其徒有真诚而笔力不足以达之者，为失盖亦相等。"① 赵尊岳论说词作情感表现往往采用含蓄曲折的表达方式，同时，在言辞运用上注重讲究。他认为，这种表达方式的特点，其高明者能使言辞运用与情感表现相衬相生，而不善于驾驭者则往往因讲究文辞而损于情感表现。赵尊岳列举李煜对故国的怀念之情直抒而来，溢于言表，认为从其创作而言似乎比含蓄曲折的表达方式更为巧妙，但这种艺术效果是要以情感表现的真诚为前提条件的。因此，真诚的创作态度与高超的笔力运用乃情感表现的两个最重要方面，都是应该着意注重的。其又云："言情亦有博约。博者运谐婉之笔，抒回环之思，不惜反复以明其挚，深入以察其微，一之不足，则重言之，展转之，但有真情，都成俊语。其约者则嫌博之易泛，泛则浅，浅则不专，遂并反覆之数义，纳诸片词之中，而以一二虚字絜领之，是谓包众意于片言也。……质言之，无论情景，博者易诠，而约者难精，可断言也。"② 赵尊岳论说词作情感表现大致有两种方式：一为重笔渲染；二为简笔点明。前者重在运用曲折委婉的笔触，抒写回环往复之思致，在细腻的抒写中表现出真挚之情。此种表现方式重在有真情实感含寓其中，其展转回环，引人思绪。后者则与前者相悖而行，它舍弃回环往复表现之法，认为其容易导致情感表现流于空泛与浅化，不容易动人，为此，其注重通过简洁的字语包括运用虚词而将主体情感体现出来。赵尊岳概括，对于一般人而言，重笔渲染之法相对易于把握，而简笔点明之道则相对难以悟入，但两者都是各有其优长所在的。

五　"情"与"辞"关系之论

顾宪融、赵尊岳、陈运彰等对词作"情"与"辞"的关系予以了探讨。顾宪融在《论词之作法》中云："词中要有艳语，语不艳则色不

① 《同声月刊》第1卷第8号，第61页。
② 同上书，第65—66页。

鲜；又要有隽语，语不隽则味不永；又要有豪语，语不豪则境地不高；又要有苦语，语不苦则情不挚；又要有痴语，语不痴则趣不深。"① 顾宪融主张词作用语要丰富多样、风格各异，"艳语"、"隽语"、"豪语"、"苦语"、"痴语"，各有其审美表现魅力。他认为，词作中多用悲苦之语，容易诉诸人的悲剧心理，引发人之怜悯，可以使词作更呈现出深挚悠远的情味。顾宪融这一对词作用语的论说是其富于识见的。

赵尊岳《珍重阁词话》有云："缘情之作，当有一二主要语，本其至情而发之，或深刻，或秾挚。其泛作情语，实无深入者，拾芥遍地，何贵之有？"② 赵尊岳对抒写情性之词主张要有中心之句或点睛之语。他认为，这一两句话因缘于"至情"而发，故必然体现出或真挚感人或富于深意的特征，这比整体上的泛泛之情表现更为妥当，更能体现出词作艺术表现的灵魂所在。其又云："不必言情而自足于情，一字一语、落落大方，得天籁者，为词中最胜境界，大晏是也。"③ 赵尊岳最为推崇的词作情感表现之境为，言辞之间似乎并不直接着意于表现情感，但主体情感自始至终饱藏与充蕴于其间，其语言运用自然天成、落落大方，他将之归结为词作情感表现的"最胜境界"，是表面不言情而情尽融于其中的。其又云："无限之情，未足穷尽，则以一二语提之使起，使其神味亦复无限。于是作者读者，可各各寓其不宣之情。惟唐人于一提后，更不别有所言，乍即之似不能作结，细会之始知此无限之情，正在不言之外，听人索解，胜于言者多矣。"④ 赵尊岳主张在表现"无限之情"时，以几句点明或警悟之语将之归结，以便于收束其"不宣之情"，注重将不尽之情收纳于未尽之处，从而凸显其神致与韵味。其又云："词中俊句，初则力求风致，继乃近于浑成，终则当使语淡而情深，由无情而有情，斯为上乘。穆之境界，固未易言也。"⑤ 赵尊岳推崇用语平淡而情感深致之创作境界，强调在看似"无情"中寓含

① 张璋、职承让、张骅、张博宁编纂：《历代词话续编》，大象出版社 2005 年版，第 689 页。
② 同上书，第 42 页。
③ 《同声月刊》第 1 卷第 4 号，第 55 页。
④ 《同声月刊》第 1 卷第 8 号，第 60 页。
⑤ 《同声月刊》第 1 卷第 6 号，第 65 页。

"深情"，将艺术辩证精神张扬开来，此乃词之创作的上乘之境。其还云："词中有用决绝语者，其情更深。惟决绝之语，当即用决绝之字。如常日言离别，每称轻弃，以申孤负之情；若决绝语，竟当称抛撒，不必冠以形容柔婉之词，转减字面之力量。"① 赵尊岳论说词的创作多用决绝之语对于主体情感表现更见真挚深致，它与一般的委婉含蓄之语，在艺术表现上是有着截然不同效果的。

陈运彰《双白龛词话》有云："以婉曲之笔，达难言之情；以寻常之语，状易见之景。此闺襜中人，所独擅其长。其病也，或患于浅，或伤于薄。然情真则语挚，意足乃神全。"② 陈运彰论说到词作情感表现与语言运用的关系。他界定创作主体情感真挚，其语言运用便必然真切动人，两者之间是呈正态关系的。陈运彰将情感表现与语言运用的对应关系予以了简洁到位的阐明。

新中国成立以后，朱庸斋对词作情感表现与字语运用的关系也予以论说。其《分春馆词话》有云："深情须以浅语出之，不然情为语掩。纳兰性德悼亡之作，无论长调小令，均真挚深婉，缠绵悱恻，而善用白描手法，以家常语道来，极情深语切，哀感顽艳之致。使矫情作伪者为之，势必苍白无力，或佻薄不文。"③ 朱庸斋强调深挚之情要以浅切之语加以道出，反对情感表现为言辞的过度修饰所遮掩或消弭。他推尚纳兰性德悼亡之词情感表现真挚缠绵，而言辞运用多用白描之法，如叙家常，娓娓道来却感人至深。

六　"情"与"景"关系之论

陈匪石、况周颐、蒋兆兰、顾宪融、赵尊岳、詹安泰等对词作"情"与"景"的关系予以了探讨。陈匪石《旧时月色斋词谭》有云："词固言情之作，然但以情言，薄矣。必须融情入景，由景见情。温飞卿之《菩萨蛮》，语语是景，语语即是情。冯正中《蝶恋花》亦然。此其味所以醇厚也。然求之北宋，尚或有之；求之南宋，几成

---

① 《同声月刊》第 1 卷第 6 号，第 66 页。
② 杨传庆、和希林辑校：《辑校民国词话三十种》，（台湾）花木兰文化出版社 2016 年版，第 307 页。
③ 刘梦芙编校：《近现代词话丛编》，黄山书社 2009 年版，第 417 页。

《广陵散》矣。"① 陈匪石在肯定情感表现为词的创作之本的基础上，主张情感表现必须融合于景物呈现之中，通过外在景致而映现主体情感意绪。陈匪石由此称扬温庭筠、冯延巳之词景中见情、韵味醇厚，批评南宋词人之作情景相离，刻削而不见浑融，将情景相融的命题置之到了脑后。况周颐《餐樱庑词话》有云："盖写景与言情非二事也。善言情者，但写景而情在其中。此等境界，唯北宋人词往往有之。"② 况周颐界定写景与言情在本质上是一致的。他认为，善于表达感情之人，是一定能够通过写景而言情的，由此视点出发，他推尚北宋词人之作大多情景交融，合乎词作情感表现的本质要求，是以景写情的典范。蒋兆兰《词说》云："词宜融情入景，或即景抒情，方有韵味。若舍景言情，正恐粗浅直白，了无蕴藉，索然意尽耳。"③ 蒋兆兰从情景构合的角度论说词作意旨表现。他提倡要"融情入景"、"即景抒情"，将"情"与"景"两种创作因素紧密结合，如此，词作才富于审美意味。如果"舍景言情"、情景相离，则词作情感表现很可能流于直白浅俗，意旨表现必然缺乏含蓄蕴藉、索然寡味。蒋兆兰之论深化了传统词论对情景表现关系的探讨，具有探本的意义。顾宪融《论词之作法》云："宋人词大都上半阕写景，下半阕言情。然景中必寓情，情中亦必寓景；或情景夹写，或兼及叙事。总之，前半阕不可将意思说尽，方留得后半阕地步。后半阕须开拓说去，方不犯前半阕意思。而通篇尤须限定一种意境，不可一句作'残月晓风'，一句作'大江东去'也。"④ 顾宪融也论说到词作情景表现相互之间的关系。他亦强调景物描写必寓含丰盈的情感表现，而情感表现也必寓于景致描绘之中，两者是不可分割的。他主张词的创作就是要在意境创造的统摄之下写景言情，从而使词作在审美上体现出整体的协调性。

---

① 陈匪石编著，钟振振校点：《宋词举》（外三种），江苏古籍出版社 2002 年版，第 212—213 页。

② 张璋、职承让、张骅、张博宁编纂：《历代词话续编》，大象出版社 2005 年版，第 48 页。

③ 唐圭璋编：《词话丛编》，中华书局 1986 年版，第 4639 页。

④ 张璋、职承让、张骅、张博宁编纂：《历代词话续编》，大象出版社 2005 年版，第 687 页。

　　赵尊岳《珍重阁词话》有云："情景杂糅之作，所见者景，所思者情。以有所见，方有所思，以有所思，遂似更有所见，遂似所见者益生感会，此中正有不少回环。故此等语，言景质实，言情清空者，初乘也。言景清空，言情质实者，中乘也。清空质实，蕴之于字里行间，而不见诸文字者，更上乘也。并二者而超空之，言景不嫌其实，言情不嫌其空，所语不在情景，而实合二者于一体，最上乘也。"① 赵尊岳对词的创作中情景相融之时，其间的相因相生予以具体的描述与界分。他论析词的创作中情景相融之时，其最初层次为景物描写切实具体，而所表现情感趋向虚灵；第二层次为景物描写趋向虚灵，而所表现情感切实具体；第三层次为词作写景言情并不拘泥于具体字句，然字里行间却体现出切实具体与清虚灵化的相融并生之感；其最高层次则为写景抒情都趋向清虚灵化，词作字语似乎并不在写景抒情，然确又不离乎情景相融之境界。赵尊岳对词作情景相融层次的界分与描述，是甚为细致而富于启发性的。其又云："言情言景，均宜立言重大。重大者易流于拙，须语重大而情有至理。至理所存，自然智慧。怀智慧以言重大必佳，舍智慧以言重大多拙。"② 赵尊岳对词作情景表现提出沉郁深致的要求。他强调情景表现之语须在沉郁中而体现出深致的事理，以此为根基，其情景表现的沉郁深致之求必然入乎妙处。其又云："名作辄于融情入景，融景入情时，微微以一二字画龙点睛，俾成绝唱。"③ 赵尊岳在推尚情景交融的同时，主张运用少量的字语对所表现情感予以点明，以起到画龙点睛的艺术效果。这实际上将情感表现的含蓄蕴藉与真切直率之求有机结合了起来。其又云："融景入情，自是词家第一妙诀，而因融景入情之一二句，可按文随之以作情语，情语由景转入者，便更有据。固不仅以此一二句为求工之止境也。"④ 在情景关系中，赵尊岳十分重视融景入情的重要性，他将之视为词的创作的首要一招。他认为，以主体情意收纳外在景致，景致的表现便更见切实，词之字句运用亦可因此而不必过于追求工致，创作主体情感对于词的创作自有妙处所在。其又云：

---

① 《同声月刊》第 1 卷第 3 号，第 48—49 页。
② 同上书，第 50 页。
③ 同上书，第 37 页。
④ 《同声月刊》第 1 卷第 4 号，第 42 页。

"说景须使灵活。若于灵活外更尚风度，则为尤胜。盖灵活方能融情入景。此理或可通之于丹青，而灵处丹青或不及尽之。"① 赵尊岳强调词作景致抒写要灵便活脱。他认为，只有写景灵便活脱才更便于融会主体情感于外在景致之中，此中的道理与绘画之事一样是相通的，显示出艺术表现之道的共通性。其还云："说景之妙，范围不尚大小，幽花纤草，亦可寄天地寥廓之情。② 赵尊岳进一步认为，景致抒写并不在所涉范围的大小，野花幽草等纤小之物也可寄托人的无限寥廓之情，其关键在两者之间的有机相融。

赵尊岳《珍重阁词话》又云："就通篇论词，最要在疏密得宜，情事停匀。数语言景物，即当于笔下开言情之路，俾承以虚语，转笔清空。其必至换头始改景言情者，尚觉过著迹象，至能融情入景，使写景之句，字字有情，尤为精警。惟即就通篇融情入景言之，其写景亦仍当分别疏密，数语落实，即数语凌虚，或数语写房闼以内为实，即数语写云山以外为虚，总使相参，以免滞窒。"③ 赵尊岳强调，景致抒写一定要为情感表现"开路"的，如此，情感与景致作为创作要素才能有机勾连，不致散碎。赵尊岳认为，景致抒写重在"有情"，如此，词作才能警妙引人。同时，词作写景应该有疏放与密实之分别，或坐实而叙，或凌空虚写，总之，要做到虚实结合，相融相生，词作才能显示出内在的生机与充蕴的活力。其又云："写景之题，以寓情思，则不特于写景之句，当使融情，并当使全题所指者，特以数语，融之入情。如赋江潮，便当并及潮信，再于潮信下申以芳信嘉约，方足以尽赋题之长。至或怨或叹，尽可异趣，随事而安，无俟拘执。"④ 赵尊岳对写景与抒情的关系进一步予以论说。他强调，词作情感表现并不仅仅体现在个别字句之上，而体现在整个语言运用之中，因此，应使主体情感氤氲于篇什之中，其中，再突出若干字语以醒人眼目。赵尊岳列举抒写江潮之题材，便应抒写有关江潮的来来去去，再由此而引申言及有情人嘉约之事，等等，如此，便可以充分表现出江潮之于人的审美化、人伦化意

---

① 《同声月刊》第 1 卷第 3 号，第 42 页。

② 同上。

③ 《同声月刊》第 1 卷第 6 号，第 67 页。

④ 同上书，第 68—69 页。

义。赵尊岳对词作写景抒情的理解，甚为注重艺术氛围创造的浑融性，显示出讲究整体艺术效果的特征。其又云："述花草，述莺燕，固易使之有情。若能以有情之人，使与花草莺燕相酬对，其情自且更深，贵在立意有理境，造句能灵活耳。"① 赵尊岳对写景抒情进一步加以论析。他肯定叙写花草莺燕之事固然可表现出创作主体对周遭世界的情感，但他认为，如果创作者能叙写出其与外界事物的感通互应，则其所表现情感自会显得更为深致动人，此贵在所呈现意致饱含理趣，字句运用灵活生动而已。

赵尊岳《珍重阁词话》还云："词笔有三端：融情入景，融景入情，情景杂糅。其至也，虽种种无情之物，胥可使之有情。物固无情也，但以状物者婵嫣有致，斯足于情耳。其次一片空灵淡荡之思，令读者翛然神往。若此灵府之寄思，心结而目存者，交睫一息，便自立一境界，情味泱然，思致覃咏。初不能知此境之何在，而为悲为乐，已为词所拘牵，不得脱矣。又次杂糅之作，内足诸心，外托于言，其所以感人者尤易深入。若其失也，言景失之滞，言情失之肤。情景杂糅，则失之凌杂而无次。滞，是无情也；肤，是无境也。凌杂则失杂糅之妙，转堕恶趣也。唐人为小令，往往作景中语，而栩蝶縠花，令人即之，情绪油然而生，即似骀荡其中。在收风光之后，亦有歇拍一二语，转入情致，更复跌宕，虽语妙情纤，而绝无儇佻伤格之病。此盖唐人初谐宫羽，犹有骚音，迨后雕琢者以匠心为精英，豪放者以睥睨为气概，遂更无风日晴嫣。水流云在，天然之美。"② 赵尊岳肯定词作情景表现有三种方式：一为融情入景；二为收景于情；三为情景互渗。他认为，外在事物本身是无所谓情感而言的，但创作主体可以使"无情"者为"有情"，让主体情感意绪渗透于万千事物之中，浸润于词作艺术表现的每个细部之中。进一层，创作者还可以在词中表现自己的思致与寄托，由此而使读者心向神往。人们在此中心灵感通，思绪纷纭，此乃词之情景表现的另一种境界。赵尊岳反对景致抒写失于呆滞，不见灵动，情感表现流于肤浅，不能动人。他归结，这都是创作主体内心并无真正情感寄托与人生

① 《同声月刊》第1卷第6号，第70页。
② 《同声月刊》第1卷第8号，第59—60页。

感悟甚为浅至之故，这样的创作其实是难以动人的。赵尊岳推尚唐人小令往往景中寓情，其情感表现与骚雅之意并融，格调清新雅正。而后世一些人或以雕饰为"匠心"，或以粗犷为"豪放"，曲解了景致抒写与情感表现的内在要求，是应坚决反对与摒弃的。其又云："词不外言情言景，其至者曰融情入景，融景入情，情景杂糅。然缔辨之，言景不能不参以情。盖丹青之妙，犹寓深情，况抒之为文翰乎？言情或假物理，或寓寄托，却有不参景色之处。若杂糅之作，当使融为一片，使人读之，不知其为情为景。但回环杼轴于胸中，使有无尽之感触而不能自已，此其杰作也。"①赵尊岳对词作写景抒情相互交融的方式进一步予以论说。他认为，融情入景贵在有深致之情感，发为言辞自然动人；而融景入情贵在有所寓托，有所导引；至于情景杂糅，则贵在以情映景，以景托情，两方面互为交融，相互生发，如此，人们便容易沉醉其中而难以自拔。赵尊岳对传统意义上的情景交融命题予以了更为细致深入的阐说，是启人心智的。其又云："词中最难传不易达之情。所谓不易达者，厥故有二：一山重水复，言之冗长，非数语不能尽之；二纵有其情，而不能明言，只可借径于花草蜂蝶，曲为比拟。然少一不慎，便失其微尚之所托。善为词者，并数语所欲言，花蜨之曲喻，揉为一二句，更以一二虚字抑扬之，使尽曲折委婉之妙，兼以达难言之隐。斯非斲轮名手莫办也。"②赵尊岳论说到词作对主体幽隐之情的表现与传达。他认为，对于这种"非数语不能尽之"与"不能明言"之情感，往往可借助于花草蜂蝶等外在物象来加以托寓，以物喻人，以物喻事，同时，又注意其艺术化细节描写与渲染之处，如此，在审美泛化外在事物的过程中，便可以恰到好处地表现出"不易达"之情感。赵尊岳承纳与衍化我国传统文论之说，将自古以来的"立象尽意"方法引入到情感表现之道中。其还云："言情之语，有托之于物者，有但传其情者。托物易质实，质实则失所以托之者矣。传情易纤靡，纤靡则卑劣，伤词格矣。故托于物者宜指物以会情，使情物两俱摇曳，参谐婉于质实，气始

---

① 《同声月刊》第 1 卷第 8 号，第 64—65 页。
② 同上书，第 66 页。

流走而不滞。传情者宜从重拙处落墨，则庶几可已纤佻之疾。"① 赵尊岳具体对词作情感表现的两种方式予以论说。他概括，一为借物抒情，二为直接抒情，前者所抒之情容易导入质实之境地，后者所抒之情则容易流于纤靡之中，以致有伤词作格调。赵尊岳强调托物言情应特别注重融化所表现之情感，使主体内在情感与外在事物相映共生；而直接抒情则应从容易打动人及更为切实之处落笔，如此，便可以避免纤弱与轻佻之弊。赵尊岳对两种抒情方式及其所应注意方面的论说，将对词情表现要求的论说往前予以了推进。其又云："凄黯之情，亦可托之于物。春秋迭代，荣衰异时，但述草木之荣衰，自见人态之凉燠。此在炼词琢句加之意耳。"② 赵尊岳例说凄凉黯然之情感可通过景色映托来加以表现。他认为，通过描写一年四季中草木的荣枯兴衰，便自然可令人想见到世态人情的多样变化，此中关键在对言辞的运用与意致的提炼之中。其还云："词语不外寄情于花柳，然苟无慧心杼轴之，则人自人，花柳自花柳，何曾有情？必有慧心妙笔，运用得宜，始见其情绪萦结，而此情曾不必定以宛转之词令出之。尽可出以方笔，如摇落风霜，有手栽双柳等语，当为白石老仙所私淑。"③ 赵尊岳对融情入景之道予以论说。他以寄情于花柳之物为例，认为融情于景重在创作主体具有灵心慧性，善于将自我的情感意绪体现在外在事物之中，而主体情意的表现也并非一定以婉曲之辞加以传达，也可以采用直接抒情的方式予以宣泄。总之，情景表现重在主体之灵心慧性，是比较自由而没有固定模式的。

蒙庵（詹安泰）《无庵说词》有云："写景言情，分之为二，合之则一。善言情者，但写景而情在其中；善写景者亦然，景中无情，感人必浅，其能摇荡心魂者，即景亦情也。温飞卿之'江上柳如烟，雁飞残月天'，孙孟文之'片帆天际闪孤光'，冯正中之'细雨湿流光'，何尝不是景语，而情味浓至，使人低徊不尽。作令词固当会此，读令词亦当会此。唐五代人小词之不可及多在此等处，不独写情之拙重而已。"④

① 《同声月刊》第1卷第8号，第68页。
② 同上。
③ 同上书，第73页。
④ 张璋、职承让、张骅、张博宁编纂：《历代词话续编》，大象出版社2005年版，第1322页。

詹安泰界定景物描绘与情感表现在本质上是同一事物的不同方面。他论断善于情感表现之人，即使词作表面纯粹写景，而情感亦融含于其中。景中寓情，景中生情，化景为情，是词作感动人心的关键所在。詹安泰评断温庭筠、冯延巳等人词作写景而深寓主体之情，认为唐五代小令之所以富于艺术魅力，便在于其情感表现深寓与浑融于景物描绘之中，是以景寓情的典范之作。

七 "情"与"韵"关系之论

谭觉园论说到词情与词韵的关系。其《觉园词话》有云："作词乃以写性情，应随作者性情之所适，一韵中有千数百字，可任意选用，以求韵之工稳，即用定后，苟有不惬意者，亦可得而别改之，岂能受一二韵之束缚也。今人作词，好用古人原韵，或和韵，或叠韵，且间有连句者，殊不知文由情而生，韵随句而用，有情有句（非完成句），而后用韵，否则，是先有韵而后由韵生情造句也。如此所成之词，决不免有削足就履之弊，生僻声哑之虞，安能描写性情哉？"① 谭觉园论说到词作情感表现与声律运用的关系。他大力肯定词作以情感表现为本位，认为声律作为词的艺术表现形式之一，在词的创作中应更多地体现出灵活而用的原则，切不可因拘于音韵之限而有伤主体情感表现。谭觉园重倡"文由情而生"、"韵随句而用"的论断，大力肯定有"情"才有"句"，切实地将主体情感表现视为词的创作的根本所在。

八 "情"与"意"关系之论

况周颐、郑文焯、赵尊岳等论说到词作"情"与"意"的关系。况周颐《玉栖述雅》有云："词笔微婉深至，往往能状难状之情。关秋芙女弟绮字侣琼，《清平乐》歇拍云：'却又无愁无病，等闲过到今朝。'曩丙辰重九，蕙风《紫萸香慢》云：'最是无风无雨，费遥山眉翠，镇日含颦。'夫无愁无病，无风无雨，岂不甚善。然而其辞若有憾

---

① 杨传庆、和希林辑校：《辑校民国词话三十种》，（台湾）花木兰文化出版社 2016 年版，第 223 页。

焉，古之伤心人，别有怀抱。翠袖天寒，青衫泪湿，其揆一也。"① 况
周颐甚为主张词的创作笔法要细腻深致，认为唯其如此，才能充分表现
出主体内心之幽情。他提出"古之伤心人，别有怀抱"的著名论断，
将对词作情感表现与笔致运用的关系予以了总结归纳，这成为词作情感
含蕴与意致呈现的经典之论。郑文焯《郑大鹤先生论词手简》有云：
"夫文者，情之华也，意者，魄之宰也。故意高则以文显之，艰深者多
涩；文荣则以意贯之，涂附者多庸。"② 郑文焯论断言辞为人之情感表
现的外在形式，意致为词作灵魂之所在。他大力肯定以"文"传"意"
之路径，主张表意与用辞要相互契合，认为词的创作在言辞华丽时要特
别注重以意脉穿贯，以避免雕琢不畅之病。赵尊岳《珍重阁词话》有
云："依黯之情，必参以伤感之事者，于词习见，无足称道。其有间伤
感之字面者，略胜一筹。若寓伤感于神情之中，而不及伤感之迹兆，斯
为上著。苟其能于炫烂金碧之中，涉盛衰更故之慨，因微见著，使人人
知日月之不留，风流之弹指，寄远致于事外者，斯于学问文章之外，更
益之以真性情，必为传作无疑。"③ 赵尊岳详细地对人的黯然失落之情
感表现加以论说。他认为，如果在词中直接叙写伤感之事，这是甚为习
见的表现方式，无足称道。而如果创作者能将自身的感伤之情寓于词中
而不露迹象，此乃为创作的上乘之境。赵尊岳例举道，如果在面对绚烂
之景象时，对盛衰荣枯的历史规律有所涉及、有所寓示，使人见微知
著，深悟时光之易逝，风流乃弹指过往之事，这样的词作必然富于思理
远致与艺术意味，是可以传之久远的。

九   "情"与"境"关系之论

翁麟声、陈运彰对词作"情"与"境"的关系予以了论说。翁麟
声《怡簃词话》有云："盖韦庄之作，性情多而学力少，庭筠之作，学
力足而性情略。古人名制，不免此短，后生未成之作，敢谓及于古人
欤？填词以造境为主，境之大小，境之有无，境之动静，皆以性情而造

---

①   唐圭璋编：《词话丛编》，中华书局1986年版，第4607页。

②   张璋、职承让、张骅、张博宁编纂：《历代词话续编》，大象出版社2005年版，第38
页。

③   《同声月刊》第1卷第8号，第67页。

之，学力以成之也。性情与学力之说，其填词者之占毕矣。"① 翁麟声
论说到主体情性、学力与词境创造的关系。他通过论评韦庄与温庭筠之
作，肯定情性与学力乃词的创作的两个重要因素，各有其艺术催生与泛
化之妙。它们对于词的境界创造而言，显示出本体性，其从根本上影响
着意境显现的有无、大小与优劣。陈运彰《双白龛词话》有云："情与
境，不可以户说而眇论也，须身受而意感之。渍渐之功，在乎自养。"②
陈运彰对词的创造中情感表现与意境呈现的关系予以进一步论说。他强
调词作者要脱却开抽象之论，而以切身经历或相通感受为基础，在主体
自身的切实体悟中加以有机的融合。

　　总结民国时期传统词学中的词情之论，可以看出，其主要体现在三
个维面：一是对"情"作为词作生发之本的标树；二是对词情表现特
征与要求的论说；三是对"情"与其他创作因素关系的探讨。其中，
在第二个维面，主要包括四个方面内容：一是词情表现含蓄蕴藉要求之
论；二是词情表现真实自然要求之论；三是词情表现新颖独创要求之
论；四是词情表现中和化要求之论。在第三个维面，主要体现在"情"
与涉世、"情"与学力、"情"与构思、"情"与才力、"情"与"辞"、
"情"与"景"、"情"与"韵"、"情"与"意"、"情"与"境"等关
系之论中。上述三个维面，多向度地展开了词作情感表现之论，使古典
词情论在多维面上得到拓展、充实、深化与完善，标示出传统词情之论
的发扬光大。

---

　　① 杨传庆、和希林辑校：《辑校民国词话三十种》，（台湾）花木兰文化出版社 2016 年
版，第 174 页。
　　② 同上书，第 305 页。

第三章
民国时期传统词学中的词意论

"意"是我国传统词学的重要创作论范畴，与"味"、"韵"、"趣"、"格"、"境"等一起，被用来概括词的本质所在，标示词的不同审美质性。在我国传统词学史上，对"意"的论说源远流长、丰富多样，构建出多维面的理论空间，从一个视点将对词作本质、特征及生成的探讨呈现出来。

第一节　对"意内言外"的标树之论

民国时期传统词意之论的第一个维面，是对词作之本"意内言外"的继续标树之论。这一维面内容，主要体现在闻野鹤、况周颐、刘毓盘、蒋兆兰、郭则沄、吴庠、沤庵、邵祖平、赵尊岳等的论说之中。他们在传统文论与现代美学思潮相互交替、融合、转型的时代背景下，将古典词学中的以意为本之论继续承衍与张扬开来。

闻野鹤在《怊窃词话》中将"命意"、"立局"、"选辞"概括为"词之三要"。其中有云："词有三要，略同于诗：其一命意。百尺之楼，基于壤土，繁英之发，荣于一芽，故其意须具。不则辞胜于情，失之也虚。辞情俱短，失之也俗。"① 闻野鹤将立意视为词作"三要"之首。他比譬词的创作中以意为本之事如壤土之上搭建高楼，树木由萌芽而衍发繁盛，其在词的创作中具有基础性、关键性的作用。它从本质上影响着词的情感表现与言辞运用。一旦词作建基于以意为本之上，则情

---

① 朱崇才编纂：《词话丛编续编》，人民文学出版社 2010 年版，第 2323 页。

感表现与言辞运用的关系亦便能得到很好的协调，可有效地避免词作或流于虚化，或失之浅俗，意致表现成为词的创作之根本。况周颐《餐樱庑词话》有云："窃尝谓昔人填词，大都陶写性情，流连光景之作。行间句里，一二字之不同。安在执是为得失？乃若词以人重，则意内为先，言外为后，尤毋庸以小疵累大醇。"① 况周颐通过论说往昔人们作词以情性表现为本，而不拘泥与执着于某一字句运用，实际上也触及词作意致表现与创作主体人品气质的关系论题。况周颐认为，词的创作是深受主体人品气质影响的，意致表现应顺乎人之品格气质，切不应因迁就字句运用而忽视人品之重与词意之本。况周颐在前人反复所论"意内言外"为词作之本的基础上，将"意内"的含义解说为在言辞中有寄托，亦即界定创作主体之情志乃词作艺术表现的核心内涵。其《词学讲义》又云："词，说文：'意内而言外也。'意内者何？言中有寄托也。所贵乎寄托者，触发于弗克自已。流露于不自知，吾为词而所寄托者出焉，非因寄托而为是词也。有意为是寄托，若为吾词增重，则是骛乎其外，近于门面语矣。苏文忠'琼楼玉宇'之句，千古绝唱也。设令似此意境，见于其他词中，只是字句变易，别无伤心之怀抱，婉至激发之性真，贯注于其间，不亦无谓之耶？寄托犹是也，而其达意之笔，有随时逐境之不同，以谓出于弗克自已，则亦可耶。"② 况周颐进一步论断词之"寄托"生发于"无意"的创作态度之中，是"不自知"的产物，它与"有意而为"的创作态度是截然有别的。这里，况周颐界划出"不自知"而为与"有意"而作，乃别分词作是否有"寄托"的基准线，将"寄托"之义切实予以了阐明。他推崇苏轼《水调歌头》中词句为"千古绝唱"，认为其充分表现出主体之"伤心怀抱"，彰显出主体之真情实性，是上千年来词中深寓"寄托"的典范。况周颐对"寄托"之含义的阐析与例证，将传统词论对"意"的标树予以了具体落实，是甚具理论意义的。

　　刘毓盘在《〈词史〉自序》中云："词则源出于诗，而以意为经，

　　① 张璋、职承让、张骅、张博宁编纂：《历代词话续编》，大象出版社 2005 年版，第110 页。
　　② 同上书，第 45 页。

以言为饰，意内言外，交相为用；意为无定之意，言亦为无定之言；且也意不必一定，言不必由衷，美人香草，十九寓言，其旨隐，其辞微；言之不足，故长言之，长言之不足，故嗟叹之，后人作词之法，即古人言乐之法也。"① 刘毓盘在持论词作之体源于诗体的基础上，大力肯定意致为词作艺术表现的本质所在，强调意内而言外，因意而为言。刘毓盘倡导词作意致表现不必过于具体，而应有一定的游移之度与审美张力性；同时，词作言辞运用也不必在指称上过于坐实，而应让其保持一定的艺术张力性，如此，则更有利于词作意致的审美生发与艺术传达。蒋兆兰承衍传统"意内言外"之论继续予以阐说。其《词说》有言："《说文》云：'词者意内而言外也。'当叔重著书之时，词学未兴，原不专指令慢而言。然令慢之词，要以意内言外为正轨，安知词名之肇始，不取义于叔重之文乎。"② 蒋兆兰论断，许慎撰著《说文解字》之时，确未出现"词"这一体制，然而"词"作为文学之体的本质要求是以"意内言外"为正则的。他认为，许慎之言，先在地道出"词"作为文学之体的本质所在，这是不无巧合的。蒋兆兰之论，将"意内言外"作为词作之本予以了特别的强调。蒋兆兰又云："填词之法，首在练意。命意既精，副以妙笔，自成佳构。次曰布局。虚实相生，顺逆兼用，抟扼紧凑，或离或即，波澜老成，前有引喤，后有妍唱，方为极布局之能事。"③ 蒋兆兰继续将锤炼意致论断为词的创作之本。他认为，词作意致表现精粹则自成佳作，笔法运用与结构布局都是在锤炼意致之后方可言及的事情。它们乃锦上之花，都是在强基固本之后的雕梁画栋而已。

　　郭则沄在《清词玉屑自序》中亦论断"意内言外"为词的创作本质所在。其云："意内言外之谓词。故若危栏烟柳，大抵言愁；缺月疏桐，非无寓感。然皆芳悱其旨，微眇其音，其隐也犹幼妇之辞，其婉也若美人之思。"④ 郭则沄倡导词作意致表现要借助外在自然物象，在丰

---

①　张璋、职承让、张骅、张博宁编纂：《历代词话续编》，大象出版社 2005 年版，第182 页。

②　唐圭璋编：《词话丛编》，中华书局 1986 年版，第 4631 页。

③　同上书，第 4635 页。

④　朱崇才编纂：《词话丛编续编》，人民文学出版社 2010 年版，第 2502 页。

富多样而委婉含蓄的艺术表现氛围中传达内在的思致与意蕴。郭则沄也对"意"为词作之本作出了努力标树。吴庠《与夏瞿禅书》有云："晚清词人学梦窗者，以沤尹年丈，述叔先生两家为眉目。读其晚年诸作，何尝不清气往来。顾今之以梦窗自矜许者，愚以为率堆砌填凑，语多费解，乃复以四声之说，吣喝向人，殊不知四声便算一字不误，其词未必便工也。且意内言外谓之词。古所谓词，自非今之长短句，要其理可通。意之在内者，诚难尽语人，言之在外者，当先求成理。彼学梦窗者，偏以言不成理为佳，此则不佞所大惑不解者也。"① 吴庠通过评说当世习效吴文英之词者一味堆砌辞藻、讲究声律，对词作之本"意内言外"命题亦予以论及。他认为，词作艺术表现是要以合乎事理为前提的，"意内"乃词作艺术表现的旨归所在，当"意内"难以托出之时，其"言外"是需要一定"理路"的，并不能盲目生发。吴庠之言实际上论及文学创造与艺术传达的审美泛化问题，是富于启发性的。沤庵《沤庵词话》有云："词之厚，在意不在辞；词之雄，在气不在貌；词之灵，在空不在巧；词之淡，在脱不在易。"② 沤庵以简洁的话语论说词作本末之别。其中，他也强调以意为本、以辞为末，在意本辞末中体现出深厚之意味。邵祖平在《词心笺评·序说》中云："词者，意内而言外，尤非诗之略有比兴多带直致者可比。盖词之在内，心思微茫，唱叹低回，蕴蓄深厚，吞吐异常，而其外之文体，固圆润而明密，鲜泽而轻倩者也。"③ 邵祖平继续将"意内言外"论说为词作艺术表现之本。他认为，相对于诗作之体在艺术表现上略微附以比譬兴会之法而以直接表现为主而言，词作之体则有所不同，其意旨呈现更为幽微深致，词人们常常在低回反复中透露其"心思"。因此，对词作旨意的解会是需要接受者更为细腻感受与探寻之功的。

赵尊岳《珍重阁词话》有云："词之为道，意内言外，虽格调不可不严，而含嗜尤贵得当。此盖极戛玉敲金之能事，鸾楮翠管之匠心者。有志于是，则远取诸物，近窥乎情，运实于虚，潜浮于沉，要当以大块

① 杨传庆编著：《词学书札萃编》，南开大学出版社 2015 年版，第 6 页。
② 杨传庆、和希林辑校：《辑校民国词话三十种》，（台湾）花木兰文化出版社 2016 年版，第 292 页。
③ 邵祖平：《词心笺评》，复旦大学出版社 2011 年版，第 2—3 页。

之文章，肆其词笔。彼由词求词，但窃前人精胜之语者，固非上乘，而但就文字以求词，不先陶冶其性灵者，亦何足语于词之极精耶?"① 赵尊岳重申"意内言外"为词作艺术表现的本质所在。他强调词的创作要特别注意内在的"含嗜"，亦即所表现思想情感，要在细致观照外在事物与深入体悟社会人情的基础上，注重艺术表现的虚实之道，将自由表现性灵、抒写意致与讲究用辞运笔有机结合起来，这才是词作艺术表现的应有之道。赵尊岳对以意为本予以了倡扬。其又云："作词之前，当先认定作词之意。纵随意漫吟，亦宜有所本而发之，斯为不空。若徒以藻采黻饰，则穷其工极，不过麒麟楦，乌足以云意内而言外耶?"② 赵尊岳进一步论说以意为本对词的创作的重要意义。他认为，意致呈现乃创作之本，唯有所酝酿与积聚，才会使词的创作避免入于虚空之境，不一味追琢辞采、穷极工巧，始终让辞采表现围绕意致呈现而加以展开。

第二节　对词意表现特征与要求的论说

民国时期传统词意之论的第二个维面，是对词意表现特征与要求的论说。这一维面内容，主要体现在七个方面：一是新颖独创要求之论；二是含蓄深致要求之论；三是真实自然要求之论；四是圆融浑成要求之论；五是不可取巧与精粹凝练要求之论；六是切实充蕴要求之论；七是直致真切要求之论。以下分别论说之。

一　新颖独创要求之论

周焯、碧痕、赵尊岳、蔡桢等对词意表现阐说到新颖独创的要求。周焯《倚琴楼词话》有云："作词笔贵灵空，意贵缥缈，用笔宜熟，造意须生，每见自来警句，字为人所常用，意则人所未道，其精绝处在人意外，又在人意中，若专事雕琢，未免涩晦，徒费心血而已，法梦窗者多膺斯病，不知梦窗才气过人，决不为累，然玉田犹时病之，故埤砌雕

---

① 《同声月刊》第 1 卷第 4 号，第 39 页。
② 同上书，第 40 页。

琢，填词者切不可犯。"①　周焯论说到词作用笔与意致呈现的关系。他对词意呈现强调要含蓄深远，富于审美张力性，要富于陌生化的艺术效果。在词作用笔的清空灵动中追求意致呈现的含蓄深远，在词作用笔的看似熟泛中呈现出新鲜之意致。周焯批评不少人在向吴文英之词学习的过程中，在笔法运用上过于讲究精雕细琢，在细节表现上太过于纠缠，这导致他们的词作显得生涩不畅、意致不显。他们并未真正识见到吴文英词作之妙乃在其具有过人的才气，而这是通过习效所难以传承授受的。碧痕《竹雨绿窗词话》有云："作词须自标旗帜，别立新意，使人读之属目，余味袅袅，如翻成意成句，须食古而化，若徒拾其牙慧唾余，为有识者所讥矣。"②　碧痕对词作意致呈现重申新颖独到的要求。他强调，词的创作一定要在独自开辟中呈现出艺术魅力，即便是翻弄前人经典作品之意致与字语，亦须参融化用，因事而变，即景成趣，为己所用，而切忌拾人牙慧、人云亦云，停留于他人所创设的格套之中。

赵尊岳《珍重阁词话》有云："词立境之奇特，立意之新颖，或奇艳温馨，或婉姝秀丽，或雄放豪举，均在骨干而不在字面。故可以骞举之笔，泻温丽之情，艳极之笔，寓怅感之致。若作艳词而必饾饤于香奁之字，作豪放之词而必托情于江风山月，已为下乘。其更下者，但有艳词而无艳骨，但有犷语而无雄境，立词奚为？"③　赵尊岳论说词作意境创造要富于新颖性、生动性、奇特性，其风格显现多种多样，但其内蕴体现在骨干而不在字面，由此，他倡导可以雄放之笔而表现温丽之情，或以艳丽之笔而表现深致之思，其艺术表层显现与内在意蕴是可以呈现出反差之面貌的。相反，如果创作艳词就仅仅拘泥于运用香软之字语，填制豪放之词便只知道托寄于"江风山月"等宏大意象，则其创作便落于下乘之境。赵尊岳对境界创造与意致呈现之道中的相反相成之理予以了很好的阐明。其又云："立意宜新颖，层次宜诘曲，而字面不必求晦涩，尽可以常用之字，简练揣摩，使人人可以领悟。顾人所知者字面

① 杨传庆、和希林辑校：《辑校民国词话三十种》，（台湾）花木兰文化出版社 2016 年版，第 23—24 页。

② 朱崇才编纂：《词话丛编续编》，人民文学出版社 2010 年版，第 2263 页。

③ 《同声月刊》第 1 卷第 3 号，第 56—57 页。

之义，吾所专者字内之意，言外之音。然字内之意，尚较言外之音为易知。吾知之而能用之，不艰不生，恰求允当。解人会心，击节称善，不解者吾亦听其不解，但以自娱为行文之乐境，宁非词道之至尊乎？"①赵尊岳也对词作意致呈现强调新颖别致的要求。他主张运用习见之字语而使人们容易领悟把握。赵尊岳所推尚的创作境界为"以自娱为行文之乐境"，他将贵在会心作为欣赏词作的关键所在。其又云："作词结拍，每患不足于意，敷衍完篇，遂至通首减色。故作词于结拍，务当立一新意，而此新意，或衬托全文，或别余情绪，或另开境界，均无不可。惟此意能较词中所用各意更觉有力，显臻点睛之妙。"②赵尊岳进一步论说到词作过拍与结束时须有新颖的意致呈现。他认为，这新颖的意致要么有衬托整个词作的意义，要么可使主体情感表现留有余味，要么可使词作另外开拓出新的艺术境界，总之，要注重意致呈现的新颖动人，真正收到画龙点睛的功效。

　　蔡嵩云（蔡桢）《柯亭词论》有云："作词之法，造意为上，遣辞次之。欲去陈言，必立新意。若换调不换意，纵有佳句，难免千篇一律之嫌。"③蔡桢将意致呈现视为词的创作之本，将"造意"置于"遣辞"之上，他倡导词作意致呈现要追求新颖独创，认为这是从本质上使词作用语脱却陈腐的关键所在。蔡桢将意致新颖视为言辞运用真正脱却陈腐的有效手段。其又云："陈言务去，乃词成章后所有事，非所论于初学。初学缚于格调，囿于声韵，成章已不易，遑论及此。杨守斋言：词忌三重四同，去陈言自是其中一事。但好语都被古人说尽，欲其不陈甚难。惟有立新意、造新境，庶可推陈出新耳。"④蔡桢在宋人杨缵所论词作用语须避却陈腐的基础上加以立论。他认为，词作推陈出新的根本点便在于立意新颖、造境新奇，如此，便可不拘泥于运用前人已道过的言辞而从内在本质上化用生新。蔡桢将意致呈现与词境创造的新颖独到视为创新词作之道的关键所在。

---

① 《同声月刊》第 1 卷第 4 号，第 55—56 页。
② 《同声月刊》第 1 卷第 6 号，第 68 页。
③ 唐圭璋编：《词话丛编》，中华书局 1986 年版，第 4903 页。
④ 同上。

二　含蓄深致要求之论

陈荣昌、张百桢、周焯、碧痕、吴梅、赵尊岳、唐圭璋、陈匪石等对词意表现阐说到含蓄深致的要求。陈荣昌在《虚斋词自识》中云："词以曲名，知曲之一字，则可与言词矣。不浅露，则隐曲之谓也；不直率，则曲折之谓也。用意宜隐，用笔宜折，言在此而意在彼，是之谓隐。气求其贯，而语善于转，是之谓折。……即东坡、幼安以气胜，其用意用笔，亦未有直而不曲者，他家可以隅反。"① 陈荣昌认为，词作艺术表现追求意在言外，彼此之间呈现出很大的张力性。他将词体的审美特性界定在"曲"之一字上。他论断，这包括两个层面的内涵：一谓之"隐曲"，亦即指词作意致呈现的深致幽远；二谓之"曲折"，亦即指创作取径与运思用笔的含蓄委婉。陈荣昌将词意呈现的含蓄委婉之求进一步言说开来。张百桢在《重刻词选序》中云："诗者，持也，厥体丽而有节。词者，意内而言外也，厥体婉而多讽。"② 张百桢概括诗词两体艺术表现有着共通之处，这便是都要求合乎中和化的原则，追求含蓄委婉的审美效果。

周焯《倚琴楼词话》有云："词意贵含蓄不尽，必使人读之有咀嚼味方好，古人词不可及处，正在此。不然，据景直书，简淡无味，使人一读即不欲再，而期以不朽，岂可得哉？"③ 周焯论说到词作意致呈现的含蓄委婉之求。他评说古人之词高处正在于此。他也强调词作之妙乃在咀嚼有味、意趣咏长，在言简意长中自然呈现出永久的艺术魅力。他反对"据景直书"之作，强调由"意"而"味"乃词作"不朽"的真正途径。他反对单纯即景而吟、缺少余味之作，强调在意味的含蓄深远中使词作传之久远。碧痕《竹雨绿窗词话》有云："陈晋公曰：制词贵于布置停匀，气脉贯串。予以为还须层次清楚，词意婉回。如片玉之《早梅芳》（别情）一词，兼布置、气脉、层次、转侧之妙。"④ 碧痕论

---

① 冯乾编校：《清词序跋汇编》，凤凰出版社 2013 年版，第 2000 页。

② 施蛰存主编：《词籍序跋萃编》，中国社会科学出版社 1994 年版，第 797—798 页。

③ 杨传庆、和希林辑校：《辑校民国词话三十种》，（台湾）花木兰文化出版社 2016 年版，第 24 页。

④ 朱崇才编纂：《词话丛编续编》，人民文学出版社 2010 年版，第 2266 页。

断词作在结构匀称、气脉贯串的基础上，还需讲究意致呈现的委婉曲折。他列举周邦彦《早梅芳》一词在结构、气脉及词意表现等方面都甚见其妙，成为后世抒写离情别绪词作之典范。吴梅《词学通论》有云："至用字发意，要归蕴藉。露则意不称辞，高则辞不达意。二者交讥，非作家之极轨也。故作词能以清真为归，斯用字造意，皆有法度矣。"① 吴梅倡导词作用字造语与意致表现都要含蓄蕴藉。他论断词作用字造语与意致呈现应相符相称，避免因过于直露或过于超拔而导致的辞意不称现象。他主张词的创作还是要以清丽真切为其风格呈现的旨归所在，从而有效地引导词作用字造语与意致呈现。

赵尊岳《珍重阁词话》有云："词亦有言花月，而别立一意，以重言之者，（并非寄托）譬如风月移人，实则风月不能移人，风月中正有移人者在，即持此以言风月，其所造诣，必较高矣。言时花美女，舍花女而言其所以时，所以美者，意更深远，即借所以时，所以美者，而推衍其意，亦必多妙谛。此舍其躯干而标举其神会，文字而通于哲理矣。"② 赵尊岳论说词作意致呈现当标举神会之旨。他以花月风云之物象为例，认为这类自然事物本身是不具有主观色彩的，而它们之所以通于人之心意，乃缘于人自身的主体性、主观性。赵尊岳认为，词作在表现时花、美女等具体事物时，如果能更远距离地观照它们之所以美之为美，则其意致呈现自然更为深致幽远，其关键之处在于充分借托"此时"、"此景"而推衍其所蕴含的"彼时"、"彼意"，如此，词作意致呈现自然富于哲理意味。其又云："词意贵珍重，所谓怨诽而不乱也。珍重二字，至不易为诠释，前人词论，亦未尝专及之。今姑为至拙之解以申之。如言花开，则不即显言花开，当自含蕚放苞时说起，先想望花于未开之前者甚殷，则花开时之情，已在意中。若再深一步言之，想望于未开之前，虽未开而必有可开者在。及其既开，则又想见其萎谢在即，万不可负此须臾盛放之时。盖自未开想其开，而更想见其开后即落，转似不如长此含苞之为可宝可贵。回环往复，自无一非珍重之情。

①　吴梅：《词学通论》，中华书局 2010 年版，第 4 页。
②　《同声月刊》第 1 卷第 3 号，第 45 页。

推此花开之例，感时指事，乌有不荡气回肠者欤?"① 赵尊岳对词作意致呈现提出贵在"珍重"，亦即回环往复、盘旋合度的要求。他归结此表现之法令人"荡气回肠"，产生反复醒人、多次冲击的艺术效果。赵尊岳以表现花开花落之事象为例，主张人们在具体抒写时，应将心中所思所想与笔致前移，与眼前所见拉开一定的时空距离，即当花含苞未放之时就想见其花开正艳，而当面对花开正艳之时即想望其枯萎之状貌。总之，作者应将心中所想所念与所面对的现实景象有意错置，让其如蒙太奇画面一样交替出现与闪回，词作意致呈现自会产生令人回味不尽的艺术效果，感人至深。

　　唐圭璋《梦桐词话》有云:"词为长短句，故句法变化极多。有单句，有对句，有叠句，有领句。又有设想句、层深句、翻案句、呼应句、透过句、拟人句，其用意深，用笔曲，皆足以促进词之美妙也。"② 唐圭璋从词作为文学之体句法变化丰富多样的角度，进一步重申词作用笔与意致呈现委婉深致的要求。唐圭璋论说用笔表意的委婉深致极有益于词作整体艺术魅力的生成，其在词的创作中成为最重要的实践环节与审美要求。陈匪石《声执》有云:"愚始学时，瞻园先生诏之曰'意浅则语浅，意少切勿强填'，此为基本之论。惟既须有意，而意亦有择。意贵深而不可转入翳障，意贵新而不可流于怪谲，意贵多而不可横生枝节，或两意并一意，或一意化两意，各相所宜以施之。以量言，须层出不穷;以质言，须鞭辟入里。而尤须含蓄蕴藉，使人读之不止一层，不止一种意味，且言尽意不尽，而处处皆紧凑、显豁、精湛，则句意交炼之功，情景交炼之境矣。"③ 陈匪石在其师张仲炘（瞻园先生）力主填词以意为本的基础上，对词作意致呈现重申多方面的要求，这包括意致呈现要深致、新颖、富于层次性。陈匪石论说词作意致呈现贵在深致，但不可流于意障之旋涡中;词作意致呈现贵在新颖独到，但不可流于一味求奇炫怪;词作意致呈现贵在富于层次性，但不可随意添枝加叶，一味任其蔓状生长而导致词意混乱不清。这之中，他甚为倡导词作意致呈

　　① 《同声月刊》第1卷第4号，第51—52页。
　　② 唐圭璋编:《词话丛编》，中华书局1986年版，第3341页。
　　③ 陈匪石编著，钟振振校点:《宋词举》（外三种），江苏古籍出版社2002年版，第188页。

现的含蓄蕴藉，强调在含蓄蕴藉中将词意表现不断推向深致幽远，从而最终使词作形成情景交融、浑然一体而又富于审美生发的张力结构，体现出立体性与交互性。

三　真实自然要求之论

闻野鹤对词作意致呈现反复提出真实自然的要求。其《恫簃词话》有云："夔笙称：'词须实，实则易佳。'此语诚然。盖实则意真，意真则辞易好也。昔人称北宋人有词而后有题，南宋人有题而后有词，亦即此意。至于今日，则俗陋之子争以风流自命，于是矫揉造作，讹为歌离吊影之词，春怨秋愁之什，实则所为伊人者，皆一篇虚话也。意既若是，词复安得而佳。"[1] 闻野鹤在况周颐所论词的创作须以实为佳的基础上，对词作意致呈现提出真实自然的要求。他概括词作内容表现丰实乃意致呈现真实自然的前提，而词作意致呈现真实自然又有助于其言辞运用之妙。闻野鹤批评近世不少词人在言辞运用上过于追逐与讲究，而在意致呈现上则矫揉造作，缺少真实性，导致词作流于虚化之境地。闻野鹤将词作意致呈现的真实自然强调到一个很重要的位置。其又云："尝谓古人作词之先，胸中已有真确意绪，关山之感，时序之思，乃至咏物作酬，亦的然有见。是故一下笔则语语真实，按之有骨，节节紧凑，而不见其迫，声律之辨，不足以缚之。夫然，故精光湛然，再三玩诵，弥有真味。若近人作词，则恒下均与上均断，是气短也。下句与上句断，是意失也。下半与上半断，是节疏也。质言之，则真意不足，而空设间架也。又或故为乖巧，虚作幻语，以能新异，是愈见其语疏也。故事獭祭，以为凝重，是愈见其才短也。上述诸病，患者益多，即南宋诸家，亦不能免，与近人乎何尤。"[2] 闻野鹤对词作意致呈现进一步阐说真实自然之求。他称扬古人作词有真情实感，其因事即景，自然而成，所表现意致确乎体现出真实性，由此，词作艺术面貌亦呈现出高度的自由性。他批评近人词作，或伤于"气短"，或见于"意失"，或显于"节疏"，而究其缘由都是在意致呈现的真实性上有所欠缺。闻野鹤

---

[1]　唐圭璋编：《词话丛编》，中华书局 1986 年版，第 2330 页。
[2]　同上书，第 2339 页。

通过对古今词人创作之意致呈现的比照，鲜明地体现出对真情实意之创作表现的推尚。

四　圆融浑成要求之论

赵尊岳反复论说到意致呈现圆融浑成的主张。其《珍重阁词话》有云："浑成之境，更非一日所可几。纤巧或为浑成之害，而语纤者意固可以浑成也。语贵直贵圆，意体贵浑成，消息至微，不可不辨。"①赵尊岳对词作字语运用与意致呈现分别提出要求。他甚为强调词作浑成之意境创造的不易性。为此，对词作用语主张圆融而反对纤弱奇巧，对词作意致呈现主张自然浑成而反对突兀，他将词作艺术表现中的用语之"圆"与表意之"浑"细致地加以了别分。其论在词意表现特征与要求的探讨上是甚具意义的。其又云："词有层次，而不重勾勒，所谓意方而笔圆，及其至也，意圆而笔方。"②赵尊岳从艺术创造辩证法的角度对词作圆融浑成之意致呈现予以推扬。他对词作艺术表现进一步展开论说，肯定词作艺术表现有层次之分，认为在较低的层面上，意致呈现与词作用笔的关系是前者凸显而后者体现出圆熟之境，而在更高的层面上，则是前者自然浑成而后者突兀奇峭，富于个性特征。

五　不可取巧与精粹凝练要求之论

詹安泰对词作意致呈现提出不可取巧与精粹凝练的要求。其《无庵说词》有云："写令词不可立意取巧。一经取巧，即陷尖纤，必无深长之情味。尤西堂、李笠翁辈即犯取巧之病，骤看煞有意致，按之情味索然。好逞小慧，终身无悟入处也。"③詹安泰对小令之词意致呈现提出反对取巧的要求。他认为，一旦词作意致呈现流于取巧之径，则其在审美上必然缺乏深远绵长之情味，其词作最终是难以吸引人的。他批评尤侗、李渔等人小令即犯此弊，而缺乏经久的艺术魅力。其又云："令词非铺叙之具。写令词不可立意铺叙，须立意精炼；精炼而觉晦昧时，

---

① 《同声月刊》第 1 卷第 3 号，第 36 页。

② 同上书，第 38 页。

③ 张璋、职承让、张骅、张博宁编纂：《历代词话续编》，大象出版社 2005 年版，第1322 页。

则当力求其自然。精炼而能出之以自然，则进乎技矣。古来令词之精炼无过飞卿者，试读飞卿词，有不自然之句不？温词最丽密，人惊其丽密，遂目为晦昧，失之远矣！"① 詹安泰承衍前人之论，对小令之词意致呈现重申精致凝练与自如自然的主张。他反对词作立意或过于散碎，或过于晦涩，力倡词作意致呈现之自然精练。他强调，乃文体的独特要求决定其意致呈现，在这方面，温庭筠之词，其意致呈现与结构穿贯凝练而细密，是后人学习的典范。

六　切实充蕴要求之论

吴庠对词作意致呈现提出切实充蕴的要求。其在《清空质实说》一文中云："质之对待字为文，非清也。质者，本质也，即词家之命意也。惟质故实，所谓意余于辞也。文者，文饰也，即词家之遣辞也。惟文故空，所谓辞余于意也。予故以为梦窗词，正是文而空，不是质而实；白石词，正是质而实，不是文而空。不过梦窗文中有质，白石质外有文，而其传诵之作，又皆有清气往来，此其所以为名家也。"② 吴庠对词作"文质"命题予以细致的辨说。他论断，其所谓"质"乃词作立意之谓，强调其艺术表现要切实充蕴；其所谓"文"乃词作下字用语之谓，强调其艺术表现要清空灵动，从而产生言不尽意、余味无穷的效果。吴庠推尚吴文英词作在清空灵动的言辞表现中含寓切实之意致，姜夔词作在切实的意致呈现中含寓清丽之气脉，他们一同成为后世词人创作之典范。吴庠对词作立意的切实充蕴之求是甚为辩证而高标的。

七　直致真切要求之论

赵尊岳对词作意致呈现提出直致的要求。其《珍重阁词话》有云："词贵直而厌粗，不甚易辨。实则直起直落，阔斧大刀，写吾肝膈，不加粉饰，使真情流露于楮墨者谓之直。直与方差近。直者属意，方者属词。若粗则近于犷。消息几微，不可不辨。"③ 赵尊岳倡导词作艺术表

---

① 张璋、职承让、张骅、张博宁编纂：《历代词话续编》，大象出版社 2005 年版，第 1322 页。

② 孙克强编著：《唐宋人词话》，南开大学出版社 2012 年版，第 903—904 页。

③ 《同声月刊》第 1 卷第 4 号，第 45—46 页。

现要直致而来，将创作者内心的真情实感与思致寄托巧妙而真切地托出。他强调其有别于用辞之直，应在言辞运用的直白与情感表现的真实、思致寄托的直切之间划出不同的本质特征。

第三节　对"意"与其他创作因素关系的探讨

民国时期传统词学中词意之论的第三个维面，是对"意"与其他创作因素关系的探讨。这一维面内容，主要体现在五个方面：一是主体艺术表现能力与意致呈现关系之论；二是词作构思、用笔与意致呈现关系之论；三是词作用语与意致呈现关系之论；四是词作用韵与词意呈现关系之论；五是词作情境营造与意致呈现关系之论。以下分别论说之。

一　主体艺术表现与意致呈现关系之论

赵尊岳对主体艺术表现能力与意致呈现的关系予以了探讨。其《珍重阁词话》有云："词又有粗乱生窳之患。粗者，不择语，不炼字，不辨音节，不整章法，漫事掇拾，摇笔即来。文无理脉，境无远近，情无亲疏，均乱也。生者，腕力笔力，不足以达欲言之隐，虽具篇幅，而不能气局完整，音节谐畅。窳者，腕底字少，胸中书少，遂致纵有佳意，莫得令辞。此四患者，视前为易辨，亦复易改。所以改之，在多陶写，多读书。性灵瑰慧，益之学力，珠玑咳唾，无往不工矣。"① 赵尊岳将创作者心中有意而难以道出称为"窳"，亦即创作主体缺乏艺术表现的学养与才华，而难以道出其心中所想所念。为此，赵尊岳强调，还是要通过多读书以增扩主体学识，多习练以陶养主体情性，如此，创作者性灵与意致便能在充盈的学养培植与情性护佑下汩汩而出。其又云："词有性情中语，举吾心中所欲言者，率意一吐，自成名章。然笔力较弱者，不能以笔运意，只可增减其意，使就篇幅，一增减间，遂往往失其本意，无论拓之使远，约之使迩，要有磨琢，即非完璞。而或者笔端恣其豪放，又失之犷，二弊斯同。若有大笔力以运真性情，于零金碎玉

① 《同声月刊》第 1 卷第 4 号，第 45 页。

之间，不失凌云健翮之志，斯极词之能事。"① 赵尊岳又论说到词作意
致呈现与创作者艺术表现才力的关系论题。他认为，主体艺术表现才力
往往影响着词作意致呈现，有时甚至会对意致呈现起到一定程度的反作
用。赵尊岳倡导以"大笔力"而表现"真性情"，亦即在对主体艺术表
现才力的充分发挥与张扬中表现出主体之真情实感，在不失对言辞运用
与艺术技巧的关注下，充分表现出创作者的情性寄托，这才是词的创作
旨归所在。

二　构思、用笔与意致呈现关系之论

蒋兆兰、宣雨苍、况周颐等对词作构思、用笔与意致呈现的关系予
以了探讨。蒋兆兰《词说》有云："词宜融情入景，或即景抒情，方有
韵味。若舍景言情，正恐粗浅直白，了无蕴藉，索然意尽耳。"② 蒋兆
兰从艺术情景构合的角度论说到词作意旨表现。他提倡要"融情入
景"、"即景抒情"，将"情"与"景"两种创作质性因素紧密结合，
如此，词作才富于艺术意味。如果"舍景言情"、情景相离，则词作情
感表现很可能流于直白浅俗，意旨表现必然缺乏含蓄蕴藉而索然寡味。
蒋兆兰之论深化了传统词学对创作构思与意致呈现的探讨，具有探本的
意义。宣雨苍《词谰》有云："文字以立意为主。意立而后选词，词修
而后运笔。意犹生气，词犹骨肉，笔犹血脉，三者有一或缺，不能成
文。倚声乃有韵文字而最精密者，安可不求其美备邪。盖有意无词，其
病枯燥；有意无笔，其病沉闷。有笔无意，其病空衍，有笔无词，其病
浮滑。有词无意，其病支离，有词无笔，其病板滞。三者缺一，其病已
及于此。缺二，非散漫即隔阂。甚则复冗敷廓，芜秽而不能成章矣。"③
宣雨苍综合地论说到词作立意、修辞与运笔的关系。在词作运笔与意致
呈现的关系方面，他提出，如果只注重立意而忽视运笔，则词作必然令
人感到沉闷不悦与滞塞不畅；反之，如果只注重运笔而忽视立意，则词
作必然呈现出空泛虚化之态，是令人可厌的。宣雨苍对词作立意与运笔

---

① 《同声月刊》第 1 卷第 4 号，第 50—51 页。
② 唐圭璋编：《词话丛编》，中华书局 1986 年版，第 4639 页。
③ 朱崇才编纂：《词话丛编续编》，人民文学出版社 2010 年版，第 2458 页。

相互影响、相互生成的关系予以切中深入的阐说。况周颐《蕙风词话》有云:"改词须知挪移法。常有一两句语意未协,或嫌浅率。试将上下互易,便有韵致。或两意缩成一意,再添一意,更显厚。此等倚声浅诀,若名手意笔兼到,愈平易,愈浑成,无庸临时掉弄也。"[①] 况周颐提倡词作艺术创造的"挪移"之法,亦即主张根据所表现意旨适当地互置字语,使词作意致不断顺畅与趋向丰厚,如此,才能更好地使词作富于韵味与思致。况周颐道出下字用语对密集词作意旨表现的重要性,主张由此而不断醇厚词作意致与韵味,将词作修改与意致呈现的命题从深层次上沟通起来。

三 "辞"与"意"关系之论

蒋兆兰、秦遇赓、郑文焯、蔡桢、陈匪石等对词作用语与意致呈现的关系予以了探讨。蒋兆兰《词说》有云:"欧阳、大小晏、安陆、东山,皆工小令,足为师法。词家醉心南宋慢词,往往忽视小令,难臻极诣。鄙意此道,要当特致一番功力于温韦李冯诸作,择善揣摩,浸淫沉潜,积而久之,气韵意味,自然醇厚不复薄索。"[②] 蒋兆兰强调要在对五代北宋优秀小令作家的反复学习与吸收中,使自身词作的气韵、意味不断醇厚。这里,他对词作提出意味醇厚的要求,见出创作主体性情陶养对词味创造的深层次作用。秦遇赓在《征声集序》中云:"大抵古人无意为词,意偶到而辞随之,如风行水上,自然成文,乃臻高妙。今人有意为词,义旨茫昧,而兢兢乎惟辞之求。譬诸无病而呻,纵尽力呼号,亦安得而动人之听哉?"[③] 秦遇赓称扬辞随意到的创作之道,强调以意致呈现为本位,辞为意用,言随意转,如此则自然成文;反之,如果以言辞运用为求,则意致呈现易入虚化之地,其词作是难以感人的。秦遇赓对传统言意关系予以了很好的阐扬。其时,郑文焯《论词手简》有云:"夫文者,情之华也,意者,魄之宰也。故意高是以文显之,艰深者多涩;文荣则以意贯之,

---

① 王国维著,徐调孚注,王幼安校订:《人间词话》,人民文学出版社 1960 年版,第 14 页。

② 唐圭璋编:《词话丛编》,中华书局 1986 年版,第 4637—4638 页。

③ 冯乾编校:《清词序跋汇编》,凤凰出版社 2013 年版,第 1987 页。

涂附者多庸。"① 郑文焯论断言辞为人之情感表现的外在形式，意致为词之灵魂所在。他肯定以"文"传"意"之路径，主张表意与用辞要相互契合，认为在言辞华丽时要特别注重以意脉穿贯，以避免雕琢不畅之病。

蔡嵩云（蔡桢）《柯亭词论》有云："慢词行文，现分二派，一从里面做出，一从外面做入。从里面做出，便是以意遣辞。此派作法，以布局为先务。下手时，须先立定主意，通篇即抱定此意做去。敷藻下字，均有分寸。如何起、如何结、如何过变、如何铺叙，均须意在笔先。故词成后，语无泛设，脉络分明，一气卷舒。宋贤矩矱，本应如是。此即以意遣辞，所谓从里面做出者也。从外面做入，便是因辞造意。此派作法，以琢句为先务，字面务取华美，随其组织以造意。贴切与否，在所不顾。全词无中心，凑合成篇。承接贯串，起伏照应，更所不讲。故词成后，其佳者，亦只有好句可看，无章法脉络可言。其劣者，堆砌粉饰，支离破碎，一加分析，疵颣百出。此即因辞造意，所谓从外面做入者也。从里面做出之词，譬如内家拳，外表不必如何动人，真实工夫，全在里面。词之练意、练章、行气、运笔者似之。惟工力深者，一见能知其佳处。此类词，若仅从字面求之，毫厘千里矣。从外面做入之词，譬如外家拳，其至者，亦有身法手法步法可看，工夫全在表面。如仅以句法见长之词，其未至者，花拳绣腿而已。饾饤獭祭之词流似之。可以骇俗目，未能逃法眼也。今世词流如鲫，以句法见长者，尚车载斗量。讲究章法者，二三老辈外，几如凤毛麟角，洵可慨已。"② 蔡桢对词作言辞运用与意致呈现的关系予以甚为细致而条理清晰的论说。他具体将长调的创作之法划分为两种模式：一乃"从里面做出"，一乃"从外面做入"。前者以意为本，因意遣辞；后者随辞流转，因辞造意，它们相互之间是有着本质不同的。具体说便是，以意遣辞之法要以词作结构布局为第一要务，始终以意致呈现为中心与辐射源，以此统率整个词作的下字用语与结构创设，

---

① 张璋、职承让、张骅、张博宁编纂：《历代词话续编》，大象出版社 2005 年版，第 38 页。

② 唐圭璋编：《词话丛编》，中华书局 1986 年版，第 4908—4909 页。

讲究立定一个中心，极致地追求言为意用；而相对地，因辞造意之法则以字句运用为第一要务，始终讲究字句的择取与语言及结构的组织安排，它并不着意考虑词作之意致呈现，而是随辞流转，即兴成篇。这之中，很可能佳言妙语不时闪现或令人目不暇接，然意致呈现却不一定鲜明紧凑，唯随辞句流转松散生发而已。蔡桢比譬概括以意遣辞创作之法如习练"内家拳"，注重以内在功力为胜，而不讲究外在之招式与修饰，故此类词作辞不胜意，外表相对平淡而内寓风花雪月；与其相对，因辞造意创作之法则如习练"外家拳"，注重从外在招式入手，其身形手法很可能煞是好看，然其欠缺在于未能在核心关键上取得突破，以至于只能取悦于人之眼目而已，这使其创作相对缺少艺术魅力。蔡桢批评当世词坛习"外家拳"者居多，而练"内家拳"者却少，这使词作之道走向偏途，是令人遗憾的。相比较而言，他推尚第一种创作之法，由内而外，言随意遣，辞为意用，浑然一体。蔡桢将言为意用、意随辞转之创作原则极致张扬开来。

陈匪石《声执》有云："炼之之法如何？贵工，贵雅，贵稳，贵称；戒饾饤，戒艰涩。且须刊落浮藻，必字字有来历，字字确当不移。以意为主，务求其达。意深而平易出之，意新而冲淡出之。驱遣古语，无论经、史、子与夫《骚》《选》以后之诗文，侔色揣称，使均化为我有。即用古人成句，亦毫无蹈袭之迹，而其要归于自然。所谓自然，从追琢中来，吾人读陶潜诗、梅尧臣诗明白如话，实则炼之圣者。《珠玉》、小山、子野、屯田、东山、淮海、清真，其词皆神于炼，不似南宋名家针线之迹未灭尽也。然炼句本于炼意。"① 陈匪石对词作字语锤炼与运用提出多方面的要求。他强调词作字语锤炼要追求精工、雅致、稳当与适宜等原则，而切忌流于纠缠琐细或艰深晦涩之中，同时也要力避浮华虚妄，应坚持以意致呈现为本的宗旨，务求辞达与现量。他大力提倡词作语言运用与意致呈现相随相应，以平易之语而表现深致之意，以冲淡之语而表现新颖之意，以创作主体之气质性情而化用前人或他人之语。总之，要以相适相应与自然通俗为原则，最大限度地避却着意为

① 陈匪石编著，钟振振校点：《宋词举》（外三种），江苏古籍出版社2002年版，第187—188页。

之的人工雕琢痕迹，将言辞运用与意致呈现最大限度地统一起来。陈匪石之论，从字语锤炼的角度将辞为意用的原则予以了深入的阐明。

四　"韵"与"意"关系之论

况周颐论说到词作用韵与词意呈现的关系。其《蕙风词话》有云："作咏物咏事词，须先选韵。选韵未审，虽有绝佳之意、恰合之典，欲用而不能。用其不必用、不甚合者以就韵，乃至涉尖新、近牵强、损风格，其弊与强和人韵者同。"① 况周颐在论说咏物词与咏事词的创作中，阐说到词作用韵与意致呈现的紧密联系。他主张词作用韵要有所择选，应避免过于尖新以致牵强凑合，不为用韵而用韵，而将用韵建立在意旨表现与格调彰显的宗旨之上。

五　"境"与"意"关系之论

赵尊岳论说到词作情境营造与意致呈现的关系。其《珍重阁词话》有云："词当深入。先立一意，复转一境，因境异则其意弥深。如是三四转，情益胜而语益工，意亦益深，非信手拈来者，可以比拟矣。"② 赵尊岳对词作意致呈现提出逐层深入的主张。他认为，意致呈现与艺术情境营造是相互影响、相互生成的，要注意通过不同情境的构造而使意致呈现不断丰富深入，如此，词作才能入于妙处。

总结民国时期传统词学中的词意之论，可以看出，其主要体现在三个维面：一是对词作之本"意内言外"论的继续标树；二是对词意表现特征与要求的论说；三是对"意"与其他创作因素关系的探讨。其中，在第二个维面，主要包括七个方面内容，即新颖独创、含蓄深致、真实自然、圆融浑成、不可取巧与精粹凝练、切实充蕴及直致真切要求之论。在第三个维面，主要包括五个方面内容，即主体艺术表现能力与意致呈现关系之论，词作构思、用笔与意致呈现关系之论，词作用语与意致呈现关系之论，词作用韵与意致呈现关系之论，词作情境营造与意

---

① 王国维著，徐调孚注，王幼安校订：《人间词话》，人民文学出版社 1960 年版，第 15 页。

② 《同声月刊》第 1 卷第 4 号，第 41 页。

致呈现关系之论。上述几个维面所呈现出的内容，大范围与多向度地展开了古典词意之论，使词意论在多维面上得到拓展、充实、深化与完善，极大地丰富了传统词学创作论的内涵。

第四章
民国时期传统词学中的词气论

"气"作为我国传统词学的重要范畴，大致在两方面体现出理论意义。一是在创作论方面，它与"兴"、"情"、"意"等一起，成为从内在影响词作艺术生发与创造展开的重要因素；二是在审美论方面，它与"味"、"韵"、"趣"、"格"、"境"等一起，用来概括词的审美本质特征，标示其艺术质性。此两方面内涵常常相融难分、互为生发，由此，词气论成为一个甚富于相糅性与延展性意义的命题，从一定视点上影响与推动着不同历史时期词的创作与词学的演变发展。

第一节 对"气"作为词作本质因素标树之论

民国时期传统词气之论的第一个维面，是对其作为词作本质因素标树之论。在这一维面，南宋刘克庄，明代张綖，清代毛奇龄、黄图珌、曹禾、田同之、吴锡麒、江藩、孙麟趾、谢章铤、沈祥龙、张祥龄、王国维等，从不同的视点与方面，对"气"作为词作本质因素不断予以标树。延至民国时期，况周颐、奭良、郑文焯、詹安泰、龙榆生、吴庠、夏敬观、陈匪石等，在传统文论与现代美学思潮相互交替、融合与转型的时代背景下，对"气"作为词作本质因素继续予以了张扬。

民国前期，况周颐《蕙风词话》有云："近人学梦窗，辄从密处入手。梦窗密处，能令无数丽字，一一生动飞舞，如万花为春，非若雕琢蹙绣，毫无生气也。如何能运动无数丽字？恃聪明，尤恃魄力。如何能有魄力？唯厚乃有魄力。梦窗密处易学，厚处难学。"其又云："重者，沉著之谓。在气格，不在字句。于梦窗词庶几见之，即其芬菲铿丽之作，中间隽句艳字，莫不有沉挚之思，灏瀚之气，挟之以流转。"① 况周颐归结词作意蕴的沉郁深致，并不在乎字句如何，而关键在于"气格"显现。他推尚吴文英词作，概括其具有两个方面的突出特点：一是"从密处入手"，十分讲究笔法的细腻，但不同于常人之处在于始终有生机气蕴贯穿与鼓荡其中，充满艺术意象的纷呈动态之美；二是词作呈现出"厚"的特征，亦即有沉郁深致之意蕴体现于其中，这点，更是一般人所难以学到的。况周颐把气格之美视为词作超拔卓越的关键所在，张扬了以"气"为词作本质因素之论。其又云："如衡论全体大段，以骨干气息为主，则必举全首而言，而中即无如右等句可也。由是推之全卷，乃至口占、漫兴之作，而其骨干气息具在此。须溪之所以不可及乎？"② 况周颐提出衡量词作应从总体上加以把握的原则，识其"骨干"，辨其"气息"，正由此出发，他推尚刘克庄词作体格与意致凸显而气脉稳顺、风味浓郁，乃优秀之词。况周颐在这里将意蕴与气脉都视为词作审美的本质所在。

奭良在《致夏孙桐》中云："词家者流，动言不说尽，不说出，以为超诣。按之柳、周、王、张诸家，已不尽然。又为避浅显则替代以申之，为叶四声则扭捏以中之。其按切本题与否，所不计也。真气贯注，宛转关生，则不知也。俞词颇近此病。弟之学词也，谨守家学，未能深造，苟求文从字顺切题而已，要不敢自欺。"③ 奭良论说一些人所持"尽而不尽"之言表面似为超诣，但实际上，柳永、周邦彦、王沂孙、张炎之词都不尽然。他认为，如果为避免浅显而选择替代之话语，为谐合音律而使艺术表现显得扭怩作态，则作者的创作之旨就本末倒置了。奭良认为，词的创作贵在主体真气潜贯、流转自如，要以文从字顺为创作追求，破除不着边际的虚空之求，在既追求艺术表现的超诣，又注重思想内涵的丰实中呈现出动人的魅力。

民国中后期，郑文焯《郑大鹤先生论词手简》有云："若夫学文英之秾，患在无气，学龙洲之放，又患在无笔，二者洵后学所厚诫，未可

① 王国维著，徐调孚注，王幼安校订：《人间词话》，人民文学出版社 1960 年版，第 47—48 页。
② 同上书，第 53 页。
③ 杨传庆编著：《词学书札萃编》，南开大学出版社 2015 年版，第 87—88 页。

率拟也。"① 郑文焯将"气"置放到词的创作的本体地位。他论断吴文英之词作过于秾丽而缺乏流转之气脉，陈亮之词过于粗豪而笔性不够雅正。他告诫后学者作词要有"气"、有"笔"，亦即在流转的气脉中表现出创作主体的雅正之意。祝南（詹安泰）《无庵说词》有云："突如其来，戛然而止，不粘不脱，若即若离，此词中甚高境界，应于气格神味中求之。"② 詹安泰实际上也将"气"标树为词作审美的本质因素。他将词的创作的最高境界描述为"突如其来，戛然而止，不粘不脱，若即若离"，亦即灵机孕育、含蓄透彻之境，其突出地显示出空灵透脱与可遇不可求等表现特征。他认为，这主要体现在词作气脉、格调、精神、韵味等非实体性因素之中。

龙榆生在《晚近词风之转变》一文中云："吴氏与张孟劬、夏瞿禅两先生，往复商讨，力言词以有无清气为断，而深诋襞积堆砌者之失，孟劬先生亦然其说，而以情真景真，为词家之上乘，补偏救弊，此诚词家之药石也。"③ 吴庠、张尔田、夏承焘三位词学大家，都以有无清迈空灵之气潜伏流贯作为词之创作的最重要原则之一，他们一致对过于寓事用典与粉饰藻采的创作路径不以为然，体现出对真切生动、清迈空灵之艺术意味的极端重视。夏敬观《蕙风词话诠评》有云："按况氏言，重、拙、大为三要，语极精粹。盖重者轻之对，拙者巧之对，大者小之对，轻巧小皆词之所忌也，重在气格。若语句轻，则伤气格矣，故亦在语句。但解为沉着，则专属气格矣。盖一篇词，断不能语语沉着，不轻则可做到也。一篇中欲无轻语，则惟有能拙，而后立得住，此作诗之法。一篇诗，安得全是名句。得一二名句，余皆恃拙以扶持之，古名家诗皆如此也。名家词亦然。"④ 夏敬观在诠释况周颐所倡"重"、"拙"、"大"美学原则时，间接地对"气格"予以标树。他界定，词作审美表现之"重"，主要体现在气脉与格调之上，其与词作下字用语是直接关涉的。夏敬观肯定一首词之中，不可能语语都沉着深致，其中，要想避

① 张璋、职承让、张骅、张博宁编纂：《历代词话续编》，大象出版社 2005 年版，第 41 页。

② 同上书，第 1330 页。

③ 杨传庆编著：《词学书札萃编》，南开大学出版社 2015 年版，第 8 页。

④ 唐圭璋编：《词话丛编》，中华书局 1986 年版，第 4585 页。

却"轻巧"之弊，则唯有通过朴拙之语来加以体现与映衬，以朴拙衬托沉著，便更能使词作显示独特的艺术魅力。

吴庠在《与夏瞿禅书》中认为词须守声，先须守二："一曰不蔑词理。昔人论长吉诗，稍加以理，可奴仆命骚。愚谓学梦窗者，必能加以理，方许瓣香四稿，再谈四稿之守声。一曰不断词气。有气则生，无气则死。前书清气之说，乃对作手言。近今学梦窗者，彼谓能守四声，愚谓率多死语，直是无气，尚谈不到清浊。"[1] 吴庠论说词的创作中协合音律必须具备两个方面的前提：一是不有违于事理逻辑，表达出一定的意致；二是要有充蕴的气脉潜贯流转于其中，他将这视为词的创作的生命所在，是赋予词作以内在生命力的东西。吴庠批评当世一些习效吴文英之词者，虽能谨守平仄四声，却少见有内在的生机气蕴，其作品是缺少艺术感染力的。吴庠也将"气"标树为词的创作的本质所在。

陈匪石《声执》有云："读昔人词评，或曰'拗怒'，或曰'老辣'，或曰'清刚'，或曰'大力盘旋'，或曰'放笔为直干'，皆施于屯田、清真、白石、梦窗而非施于东坡、稼轩一派。……故词之为物，固衷于诗教之'温柔敦厚'，而气实为之母。但观柳、贺、秦、周、姜、吴诸家所以涵育其气，运行其气者，即知东坡、稼轩音响虽殊，本原则一。"[2] 陈匪石将"气"界定为词作之"母"，是第一位的东西，也是孕育化生词作其他审美质性因素的根本。他认为，词作涵蕴气脉相比于诗教的"温柔敦厚"之义更具有本体性。很明显，他将"气"论断为词作艺术表现的本质所在。陈匪石又认为，气脉从本体上影响着词的面貌呈现与风格特征，宋代名家中，柳永、贺铸、秦观、周邦彦、姜夔、吴文英及苏轼、辛弃疾等，虽然词作面目各异，然其在行气上都具有相似性。他们的词作之所以入妙，便在善于涵养与发抒主体之气脉。

新中国成立以后，朱庸斋《分春馆词话》有云："韩愈所谓气盛则

---

① 杨传庆编著：《词学书札萃编》，南开大学出版社 2015 年版，第 314 页。

② 陈匪石编著，钟振振校点：《宋词举》（外三种），江苏古籍出版社 2002 年版，第 188—189 页。

言之短长与声之高下皆宜，填词下字配声，既分平仄，句式安排，长短
互别。讲求气格，实所必要。"① 朱庸斋将气脉与格调一同标树为词作
艺术表现的本质所在。他由韩愈"气盛言宜"之说而论，认为相对于
词作中的字语选择、音律运用及句式表达等而言，气脉贯穿与格调显现
是更为本体性的东西，它们从根本上影响着词的创作及面貌呈现。朱庸
斋又从气脉运行与内在潜贯的角度，广泛论说到不同词人词作的优劣及
艺术表现。如云："《祝英台近》句语长短错落，必须直行之以气，并
用重笔，贯注回荡，始称佳构。试读前人名作，莫不如此。如气势稍
弱，则易破碎。"② 又云："《锁窗寒》此调造句长短参错，且多拗语，
苟非以气行之，必难贯注，调亦不响。美成寒食'暗柳啼鸦'一阕，
笔力奇横，气足故也。"③ 又云："《烛影摇红》为彊村所擅长，其《晚
春过黄公度人境庐话旧》，上下阙七言长句，大气流行，用苍莽笔调，
极有气象。"④ 又云："蕙风长调空灵，然不乏沉着之气。色泽不如彊村
浓厚，又不似大鹤枯槁，气韵流动，其笔势一以贯之，不事雕琢，亦自
有佳处。"⑤ 又云："梅溪词虽时涉纤巧，然其用笔重则气贯，惯于重重
连接、层层加紧，至觉其使事下语真切而不虚用。"⑥ 还云："梦窗之佳
处，一为潜气内转，二为字字有脉络。辞藻虽密而能以气驱使之，即使
或断或续之处，仍能贯注盘旋，而'不着死灰'。"⑦ 如此等等。在我国
现当代词学史上，朱庸斋是最广泛地以"气"评说词人词作的批评家。
从总体而言，他以"气"作为词作艺术表现的质性要素之一。立足于
此，他要求词作"行之以气"、"气足"、"大气流行"、"不乏沉着之
气"、"气贯"、"潜气内转"，等等。他认为，在词作艺术体制中，贯穿
以气脉是本体性要求，以气运笔，以气势有效地推宕词作展开，这是保
证词作得以成就与感动人心的关键所在。朱庸斋以大量丰富的创作实践

① 张璋、职承让、张骅、张博宁编纂：《历代词话续编》，大象出版社 2005 年版，第
1140 页。
② 同上书，第 1164 页。
③ 同上书，第 1167 页。
④ 同上书，第 1194 页。
⑤ 同上书，第 1197 页。
⑥ 同上书，第 1209 页。
⑦ 同上书，第 1214 页。

为例，对"气"作为词作本质因素进一步予以切实的阐明，在我国传统词气之论中具有重要的价值与地位。

第二节　词气审美特征与要求之论

一　词气潜伏流贯与运转自如之论

明清时期，俞彦、朱承爵、陈继儒、沈谦、彭孙遹、沈祥龙、沈泽棠等，对词气表现曾不断提出过潜伏流贯与运转自如的要求。延至民国时期，闻野鹤、张素、宣雨苍、徐兴业、赵尊岳、夏敬观、陈匪石等，对词气潜伏流贯与运转自如之求进一步予以了阐明和张扬。

民国前期，闻野鹤对词的创作提出多方面的要求。其《恸簃词话》有云："词有怨而不哀，如荡妇哭亲，泪雨千点，而邻里不动，以其情非真也。又有浓而不媚，如村女明妆，异脂琼粉，而生意不属，以其体不高也。又有弱而不雄，如孺子辩论，声声入理，而闻者不快，以其气不盛也。又有奇而不妙，如牛鬼蛇神，怪云缭绕，而见者不适，以其道不正也。"① 闻野鹤通过比譬书生论辩，虽句句入理然终因身体赢弱而不显气势与力量，提出了词气应充蕴旺盛的要求。它与创作主体之情感真挚、词作体制之入乎高妙以及词作内涵表现之入乎大道等一起，成为词的创作中所应关注的主要内涵。张素在《珏庵词序》中云："夫格者，显露于外，有目所易知。气者，潜蓄于内，浅人所难晓。梦窗词之眇曼而幽咽，皆气为之，万非可以袭取者。"② 张素对词作中"格"与"气"的审美表现特征予以比照。他概括词气审美表现具有内在潜伏流贯而不易为人所识见的特征。他推扬吴文英词作内在气脉贯注，声律表现幽细而流转，情感传达细腻而深致，其艺术境界是他人所不易达到的。宣雨苍《词澜》有云："填词须通首词气匀配。或前虚后实，前实后虚，或前远后近，前近后远。实字过多，则嫌堆砌，否亦隔阂。虚字过多，则嫌薄弱，否亦弛懈。故必均匀支配。太促，则用排荡之笔以疏其气；太散，则用研练之笔以紧其机。务以一气呵成者为上，次亦必求

① 朱崇才编纂：《词话丛编续编》，人民文学出版社 2010 年版，第 2342 页。
② 冯乾编校：《清词序跋汇编》，凤凰出版社 2013 年版，第 2038 页。

通体疏达，饶有余味。若仅以字面工丽，从事妆点，是非我所敢取也。"① 宣雨苍对词的创作提出整体匀称的要求。他主张词作气脉流转要虚实相映、远近相融，反对过多地一味使用实字或虚字而导致词作气脉或滞塞或柔弱。他强调词的创作"务以一气呵成者为上"，将气脉的整体通贯与均匀流转作为词作艺术表现的至高要求，坚决反对仅停留于字句装点修饰的创作路径。

民国中期，徐兴业《凝寒室词话》有云："南宋诸词人，才大而气密，故能独创词境，不剿袭前人。"② 徐兴业评说南宋词人才华横溢，词作气脉充盈而使境界创造呈现出独特性。他将气脉贯穿细密视为南宋词人创作之妙的最重要因素之一，其论实际上也体现出对词作气脉充盈的倡导。

民国后期，赵尊岳《珍重阁词话》有云："作词宜由胸中发出，一气呵成。若就心目所思者，强为雕琢，无论如何工练，终少真气。近人之以词名者，未尝不中此弊。""一气呵成之作，未尝不可精研字面。盖零玑碎锦，酝酿胸中，但有真情，便可驱策，随意运用，不致板滞。然成词之后，字字琢磨，改易再三，以求妥洽，又恐因改易而失全体之神，违全体之格，不可不将慎也。"③ 赵尊岳对词的创作也提出气脉贯注、一气呵成的要求。他反对词作流于字句雕饰之途，判评其无论如何工致，终少真气。他将气脉的自然流转视为词的创作获得成功的最重要条件之一。夏敬观在《蕙风词话诠评》中云："今人以清真、梦窗为涩调一派，梦窗过涩则有之，清真何尝涩耶？清真造句整，梦窗以碎锦拼合。整者元气浑仑，碎拼者古锦斑斓。不用勾勒，能使潜气内转，则外涩内活，白石、玉田一派，勾勒得当，亦近质实，诵之如珠走盘，圆而不滑。二派皆出自清真，乃其至，品格亦无高下也。今之学梦窗者，但能学其涩，而不能知其活。拼凑实字，既非碎锦，而又扞格不通，其弊等于满纸用呼唤字耳。"④ 夏敬观通过评说周邦彦与吴文英之词，对词

① 朱崇才编纂：《词话丛编续编》，人民文学出版社 2010 年版，第 2473 页。
② 张璋、职承让、张骅、张博宁编纂：《历代词话续编》，大象出版社 2005 年版，第 1360 页。
③ 《同声月刊》第 1 卷第 3 号，第 60 页。
④ 唐圭璋编：《词话丛编》，中华书局 1986 年版，第 4592 页。

作之"涩"展开论说。他认为，周邦彦之词是不能以"涩"来加以归结的，亦即其毫无滞塞不灵之意味，吴文英之词倒是有拼凑的痕迹。大凡词作之妙者，都具有"外涩"而"内活"的特征，内在始终有充蕴的气脉潜伏流贯于词作之中，超拔于"碎拼"、"勾勒"的层面，使词作呈现出活脱圆融的面貌。夏敬观将"元气浑仑"与"潜气内转"界定为词作"入活"的关键所在。

陈匪石通过论说吴文英习效柳永阐说到词作贯气的论题。他在《宋词举》中云："南宋善学柳者，惟梦窗一人。特意须极多，否则非竭即复；气须极盛，否则非断即率耳。"① 陈匪石认为，想使词作入妙，一方面，要使词意具有繁复多变的特征；另一方面，应使词气充盈丰沛，始终流注于词中。如果气脉不接，词作必然会显出仓促随意之态。陈匪石之论，体现出对词气流转自如的强调与推尚。其《声执》又云："故劲气直达，大开大阖，气之舒也。潜气内转，千回百折，气之敛也。舒敛皆气之用，绝无与于本体。"② 陈匪石概括词作气脉的流转运用主要有"大开大阖"与"潜气内转"两种方式，它们作为词作行气的具体表现，与词作之体制是并没有内在必然联系的。

二　反对迂腐与寒酸之气论

清代，李渔、裘廷梿、沈泽棠等曾结合词作真切清丽的艺术表现要求，对因过于寓事用典而导致的书本迂腐之气提出过反对之声。延至民国时期，碧痕《竹雨绿窗词话》有云："词所忌者为酸腐，为怪诞，为粗莽，为艰涩。宋人词险丽秾密，读之柔声曼然，有余音绕梁之趣。李渔谓有道学风、书本气者，不可以为词，当是确论。"③ 碧痕对词作艺术表现中的迂腐与寒酸之气予以批评和否定。他对李渔所倡词作不可有书本之气持以赞同与倡扬，从词作本色之艺术表现要求立论，将迂腐、怪奇、粗豪与晦涩等都论断为词的创作所应避却的。其又云："李渔谓，有道学风、书本气者，不可以为词。余谓，除道学风、书本气而

---

① 陈匪石编著，钟振振校点：《宋词举》（外三种），江苏古籍出版社 2002 年版，第 42—43 页。

② 唐圭璋编：《词话丛编》，中华书局 1986 年版，第 4950 页。

③ 朱崇才编纂：《词话丛编续编》，人民文学出版社 2010 年版，第 2251 页。

外，有寒酸态者，亦不可以为词。何则？词以婉约为宗，纤巧绮丽，必
如风流自赏之人，然后始得其正，豪健沉雄则次之。如带寒酸之气，必
腐涩质实，非词矣。大若李杜为诗家之宗，李能词而杜不能，盖二人一
则豪情自放，一则悲感苍凉，是以词家有李无杜也。"① 碧痕对词的创
作提出不可有寒酸之气的要求。他在李渔所论词的创作不可有书本之气
的基础上，认为词的创作与审美是以婉约之体制与风格特征为正宗的，
而创作主体的寒酸之气必使词作呈现出滞塞不名、过于坐实的特征，这
与词体的艺术本质要求是相背离的。

三　反对粗豪之气论

民国中期，潘与刚对词的创作提出反对粗豪之气的要求。其《读
红馆词话》有云："作词著不得一丝暴气，然苏、辛有时未尝不暴，其
天分足，而出之腕力者也。"② 潘与刚对词的创作提出反对以粗豪之气
贯注的要求，他以富于辩证观照的眼光，肯定苏轼、辛弃疾词作有时虽
有突兀之粗气显现，此乃缘于其天分高、才气足、极富于艺术创造力的
结果，并不能一概而论。

第三节　词气呈现与创作因素关系之论

一　词作用笔与行气关系之论

南宋汤衡，元代陆行直，清代朱彝尊、陈孝纶、吴衡照、刘熙载、
陈廷焯、周曾锦等，对词气呈现与不同创作因素的关系予以过不少阐
说。延至民国时期，碧痕、陈匪石、潘与刚、夏敬观、赵尊岳、沤庵等
将对词作用笔与行气关系之论进一步予以了拓展与完善。

碧痕《竹雨绿窗词话》有云："词为诗之变体，作词原须本乎诗。
予观五代之词，镂玉雕琼，裁花剪翠，如娇女子施朱粉，非不美艳，惜
乎专工粉泽，有失正气。"③ 碧痕通过论评五代之词，对词的创作实际

---

① 朱崇才编纂：《词话丛编续编》，人民文学出版社 2010 年版，第 2260 页。

② 杨传庆、和希林辑校：《辑校民国词话三十种》，（台湾）花木兰文化出版社 2016 年版，第 134 页。

③ 朱崇才编纂：《词话丛编续编》，人民文学出版社 2010 年版，第 2254—2255 页。

上提出有"正气"的要求。他从诗词异体同源的视点出发，持论词为诗之变体，其言志抒情都应大致合乎诗之体制与规范，因此，过于雕饰之作便不合乎词作体制的要求。陈匪石《旧时月色斋词谭》有云："典博，宜加以微婉；浓丽，宜进之深厚。此当于气息上作工夫。"① 陈匪石亦触及词作用笔与行气关系的论题。他主张词作艺术表现应在丰富博赡中糅以微婉合度，在秾纤柔美中寓含深致浑厚，而此艺术面貌的生成，都有赖于创作主体之气脉的蓄养与调整。陈匪石又在《声执》中云："行文有两要素，曰'气'，曰'笔'。气载笔而行，笔因文而变。昌黎曰：'气盛则言之短长与声之高下者皆宜。'长短高下与笔之曲直有关，抑扬垂缩，笔为之，亦气为之。就词而言，或一波三折，或老干无枝，或欲吐仍茹，或点睛破壁，且有同见于一篇中者，'百炼刚'与'绕指柔'，变化无端，原为一体。何也？志为气之帅，气为体之充，直养而无暴则浩气常存，惟所用之，无不如志，苟馁而弱，何以载笔？"② 陈匪石将"气"界定为驾驭文学创作与艺术表现过程的两大因素之一。他概括"气"与"笔"的关系为：笔因气而行，气随笔而生，两者是相因相生的，但归根结底，气脉流转影响和决定着笔法的运用。进一步，陈匪石论说到词的创作中"志"、"气"、"体"等因素的关系。他概括，创作主体思想情感是词作气脉之统帅，而气脉又充盈蓄养着词之体制与艺术表现。总之，气脉是词的创作中最本质的因素之一，它显现着创作主体的思想情感，丰盈着词作的体制建构。陈匪石之论，将用笔之变与词气运行及心志所在三个方面有机地串联起来。

潘与刚《读红馆词话》有云："词能炼则句整，能有气则句圆，然过则不及，多炼则伤物，多气则无物。伤物之病，梦窗是也。无物之病，白石是也。昔人先我言之矣。"③ 潘与刚对词作句语表达与词气贯注的关系予以论说。他认为，词作气脉显现可使句语表达更见灵活生动，但也不可过于以气贯注，因气脉过于凸显容易导致词作所抒写内容

---

① 陈匪石编著，钟振振校点：《宋词举》（外三种），江苏古籍出版社2002年版，第213页。

② 同上书，第188页。

③ 杨传庆、和希林辑校：《辑校民国词话三十种》，（台湾）花木兰文化出版社2016年版，第133页。

相对被消解与虚化。潘与刚评说姜夔之词缺失便在于此，其在词作的气脉贯注与延宕中是较为下力的。夏敬观《蕙风词话诠评》有云："清真非不用虚字勾勒，但可不用者即不用。其不用虚字，而用实字或静辞，以为转接提顿者，即文章之潜气内转法。"① 夏敬观通过论说吴文英之词的创作特征，对"潜气内转"之法实际上予以了阐说。这便是，在作词中，要主要依靠实字之间相互连贯，而尽量少用或不用虚字，内在以一定的气脉加以穿贯，从而使整个词作环环相扣，成为一个有机的艺术整体。

赵尊岳《珍重阁词话》有云："作词宜由胸中发出，一气呵成。若就心目所思者，强为雕琢，无论如何工练，终少真气。近人之以词名者，未尝不中此弊。""一气呵成之作，未尝不可精研字面。盖零玑碎锦，酝酿胸中，但有真情，便可驱策，随意运用，不致板滞。然成词之后，字字琢磨，改易再三，以求妥洽，又恐因改易而失全体之神，违全体之格，不可不将慎也。"② 赵尊岳对词的创作提出有真气的要求。他强调词的创作要避却雕饰，不论工拙，一气呵成，从更本体的层面上加以驾驭与控制，如此，才可避免流于字句讲究之中。其又云："用字研炼，最推梦窗，而梦窗有真情真意，贯若干研炼之字，七宝楼台，正具栋梁，玉田之所谓不成片段者，非也。用字最停匀而不加研炼者，玉田即其一人。玉田流走之致，与所用之字相表里，故往往不嫌其疏，同工异曲。知此始足语于用字之道。"③ 赵尊岳通过论说吴文英作词之法，对词作的炼字与用气也展开阐说。他提倡使"流走之气"与"研炼之字"互为表里，以气脉的动态运行为炼字琢句的依托，如此，词作才能既"金沙入眼"，同时又"气机生动"，在引人关注中突显内在的生命力，彰显动人的生机与气韵。赵尊岳之论是甚富于识见的。沤庵《沤庵词话》有云："有沈雄之气魄，乃能有雄健之笔力；有雄健之笔力，乃能写苏、辛一派豪放之词。盖词之豪放，由于才气之横溢，初不

---

① 唐圭璋编：《词话丛编》，中华书局 1986 年版，第 4592 页。
② 《同声月刊》第 1 卷第 3 号，第 60 页。
③ 《同声月刊》第 1 卷第 4 号，第 47 页。

斤斤于字句间也。"① 沤庵论说到主体内在生命之气与创作笔力显现的正比关系，强调主体生命之气从根本上影响着其创作笔力，词的创作是不应该一味在搜讨字语中探寻出路的。

　　新中国成立以后，朱庸斋《分春馆词话》有云："然论行气，则不能忽视于用笔，否则其气从何表达。余夙服膺'重、拙、大'之说，但如何始能臻此，盖有赖于用笔也。梦窗之'潜气内转'，每于用笔中体会得之。若舍用笔而空谈意境，则有体而无用，亦徒焉耳！陈亦峰'沉郁顿挫'之说，沉郁是意境，顿挫是用笔。以顿挫之笔，方能表达沉郁之境。然又必须以气行之，气是回旋往复于全篇之中，不能一字一句求之；若求之一字一句之中，则气亦无由见矣。前人以为一字得力，通篇光彩，乃指炼字而言。如达到无句可摘，无字可摘，通体浑成之外，则舍行气莫属矣。"② 朱庸斋将气脉潜贯视为词作艺术表现的最重要方面，充分显示出其对"气"在词作艺术表现中本体地位的推尚。他强调，词作气脉贯穿与笔法运用是紧密相联的。用笔作为词作艺术表现的根基，其与气脉贯穿是相互联系、不可分割的。"用笔"是可见的创作之法，"行气"乃潜隐的表现之法，两者是相配而行、相得益彰的。"气"作为一种贯穿与流溢于词中的整体性创作质素，并不仅仅是从某一字句、某一细处中体现出的，而是从整个词作笔法运用中透露而来的，它从总体上影响着词作的面貌呈现及风格特征。

二　词人性情与词气关系之论

　　清代，徐喈凤、毛奇龄、焦循、孙麟趾、谢章铤、刘熙载、陈廷焯等曾从不同方面对创作主体情性与词气流转的关系予以探究。延至民国后期，陈匪石进一步将创作主体性情与词气流转关系之论予以了充实与完善。其《声执》在论说词作境界创造，关键在于"高处立，宽处行"之后云："叫嚣儇薄之气皆不能中于吾身，气味自归于醇厚，境地自入于深静。此种境界，白石、梦窗词中往往可见，而东坡为尤多。若论其

---

　　① 杨传庆、和希林辑校：《辑校民国词话三十种》，（台湾）花木兰文化出版社 2016 年版，第 292 页。

　　② 张璋、职承让、张骅、张博宁编纂：《历代词话续编》，大象出版社 2005 年版，第 1140 页。

致力所在，则全自养来，而辅之以学。"① 陈匪石在论及"词境"时阐说到词气的命题。他认为，要想使词的创作入乎"佳境"，其中，重要的一点便要避却"叫嚣儇薄之气"，使创作主体自身之"气味"进入到深静醇厚的境地，从静养中而出，辅之以学识为根柢，其"气"自然有益于词之佳境的艺术创造。陈匪石之论，将词人情性修养与词作气脉运行及词境创造有机地联系与贯通起来。

　　总结民国时期传统词学中的词气之论，可以看出，其主要体现在三个维面：一是对"气"作为词作本质因素的标树之论；二是词气审美特征与要求之论；三是词气呈现与创作因素关系之论。其中，在第二个维面，主要包括三个方面：一是词气潜伏流贯与运转自如论；二是反对迂腐与寒酸之气论；三是反对粗豪之气论。在第三个维面，主要包括两个方面：一是词作用笔与行气关系之论；二是词人性情与词气关系之论。这些论说，从不同视点上继续展开、充实、深化与完善了传统词气之论的内涵，为人们全面深入地把握词气论题进一步提供了宽阔而坚实的平台。

---

① 陈匪石编著，钟振振校点：《宋词举》（外三种），江苏古籍出版社 2002 年版，第 189—190 页。

第五章
民国时期传统词学中的词律论

    词律论是我国传统词学中的基本论题。这一论题主要从词的创作是否需要协律以及如何协合音律等方面来加以展开。在我国传统词学史上，有关词律之论是甚为丰富多样的，它们形成相互联系、相互交织、相互补充的几个维面与线索，显示出富于历史观照的特征。本章对民国时期传统词学中的词律之论予以考察。

第一节　偏于对协律的标树之论

    民国时期传统词律之论的第一个维面，是偏于对协律的标树之论。这一维面线索，主要体现在徐珂、周焯、陈匪石、吴东园、梁启超、陈洵、蒋兆兰、张德瀛、况周颐、刘德成、陈锐、朱彦臣、翁麟声、胡云翼、郑文焯、龙榆生、夏敬观、林大椿、俞平伯、刘永济、刘坡公、施则敬、陈兼与、夏仁虎、何嘉、蔡桢等的论说中。他们或对协律的必要性予以强调，或对如何协律加以探讨，将协合音律之论不断推向历史的高度。

    民国前期，徐珂《近词丛话》有云："古人填词，好用熟调，如草窗诸老，熟于一调，必屡填之，以和其手腕，此长调也。小山于小令，亦填一调至十数，盖亦避生就熟，易于着笔耳。常熟言琴吾大令家驹，治词学至五十年之久，所著《鸥影词》六卷，几于无调不备。且每有所作，辄从事弦管，以求谐律。尝谓词之为道，承诗之盛，开曲之先，不深音韵、不穷律吕者，率尔操觚，恒至伤骶。始宋、元以逮今，海内胜流无不嗜此者，以能审音也。"① 徐珂通过评说常熟籍词人言家驹善于填词，表达出倡导词作协合音律的主张。他论说像晏几道、周密等作词，仍有回避不熟之调而多用熟识之调的特点，而言家驹所填《鸥影词》择选声调丰富多样，音律表现谐和婉转，较好体现出音律之美，实践了其对艺术美的追求，为当世词坛的优秀词人之一。徐珂对词的创作谐于音律体现出推尚的态度。周焯《倚琴楼词话》有云："两宋诗之三唐，清真诗之老杜，稼轩诗之太白，而石帚诗之退之也。词至白石而大，清正宏图，各极其妙。且又深诣音律，故其改正《满江红》，自度《暗香》、《疏影》诸曲，均协律入微。一整宿病，广元三年丁巳四月曾上书论雅乐，并进《大乐议》一卷，《琴瑟考古图》一卷，使古乐得传，厥功亦伟矣。惜今人作词，不重音律，遂令古乐存而若亡，世有白石，曷亟兴乎？"② 周焯通过论说姜夔之词，也表达出对协合音律的倡导。他比譬词中姜夔如诗中韩愈，在文学史上都具有承前启后的地位。周焯评说姜夔之词以清丽为本，以雅正为求，很好地体现出音律之美。他不论修正《满江红》等词调，还是自度《暗香》《疏影》等词调，都细腻入微，极尽谐和流转之美。姜夔并发掘整理有《大乐议》，努力复兴古代乐律，显示出卓著的功绩。周焯批评当世不少人忽视音律表现之道，将词作为音乐文学的本质特征及内在要求丢到了脑后。

陈匪石在《与籀子论词书》中云："窃尝论近人为词，易犯之弊有二：五宫失传，四声不讲，破律则以《碎金》为借口，失韵则以叔夏为护符。既非自度之腔，转多误填之调。此其一也。或则遣词不择，造语多粗，獭祭及重译之书，兔册列生硬之字。泥沙俱下，粗粝并咽，不独失晓风残月之遗，抑亦非铁板铜琶所取。此其二也。前者之弊不除，仅在供人指摘。盖红儿既不能付，则白璧不过微瑕。后者之弊直下侪于齐东语，玉碗贮狗矢，不复成为词矣。"③ 陈匪石批评近世人填词之弊，归结其主要有二：一是不甚讲究平仄四声，导致宫商之声失准。他们以所谓《碎金词谱》为凭借，多体现出用律之误；二是选字择语不够精

---

① 唐圭璋编：《词话丛编》，中华书局 1986 年版，第 4230 页。

② 杨传庆、和希林辑校：《辑校民国词话三十种》，（台湾）花木兰文化出版社 2016 年版，第 27 页。

③ 杨传庆编著：《词学书札萃编》，南开大学出版社 2015 年版，第 353—354 页。

细，或盲目寓事用典，或多用生硬字语，使得词作呈现出良莠混杂的面貌特征。陈匪石指出，如果不去除这两个积习，其危害是很大的，词的创作将不复成其道，正如"玉碗贮狗矢"，表里是甚为不符的。陈匪石之论，直击时人创作之弊，对忽视声律、用语粗糙、盲目寓事用典的胡乱填词行为予以了尖锐批评，体现出对协合音律的坚定维护。其《旧时月色斋词谭》又云："由《雅》《颂》而变为乐府，由乐府而变为律、绝，由律、绝而变为词，由词而变为曲，此亦世事由简趋繁之常轨焉。古之《雅》《颂》、乐府、律、绝、词、曲，无不可被之管弦，今仅为词章之一技，则本真寖离矣。然词谓之'填'，按腔合拍之义显然可见。苟能协律吕，付丝竹，则黄钟大吕之遗音俱在是乎？"[①] 陈匪石论说我国古代音乐文学的衍化发展历史。他强调，词体乃可被于管弦而歌的文学形式，但当世不少人有违其本色要求，仅将词作之道视为辞章之事，弃置了其协合音律之义。陈匪石倡导词的创作还是要以协合音律为贵，在弘扬辞章之事与音律之道的双轨制中走向复兴之道。其又云："近二百年来，善言词者，词多不工。如万红友、戈顺卿、徐级（按：当作"诚"）庵、陈亦峰，皆是也。或谓律太谨严，则为所束缚，而摛词遂不能自然超妙。抑知两宋大家如秦、周、姜、吴、张诸子，谁非精于律者？又谁不工于词耶？故谓红友诸人精于律而拙于词则可，谓其词之不工由于律之太细，则断断不可也。"[②] 陈匪石对传统词的创作之论予以驳斥。他肯定清代几百年间如万树、戈载、陈廷焯等都善于论词而自身不太工于填词，一些人持论这是由于词的创作过于讲究声律而导致填词不能入乎自然超妙之境。陈匪石列举两宋名家词人中，秦观、周邦彦、姜夔、吴文英、张炎都精通音律，然而他们的词作都入于第一创作方阵。陈匪石归结词之创作是否高妙，与讲究音律表现其实是关系不大的，真正的高手是既能够表现出精细的声律之美，又能使词作的现实内涵得到很好的艺术表现。其还云："填词必明五宫，始能合拍；非合辨四声，即谓能事毕具也。观玉田《词源》所载，同一平声，而'深'

---

① 陈匪石编著，钟振振校点：《宋词举》（外三种），江苏古籍出版社 2002 年版，第 216 页。

② 同上书，第 211 页。

字不叶，'幽'字不叶，'明'字乃叶，即可知四声不误，未必即能付红儿也。然晚近以来，五宫之论，已成绝响；则但于四声之用而明辨之，庶或免于缅规错矩之弊。若既不知五宫，又不辨四声，则不必填词可也。"① 陈匪石进一步论说到填词必遵循五音之原则而讲究应声合拍，要努力体现出音律之美。他举张炎在《词源》中对叶韵的分析为证，批评晚近以来词的创作音律之美几近消失，人们在作词时不辨四声，不讲五音，词的创作基本丧失了作为传统艺术所应具的美，与其他文学之体并无多少内在差异，这是必须扼制的行为。

　　吴东园在《与黄花奴论词书》中云："词至姜白石（夔）、王碧山（沂孙）、张玉田（叔夏）鼎足而立之，三人词皆雅正，故玉田云词欲雅而正。玉田所谓雅正者，洵词学之津梁，实为自家之面目，知此始可与言词，始可与言玉田之词。玉田空灵婉丽，开词家雅正之宗。白石、碧山后先一揆。然今之学词者，如以空灵为主，但学其空灵，而笔不转深，则其意浅，非入于滑，即入于粗矣。以婉丽为宗，但学其婉丽，而句不炼精，则其音卑，非近于弱，即近于靡矣。吾辈为词，不难于作，而难于协。此中造诣，可与知者道，难于俗人言。以足下年少多才，减字偷声之末学，当优为之。"② 吴东园通过评说姜夔、王沂孙、张炎之词，表达出崇尚雅正的词学审美观念。他认为，张炎所倡导的雅正之求，实际上是从总结自身创作实践中提出的，具有现实的依据，而非空洞虚浮之论。吴东园持论，当世不少学词之人，如以空灵为求，则表现为笔法不够深致，意致呈现浅近，作品流于粗率滑易；而有的人以婉丽为求，则又表现为下字用语不够精致，音律表现或卑弱或媚俗，都与雅正之求相去甚远。吴东园主张，词的创作最关键之处便在于协合音律，追求谐和之美，此中意趣乃真不可与俗人而言之。

　　梁启超在《致胡适》中云："我虽不敢说无韵的诗绝对不成立，但终觉其不能移我性。韵固不必拘定什么《佩文诗韵》、《词林正韵》等，但取用普通话念去合腔便好。句中插韵固然更好，但句末总须有韵，自

_____

① 陈匪石编著，钟振振校点：《宋词举》（外三种），江苏古籍出版社2002年版，第218页。

② 杨传庆编著：《词学书札萃编》，南开大学出版社2015年版，第92—93页。

然非句句之末，隔三几句不妨。若句末为语助词，则韵挪上一字。（如
'匪报也，永以为好也。'）我总盼望新诗在这种形式下发展。"① 梁启
超是"文学革命"的积极倡导者，但他对于词的创作还是主张以协合
音律为上。他论说不协音律的作品，在动人心魂上是有所欠缺的，强调
词的创作虽然不一定拘泥于词谱声调，但还是以"合腔"为好，在字
句中尤其是句末显示出必要的声韵之美。梁启超主张新诗的创作也要沿
着这一条道路发展前进，将协合音律之事作为文学之美的有机体现。其
又云："《尝试集》读竟，欢喜赞叹，得未曾有，吾为公成功祝矣。然
吾所尤喜者，乃在小词。或亦夙昔结习未忘所致耶！窃意韵文最要紧的
是音节，吾侪不知乐，虽不能为可歌之诗，然总须努力使勉近于可歌。
吾乡先辈招子庸先生创造粤讴，至今粤人能歌之，所以益显其价值。望
公常注意于此，则斯道之幸矣。"② 梁启超在对胡适《尝试集》甚为称
扬的同时，论说到词的创作。他明确提出韵文之体最为紧要的便是音
节，只有从注重音节开始，才能更好地显示词为音乐文学体制的特征，
才能体现出"可歌"的特性。梁启超称扬招子庸创造出"粤讴"之体，
发扬光大了音乐文学之道。

　　陈洵《海绡说词》有云："诗三百篇，皆入乐者也。汉魏以来，有
徒诗，有乐府，而诗与乐分矣。唐之诗人，变五七言为长短句，制新律
而系之词，盖将合徒诗、乐府而为之，以上窥国子弦歌之教。谓之为
词，则与廿五代兴者也。"③ 陈洵从词体的源流论说其音乐性特征。他
持论，早在先秦时期，《诗三百》中的篇什便都是可以入乐歌唱的，汉
魏以来，诗的发展衍化为不合音律的"徒诗"与合乎音律的"乐府
诗"，其创作才从体制上与音乐分离开来。延至唐代，人们又将五言、
七言诗变化为长短不一的体制，于是出现"词"这一文学形式。其最
大的特点便在于"制新律而系之"，它是将前人乐府诗创造性发扬与变
化的结果，与音乐表现结下了不解之缘，乃音乐文学之体制。其又云：
"凡事严则密，宽则疏，词亦然。以严自律，则常精思。以宽自恕，则

① 杨传庆编著：《词学书札萃编》，南开大学出版社 2015 年版，第 251 页。
② 同上。
③ 唐圭璋编：《词话丛编》，中华书局 1986 年版，第 4837 页。

多懈弛。懈弛则性灵昧矣。彼以声律为束缚者，非也。或又谓宫商绝学，但主文章，岂知音节不古，则文章必不能古乎。（无韵之文尚尔，何况于词。）凝思静气，神与古会，自然一字不肯轻下。"① 陈洵进一步辨说词的创作与为人处事的宽严之道相类似。他批评一些人以音律表现为束缚之论，认为宫商之道实际上是有利于词作艺术表现的，也能较好地显示词的本色当行特征，虽然表面看来是"以严自律"，然其有利于精思巧构，有利于主体性灵发抒，是应该坚持倡导的，在此基础上，"神与古会"，则小词可通乎大道。

蒋兆兰《词说》有云："作词当以读词为权舆。声音之道，本乎天籁，协乎人心。词本名乐府，可被管弦。今虽音律失传，而善读者，辄能锵洋和韵，抑扬高下，极声调之美。其浏亮谐顺之调固然，即拗涩难读者，亦无不然。及至声调熟极，操管自为，即声响随文字流出，自然合拍。此虽专主论词，然风骚辞赋骈散诸文诗歌各体，无不有天然之音节，合则流美，离则致乖也。"② 蒋兆兰主张词的创作要以赏读他人之作为前提条件。他持论，词原名为"乐府"，便在于其可付之于管弦而歌，现今之世，虽然古代乐律不传，但善于赏词的人是能够从中感受到抑扬起伏、高低错落的音律之美的。蒋兆兰主张，包括词体在内的一切抒情性文体，其语言运用都具有自然的音节之美，这是人们在创作中要特别加以注意的。其又云："初学词能谨守词律，平仄不差，已是大难。然平仄既协，须辨上去。上去当矣，宜别阴阳。阴阳审矣，乃调九音。所以然者，音律虽已失传，而近世填词家，后起益精，不精即不得与于作者之列。况词固贵宛转谐和，若一句聱牙，即全篇皆废。"③ 蒋兆兰对协合音律有着细致深入的解会，他进一步论说到词之音律表现的几个层境。他认为，词的创作首先要讲究平仄互映、高低错落，其次要注意上声与去声之间的不同，再次应辨分阴平与阳平的细微差异，最后从总体上调和不同音节、音程等，使之呈现出整体谐和的面貌。蒋兆兰评说近世词人之中，不少人在创作上后出转精，精研音律表现之道，深

① 唐圭璋编：《词话丛编》，中华书局 1986 年版，第 4840 页。
② 同上书，第 4629 页。
③ 同上书，第 4636 页。

耕细究，很好地体现出音乐文学婉转谐和的特点，是令人称道的。其又云："宋人作词，未有韵本。然自美成而后，南宋词家通音律者，隐然有共守之韵。戈顺卿依据名家词，撰为词林正韵，近代词家，遵而用之，无待他求矣。独至押韵之法，趁韵者不论，即每逢韵脚处，便押一个韵，韵虽稳而不能使本韵数句生色，犹为未善也。名家之词，押韵如大成玉振之收，声容益盛，是亦不可不讲也。"① 蒋兆兰对宋人词作的音律表现甚为称扬。他论说宋人作词虽然并没有现成的韵书可供据依，但大致自周邦彦之后，南宋的词人大都熟识音律表现之道，似乎遵循着共通的声韵准则。延至清代，戈载总结历代名家的创作，撰成《词林正韵》一书，成为近世以来所共同遵守的用韵准则，规范着词的创作之道。蒋兆兰归结历代名家之词，未有不讲究音律之美的，"声容益盛"，他们将词的声律之求不断推进到新的阶段。其又云："词至南宋，可谓精矣。至元而音律破坏，除二三名家以外，已不餍读者之心。有明一代，词曲混淆，等乎诗亡。"② 蒋兆兰进一步评说词的创作发展至元明时期，音律表现之道受到破坏，体制日益混淆不清，除极少数名家有所讲究之外，大多数人已有悖于词的创作本色之道，词之音律表现偏离了正途。其又云："初学作词，如才力不充，或先从小令入手，若天分高，笔姿秀，往往即得名隽之句。然须知词以沉着浑厚为贵，非积学不能至。至如初作慢词，当择稳顺习用之调，平仄多可移易者为之，庶几不苦束缚。既成，再将《词律》细心对勘，务使平仄悉谐，辞意双美。改之又改，方可脱手，出以示人，逮至功夫渐到，然后可作单传孤调，及研究上去声字。总之此道，无论天资高下，才情丰啬，必得三五年功夫，方能大成，登高自下，行远自迩，不容躐等也。"③ 蒋兆兰从习词角度论说词的创作是需要依凭学力的。他建议初学者先从习学小令入手逐步深入。对于有人初学便习慢词，他主张要选择从为人们所习用的声调入手，遵循稳当平顺的原则，在创作中要仔细对照《词律》的规则，以使平仄四声谐和，言辞运用与意致呈现达至"双美"。蒋兆兰强调，

---

① 唐圭璋编：《词话丛编》，中华书局 1986 年版，第 4636 页。
② 同上书，第 4637 页。
③ 张璋、职承让、张骅、张博宁编纂：《历代词话续编》，大象出版社 2005 年版，第537 页。

词作之道尤其是音律表现确是需要相当一段时间才能见功夫的，需要人们反复摸索与实践方能有所成就。

张德瀛《词征》有云："乐记曰：声成文谓之音，声出而音定焉，音繁而韵兴焉。论其秩序，则音居先，韵居后。若舍音韵以言词，匪特戾于古，词亦不能工矣。"[①] 张德瀛在词的创作上是协合音律说的有力标举者。他从《乐记》所论出发，拈出"声"、"音"、"韵"三个语词，道出其正向度的生成关系。他认为，自古以来，是不可能离开音律而谈论填词之事的，音律谐和乃词之工致的有力体现。其又云："刘彦和声律篇云：夫音律所始，本于人声者也。声含宫商，肇自血气。惟词亦然，高下洪细，轻重迟疾，各有一定之响。解人正当于喉吻间得之。"[②] 张德瀛进一步论说音韵之美就来自人体作为生命本身的节律，它与人体的生理机能、血脉运动是相互联系的，是有着生理依据的。我们应该应和自然的规律，努力去加以探求与表现。

况周颐《餐樱庑词话》有云："畏守律之难，辄自放于律外，或托前人不专家未尽善之作以自解。此词家大病也。守律诚至苦，然亦有至乐之一境。常有一词作成，自己亦既惬心，似乎不必再改，唯据律细勘，仅有某某数字，于四声未合，即姑置而过存之，亦孰为责备求全者，乃精益求精，不肯放松一字。循声以求，忽然得至隽之字，或因一字改一句，因此句改彼句，忽然得绝警之句。此时曼声微吟，拍案而起，其乐何如。虽剥珉出璞，撰薏得珠，不逮也。彼穷于一字者，皆苟完苟美之一念误之耳。"[③] 况周颐论说词的创作不应因协合音律之难而"自放于律外"，或者以前人亦有音律表现不尽完美之处而自为宽解，他归结这是词家创作之病的根源所在。他论断，协合音律固然是甚为辛苦的事情，但其中也有着无限的快乐。这便是常常在一首词作完成之后，自己也比较满意，但依据音律规则细加探求，又发现仍有不合平仄之处，以至于不断修改，精益求精，由字而句，由句而篇，词的音律之美最后得以建构完善，创作者在低吟曼唱中也快意十足。况周颐将协律

---

① 唐圭璋编：《词话丛编》，中华书局 1986 年版，第 4117 页。

② 同上。

③ 张璋、职承让、张骅、张博宁编纂：《历代词话续编》，大象出版社 2005 年版，第 60 页。

之求作为词之艺术创造的精彩体现。其又云："词必先有调，而后以词填之。调即音也，亦有自度腔者，先随意为长短句，后叶以律。然律不外正宫侧商等名，则亦先有而在内者也。凡人闻歌词接于耳，即知其言。至其调或宫或商，则必审辨而始知。是其在内之征也。唯其在内而难知，故古云知音者希也。"① 况周颐论说词的创作是先择选声调而后以文辞填之，其中，声调择选也包括自度曲在内，其一般是先为长短之句，而后探研其音律表现，斟酌宫商之用，不断加以修改调整，在审音定律中凸显出意致。况周颐将音律表现之道放置在很重要的位置。其《词学讲义》又云："词必谐宫调，始可付歌喉。凡言某宫某调，如黄钟宫《齐天乐》、中吕宫《扬州慢》之类，当其尚未有词，皆是虚位。填词以实调，则用字必配声。一法就喉、牙、舌、齿、唇，分宫、商、角、徵、羽。韵书云：'欲知宫，舌居中。欲知商，开口张。欲知角，舌根缩。欲知徵，舌拒齿。欲知羽，口吻聚。'大抵合口为宫，开口为商，卷舌为角，齐齿为徵，撮口为羽。一法以平声浊者为宫，清者为商，入声为角，上声为徵，去声为羽。而皆未为尽善者，与宫、商、角、徵、羽相配之字，又各自有宫、商、角、徵、羽，各自有清浊高下，泥一则不通，欠叶则便拗，所以为难也。"② 况周颐进一步论说词的创作必须协合宫商之声，以可付之于歌唱为准的。他认为，宫调之声在开初之时就如同"虚位"，填入字句后，其艺术意味便开始凸显与明朗，因此，必须讲究应和声韵而用字词，人们应该认识"宫"、"商"、"角"、"徵"、"羽"的不同发音规则与要求，在对平、上、去、入的细致辨识中去表现不同的音律。况周颐归结词的创作中，音律谐合规则是十分多样的，但也是存在较大难度的，需要创作者花费相当精力去加以探索与实践。其还云："填词之人，如宋贤屯田、白石辈，自能嘌唱，精研管色，吹律度声，以声谐律。字之清浊高下，自审稍有未合，则抑扬重轻其声以就之。屡就而仍未合，则循声改字以谐之。逐字各有清浊高下，逐律皆可起宫。字句清接之间，逐处安排妥贴，审一定和道

---

① 张璋、职承让、张骅、张博宁编纂：《历代词话续编》，大象出版社 2005 年版，第 89 页。

② 同上书，第 45 页。

在是矣。若只能填词，不能吹唱，则何戡米家荣辈，可作邃密之商量，不至于合律不止。"① 况周颐评说柳永、姜夔等甚为善于音律表现，他们精研音律之道，既善于以声协律，又能自度曲调，对字音的清浊高下规则了熟于心，既讲究"逐字"，又能"逐律"，或在音律抑扬轻重的相互掺和中抒情表意，或另起声调，重新安排字句以协合音律，体现出高超灵活的音律表现能力。况周颐批评何戡、米家荣等所制之词不能入于歌唱，强调词的创作还是要"作邃密之商量"，以协合音律为原则。况周颐之论，对协律之求表现出甚为认真的讲究，体现出作为词学家的艺术追求与审美理想。

刘德成《一苇轩词话》有云："词立意固重，而协律亦未可忽视。张惠言为清代词家常州派之首领，而论词以立意为本，协律为末。于是乾隆以后之词调，只可读而不可歌矣。"② 刘德成也标树词的创作要协合音律。他评说张惠言论词以意致呈现为本位，而以协合音律为末事，这种持论影响于创作，导致清代乾隆时期以后之词便不可入乎歌唱了，是令人遗憾的。刘德成对词的创作要求还是甚为传统的。

陈锐《词比》有云："余五十以后，不复为诗；偶一填词，旋复弃去，病在不能依咏和声，而以咏依声，以声和律，其必不能合矣。今欲窥古人之用心，必于古人之成绩。大抵词自五季以降，以耆卿为先圣，美成为先师，白石道人崛起南渡之余，明心见性，居然成佛作祖；而四明吴君特以其轶才，贯串百氏，蔚为大宗，令人有观止之叹。目余诸家，或亦自制腔调，更唱迭和，要其谨守绳墨，神明于规矩，匪独韵协律调，曲尽精微；即一字一句，咸确乎具有法度，份份其可考也。"③ 陈锐自言其晚年既不作诗，偶而填词也随即放弃，其内在缘由便在于不能依照声调而加以协律。他认为，欲窥见古人之文心，就应当从其创作中去细心体会。他评说，自五代以来，柳永、周邦彦、姜夔、吴文英等乃词作之道中的佼佼者，他们的创作令人叹为观止；而当世很多词人，或自制腔调，或谨守调谱，在追求声律谐和的世界中极尽心神，他们的

---

① 张璋、职承让、张骅、张博宁编纂：《历代词话续编》，大象出版社2005年版，第45页。

② 同上书，第1362页。

③ 同上书，第141页。

词作也都体现出相当的法度，是值得称道的。其又云："词贵守律，阳羡万树氏言之极详。然古人作词，或前后两首，偶有不同，遂为承学所借口，率尔乱填，或自制腔调，兹可恨也。不知诗有古近体之分。词何为独不然？如《柳枝》、《渔父》之词歌谣，《清平调》、《甘州令》、《破阵乐》为词中之乐府铙歌，《南歌子》、《法曲献仙音》、《霓裳中序》为词中之燕乐大曲，《醉翁操》、《梅花引》、《祭天神》、《河渎神》为词中之琴调神弦。他如小令苞绝句之体裁，长调擅歌行之变化，寻声定拍，诸可会通。"① 陈锐倡导词的创作贵在协合声律表现之道，他批评一些人"率尔乱填"，不合音律规则，根本不懂得词的创作也有古体与近体之分，令人遗憾。陈锐例举《柳枝》《渔父》等为歌谣类之词，《清平调》《甘州令》等为乐府类之词，《南歌子》《法曲献仙音》等为燕乐类之词，《醉翁操》《梅花引》等为琴调类之词，归结词的创作贵在"寻声定拍"，强调在声调音律的不断变化中呈现出起伏流转之美，如此，便可会通创作中的各种因素，使其艺术表现融为一体。其《褒碧斋词话》还云："学填词先知选韵，琴调尤不可乱填，如水龙吟之宏放，相思引之凄缠，仙流剑客，思妇劳人，宫商各有所宜。则知塞翁吟仅能用东锺韵矣。"② 陈锐甚为强调词的创作要以知音择韵为前提，具有一定的音律表现常识。他列举《水龙吟》宜于表现高致放旷之情，《相思引》宜于表现凄婉缠绵之情，论断不同的宫商声律确是各有所宜的，学词者应该花费精力去努力研习。

朱彦臣《片玉山房词略》有云："填词大要有二：一曰律。律不协，则声音之道乖。以万红友《词律》为准的，即无虑律之不协。一曰韵。韵不审，则宫调之理失。以《词林正韵》为准的，即无虑韵之不审。至《菉斐轩韵》无入声，是专为北曲而设。词有参曲亦略，宜参阅《中原音韵学》，《宋斋词韵》亦然。"③ 朱彦臣将协合音律视为填词之要务。他持论，声调择选应该主要以万树的《词律》为运用标准，

---

① 张璋、职承让、张骅、张博宁编纂：《历代词话续编》，大象出版社 2005 年版，第 154—155 页。

② 唐圭璋编：《词话丛编》，中华书局 1986 年版，第 4196 页。

③ 张璋、职承让、张骅、张博宁编纂：《历代词话续编》，大象出版社 2005 年版，第 597 页。

具体音律表现则以戈载的《词林正韵》为运用规范，如此，词律之业可入于正途。朱彦臣对词作音律表现有着自己明确的主张与要求。

民国中期，翁麟声《怡簃词话》有云："《古今词曲品》谓：'学词不学器，与不学等。盖其所作词，必不能入乐。无论其造句如何佳妙，要亦不过文章家之骈散文耳。'语固精审扼要，顾期之今世，填词之家，有几工是说者乎？所谓学器，即知音也。音韵声律，又有不同。考律者只知十二律、二十八调等宫调之原理，而究竟某宫须用何种声音之字配之，则未能确指而明言也。乐工则只知工尺等字，不复考其工字属何律？尺字属何律？第按谱吹声，于节拍无差，即为能事矣。而究其工字应用何种声音之字，配之乃合，亦茫然如声聩耳！而韵学家只以四声辨韵，问其某韵合于宫谱管色中之何字，则亦惟有茫对者。惟音学家独能以四声辨五音，以五音配管色，以管色求律吕。故词曲家必知音，知音者，学器之初仞也。"① 翁麟声引用《古今词曲品》中之语，评说当世词的创作者中讲究声律之求的人较少。他认为，所谓"学词"之"学器"，乃指知音审律而言。词之音律运用的规则是丰富多样的，不同音律之间搭配协调确是非常复杂的事情。不同的人即便如"乐工"、"韵学家"所熟识的也只是其中的某些内容，只有"音学家"能够通过平、上、去、入之"四声"而辨分宫、商、角、徵、羽之"五音"，又以"五音"而协合"管色"，抒写出和谐动人的词作。翁麟声总结道，凡词曲家必以知音审律为先决条件，由此，才可以真正入乎词作之道中。翁麟声之论，明确体现出对协合音律的坚定要求，这当然与其作为戏曲名家的身份是密不可分的。胡云翼在《宋词研究》中云："从音节方面看，词不但论平仄，并且讲求五声。词押韵比诗更要严格，故词之音乐成分，只有比诗复杂；音节比诗更要响亮。音节与韵律容易在听觉上骤增抒情的力量，易于引起情绪的波动，发生联想的感情，故音节在抒情诗里面最关重要。而词的音节，自然是适宜于抒情了。"② 胡云翼对词的音

---

① 杨传庆、和希林辑校：《辑校民国词话三十种》，（台湾）花木兰文化出版社 2016年版，第 195 页。

② 张璋、职承让、张骅、张博宁编纂：《历代词话续编》，大象出版社 2005 年版，第 1075 页。

律表现十分看重，细加论说。他认为，词的押韵比诗体更为严格得多，其音律表现也比诗之体制更为复杂多样，其总的要求是在讲究平仄的基础上注重"宫"、"商"、"角"、"徵"、"羽"的运用，使音节响亮而分明，从审美角度而言，易于诉诸人的听觉，易于引发人的情绪波动与情感起伏，进而影响联想与想象，产生意味不尽的艺术效果。

郑文焯《郑大鹤先生论词手简》有云："近世词家，谨于上去，便自命甚高。入声字例，发自鄙人，征诸柳、周、吴、姜四家，冥若符合。乃知词学之微，等之诗亡；元曲盛行，弥以伧慅，失其旧体。国朝诸家，鲜以折衷。良以攻朴学者薄词为小道，治古文者又放为郑声。自宋迄今将千年，正声绝，古节陵，变风小雅之遗，骚人比兴之旨，无复起其衰而提倡之者；宜夫朱厉雕琢为工，后进驰逐，几欲奴仆命骚矣。独皋文能张词之幽隐，所谓'不敢以诗赋之流，同类而风诵之'；其道日昌，其体日尊。近卅年作者辈出，罔敢乖刺，自蹈下流。然求其述造渊微，洞明音吕，以契夫意内言外之精义，殆十无二三焉。此词律之难工，但勿为'转折怪异不详之音'，斯得之已。"①郑文焯论说自宋代以来，词的历史发展呈现出不断变化的轨迹。以正变之道而论，骚人比兴之旨由渐衰而复倡，朱彝尊、厉鹗等追求以雕饰为工，讲究辞藻与音律之美；之后，张惠言倡导词的寄托之意，努力将词体向诗赋之体拉近，使词之体制日益受到推尊。近三十年来，词家辈出，看似创作繁盛，但真正讲究意内言外之旨、体现出音律之美的作品甚为少见，这在很大程度上便是音律表现之难导致的。郑文焯强调要迎难而上，努力把握音律艺术表现的规律及特征，将词的创作推向更为本色而甚具现实内涵的层面。

龙榆生在《词律质疑》一文中云："词本依声而作，声必协律而后可歌，此必然之理，古今无异议者也。然此所谓律者，乃律吕之律，依所属宫调不同，而异其作用，必准之管弦而俱合，付之歌喉而无所戾，初未尝专以四声清浊当之。唐、宋以来曲子词，据王灼说：

---

① 张璋、职承让、张骅、张博宁编纂：《历代词话续编》，大象出版社 2005 年版，第40 页。

'音节皆有辖束，而一字一拍，不敢辄增损。'牛僧儒谓：'拍为乐句。'后世所谓依谱填词，但按其句度长短之数，声韵平上之差，便以为能尽协律之能事。其实所谓'音节皆有辖束'者，断不能以后来词谱所定句豆，为可尽之。"① 龙榆生论说依照声调而协合音律为词的创作的本质要求，他概括此乃古今之通论。他认为，词律之"律"主要指"律吕之律"，旨在依照不同曲调而应和管弦，付之于歌唱，它与专门讲究平仄四声的音律之道还是有所不同的。宋代王灼等所提出的"音节皆有辖束"之论与其也有区别。它重在依照句子长短不同而协合声韵，而绝不仅仅局限于以所谓词谱所定字语而为之。龙榆生之论，对传统协律之论内涵予以了修正与深化，是甚具理论意义的。龙榆生在《填词与选调》一文中又云："词本依声而作，声依曲调而异。词为文学之事，声为音乐之事。然二者并发于情之所感，而藉声音以表达之。方成培曰：'以八音自然之声，合人喉舌自然之声，高下一贯，无相夺伦而成乐矣。'（《香砚居词尘·宫调发挥》）乐以抑扬抗坠，疾徐高下之节，表达喜怒哀乐，万有不同之情感。文人倚其声而实之以文字，而文字之妙用，仍在其所代表之语言。举凡语气缓急之间，与夫轻重配合之理，又莫不与作者之情感相应。所谓'情动于中而形于言'、'声成文谓之音'（《诗·大序》），必也三者吻合无间，乃为能尽歌词之能事。"② 龙榆生努力张扬词为音乐文学体制。他概括文辞与声调作为两种艺术表现的因素，都缘发于人之情感表现，通过声音而传达出来。龙榆生论断，在词的创作中，人们倚声而填以文辞，因声而文，其中，是较为讲究语气的高下缓急与音调的轻重配合的，而这些讲究又始终与创作主体情感表现紧密相联。只有将情感表现、音律运用与文字择选融为一体，才可谓"尽歌词之能事"。龙榆生将协律之求作为词之艺术表现的有机组成部分，体现出作为一代词学大师的艺术理想。

夏敬观在《灵鹊蒲桃镜馆词序》中云："词之源出于隋唐之际，被诸管弦。惟用郑译所演苏祗婆胡琵琶四旦、七均、二十八调。其始

---

① 龙榆生：《龙榆生词学论文集》，上海古籍出版社 2009 年版，第 144 页。
② 同上书，第 195 页。

制词，不过五七言，乐工增以散声，代以谱字，犹汉魏乐府杂写声、辞、艳也。贞元、元和间，文学之士逐声置字，乃渐广为令慢引近。制调者，乐工耳，而为文词以就其范，谓之填词。拘以句豆，不足，又限之以四声，非必若是始合于乐工所用均调。然好之者必习而为之，不苦其束缚才思，久而出于自然。"① 夏敬观论说词在最初产生之时，是可应之于管弦歌唱的。其开初，体现在文字方面，大都为五言与七言之句，后来，乐工们"增以散声，代以谱字"，在为应和旋律中逐渐加以衬字，这便像汉魏时期乐府诗中所谓"××辞"之体了；发展到唐朝贞元、元和时期，文学之士从乐工手中接过"逐声置字"的权柄，广泛地创作出多种词的体制。他们始终以音调表现为本位，而以文辞运用为附丽，强调通过不断修改字语、调整文思以应和音调，即便感到束缚也在所不惜，并追求在不断实践的过程中由拘束而走向自然。夏敬观之论，对由"乐工"之调到"文士"之声的演变发展过程予以了很好的阐明。林大椿在《词之矩律》一文中云："词之本性，原具矩律，后之作者，纵在歌法失传字谱零落之今日，岂可遽使违背本性顿失原则。谱法虽亡，旧词尚在，尽可择其格律严整者，仿用多数决之标准，以定依违，所以距宋元数百年之后，尚得凭之以制谱，虽与原有之谱合否未可知，而大体要亦勿违。"② 林大椿论说协合音律为词之艺术表现的本质所在。他持论，即便在现今词之调谱失传的情况下，词的创作也绝不可有违其本性，仍然应该在大体上依照音律表现的原则进行创作，虽不一定能完全吻合调谱的要求，但大体上还是要以协合音律为基本原则的。

俞平伯《诗余闲评》有云："词是有调子的，它有一个特色，就是调子固定。比如说《浣溪沙》，调子永远不变，你要作，就得按照着调子作，原来的形式绝对不许更动。调子既不能迁就文章，一定要用文章来迁就调子，所以叫做'填词'。这一点很重要，因为由此造成词之所以特异之点。比如文字方面，声音的高下，都和调子有关，看其

---

① 冯乾编校：《清词序跋汇编》，凤凰出版社 2013 年版，第 2053 页。

② 张璋、职承让、张骅、张博宁编纂：《历代词话续编》，大象出版社 2005 年版，第 1099 页。

文词，就可以知道填的是甚么调子，因为文词一定要合律的缘故。"①
俞平伯持论词的创作一定要依照声调而填，在这点上是无法改变的。
他强调不同的词调有着各异的音律表现特点，因此，所谓"填词"就
体现为以文辞而应和曲调，一定要在文辞的运用中适应声调表现的要
求，这便是"合律"的首要之义。俞平伯之论，对协律之求予以甚为
通俗易懂的解说。刘永济《词学通论》有云："自永明四声之说倡，
而文艺之事一变，浸淫五百余年，至于词体之兴，其法愈趋而愈密。
昔人知其然，而未言其故。夫文家之用四声，有定则焉：曰相间，曰
相重。二者所以求音节协和之美，而别韵文于散体也。"② 刘永济在总
体上是主张协律填词的。他论说自南朝永明时期声律之说肇始，声律
之求便成为文学表现的美的种类之一。及至词之体制兴盛，音律规则
愈加讲究，成为一种独特的文学形式。刘永济概括音律表现主要应遵
循两个原则：一是相互错杂；二是相互应和。它们构合出文学谐和之
美的世界，是音乐文学体制得以成就的根本所在。

刘坡公《学词百法》有云："五音者，宫、商、角、徵（音止）、
羽也。喉音为宫，齿音为商，牙音为角，舌音为徵，唇音为羽。昔人
填词度曲，字字须审其音之所属，而后精研以出之，故能律协声谐，
绝无落韵失腔之弊。韵书云：'欲知宫，舌居中；欲知商，开口张；欲
知角，舌根缩；欲知徵，舌拒齿；欲知羽，口吻聚。'此即审辨五音之
不二法门，而亦学习填词者所当注意也。夫学词与学诗，虽有难易之
分，而其注重音韵则一。南宋时有内司所刊《乐府混成集》，列举各种
词曲宫调，当日填词家莫不奉为圭臬。迨后，《混成集》失传，好填词
者但依旧谱按字填缀，不复研究宫商，而词律遂日渐废矣。今欲学习
填词之法，不可不先审辨五音，至于辨别四声，则已叙明在《学诗百
法》第一则，兹不复述焉。"③ 刘坡公详细对"宫"、"商"、"角"、
"徵"、"羽"所属发音的具体部位及所应注意的方面予以论说，他归
结辨分"五音"之异乃学习填词者所必须注意的。刘坡公概括诗词创

---

① 张璋、职承让、张骅、张博宁编纂：《历代词话续编》，大象出版社 2005 年版，第
853 页。

② 同上书，第 668 页。

③ 刘坡公：《学词百法》，上海书店 1987 年版，第 1 页。

作虽有难易之分，但在注重音律表现上是一致的。他例说南宋时期朝廷内务司编有《乐府混成集》一书，从人们的创作实践中总结出各种词牌曲调，但后来此书失传，填词者又只能根据旧有的音调而加以创作，词律之道日渐走向荒弛。刘坡公倡导当世人填词还是应从辨分音律入手，在熟识音律表现的内在规律及其特征中昌明创作之道。施则敬在《与龙榆生论四声书》中云："词本为文学与音乐相合而成，音读、音调不可偏废，惟是宫商律吕既失传，歌法又失传，词已脱离音乐之域，而为纯文学之产品矣。吾人既无以复知商律吕及歌法，则亦只有退而以文学论文学耳。诚如吾兄论词所云，所尚惟在意格，而声律次之。彼长短不葺之诗，在宋贤引为讥议者，而生乎宋元之后，惟赖前贤遗制，以推究其声调之美，藉达作者心胸所蕴之情耳，此真拨云雾而见青天之论。"① 施则敬论说词乃音乐文学体制，其音律之美是必不可少的。他论说由于声律调谱失传，词逐渐脱离音乐而成为纯粹的文学之体，唯意致表现为尚，音律表现退居次要的地位。施则敬持论，宋元之后的人们只能有赖于"前贤遗制"而推究前人之作所具音律之美，再由此而探析作者所蕴含在其中的思想情感。施则敬之论，对音律在词作艺术表现中的作用予以充分的肯定。

夏仁虎《谈词》有云："词之谐不谐，恃乎韵之合不合，此不可不察也。吾之此说，近于过高，然宫调既已失传，词学将成绝响，故指出数书，令人易解易学。为慢词，有沈伯时《乐府指迷》中之简易法，填词觅韵，用戈顺卿之《词林正韵》，可无大过。至于初为小令，则熟读唐五代之名词，自然音节遒亮。选声之道，以此为阶梯可也。"② 夏仁虎对于词的创作是主张要协合音律的。他甚为重视词之用语的音节谐合问题，将之视为词作协律的关键所在。他认为，词的音律表现之道是有阶梯可遵循的。创作慢词长调应从沈义父的《乐府指迷》入手，而以戈载《词林正韵》为准的，至于小令的填制则可在熟读唐五代名家之作的基础上逐渐悟入其道。夏仁虎对词之音律表

---

① 杨传庆编著：《词学书札萃编》，南开大学出版社 2015 年版，第 504 页。
② 杨传庆、和希林辑校：《辑校民国词话三十种》，（台湾）花木兰文化出版社 2016 年版，第 126 页。

现是有着细致论说的。其又云："清代词人，自朱、厉而降，知音盖希。辨体辨声，万律严于萧律，然亦尚有见不到处，有见到而注律未详处。凡句法之属上属下，字法之宜去宜上，最须辨认清晰。其辨认之法无他，则多读古人之名作，以比较参详，久自得之耳。"① 夏仁虎认为，自朱彝尊、厉鹗等以来，谙熟音律表现之道的人已经很少了。他主张词的创作还是应该在字法、句法上加以讲究，将平、上、去、入之声调的运用落到实处，从细处入手，在反复体会前人名作的过程中悟入其道。夏仁虎的这些言论发表于 40 年代前期，其时，中华民族水深火热，抗日战争烽火连天，可见，其对词之音律表现的痴迷与重视。

何嘉《頣斋词话》有云："词贵守律，前贤言之者多矣。（清人词有极不守律者）自阳羡万氏树（红友）《词律》一书出，学词者往往奉为规臬也。夫古人作词或前后两首，偶有不同，亦为习见。承学之士，往往以此为藉口，率尔乱填，或妄自制腔调，滋可厌也。坊肆有所谓词谱者，每于古人词旁，乱注可平可仄，最为误人。微特平仄须当注意，即四声阴阳，亦以不苟为是。一调之中，岂无数字自以互用，然必无通篇可以随便通融之理，学词入手时，应严格自绳，他日受用不尽也。"② 何嘉可谓主张协合音律的坚定持论者。他认为，万树《词律》一书对人们填制词作具有十分重要的作用。他批评一些人学习前人，只见其表而不知其里，往往随意制腔作调，或对前人词谱随意改窜，误人不浅。何嘉主张，词的创作应从对平仄四声的细致注意开始，对每一字语的运用都持以谨严的态度，既努力从最细微之处协合音律，又在适当之处通脱变化。何嘉对"词贵守律"的论说，在体现出辩证态度的同时，更显示出对词体本色当行要求的努力维护。

蔡桢《柯亭词论》有云："无论何事物，在原始时代，均纯任自然，本无所谓法。渐进则法立，更进则法密。音乐进展，亦复如是。始何尝有五音六律与四声，其后觉天然歌唱，过于简单凌乱，

---

① 杨传庆、和希林辑校：《辑校民国词话三十种》，（台湾）花木兰文化出版社 2016年版，第 132 页。

② 同上书，第 298 页。

于是始有音律之发明。其实此音律，仍含于自然法则中，特后人加以发明。虽出人为，谓仍属自然法则，亦无不可。慢引近词之成为宋代词乐，实由进步使然。其内容之繁复，迥非唐人绝句、五代小令可比。欲明其故，非将宋代燕乐所以承前启后者，加以彻底之研讨不可。总之守四声词派，实有其甚深之根据。"① 蔡桢甚为坚持严守声律之论。他论说任何事物在最初之时都是自然而然的，逐渐地才归纳总结出内在的法则与规律，词之音律表现亦是如此。其所谓的"五音"、"六律"、"四声"之美的原则，最初乃是包孕在自然而出的歌唱之中的，只不过后来经过人们的发掘整理才将其美的法则拈出而已。因此，词的创作音律之美追求，乃是词体不断发展与进化的结果，它很好地体现出传统语言艺术的美质，也合乎词体的内在本质要求，是应该寻源溯流，在探本过程中加以弘扬的。总之，蔡桢认为填词讲究"四声"、"五音"之美，是有着现实依据的，创作者应该顺乎其本性要求而努力为之。

新中国成立以后，陈兼与《读词枝语》有云："清末词人趋向于讲音律，辨四声阴阳，自取桎梏。不能者视而却步，能者则以此为乐。况蕙风即云：'严守四声，往往获佳句、佳意，为苦吟中之乐事。'此等事，如击球赌牌，只可作为一种游戏，随人所好。昨者苏洗齐（昌迁）自南京寄予辛酉绍宋词课及壬戌玉阶词课二册，金陵吟侣月课一词之作，所谓'玉阶'也。填词是否必如此严守四声，所见不一。然在此词学式微之际，尚有人效方千里、杨泽民、陈允平之所为者，亦空谷之足音也。"② 陈兼与之论，对协合音律之事亦体现出推尚的态度。他评说晚清词人趋尚于讲究音律表现之道，擅长者以此为乐，不擅长的人则望而止步。他转述况周颐之言，肯定严守音律对于提升词作艺术表现确是有着助益的，但对于一般人而言，则只能随人所好、任其自然了。陈兼与叙说"词课"确为进境词学殿堂之阶石，尤其在现今词学衰微之际，他认为，讲究音律之求虽似"空谷足音"，却有着独特的意义，是应该努力倡导的。

---

① 唐圭璋编：《词话丛编》，中华书局 1986 年版，第 4900—4901 页。
② 刘梦芙编校：《近现代词话丛编》，黄山书社 2009 年版，第 110 页。

施蛰存《词学名词释义》有云："'填词'这个名词，可有三种解释。第一种是'按谱填词'，这些作家都深通音律，能依曲谱撰写歌词。他们也能'填腔'，即作曲。柳耆卿、周美成、姜白石、张叔夏都属于这一类。第二种是'按箫填词'。这些作家不会唱曲打谱，但能识曲知音。他们耳会心受，能依箫声写定符合于音律的歌词，但他们不会'填腔'。苏东坡、秦少游、贺方回、赵长卿都属于这一类。第三种是'依句填词'。这些作家不懂音律。词对于他们，只是一种纸上文学形式。他们依着前辈的作品，逐字逐句的照样填写，完全失去了'倚声'的功效。南宋以后，大多数词家都属于这一类，但由于才情有高下，文字有巧拙，这些词家的作品仍有很大的区别。刘龙洲、陆放翁、元遗山、陈其年等，可谓依句填词的高手，厉樊榭以下至戈顺卿，就是呆板的摹古作品了。明清二代，有许多小家词人，他们的作品，破句落韵，拗音涩字。'依句'的功夫都谈下上，也就不能算是填词了。"其又云："近代词家，自知不懂音律，只能依句，故自谦曰'填词'。其实这还是'填词'的末流。如果能做到第一义的'填词'，这'填词'二字也不算是谦词了。"① 施蛰存解说词的创作大致有三种模式，他分别归纳为"按谱填词"、"按箫填词"和"依句填词"。他认为，第一类的词人是精通音律的，能依照调谱而创作歌词，柳永、周邦彦、姜夔、张炎等便属于这一类；第二类的词人并不能依谱填词，但也知音识曲，他们"耳会心受"，大致能依照一定的音律而用字造语，苏轼、秦观、贺铸、赵长卿等便属于这一类；第三类的词人则并不懂音律，他们的词失去了倚声而作的艺术功效，而成为纯粹的案头文学，刘过、陆游、元好问、陈维崧等便是其中的佼佼者。而明清时期的很多词人，他们的作品，既不能"按谱"，也不能"按箫"，还不能"依句"。他们的词作真可谓疏离了音律之美，是很难称得上"填词"之名的，他们将词作之道彻底引向偏离音律之美的轨道。施蛰存倡导词的创作还是要以第一类为上，按照声调律谱的内在要求去加以创制，这体现出他作为著名词人与词学名家双重身份的艺术理想与创作追求。

---

① 施蛰存著，林玫仪编：《北山楼词话》，华东师范大学出版社 2012 年版，第 41 页。

第二节　偏于对协律的消解之论

民国时期传统词律之论第二个维面，是偏于对协律的消解之论。这一维面线索，主要体现在王蕴章、胡适、吴虞、郑文焯、张尔田、易孺、徐英、翁漫栖、《词通》作者、萧莫寒、陈柱、憨庐、杨圻、陈钟凡、乔雅邠、吴庠、赵尊岳、顾随、陈运彰、廖辅叔等的论说中。他们对拘守声律之论不断予以批评，从不同的方面对之予以了消解。

民国前期，王蕴章《梅魂菊影室词话》有云："元和戈顺卿持律最严，力正万氏之讹，所著《词林正韵》，近时填词家奉为圭臬，可谓词学功臣矣！然其所作，往往不能自遵约束。余曩时作《秋宵吟》，即攻其阙，说见《南社丛刻》中。又如夹钟羽之《玉京秋》，宜用入声叶韵，不可叶上去，见所著《词林正韵·凡例》中，及自作《杨柳岸》一首，用'院'字上去韵。《忆旧游》调结七字，当作'平平去入平去平'，第四字不宜入，历引各家词证之，及自作《问东风》一首，结云'山花已尽红杜鹃'，'尽'字非入，何恕于责己耶？芬陀利室主人谓此句何不作'山花泪湿红杜鹃'？质之顺卿，当亦首肯。"[1] 王蕴章论说戈载的《词林正韵》一书被创作者奉为圭臬，"可谓词学功臣矣"，但他所作词也"往往不能自遵约束"，表现出所持理论主张与自身创作实践的矛盾。王蕴章列举戈载《杨柳岸》《忆旧游》《问东风》等词中之字语，说明其不协合音律之处，意在有力地证明持律过严的不合理性，这对严守音律之论体现出消解之意。

胡适在《致钱玄同》中云："古来作词者，仅有几个人能深知音律，其余的词人，都不能歌。其实词不必可歌。由诗变而为词，乃是中国韵文史上一大革命。五言七言之诗，不合语言之自然，故变而为词。词旧名长短句。其长处正在长短互用，稍近语言之自然耳。……故词与诗之别，并不在一可歌而一不可歌，乃在一近言语之自然而一不近言语之自然也，作词而不能歌之，不足为病。正如唐人绝句大半

---

① 杨传庆、和希林辑校：《辑校民国词话三十种》，（台湾）花木兰文化出版社 2016 年版，第 48 页。

可歌，然今人不能歌亦不妨作绝句也。"① 胡适论说自古以来谙熟音律之人其实是很少的。他主张"词不必可歌"，强调尽量去除词的创作中的音律束缚，而给予其相对自由的发挥空间。胡适认为，诗词作为韵文之体，由诗变而为词，其内在缘由乃在于，诗之语言表现相对规整，不合自然之理，而词的语言表达长短不一，更接近于自然之貌。胡适归结诗词的根本区别之一，并不在是否可入于歌唱之上，乃在于语言表达是否自然，正由此，词不能歌并不能作为其艺术表现的不足，而是甚为自然的现象。胡适之言，较早对"词必可歌"之论予以有针对性的消解，对当世词律之论影响不小。其又云："词之重要，在于其为中国韵文添无数近于言语自然之诗体。此为治文学史者所最不可忽之点，不会填词者，必以为词之字字句句皆有定律，其束缚自由必甚，其实大不然。词之好处，在于调多体多，可以自由选择。工词者，相题而择调，并无不自由也。人或问既欲自由，又何必择调？吾答之曰，凡可传之词调，皆经名家制定，其音节之谐妙，字句之长短，皆有特长之处。吾辈就已成之美调，略施裁剪，便可得绝妙之音节，又何乐而不为乎？（今人作诗往往不讲音节。沈尹默先生言，作白话诗尤不可不讲音节，其言极是。）"② 胡适进一步论说词的独特之处，他概括词之优势便在于为我国传统韵文世界中增添了一种更接近于自然表达的文体，这才是它在文体史上所显示的崭新意义。胡适认为，一些人认为，填词必字字句句都要合乎音律，这对词的创作而言，其实是束缚太多了，根本没有必要的。他界定，词的体制优势恰在于，音调较多，体式较多，相对而言，更多自由选择的余地。因此，善于填词之人是能够根据题意而择选声调的，并无不太自由之感。至于其所择选声调则在于，它们都是在长期的历史发展中，经过了名家定制与创作实践的检验，在艺术表现上都有其所长的。人们循着它们内在的音律，便容易创作出动人心魂的辞章，表达出丰富多样的思想情感。胡适在《词选》中还云："词本是从乐歌里变出来的。但他渐渐脱离了音乐，成为一种文学的新体。苏轼、辛弃疾诸人便是朝这个方向走的。南宋

① 杨传庆编著：《词学书札萃编》，南开大学出版社 2015 年版，第 381—382 页。
② 同上书，第 382 页。

姜夔、吴文英、张炎、王沂孙诸人又把那渐渐脱离音乐的词，硬送回到音乐里去。他们宁可牺牲词的意思来迁就词的音律，不肯放松音律来保存词的情意。于是词就成了少数专家的技术，不能算是有生气的文学了。"① 胡适回顾词的演变发展历史，虽然肯定词在最初乃音乐文学体制，但苏轼、辛弃疾等使其不断与音乐疏离，成为一种新的文体形式。虽然南宋中后期的姜夔、吴文英、张炎、王沂孙等又重新标树词为音乐文学之体并努力实践，但他们在不经意中又将词变成少数人的专利，在很大程度上，导致词的创作消蚀了内在的生机活力。胡适之论，对一味协律之论又一次显示出消解的意义。

吴虞在《五与柳亚子书》中云："张玉田，作家也，其词之不合韵者至三十七首之多。戈顺卿，论词律严矣，而其自作颇为谭仲修所不满意。吾辈读书讲学，强有安身立命之处，词不过偶然遣兴之作而已。成舍我先生何必过于拘墟。纪晓岚云：'能为诗文之人，能担百斤者也。'降而为词，乃舍百斤而担五十斤，未有不能者，故但问其佳不佳可矣。鄙见如此，质之先生以为何如？"② 吴虞评说张炎和戈载虽然以论词律而著名，但他们所填之词也多有不合音律之处，以致谭献对戈载之作多有批评。吴虞认为，词乃偶然遣兴之体，其艺术质性是与诗文之体有所差异的。他引用纪昀之言，评说诗文创作的难度实际上是大于词体的。在一般意义上，不必以是否协合音律而评说词之优劣高下。

郑文焯在《致朱孝臧》中云："昨夜闻风雨声过竹，绕阑问花，有寂寞空山之感。平晓就枕上改词，得托字韵，稍稍惬心。固以欠直抒胸臆，所谓无表德，直是写实者，在入乎意内，出乎言外，能判舍一切陈迹。若想时不可有古人一字到眼，养空而游，独与天地精神往来而后落纸，如羚羊挂角，不至为字律韵脚所拘检，此境近始发奥悟，待知音商略之。……年来造境，愈思高研，律愈欲细，而词境转仄，动为律缚，既无所怀，益无隽句，且为奈何。"③ 郑文焯申说自身创作体会与经验。他在平常的生活中升华其意致，以诗心面对自然与社会，

① 张璋、职承让、张骅、张博宁编纂：《历代词话续编》，大象出版社 2005 年版，第767 页。
② 杨传庆编著：《词学书札萃编》，南开大学出版社 2015 年版，第 245 页。
③ 同上书，第 181 页。

"养空而游",追求与天地精神往来应和的人生境界。他认为,诗词的创作是很容易为声律所拘束的,要想达至空灵之境,确是很不容易的事情。郑文焯申言自己近年来的创作,有追求思致高妙、声律谐美的特点,这使词之意境创造日益逼仄,不断为音律表现所束缚,襟怀情性不容易抒写出来,真是让词的创作走上了一条艰难的道路。

民国中期,胡云翼在《何谓词》一文中云:"还有一说,谓词是倚声制辞,按谱填词。这种倚声填谱,便是词与诗的分野线,这种说法也是枉然的。我们说《花间》为词集之祖,而《花间集》的词便没有一定的调谱。同系一个调子,字句多殊,并非定体。而所谓按谱填词者,乃后人摹拟宋词的体格,并不发生文学上的意义,尤不足以表明词的特征。"① 胡云翼针对"倚声制辞"、"按谱填词"之论予以驳斥。他认为,这种说法是不正确的,它模糊了人们对整个词的创作历史发展的认识。胡云翼论说《花间集》中的词作,有的虽属同一支曲子,但并没有表现出固定的调谱,其字语运用仍然体现出灵活性,而并非某种相对固定的程式,后世所谓的"按谱填词"乃是模拟仿效宋人之作的结果,对词的创作并不具有普遍的规范意义。胡云翼之论对协律之说体现出重要的消解意义。张龙炎《读词小纪》有云:"古者先为词,后叶音律。得自然工整。《古今词话》载唐庄宗得断碑有'曾宴桃源深洞,一曲清歌舞凤'一阕,命乐工入律歌之,名《宴桃源》,是自度曲子早者,宋姜尧章知音精律,有自度曲曰自制曲,吴文英亦有自制曲九调。"② 张龙炎论说古人作词乃先有辞而后协律,辞为意用,音随辞转,这是合乎词作艺术表现内在规律的。他例举唐庄宗命人谱有《宴桃源》一曲,姜夔、吴文英则自度有更多的曲调,其总的原则与宗旨都是为了有利于词作意致呈现。张尔田在《致陈柱》中云:"尊词大踏步出门,殊有山谷风趣,虽于律间有不协,此昔人称东坡为曲子中缚不住者也,何不努力为之,将来可于

---

① 张璋、职承让、张骅、张博宁编纂:《历代词话续编》,大象出版社2005年版,第1074页。

② 杨传庆、和希林辑校:《辑校民国词话三十种》,(台湾)花木兰文化出版社2016年版,第212页。

词家别开门户，应不使秦、柳后尘也。"① 张尔田称扬陈柱之词敢于开拓出新，体现出如黄庭坚之作一样的风味与意致，虽然在音律表现上偶有不谐之处，但他像苏轼一样张扬才情。张尔田勉励陈柱努力探索，力求自成一家，走出一条词的创作的康庄大道。

易孺《韦斋杂说》有云："唱词之法亡，而填词者愈众，此可以谓之趁人之危，而巧取豪夺。填词者众，求唱词之法者寡，是谓因陋就简，畏难苟安。"其又云："作有好词，填有好词，大众吟赏字句。不必管宫调配合与否，尤不必问声韵协和与否，亦何尝不是豪举，不是快事？而且于所谓文学占一重要位置，依然加冕不坠。又何必自寻烦恼，摇破舟，追绝港耶。以上是许多人向我呆子不宜宣诸口而默示以意者也。但我现尚未能唱词，即唱词之法，亦未尽行搜集。虽然，不知老之将至，尚日日在继续努力，单人努力。"② 易孺论说虽然古代词谱失传，但词的创作者却越来越多，人们不因词谱失传而词业受损，相反，"因陋就简"地创作出大量的作品。因为不必在意所谓声调是否配合、音律是否谐和的问题，而着重于选字造语，这何尝不是一件令人快意的事情啊！易孺持论词作为传统文学体制，在疏离声调之求的情况下仍然表现出了其重要性，在文学大家庭中仍然有着相当的地位，如此，何必自寻烦恼去追求所谓的音律之美呢？徐英在《复潘生元宪论词为诗余书》中云："近体诗有格律，而不必有谱，词则必按谱而填字，此正词格之卑而词事之拙也。恶可以证其非诗之余哉。夫词之有谱，犹近体诗之有格律，若谓其有格律可寻，而谓其不出于齐梁，何异□駮之妄语。"③徐英对按谱填词之事甚为低视。他认为，近体诗的创作虽然讲究音律表现，但并无律谱应循，而词的创作则强调依谱而循律、依声而填字，这正体现出词之体制的局限性所在。徐英将依谱填词比譬如齐梁之人作诗，是在形式表征上过度的要求与讲究而已，是大可没有必要的。徐英之论，对机械的词律之求可谓痛斥，其消解词律之意也是甚为明确的。

翁漫栖在《词改善的意见》一文中云："所以我自己的改善却是把

---

①　杨传庆编著：《词学书札萃编》，南开大学出版社 2015 年版，第 263 页。

②　张璋、职承让、张骅、张博宁编纂：《历代词话续编》，大象出版社 2005 年版，第348 页。

③　杨传庆编著：《词学书札萃编》，南开大学出版社 2015 年版，第 507 页。

词谱完全解放，因我觉得词是意内言外的一种柔情的淡描，若照谱去填，未免太过把心内的心情埋没，并且改善词的最大原因，便是求其畅所欲言，使心内的情感易于扬出，所以才有这一举的主张。在一般改善于小部份的人之主张，谅可知其与我的主张不同，所以无须我详细去决断，总之，个人有个人的意见，故我自己主张把谱改善的解放，似乎比那些高呼解放而解放小部份的人来得痛快，而且不会将旧词的谱加以一种沾辱。因自己工作创谱亦与老词绝无影响。其实改善的词又有什么谱可言，然，我又要一句声明。重立一体的词格，另创一格的声律便是谱。但是我这个谱不喜欢人来照填，我仍在希望人们照着我的精神去创谱而做词，不要把自己的创作天才埋没，而切不应照着老古董的格式去填。因这是一种破坏旧词的精彩的工作呢?"① 翁漫栖主张词的创作不需要依照旧有的词谱而填制，他界定情感表现与意致呈现乃词作之本，切勿"照谱去填"而有碍"畅所欲言"，有碍创作主体情感意绪的自由抒写。他强调自己的主张是不同于一部分人的。有些人可能主张一定范围地改变声律要求，修修补补，而自己则主张"创谱"，"与老词绝无影响"。他又强调"改善的词"其实是没有什么声谱可依的，只能说大体上依照其规范与声律去加以创制而已。翁漫栖祈望人们能够在词的创作中有定而无定，张扬自身的艺术才华，抒发自身的情感意致，"而切不应照着老古董的格式去填"，努力从内在激活词的创作，改变词的命运。其又云："关于词解放这个名词，传到人们的耳朵可以说是很久，但是各处对此项的解放工作似乎不甚热闹，这因为为了一般人对这工作提起不满而加以论骂的缘故，自《新时代月刊》的'词解放运动专号'后。词解放的工作仍然如是的寥若晨星，只是在每一期的《新时代月刊》中，可以见到一两封词解放的谈话信件而已。这觉得很痛心!"② 翁漫栖评说"词的解放"这个名词传到人们的耳朵里已经很久了，但切实的工作与成效却不甚显著，虽然《新时代月刊》开辟了"词解放运动专号"，但实际的效果却不甚显著，他觉得这是"很痛心"的事情。翁漫栖对协合音律明确体现出努力破解的态度。

---

① 杨传庆编著：《词学书札萃编》，南开大学出版社 2015 年版，第 528—529 页。
② 同上书，第 529 页。

佚名《词通》有云:"唐词由诗初变,体格尚宽,故律亦未细,或一句而平仄全异;或两作而韵叶已殊。张志和《渔父》,通首平仄相反;孙光宪、阎选《八拍蛮》,仅一七言绝句之体,而首句或用韵,或不用韵;论词于唐,几疑其无所谓律矣。"①《词通》作者肯定词在最初之时,其体制是比较自由的,音律表现并不过于细致讲究,平仄运用并未有一定之程式。这从张志和的《渔父》、孙光宪与阎选的《八拍蛮》等作品中便可以看出,因此,唐人之词是无所谓特别音律之求的。其又云:"大抵唐时诗皆可歌,旗亭画壁,皆绝句也;就诗而成歌,非倚歌而成诗。迨作诗而命之曰'词',则亦以歌诗者歌词矣。不然,旗亭之事,诗固久出,犹得曰先已因诗而制谱也。"②《词通》作者论说唐人词作都可付之歌唱,所谓"就诗而成歌,非倚歌而成诗",正由此,由诗体中衍化而出的词体,其亦在本质属性上为"歌词",包含着自然的音律,而并非循着调谱而创作。其还云:"声律者,自然之事,而不出于勉强。自声失而作词者以比勘字句,斟量声韵,为尽律之能事;于是谨严中有律,而自然中无律;凡言律者,咸勉强为能知律焉;皆食马肝中毒,而仍未尝知味者尔。"③《词通》作者主张音律表现应出于自然,而不应勉强为之。他认为,自从词之调谱失传以来,不少人在创作中斟酌字语,极力追求所谓的音律谐和,这使他们的作品呈现出不一样的面貌特征,即创作态度严谨时就讲究音律,而精神荒弛时则音律不显。《词通》作者评说那些斤斤于音律者为"食马肝中毒"之人,是深中其毒而不辨其味的。他对拘泥于音律之求是努力予以破解的。姚华在《与邵伯䌹论词用四声书》中云:"又今人用词韵,以戈氏为则,鄙意亦不谓然。戈韵可资词学之考校,而不可以为填词科律,守之太过,则自加桎梏,亦如四声当依声情时地而活用之。文章之事,关才情,不关学问,太放纵则杨升庵之流优为之,太拘泥则乾嘉考据诸老,所以不能蜚声艺苑也。"④ 姚华对词之音律表现持甚为活脱的态度。他评说戈载词韵之书过于拘谨,可多用于词学校考,却不可为填词科条而自缚手足。

① 杨传庆编著:《词学书札萃编》,南开大学出版社 2015 年版,第 515 页。
② 同上书,第 517 页。
③ 同上书,第 518 页。
④ 同上书,第 301 页。

他认为，填词之事在本质层面上应依照主体情感表现，以情为本，活用声律，既要避免如杨慎等完全不守音律，又要避免如乾嘉时期那些长于考据之人以学问为词。总之，姚华主张词的创作原则是守律而不拘于音律，在张扬创作主体才情的基础上，努力体现出音律之美。

萧莫寒在《上陈柱尊导师论诗词书》中云："考词之初作本甚简单，迨盛行之后，始有格律，是则古人创词者，其本志不拘拘于字句之多寡，而后之学词者自封其步也。生在中学时代，尝询国文教师以作词之法，彼云：作词有一定之格式，即字句多寡及四声之运用，必有定格，作词者则照厥格式，按其字数填之可也。在生之意则不然，盖某调云者，为一种歌咏时合某词谱之名称也。而在此种名称未有之先，作此谱者复凭谁之格式乎？此如《菩萨蛮》词，在未有《菩萨蛮》谱以前，首先创《菩萨蛮》谱调者，复凭何人之格式，按何人之字句乎？如无前人之词谱，则吾人将永不能创作乎？为何后人则必如此固执前规以缩小词之范围耶？原夫词之产生，正欲解诗之束缚，缘何吾人复以铁链加于词耶？由斯观之，可知古人作词，并不拘于字句之多寡，乃贵乎能表达情意，及音韵之和谐为原则，而吾人亦不必拘于古人格式也明矣。"①萧莫寒论说词的创作在最初之时是不拘于所谓声调音律的，只是逐渐盛行之后，音律之论才逐渐拈出，而成为规范其创作的条条框框，他论断这实际上是"自封其步"的行为。萧莫寒转述其中学时期国文教师之言，认为在字数的多少及平仄四声的运用上，词的创作确是应该讲究一定规制的。但萧莫寒认为，最初是没有词调的，词调乃人们在歌唱时所取之称名也。其实，在词调命名之前，人们就一直在创作着，并没有局限于某一种声调、某一种格式，凭什么后来的人却要人为地套上不必要的枷锁呢？他进一步持论，词的出现本来就是基于解放诗之体制束缚的需要，它长短不一，自由随性，应和了语言自然表达的需要，一方面有利于主体情感传达与意致呈现；另一方面也更为应和声律自然和谐的原则，它是对诗体内在束缚的冲破，显示出文学形式自我解放的意义。萧莫寒之论，旨在破解音律束缚，还词的创作以相对自由的空间。其又云："考后人所规定词律五十八字内为小令，五十九字至九十字为中

① 杨传庆编著：《词学书札萃编》，南开大学出版社 2015 年版，第 526—527 页。

调，九十字以上为长调，此种无聊之规则，吾不晓其用意如何？若有人谓作词者必须按此词律，吾必大骂之曰：不通之论也。吾尝庆词学之发展如斯，而吊后人自寻拘束，而不能上进也。呜呼，词学自创格律，则其生命所斩丧无余矣。"① 萧莫寒对以字数多少划分小令、中调、长调之举予以批评，他指责此为"无聊之规则"，是不得要领的。有人据此而对词的创作提出要求，他斥之为"不通之论"。萧莫寒认为，音律表现之论乃"后人自寻拘束"，它束缚了词的创作发展，扼杀了其内在的生机与活力，是要努力破解的。

陈柱在《答学生萧莫寒论诗词书》中云："然尝窃以为今人作词，必斤斤于填古人之词谱，实大愚不解也。夫词之必有谱，岂不以为依谱填之，便可被于管弦邪？吾恐今人所为之词，未必果能被于弦管，反之若有音乐专家，即吾辈平日所为之诗，又何尝不可制成乐谱？今之国歌、校歌固往往先请诗词家作成诗歌，而后请音乐家制成乐谱，非其明证乎？然则彼辈填词，非音乐家亦不能被于弦管，吾人为诗，遇音乐家亦可以被于弦管，然则彼辈之雕肝镂肾以必求合于词谱者，果何为耶？故吾昔日尝为自由词、自由曲，盖取词曲长短之声调，随意为之，而不守其谱，亦不用其名也，世有通人，不必以我为妄。"② 陈柱对词的填制中斤斤于古人之声谱音调之事不以为然，他对此持反对态度。他认为，依照古人之调谱填词，其难道就可以被之管弦吗？事实情况未必如此。现在不少人所填之词，未必都能被之管弦歌唱。相反的情况则是，现在的很多诗歌包括国歌、校歌在内，虽然其文辞事先而成，但其旋律却是后来谱制的，因文而曲，这便是由诗而乐的明证。如果填词之事过于讲究音律，即使音乐家也难以为之，正缘于此，陈柱认为，词的创作与其"雕肝镂肾"追求合于所谓调谱，确是不必要而为之的。他提出"自由词"、"自由曲"之名，主张在音律的长短参差中，相对自由地加以表达，而不为乐谱声调所拘束。此论表达出由辞而乐的创作主张，对拘守声律之论也予以了消解。其又云："故诗必当有韵，而后可以极力形容其情，宣达其情，否则永歌、嗟叹之效力必减，此可以实验而知者

① 杨传庆编著：《词学书札萃编》，南开大学出版社 2015 年版，第 527 页。
② 同上书，第 376—377 页。

也。故鄙人于诗，不论文与白，而但求其好，且以为诗重乎宣情，有韵则情多，无韵则情减，故诗必以有韵为宜，无韵者已失诗之效力，不谓之诗可也。然诗虽必有韵，而有韵者未必定为诗，犹人必有头，而有头未必定为人也。若谓有韵者必为诗，则小学之千字文，药书之汤头歌，亦得冒充诗，则非鄙人所感闻也。至于近人所为白话诗，尚少能成家者，今姑不论焉可也。"① 陈柱主张诗词创作应以协合音律为宜，唯其如此，才更有助于宣达其情，让主体情感得到充分的表现，否则，其艺术效果必然受到影响。陈柱将协合音律与情感表现视为成正比的事情，强调协合音律对于情感表现的重要性。但陈柱亦强调有韵未必为诗，"千字文"、"汤头歌"之类虽朗朗上口，都非属诗。陈柱将协合音律视为拓展诗词艺术表现的有效途径之一。陈柱在《答陈斠玄教授论自由词书》中还云："唐以后者若文则有韩退之，诗则有杜子美，字则有颜平原，后之人虽好恶各有不同，然其巍为自唐以来一大宗师。包罗万有，则古今无异辞也。惟词则无论何人、举不出一人足以配韩、杜、颜者。清末好梦窗、清真者，或欲举以相拟，不知大小之不相侔，无异泰山之于丘陵也。或拟举苏、辛，则诚较为伟大，然即东坡而论，其词已不及其诗之伟大，他更何说。故欲于词坛中，推一人足以配韩、杜、颜者，终无有也。此其何故哉？岂非以词拘于刻板之律，缚于不可知之谱之故乎？此如缠足女子，虽不无美者，而求其能高举阔步则难矣。今若只取其天然之音调，解其向来之束缚，则既不失词之体格，而又无向来之顾忌，则作者既可高举阔步，而知音者亦可按词制谱，似于最初创词之原意，乃或反有合也。"② 陈柱从词坛没有人可比杜甫、韩愈论析其内中缘由。他认为，就苏轼而论，其词也不及诗之艺术成就大，他推论这可能是词体过于拘谨呆板、被律谱束缚造成的，就像缠足的女子，虽然她们也有妩媚动人之处，但若求其自由无拘束之美则难以见到。陈柱持论，词的创作如果能解除人为的束缚，而择取自然之音律，既不失已有的规制，又解除其中一些不必要的束缚，则人们便可以更自由地从事于创制，将"按谱填词"变为"按词制谱"，这才更切合词之创作的最

---

① 杨传庆编著：《词学书札萃编》，南开大学出版社2015年版，第377页。
② 同上书，第375页。

初含义。陈柱之论，旨在突破词之音律表现的固有框架，为词的创作发展注入新的活力，其论说是甚富于启发性的。

憾庐在《怎样读词》一文中云："词话里给人最惑乱的，就是韵律，词的起源是'乐曲'，当然有韵律。可是，韵律并不就是词，只是词的衣裳。当时作者并不拘于韵律，所以有许多字句不同之处。因为后来的文士不懂词的曲调，不明白音乐，于是便把韵律说得那末神秘而不可解。其实，韵只是很随便可以的，正像古诗并不如后来的拘守诗韵，而词是给人唱的，更不必斤斤于照着甚么韵，只要唱的某一地方的韵便可以。当时词极盛，但是并没有词韵的书。至于音律，那是乐调的事，作者只要当时给人唱以和乐，能不拗不逆便可。现在词的曲调乐谱都遗失了，更不必去管它。"① 憾庐对是否协律明确提出自己的主张，反对拘守音律之论。他认为，历代词话中最迷惑人的就是所谓词律的问题，但词律其实如人之衣裳，是其表而非其里。开初，人们在填词之时，其实是并不拘于音律的，那时，所谓的词韵其实是比较自由随意的，因为词在最初是唱给人听的，所以，其创作时有可能遵循某一地方的声调，而显示出某种独特的音律之美。但当时并没有词韵之书，人们只是根据一定的乐调，"唱以和乐"而已，是并不拘守所谓声律规则的。其又云："许多词话都喜欢说，某词不协律。其实，词话的作者自己就不懂音律是甚么，怎样才协律，只是信口胡说。他们对于周清真、吴梦窗、姜白石、张叔夏等词人会音乐的，才不敢说他们的词不协律。对于其它，如苏东坡、辛稼轩等，常被他们说不协律。"② 憾庐批评一些词话家其实并不懂得音律表现之道，却喜欢信口而论。他们对于周邦彦、吴文英、姜夔、张炎等精通音律的人，便不敢妄加评说；而对于苏轼、辛弃疾等，则常指责其词作不协音律，体现出人云亦云的特征。其还云："我们要打破了一切旧词话的妄谈和无价值的批评才可以赞词。最明白的证据，就是周清真、吴梦窗，姜白石等人都是精于音乐的。他们从不曾说过苏东坡或谁人的词不协律。只是后来的人把前人用的韵和调编成

---

① 张璋、职承让、张骅、张博宁编纂：《历代词话续编》，大象出版社 2005 年版，第 1302 页。

② 同上。

了词韵调谱，然后据之来评量谁的词出韵不出韵，协律不协律，这真有点幽天下之大默！"① 憾庐提倡要破除旧词话的妄谈和无价值的批评，还词的音律之论以历史的本来面目。他评说周邦彦、吴文英、姜夔等即使精通音乐，但他们从不曾批评苏轼或其他什么人的创作不协音律。憾庐指出，所谓的词谱、词韵，只是后来的人把前人所用过的韵和调编成了词韵调谱，据之而来加以考量与评说而已。憾庐之论，进一步破解所谓词韵之书的经典性与神圣性，道出了所谓音律乃人们在长期的创作实践中逐渐探索而出的，并不是一成不变的东西，应根据创作的发展不断总结创新，从而使词的创作更富于艺术魅力。其还云："上面说了许多话，只是说明我们必须打破旧式的词话的见解去读词。一首词要整首地看它表现的美和真——情绪、意境和神韵——直觉地去领受欣赏它。一首好词必须有使我领受一种美感或真的情绪，像其他文学作品一般，而绝不是单靠美文，如所读'字字珠玉'就行。像上面所引的李后主的词：'剪不断，理还乱——是离愁，别是一般滋味在心头。'我们找不出哪一字是珠玉，而是很灵机天成自然的白话。可是，它告诉我们另一种的情绪，领你到一种意境，真切感觉到而引起你的共鸣。这情调使许多人惊异而叹为'亡国之音哀以思'！"② 憾庐实际上从词的欣赏角度对协律之论又予以了破解。他认为，人们欣赏词作，应该主要从其所表现情绪、意境和神韵入手，从整体的角度去加以感受与把握其中的"真"与"美"，而绝不仅仅从音律表现的角度加以考量，韵律之美只是文学作品诸多美的因素之一而已。憾庐举李煜的"剪不断"一句为例，道出词作之美贵在整体性、自然性与生动性，它们感动到人的内心与灵魂深处。

杨圻在《覆王心舟书》中云："词本乐章也，古之词家，不言音律，而皆以被之管弦。后人不解音而竟言律，考其所谓律者，则为格律之律，而非音律之律者。考其所谓格律者，则骈列诸体，考其异同而已；填词家则死堆硬砌，对仗必工而已。于律有何哉？故自言词律而调

---

① 张璋、职承让、张骅、张博宁编纂：《历代词话续编》，大象出版社 2005 年版，第 1302 页。

② 同上书，第 1304 页。

乃愈下，要之苟解音律，无施而不可，否则何解乎？白石多自度之声，《满江红》之可异乎调哉？"① 杨圻论说在本质意义上，词乃音乐文学体制。他评说自古以来的词家，虽然在口头上不斤斤于言说音律，但他们的创作却以合乎音律为特征；但后来之人，虽斤斤于言说音律，而实际上并不太精通音律之道。杨圻论说这些人所谓的音律，大多指"格律"层面的含义，亦即平仄四声的运用上，其所指范围是比较狭窄的，更多地重在对仗之美等方面。杨圻认为，真正意义上音律之美的范围应是比较宽泛的，并不仅停留在对仗工整的层面。它应该上升到整体层面的音乐之美，其表面虽不斤斤于平仄对仗，但内在富于节奏之变与音调之美，它是"无施而不可"、活脱生动的，富于艺术生命力。杨圻以姜夔等人自度曲为例，表明词乐之美的本质应不拘限于某些平仄对仗的局囿，而追求整体意义的美。杨圻对协合音律的认识是甚为辩证的。陈钟凡在《答陈柱尊教授论自由词书》中云："至东坡豪放，不喜剪裁以就声律，时人虽讥为曲子缚不住，然其横放杰出，包罗万有，词境为之一变。……是知词在两宋已多变化，非必拘守律谱，方为上乘。……兄以清丽俊爽之笔，抒旷放萧疏之怀，虽自为己律，或任意浩歌，无不优。为何必倚刻版之声，按不可知之谱，而后始谓之乐章哉？"② 陈钟凡评说苏轼作词豪迈放旷，不受声律拘限，其笔法运用变化自如，茹古涵今，深刻地改变了词之意境的创造。他归结，词的创造早在两宋时期便呈现出诸多的变化，并非谨守声律之作乃为上乘。陈钟凡称扬陈柱以情感表现为本位，其"自为己律"，打破了拘守平仄四声的框架，以意为本，体现出声情之美，它遵谱而不死守，循声而不刻板，将音乐艺术表现灵活地发挥开来。

乔雅郐《乔雅郐君论词》有云："词的谱虽失传，可是他的格调还在，爱好艺术化文字的人，对于词，当然还有欣赏的价值。近几年里，我最爱填词，有了余闲，就胡乱地填一下。不过拙作以消遣为宗旨，不喜过分去讲求声律，可是旧谱已失，还是空费时间，和文字的实质上，

---

① 杨传庆编著：《词学书札萃编》，南开大学出版社 2015 年版，第 296 页。
② 同上书，第 369 页。

没有什么帮助呢。"① 乔雅邠坦言自己近些年爱上填词之事，但申言自己是以闲余消遣为目的的，不喜欢过分地去讲究音律表现。他并论说既然词谱已经失传，是确没有必要去过于讲究音律之道的。乔雅邠之论，也显示出对执着音律之求的消解意义。

民国后期，赵尊岳《珍重阁词话》有云："神可自至而不可强求。求致力于神味，但当就常日性习问学为陶熔，若谓每日整挈其神，协力声律，万无此理。"② 赵尊岳之论也道出词作神韵、滋味的获得是一个甚为自然的过程。它不可强求，与刻意的人工追求是背道而驰的，其所对应的是创作主体日积月累的习效与细心体悟。总之，词人日常性情陶养乃词味生成与充蕴的必要前提。

吴庠在《与夏瞿禅书》中云："拜读大著《四声平亭》一卷，元元本本，切理餍心，洵今日词林中不刊之论。最后谓死守四声，一字不许变通者，名为崇律，实将亡词，尤为大声疾呼，发人深省。不佞观近今死守四声之词，率皆东涂西抹，蛮不讲理，且凑字成句，凑句成篇，奄奄无生气，若此只可谓之填声，不得谓之填词。不佞所以深致厌恶，不谓四声之说，可尽废也。善哉玉田之言，音律所当参究，辞章尤宜精思，惜死守四声者之未悟也。"③ 吴庠对夏承焘的《四声平亭》一书甚为推尚，称扬其为词学音律经典之著。他批评那些拘泥不化、主张"一字不许变通者"，其名义上为崇尚音律之美，而实际上将填词之事推向死胡同。正因此，他意在大声疾呼，醒人心神。吴庠批评近世拘守四声之词乃东挪西凑的产物，是缺少艺术生命力的，论断他们的行为不可谓"填词"，而只能称为"填声"，将所谓的音律之求放置到了意致呈现的前面，是本末倒置的。吴庠称扬张炎之言，主张词之艺术表现应精思于辞章而参究于音律，以语言表现为本位，以音律追求为参照，其最终归旨乃在于意致呈现，而切勿死守平仄四声。其又云："当代词人，务填涩体，字荆句棘，性梏情囚，心力虚抛，语言鲜妙，此其一也。谓填创调，必依四声，本不能歌，乃矜合律。且四声之中，古有通

---

① 杨传庆编著：《词学书札萃编》，南开大学出版社 2015 年版，第 530 页。
② 《同声月刊》第 1 卷第 3 号，第 33 页。
③ 杨传庆编著：《词学书札萃编》，南开大学出版社 2015 年版，第 313 页。

变，入固可以代平，上亦可以代入。沤尹丈洞明此理，故当时朋辈以律博士推之。乃彼迂拘，一声不易，如斯泥古，大可笑人，此其二也。"①
吴庠评说当世一些人的创作盲目追求"涩体"，他们每每下字用语必计较平仄四声，以所谓合乎音律为原则，孰不知古人对音律的表现早有通变，可以入声代替平声，也可以上声代替入声，如果拘守一隅，一成不变，那真是令人可笑的事情。吴庠在《与友人论填词四声书》中又云："按谱填词，必尽依其字之四声，此说不知起于何时人也，晚近词坛，持之颇力。闲尝研索，疑窦滋多，姑举数端，就正大雅。两宋名手，一调两词，其四声并不尽同，有时且出入甚大。南宋词人，填北宋之调，亦不尽依其四声。此何说也？或言依四声者，谓依某人某调某阕之四声，他可不具论。庠亦笑而许之。但押韵又生疑问。上去两韵，古今通押。假依或说，则古人押韵之处，今人当各依其上去方合。乃主张依四声者，其押韵处又时或变通。此又何说也？或又言字声各有阴阳，不容随意。然则依古人之四声者，当并依其声之阴阳。上去入三声之阴阳，庠浅陋，不能精辨，而平声则知之甚明。乃持此说以读尊四声者之词，其不合竟十有八九。此又何说也？"② 吴庠对拘守平仄四声之论进一步予以驳斥。他认为，尽依四声之说不知起于何时何人，近世以来一些人持之过严，是严重地束缚了词的创作的。吴庠评说两宋名家作词，往往运用同一声调而填制不同的词篇，也往往不尽依平仄四声，他们在音律表现上是比较自由灵活的。吴庠在《四声说》一文中还云："愚尝谓，按谱填词，参之《词律》、《词谱》二书，解得某字可平可仄，某字宜仄，如作诗者，解得声调谱之例，能有当于吟讽，斯可矣。再如沈伯时说，于去声字加之意焉，斯亦精矣。若必逐字依声，不识有何精义。"③
吴庠解说"按谱填词"的意涵。他认为，对声调律谱的了解认识是应以有益于吟咏为宗旨的，如果斤斤计较"逐字依声"，停留于细枝末节的平仄四声之讲究中，那词之精义将不知何在。

缪金源在《致胡适》中云："我对于白话文和白话诗，都心悦诚服

① 杨传庆编著：《词学书札萃编》，南开大学出版社 2015 年版，第 314 页。
② 同上书，第 316 页。
③ 《同声月刊》第 1 卷第 6 号。

的赞成，并且都已尝试过。不过对于白话词却有个疑问，因为我们做白话诗的目的，原是要拿日用的语言，表自然的情景，所以不限定每首有多少句，每句有多少字，每字分什么平仄。我们却为什么要废去'平平仄仄平'和'平平仄仄仄平平'的诗，而反去做那比诗限制更严的'一枝春'和'大江东去'的词呢？何况词是诗余，内中已经包含了许多白话，和我们的白话诗，字面既差不多。而反添了许多词调的麻烦。又在外国文中，也没见遇诗外更有什么词的。所以在我的意思，描写情景的文字，有白话诗尽够了，不必再用那词，曲，……把个'文学革命'弄得半身不遂的。我因为曾经在《新青年》里，读过先生的《如梦令》，又在《每周评论》上读过先生的《生查子》，知道先生是主张做白话词的，所以提出这个疑问来、求先生指教。先生如以为不成问题，那尽可置之不理；如以为尚有商量的余地，即请解答。"① 缪金源对胡适所倡导"白话词"之论予以评议。他认为，白话诗、白话文的创作，都旨在消除音律形式的限制，而走向更为自由的创作境界；但作为切近于民间的文体，词的创作已经包含了许多白话在内，但传统声调音律的限制，使得其创作具有相当的难度。缪金源主张，在抒情性文体中，"文学革命"主要是针对诗文之体而言的，至于词曲这类过于讲究形式的文体，他大致是主张让其自然衰落的。缪金源之论，一方面寓含漠视词曲等文体之意，另一方面也体现出去除声调音律束缚的时代要求，显示出对词之声律之求的消解意义。

　　顾随在《致卢伯屏》中云："赵生要填词，兄可危言恫吓。便说学词是如何如何难：又要顾字数，又要押韵（古韵，非今韵），又要调平仄；以及怎样怎样腐败；遗老们走投无路，才干这个，青年人应该创造新的东西，不应该在旧尸骸中讨生活等等的话，看他怕也不怕。至于列弟门墙的话，弟虽然愿听，却不愿实现。我总觉得教青年人填词是伤天害理的事情。稍有人心者，当不出此。兄不见夫吃鸦片的父亲乎？己虽爱吃，却不愿其子之吃也。"② 顾随对词的创作的形式束缚表现出拒斥的态度。他告知卢伯屏，可用填词如何之难来吓唬年轻人，认为年轻人

---

① 杨传庆编著：《词学书札萃编》，南开大学出版社 2015 年版，第 413 页。

② 同上书，第 406 页。

应该不断创造新的东西，而不应该总在旧有的形式中去讨生活。他比譬教年轻人填词就如同做伤天害理的事情，就像吸食鸦片者一样，"己虽爱吃，却不愿其子之吃也"。顾随对传统意义上的填词之讲究是持不以为然态度的，他强调文学创作应随着时代的发展而变化，而切不应一成不变。其《驼庵词话》又云："格律之'律'，不是不随人意志为转移的'规律'。'律'是人为的。'律'不能为人服务时，人应当打破它。'律'是形式。一切形式都是为内容服务的。当形式不能为内容服务时，人应当改造它。任何一种文学形式，不拘是新的或旧的，创作上使用起来，都一方面有其方便，另一方面有其限制，长于此或短于彼。何况篇幅短小、格律严谨的词体。我们只能做如下的体会：其一，大作家能灵活的掌握运用形式、支配形式而不被形式所支配；其二，旧的文学形式，在大作家的笔下，也并非木雕泥塑的、死板板的定型。……老杜就有许多篇不和律的律诗，东坡稼轩就有不少不和律的词句，这没有什么可奇怪的。谁若是以此为奇怪，那只能是这个'谁'的少所见，多所怪。"① 顾随辨说"格律"之"律"的本质属性，抓住其"人为性"加以立论。他认为，一切艺术形式都是为内容服务的，当形式表征不能较好地服务于内容时，那就没有必要再执意保留，而应有所突破、有所改造。就音律表现而言，对它能灵活把握的人还比较少，其欣赏受众面实际上是比较狭窄的，它在不少大词人的笔下也都不是死板的定制，如苏轼、辛弃疾便是，何况于普通人的创作呢？是应该有破除其规则的时候了。顾随之论，从音律存在的人为性入手，辨说文学形式与内容的相互应和问题，对协合音律之论也予以了破解，显示出重要的现实意义。

民国后期，陈运彰《纫芳簃说词》有云："守四声，比阴阳，以为能守律矣。跫跫焉，不敢稍轶，而自甘于桎梏，且援仇山村所谓不惶'协律言谬'之讥以自解。不知四声之出入，未必合于律也。侈言寄托，皮传骚雅，适成其猜谜射覆也。一则徒见其言之谬，一则难测其意所寓，此近代词之一劫。"② 陈运彰论说斤斤于四声之道而不敢稍有破

---

① 朱崇才编纂：《词话丛编续编》，人民文学出版社 2010 年版，第 3292—3293 页。
② 杨传庆、和希林辑校：《辑校民国词话三十种》，（台湾）花木兰文化出版社 2016 年版，第 318 页。

除之举为"自甘于桎梏"之事,是自己给自己人为地加上束缚。他持论,醉心于音律之道中的人,是难与言说寄托之意与骚雅之求的。他们的创作由于过分注重语言表现的音律之美,而往往导致意致呈现有所遮蔽,甚至不知所云,这真可谓近代以来词的创作的一大灾难,是要努力纠正的。

廖辅叔《谈词随录》有云:"既以填词而论,我们今天填词,作为诗的形式的一种,固然不必讲究什么四声阴阳清浊,但是平仄总不能不讲,然而今天的口语已经没有入声(闽粤等少数省已算是例外),'入派三声'已经是'久矣乎千百年来已非一日矣'的事实,去声和平声也渐渐的不甚分明,因此现在有些填成的词,不过是字数与词牌相符而已,那又何必还叫填词呢?记得柳亚子生前就说过,平仄的消失极尽是五十年以内的事情,没有平仄,旧诗就失去了它存在的依据,于是得出了如下的结论:'旧诗必亡,新诗必昌。'诗是这样,词也是这样。这是历史发展的必然趋势,不以人的好恶为转移的。"① 廖辅叔论说词作之道本来是讲究平仄音律之美的,但近现代以来,随着人们语言运用的变化,四声的区别已日益不易辨清,这导致旧体诗词创作对于音律之美的讲究正在失去"存在的依据"。由此,廖辅叔持同柳亚子之言,认为旧体诗词是必然要让位于新体诗创作的,这是历史发展的必然趋势,是不以个人意志为转移的。廖辅叔之论,也道出词的创作确应随着历史发展而逐渐改变的现实状况,是对破律之论的无奈声张。

第三节　主张协律与破律相结合之论

民国时期传统词律之论的第三个维面,是对协律与破律的相结合之论。这一维面线索,主要体现在朱疆邨、宣雨苍、柳亚子、董每戡、叶恭绰、龙榆生、高毓浵、吴梅、冒广生、梁启勋、蔡桢等的论说中,他们对拘守声律与完全破弃声律之论不断予以批评,而主张将协合音律与破除音律拘限有机地结合起来。

① 张璋、职承让、张骅、张博宁编纂:《历代词话续编》,大象出版社2005年版,第1117页。

民国前期，朱鸳雏《双凤阁词话》有云："宋人词本无韵，任意取押之说，所由来也。自沈去矜创为词韵，毛稚黄刻之（见《西河词话》）。虽有功于词学，而反失古意。假如上下平三十韵中，惟十一尤独用，若东冬江阳鱼虞佳灰支微齐寒珊先萧肴豪覃盐咸皆是通用，虽不知词者亦能立辨。以独用之外无嫌韵、通韵之外，更无犯韵，虽不分为独为通，而其为独为通者自了也。"①朱鸳雏论说到宋人之词的创作是本无音律调谱束缚的，而是随意协合，音为意用。自清代沈谦、毛先舒撰著词之调谱规范以来，虽其有功于词的研习之道，反使词的创作失却了原来的路径与意味，给词的创作套上人为的枷锁。其又云："词律之密，无过宋人。能按律即能入乐，唐人已昌其风。若李太白、温飞卿辈，其词曲皆被管弦，以故精于词律。太白所造《清平调》，玄宗调笛倚歌，李龟年亦执板高唱，且谓平生得意之歌，无出于此（见《松窗录》）。飞卿工于鼓琴吹笛（见《北梦琐言》），所作词曲，当时歌筵竞唱（见《云溪友议》），宰相令狐绹，因宣宗爱唱《菩萨蛮》，令飞卿撰进，而宣宗君臣，迭相唱和（见《北梦琐言》）。则太白、飞卿，精于词律，彰彰明矣。盖词者古乐之派别，古之词人必先通音律，默契其深，然后按律以填词。故所作之词，咸可播之于歌咏。后世之人，按谱填词，人云亦云，而音律之深，茫然未解。则所谓词者，徒以供骚人墨士寄托之用耳，而词之外遂别有谓曲，元人杂剧实其滥觞，去古乐远矣。"②朱鸳雏论说唐宋人的词作以协合音律为原则与追求。他列举李白所创《清平调》与温庭筠所创《菩萨蛮》之词，认为他们都是精于音律表现的代表人物，其词皆能入乐歌唱。朱鸳雏归结，唐宋人的创作可谓"按律以填词"，亦即根据音律的自然流转而填入字语，所以其词是可以被管弦而歌咏的；而后来之人"按谱填词"，是在他人先设定的音律规范中去填入字语的，故他们往往实际上对声调词谱的内在特征与要求并不十分了解得细致深入，这很可能导致人云亦云、随声附和的现象出现。他们往往将语词变成只供表达情志的工具而已，是难以真正从

---

① 杨传庆、和希林辑校：《辑校民国词话三十种》，（台湾）花木兰文化出版社 2016 年版，第 65 页。

② 同上书，第 67—68 页。

内在协合音律之求的，与词乐的传统本色当行之求相去甚远。

宣雨苍《词谰》有云："词固以音律为尚，然果是浩气流行及天然浑成佳句，即有一二字不叶者，尽可听其自然，万勿强肆雕琢致损太璞。试观南宋词人，诸大家中，亦不乏此等出人。后世制谱者，必且曲为之解，曰借某、叶某，非遇狂易无凭谬充词伯之老伶工，断不敢肆口诋语。总之，既名曰词，则必情文并茂，方可传世。若仅乞灵声律，但一工尺谱足矣，又何必填词为邪？"① 宣雨苍一方面主张词的创作要以音律表现为尚，另一方面又强调其呈现出一气呵成之势与自然浑成之境。他主张，当有少数字语运用不吻合音律表现之道时，应当顺其自然，而切忌强为雕琢，以致有损自然之面貌。宣雨苍评说南宋大词人的创作多应和此艺术特征，他坚决反对强为叶律的做法。宣雨苍以声情并茂作为词的创作的根本准则，视音律美为词的创作美之一，虽留意倡导，但不唯而论，摆正了词的创作中"曲"与"辞"的关系，并强调其应该与情感表现一起予以弘扬。其论说显示出灵活性、辩证性。其又云："著者讲学，当有渊源。定词韵者必应就古诸大家所作之词，更参古韵而详考之，定为一是，以范后学。则人不敢不瓣香以祀，无可置喙。若舍诸大家所作，而自我作古，定其所定，人亦何不可各定其定，安在必以词韵为准绳邪！"② 宣雨苍进一步对协律论题加以阐说。他强调，词之音律规则应从前人的词作中加以提炼与概括而出，在融炼众家的基础上予以类分和胪列，切忌无视他人之创作实践而一味自作规范，"定其所定"，如此，则其所谓词之音律要求是难以成为通则的，也无法真正起到规范词之创作的作用。其还云："和韵非古也，诗且不宜，而况乎词？勉强为之，终近生捏。苟有独运意匠，语语自然者，自为有数之作，亦不可废。"③ 宣雨苍通过对词之和韵的论说，触及词律运用与意致呈现的关系问题。他肯定词之和韵是甚为不易的事情，强调不能勉强为之，还是应该以意致呈现为上，以用字造语自然为求。他将律为意用的创作原则简洁地道了出来。

---

① 张璋、职承让、张骅、张博宁编纂：《历代词话续编》，大象出版社 2005 年版，第 1340 页。

② 同上书，第 1341 页。

③ 同上。

　　民国中期，柳亚子在《词的我见》一文中云："讲到音律，我在当时也是主张解放的。仿佛后来胡适之曾经这样讲过：'清真以前，是文人的词；清真以后，便变而为乐匠的词了。'（原文不在手边，不知正确与否，大意是如此的。）这几句话很合我的脾胃，因为照我批判起来，清真本身就是一个乐匠。并且，我以为在词通于乐的时候，按律填词去做乐匠，也还有相当意义可言。后来，词是根本不能入乐的了：而一般填词的人，还在依梦窗四声，依白石四声，断断不休，到底干吗要这样做呢？我主张平仄是要的，而阳平阴平和上去入的分别，应该完全解放；这一点也是和老辈词人的见解根本不同的。"① 在词的音律表现问题上，柳亚子是主张"按律"与"解放"两方面兼顾的。其主张从总体而言与胡适之论相切。他持同胡适将词大致分为"文人的词"与"乐匠的词"，认为周邦彦本人就是音乐家，在开初"词通于乐"的情况下，依律填词是有必要的，显示出相当的意义，但后来词"不能入乐"了，如果还坚持完全依照平仄四声去加以填制，这完全是逆历史发展而要求的，是不得要领的。柳亚子主张词的创作应该适当讲究平仄，但没有必要过于精细地去辨分其中的些微差异，而应该尽可能去除人为的束缚，还词的创作以更为广阔的空间与多样的路径。其又云："现在，时代转变了，老辈的词人渐渐打下去了。虽有抱残守缺之徒，我以为是终究要消灭的，不成问题。不过旧词人去了，新词人出来；而新词人的主张，却也颇有讨论的余地。新词人大概可分为两种：第一种是实际在做词，而表面上不用词的名义，更不借用旧词的调名，随意创造，这当然可以听他自由。例如我的朋友张凤，他创造一种或体诗，又叫活体诗，我拿来仔细一看，完全是自度腔的词罢了。那倒是无所谓的。第二种是袭用旧词的调名，而平仄和押韵又不能完全依照旧词，这我认为有些不对，应该纠正的。举一个例，就是我们文艺茶话会的老板章衣萍先生吧！他的《看月楼词》，白描圣手，全学李后主和纳兰容若，好是好极了，可是平仄和押韵常常要发生问题。在《看月楼词》出版以前，我是见过他的原稿的，曾经替他改正过几处。他在序言上还

---

　　① 张璋、职承让、张骅、张博宁编纂：《历代词话续编》，大象出版社 2005 年版，第 662—663 页。

致谢我的修改，不过实际方面却并没有照我的改出，也许是手民的错误吧？这种袭用旧词的调名而平仄和押韵时有出入的东西，我以为简直是要不得。一来怕老先生借端攻讦，以为新词人完全在胡闹，二来也许以误传误，还要贻害青年呢！本来平仄和押韵也没有什么了不起，干脆把它们都废除了，也未为不可。不过现在既已经用了词的名义，更用了它的调名，那就不能不依它的平仄和押韵了。我希望衣萍老板在《看月楼词》再版的时候，能够好好地整理一下，我是十二分愿意帮助他的。十天以前和《新时代》主编者曾今可先生谈话，他对我讲，主张填词不要用古典，完全以白话入词，但平仄和韵脚是要保存的。这议论我完全赞同，也就是我现在对于词的附加意见了。"① 柳亚子对新时代的词的创作要求予以大篇幅的论说。他认为，时代发生了变化，影响于词的创作也必然发生改变，这是甚为自然的事情。对于"新词人"的创作，柳亚子将其划分为两种：一是"随意创造"类，相当于自度腔，不用词的名义，不借用词的调名，柳亚子评说这一类型创作是完全可以的；二是"用旧调作新词"，但在平仄和押韵上又不完全应和词的填制的内在要求，柳亚子认为这是不对的，应该予以纠正。他以章衣萍《看月楼词》为例，认为其在白描等艺术技巧的运用上达到很高的水平，但在音律表现上则存在不少问题，常常与词调不相吻合。柳亚子认为这是容易贻害青年人的。他持同曾今可的主张，认为填词一事在语言运用上确是可"古典"、可"白话"的，但音律表现谐和合调却是要认真讲究的，由此而体现出其本色特征。柳亚子之论，对词的创作协律之求进一步予以了强调与倡导。

董每戡在《与曾今可论词书》中云："你的《词的解放运动》中的三个意见，与我所主张大致相同，我没有什么反对，不过我想在你这三个主张之外补充一些：我觉得'依谱填词'这一着，在每个学填词的人是必须遵守的，但是可活用'死律'，依我个人的意见，现代人填词，至少须守着以下几个条件：一、不使事（绝对的）；二、不讲对仗（相对的）；三、要以新事物、新情感入词；四、活用'死律'；五、不

① 张璋、职承让、张骅、张博宁编纂：《历代词话续编》，大象出版社 2005 年版，第663 页。

凑韵；八、自由选用现代语。"① 董每戡主张在词的创作中，要将"依谱填词"与"活用死律"结合起来，在"有定"与"无定"中将填词之事引向康庄大道。一方面，必须大致遵守词谱声调的要求，使词的创作确乎显示出音乐文学之体的特征；另一方面，又要活用声律，不为音律所拘束，让语言表达相对体现出自由性，不唯声韵而拘限，在选字造语上以情感表现与意致呈现为旨归。其又云："你说平可不分阴阳，仄又不分上去入，我绝对同意！在乐亡的现在，只要不会把字之平仄弄错就行，在平仄这一种束缚之外再加那么麻烦的区别，我认为并不必要。至于你说：在《看月楼词》里，有些地方是没有注意到平仄的，这是衣萍的一种大无畏的'尝试'精神，有人对他说过不调平仄是要不得的，他回答得很'幽默'：'用我们徽州的口音去读起来是对的。'关于这，我未敢赞同，当我站在北新书局的柜台边翻读《看月楼词》时，已觉颇多读不顺口处，徽州口音决不是中国言语的标准音，衣萍先生的本意想也不是要《看月楼词》专给他的老乡读的。而且各地方言虽略不同，字之平仄各处都相同，如果偶有一二字例外，这在于并不是'文盲'的我们是不应该从俗的。一句之中有一字平仄失黏，而该字不易改易，或改易了便使整句的意味牵强或失色，那末就任它失黏也可；但这是偶一为之则可，老是这样便大不可，所以'不调平仄'并非是'金科玉律'。衣萍先生的'幽默'的答复，我以为并不'幽默'。"② 董每戡对词的创作的音律表现在总体上是持既通融又坚持的原则。他评说曾令可的"平可不分阴阳，仄又不分上去入"的主张，与自己完全相同，强调词的创作不必太拘泥于四声之别，而大致遵循平仄运用之道即可。董每戡认为，章衣萍的《看月楼词》，在不少地方没有注意到平仄之分，这以"大无畏的尝试"之语为其辩解是说不通的。董每戡特别提出，中国幅员辽阔，虽然各地的方言发音有别，但平仄之道大致是相通的，这是词的创作讲究平仄之道的普遍性根基，是不应该随意而为的。当然，词的创作中如果为了意致呈现或技巧运用的需要，偶尔改变用字造语，这是完全可以的；但如果总是不分平仄，不讲究抑扬起伏之

①　杨传庆编著：《词学书札萃编》，南开大学出版社 2015 年版，第 523 页。
②　同上书，第 524 页。

艺术表现，那是绝对不可以的。其还云："总之，现代人如要自作新词，最好不堂而皇之地把原有的词牌名加上，以免混淆。我的友人夏瞿禅君曾做了许多不依旧谱的词，他径称自己的词为'自由词'，并不加词牌名，自然，他是想免去'挂羊头卖狗肉'之诮。在近人的词中，使我佩服的确只有夏君的词，先生如买一部况蕙风所辑的《近人词选》来看，那就会看见他初期的作品，近来呢，却更进步了。"① 董每戡进一步论说"自作新词"的主张。他认为现代人作词，不必一定要挂上某某词牌之名，人为地给自己套上不必要的枷锁。他称扬夏承焘就创作了不少不依旧谱的词，这类作品并不标示词牌之名，其旨在消除名实不符之嫌，而较为灵活自由地用律使韵。董每戡对夏承焘之作是倾心称赏的，将其视为词的创作发展的方向。

叶恭绰在《与黄渐盘书》中云："词之必讲音律与否，在今日颇成疑问，但弟有一偏见，即以为音律可不必过严，而音节必须谐协。盖有韵之文，不论颂赞、诗歌、词曲，必须读咏之余，铿锵婉转。然后情味曲包。弟尝离开《词律》，而诵近人之词。往往觉其拗口处，一检《词律》，即恰系失律处。又有时四声不错，而清、浊偶误，诵之即不能顺口。类如《齐天乐》'凝怨琼梳'之'梳'字，必用清平。设改之为'琼楼'，则直读不下去。此则随时留意，自能合拍也。近人论律过严，弟不甚谓然。以为不差分秒，亦不能唱出，何必如此自讨苦吃？颇有意做一种可以合今乐之韵文，或依新谱填制，或制后再依编新谱，求其可以照唱。其体裁，则在歌、谣之间，多用白描，使之通俗，而却须有文学上之价值。"② 叶恭绰对词的创作中音律表现问题表达出甚为辩证的态度。他一方面持论词的音律运用不必过于严苛，另一方面又强调其音节表现必须谐和。叶恭绰认为，自古以来，有韵之文都显示出音韵婉转、余味曲包的特点，词之体制也应不例外。他坦言，自己诵读近人之词，凡感觉拗口即证明为失律之处，他主张基本的音律准则还是应该"随时留意"的，在熟识中生巧。另一方面，他又认为，近人持律过于严苛，体现出拘谨固执的态度，真可谓"自讨苦吃"，也是无其必要

---

① 杨传庆编著：《词学书札萃编》，南开大学出版社 2015 年版，第 525 页。

② 同上书，第 329—330 页。

的。叶恭绰倡导出现一种新体歌谣，它突破已有的音律拘限，以"可唱"为准则，介乎歌曲与民谣之间，在语言表现上以通俗易懂为原则，它应和社会需要而体现出重要的文学价值。叶恭绰是主张在适当地破除音律束缚中重新建构音律表现大厦的，其论体现出着眼于词的未来发展的可贵眼光，是富于启发性的。其在《致陈柱》中又云："愚所主之歌，以能合乐与咏唱为主，合乐事本奥赜，姑不细叙。所求能咏唱则事并不难，但一必须句末有韵（或二句、三句再用韵），二腔调必须谱协，三须通俗显浅而不俚鄙，能此三者，可合今日之所需。但即此已似非易，公才雄气猛，盍努力开一新境邪！"① 叶恭绰声言自己所主张的"歌"之文体，仍然要以"合乐"与"咏唱"为主。他强调，一是句末须有韵，二是腔调必须协谱，三是必须通俗易懂但又不流于俚俗。叶恭绰将上述几方面的规定视为新体乐歌的本质特征，仍然体现出对协合音律的极端重视。

　　龙榆生在《今日学词应取之途径》一文中云："吾人既知今日之时代环境为如何，又知词为不必重被管弦之'长短不葺之诗'，而其语调之变化，与其声容之美，犹足以入人心坎，引起共鸣。则吾人今日学词，不宜再抱'只可自怡悦，不堪持赠君'之态度。阳刚阴柔之美，各适其时。不务僻涩以鸣高，不严四声以竞巧，发我至大至刚之气，导学者以易知易入之途。或者'因病成妍'（元遗山语），以堂堂之阵，正正之旗，拯士习人心于风靡波颓之际。知我罪我，愿毕吾辞。"② 龙榆生论说时代环境已经发生很大的变化，词作为单纯音乐文学体制的历史也早已过去，如此，人们在词的创作中应该更多地关注语气音律的变化，关注其"声容之美"是如何"入人心坎"的。龙榆生持论，不应该再抱着自娱自乐的态度去从事词的创作了，而应更多地关注其如何"持赠于君"的，如何更丰富多样地传达出创作者的思想情感，在"各美其美"中昌大词道的。他强调，应不以追求生僻晦涩为高，不以竞逐四声之巧为好，应立足于抒发主体的襟怀情性，引导学词者走上创作的通坦大道，重振词坛之风习。龙榆生在《晚近词风之转变》一文中

---

① 杨传庆编著：《词学书札萃编》，南开大学出版社 2015 年版，第 332 页。

② 龙榆生：《龙榆生词学论文集》，上海古籍出版社 2009 年版，第 116—117 页。

又云："往岁彊村先生虽有'律博士'之称，而晚年常用习见之调。尝叩以四声之说，亦谓可以不拘。然好事之徒乃复斤斤于此，于是填词必拈僻调，究律必守四声，以言宗尚所先，必惟梦窗是拟。其流弊所极，则一词之成，往往非重检词谱，作者亦几不能句读，四声虽合，而真性已漓。……以此言守律，以此言尊吴，则词学将益沈埋，而梦窗又且为人诟病，王、朱诸老不若是之隘且拘也。"① 龙榆生论说朱祖谋虽有"律博士"之誉，但其晚年填词并不以艺术才力而加以炫耀，而是常用习见之声调，并且常常言说平仄四声之规矩也大致不必过于拘守。但有些人斤斤于此道，每每作词必择选生僻之声调，细究平仄四声之法则，开口闭口习效吴文英，往往导致词意凌乱，作者之真情实性丧失殆尽，令人难以卒读。龙榆生论道，此种做法而言"守律"，则词的创作将走进死胡同，这也是王鹏运、朱祖谋等词学大师所不愿看到的局面。龙榆生之论，对过于拘守音律的创作行为予以了尖锐的批评。

高毓浵《词话》有云："词家四声之说，始盛于王半塘，其后朱古微、况夔笙复起而扬其波，一时学词者咸奉为玉律金科，按照清真、梦窗等词，字字推敲移换，填词已苦，如砌墙之砖，然拘于尺寸，而又限于五色，故此派之词皆奄奄无生气，但求四声不失而已，而实则四声亦不能尽合，往往以他声注为作平、作上、作入，是不惟作泫自敝，而又自乱其例也。且宋词刻本多不同，或有讹脱，亦不尽知，以讹传讹，尤为可笑。其习见之调如《满江红》《金缕曲》《齐天乐》《念奴娇》之类，则诸家各自不同，四声无从确定，亦姑任之。盖词调重在音律，能入歌曲方为正宗，即平仄亦非至要，况四声乎？不能订其工尺，不能施于管弦，而断断以四声以相訾謷，甚无谓也，而乃自诩为专家哉？"② 高毓浵评说宋词刻本多有不同，其中，有些词的音律表现是不尽如一的。一些常见的词调如《满江红》《金缕曲》《齐天乐》《念奴娇》等，不同之人在创作时也有着细微的差异。高毓浵强调，音律之求重在"入歌"，亦即以协合音律为原则，至于是否完全符合平仄四声之规则，

---

① 龙榆生：《龙榆生词学论文集》，上海古籍出版社 2009 年版，第 420 页。
② 杨传庆、和希林辑校：《辑校民国词话三十种》，（台湾）花木兰文化出版社 2016 年版，第 274 页。

那并不是重要的事情。他斥责斤斤于平仄四声之讲究的做法，认为那是甚为"无谓"的，而那些自诩为"专家"之人，也令人可笑。高毓浵之论，力主不停留在过于细枝末节的纠缠之中，而主张从大致"入歌"的角度激活词的创作，其论是富于识见的。

　　吴梅《词学通论》有云："此论出于宋末，已有不协腔律之词，何况去伯时数百年，词学衰熄如今日乎？紫霞论词，颇严协律。然协律之法，初未明示也。近二十年中，如沤尹、蘷笙辈，辄取宋人旧作，校定四声，通体不改易一音。如《长亭怨》依白石四声，《瑞龙吟》依清真四声，《莺啼序》依梦窗四声，盖声律之法无存，制谱之道难索。万不得已，宁守定宋词旧式，不致僭越规矩。顾其法益密，而其境益苦矣。"①吴梅评说朱祖谋、况周颐等在对宋人词作的校勘之中，不敢轻易更改字语，而完全依据周邦彦、姜蘷、吴文英等所制之调，体现出其为拘谨的态度。他评说因宋人声律之法不传，而导致后人不敢逾越，其规则愈多而今人创作愈苦。此论寓含突破声律之拘限的态度与要求。其又云："余谓小词如《点绛唇》、《卜算子》类，凡在六十字以下者，四声尽可不拘。一则古人成作，彼此不符、二则南曲引子，多用小令。上去出入，亦可按歌，固无须斤斤于此。若夫长调，则宋时诸家往往遵守，吾人操管，自当确从。虽难付管丝，而典型具在，亦告朔饩羊之意。由此言之，明人之自度腔，实不知妄作，吾更不屑辨焉。"②吴梅主张，在词的不同体制中，小令的填制可不必太拘守平仄四声，而应有更多灵活表现的空间，因为古人所填小令便彼此不一、面目多样；但对于长调的创作，他主张要应和乐律，其虽存在一定的难度，却有益于艺术表现与意致呈现，是要尽力而为的。其又云："平仄一道，童孺亦知之，惟四声略难，阴阳声则尤难耳。词之为道，本合长短句而成，一切平仄，宜各依本调成式。五季两宋，创造各调，定具深心。盖宫调管色之高下，虽立定程，而字音之开齐撮合，别有妙用。倘宜平而仄，或宜仄而平，非特不协于歌喉，抑且不成为句读。昔人制腔造谱，八音克谐。今虽音理失传，而字格具在，学者但宜依仿旧作，字字恪遵，庶不

_____

①　吴梅：《词学通论》，中华书局2010年版，第6页。
②　同上。

失此中矩矱。凡古人成作，读之格格不上口，拗涩不顺者，皆音律最妙处。张綖《诗余图谱》，遇拗句即改为顺适，无怪为红友所讥也。"① 吴梅论说在音律表现之道中，辨分平仄四声尤其是阴平与阳平的细微差异是较为困难的。词的创作本由长短不一的句子组合而成，因此，一切音律表现都应该服从声调的当行之求，以凸显本色为贵。吴梅认为，五代、两宋时期，人们创制声调其实是深具用心的，其所用音律都包含着丰富多样的规律，我们不应在宜平处而用仄声，在宜仄处而用平声，应遵循声调表现的内在要求，以"八音克谐"为准的，多元应和，以求妙合。吴梅主张对古人之作应入会其中，把握妙处，而切忌像张綖在《诗余图谱》中所倡导的那样，凡遇拗句即改为顺适之字语，这是令人可笑之举。其还云："词之有韵，所以谐节奏，调起毕也。是以多取同音，弗畔宫律，吐字开闭，畛域綦严。古昔作者，严于律度，寻声按谱，不逾分寸。其时词韵，初无专书，而操觚者出入阴阳，动中窍奥，盖深知韵理，方诣此境，非可望诸后人也。韵书最初莫如朱希真作《应制词韵》十六条，其后张辑释之，冯取洽增之。至元陶宗仪，曾讥其混淆，欲为更定，而其书久佚，无从扬榷矣。绍兴间，刻箓斐轩《词林要韵》一册，樊榭曾见之。其论词绝句，有'欲呼南渡诸公起，韵本重雕箓斐轩'之句，后果为江都秦氏刻入《词学全书》中，即今通行之本。词韵之书，此为最古矣。惟近人皆疑此书为北曲而设，又有谓元明之季伪托者，今不备论。自是而沈谦之《词韵略》、赵钥之《词韵》、李渔之《词韵》、胡文焕之《文会堂词韵》、许昂霄之《词韵考略》、吴烺之《学宋斋词韵》，纯驳不一，殊难全璧。至戈载《词林正韵》出，作者始有所依据。虽其中牴牾之处，或未能免。而近世词家，皆奉为令典，信而不疑也。夫填词用韵，大抵平声独押，上去通押，故凡作词韵者，俱总合三声分部，而中又明分平仄。至于入声，无与平上去统押之理，故入声须另立部目，不得如曲韵之例。分配三声以外，不再专立韵目，如《中原音韵》、《中州全韵》诸书也。"② 吴梅对词之声律表现与规范的发展历史甚为熟识。他论说自南宋绍兴年间起，就出现

---

① 吴梅：《词学通论》，中华书局 2010 年版，第 9—10 页。
② 同上书，第 15—16 页。

如《词林要韵》之类的词律书籍，当然，也有人认为乃元明时期的伪托之书，此姑且不论。发展到清代，沈谦、赵钥、李渔、胡文焕、许昂霄、吴烺等都撰有相关词韵之书，直到戈载的《词林正韵》问世，词的音律表现才更见规范，其运用之道更体现出科学性，它亦因此而被近世词家奉为圭臬。吴梅主张，词之音律运用的原则应该于"无定"中"有定"，又于"有定"中体现出一定的自由度。他主张"平声独押，上去通押"，而不应该太拘守平仄之异。他同时主张将入声字"另立部目"，而不应像散曲之音律表现一样，将入声派入平、上、去三声之中。吴梅之论，一方面体现出对词之协律的执着追求，另一方面又表现出一定灵活性的用韵原则，显示出作为词学名家所具有的通达识见。吴梅《论词法》还云："作词之法，论其间架构造，却不甚难。至于撷芳佩实，自成一家，则有非言语可以形容者。所谓能与人规矩，不能使人巧也。有一成不变之律，无一定不易之文。南宋时，修内司所刊《乐府混成集》，巨帙百余，周草窗《齐东野语》，称其古今歌词之谱，靡不备具。而有谱无词者，实居其半。当时词家，但就已定之谱，为之调高下，定句读，叶四声，而实之以俊语。故白石集中，自度腔皆有字谱，其他则否。非不知旧词之谱也。盖是时通行诸谱，完全无缺，作者按谱以下字，字范于音，音统于律，正不必琐琐缮录也。是以在宋时，多有谱而无词，至今则有词而无谱。惟无谱可稽，斯论律之书愈多矣。要皆扣槃扪烛也。余撰此篇，亦匠氏之规矩耳。律可合，而音不可求，余皆无如何焉。"[1] 吴梅论说到词的创作法则与音律协合的问题。他认为，词的创作虽然有规矩可循，"有法可依"，但它不可能代替创作者的灵变与机巧，亦即规矩与法则是相对"死"的东西，而人之机巧则是变化无端的。与此相应，音律表现亦复如此，其词之声调虽然是"有定"的，但这种"有定"只是大体而定，其具体字语运用与艺术表现还是有着较大灵活性的。因此，词的创作要在应和声调的基础上有所变化，使词作音律表现体现相当的灵活性，从而更好地彰显艺术表现力。

---

① 张璋、职承让、张骅、张博宁编纂：《历代词话续编》，大象出版社 2005 年版，第 615 页。

　　民国后期，冒广生《疚斋词论》有云："近二三十年，人人梦窗，谓其守律之严也。梦窗时无词律，其所守之律，非谓清真之词耶？然尚不如今人之死守，硁硁于平上去入之中，而无一首佳词，甚至无一佳句能上口者，真可怜虫也。"① 冒广生评说近几十年来很多人热衷于习效吴文英之词，将其标树为协合音律的典范。但实际上，吴文英时期是没有所谓词谱的，他所遵循之声韵，也不过是周邦彦等人词作所体现出的韵律而已。而当今之人却死守音律，斤斤于计较四声之异，舍本逐末，导致词作意致呈现深受影响。冒广生将这些人比譬为"可怜虫"，认为他们是难以取得很大艺术成就的。其又云："抑吾尤有说焉：词于中国学术界，实邾、莒也，其领土之小，牌名不过八百有余，其字数不过二百有余。柳、周二公，能于此中用增、减、摊、破四字诀，错综变化，使人如入建章宫，千门万户。今即音乐与文字久离，吾人不敢于古人所增、所减、所摊、所破外，别有增、减、摊、破，奈何为四声所束缚，开口清真，闭口梦窗，甚至非清真、梦窗集中所有之调不填，非清真、梦窗集中所有之难调亦不填，而小令及普通常填之调，若《念奴娇》、《满江红》、《摸鱼子》等，不几废耶？昔也辟国百里，今也日蹙国百里，名为昌词，实亡词耳。"② 冒广生论说词作之体确是独特的文学体制，它规制甚小，可发挥的艺术空间从总体而言也是较小的，但即便如此，柳永、周邦彦等仍然运用增字、减字与突破原有调谱等手法，使词的艺术表现呈现出富于变化、丰富多样的特征。而现今之人却不敢在前人的基础上进一步变化，笔法上少有开拓，却开口闭口谈论是否遵循四声平仄，一味以周邦彦、吴文英之作加以对照，他们不能在创作上有效地开疆拓土，却日益对创作形成局囿，名义上为昌大词道，而实际上使词道趋于衰落。冒广生之言，对一味强调协合音律之论可谓痛斥。冒广生在《致吕碧城》中又云："近年词家，人人梦窗，开口辄高谈四声。心滋疑焉。梦窗时无《词律》，所守之律殆即清真之词也。乃先取清真词之同调者，次方、杨、陈三家和词，再次梦窗与清真同调之词，一一

---

　　① 张璋、职承让、张骅、张博宁编纂：《历代词话续编》，大象出版社 2005 年版，第331—332 页。
　　② 同上书，第346—347 页。

对勘，乃无一首一韵四声同者。乃至句读可破，平仄可易。始悟工尺只有高低，无平仄；嘌唱只有断续，无句读。而当世无一开眼之人。自万红友倡千里和清真词无一字四声不合之说，郑叔问扬其波，朱古微拾其唾，天下学子皆受其桎梏。诸人何尝下此死功将周、方词逐首对勘耶？其四声者，指宫调言，非指字句也；指宫商角羽言，非指平上去入也。唐宋合乐以琵琶为主，琵琶四弦有宫商角羽，而无征弦，故曰四声。仆近成《四声钩沉》一书，欲为词家解放。以足下聪明绝世人，病腕数年，不惮其痛苦，乃为足下一发之，知不以为河汉也。同一词也，令词不必讲四声，慢词则讲之。普通慢词又不必讲四声、犹周、吴集中慢词则讲之。统一国家，而法令有二，亦习焉不察耳。"① 冒广生进一步论说词作协合音律之事，他又一次批评近年来一些人习效吴文英之词，高谈所谓平仄四声的问题。他指出，吴文英词作声韵之美其实是向周邦彦、方千里等学习的结果，品味其词作，实际上没有平仄四声相同的，都体现出变化不断、"句读可破，平仄可易"的特征。冒广生提出，词之音律表现应多讲究高低之分别，而少平仄之限制，自从万树推扬周邦彦、方千里、杨泽民、陈允平等之作以来，以至于使当世学词之人大都受到影响。冒广生指出，实际上，四声之异更多地指宫调择选而言，而非指字句运用而论；更多地指具体音符的变化，而非指平、上、去、入之择选。在这点上，不少人是存在着误识的。冒广生坦言，自己著成《四声钩沉》一书，乃意在为词的创作松绑，解放创作者的手脚。他主张，小令的创作可不必讲究四声，慢词则稍加注意而已，这就像治理国家一样，不同的地区，其法令实施应该是有所差异的。冒广生之论，详细论说到词作声律运用的问题，并针对不同体制提出各异的表现原则，是富于针对性和说服力的。

梁启勋《曼殊室词话》有云："词之格律，只要严守每一韵之字数，至于句读，未尝不可以通融。此语似未经人道，或有之而未获见也。"② 梁启勋对词之协律与破律的关系也体现出通融的态度。他主张，词之协合音律应该主要体现在谨守每一韵之字数多少上，对于其中的平

① 杨传庆编著：《词学书札萃编》，南开大学出版社 2015 年版，第 256—257 页。
② 朱崇才编纂：《词话丛编续编》，人民文学出版社 2010 年版，第 2937 页。

仄句读，则是可以变化的。此论也体现出作为词学名家的通达识见。

　　蔡嵩云（蔡桢）《柯亭词论》有云："故词家之守律者，必辨四声分上去，以为不如是，不合乎宋贤轨范。浅学者流，每谓守四声如受桎梏，不能畅所欲言，认为汩没性灵。其实能手为之，依然行所无事，并无牵强不自然之病。观清末况蕙风、朱彊村诸家守四声之词，足证此语不诬。"① 蔡桢辨说词的创作中的协律问题。他认为，拘谨而论者局于四声之论，强调严分平仄，以致初学者甚感束缚，难以"畅所欲言"，其影响到性灵发抒。实际上，真正善于创作的人，是并无拘束之感的，他们仍然能够自由地传情达意，像况周颐、朱祖谋等便是这样的词家。蔡桢之论，道出对一般人而言，声律之求在最初层面上还是有碍于创作的。其又云："词守四声，乃进一步作法，亦最后一步作法。填时须不感拘束之苦，方能得心应手。故初学填词，实无守四声之必要。否则辞意不能畅达，律虽叶而文不工，似此填词，又何足贵。惟世无难事，习之既久，熟能生巧，自无所谓拘束，一以自然出之。虽守四声，而读者若不知其为守四声矣。"② 蔡桢对词的创作中的协律问题进一步加以论说。他持论，人们在创作之初，应无须太过注意音律表现的问题，"须不感拘束之苦，方能得心应手"，要让主体意致能相对自由地呈现，等到创作进入一定层次之后，"习之既久，熟能生巧"，到那时，即使谨守四声之限，却令人浑然不觉。蔡桢之论，道出词的创作与协律之求在不同阶段的关系，揭橥出所谓协律乃是一个自然而化的命题，它与创作层次的提升是成正比的。其又云："近年社集，恒见守律派词人，与反对守律者互相非难，其实皆为多事。词在宋代，早分为音律家之词与文学家之词。音律家声文并茂之作，固可传世。文学家专重辞章之作，又何尝不可传世。各从其是可也。"③ 蔡桢主张协律与破律的创作之道应各行其是，论断相互间的指责非难"其实皆为多事"。他认为，早在两宋时期，词的创作便体现出偏于音律与言辞的不同，一重在"声文并茂"，同时诉诸人的视听感官；一重在专尚辞章之美，它们各有艺术优

---

① 唐圭璋编：《词话丛编》，中华书局 1986 年版，第 4899 页。
② 同上书，第 4901 页。
③ 同上书，第 4902 页。

长，是不可一概而论的。其还云："总之尚自然，为初期之词。讲人工，为进步之词。词坛上各占地位，学者不妨各就性之所近而习之。必是丹非素，非通论也。"① 蔡桢进一步归结词的创作有"尚自然"与"讲人工"两种模式，他认为，前者主要呈现于初期之创作形态中，后者主要呈现于不断变化的创作形态之中。他主张，人们应根据自身的天性特点择其近者而为之，切不可执一而论、偏持己见。蔡桢之论，很好地体现出协律与破律各有合理性的持论。

　　新中国成立以后，朱庸斋也论说到词之协律与破律相互结合的论题。其《分春馆词话》有云："词既为有一定格式之文体，吾人填词不能不依照其格律，盖不守格律，即非词矣。填词同部韵可叶，唯平声韵须注意阴、阳平之配搭，稽诸古人名作，其音节或铿锵可诵，或和婉流畅，盖阴、阳平参叶得当之故。设使一首词中，一连四五韵均叶阴平，则声调必然过响，转无抑扬顿挫之致；设使一首词中，一连四五韵均叶阴平，则声调必然过响，转无抑扬顿挫之致；相反，一连四五韵均叶阳平，则必然低沉黯哑，了无爽朗声情。阴平声响，阳平声沉。如要声调稍为低沉，可多叶阳平声韵；如须激越高亢，可较多叶阴平声韵。总之，断乎不可一连叶三个阴平声韵或者三个阳平声韵，叶韵时视文情而定。至于仄声韵亦须上、去声安排妥当，然后声调才有起伏升沉之致。"② 朱庸斋界定词的创作要以协合音律为基本准则，由此，而体现出其为"有一定格式"，否则，便脱离了作为独特文体的质性。朱庸斋又论说到词作音律谐和要注意的具体技巧。他认为，平声韵要注意阴平与阳平之间的搭配，如果一首词中，连续运用四五个阳平之音，则容易使语句显得低沉哑闷，难以表现出爽朗的思想情感。因此，如表达低回深沉的思想情感，就多用阳平之音；而如表达激越高亢的思想情感，则多用阴平之音。其总的原则是，一般不应连用数个阴平或阳平之音，以作品思想情感的表现为旨归，在努力安排好音律中，使作品显示出独特的艺术魅力。其又云："守律无须坚守古人四声，一般只分平仄即可。

---

① 唐圭璋编：《词话丛编》，中华书局 1986 年版，第 4902 页。
② 张璋、职承让、张骅、张博宁编纂：《历代词话续编》，大象出版社 2005 年版，第 1168 页。

否则因声害意，窒息性灵，了无生气。可于古人作品中，仔细校勘其多用或必用上去入去声择其善者而从之。""出笔寄意不能为词谱声律所约束，须多读熟读古人名作，心领神会，务使所作既坚守格律，又读来自然洒脱，若不矜意者。"① 朱庸斋明确申言，协合音律并不是指固执地坚守平仄四声之道。他认为，大致平仄区分即可，切勿因声律表现而有害于意致呈现，有害于创作主体性灵发抒，有害于作品生机蕴含。朱庸斋所拈出的总的原则是声为意用，反对因声而拘意，他强调在熟读古代名家之作中开悟主体心神，如此，便既有音律之美，又不失意致之求，是为词之创作的理想境界。

　　总结民国时期传统词学中的词律之论，可以看出，其主要体现在三个维面：一是偏于对协律的标树之论；二是偏于对协律的消解之论；三是主张协律与破律相结合之论。在第一个维面，很多词论家对协律的必要性不断予以强调，对如何协合音律予以探讨。在第二个维面，不少词论家对拘守声律之论不断予以批评与消解。在第三个维面，不少词论家从较为综合的眼光与更为平正的视点出发，对词律表现之道予以会通，他们一方面强调协律的必要性，另一方面又对协律持较为融通平正的态度，主张因意而音，律为意用。上述三个维面，相互交融、相互补充，共构出民国时期传统词律之论的主体空间，将词律之论推向一个新的平台，引入一个新的境界。

―――――――――

　　① 张璋、职承让、张骅、张博宁编纂：《历代词话续编》，大象出版社 2005 年版，第1169 页。

第六章
民国时期传统词学中的词境论

"境"是我国传统词学审美论的重要范畴，它与"味"、"韵"、"趣"、"格"等一起被用来概括词的审美本质所在，标示词的不同审美质性。在我国传统词学史上，"境"是一个出现和成熟得很晚的审美范畴。它大致出现于明代中后期，最初只见于词作论评中；发展到清代尤其是晚清时期，其始大量运用于词的批评中，并较多地出现对"境"的理论阐说，这使其成为传统词学的最重要范畴。它在落实与深化"味"、"韵"、"趣"、"格"等范畴的美学内涵上，体现出极端的重要性与独具的涵纳特色。

第一节　对"境"作为词作审美
之本的标树之论

在我国传统词学中，对"境"作为词作审美之本的标树之论主要体现在王国维的论说中。处于古典美学概括、总结与接通、转型时期的他，对"境"作为词的创作与审美的本质所在予以不遗余力的标树。王国维之后，民国时期对"境"作为词作审美之本的标树之论，在闻野鹤、叶恭绰、憾庐、赵尊岳、梁启勋、蔡桢、顾随等的言论中得到承衍。他们在现代诗学风起云涌的时代背景下，进一步将传统词学中"境"范畴的审美本体地位不断张扬开来。

民国初期，闻野鹤《词论》有云："稼轩颇多壮语，最工者为'易水萧萧西风冷，满座衣冠如雪'，别有悲慨界激之致。次则'千骑弓刀，挥霍遮前后'，十分壮杰。若'气吞万里如虎'，则便有犷气。故知工在境界，决决不能落痕迹中。（'气'字、'吞'字均痕迹也。）"①
闻野鹤通过评说辛弃疾词作用语，实际上对作为词之审美本体的境界予
以标树。他论断词之真正的工致并不在于下字用语的讲究与一味渲染，
那只是表层的东西，是流于"痕迹"之中的，并不足为念。

　　民国中期，叶恭绰在《与黄渐磐书》中云："词与诗文相通之点，
即至要在有胸襟、意境。而以必须按律之故，修辞、造句，复有其特殊
技术。然专工修辞、造句，未可即为佳词，故词之推尊五代、北宋者，
理也，亦势也。南宋亦尽有有胸襟、意境者，然终逊于北宋。"② 叶恭
绰从诗、词、文之体的相通上标举意境乃抒情性文体之本根所在。他概
括创作主体之胸襟、文本之意境呈现及追求音律之美，乃不同抒情性文
体的共同特征。所以，专事修饰语句的词作是难以入乎佳妙的，也正因
此，叶恭绰推尚北宋之词而低视南宋之作，其缘由便在于此。憾庐在
《怎样读词》一文中云："我们要的，是有性灵，有意境，有情绪，有
神韵的词。没有这些内容的词很多很多，大可不必读。各种的词集也都
不是以这标准来选辑，我们仅能随意读而用我们的眼光去取它。"③ 憾
庐同时将"性灵"、"意境"、"情绪"、"神韵"作为词作审美的本质属
性，其中，从艺术表现而言，意境成为决定词作是否富于魅力的关键因
素之一。

　　赵尊岳《珍重阁词话》有云："词之奇特，当在意境，不在字句。
奇于字句，便患突兀。若意境奇而字句不奇，则平浅之笔，泻奇险之
情，深思之愈得其妙。"④ 赵尊岳主张词作艺术表现的本质乃在意境创
造，而不在字句运用之中。他倡导以平淡浅至之笔调创造出奇妙的意
境，在平浅之笔触中表现出独特之情与深致之思。赵尊岳对词作意境创
造的论说是充分显示艺术辩证原则的。

　　梁启勋《曼殊室词话》有云："婉约之作品，首重意境；意境之有
无，即文章厚薄之所攸分。上文所谓弦外之音，所谓纳深意于短幅，即

① 杨传庆编著：《词学书札萃编》，南开大学出版社 2015 年版，第 86 页。
② 同上书，第 329 页。
③ 张璋、职承让、张骅、张博宁编纂：《历代词话续编》，大象出版社 2005 年版，第
1303 页。
④ 《同声月刊》第 1 卷第 3 号，第 57 页。

意境是已。"① 梁启勋在王国维多方位标举"境"范畴之本位论的基础上，明确将意境论断为词作审美的本质所在。他论说意境的有无，直接关涉着作品审美呈现的质量及特征，认为人们所推尚的作品含蓄之美与深婉之意致，其在根本上都缘于意境的有无与创造，两者之间是单向度催生的关系。梁启勋对"境"作为词作审美之本予以了简洁而到位的揭橥。其又云："词由五代之自然，进而为北宋之婉约，南宋之雕镂，入元复返于本色。本色之与自然，只是一间，而雕镂之与婉约，则相差甚远。婉约只是微曲其意而勿使太直，以妨一览无余，雕镂则不解从意境下工夫，而唯隐约其辞，专从字面上用力，貌为幽深曲折，究其实只是障眼法，揭破仍是一览无余，此其所以异也。"② 梁启勋详细论说到五代、北宋、南宋、元代四个历史时期词作艺术表现的共同特征。他概括五代与元代之词自然本色、不假雕饰、纯净而富于艺术意味，北宋之词主体风格呈现为委婉柔媚，南宋之词主体风格呈现为精雕细琢。梁启勋判评雕饰之法与意境创造之功背道而驰，其貌似幽深曲折而实为隐约其词，不见本色当行。其还云："苏东坡之'溪风漾流月'与张功甫之'光摇动一川银浪'，赵汝愚之'江月不随流水去'与张叔夏之'长沟流月去无声'，意境相同，唯观察各异。皆不愧为佳句。是以作品须首重意境。"③ 梁启勋又一次通过列举苏轼、张炎等的词句，体现出他对以意境表现为上的持论，他将意境创造切实视为抒情性作品艺术表现的本质所在。

蔡嵩云（蔡桢）《柯亭词论》有云："学词切勿先看近人词。近人词多重敷浮字面，不尚意境，不讲章法，不守格律。从此入手，以后即不能到宋名贤境界。清词亦只末季王、朱、郑、况等数家可以取法，余不足观也。"④ 蔡桢通过对晚清民国词人创作笔法与艺术特征的论评，将"意境"、"章法"、"格律"标树为词作表现的内在质性东西，又一次将"境"标树为词作艺术表现的本质所在。他极力主张词的创作要有章法可遵循、有格律可据依、有意境可宗尚，对宋词所体现出的创作

① 朱崇才编纂：《词话丛编续编》，人民文学出版社 2010 年版，第 3006 页。
② 同上书，第 2944 页。
③ 同上书，第 2905 页。
④ 唐圭璋编：《词话丛编》，中华书局 1986 年版，第 4907 页。

境界表现出倾心领赏的态度。

顾随《驼庵词话》有云:"静安先生论词可包括一切文学创作。余谓'境界'二字高于'兴趣'、'神韵'二名。"① 顾随对王国维所提出"境界"一词的内涵层次予以界划。他论断其高于"兴趣"与"神韵"二词,这实际上体现出"兴趣"与"神韵"乃艺术概括的非实体范畴,并不具实体性;而"境界"则为艺术概括的实体范畴,是富于本根性的。其又云:"王渔洋所谓神韵与严同意,亦'玄'。而神韵亦非诗。神韵由诗生。饭有饭香而饭香非饭。严之兴趣在诗前,王之神韵在诗后,皆非诗之本体。诗之本体当以静安所说为是。"② 顾随将严羽所倡导的"兴趣"与王士祯所倡导的"神韵"都归结为皆非诗词等抒情性艺术表现之本。他以"饭"之本体与"饭香"之依附而有之物为譬,明确将"境界"论断为诗词审美表现之本,是艺术实体性范畴。其又云:"境界者,边境、界限也,过则非是。诗有境界,即有范围。其范围所有之'含'(包藏含蓄),如山东境界内有山有水有人……合言之为山东。"③ 顾随对词作艺术境界的空间性特征予以形象的阐明。他明确道出词作艺术境界的界域性、整体边际性,论断一切艺术境界都是有着边际界限的,而这有限的边际界限中则浑融无垠、包孕丰富,成为完整的艺术统一体。其还云:"诗大无不包,细无不举,只要有境界则所谓兴趣及神韵皆被包在内。且兴趣、神韵二字,'玄'而不'常',境界二字则'常'而且'玄',浅言之则'常',深言之则'玄',能令人抓住,可作为学诗之阶石、入门。"④ 顾随进一步从理论涵括上将"境界"阐说为诗词等抒情性之体审美表现的本质所在。他论断"兴趣"、"神韵"等理论术语内涵显得含糊不易理解,而"境界"一语则更体现出包容性、层次性与周延性,其内涵亦更显示稳定性,确乎道出了诗词等抒情性之体审美表现的本质所在。

新中国成立以后,朱庸斋《分春馆词话》有云:"学词之道,自有其历程。创作方面,一、先求文从字顺,通体浑成;二、次求避俗取

---

① 朱崇才编纂:《词话丛编续编》,人民文学出版社 2010 年版,第 3228 页。
② 同上书,第 3228—3229 页。
③ 同上书,第 3229 页。
④ 同上。

深，意境突出；三、表现自家风格，以成面目。"① 朱庸斋将词的创作
过程主要概括为三个环节，其中，在意蕴表达上避却俗化而求取深致，
使词作意境得到鲜明的呈现即为第二个环节与创作追求，在此基础上才
可言及词作风格独特呈现的问题。朱庸斋也明确将意境作为了词的创作
的最本体因素与审美本质要求，体现出对"境"作为词作质性范畴的
极端重视。

第二节　对词境表现要求的论说

民国时期传统词境之论的第二个维面，是对词境表现要求的论说。
这一方面内容主要体现在况周颐、赵尊岳、蔡桢、梁启勋的言论中，他
们在江顺诒、陈廷焯、郑文焯、王国维等之论的基础上，对词境表现或
承扬或提出真实自然、深致静穆与新颖别致等要求，将对词作艺术境界
表现要求的探讨不断充实与言说开来。

一　自然本真要求之论

况周颐、梁启勋在郑文焯、王国维之论的基础上，将对词作意境自
然本真之求不断张扬开来。况周颐《蕙风词话》有云："词笔固不宜直
率，尤切忌刻意为曲折。以曲折药直率，即已落下乘。昔贤朴厚醇至之
作，由性情学养中出，何至蹈直率之失。若错认真率为直率，则尤大不
可耳。又曰：词能直，固大佳。顾所谓直，诚至不易，不能直，分也。
当于无字处求曲折，切忌有字处为曲折。诗境以直质为上，词境亦然。
此云直，当谓直质也。直质者，真之至也。曲直之直，又是一义。此二
条措辞甚不明白，当分别说之，方能明显。"② 况周颐对词境表现明确
提出"以直质为上"的要求，他将"直质"的含义解说为"真之至"，
亦即真实、真切之义，强调词作意境表现要真实自然、切实可感。况周
颐将词作意境表现的"直质"与言辞表现的"直率"加以别分，界定

---

① 张璋、职承让、张骅、张博宁编纂：《历代词话续编》，大象出版社 2005 年版，第
1129 页。

② 王国维著，徐调孚注，王幼安校订：《人间词话》，人民文学出版社 1960 年版，第 5
页。

后者是从笔法运用所体现的曲直而言的，前者则指词境表现的真切与否，两者是截然不同的。梁启勋《曼殊室词话》有云："'残雪无多，莫教容易成流水'，此顾梁汾词句也，语甚平常，但似未经人道，此其所以为佳。盖新意境只应在眼前觅取，随手拈来，便成佳构，方是上乘。"① 梁启勋通过评说顾梁汾词作用语平常及境界呈现新颖独妙，对词作意境创造提出随所触遇、自然而成的要求。他认为，词作意境的创造其上乘之境是不需要精思巧构的，而应就眼前景，取当下意，主客观方面自然地相融，构合天成，如此，其意境创造便可体现出鲜活之趣，入乎至上之境。其又云："盖天然界本是平淡，浓丽终属人为。既以浓丽相尚，则去天然渐远，势使然也。天然日以远，意境日以窄，唯赖人为之雕琢，貌为深沉，则舍堆垛更有何法。是故南宋末流之晦涩，亦势使然也。"② 梁启勋将自然万物的本质所在界定为"平淡"，体现出自然主义的宇宙观、人生观与审美观。他概括人们的艺术创作离自然平淡越远，其意境创造便会日见窄迫，这也便是南宋词坛末流词作之弊端形成的缘由之一。

　　新中国成立以后，朱庸斋《分春馆词话》有云："要达到真、深之境界，平日须陶冶性情，体事状物，沉潜独往，与一己之感情合一，有一己之见解，下笔时自然物我交融，不知何者为物，何者为我。即内在感情与客观事物混成一体，或由内而推及外，或由外而反映内，词自深挚真切动人。"③ 朱庸斋论说到词作境界创造与情感表现的关系。他持论，创作者应在平时注重陶养自身情性，沉潜心性，体会物事，形成自己对事物的独特解会与持见。这样，在创作时便容易入乎物我融会之境界中，将外在事物与内在情感融为一体，其词作自能感人至深。朱庸斋将陶养主体情性视为词作感动人心的关键所在。

二　深致静穆要求之论

　　况周颐、梁启勋又在前人江顺诒、陈廷焯之论的基础上，阐说到深

① 朱崇才编纂：《词话丛编续编》，人民文学出版社 2010 年版，第 2922 页。
② 同上书，第 2981 页。
③ 张璋、职承让、张骅、张博宁编纂：《历代词话续编》，大象出版社 2005 年版，第 1137 页。

致静穆的要求，他们将对词作意境的"层深创构"要求之论不断予以了充实与完善。况周颐《餐樱庑词话》有云："词境以深静为至，韩持国《胡捣练令》过拍云：'燕子渐归春悄，帘幕垂清晓。'境至静矣。而此中有人，如隔蓬山。思之思之，遂由静而见深。盖写景与言情非二事也。善言情者，但写景而情在其中。此等境界，唯北宋人词往往有之。持国此二句，尤妙在一渐字。"① 况周颐提倡词作意境表现要以深幽宁静为尚。他列举韩持国《胡捣练令》中"燕子渐归春悄，帘幕垂清晓"一句，认为其通过一个"渐"字，细腻地写出景致的动态变化，化静为动，通过写景而表现出主体之情，是以景写情、以景造境的典范。况周颐对词境表现深幽宁静的要求，与王国维所揭橥的"无我之境"在审美表现特征上甚为相似，其在内在本质上是相通的。其《蕙风词话》又云："词有穆之一境，静而兼厚、重、大也。淡而穆不易，浓而穆更难。知此可以读花间集。"② 况周颐提出词的创作中有静穆之一境界。他界定，静穆之境涵容宁静、柔厚、深致、宏大等美学意蕴，是一种包容众多风神韵味的集合体。他进一步论断平淡而静穆之境固然不易创造，然而，浓郁深致而静穆之境则更难以表现。况周颐之论，体现出对词作深致静穆之境的极致推尚。梁启勋《曼殊室词话》有云："吾尝谓意境宜曲折，最忌一览无余。若用障眼法而貌为曲折，识破仍是一览无余。殊非深文周纳之言。"③ 梁启勋对词作意境创造提出曲折含蓄、委婉深致的要求，他并将表面的貌似之曲折含蓄与真正艺术表现的曲折含蓄予以界划，对词作意境表现的含蓄深致之义切中地予以了揭橥。

三 新颖别致要求之论

蔡桢、梁启勋、沤庵、叶恭绰在前人多方位论说词境表现的基础上，加上了新颖别致的时代要求，体现出对词作意境表现的独特观照。

---

① 张璋、职承让、张骅、张博宁编纂：《历代词话续编》，大象出版社 2005 年版，第 48 页。

② 王国维著，徐调孚注，王幼安校订：《人间词话》，人民文学出版社 1960 年版，第 22 页。

③ 朱崇才编纂：《词话丛编续编》，人民文学出版社 2010 年版，第 2981 页。

蔡嵩云（蔡桢）《柯亭词论》有云："词以意境为上。但意贵清新，境贵曲折。若换调不换意，或境只表面一层，则一览无余，一二读便同嚼蜡。"① 蔡桢对词作意境创造提出新颖别致、委婉深致的要求。他将词意的清新、词境的委婉视为词作艺术表现之极致，坚决反对流于熟泛化、平面化的创作取向。其又云："陈言务去，乃词成章后所有事，非所论于初学。初学缚于格调，囿于声韵，成章已不易，遑论及此。杨守斋言：词忌三重四同，去陈言自是其中一事。但好语都被古人说尽，欲其不陈甚难。惟有立新意、造新境，庶可推陈出新耳。"② 蔡桢在宋人杨缵所论词的创作要力去陈词旧调的基础上进一步立论。他认为，完全脱却陈旧之词确实是很困难的，唯其如此，便需要在词作意旨表现与境界创造上不断生新，化俗为雅，推陈出新，将词艺之道不断承衍张扬开来。蔡桢从文学历史发展必然要求的角度，将词境表现新颖别致之论予以了洞彻的阐明。梁启勋《曼殊室词话》有云："作品须有意境，尤须有新意境。若意境虽非不佳，但仿佛曾在某人集中见过，则无味矣。然而文艺之发达，已经过相当之长时期，那有如许新意境留待你来发现，固也。但翻旧为新，是亦一法。如朱服之《渔家傲》，'恋树湿花飞不起'，湿花飞不起，虽属陈旧，但加'恋树'二字，则未经人道矣。"③ 梁启勋对词作艺术表现强调要以意境为本，以新颖鲜活之意境呈现为艺术表现的本质所在。他认为，一些词作意境呈现也并非不佳，但如果其在他人词作中已经出现过，则显得毫无趣味可言。但鉴于文学历史发展时间之长、新意境创造之难，他赞同"翻旧为新"的化用生新之法，主张通过对他人词作用语的借用化转，从而凸显陌生化的艺术效果。其又云："人类生息于宇宙间，境界即在宇宙内，我见得到，他人亦必见得到。且彼先而我后，若下笔定欲作未经人道语，其事实难，但食人之余，实所不甘。然而文艺乃精神生活之粮，又不能不写。其法只有努力求新而已。俯拾即是者虽或有人用过，但埋藏者亦未或必无。或则用翻新法，将原属正方形之质料，改为多角形。或用特别观察力，改正视而

---

① 唐圭璋编：《词话丛编》，中华书局 1986 年版，第 4903 页。
② 同上。
③ 朱崇才编纂：《词话丛编续编》，人民文学出版社 2010 年版，第 2982 页。

为侧视，则景物自然改观。"① 梁启勋对词作境界的创造予以多方面的论说。他进一步肯定意境创造求新求异之难，认为此乃千百年来文学历史发展累积之故。但文学作品的创造又不能不以抒写和表现新颖鲜活之意境为创作宗旨与艺术追求，为此，梁启勋提出求取新颖鲜活之意境的三种方法，这便是：一要努力寻找与酝酿，开拓出前人所未曾"埋藏者"；二要化用故境，不断生新；三要通过不同的艺术视点，在甚富于艺术观察力的基础上求取新境。梁启勋对词作新颖鲜活之意境创造的论说，是甚为全面而入理的，体现出在现代文学理论批评视域中对意境创造与表现的更完整深入的认识。

　　民国后期，沤庵《沤庵词话》有云："好词要有境界，要以我之词心写我之词境，贵乎戛戛独造，不容剿袭！清真融诗以入词，昔人讥其'颇偷古句'，原非上乘。后之词人，拾人牙慧，往往翻词句以入词。如徐山民《阮郎归》：'妾心移得在君心，方知人恨深！'乃脱胎于顾夐《诉衷情》：'换我心，为你心，始知相忆深！'聂胜琼《鹧鸪天》：'枕前泪共阶前雨，隔个窗儿滴到明。'乃袭取温飞卿《更漏子》：'梧桐树，三更雨，不道离情正苦。一叶叶，一声声，空阶滴到明。'王士祯《花草蒙拾》亦谓：'俞仲茅小词云："轮到相思没处辞，眉间露一丝"，语本李易安之"才下眉头，却上心头"，其前更有范希文"都来此事，眉间心上，无计相回避"，李语特工耳！'他如苏东坡《卜算子》：'才始送春归，又送君归去。若到江东赶上春，千万和春住。'黄山谷《清平乐》：'春归何处？寂寞无行路。若有人知春去处，唤取归来同住。'王碧山剿袭其意，加以变化，谱入慢词云：'怕此际春归，也过吴中路。君行到处。便快折湖边，千条翠柳，为我系春住。'只是拾取昔人舌尖上几句聪明语，愈刻画，愈纤巧；愈变化，愈薄弱。要知，词固有词境，有词心，以我之词心，造我之词境。譬若酿秫为酒，缫茧为丝，有其本源。若以他人已酿之酒，已缫之丝，而再酿之，再缫之，宜其所成者，质薄而味淡矣！"② 沤庵亦明确将"境界"标举为词作艺术表现

---

① 朱崇才编纂：《词话丛编续编》，人民文学出版社 2010 年版，第 2983 页。
② 杨传庆、和希林辑校：《辑校民国词话三十种》，（台湾）花木兰文化出版社 2016 年版，第 290 页。

之本。他对词之境界呈现强调要富于独创性，体现出新颖性，不应过多地承袭与仿拟他人之意，由此，他评说周邦彦填词亦不免此弊。沤庵接着列举徐山民《阮郎归》中"妾心移得在君心，方知人恨深"一句，乃脱胎于顾夐《诉衷情》"换我心，为你心，始知相忆深"；聂胜琼《鹧鸪天》"枕前泪共阶前雨，隔个窗儿滴到明"一句，乃袭取温庭筠《更漏子》"梧桐树，三更雨，不道离情正苦。一叶叶，一声声，空阶滴到明"；等等。沤庵归结这些都是翻弄前人成句、成意以入词的行为，是不足为尚的。在某种意义上，它们更多地体现出语言游戏的意味。沤庵将"词心"的独特作为境界呈现的根本所在，对词境创造独特性的标举不遗余力。叶恭绰在《清代词学之摄影》一文中云："现在这个词有无进展的可能？我以为：前人讲诗词注重的两点：一、情——属于内的；二、景——属于外的；或使情、景融合。但是可否再加以'理'字呢？据我自己理想，应该是可以的。最近，王静安先生标举出'境界'二字。此'境界'，可以说包括'情'、'景'、'理'三者，即如前人所没有的境界，我们何妨取来入词，而成新的境界？我想，这个是可以的。"[1] 叶恭绰从词的创作推陈出新的角度，论说其艺术境界的创造。他认为，历来人们比较注重词中情感表现与景致抒写的渗透交融，而相对忽视言说事理的一面，理想的词作形态应该在情感表现、景致抒写与言说事理三个方面都有所体现，这才是真正的意境之美。叶恭绰同时强调词之意境创造的新颖，主张以不断的新颖之境的创造来激活已有的规制与艺术形式，从而，赋予词的创作以内在的生命力。叶恭绰从艺术境界多元构成的角度，将王国维"境界"之论又有所推进。

四　奇特相成要求之论

赵尊岳论说到词境艺术表现的相反相成特征。其《珍重阁词话》有云："词立境之奇特，立意之新颖，或奇艳温馨，或婉姝秀丽，或雄放豪举，均在骨干而不在字面。故可以骞举之笔，泻温丽之情，艳极之笔，寓怅感之致。若作艳词而必饾饤于香奁之字，作豪放之词而必托情于江风山月，已为下乘。其更下者，但有艳词而无艳骨，但有犷语而无

---

[1]　叶恭绰著，姜纬堂选编：《遐庵小品》，北京出版社1998年版，第89—90页。

雄境，立词奚为？"① 赵尊岳论说词作意境创造要富于新颖性、生动性、奇特性，其风格显现多种多样，但其内蕴体现在骨干而不在字面，由此，他倡导可以雄放之笔而表现温丽之情，或以艳丽之笔而表现深致之思，其艺术表层显现与内在意蕴是可以呈现出反差之面貌的。相反，如果创作艳词就仅仅拘泥于运用香软之字语，填制豪放之词便只知道托寄于"江风山月"等宏大意象，则其创作便落于下乘之境。赵尊岳对境界创造与意致呈现之道中的相反相成之理予以了很好的阐明。其又云："词境与词心当相为表里，亦或相反以相成。斗室之中，可以盘旋寥廓。山川之大，可以约之芥子。妙境慧心，初无限制。"② 赵尊岳论说到词之意境创造与创作主体心理的相互联系。他概括两者是相为表里、相反相成的关系。他叙说人们在斗室一样狭小的时空中却可以在内心"盘旋"于无限广阔的时空，观照宏大的境界；而人们面对广阔的世界又可以知著见微，像凝神于纤尘中一样。赵尊岳之论简洁地道出词之意境创造的自由灵活性特征。

第三节　对词境类型划分的辨析

我国传统词学中对词境类型的划分之论，主要体现在王国维的论说中。他从不同的观照视点切入，将词作境界划分为"有我之境"与"无我之境"、"造境"与"写境"、"隔"与"不隔"等，这些富于原创性的意境命题对后世文学理论批评产生很大的影响。之后，针对王国维在《人间词话》中对词作境界类型之分与层次界划的论说，唐圭璋、沤庵、梁启勋、顾随、朱光潜等展开了不断的辨析与阐说。他们从不同的视点对词作境界类型之分与层次界划提出各异的看法，极大地丰富、拓展、深化与完善了人们对词作境界呈现的认识。

民国中期，唐圭璋在《评〈人间词话〉》一文中针对王国维所倡词境"隔"与"不隔"之论予以承衍阐说。其云："王氏既倡境界之说，而对于描写景物，又有隔与不隔之说，此亦非公论。推王氏之意，在专

---

① 《同声月刊》第 1 卷第 3 号，第 56—57 页。
② 《同声月刊》第 1 卷第 4 号，第 43 页。

尚赋体，而以白描为主，故举'池塘生春草，采菊东篱下'为不隔之列。夫诗原有赋、比、兴三体，赋体白描，固是一法，然不能谓除此一法外，即无他法。比、兴从来亦是一法，用来言近旨远，有含蓄，有寄托，香草美人，寄慨遥深，固不能谓之隔也。东坡之《卜算子》咏鸿、放翁之《卜算子》咏梅、碧山之《齐天乐》咏蝉，咏物即以喻人，语语双关，何能以隔讥之？若尽以浅露直率为不隔，则亦何贵有此不隔？后主天才卓越，吐属自然，纯用白描，后人难以企及；吾人若不从凝炼入手，漫思效颦，其不流为浅露直率者几希！"① 唐圭璋对王国维所言艺术境界"隔"与"不隔"之论展开细致的辨说。他破解王国维所崇尚与提倡的词作艺术表现直致浅切之境，认为从作为艺术表现之法的"赋"、"比"、"兴"自古以来便同时存在而言，其相互间实际上是不存在艺术层次高低之分的，如果一味地以"赋"这一"敷陈其事而直言之"之法为艺术表现的极致，则有违几千年来我国文学创作与审美传统，是与文学发展及批评历史不相符的。唐圭璋并界定运用"赋"与白描之法应从凝重简练入手，如此，才不至于流为浅露直率、一览无余而导致词作缺乏应有的艺术魅力。唐圭璋对王国维词作"境界"层次之分论予以了破解、充实与修正，其论对我国传统词境之分与层次界划有着甚为重要的意义，将对词境呈现的论说推上一个新的平台。

民国后期，沤庵《沤庵词话》有云："静安于境界中，分有我之境与无我之境。谓：'泪眼问花花不语，乱红飞过秋千去'，'可堪孤馆闭春寒，杜鹃声里斜阳暮'，有我之境也。'采菊东篱下，悠然见南山'，'寒波澹澹起，白鸟悠悠下'，无我之境也。有我之境，以我观物，故物皆著我之色彩。无我之境，以物观物，故不知何者为我，何者为物。余谓词人于物境心境，化合为一，而自成词境，在此境中，处处著我，断无'无我之境'。'泪眼问花花不语，乱红飞过秋千去。''可堪孤馆闭春寒，杜鹃声里斜阳暮。'藉物境以写心境，因为'有我之境'。至若'采菊东篱下，悠然见南山。''寒波淡淡起，白鸟悠悠下。'此乃融心境于物境，初非'以物观物'之谓。必有超脱之心境，斯得超脱之

---

① 张璋、职承让、张骅、张博宁编纂：《历代词话续编》，大象出版社 2005 年版，第 921 页。

物境；此物境者，因为我心境之象征，而妙合于自然化境，安得遂谓之'无我之境'！词人自有词心，以词人造词境，以词境写词心，固处处著我，初无'无我之境'也。"① 沤庵对王国维对"境界"的分类进一步予以辨说。他认为，王氏所谓"有我之境"与"无我之境"的分类，其实是不能成立的。因为，"无我之境"在根本上是并不存在的，一切所谓的"无我之境"仍然为"有我之境"。沤庵论说道，借助外在景物以抒写创作主体内心之情意，这当然是"有我之境"的显著特征；但像"采菊东篱下，悠然见南山"、"寒波澹澹起，白鸟悠悠下"这样的诗句，其在创作机制上并非"以物观物"的结果，创作主体之心并非变化到与外物处于同一层面。其实际的机巧乃在创作主体将自己的内心情意尽数融合与化入于外在景象之中，通过物象的自然呈现而透露出创作者之性情、心境或人生旨趣等。很显然，这其实并不是"无我"，而是创作生成过程中主客体在更高层次上的妙合无垠，因此，其艺术泛化之境也必然为"最高境界"。沤庵之论，进一步破解了王国维的"境界"说构架体系，提示人们对文学意境类型作出更为深入细致的观照。其又云："静安辩词境，又有'隔'、'不隔'之别。谓：白石写景之作，如'二十四桥仍在，波心荡，冷月无声'，（按此系《扬州慢》中之句）'数峰清苦，商略黄昏雨'，'高树晚蝉，说西风消息'，虽格韵高绝，然如雾里看花，终隔一层！……如欧阳公《少年游》咏春草，上半阕云：'阑干十二独凭春，晴碧远连云，千里万里，二月三月，行色苦愁人。'语语都在目前，便是不隔。至云'谢家池上，江淹浦上'，则隔矣！……白石'酒被清愁，花消英气'，则隔矣。余谓凡词之融化物境、心境以写出之者，皆为'不隔'；了无境界，仅搬弄字面以取巧者为'隔'；'隔'无'不隔'之分野，惟在此耳。'谢家池上，江淹浦上''酒被清愁，花消英气'，此数句皆仅在字面上搬弄取巧，谓之'隔'也，宜矣！至若白石《扬州慢》下半阕，乃感怀杜牧而作。杜牧诗云：'二十四桥明月夜，玉人何处教吹箫？'今白石之过扬州也，（按白石于淳熙丙申至日过扬州）昔时之箫声，早已绝响，而美人名士，

---

① 杨传庆、和希林辑校：《辑校民国词话三十种》，（台湾）花木兰文化出版社 2016 年版，第 288 页。

亦俱归黄土，惟桥与月尚如故耳！固有'二十四桥仍在，波心荡，冷月无声'之句，不可谓非'语语都在目前'，而含思凄婉，有弦外之音，真可谓千古绝唱！静安仅以写景视之，自难领悟；其于白石之词境，殆亦如'雾里看花，终隔一层'欤！静安尝推崇南唐中主词'菡萏香销翠叶残，西风愁起绿波间。'谓'大有众芳芜秽，美人迟暮之感。'然则白石'数峰清苦，商略黄昏雨。''高树晚蝉，说西风消息。'融心境于物境中，其迟暮之感，沈郁之致，更是凄然欲绝；隔于何有？乃静安独赏南唐，贻讥白石！'故知解人，正不易得！'（即用静安语）"① 沤庵进一步辨析王国维对"隔"与"不隔"之词意、词境的区分。他认为，王国维仅仅是从用字造语与寓事用典的角度，来观照把握"隔"与"不隔"之别的，正由此，他才会将姜夔《扬州慢》中之句视为"隔"，而将欧阳修《少年游》（咏春草）中之句视为"不隔"。实际上，这种区划是较为单一与不准确的，"隔"与"不隔"之分，更多地应该体现在创作主体之心与外在事物交融的量度方面，如果创作者能将"心"、"物"二体有机交融，即为"不隔"；反之，如果仅搬弄文字技巧以求引人则为"隔"。这一区划原则才是更为内在与根本的。由此而看，姜夔《扬州慢》中语句寓情于景，"含思凄婉，有弦外之音"，实为"不隔"。沤庵的这一段论说，可谓借他人酒杯而浇自己胸中之块垒，借题发挥之意明显。他将对词之意境表现的探讨与创作主客体交融的命题进一步联系起来，从情景交融的内在量度上来观照词境的生成与表现，显示出对王国维"境界"说构架的进一步破解与提升。

　　梁启勋《曼殊室词话》有云："王静安先生之词话，分境界为二：曰有我之境，曰无我之境。以'泪眼问花花不语，乱红飞过秋千去'、'可堪孤馆闭春寒，杜鹃声里斜阳暮'，为有我之境。以'采菊东篱下，悠然见南山'、'寒波澹澹起，白鸟悠悠下'，为无我之境。其论断曰：'有我之境，以我观物，故物皆著我之色彩；无我之境，以物观物，故不知何者为我，何者为物。'议论自是精警。然吾则以为，有我无我，有物无物，皆是主观。'万物静观皆自得'，静观是主，自得是反主为

---

　　① 杨传庆、和希林辑校：《辑校民国词话三十种》，（台湾）花木兰文化出版社2016年版，第289页。

客。物之自得不自得，孰能知之，我自得则见其自得矣。'辛苦最怜天上月'，怜是主，辛苦是反主为客，月之辛苦不辛苦，孰能知之，我见其可怜斯可怜矣。如带雨春锄，夕阳牛背笛等，文学家认为美不胜言，乐不可支，但农夫与牧童之身心，为苦为乐，旁人那得知，彼固非专为供他人作诗料来也。是则所谓以物观物，犹是以我观物而已。读《琵琶记》（赏月）数折，最可以证明此意。"[1] 梁启勋针对王国维将词境划分为"有我之境"与"无我之境"加以论说。他认为，王国维从创作主体是否界入及如何界入的角度，将词作境界划分为"有我之境"与"无我之境"两种类型，这一划分应该说是甚为简洁而启人的。但实际上，这一界分又存在一定的问题，只具有相对的意义，这便是从创作与欣赏主体而言，外在物象的"有我"、"无我"，它们都是主体情感投射的结果。任何自然之物与社会事象在艺术表现中都是通过人们的主观感受而加以呈现的，自然之物与社会事象是否果真如此，与人们对其的感受并不一定是一回事。文学创作与欣赏中所出现的情况往往是主体以自身实际而"建构"他者，反客为主，使外在事物染上各异的主观色彩。因此，从根本上说，"以物观物"的纯粹之境是不存在的，它只不过是"有我之境"中的一种独特类型罢了，其在对创作者"我"之显现上更体现出曲折性与微妙性。梁启勋这一对词境划分的论析，从另一个视点上加深了对词境分类的认识，启发人们认识到王国维对词境的划分只不过具有相对的意义，"有我之境"与"无我之境"在本质上并不形成分轻，而是相因相成的。

顾随《驼庵词话》有云："静安先生云：'有有我之境，有无我之境。'此语余不赞成。有我之境、无我之境不能成立，不能自圆其说。若认为'假名'尚无不可，若执为实则有大错。盖王先生总以为是心即物，是物即心，即心即物，即物即心，亦即非心非物，非物非心，心与物混合为一，非单一之物与心。余以为心是自我而非外在，自为有我之境，而无我之境如何能成立。盖必心转物始成诗，心转物则有我矣。"[2] 顾随从词境划分能否成立的角度，对王国维所提出的"有我之

---

① 朱崇才编纂：《词话丛编续编》，人民文学出版社 2010 年版，第 3006 页。

② 同上书，第 3232 页。

境"与"无我之境"加以辨说。他界断这一分类是不能成立的，只是帮助人们切入认识诗词艺术表现具有相对的意义，并不能作为划分诗词艺术境界呈现之类别的准绳。他认为，王国维将"心"、"物"二元混为一体，即心即物，即物即心，将心与物的差异予以了消弭，完全从心物融合及其偏重的角度来加以类分，这是不太合理的。正确的概括应该是有"有我之境"而无"无我之境"，因为一切诗词艺术境界的生成都需要创作主体将"心转物"，亦即将自我主观的情感意绪投射与注入于外物，通过外在物象的呈现而加以成就。真正意义上的"无我"之境是不能成就的。顾随之论，进一步丰富了对诗词艺术境界划分的认识，启发人们对艺术境界构成及分类作出更深入的思考。其又云："《人间词话》曰：'有有我之境，有无我之境。……有我之境，以我观物，故物皆著我之色彩。无我之境，以物观物，不知何者为我，何者为物。'评点曰：'有我者，以自己生活的经验注入于物，或借物以表现之。无我者，以我与大自然化合浑融也。非绝对的无我也。'"① 顾随对王国维所提出的"有我之境"与"无我之境"进一步予以解说。他诠释"有我之境"是创作主体移情于自然外物，将"我"对社会历史与现实生活的体验通过外物加以表现出来，而"无我之境"则是创作主体与自然外物浑合无垠，融为一体，并不是真正地没有创作主体之情感意绪化入其中，只不过是不易被一般人知觉罢了。顾随之论，将"无我之境"的理论内涵更为清晰地予以了阐明。

朱光潜《关于王静安的〈人间词话〉的几点意见》云："王先生不满意于姜白石，说他'格韵虽高，然如雾里看花，终隔一层'。在这些实例中王先生只指出隔与不隔的分别，却没有详细说明他的理由，对于初学者似有不方便处。依我看来，隔与不隔的分别就从情趣和意象的关系中见出。诗和一切其他艺术一样，须寓新颖的情趣于具体的意象。情趣与意象恰相熨帖，使人见到意象便感到情趣，便是不隔。意象含糊或空洞，情趣浅薄，不能在读者心中产生明了深刻的印象便是隔。"② 朱

---

① 朱崇才编纂：《词话丛编续编》，人民文学出版社 2010 年版，第 3238 页。
② 张璋、职承让、张骅、张博宁编纂：《历代词话续编》，大象出版社 2005 年版，第783 页。

光潜对王国维将意境划分为"隔"与"不隔"之论进一步予以阐说。他认为，王国维之论虽道出"隔"与"不隔"之名，却并没有明晰地阐说其理论内涵及个中所据。朱光潜认为，"隔"与"不隔"的差异应该从所用意象及所表现情趣方面做文章，就是要将新颖的情感寓含于丰盈的意象之中，使人品味其中，心领神会，这便是所谓"不隔"；相反，如果意象运用不切实，艺术表现不应和主体情感，意趣模糊，那便是"隔"，亦即虚浮不实，不能给人以切实的感悟。朱光潜之论，赋予王国维之词作艺术意境分类以明晰的理论内涵。

新中国成立以后，沈轶刘《繁霜榭词札》有云："王国维'境界'之说，并非创见。其所分'有我'、'无我'两界，按其所举陶、冯两例观之，亦犹'疏影横斜水清浅'一联之与'雪后园林才半树'一联，仍不过'有迹'、'无迹'之别，仅换句话说而已。"① 沈轶刘亦针对王国维所倡"境界"分类之说加以辨析。他界断"境界"说并非王国维首创，体现出其对前人相关学说的承纳、吸收与概括、升华之功。他认为，王国维所提出的"有我之境"与"无我之境"的划分，其实应该以"有迹之境"与"无迹之境"来加以替代，即一体现为艺术表现中创作主体情性的洋溢与充盈，一体现为艺术表现中的主客不分、浑融无垠，两者在主客体艺术质性因素的呈现上，其偏重点是有所不同的。

第四节　对王国维"境界"说的消解之论

民国时期传统词境之论的第四个维面，是对王国维"境界"说的消解。这一维面线索主要体现在张尔田、顾随、胡适、邵祖平、孙人和、黄浚、吴征铸、唐圭璋、沤庵的论说中。他们针对王国维在理论总结与批评创新中难免出现的不周延之处予以大力的反思、补充与修正，使传统词学"境界"之说得到更为完善的建构。

民国前期，张尔田在《与黄晦闻书》中云："比阅杂报，多有载静庵学行者，全失其真，令人欲呕。呜呼！亡友死不瞑目矣。……世之崇

---

① 张璋、职承让、张骅、张博宁编纂：《历代词话续编》，大象出版社 2005 年版，第846 页。

拜静庵者，不能窥见其学之大本大原，专喜推许其《人间词话》、《戏曲考》种种，而岂知皆静庵之所吐弃不屑道者乎！惟其于文事似不欲究心，然亦多独到之论。其于文也，主清真，不尚模仿，而尤恶有色泽而无本质者。又尝谓读古书当以美术眼光观之，方可一洗时人功利之弊。亦皆为名言。……呜呼！静庵之学，不特为三百年所无，即其人亦非晚近之人也。今静庵死矣，何处再得一静庵?"① 张尔田对王国维极为推崇。他论说世人在对王国维的推扬中实着力有偏，少论其学术渊源、思想体系与学术成就等，而多谈其《人间词话》《宋元戏曲考》等青年时期之作，这是不得要领的。实际上，这几种著作，作者在后来都较少提及，并不以其为荣耀。张尔田认为，王国维对文艺与美学之道的贡献乃在倡导清彻空灵与真情实意；反对模仿，强调出新；反对虚饰，强调张本；提倡以审美的眼光观照古今中外的文艺作品，以审美之求消解文艺欣赏与批评中的趋近功利之观念。他实际上开始努力建构现代文艺理论批评体系，其对文艺之道的贡献是多方面的、整体性的，更多地显示出思想观念与方法把握的意义，而并不仅仅体现在《人间词话》等少数几部中青年时期所撰之著作上。其《致夏承焘书》云："得孟劬翁函，论四声。又谓王静安为词，本从纳兰入手，后又染于曲学，于宋词本是门外谈。其意境之说，流弊甚大。晚年绝口不提《人间词话》，有时盛赞皋文寄托之说，盖亦悔之矣。"② 张尔田评说王国维于宋词并不太熟稔与精通。他认为，其最初是从欣赏纳兰性德词作而入的，之后，其研究兴趣转移到戏曲之中了。他所倡意境之说，内在缺乏逻辑严密性与理论周延性，是有着很大不足的。因此，王国维在晚年时期几乎不提及《人间词话》，反而称扬张惠言"寄托"之说，可见其对自己青年时期所倡之论是不以为然的。张尔田之论，也体现出对王国维所倡导意境之论的消解之意。其《与龙榆生论词书》还云："以为欲挽末流之失，则莫若盛唱北宋，而佐之以南宋之辞藻，庶几此道可以复兴。晚近学子，稍知词者，辄喜称道《人间词话》，赤裸裸谈意境，而吐弃辞

---

① 杨传庆编著：《词学书札萃编》，南开大学出版社 2015 年版，第 261 页。

② 夏承焘：《天风阁学词日记》，《夏承焘集》（第六册），浙江教育出版社 1998 年版，第 323 页。

藻，如此则说白话足矣，又何用词为？既欲为词，则不能无辞藻。此在艺术，莫不皆然。词亦艺也，又何独不然？"① 张尔田进一步针对王国维"意境"之论加以辨说。他认为，王国维在《人间词话》中高标以"意境"为本，而贬抑用字造语。实际上，词作为独特的文学之体，是不可能不讲究艺术技巧的，语言乃意境创造的载体，是意境创造的工具。此论对王国维"意境"说不失为一个有力的补充。

顾随《驼庵词话》有云："《人间词话》开篇曰：'词以境界为最上。有境界，则自成高格，自有名句……'评点曰：'境界之定义为何。静安先生亦尝言之。余意不如代以'人生'二字，较为显著，亦且不空虚也。'"② 顾随针对王国维在《人间词话》中所提出的"词以境界为上"一句予以论说。他认为，从词作内涵表现而言，它是以人生意蕴为本的，因此，将"人生"界定为词作艺术表现的本质所在，这便实化了其艺术内涵。顾随之论虽然与王国维之言并不在同一个视点上言说，并不形成聚焦点，但其论从词作内涵的角度对"境界"说予以了充实与建构，实际上，也从一定意义上对"以境界为最上"之论予以了消解。

民国中期，胡适在《致任访秋》中云："他的'境界'说，也不很清楚。如他的定义，境界只是真实的内容而已。我所谓'意境'只是一个作家对于题材的见解（看法）。我称它为'意境'，显然着重在作者个人的看法。你的解释，完全错了。我把'意境'与'情感'等并举，是要人明白'意境'不是'情感'等，而是作家对于某种情感或某种景物作怎样的观察，取怎样的态度，抓住了那一点，从那一种观点出发。"③ 胡适对王国维"境界"说亦提出质疑，认为其"也不很清楚"。他归结在王国维那里，"境界只是真实的内容而已"，而提出"我把'意境'与'情感'等并举，是要人明白'意境'不是'情感'等，而是作家对于某种情感或某种景物作怎样的观察，取怎样的态度，抓住了那一点，从那一种观点出发"。实在地说，胡适这一对"意境"的解说并未切中其本质内涵及特征，并且在某种意义上还曲解了"意

① 杨传庆编著：《词学书札萃编》，南开大学出版社 2015 年版，第 21 页。
② 朱崇才编纂：《词话丛编续编》，人民文学出版社 2010 年版，第 3238 页。
③ 杨传庆编著：《词学书札萃编》，南开大学出版社 2015 年版，第 390 页。

境"之义。但其论仍然体现出对王国维"境界"说消解的意义，破解了王国维论词以"境界"为本的统系性。其又云："静庵先生说的'隔与不隔'，其实也说不清楚。我平常说'意境'，只是'深入而浅出'五个字。观察要深刻，见解要深刻，而表现要浅近明白。凡静庵先生所谓'隔'，只是不能浅出而已。"① 胡适对王国维所倡导意境表现中的"隔与不隔"之论予以进一步的阐说。他认为，意境创造与艺术表现的本质在于"深入而浅出"，其所表现意致要深刻入理，而所采用艺术形式与所呈现面貌要具有即近于人的特征，让人有入心贴近之感。从这一点而言，王国维所谓"隔与不隔"，其实只是一个描述性的语词，而不太具有理论严谨性、规范性。在王国维心目中，"隔"与"不隔"应该还有是否真切、是否如在目前之义。胡适对王国维词学批评命题的解说当是"有隔"的。

　　邵祖平在《词心笺评·序说》中云："王静安著《人间词话》，首标境界之说，谓词有造境、有写境，乃理想、写实二派之所由分。又言有有我之境，'泪眼问花花不语，乱红飞过秋千去'、'可堪孤馆闭春寒，杜鹃声里斜阳暮'是也；有无我之境，'采菊东篱下，悠然见南山'，'寒波澹澹起，白鸟悠悠下'是也。又云：境非独景物也，喜怒哀乐亦人心中之一境界，故能写真景物者，皆谓之有境界。王氏推阐之极，至谓沧浪论诗之所谓'兴趣'，阮亭论诗之所谓'神韵'，皆不若'境界'二字为能探其本源。其言甚辩，词学家奉为圭臬。以予观之，王氏所谓词境者，皆'词心'也。世间一切境皆由心造，心在则境存，心迁则境异。'仰面贪看鸟，回头错应人'，心在鸟而不在人也；'感时花溅泪，恨别鸟惊心'，花可喜而反戚，鸟可悦而反愕，心迁则境异也。尝读禅家书，载二僧见风中幡动，一云：'风动。'一云：'幡动。'其高坐师晓之曰：'仁者心自动！'二僧均服。盖二僧如非心动，则风动幡动皆不之见。所谓心不在，则虽视听而无见闻，食而不知其味者也。以是论词，则'燕子楼空，佳人何在？空锁楼中燕'，虽造境，亦心境也；'云破月来花弄影'，虽写境，亦心境也；'身如风后入江云，情似雨余黏地絮'，虽有我之境，亦心境也；'数点雨声风约住，朦胧

　　① 杨传庆编著：《词学书札萃编》，南开大学出版社 2015 年版，第 390 页。

淡月云来去',虽无我之境,亦心境也;'汝曹催我老,回首泪纵横'、'江边一树垂垂发,朝夕催人自白头',则情景交融,写境、造境不能拆开,又何莫非心境耶?予窃谓拈出'词心'二字尤为赅当,故舍词境而论词心。"① 邵祖平对王国维在《人间词话》中所拈出的有关"境界"之说予以深入细致的论析。他认为,以"境界"来概括文艺创作的本质所在,不若以"词心"来加以归结与阐发显得更为适当。邵祖平提出,世间万物的本质其实都是由心而设、由心而定的,心存则境在,心变则境异,譬若禅偈之语,不是幡动,不是风动,而是心动,人之心境决定世间万物在其眼目中所呈现的主观色彩。由此而言,王国维所拈出的所谓"写境"与"造境"的艺术表现方法也大致是不能截然而论的,"造境"由心而出,"写境"其实亦由心而出,人之心里的容涵影响和决定着其艺术表现的方式与性质。由此来看,以"境界"论词不若以"词心"论词更为切近文艺本质之所在。邵祖平之论,实际上对王国维"境界"说予以了消解,显示出他对于词之本质所在的深入思考,具有丰富对词之本质认识的重要意义。

孙人和在《〈人间词话〉提要》中云:"人禀七情,情也,应物斯感,因情以写景,触景而生情也。果有无我之境,则为无病呻吟,吟风弄月,岂文学之所取耶?"② 在孙人和看来,文学创作是人之情感表现的产物,主体情感表现与外在景致抒写相互应和、相互生发,哪有所谓的"无我之境"呢?事实情况却是,文学作品乃触物缘情而生,绝无无病呻吟之作,也绝少无情而写之景,因此,"无我之境"是根本不存在的。孙人和对王国维"有我之境"与"无我之境"的论说予以了消解。黄浚《花随人圣庵摭忆》有云:"静庵所举'隔与不隔'之义虽精,然须知不隔者,仅为毕篇之晶粹,即清真亦不能首首皆如'叶上初阳乾宿雨'也。况谓所谓隔者,亦有造句之别裁,本非隔乎?"③ 黄浚对王国维偏赏"不隔"之美予以辨说。他认为,"不隔"之美更多地着眼在整体,而"隔"之美多是从字句角度而言的,"不隔"之美虽

①　邵祖平:《词心笺评》,复旦大学出版社 2011 年版,第 1 页。

②　续修四库全书总目提要编纂委员会编:《续修四库全书总目提要》(第十三册),上海古籍出版社 1972 年版,第 568 页。

③　黄浚:《花随人圣庵摭忆》,上海古籍出版社 1983 年版,第 19 页。

佳，却不易达到；而"隔"之美者，也有其在"造句"上所表现出来的异量之美。黄浚对"隔与不隔"之美做出了各有存在合理性、各见其美的解说，是令人信服的。

民国后期，吴征铸在《评〈人间词话〉》中云："既以境界为主，则不当以隔与不隔为优劣之分。何则？雾里看花，倘花之美为雾所隔，则此隔诚足为病矣！今以常理言，花在雾中，颜色姿态各呈特异之观；雾之于花，不似屏障之于几案，截然为二物；盖早已融成一片，共现一冲和静穆之境。此境之美，无待言也。"在他看来，"隔与不隔"之分，实际上包含两层意思：一是指诗中"情"与"景"的隐显之分，"眼前景色，与心中情意，各有其隐显之时，亦各有其优美之处"，两者实不可有倚轻倚重之分。"总之，隔与不隔，虽境界不同，其为美则一。倚声与绘画，同属艺事，故皆以求美为要义，则隔与不隔，何足以定词境之优劣耶！"① 吴征铸也对王国维"隔与不隔"之论予以驳斥与辨析。他明确反对以所谓"隔"与"不隔"之别而分割艺术境界表现的高下优劣，认为这就像雾里看花一样，雾与花虽为二物，但早已融成一片。美的形态呈现各有其致，但相互间是不存在高下之别的。总之，吴征铸认为，不同的文艺形式各有其美，而人们在创造各异美之境界的过程中，也是并不存在优劣之分的。吴征铸之论，对王国维"境界"之说予以了修正与补充，显示出浓厚的辩证色彩。

唐圭璋在《评〈人间词话〉》一文中云："海宁王静安氏，曾著《人间词话》，议论精到，夙为人所传诵。然其评诸家得失，亦间有未尽当者，因略论之。王氏论词，首标'境界'二字。其第一则即曰：'词以境界为上，有境界则自成高格，自有名句，五代、北宋之词，所以独绝者在此。'予谓境界固为词中紧要之事，然不可舍情韵而专倡此二字。境界亦自人心中体会得来，不能截然独立。五代、北宋之所以独绝者，并不专在境界上。而只是一二名句，亦不足包括境界，且不足以尽全词之美妙。上乘作品，往往情境交融，一片浑成，不能强分，即如

---

① 吴征铸：《评〈人间词话〉》，《斯文》1941 年第 22 期。

《花间集》及二主之词，吾人岂能割裂单句，以为独绝在是耶?"① 唐圭璋对王国维在《人间词话》中所标举的"词以境界为上"之论展开辨说。他认为，这一论说是不全面与不准确的，词的创造是不可能离开创作主体情性韵致的，并且，词的境界的构合与生成亦须由创作主体的情感意绪融合于其中才能得以成就。他进一步辨析五代、北宋词之妙，也并不全体现在艺术境界呈现之上，而很多为后人所传诵，其实往往是因了名句效应。唐圭璋极为强调词的创作中"情"、"境"二体的交融，他从主客体相互结合的角度，进一步充实了王国维"境界"说的内涵，将情感发生与表现在意境生成中的作用凸显出来。其又云："严沧浪专言兴趣，王阮亭专言神韵，王氏专言境界，各执一说，未能会通。王氏自以境界为主，而严、王二氏又何尝不各以其兴趣、神韵为主? 入主出奴，孰能定其是非? 要之，专言兴趣、神韵，易流于空虚；专言境界，易流于质实，合之则醇美，离之则不免偏颇。"② 唐圭璋进一步对严羽所倡"兴趣"说、王士禛所倡"神韵"说与王国维所倡"境界"说加以批评。他界断其"各执一说"，不能有效地融合会通，均不为辩证之论。其中，他认为，王国维所言"境界"之说仍然过于质实，未能有效地阐说出词作艺术表现的非实体方面的内涵与特征，仍然给人以美中不足之感。唐圭璋之论，是王国维"境界"说所提出以来少有的对其辨说批评之声，体现出不迷信权威的学术精神与敢于对话的理论勇气，是难能可贵的。它对于全面地认识与把握词作"境界"说的本体地位及其与相关命题之关系纽结具有十分重要的意义。其还云："东坡极赏少游之'彬江幸自绕郴山，为谁留下潇湘去'两句，正以其情韵绵邈，令人低徊不尽，而王氏讥为'皮相'，可知王氏过执境界之说，遂并情韵而忽视之矣。原词上片'可堪孤馆闭春寒，杜鹃声里斜阳暮'二句固好，但东坡所赏者，亦岂'皮相'? 东坡既赏屯田之'霜风凄紧，关河冷落，残照当楼'，以为唐人高处不过如此；但又赏少游'郴江'两句，可知东坡以境界、情韵并重，不主一偏也。且昔人所谓沉郁顿挫、

---

① 张璋、职承让、张骅、张博宁编纂：《历代词话续编》，大象出版社 2005 年版，第920 页。

② 同上书，第 920—921 页。

缠绵悱恻，有合于温柔敦厚之旨者，皆就情韵言之；苟忽视情韵，其何以能令人百读不厌?"① 唐圭璋详细列举苏轼推赏秦观词句，论说王国维所倡"境界"说为"皮相"之论，是比较偏颇的，并没有全面地揭橥出诗词之体的审美质性所在。他认为，王国维之说突出地体现为忽视作品所表现的情感与韵味。以苏轼而论，他便既欣赏柳永的"霜风凄紧"之句，又推扬秦观的"郴江幸自绕郴山，为谁流下潇湘去"之句，他是将词之艺术境界创造与情韵表现一并推重的，并不偏视任何一方。正由此，唐圭璋认为，只有重视词之情韵表现，才能更切实地体现出传统词作的审美本质所在，也才能更好地合乎传统儒家文化对词的创作要求，是能让人"百读不厌"的，具有经久的艺术魅力。唐圭璋之论，对王国维所倡之说予以了有力的补充与修正。

沤庵《沤庵词话》有云："王静安论词，标举境界。所著《人间词话》，谓：'有境界则自成高格，自有名句。五代北宋之词所以独绝者在此。而境界非独谓景物也。喜怒哀乐，亦人心中之一境界。故能写真景物，真感情者，谓之有境界，否则谓之无境界。'余谓此人触景生情，感物造端；亦复融情入景，比物连类；故外界之物境与其内在之心境，常化合为一。当其写物境也，往往以情感之渗入，而熔铸为主观之意境，非复客观之物境。当其写心境也，往往借景色之映托，而寄寓于外界之物境，非复纯粹之心境。是故能写'真景物'者，无不有'真性情'流露其间；能写'真性情'者，亦无不有'真景物'渲染于外。心物一境，内外无间，超乎迹象，而入乎自然化境。自然化境者，词中最高之境界。"② 沤庵对王国维"境界"之论进一步予以阐析。他认为，王国维在《人间词话》中所言纯粹之真情实性亦可创生"境界"之说，实际上是不太成立的。人们在感物触景中，其心境与外在物象往往是相互融合的。外在景致必然征显主体情性，而主体的任何情性也必然在外在景致中得到体现，两方面是难以分开的。词的创作的最高境界，便是主体之情与外在之象的融合无垠，此乃高层次的艺术化境所在。沤庵之

---

① 张璋、职承让、张骅、张博宁编纂：《历代词话续编》，大象出版社 2005 年版，第 921 页。
② 杨传庆编著：《词学书札萃编》，南开大学出版社 2015 年版，第 286 页。

论，实际上进一步对王国维的艺术境界生成之论展开了辨说，是不无一定意义的。

总结民国时期传统词学中的词境之论，可以看出，其主要体现在四个维面：一是对"境"作为词作审美之本的不断标树；二是对词境表现要求的多方面论说；三是对王国维《人间词话》对词作境界类型之分与层次界划的承衍论说；四是对王国维"境界"说的消解之论。其中，在第一个维面，闻野鹤、叶恭绰、憨庐、梁启勋、蔡桢、顾随等，进一步将传统词学"境"范畴的审美本体地位不断张扬开来。在第二个维面，况周颐、蔡桢、梁启勋等，对词境表现或承扬或提出真实自然、深致静穆与新颖别致等要求，将对词作艺术境界表现要求的探讨不断言说开来。在第三个维面，唐圭璋、沤庵、梁启勋、顾随等展开不断的辨析与阐说。他们从不同的视点对词作境界类型之分与层次界划提出各异的看法，极大地丰富与完善了人们对词作境界呈现的认识。在第四个维面，张尔田、顾随、胡适、唐圭璋、沤庵等，针对王国维在理论总结与批评创新中难免出现的不周延之处予以大力的反思与修正，使传统词学"境界"说得到更为完善的建构。总之，民国时期词学从主体上继续展开了古典词学中的词境之论，将传统词境论的本质内涵与历史意义更为明确与充分地揭橥和彰显出来。

第七章
民国时期传统词学中的用事论

用事论是我国传统词学创作论的重要命题。它是指在词的创作中，择取前人或他人所言说过的各种话语及在社会历史发展中所出现过的不同事象有机地化入作品之中，从而起到有效延伸或深化词作内容、拓展或强化词之艺术表现力的作用与效果。在我国传统词学中，用事之论曾较多地出现，在多维面上形成前后相续的阐说线索，富于历史观照的意味，从一个独特的视域为人们不断拓展与丰富词之艺术表现提供了平台。

第一节　对词作用事的要求之论

我国传统词学中用事之论的一个重要维面，便是对词作寓事用典要求的论说。这一维面内容主要体现在两个方面：一是要求词作用事自然妥帖圆融之论，二是要求词作用事灵活、事为意用之论。此两方面论说相承相映，共构出传统词学用事要求之论的主体空间。

一　用事自然妥帖圆融之论

民国时期，词作用事自然妥帖圆融要求之论，主要体现在胡适、陈匪石、宣雨苍、配生、郑文焯、赵尊岳、冒广生等的论说中。他们在现代文学理论批评视野下，将此方面的论说进一步充实与张扬开来。

胡适在《词选》中云："周邦彦读书甚博，词中常用唐人诗句，而融化浑成，竟同自己铸词一样。如'夜游宫'，上半用'东关酸风射眸子'，下半用'肠断萧娘一纸书'，皆是唐人诗句；但这两句成句，放在他自己刻意写实的词句里，便只觉得新鲜而真实，不像旧句了。南宋晚年的词人只知偷窃李商隐、温庭筠的字面，——张炎《词源》中有字面一章，——便走入下流一路。"① 胡适通过评说周邦彦寓事用典之妙，体现出强调事典运用与意致呈现相与浑融的主张。他认为，周邦彦读书甚多，学力甚富，因而，常常化用唐人诗句入于词中，但其用得自然适切，并不显刻意痕迹。相反，南宋时期的一些词人袭用晚唐李商隐、温庭筠之语，但往往用得并不见自然妥帖，已流于较低的艺术层次，是不值得倡导的。其论辛弃疾又云："他是词中第一大家。他的才气纵横，见解超脱，情感浓挚，无论做长调或小令，都是他的人格的涌现。古来批评他的词的，或说他爱'掉书袋'，或说他的音节不很谐和。这都不是确论。他的长词确有许多用典之处；但他那浓厚的情感和奔放的才气，往往使人不觉得他在那里掉书袋。试看吴文英、周密诸人，一掉书袋，便被书袋压死在底下，这是何等明显的教训！真有内容的文学，真有人格的诗人，我们不妨给他们几分宽假。"② 胡适称扬辛弃疾具有过人的才华、卓越的识见，其情感表现真挚浓郁，常常将自己的人格襟怀对象于词作之中。因而，虽然他的词作也有喜于寓事用典的特点，但往往与浓郁的情感表现和奔放的才力显现一起，成为一个有机的艺术整体，相反，吴文英、周密等之词，有时一味寓事用典，不能与整个词作的其他因素融为一体，导致晦涩难懂、单调乏味、缺乏感染力。胡适以倡导"文学革命"论著称。他曾将摒用事典放在首位，作为八点主张之一，强调从形式到内容，使传统文学创作发生彻底的变化，以适应与推进社会及文化变革的需要。但胡适对真正善于寓事用典的人还是持相对宽容态度的，其本来的用意在于主张用之适时适地，以自然浑融为上。

陈匪石《旧时月色斋词谭》有云："玉田《乐府指迷》（按：当作《词源》）于词中用事之法，标题'紧著题融化不涩'七字。余谓'融化'固难，'不涩'则尤难。盖词之运用固实，无直用者，无明用者。

① 张璋、职承让、张骅、张博宁编纂：《历代词话续编》，大象出版社 2005 年版，第752 页。
② 同上。

且地名、人名随意砌入，则生硬而不圆熟，凌杂而不纯粹。故'融化'之法最重。取其意者不妨变其面目，仍不能失其未（按：疑当作'本'）真。使造作太过，令人不解其所隶何事，则晦涩矣。欲免其弊，须有一番研炼工夫。"① 陈匪石对宋末元初时期沈义父在《乐府指迷》中所提出的用事妥帖圆融不滞涩之论持以议论。他认为，运用事典至圆融之境本就是不容易的事情，在此基础上要达到不滞涩之境界就更不容易了。陈匪石对词作艺术表现强调中和化的原则。他主张词之事典运用要实中有虚、虚中显实，两方面相融相生，在反复凝练中体现出事典之道的艺术魅力。陈匪石将浑融化入与流转自如作为了事典运用的最关键，也是最高致所在。宣雨苍《词谰》有云："内典入文字，最为高尚。然必用之适当，方称合作。万一不求甚解，草率拈来，不第不能成词，且不成语，如前载以'窣波'名词代塔者是矣。唐人多通佛学，其运梵典，绝少讹谬。两宋以后，已有强作解事者，不可为训。前清以来，至于今日，其自号著作者，尤喜用之，然十人而误者八九，亦可知今不逮古矣。"② 宣雨苍对词的创作中运用事典持以大力推扬的态度，肯定对事典的运用可提高词的格调与品味。对于如何运用事典，他也提出用之自然妥帖的要求，反对草率从事，用之不当，认为其必然会有损词的艺术表现力。宣雨苍以唐宋人在诗词创作中对佛典的运用为例，认为唐人寓事用典便见切合妥帖，而两宋以后出现不少用之不当、"强作解事"之词，这实际上损害了词的艺术表现，于拓展与深化词艺之道是背道而驰的。配生《酹月楼词话》有云："词中用典，以不着痕迹为妙，不然，便足为清空之累。而用典亦自有律，后主'沈腰潘鬓消磨平'，用沈腰潘鬓律也。梅溪'白发潘郎宽沈带'，既云'潘郎'，又云'沈带'，未免驳杂，斯害于律矣。"③ 配生对词之寓事用典也主张自然浑融，以巧妙天成为贵。他强调词作寓事用典不能有损于清洁空灵的艺术表现，也要合乎音律流转的内在要求，其将寓事用典与音律表现之道

---

① 陈匪石编著，钟振振校点：《宋词举》（外三种），江苏古籍出版社 2002 年版，第 213—214 页。

② 朱崇才编纂：《词话丛编续编》，人民文学出版社 2010 年版，第 752 页。

③ 张璋、职承让、张骅、张博宁编纂：《历代词话续编》，大象出版社 2005 年版，第 1370 页。

有机结合起来。

郑文焯《郑大鹤先生论词手简》有云："词之难工，以属事遣词，纯以清空出之。务为典博，则伤质实，多著才语，又近昌狂。至一切隐僻怪诞、禅缚穷苦、放浪通脱之言，皆不得著一字，类诗之有禁体，然屏除诸弊，又易失之空疏，动辄踦躇，……其实经史百家，悉在熔炼中，而出以高澹，故能骚雅，渊渊乎文有其质。"① 郑文焯对词之寓事用典予以较细致的论说，对寓事用典提出把握好"度"的原则的要求。他认为，盲目运用事典与完全摒弃事典都是不对的，前者使词作易流于晦涩之境地，后者使词作易失之空疏，我们所做的应该是在自然浑融中恰到好处地运用事典，以进一步扩大词之艺术表现的容量，提高词之艺术表现的品格。其在《梦窗词跋》中云："词意固宜清空，而举典尤忌冷僻。梦窗词高隽处固足矫一时放浪通脱之弊，而晦涩终不免焉。至其隶事，虽亦渊雅可观，然锻炼之工，骤难索解，浅人或以意改窜，转不能通，此近世刻本讹变之甚于诸家，当时流传所为不广也。"（《大鹤山人词话》附录）② 郑文焯对词作寓事用典提出避却生涩冷僻的要求。他以吴文英之词为例，批评其寓事用典虽丰富深致，却存在过于精练工致而导致晦涩难懂的弊端，这在一定程度上影响了对其词作的欣赏与传播，是令人惋惜的。

民国后期，赵尊岳《珍重阁词话》有云："词中用经史成语，须先锤炼，使就我范围。其用之也，须人一见知其意在言内，情融言中，而无从见其斤斧为要。"③ 赵尊岳对词作寓事用典提出切题而用与锤炼而用的原则。他倡导寓事用典与情感表现、意致呈现要相融相生，从而在不同程度上拓展词的艺术表现力，反对用之牵强，不见自然浑融。其又云："间用内典字面，当择其可通于词者，使气机不滞为要。"④ 赵尊岳对寓事用典提出不得影响词作气脉流转及以意致呈现为本的原则。他强调，运用事典与言辞表现之间应互为相通与配合，从而使词作流转自

---

① 张璋、职承让、张骅、张博宁编纂：《历代词话续编》，大象出版社 2005 年版，第 40 页。

② 唐圭璋编：《词话丛编》，中华书局 1986 年版，第 4335—4336 页。

③ 《同声月刊》第 1 卷第 3 号，第 38 页。

④ 《同声月刊》第 1 卷第 6 号，第 72 页。

如，成为一个有机的艺术整体。冒广生《疚斋词论》有云："欲以用事下语艰晦之词，使人阅之犹不能了了者，歌者如何上口，听者如何能声入心通耶！"① 冒广生对词作寓事用典持以易于理解的原则。他强调用事要避却晦涩，在有利于拓展艺术表现中使人易于传播与接受，否则便是本末倒置。顾随《驼庵词话》有云："胸中有书可，作词时却不可卖弄他；胸中书来奔赴腕下可，若搜寻他却又不可。《鹧鸪天》是搜寻来地，故不佳。"② 顾随对词的创作中不同的用事之法予以区分。他主张词作寓事用典要自然自如、水到渠成，反对人为地极意寓事用典，对卖弄事典之举提出切实的批评，体现出作为一个词学名家对用事之道的深入认识与辩证把握。

新中国成立以后，朱庸斋《分春馆词话》有云："以经史散文字面及典故入词，即高手难免有迂腐之感，使人望而生畏。稼轩才气大，抑亦具真实内容，是以字面虽佶屈聱牙，典故虽生僻熟俗，却一一似供其随意挥洒，写来妥帖自然，天趣横生。"③ 朱庸斋对词的创作中运用典实之事，肯定其虽高手亦难免有失当之处。他甚为推扬辛弃疾才大气充，富于艺术表现的才力，认为其寓事用典总能虚实相生、自然妥帖、妙趣横生，确乎有别于常人，其将随所遇合、自然化取的寓事用典之法发挥到了极致。

二　用事灵活、事为意用之论

民国时期词学批评对寓事用典的要求，还体现在用事灵活、事为意用之论上。这一方面的线索，主要体现在周焯、碧痕、陈匪石、赵尊岳、蔡桢、顾随、任二北等的言论中。他们将用事灵活、事为意用的要求不断倡扬开来。

民国前期，周焯《倚琴楼词话》有云："学古人而泥于古人，用古人而为古人所用，斯为词家大病。偶见周星誉《东鸥草堂词》，有《踏

---

①　张璋、职承让、张骅、张博宁编纂：《历代词话续编》，大象出版社2005年版，第344页。

②　朱崇才编纂：《词话丛编续编》，人民文学出版社2010年版，第3314页。

③　张璋、职承让、张骅、张博宁编纂：《历代词话续编》，大象出版社2005年版，第1206页。

莎行》云：'珠箔闲垂，银屏慵展。樱桃斗帐金凫暖。绿杨池馆闭阴，卷帘人比东风懒。眉叶青销，脸花红敛。纤腰打叠游丝软。恹恹病过海棠时，一身都被春愁绾。'《柳梢青》云：'回首凄然，松陵城郭，一路寒蝉。藕叶围凉，蘋花遥暝。人在秋边。相思昨夜灯前。酒醒后、疏杨暮烟。对月心情，阻风滋味，又过今年。'两词正好，惟'卷帘人比东风懒''酒醒后、疏杨暮烟'等句，若无'帘卷西风，人比黄花瘦''今宵酒醒何处，杨柳岸、晓风残月'在前，自可出一头地。其奈运意用笔，皆无独到，适见小家剽窃而已。如辛稼轩之'长恨复长恨'，石帚之'犹记深宫旧事，那人正睡里，飞近蛾绿'，用古翻新，何等气力。有石帚、稼轩之气力而用古翻新则可，否则将东鸥之不若矣。东鸥又有《浪淘沙》一阕，清新可爱，杰构自不可磨。其词云：'六曲小屏山，杏子衫单，笙囊各水玉凫残。双燕和人同不睡，商略春寒。香露湿云鬟，逶逦慵弹。重门深琐蛎墙南。墙里梨花花外月。花下阑干。'冒鹤亭谓使十八女郎执红牙板歌之，恐听者回肠荡魄。信然。"① 周焯对词的创作与习效进一步强调不能拘泥于古人，不要本末倒置的原则。他列举周星誉《踏莎行》与《柳梢青》二词，认为其运笔与表意都无独到之处，反显露出袭用的痕迹，是令人遗憾的；相反，辛弃疾、姜夔之词，在仿拟古人之意时却能推陈出新，体现出独特的艺术气魄与创作才力。周焯之论，实际上对词的创作中的寓事用典进一步强调了独特气魄与才力的要求，对主体艺术表现的"才"、"胆"、"识"、"力"予以了重新强调。

碧痕《竹雨绿窗词话》有云："作词须自标旗帜，别立新意，使人读之属目，余味嬺嬺，如翻成意成句，须食古而化，若徒食其牙慧唾余，为有识者所讥矣。"② 碧痕对词作意致呈现强调新颖别致，使人眼目一亮，他批评泥古不化的事典运用之道，对捡拾前人牙慧的创作之径甚为唾弃。其论体现出灵活用事、事为意用的要求。其又云："作词用诗之成句，甚不易易。盖诗之造语与词不同，如食古不化，便见偷借痕

① 杨传庆、和希林辑校：《辑校民国词话三十种》，（台湾）花木兰文化出版社 2016 年版，第 24 页。

② 朱崇才编纂：《词话丛编续编》，人民文学出版社 2010 年版，第 2263 页。

迹，欲巧反拙，不如不用之为愈。然予亦好为之，如'书被催成墨未浓，只写相思意'、'闲敲棋子落灯花，细想郎轻薄'、'春梦初成双蛱蝶，麝香微度绣芙蓉'、'夕阳西下晚云浓'诸作，颇为友侪所许。其实，予非蓄意集古，随意所之，不自知而成句也。"① 碧痕认为，在词的创作中化用前人诗句，实际上是很不容易的，如果不能巧妙而用，便容易显出"偷借"之迹，是弄巧成拙的，如此，则以不用为上。他坦言自己亦喜欢化用前人句语，但往往是随意为之、无意而成的。碧痕之言，体现出对寓事用典以自然为上、随意而用的创作原则。陈匪石《旧时月色斋词谭》有云："龁子语余：一般词人无一字无来历，无一字不新颖。余谓造句琢字，不外一'化'字。用一故实，必有数故实以辅佐之。意取于此，用字不妨取于彼。合数典为一典，自新颖而有来历。如白石词中'昭君不惯胡尘远，但暗忆、江南江北'之类，即得此诀。而梦窗尤擅用之，甲乙丙丁稿中，举不胜举。"② 陈匪石对词中寓事用典提出化取而用的原则。他主张寓事用典的极致之境是几个事典融合而用，意在此而言在彼，或指东而言西，使其意致新颖别致而又让词作字语似曾相识。陈匪石推尚姜夔、吴文英词作中此类事典运用之例不胜枚举，是后人学习的典范。

民国后期，赵尊岳《珍重阁词话》有云："美成用兰成憔悴，卫玠清赢，昔人尚有讥为滞窒者。以美成为之，通体浑成，初不必于一二处，显执荃象。惟后人用典，则当求驱遣灵活，以一人一事为宜，不必丽白妃青。而其用法，尤当具使得所用之情绪，胜于故实。"③ 赵尊岳通过论说周邦彦寓事用典所体现出的浑融一体的特点，对词作寓事用典进一步重申灵活而用的原则。他主张寓事用典之时，应以一人一事为宜，反对一事涉及多人或一人涉及多事，以避免混淆不清，导致意致呈现模糊。其又云："咏物不能不征引故实。然当先加运用，勿使直说，勿使明说，俾撰者读者均知有所本，而不见其迹象为佳。其将故实刻凿

---

① 屈兴国编：《词话丛编二编》，浙江古籍出版社 2013 年版，第 2623 页。
② 陈匪石编著，钟振振校点：《宋词举》（外三种），江苏古籍出版社 2002 年版，第 219 页。
③ 《同声月刊》第 1 卷第 6 号，第 64 页。

以就词语者，纵能侧艳纤巧，均非上驷。"① 赵尊岳论说到咏物词创作
对事典的运用。他强调不可过于直白而用，应委婉含蓄地予以化用，以
"不见其迹象为佳"，如果为迁就与应和语言表现而有损事典之意，则
即使所用语词唯美动人，亦非上乘创作境界。赵尊岳将自然化用视为词
作寓事用典的本质要求。

　　蔡嵩云（蔡桢）《柯亭词论》有云："咏物词，贵有寓意，方合比
兴之义。寄托最宜含蓄，运典尤忌呆诠，须具手挥五弦目送飞鸿之妙，
方合。"② 蔡桢对咏物词创作的意致呈现与事典运用都提出要求，他与
前人一样，反对事典运用拘泥呆板，不见灵活化转之性，强调寓事用典
要在浑化无迹中体现出独特的艺术魅力。顾随《驼庵词话》有云："柳
耆卿《八声甘州》有句'误几回、天际识归舟'，若写作'江头误认几
人船'，词填到这样就成刻板文字了。竹山这首词，结句曰'误人日望
归舟'，死板，少情意。韵文要有感情，而不但要有感情，还要有思
想。平常人用典都是再现，用典该是重生，不是再现，要活起来。如同
唱戏，当时古人未必如此，而我们要他活，就得如此活。这好不好。
好，不就得了么。竹山《喜迁莺》有句：'车角生时，马足方后，才始
断伊飘泊。闷无半分消遣，春又一番担阁。''车角'之'车'字不好。
《古意诗》：'君心莫淡薄，妾意正栖托。愿得双车轮，一夜生四角。'
（唐陆龟蒙）车轮生四角，笨，但笨得好玩。竹山之'车角'便不通，
该说'轮角'。古人有'郎马蹄不方'之句，竹山用典不当。这样用典
瘟极了，只是再现，纵非点金成铁，也是冷饭化粥。"③ 顾随用"重生"
一语对词作寓事用典提出要求。他针对一般人在创作中寓事用典喜欢用
其原意而论，认为寓事用典的关键在于要"活"起来，他以戏曲表演
与演唱中的虚拟性与艺术化为例，强调寓事用典也未必照实而用、依样
而唱，而应事为意用、灵活化转，努力追求点铁成金的艺术效果。顾随
批评蒋捷的一些词作寓事用典不见活脱，只是流于据本而用的层面，这
在很大程度上削弱了作品的艺术表现力，是应该避却的。任二北《论

---

① 《同声月刊》第 1 卷第 6 号，第 71 页。
② 唐圭璋编：《词话丛编》，中华书局 1986 年版，第 4907 页。
③ 朱崇才编纂：《词话丛编续编》，人民文学出版社 2010 年版，第 3276 页。

词之作法》有云："典实之求，端在博洽，注释类书，亦足为助。然词家每每融化诗句，其诗句之来源，不同典实，不必一一追求，求之反觉无味也。（详下文专集之研究、考订、笺释一条）替代字除有关典实者外，以意会之已足，胶柱鼓瑟，不可不必。如前人之用《说文》解词，未免迂矣。"① 任二北亦对词之寓事用典予以论说。他认为，词之寓事用典的关键在于丰富多彩而适当有度，以从不同角度加强词的艺术表现力，其机巧便在善于融化不同的艺术表现情境之中。对于具体典实之义的理解，是大可不必过于拘泥字面之意的，而重在意会，重在悟解。任二北进一步对活用典实之法予以很好的解说，是甚为切中要害的。

　　新中国成立以后，朱庸斋在《分春馆词话》中继续论说到用事灵活、随意而用的原则。其云："以经史散文字面及典故入词，即高手难免有迂腐之感，使人望而生畏。稼轩才气大，抑亦具真实内容，是以字面虽佶屈聱牙，典故虽生僻熟俗，却一一似供其随意挥洒，写来妥帖自然，天趣横生。"② 朱庸斋论说事典的运用实际上是存在相当难度的，一些词的创作，高手甚至也难免显得呆滞不灵，是确乎需要相当才力的。他推扬辛弃疾才大气雄，虽然其下字用语有时仍显生僻，却能较好地运用事典，事为意转，随意而用，体现出自然妥帖、妙趣横生的特征。他将随所遇合、自然化取的事典运用之法发挥到极致。

第二节　对词作用事之法的探讨

　　民国时期词学中用事之论的第二个维面，是对词作用事之法的探讨。这一维面论说，主要体现在民国后期赵尊岳、吴梅、刘坡公、刘永济等的论说之中，他们将传统词学用事之论的内涵进一步予以了拓展、充实与完善。

　　赵尊岳《珍重阁词话》有云："用经史成语之法，须择与题面合者用之，厥有四法：一、撷取其字面吻合者用之，人且浑不见其类经史

─────────

① 张璋、职承让、张骅、张博宁编纂：《历代词话续编》，大象出版社 2005 年版，第824 页。
② 同上书，第 1206 页。

语。二、因其原文稍为穿插，使就词笔。三、用其一二字，人人知其为经史之字，而以造句得法，遂不嫌其方刚。四、取经史之意熔铸之，此在先能熟览，使供驱策，便成活著，随意位置，无往不合。总之，无心用者，胜于有心，一有心，便患斤斧之有痕迹。"① 赵尊岳对词作如何运用事典提出具体的原则与方法，这便是，或用其字语，或用其意致，或直接用经史俗语中之字语，或衍化开去以进一步延伸词意，或创造性地化用经史之意重加锤炼，如此等等。总之，他对词中事典运用的原则是强调要用之于无心，用之于自如，在自然天成中提高词的艺术格调，拓展词的艺术表现力。赵尊岳将无心而用的随所遇合作为了词之寓事用典的最根本原则。他努力将寓事用典从"有意而技"的层面提升到"无意而化"的高度，是甚富于创作识见的。其又云："成语加以锤炼，未始不可入词。但引用成语之句，必须上下更肆其精力。神韵力求其倜傥，以为之衬托。盖成语多习见，非于虚处衬托，不易生色。"② 赵尊岳论说可化用前人之语入于词作之中。他强调运用前人之语要注意显现主体独特的艺术才力，灵活自由而用，体现出独特的意蕴与风采，并以之为所表现的意旨服务。

吴梅《词学通论》有言："又云：'用古人之事，则取其新僻，而去其陈因。用古人之语，则取其清隽，而去其平实。用古人之字，则取其轻丽，而去其浅俗。'近人好用僻典，颇觉晦涩，乃叹范赟之记《云仙》，陶谷之录《清异》，稍资谈柄，不是仙才。"③ 吴梅对寓事用典重申几个具体的原则与要求。他主张，运用前人事典入于词中，应该择取其新颖独特之处，而避却其陈陈相因之意；运用前人语典入于词中，应该择取其清丽隽永的一面，而避免其过于平实之处；运用前人文字作品入于词中，应该择取其轻倩韶丽的一面，而避却其浅俗之处。吴梅批评近世以来一些人喜好运用生僻之史实与语典，导致晦涩难懂、支离词意，在很大程度上有损于词的艺术表现，是不得要领的。吴梅主张寓事用典应注意适度而用的原则，在灵活多样之道中凸显其艺术魅力。

---

① 《同声月刊》第 1 卷第 3 号，第 49 页。
② 《同声月刊》第 1 卷第 6 号，第 71 页。
③ 吴梅：《词学通论》，中华书局 2010 年版，第 42 页。

　　刘坡公《学词百法》有云："运用古事，莫若明事暗用、隐事明用。如苏东坡之《永遇乐》云：'燕子楼空，佳人何在，空锁楼中燕。'用张建封事，入古而化，自是词林妙品。又《点绛唇》云：'不用悲愁，今年身健还高宴。江村海甸，总作空花观。尚想横汾，兰菊纷相半。楼船远，白云飞乱，空有年年雁。'上半用工部句，下半用汉武故事。运实于虚，最得用古之法。姜白石之《疏影》云：'犹记深宫旧事，那人正睡里，飞近蛾绿。'用寿阳公主事，所谓明事暗用也。又云：'昭君不惯胡沙远，但暗记江南江北。想珮环月下归来，化作此花幽独。'用少陵诗，所谓隐事明用也。又《容斋四笔》载朱仲翊咏五月菊词云：'旧日东篱陶令，北窗正傲羲皇。'盖渊明于五六月高卧北窗之下，清风飒至，自谓羲皇上人。用此事于五月菊，洵为清切有味。学者于此，可以悟运用古事之法。"①刘坡公详细地对运用古人之事典予以论说。他甚为强调两个创作原则：一是为人所熟知之事典以暗用为妙，二是不太为人所知之事典则以明用为上。他称扬姜夔《疏影》一词中用寿阳公主之事乃"明事暗用"，而其用杜甫之诗则为"隐事明用"。同时，刘坡公列举苏轼《永遇乐》一词用事自然，入古而化，毫无痕迹；其《点绛唇》一词运实于虚，很好地体现出明暗相错、虚实相生的事典运用之道。总之，刘坡公概括事典运用的原则要让人感到"有味"，有吸引力，以强化词作艺术表现为根本宗旨。

　　刘永济《词论》有云："运用书卷，词难于诗。稼轩《永遇乐》，岳倦翁尚谓其用事太实。然亦有法：材富，则约以用之；语陈，则新以用之；事熟，则生以用之；意晦，则显以用之；实处间以虚意；死处参以活语。"②其又云："词不能堆垛书卷以夸典博，然须有书卷之气味。胸无书卷，襟怀必不高妙，意趣必不古雅。其词非俗即腐，非粗即纤。故山谷称东坡《卜算子》词：'非胸中有万卷书，……孰能至此。'"③刘永济论说在词的创作中，其寓事用典比诗的创作更显示难度。他针对岳珂评说辛弃疾寓事用典还太过于密实，提出几个具体的寓事用典之

---

①　刘坡公：《学词百法》，上海书店1987年版，第48页。
②　刘永济：《词论》，上海古籍出版社1981年版，第110页。
③　同上书，第111页。

法。这便是，在史实比较丰富的情况下，就尽量简约而用；在话语显得比较陈旧的情况下，就尽量化转出新意而用；在史实显得太熟泛的情况下，就尽量使之显出一定的陌生化特征；在意致呈现比较隐晦的情况下，就尽量使之显得相对明白易懂。刘永济将辩证原则运用到了对事典运用之道的论说中。其又云："盖用事乃文家修辞之要，刘彦和'以少总多，情貌无遗'八字尽矣。然真美之文，亦必无施而不可。譬如美女，严庄丽饰固佳，乱头粗服亦佳也。若单就修辞之技言之，则用事亦有别。用事者，取古人往事与作者所欲言者切合之处，以为比附，而此欲言者，或不欲明言，或不敢明言，得此切合之处比附言之，则欲言者已可使人领略，不但精切，而且婉约，能以少字表多意，能以简语达深情。而隶事，则徒征故实，弥见饾饤，譬之事类赋之流，但使人赏其运典切题、记问淹博而已，是技而非道也。"① 刘永济肯定寓事用典乃文学表现的常用方法。他引用刘勰之言，称扬寓事用典确富于凝练性，体现出以少总多的艺术表现力。刘永济认为，从总体而言，文学之美当然与是否寓事用典没有必然联系的，用与不用都要视具体情况而论。然就寓事用典之手法本身而言，他强调运用前人之事语一定要与所表现意致相互切合，其内在一定存在有机的联系，或明用或暗用，都要以用之得当为准的。他要求寓事用典一方面要以精练切要为上，以少寓多，体现出凝练之意；另一方面，又要以简练之语表达出深致之情，体现出动人的艺术效果。刘永济反对留于炫耀学力的为用事而用事之举，强调应将寓事用典努力从"技"的层面提升至"道"的境界，脱却只见树木而忘却森林的创作态度与艺术眼光，脱却一味注重细枝末节的创作陋习，将寓事用典之道引向更高的艺术表现层次。

新中国成立以后，赵尊岳《填词丛话》有云："咏物不能不用故实，惟不宜直说、明说，而又当使读者一见便知，则在运笔之法，有以存其精义，去其迹象。白石《咏梅》，即其至者。若将一故实，勉为刻凿，使可强作词语，则或纤或粗，均非运典之道。好学深思者，于此当舍之勿用，不能以一小故实，害全词之气息格调也。"② 赵尊岳对咏物

---

① 刘永济：《词论》，上海古籍出版社1981年版，第131页。
② 屈兴国编：《词话丛编二编》，浙江古籍出版社2013年版，第2789页。

之词事典的运用提出明确的要求。他主张寓事用典不宜说破，不宜用在明处，倡导消泯其迹象而化用其精义，亦即通过创作主体独特的艺术表现，达到从深层次上活用事典的目的与效果。他甚为强调在事典运用的过程中要以词的整体艺术表现为本位，而切勿舍本逐末，以致有碍于词作内在气脉的运行与审美格调的呈现。赵尊岳将传统活用事典之论进一步予以了深化与完善。其又云："词有间用故实之处，当先知运用之道。生吞活剥，最犯大忌。即前人名句，学力深者，亦可少加点藻，使为吾用。则亦在常日涵濡之所得，藏诸胸臆，无意流露而出之。若临时掇拾，獭祭旧词，必不能得一句。运用典实之法，能略其迹而存其神者为上。用其事而并传其神者，已至不易。甚或以吾之笔力，运用上下千年截然不同之两故实，使之融合无间，益见神味，则尤非读书多者不办。"① 赵尊岳对寓事用典之道甚为谙熟。他将生吞活剥、机械而用视为寓事用典之大忌。他主张在以丰厚学养与过人才力加以通贯的基础上，适当地化用前人语句，或者将在日常生活中所获得的感悟与体验，通过适当的事典来加以体现。其总的原则是"略其迹而存其神"，强调在灵活把握故实之精髓与神味的基础上，借用其富于生命力之处，以增强作品的艺术表现力，坚决反对少有融合的强拉硬套。总之，是以神味表现为上，而以形迹显露为下。

第三节　对词作用事的分析之论

　　民国时期词学中用事论的第三个维面，是对词作用事的分析之论。这一维面内容，主要体现在况周颐、《续修四库全书总目提要》作者、蒋兆兰、徐珂、夏敬观、王季思、何嘉等的论说中。它体现出处于词学理论批评成熟时期人们对于寓事用典命题的较深入思考。

　　民国前期，况周颐《餐樱庑词话》有云："填词之难，造句要自然，又要未经前人说过。自唐五代以还，名作如林，那有天然好语，留待我辈驱遣。必与得之，其道有二：曰性灵流露，曰书卷酝酿。性灵关天分，书卷关学力。学力果充，虽天分少逊，必有资深逢源之一日。书

---

　　① 屈兴国编：《词话丛编二编》，浙江古籍出版社 2013 年版，第 2760 页。

卷不负人也。中年以后，天分便不可恃。苟无学力，日见其衰退而已，江淹才尽，岂真梦中人索还锦囊耶？"① 况周颐详细论说到创作出好词的两种途径：一是通过主体自然性情与灵性的表现，二是通过融含学力于词中；前者有赖于创作主体之天分，是可遇而不可求的，尤其是人在中年以后更不易维系，后者则与人的后天修为紧密相联，只要辛勤累积，便可充盈学力，拓展词境。由此可见，融含学力于词中的寓事用典之法是加强其艺术表现力的有效手段，它比之一味依赖与张扬主体才性，无疑是更为持久的拓展与提高创作层次和水平的道路。《续修四库全书总目提要》评张云璈《三影阁筝语》云："又集中广注典实，不知词之佳处，不必尽以书卷见长，搬运类书，最无益于词境也。"② 《提要》作者通过批评张云璈作词过于寓事用典，对盲目用典之习及运用典故而不能有效化入的现象予以指责，其实际上将典故运用的自然性、适切性原则道了出来。蒋兆兰《词说》有云："古文贵洁，词体尤甚。方望溪所举古文中忌用诸语，除丽藻语外，词中皆忌之。他如头巾气语、南北曲中语、世俗习用熟烂典故及经传中典重字面皆宜屏除净尽。务使清虚骚雅，不染一尘，方为笔妙。至如本色俊语，则水到渠成，纯乎天籁，固不容以寻常轨辙求也。"③ 蒋兆兰强调词作体性贵在清雅洁净，在寓事用典上，他主张摒弃熟泛而强调以鲜活面目予以呈现，由生而雅，由新而雅，以从内在契合词作雅致之体性。蒋兆兰对词作寓事用典的论说是甚为强调以雅致为求的。

徐珂《近词丛话》有云："乾嘉之际，作词者约分浙西、常州二派。浙西派始于厉鹗，常州派始于武进张惠言。鹗词宗彝尊，而数用新事，世多未见，故重其富，后生效之，每以掊撦为工，后遂浸淫，而及于大江南北，然钞撮堆砌，音节顿挫之妙，未免荡然。惠言乃起而振之，与其弟琦选唐、宋词四十四家，百六十首，为词选一书，阐意内言外之旨，推文微事著之原，比傅景物，张皇幽渺，约千篇为一简，蹙万里于径寸，诚为乐府之揭橥，词林之津逮。故所撰作，亦触类修畅，悉

---

① 张璋、职承让、张骅、张博宁编纂：《历代词话续编》，大象出版社 2005 年版，第 59 页。
② 孙克强、杨传庆、裴喆编著：《清人词话》，南开大学出版社 2012 年版，第 959 页。
③ 唐圭璋编：《词话丛编》，中华书局 1986 年版，第 4630 页。

臻正轨。"① 徐珂详细地对乾嘉词坛两大流派的源流渊承予以勾勒与论说。他归结以厉鹗为代表的浙西派，在词的创作中追求寓事用典，十分讲究艺术技巧，其创作弊端随之日益显露。之后，以张惠言为代表的常州派词人见出其缺欠，对之不断予以消解与修正。他们论词提倡"意内言外"，在艺术表现上追求寓含寄托、幽微深致。张惠言与其弟张琦并通过编辑《词选》推衍他们的创作主张，这影响到一大批词人。他们的创作一同可入乎词作之正，体现出对传统诗学创作旨向的承纳与弘扬，是值得推尚的。

民国中期，夏敬观《蕙风词话诠评》有云："词固不可多用典，用典充塞，非佳词也。清初竹垞、迦陵犯此弊，后人为之笺注，阅之尚可厌，自注则尤鄙陋。"② 夏敬观主张在词的创作中不宜过多地寓事用典。他批评朱彝尊、陈维崧等在词的创作中亦多用事典，这使词作有时显得滞塞不灵，令人读之生厌，其与清丽虚灵的词之艺术质性显现是相背离的。王季思在《词的正变》一文中云："词是以比兴为主的，这一派的民族词人，既然不拿女子来自比，便要拿古人古事来寄托，这便是他们特别喜欢用典，喜欢掉书袋的原因。而一种文学，既已流行，即使是造诣不很深的人，也往往能懂得他的寄意所在。"③ 王季思论说豪放派词人喜于寓事用典的内在缘由。他认为，相对于一些词人善于以女性之事项自比，这一派词人不喜欢运用这一常见的表现方式，他们便转向从古人的生活事项中去托寄意旨。王季思之论，是具有一定启发性的。

民国后期，何嘉《石淙阁词话》有云："大鹤山人与张孟劬丈书，论词极精，可为学词者之藻鉴，今摘录其言于下：'沈伯时论词云："读唐诗多，故语多雅淡。"宋人有隐括唐诗之例。玉田谓："取字当从温、李诗中来。"今观美成、白石诸家，嘉藻纷缛，靡不取材于飞卿、玉溪，而于长爪郎奇隽语，尤多裁制。尝究心于此，觉玉田言不我欺。因暇熟读长吉诗，刺其文字之惊采绝艳，一一汇录，择之务精。或为妃俪，顿获巧对。温八叉本工倚声，其诗中典要，与玉溪"獭祭"稍别，

---

① 唐圭璋编：《词话丛编》，中华书局 1986 年版，第 4223 页。

② 同上书，第 4592 页。

③ 张璋、职承让、张骅、张博宁编纂：《历代词话续编》，大象出版社 2005 年版，第 1096 页。

亦自可粹以藻咏，助我词华。必不臆造纤靡之辞，自落轻俗之习，务使运用无一字无来历。熟读诸家名制，思过半矣。'夫词者诗余也，两宋名家多有裁剪唐人诗句入词者，自明人造作纤仄柔靡之辞，词之博雅风格为之扫地，故欲求词境之高，词句之典，多读唐人诗，为不二法门也。"① 何嘉称扬郑文焯论词甚为精到，认为其论可作为学词者普遍的创作原则加以推扬。他持论，宋人常常隐括唐人诗句入于词中，张炎是主张从温庭筠、李商隐诗中多加撷取的，认为周邦彦、姜夔等用字造语便多取效于温、李二人。郑文焯评说张炎之言甚见入理，他称扬温庭筠兼善诗、词二体，其诗中寓事用典与李商隐有别，并无"獭祭"之病，而显出适当的藻饰之美，是甚有利于作品艺术表现的。郑文焯主张通过熟读前人之作，巧妙化用前人字语，而成就自身创作。何嘉甚为持同郑文焯之言，称扬宋代名家善于化用唐人诗句，为我所用，为意所驱，批评明人矫揉造作，辞采靡丽，导致传统词作艺术表现的博雅风格荡然无存。何嘉也与郑文焯一样，主张通过多诵读唐人之作，汲取其辞采与意致中富于生命力之处，从而提高词之艺术境界，雅化词之用字造语，以作为引导词的创作入于正道的有效途径。

　　总结民国时期词学中的用事之论，可以看出，其主要体现在三个维面：一是对词作用事的要求之论，二是对词作用事之法的探讨，三是对词作用事的分析之论。其中，在第一个维面，包括两条线索，一是要求词作用事自然妥帖圆融之论，二是要求词作用事灵活、事为意用之论。在第二个维面，词论家们将辩证原则充分运用到对事典运用的论说之中。在第三个维面，词论家们对词之寓事用典的多方面理据与相关注意之处、优缺点等予以了论说。上述三个维面，从主体上继续开拓了传统词学用事之论的空间，将词学用事论的内涵较为充分地呈现了出来。

---

　　① 　杨传庆、和希林辑校：《辑校民国词话三十种》，（台湾）花木兰文化出版社 2016 年版，第 302 页。

民国时期重要词学批评命题的承纳与衍化　　中　编

第一章
民国时期传统词学中的尊体之论

尊体论是我国传统词学理论批评的基本命题。它主要从词与诗、曲之体的联系和区别角度，来辨析词的艺术质性，论说其创作特征，其最终旨趣在于提高词体的社会地位，抬升其艺术功能与价值，以便人们对词体有更为肯定性的认识把握。在我国传统词学史上，对词体持推尊之论的视点各异，此起彼伏，相互掺杂，贯穿于词学历史发展的始终。它从深层次上影响着词学批评的发展，也内在地作用着词学理论的建构，成为影响词学历史发展及铸就其面貌特征的重要因素。

第一节　从诗词同源或同旨角度对
词体的推尊之论

民国时期传统词学中尊体之论的第一个维面，是从诗词同源或同旨角度对词体予以推尊。在这一维面，清代谢良琦、查涵、陆世楷、王士禛、鲁超升、汤叙、陈阿平、陈沆、王昶、王文治、李调元、张体刚、张维屏、汤成烈、汪宗沂、吴敏树、沈祥龙、文廷式、左运奎等，曾作出过不断的论说，将对词体的推尊推向一个很高的标度。延至民国时期，冒广生、蒋兆兰、郑文焯、潘飞声、谢之勃、龙榆生、徐沇等，继续从诗词一同作为传统文学体制的产生及其所发挥社会功用的角度，对词体进一步予以推尊。他们在新的时代背景下，对传统文学体制仍然体现出深切的眷恋与强力呵护之意。

民国前期，冒广生从诗词同旨的角度对词体予以推尊。他在《草间词序》中云："夫词者，诗之余也。本忠爱之思，以极其缠绵之致。

寻源骚辩，托体比兴，自其文字而观之，不过曰蹇修，曰兰荃耳。世无解人，而急功近利之徒盈天下，此天下所以乱，而《春秋》不得不因诗亡而作也。然则谓词之不亡，即诗之不亡可也。"① 冒广生肯定词为"诗余"之属。他论断，人们在词的创作中常常将忠君爱国之思寄托和体现于缠绵悱恻的情感抒发与意绪表现中，这有效地承续了诗骚之体的兴会比譬之法，其创作旨向与诗体是相趋相通的。蒋兆兰《词说》有云："蒙窃以为诗词实同源异派，皆风雅之流别。词家欲进而上之，则兰成及齐梁人诸赋皆绝妙词境。又进而上之，则董娇娆、羽林郎等乐府，及高唐、洛神、长门、美人诸赋，亦一家眷属。更进而上之，则屈宋之作，莫非词家大道金丹。虽体制各别，而神理韵味，犹兰茞之与荃荪也。顾才高者或以词为小道，鄙不屑为。为之者或根柢不深，或昧厥本原，此词学之所以不振也。世有龉吾言者乎，盖试上探骚辩，下究徐庾，精思熟读，一以贯之，美成、白石容可几乎。"② 蒋兆兰从诗词同源的角度体现出对词体的推尊之意。他认为，从表面来看，诗词这两种文学之体是存在不少差异的；但从内在本质加以观照，它们在精神气质显现及韵致、滋味的融含上又体现出相似相通。蒋兆兰论断，先秦两汉至魏晋南北朝时期的诗作，其实质上都与后世词作之体为"一家眷属"，都是后世词作之体的"大道"与"金丹"，融含词之不同体制与创作取径的"因子"及"元质"，由此而言，词体与诗体是应并视而论的。蒋兆兰主张，词的创作在思致取向上应追溯源流，探本风雅，在对诗骚之道的有效弘扬中求取自身的艺术魅力。其又云："词虽小道，然极其至，何尝不是立言。盖其温厚和平，长于讽谕，一本兴观群怨之旨，虽圣人起，不易其言也。周止庵曰：诗有史，词亦有史，一语道破也。"③ 蒋兆兰从诗词同旨的角度体现出对词体的推尊之意。他从圣人所谓"三不朽"之一的"立言"角度，论断词与诗一样，其在艺术表现上亦长于讽谕，寓含传统诗体所具有的"兴"、"观"、"群"、"怨"等功能，并且其面貌呈现温厚和平，确是另一种甚具价值的文学体式，

---

① 李绮青：《草间词》卷首，民国 8 年刻本。
② 唐圭璋编：《词话丛编》，中华书局 1986 年版，第 4634 页。
③ 同上书，第 4638 页。

理应得到人们的普遍推重。

　　郑文焯同时从诗词同源与同旨的角度对词作之道予以推尊。他在《致朱孝臧》中云："夫词之为道，义出风谣，情兼雅怨。故造语者有淡苦而无虚玄，如道家禅悦之言，皆所深忌。命意有悲凉而无穷蹇，感事有叹恨而无激烈。遣怀有艳冶而无媟黩，附物有华绮而无幽僻。浅语直致以文工，苦言切句以味永。小文巧对以格古，新辞丽藻以意定。此词表之能事，可以学力致之，至于骨气神韵之间，则造乎精微，匪言像所能求之已。"① 郑文焯论说词的创作在表意与抒情上都源出于诗骚之体，以"风"、"雅"之尚为求。它在用字造语、立意寄托、感事抒怀与托物寓意等方面都有着独特之处，其总体上呈现出外表形式华美艳丽，而内在蕴涵幽婉深致的特色。其遣字用语以直致为求，言随意遣，以意味隽永、格调古雅为艺术理想。因此，词的创作确是十分精致细微的事情，并非一般泛泛而谈者所能深悟与传达，是需要去表入里、妙悟于内的。郑文焯又从创作主体与艺术表现功能等角度体现出对词体的推尊之意。其《郑大鹤先生论词手简》有云："唐五代及两宋词人，皆文章尔雅，硕宿菁英；虽理学大儒，亦工为之；可征词体固尊，非近世所鄙为淫曲篜弄者可同日而语也。自君相以逮学士大夫，畸人才流，迁客怨女，寒畯隐沦，靡不歌思泣怀，兴来情往。甚至名妓高僧，顽仙艳鬼，托寄深远，属引湛冥；其造峀甚微，而极命风谣，感音一致，蔚为群雅之材，焕乎一朝之粹。"② 郑文焯具体从唐宋词的创作主体身份入手加以论说。他认为，很多文人学士乃至理学大儒都侧身于词作之道，这便可充分表明作词并不是卑陋之事；恰恰相反，词的创作适应于社会的不同阶层、不同人群，人们往往将对社会历史与现实生活的感悟对象于词体之中，在兴会互往中触人心神、引人情思。很多人常常在词作中托寄比兴、深寓思致，从创作内涵上进一步抬升了词体的社会价值，词作之体由此而更为得到推重。

　　民国中期，潘飞声也从诗词同源与同旨角度体现出对词体的推尊之

---

　　① 　杨传庆编著：《词学书札萃编》，南开大学出版社 2015 年版，第 186—187 页。
　　② 　张璋、职承让、张骅、张博宁编纂：《历代词话续编》，大象出版社 2005 年版，第 38 页。

意。他在《阅伽坛词序》中云："词者，诗之余，盖长短之变格耳。大凡清辞丽句，慷慨高歌，必有意思以运之，性灵以出之，雅而不俚，真而不伪，方成其为一己之诗，即词又何独不然?"① 潘飞声肯定词体源出于诗体。他从艺术表现角度论说到诗词之体的相通，强调两者在艺术表现上的突出特点都体现为立足于意致呈现与性灵发抒，都以崇尚雅致为审美追求，也都以自然真挚为创作展开的必然情态。谢之勃《论词话》有云："今人动斥词章为小道，而不知学问本无所谓大道小道，但求好而已；今人动言词为诗余，而不知词与诗性质同而不相属；词与诗同为吾国文学上之放异像的光芒者，又乌可以小道及附属品而屈之。"② 谢之勃针对视词体为"小道"之论予以驳斥。他认为，学问之道包括文学创作在内是无所谓"大道"与"小道"之分的，关键在于"求好"与入妙；有人动不动就喜欢以"诗余"之名而称词体，这实际上是不完全符合诗词之体关系属性的。谢之勃论断，诗词之体在艺术质性上是相通而不趋同的，它们作为不同的文学体制，各有其审美质性，也都包含广阔的艺术空间，在我国传统文学史上绽放出夺目的光彩，其相互间是无高下尊卑之分的。龙榆生对清代词学尊体之论予以具体的分析论说。他在《选词标准论》一文中云："吾国文人之言诗歌者，咸以《风骚》为极则；所谓比兴之义，不淫不乱之旨，所争在托兴之深微，所务为修辞之醇雅。由传统观念以论词，词固早被士大夫目为小道，而一旦欲上跻于《风雅》之列，则抉择标准，势必从严，此清代言词学者，所以先贵尊体也。"③ 龙榆生在肯定诗歌艺术表现以"风"、"骚"为旨归的基础上，认为词作之体虽被一些人视为"小道"，从创作路径上对之予以贬抑，而一旦对词的创作提出要求与标准，他们则又希望将它与诗体并视，以寓含比兴之义、合乎中和之道为标的，体现出甚为相离相反的矛盾取向，这便成为清人推尊词体的根本原因之一，也是词体不为"小道"的明显证据。

徐沅也从诗词同源与同旨的角度对词体予以切实的推尊。他在

---

① 刘肇隅：《阅伽坛词》卷首，民国印本。

② 张璋、职承让、张骅、张博宁编纂：《历代词话续编》，大象出版社 2005 年版，第898 页。

③ 同上书，第 1015 页。

《瀼溪渔唱序》中云："北宋以来，诗人多寓声为词，陈季陆谓苏子瞻词如诗。其后元祐诸公嬉弄乐府，寓以诗人句法，无一毫浮靡之气，实自坡公发之。即至运往风微，而玉田、碧山诸彦，犹皆播为雅歌，以寄其禾黍之感。固知诗词同源，皆足以继三百篇之旨，非小道也。"[①] 徐沅论断，北宋以来词的创作日益兴盛，以苏轼为代表，元祐时期的不少词人在创作取径上以诗为词、运诗入词，延至宋末元初的张炎、王沂孙等，特别注重将黍离之感与兴会之意寄托于词中，这有效地承扬了《诗三百》以来的创作传统，其艺术体制虽然短小而意旨却见深远，是不能以"小道"视之的。王蕴章《词学一隅》有云："诗词皆切戒无谓而作。弄月吟风，言之无物，虽不作可也。诗有诗史，如杜陵之兵车行，石壕吏，白乐天之新乐府，吴梅村之圆圆曲、永和宫词之类。词亦有词史，词至于史，而其道始尊。"[②] 王蕴章从思想内涵表现的角度对词体予以推尊。他明确反对"无谓而作"，对缺乏丰富充实思想内涵的创作予以指责，在很大程度上，强调词的创作也应像杜甫的《兵车行》《石壕吏》、白居易之"新乐府"、吴伟业的《圆圆曲》《永和宫词》一样，源于现实，有感而发，如此，才能将词作之道推至令人重视的位置。

新中国成立以后，朱庸斋《分春馆词话》有云："词体诚须尊，要之能摒去浮艳、佻挞、偎薄、叫嚣语，以雅正之言，叙承平之景象，写新鲜之事物，歌社会主义之春华而已。"[③] 朱庸斋对传统词作尊体之论仍然持大力肯定的态度。他认为，唯其如此，才能有效地避却浮靡淫艳与纤佻浅薄或叫嚣怒张之习气，在典则雅正的面貌与风格呈现中，表达出创作者对于新社会、新生活的真切感受与审美体验。朱庸斋在新的时代背景下，对"词"这一传统文学形式仍然充满眷恋并努力予以推扬，体现出其对传统文学之体化用生新的企求，是顺乎历史发展内在要求的。朱庸斋又从词作历史发展的角度来论说诗词之体的离合及词体尊抑的论题。其云："词之乐律入元融而为曲，嗣后所为词者直长短句之诗

---

① 林葆恒：《瀼溪渔唱》卷首，民国刻本。
② 《民意》月刊第 2 卷第 8 期（1941 年）。
③ 张璋、职承让、张骅、张博宁编纂：《历代词话续编》，大象出版社 2005 年版，第1127 页。

耳。世或狃于旧说以为诗词异途，遂使词境转隘，良可慨也。东坡、稼轩之作，凡诗文所具存者，悉能达之于词。词之领域，开拓始袤，非复专事绮筵绣幌、脂粉才情、遣兴娱宾、析酲解酝者矣。况其忧生念乱，抚物兴怀，身世所遭，出以唱叹，命笔寓意，又何有异于诗哉？宋词能与唐诗并称后世者端复赖此。有明一代误于'词为艳科'之说，未能尊体，陈陈相因，取材益狭，趋向如斯，词道几绝。逮及清季，国运衰微，忧患相仍，诗风大变，声气所汇，词学复盛，名家迭出。此道遂尊，言志抒情，不复以体制而局限。故鹿潭、半塘、芸阁、彊村、樵风之作，托体高，取材富，寓意深，造境大，用笔重，炼语精。其风骨神致足与子尹、韬叔、散原、伯子、海藏诸家相颉颃，积愤放吟，固无减于诗也。"① 朱庸斋认为，诗词两体在最初之时是异途并进的，词作艺术表现相对范围较窄，格调趋俗，宋代苏轼、辛弃疾等运诗入词，有效地接通了诗词之体的界限，拓展了词体艺术表现的领域，丰富了词作艺术表现的内容，亦提高了词的境界与格调，此时期的很多词在创作取向上与诗体甚为相趋。延至明代，"词为艳科"之说复倡，致使词的创作在题材叙写范围上日益狭窄，内涵表现日益虚化，创作取向日见浮靡，诗词之道相离明显。及至晚清时期，衰微的国运与忧患之世事影响到词人的创作心态，促使词的创作发生很大的变化，词体又从多方面趋近于诗体。其取材丰富，寓意深致，境界阔大，格调高迈，词作之体在创作实践中有效地得到了推尊。词坛出现如蒋春霖、王鹏运、文廷式、朱祖谋、郑文焯等一批名家，他们将词作之路径重新拉回到合于风雅之义的轨道上，是值得大力肯定的。朱庸斋之论，紧密联系词的具体创作实践加以阐说，实际上从诗词同旨的角度对词体予以了大力的推尊与张扬。

第二节　从创作实践之难角度对词体的推尊之论

　　民国时期传统词学中尊体之论的第二个维面，是从创作实践之难角度对词体予以推尊。在这一维面，南宋沈义父，元代仇远，清代李起

---

　　①　张璋、职承让、张骅、张博宁编纂：《历代词话续编》，大象出版社 2005 年版，第 1148 页。

元、唐允甲、李渔、胡兆凤、王隼、陆奎勋、吴允嘉、厉鹗、胡师鸿、保培基、许宝善、施鸿瑞、叶以信、邹文炳、赵怀玉、朱绶、张应昌、叶湘管、谢章铤、汪甲、吴蒃、袁翼、王柏心、黄文琛等，曾作出过很多的论说，对词的创作之难予以过形象而简洁的概括叙说。延至民国时期，郑文焯、史别抱、蒋兆兰、噭噭子、况周颐、陈洵、吴曾源、曾缄、王闿运、王蘧、唐圭璋等，结合对不同词人词作的论评，将对词体的推尊进一步展衍开来。他们从词学创作论的角度，为传统词学尊体之论加上了丰富多彩而甚见有力的几笔。

民国前期，郑文焯具体从词之体性角度论说到词的创作之难命题。他在《致朱孝臧》中云："窃以词道衰息，自南宋来三百余年，至嘉庆间始得一皋文先生，穷讨达学，而词体一尊。顾翰凤附录七家，当时以为必传者，且不当来哲之楷素。比二十年，作者辈出，骎骎欲度骅骝前矣。是知词虽小道，求其至精固甚难。兹大雅发藻玉，振江皋，缪引簜弄，以应黄钟，犹嗛嗛不皇，清问下逮。同声感切，不揆狂简，恒思有谔见效一日之知，诚自忘其唐突也。"① 郑文焯从词作之道的盛衰论说到其艺术质性。他认为，从表面来看，词体虽为小道，但在创作上是有着较大难度的。一方面，它作为音乐文学体制有着独特的要求，强调合乎"弄引"之理；另一方面，又要求在"同声"中"感切"，表现出创作主体丰富多样的情感意绪，是甚为不易的。其又云："生平于训故考据之学，偶有心得，泠然神解，辟易群言，虽孤证亦当仁不让。独词章一道，工之至难，一字未安，不惜三易。"② 郑文焯进一步从训诂考据之事与辞章之道的比较中，道出词的创作的不易。他言说自己于训诂考据之道常在独自钻研中有所心得，而于词章之事则常感到创作之难。作为词学名家的他，也在"同人之会"中坦露了"畏惧"之心迹。其又云："词之为体，又在清空，著文益难，必内藏宏富而后咀嚼出之，蕴酿深之。虽浅语直致，要以文而韵；苦言切句，务以淡而永，性灵往来，如香着纸。以是言字面，岂易甄采哉。近世学者知其难，遂专于词中求生活，一涉

---

① 杨传庆编著：《词学书札萃编》，南开大学出版社 2015 年版，第 184 页。
② 同上书，第 186 页。

笔，辄多剿袭之浮艳，曼衍支离，几忘所自，比比然也。国初诸名家，故渊雅而观，而隶事庞杂，雕润新奇，不免芜累。其文字真从学问中来者，诚有经籍之光，一目了然，非塞肤俭腹所能充也。"① 郑文焯概括词作之体艺术表现贵在清彻空灵，然其内在又应包蕴丰富深致的内涵；同时，词作艺术表现应充满文采与韵致，让创作主体性灵充盈流动于其中。郑文焯批评其时一些人，却正因为知悉词的创作之难，故而专门在遣词造语等方面下功夫，反使词作呈现出支离破碎的面目与浮泛富艳的风格，在创作路径与艺术追求上本末倒置了。郑文焯论说当世不少词人一味融学力于创作之中，过于寓事用典，遣词造语也以"新奇"为求，在一定程度上有损词作艺术表现的自然完整性。他强调，真正的融学力于词的创作，是要既充分体现出"经籍之光"，同时又使人体会自然，两者之间达到有机的统一。其又云："生平于训故考据之举，偶有心得，泠然神解，辟易群言，虽孤证亦当仁不让。独词章一道，工之至难，一字未安，不惜三易。"② 郑文焯甚为简洁地论说到词的创作是甚为不易的事情。他申言自己平生于训诂考证之道常常能独持己论，不人云亦云，但唯独在词作之道上，甚感其下字用语之不易，其结构运思与字句修改即甚见费心，是需要极富心思安排的，是很需要耐心与艺术智慧的事情。史别抱《空斋词话》有云："近世作诗者伙，而为词者则如凤毛麟角，非词高于诗，实神悟难期，而声音之微者不易究也。陆辅之《词说》曰：'命意贵远，用字贵便，造语贵新，炼字贵响。'《玉梅馆词话》曰：'真正作手不愁亦工，不俗故也，不俗之道，第一不纤。'又云：'词太做厌琢，太不做嫌率，欲求恰如分际。'又云：'学填词先学读词，抑扬顿挫，心领神会，日久胸次郁勃，信手拈来，自然神韵谐畅矣。'凡兹数语，可作学词者之金针指南观。"③ 史别抱从当世从事诗词创作者人数不平衡的角度对词作之体加以推尊。他论断，近世以来，作诗者多而填词者少，这并不是词体有何高贵之义，而是其创作存在相当

① 杨传庆编著：《词学书札萃编》，南开大学出版社 2015 年版，第 185 页。
② 同上书，第 186 页。
③ 和希林辑校：《〈先施乐园报〉所载词话五种》，《古代文学理论研究》第四十五辑，华东师范大学出版社 2017 年版，第 408 页。

的难度，是需要主体细心体会、恰当把握其创作之法的。史别抱引用元人陆行直与近人况周颐之言，力证词的创作贵在用字造语上灵活而变，其格调呈现要求脱却俗化之道，其创作要求把握好率性随意与笔法讲究之分寸，在反复熟悉他人之作中才能逐渐进入，以期酝酿于心中，随手而来，这才是谙熟词的创作的真正路径。史别抱之言，进一步从诗词之体创作比较的角度对词体予以了张扬。

蒋兆兰《词说》云："词之为文，气局较小，篇不过百许字，然论用笔，直与古文一例，大抵有顺笔，有逆笔，有正笔，有侧笔，有垫笔，有补笔，有说而不说，不说而说。起笔要挺拔，要新警。过片要不即不离。收笔要悠然不尽，余味盎然。中间转接叠用虚字，须一气贯注。无虚字处，或用潜气内转法。蒙常谓作一词能布置完密，骨节灵通，无纤毫语病，斯真可谓通得虚字也。"① 蒋兆兰从创作角度对词作之体予以推扬。他论说词之体制虽然较小，常常在百字以内，但其用笔却与散文艺术表现一样千变万化。其中，包含着多种运笔之法，呈现出丰富多样的艺术意味。蒋兆兰对不同用笔之法都提出了要求，如起笔要讲究突兀，具有吸引人的特点，收笔要留有余味，让人回味不尽，等等。总之，要使一首词在结构穿贯与技巧表现上都充满活力，体现出灵气，确不是一件容易的事情。嗥嗥子在为谢无量《词学指南》所作"序言"中云："美文凌夷，风雅道衰，诗虽为硕果之遗，而后生小子稍谙音韵，便解讽吟，其流犹可相衍不绝。至于词则屈指海内不过数人，直如景星卿云之不可复见。无他，词之难学甚于诗也。"② 嗥嗥子也从创作之难的角度对词体予以推尊。他认为，诗的创作历史悠久，从事创作的人数甚为众多，不少人只要稍懂声律与音韵表现之道，便侧身于其中，致使诗作之道不断衍化与发展；而词的创作则要困难得多，从事创作的人总是比较少，它需要有像汉代司马相如与扬雄一样的创作才力，在艺术表现上富于才气与能力才可为之。

其时，况周颐对以"诗余"称词之论不以为然。其《餐樱庑词话》有云："词之为道，智者之事，酌剂乎阴阳，陶写乎性情。自有元音上

<hr>

① 唐圭璋编：《词话丛编》，中华书局 1986 年版，第 4634—4635 页。
② 谢无量：《词学指南》，上海中华书局民国 7 年版。

通雅乐，别黑白而定一尊，亘古今而不敝矣。唐宋以还，大雅鸿达，笃好而专精之，谓之词学独造之诣，非有所附丽，若为骈枝也。曲士以诗余名词，岂通论哉。"①况周颐界定填词乃智慧之人所做的事情，认为其从内在艺术生发而言，源于人之性情；从外在审美表现而言，则讲究阴阳相糅，强调在合于音律之道中而发抒情性，感慨过往，是甚为不易的事情。况周颐论说唐宋以来的词学大家，没有一个不是在反复实践、专心钻研的基础上而成就的，他们对词作之道有着极为丰富的认识解会，其词作绝不是在凭空而来的兴会中一时托寄而出的。陈洵具体从声律表现的角度对词体予以推尊。其《海绡说词》有云："凡事严则密，宽则疏，词亦然。以严自律，则常精思，以宽自恕，则多懈弛。懈弛则性灵昧矣。彼以声律为束缚者，非也。或又谓宫商绝学，但主文章。岂知音节不古，则文章必不能古乎！（无韵之文尚尔，何况于词。）凝思静气，神与古会，自然一字不肯轻下。庄敬日强，通于进德，小道云乎哉！"②陈洵认为，词的创作是与声律之求、音韵之美有着天然联系的。对于词体而言，声律音韵并不是外在的东西，而是其作为文学体制所必然伴有的内质。他认为，古往今来，那些善于填词之人，都将声律音韵之求寓于看似浑融自然的创作之道中，体现出"有法而无法"的艺术特征。他并且持论，人们不断对词的创作提出充实其社会内涵、升华其品格表现的要求，这确不是可用"小道"之名而称的。陈洵对词体的努力推尊之意是甚为明显的。

　　民国中期，吴曾源通过叙说自己不能为词及记录其父之言，表达出对词体创作之难的持论。他在《井眉轩长短句自序》中云："余不能词，又乌知词律？所为词者，仅仅长短句而已。髫龄时侍先大夫于冶山讲舍，见其与薛慰农、范月槎、赵季梅诸老辈以诗词相唱和。一日请益，诏小子曰：'做词之难，难于做诗十倍。词中去声字，非平上入可比，万万不能移动。其孤调尤宜留意。'于谨志之弗敢忘。"③吴曾源认为，熟稔词之声律与艺术表现之法，是甚具难度的事情，并且，词体与

<hr>

① 张璋、职承让、张骅、张博宁编纂：《历代词话续编》，大象出版社 2005 年版，第 82 页。

② 同上书，第 196 页。

③ 吴曾源：《井眉轩长短句》卷首，民国 22 年刻本。

诗体之中的声律表现又存在很大的差异，其更受到严格的拘限，因而更难于作诗。由此，在一定意义上，词体可视为一种甚具约束性的文学形式。曾缄也从创作之难的角度体现出对词体的推尊之意。他在《霜草宧词序》中云："余维词虽小艺，然欲矜重不类乎诗，轻利不流于曲。斟酌雅正，谐适宫商，固非粗才所能问鼎。"①曾缄虽在表面上未否认词为"小艺"之名，但强调词的创作总是界乎诗体与曲体之间的，认为其在艺术表现的把握与审美风格显现上是甚为讲究的，并不是一般人所能入乎其道的。曾缄之言对低视词道之论实际上予以了解构与否定。王闿运在《论词宗派》一文中云："人心日灵，文思日巧，有不可为诗赋者，则以词写之。故词至卑，而实至难也。能于其中捭阖变化者，斯为名手。其工之外多做多看，与诗文一也。然诗文之用，动天地，感鬼神；而词则微感人心，曲通物性，大小颇异，玄妙难论。盖诗词皆乐章，词之旨尤幽，曲易移情也。"②王闿运论断词体具有补于诗文之体的艺术功效。他虽然表面未否认词为"卑体"的观点，但大力张扬词的创作是很不容易的事情，它要求创作者善于纵横出入、架构与变化，在不断向他人学习的基础上，才能成就其创作之道。王闿运概括词体与诗文之体在艺术表现质性上是甚为不同的。他认为，词作之体的最大特点在于委婉细腻、移人情性，其在细致深入地触及人心方面，是其他文学体制所难以比拟的，确乎具有独特的艺术表现功效。

叶恭绰在《与黄渐磐书》中云："词与诗文相通之点，即至要在有胸襟、意境。而以必须按律之故，修辞、造句，复有其特殊技术。然专工修辞、造句，未可即为佳词，故词之推尊五代、北宋者，理也，亦势也。南宋亦尽有有胸襟、意境者，然终逊于北宋。"③叶恭绰论说词体与诗文之体的相通之处，主要便在于都要求创作者具有高妙的襟怀情性并表现出艺术意境之美。同时，其有异之处在于，词的创作要求依照声调音律而加以填制，词的创作更要求在造字用语与意境创造上同时兼善的。从这一点而言，他持论五代、北宋之词是高于南宋之词的。张尔田

----

① 芮善：《霜草宧词》卷首，民国印本。
② 张璋、职承让、张骅、张博宁编纂：《历代词话续编》，大象出版社 2005 年版，第 1 页。
③ 杨传庆编著：《词学书札萃编》，南开大学出版社 2015 年版，第 329 页。

《遁庵词话》有云："余弱龄即嗜倚声，所收弄宋贤遗集不下数十种，特侍家大人，窃闻文樵风、朱沤尹诸丈绪论，始知词虽小道，未可率尔操觚，颇病近来浙派意瘁文荣，走腔落韵，使两宋、五代高澹宏约之制不可复见，而淫哇竞起，雅音沦亡，良足悲矣。玉田、义甫，并旷代先贤，片言寸度，先得我心，引而申之，是在圣哲。暇日籀诵宋贤盛藻，辄有题留，值草辑成。一曰论律，二曰论韵，三曰总论作词之诀，而遗说足资佐证者附焉，庶几达其理而董之。"① 张尔田在对宋人词集的推扬和对浙西词派创作的批评中，也体现出从创作实践角度对词体的推尊之意。他虽承认词的创作为"小道"之事，却大力伸张其创作之不易，认为它在意旨表现、声律运用、雅俗相和等方面都有很多讲究，确是不可率意为之的事情。

民国后期，王潨在《致徐一帆》中云："窃谓词难于诗，全在会意尚巧，选言贵妍，固不可歇后做韵，尤不可满纸词语，竟无一句是词。即以《花外》咏蝉两作而论，仆最喜前一首'晚来频断续，都是秋意'数语。若一味寄托，反少意味。"② 王潨从语言表现角度论说词的创作难度要大于诗。他强调词的创作更依赖于主体会心妙悟，其对字语的运用更讲究内在的华美生色，本身富于音韵之美。王潨以徐一帆词中数语为例，对词作字语运用所包含的独特意味予以了呈示。唐圭璋在《论词之作法》一文中云："夫文章各有体制，而一体又各有一体之作法。不独散文与韵文有异，即韵文中之诗歌词曲亦各有特殊作风，了不相涉。苟不深明一体中之规矩准绳，气息韵致，而率意为之，鲜有能合辙者。昔曾子固、王介甫，为文高古，可追西汉；但偶为小词，则人必绝倒。秦少游为词，出色当行，独步一时，但诗则靡弱，大类女郎。至若元曲本以白描见长，而明人则施以丽藻，失其精诣。此皆文人好奇务胜，不尊文体之故也。"③ 唐圭璋论说不同文学之体各有独特的创作取向、笔法运用与风格呈现。他认为，这不仅表现在散文之体与韵文之体存在差异，就是同为韵文体制的诗、词、曲之间，其差异也是甚为明显

① 《文学与文化》2014 年第 1 期，第 106 页。
② 杨传庆编著：《词学书札萃编》，南开大学出版社 2015 年版，第 241 页。
③ 张璋、职承让、张骅、张博宁编纂：《历代词话续编》，大象出版社 2005 年版，第899 页。

的。唐圭璋叙说宋代曾巩、王安石作文高迈古朴，其艺术境界与创作成就直追西汉名家，然他们却不擅长填词；秦观善于填词，然其作诗却太过柔弱，被人讥为"女郎诗"；至于明代之人，他们又在散曲创作中过多地雕饰辞藻，有伤以白描为本之道，是有悖于其艺术质性之求的。唐圭璋对不同文体的创作都强调本色当行之求，体现出对文体内在艺术质性与审美要求的充分尊重。

第三节　从有补于诗歌艺术表现角度　对词体的推尊之论

　　民国时期传统词学中尊体之论的第三个维面，是从有补于诗歌艺术表现角度对词体予以推尊。在这一维面，清代，任绳隗、朱彝尊、先著、吴秋、王岱、沈德潜、张云璈、焦循、鲍印、刘珊、陈文述、董思诚、张曜孙、杨福臻等，曾作出过具体的论说，对词体的艺术表现优势及其功能作出多方面的分析概括。延至民国时期，李岳瑞、周庆云、吴虞、冯秋雪、程适、仇埰、王闿运、夏敬观、许泰、汪兆铭、杨圻、唐圭璋等，继续从创作主体情感表现范围及其细腻呈现等方面对传统词体所具有的优势予以论说，将对词体艺术表现功能的阐说不断予以了拓展与完善。

　　民国前期，李岳瑞对词作之道体现出其为推尊的态度。他在《绵桐馆词序》中云："岳瑞窃以词之为道，根荄风雅，而树基于汉魏之乐府，沉瀣于六朝三唐之歌诗。其为物也，微而箸，曲而有直体，芬芳悱恻，抒怀感人，为用或较诗为尤广。"① 李岳瑞大力肯定词的创作根柢于先秦风雅之习，衍发于汉魏乐府之诗，而繁盛于六朝至唐人歌诗之体中。李岳瑞肯定词体突出的艺术表现特征乃在微婉中切近人之心绪，于含蓄隽永中尽现人之情怀，其艺术表现功能在某种程度上比诗体更为广阔多样，确乎具有补于诗歌之体艺术表现的功效。周庆云也从有补于诗歌艺术表现的角度对词体予以推尊。他在《浔溪词征序》中云："词者，诗之余也。凡夫骚人墨客，有缠绵莫解之情，抑郁难言之隐，一皆

---

　　①　杨调元：《绵桐馆词》卷首，民国刻本。

托之词。"① 周庆云论断，词作之体能有效地将人的情性心绪艺术对象化，它比诗作之体更为幽深细腻，确乎具有自身独特的体制优势与艺术功效。吴虞在《致柳亚子》中云："张玉田，作家也，其词之不合韵者至三十七首之多。戈顺卿，论词律严矣，而其自作颇为谭仲修所不满意。吾辈读书讲学，强有安身立命之处，词不过偶然遣兴之作而已。成舍我先生何必过于拘墟。纪晓岚云：'能为诗文之人，能担百斤者也。'降而为词，乃舍百斤而担五十斤，未有不能者，故但问其佳不佳可矣。鄙见如此，质之先生以为何如？"② 吴虞将读书讲学与遣兴填词之事加以别分。他认为，填词乃人们在现实生活中偶然兴发之举而已，故在艺术表现形式上不必过于拘束，吴虞引述与衍化纪昀之言，认为词的创作难度并不大，稍有文化之人都是能填的，其所别在好不好而已。吴虞之论，一反传统的从创作实践之难角度对词体的推尊，显示出对词的创作大众化推广之意，有其自身的特色。冯秋雪《冰簃词话》有云："词者，补诗之穷也。盖诗于五七言不能尽者，词能长短以陈之，抑扬缓促以达之，温柔细腻以出之，和人之性情，词之功尤居诗上也。"③ 冯秋雪也从词的形式构造上论说到其有补于诗体之功效。他认为，词的长短不一的语句表达形式与创作主体抑扬缓促的情感流转与意绪延宕，是相互吻合的，其面貌呈现更为温婉柔和、细腻动人，这些都使词作更见适合人之情性表现。因而，相比于诗体而言，词作无疑更具抒情性体制之优势。

民国中期，程适同时从有助于意致呈现与有补于情感表现的角度对词体予以推尊。他在《乐府补题后集乙编序》中云："人生之乐，无逾友朋，友朋之叙，莫若文字。文字而极之倚声，意内言外，悱恻芬芳，往往能深入人心，缠绵固结而不自解，小道云乎哉？"④ 程适界定词体乃文学大家庭中最富于魅力之体制，其以"意内言外"为本质所在，艺术表现委婉细腻，风格呈现华美秀丽，它极易感动人心，往往使人沉

---

① 周庆云：《浔溪词征》卷首，民国刻本。
② 杨传庆编著：《词学书札萃编》，南开大学出版社2015年版，第245页。
③ 杨传庆、和希林辑校：《辑校民国词话三十种》，（台湾）花木兰文化出版社2016年版，第105—106页。
④ 蒋兆兰：《乐府补题后集》（乙编）卷首，民国刻本。

醉其中而难以自拔，确是不能以"小道"视之的。仇埰在《蓼辛词叙》中云："词为诗余，蓄性情，摅怀抱，与诗同其用，而殊其境。盖其婉曲绵邈，诗所不能到者，而词通之。故词亦本乎天，极乎人，而周乎万物也。"① 仇埰充分肯定词体出现的必然性，概括其艺术表现范围甚为广泛，其论也体现出对词体的推尊态度。仇埰论断词体在内涵表现上可与诗体相类，它表现人的心性情愫，抒写人之怀抱志意，所不同在于其面目呈现更见委婉深致，在一些内容的表现上对诗体有补充之功效。王闿运将言说志意与抒发情性论断为诗词之体共通的本质所在。其在《论词宗派》一文中云："诗所能言者，词皆能之；诗所不能言者，词独能之。皆所以宣志达情，使人自悟，至其佳处，自有专家。短令长调，各有曲折，作者自知，非可言也。"② 王闿运甚为推尊词体，认为其比诗体更富有艺术表现力，所涉表现范围更广，所及表现层次更深，对人之情志的表现更为细致幽约。王闿运从诗词比照角度对词体的推尊，将词的言志抒情功能进一步予以了放大，体现出对入清以来词学功能之论的有效继承与发扬。夏敬观亦从有补于诗文之体艺术表现的角度极力推尊词体。他在《半樱词续序》中云："骚赋所讽谏，极诡辞，至闳丽繁衍，无以复加，而词能约之。诗人惘惘之情，欲茹而不能止，欲吐则未甘。五七言句所莫克蕴而宣者，而词能过之。予尝谓文体之兴，有今不逮古，亦有后优于前者。词虽晚出，盖基于骚赋歌诗，益补其所不能，而为至高无上之一体也。自宋以来，作者辈出，名其家者韵味、气息，各有不同。其音响曲折，既节之以句调，意义广狭，章阕限之，顾犹能人尽其才，邦树一帜。然则昔之人命曰诗余，目为小道，岂其然哉！岂其然哉！"③ 夏敬观论断，词作以简约之体而表现丰富的现实内涵，实有过于骚、赋等文学形式；人们所不易表达的婉曲深致之情感意绪，也可在词中得到很好的艺术表现，这也是词体优于诗体之处。夏敬观概括古今文体之间大致存在两种关系：一是古胜于今，二是今优于古。他界定，词作之体因对各种文体都具有补充功效而成为甚具优势的

---

① 石凌汉、仇埰、孙濌源、王孝烽：《蓼辛词》卷首，民国印本。

② 张璋、职承让、张骅、张博宁编纂：《历代词话续编》，大象出版社 2005 年版，第 1 页。

③ 林鹍翔：《半樱词续》卷首，民国刻本。

文学形式。正因此，我们切不可将词的创作视为"小道"之举，它实是转益而来、独具个性与不断创新的特殊文体，理应引起人们的高度重视。

民国后期，许泰对词之体制质性与艺术功能同时加以论说，并由此而推尊词体。他在《梦罗浮馆词自序》中云："其为体也，调有定格，句有定字，声有定律，稍一纰缪，便违法度，非如诗律之宽也。其为用，则宣幽忧，导湮郁，凡诗所不能道者，于词辄能以婉约窅眇之语达之。"① 许泰论断，词作之体在字语运用与音律表现等方面都有讲究，存在拘限，与诗体相比而言，其艺术表现之径似较为狭窄，这成为其表面的受限之处；但在表现范围与艺术功效方面，词体却显示出独特的优势，其内容表现丰富多样、细腻异常，它以绵邈之字语运用、委婉之风格呈现等，有效地起到延伸与拓展诗歌艺术表现的效果，确是值得大力推尊的文学形式。汪兆铭在《致龙榆生》中云："自三百篇以迄于五代，言情之作，大家不废，及宋则欲尊诗体。大家往往于所为诗汰去言情之作，而一发之于词。此于诗未为尊，而于词则未为亵也。今年又有所谓'尊词体'者，欲于词中删去言情之作，此真乃不可以已乎？（周止庵氏似未免此弊。）窃意词选于此，亦似宜留意。淫荡之作，固不当取。若夫缘情绮靡，则含英咀华，正当博搜而精取之，亦不必为'外集'、'集外词'以强生区别也。"② 汪兆铭对传统诗词"尊体"之论予以辨说。他评说其时有的词作选本不太择选言情之作，将词作表现主体之情感与尊尚词体之观念盲目对立起来。他认为，这是甚为偏颇的。汪兆铭明确提出，缘情而发，求于华美，正是词体的本色当行所在。选词者是大可不必以"外集"或"集外词"而作区别，以显其"变"的。这些词作实际上乃显现词之正道。汪兆铭从以情为本的角度对词体之尊的内涵予以了摆正，是甚具理论意义的。

杨圻在《致王心舟》中云："盖词之为物，花露取姿，明珠嫌重，自有其体用及意境，本不能如诗、赋广博而无所不容。故仆谓诗无止境，词有止境者。且词细于诗，轻于诗，诗重性灵，词尤重性灵，梦

---

① 冯乾编校：《清词序跋汇编》，凤凰出版社 2013 年版，第 1939 页。
② 杨传庆编著：《词学书札萃编》，南开大学出版社 2015 年版，第 336 页。

窗、草窗，已病其质实，如曝书诸作，但夸炫淹博，而直忘倚声为何物，盖尤词中之《三都》、《两京》矣。下焉者谓之《事类韵编》盖无不可。故一阕成而注解千百矣。略述所怀，门户之见，学者不免耳。"①杨圻论说词作之体贵在质性轻柔，面貌呈现摇曳多姿，它在艺术表现上是不能如诗体、赋体那样相对宽广博大的。词的艺术特性便在于，它较之诗体规模更小，艺术表现更为细致生动，更加注重对创作主体性灵意绪的发抒。杨圻对吴文英、周密等之作都觉得过于质实了，对朱彝尊等肆意寓事用典、一味追求典博之作不以为然。唐圭璋在《论词之作法》中云："山谷词云：'虫儿真个恶灵利，恼乱得道人眼起俊。'屯田词云：'但愿虫虫心下，把人看待，长似初相识。'皆俗劣不堪。欧公亦多用俗字，如《渔家傲》之今朝斗觉凋零煞、花气酒香相厮酿，《宴桃园》之都为风流煞，《减字木兰花》之拨头憁利，《玉楼春》之艳冶风情天与措，《迎春乐》之人前爱把眼儿札，《宴瑶池》之恋眼哝心，《渔家傲》之低难奔，亦与山谷之用躞屧俗字不殊。嘉兴沈子培疑为笑人谬托，但少游清真咸有之。是知一时风气使然。偶尔作戏，以为调笑之资而。吾人不可不力避之。"②唐圭璋通过详细列举黄庭坚、柳永、欧阳修等之词句，也阐说出填词须力避俗化的创作原则。其所列举都为北宋中后期之词家，这从一个侧面体现出北宋中后期词的创作在雅俗趋向上的普遍特点，映现出词的创作由俗趋雅的历史发展过程。

　　新中国成立以后，詹安泰在《论寄托》中云："能于寄托中以求真情意，则词可当史读。何则？作者之性情、品格、学问、身世，以及其时之社会情况，有非他种史料所得明言者，反可于词中得之也……盖我国士大夫，素以词为末技小道，其或情意不能自遏，不敢宣诸诗文，每于词中发泄之。此种不容不言而又不容明言之情意，最为真实。其人之真性情、真品格，胥可于是观之焉。"③詹安泰从最能表现创作主体真情实性的角度对词体予以推尊。他大力肯定词体往往具有补于史籍之功效，认为有关作者的全面了解与最为真实细致的一面，都往往通过这一

---

① 杨传庆编著：《词学书札萃编》，南开大学出版社 2015 年版，第 296 页。
② 张璋、职承让、张骅、张博宁编纂：《历代词话续编》，大象出版社 2005 年版，第903 页。
③ 吴承学、彭玉平编：《詹安泰文集》，中山大学出版社 2004 年版，第 203—204 页。

文体而得以淋漓尽致地抒写出来。它天然地成为表现真性情、抒写真品格的巧妙形式。

　　总结民国时期传统词学中的尊体之论，可以看出，其主要体现在三个维面：一是从诗词同源或同旨角度对词体的推尊之论，二是从创作实践之难角度对词体的推尊之论，三是从有补于诗歌艺术表现角度对词体的推尊之论。上述几个维面，彼此间相互联系、相互影响与相互生发，它们从主体上继续展开了古典词学对词之体制的推尚，标示出传统词学尊体之论走过一条不断拓展、充实、深化与完善的道路，是甚富于历史观照价值与社会现实意义的。由此，我们可以看出，尊体之论在民国时期词学中仍然存有很大的空间，这也从一定程度上标示出传统词学"卑体"观念的顽固，确实值得深入反思与令人回味的。至于这一方面论说逐渐淡出历史视域，则是新中国成立以后的事情了。

第二章
民国时期词学批评中的雅俗之论

　　雅俗之论是我国传统词学的基本命题。它是指从词作所呈或雅或俗的质性及入雅或趋俗的风格特征角度来观照词人词作，体现批评者对词人词作和词学历史与现实认识的一种批评形式。在我国传统词学史上，有关雅俗的论说很多，形成源远流长的承衍阐说线索。其内容，主要从三个维面加以展开：一是去俗崇雅之论，二是雅俗相融相生之论，三是雅俗呈现之论。此三方面论说相互联系、相互映照、相互生发，从一个视域有力地影响到词的创作的历史面貌，成为推动传统词学演变发展的重要话题，甚富于历史观照的意义。

第一节　高标去俗崇雅创作原则之论

　　我国传统词学雅俗观念大致出现于北宋前期。此时，受诗文雅俗批评的影响，词学批评中也萌生判评雅俗的意识，最终促成去俗崇雅之论的产生。有宋一代，从雅俗观念入手开展对词人词作批评的词论家不少，他们围绕对词人词作的论评，多方面地呈现出去俗崇雅观念。元明两代，人们主要从词作体制运用的角度，继续对去俗崇雅创作原则予以倡导与论说。清代，很多词论家从不同视点与方面，对去俗崇雅创作原则予以不断的理论标树与论说展开，崇雅成为其时词学理论批评的一致性诉求。民国时期，词学批评中的去俗崇雅之论，主要体现在况周颐、赵尊岳、唐圭璋、陈运彰、刘永济等的言说中。他们在新的时代背景下，将词作追求雅致的原则进一步倡扬与彰显开来。

　　民国前期，况周颐《蕙风词话》有云："词中求词，不如词外求词。词外求词之道，一曰多读书，二曰谨避俗。俗者，词之贼也。"①
况周颐从词的创作路径上阐说到去俗崇雅的创作原则。他主张创作主体
要将视界拓宽，不要仅仅停留于词作艺术之道的既有空间中。这主要体
现在两个方面：一要通过多读书以深厚其修为，丰富其情性，增扩其识
见；二要在创作过程中避弃俗化。况周颐把俗化界定为词的创作之
"贼"，是人见人恨，必须坚决摒弃的。其又云："填词要天资，要学
力。平日之阅历，目前之境界，亦与有关系。无词境，即无词心。矫揉
而强为之，非合作也。境之穷达，天也，无可如何者也。雅俗，人也，
可择而处者也。"② 况周颐强调词的创作是词人先天质素与后天经历相
结合的产物。他认为，先天的才情资质是无法选择的，但后天的东西则
是可以改变的，这当然包括创作者的人生经历、现实处境与对自然、社
会及历史的认识解会等。他主张，创作者要辨分与择取雅俗，从而有效
地融铸主体之"词心"。况周颐之论明确伸张去俗崇雅的审美理想，对
崇雅观念予以了有力的倡扬。其还云："真正作手，不愁亦工，不俗故
也。不俗之道，第一不纤。"③ 况周颐将词的创作的真正成功之道论断
为脱却俗化，如此，则词作自然工致而富于艺术魅力。他进一步论断脱
却俗化之道首先在于不纤弱、不萎靡，将词作笔法运用与面目呈现从内
在有机联系起来。其又云："词学程序，先求妥帖、停匀，再求和雅、
深（此'深'字只是'不浅'之谓。）秀，乃至精稳、沉著。精稳则
能品矣。沉著更进于能品矣。精稳之'稳'与妥帖迥乎不同。沈著尤
难于精稳。"④ 况周颐具体论说到学词的几个步骤与阶段，其中，他将
平和雅正与深致秀逸作为沟通词的创作层次由浅入深的中介环节。他认
为，词作高层次的境界应追求精粹稳当、沉郁深致。况周颐从创作风格
角度，将词学雅正之求有效地纳入到其审美理想之中。况周颐在《蕙
风词话》中又叙说到自己爱好词学之道近五十年，但所做校雠词作之
事甚少时云："昔人有校雠之说，而词以和雅温文为主旨，心目中有雠

---

① 王国维著，徐调孚注，王幼安校订：《人间词话》，人民文学出版社 1960 年版，第 4
页。
② 同上书，第 4—5 页。
③ 同上书，第 6 页。
④ 同上书，第 7—8 页。

之见存，虽甚佳胜，非吾意所专注。"① 这里，况周颐将追求平和雅正、温婉秀逸作为其词的创作主导性理想，进一步凸显出去俗崇雅的创作观念。其《词学讲义》还云："词于各体文字中，号称末技。但学而至于成，亦至不易（不成何必学）。必须有天分，有学力，有性情，有襟抱，始可与言词。天分稍次，学而能之者也，及其能之，一也。古今词学名辈，非必皆绝顶聪明也。其大要曰雅，曰厚，曰重、拙、大。"② 况周颐从创作主体素质要求的角度进一步展开论说。他既认为作为词人要"有天分"、"有学力"、"有性情"、"有襟抱"，又强调古今词坛名家并非都有很高的艺术秉赋与先天资质，他们之所以能有所成就，关键是在"雅"、"厚"、"重"、"拙"、"大"等审美范畴上下足了功夫。"雅"即雅正、雅致、婉雅之义，"厚"即沉郁、顿挫、柔厚之义，此两方面是相互联系、相互渗透、相互成就的。这里，况周颐将追求雅致典则作为成就词作之道的有机组成要素。

民国后期，赵尊岳《珍重阁词话》有云："词须知雅入而厚出，则无轻纤之弊。雅入由外而内，用文字以写吾心于外，谓之词藻。厚出由内而外，寓吾心于文字，谓之骨干。不雅入，其失在表，不厚出，其纤在骨，尤犯大忌。"③ 赵尊岳从艺术表现的形式与内容两方面加以立论。他论断词作在形式表现上要入乎雅致，由外而内，在内容呈现上强调"厚出"，由内而外；前者体现为词作用语的典雅工致，后者体现为词作内容的饱满沉郁，两方面是相互联系、彼此促进的。赵尊岳以"出入"说来阐发词的创作的内外之求，倡导字语运用一定要入乎雅致，避却俗媚，其论体现出崇雅避俗的审美观念。其又云："词有四患，浅俗佻薄。浅者，肤廓之语，一读便已了了，无可下转，此人人所能者，特当引以为戒。俗有情性之俗，字面之俗，或所举之典实，不登于大雅，或所造之意境，无当乎风人。佻者貌似清华，吟风月而莫见风月之真情，言中无物，漫自剽窃一二儇薄之词，以自鸣其得意。薄者，绝无

　① 王国维著，徐调孚注，王幼安校订：《人间词话》，人民文学出版社 1960 年版，第 20 页。

　② 张璋、职承让、张骅、张博宁编纂：《历代词话续编》，大象出版社 2005 年版，第 43 页。

　③ 《同声月刊》第 1 卷第 3 号，第 43—44 页。

含嗜。此与浅略异。盖浅指词，薄指意，均不可不加以经意者。古来名家之作，犹或不免有此缺失，其病人之深可知。湔伐不易，慎之慎之！"① 赵尊岳论说词的创作要避却四个方面的弊端，过于俗化即为其中之一。他认为，俗化主要包括以下几方面的内容：一是创作主体所表现性情之俗；二是词作所用字语之俗；三是词作所运用故实难登大雅之堂，过于俗化；四是词作所创造意境无关乎风人之意味，不合乎风雅比兴之义。赵尊岳将去俗崇雅作为词作艺术表现的本质要求，并具体从所含括方面对之予以了论说，是甚具理论意义的。其在《惜阴堂汇刊明词提要》中评杨旦《偲庵词》还云："词虽酬应之作，然尚凝重典雅，要为可取。"② 赵尊岳对词作面目呈现重申典则雅正的审美要求，他将格调庄正、面貌雅致视为词作最重要的艺术特征之一。

唐圭璋在《论词之作法》一文中云："词之作风，略分四点论之：一曰雅。二曰婉。三曰厚。四曰亮。古人名作，无不具此四种作风。而后人词之所以不为人所称道，或竟遭人斥责者，亦以违反此四种原则也。"③ 又云："词之所以异于曲者，即在于雅。曲不避俗，词则决不可俗。故《蕙风词话》谓俗乃词之贼也。观宋人词集，有乐府雅词，复雅歌词，典雅词，宝文雅词，书舟雅词，紫薇雅词。知宋人为词，皆以雅相尚。山谷耆卿，好作俗语，最不可学。词自避俗外，尤须避熟。盖熟亦俗也。予所谓清新者，即在不熟。"④ 唐圭璋对词作风格提出"雅"、"婉"、"厚"、"亮"的要求，归结自古以来优秀词作无不暗合"此四种作风"。他将"雅"概括为"清新纯正"，论断追求雅致是词体不同于散曲之体的审美本质特征之一，两者在雅俗的求取向度上是截然不同的。唐圭璋概括在我国传统词学史上，去俗崇雅观念有着悠久的传统，而黄庭坚、柳永等好用俗语，因此不断受到批评。这段话中更为重要的是，唐圭璋还从"避熟"的角度来阐说"避俗"，强调词的创作要在不断艺术陌生化的过程中求取魅力。此论在传统词学雅俗之论史上

———————————

① 《同声月刊》第 1 卷第 4 号，第 44—45 页。

② 孙克强、岳淑珍编著：《金元明人词话》，南开大学出版社 2012 年版，第 443 页。

③ 张璋、职承让、张骅、张博宁编纂：《历代词话续编》，大象出版社 2005 年版，第916 页。

④ 同上。

具有重要的意义，它进一步扩展了词学雅俗之论的空间，深化了词学雅俗表现之论。其《梦桐词话》又云："词忌俗，故俗字亦当深恶痛绝之。宋沈伯时《乐府指迷》云：'下字欲其雅，不雅则近缠令之体。'宋人当筵游戏，爱作俳词，爱用俗字，即大家不免。然吾人作词，当取古人胜处，勿取古人最劣之作。"① 唐圭璋承衍传统词学去俗崇雅之论加以言说，重申词作脱却俗化的创作主张，将字语运用的鄙俚俗化视为词作之大病。他论析宋人作词常常当筵作乐、以词为戏，由此，词中俗字俗语的运用便在所难免。对于古代词作传统，唐圭璋主张去芜存真，将游戏为词从创作之道中清除出去。唐圭璋又对词作之俗予以简洁深入的辨析论说。其《梦桐词话》云："庸俗是低级趣味，通俗是明白如话。"② 强调"通俗"与"庸俗"之间是有着本质区别的。其又云："词自避俗外，尤须避熟。盖熟亦俗也。予所谓清新者，即不熟。即如范希文云'都来此事，眉间心上，无计相回避'，意固清新而沉着。"③ 唐圭璋对词作去俗崇雅之论予以新的阐说。他界定，词作艺术表现之熟泛亦是俗化的具体体现之一。他倡导词作意致呈现的清丽雅洁与新颖生动，由此，词作俗化之弊便可从内在得以有效的消弭。其还云："若怪词、淫词，亦不可作。怪则不纯，淫则不正。不纯不正，亦非雅词。"④ 唐圭璋进一步对"雅词"的美学内涵展开界说。他将思虑清纯、平和中正视为词作雅致之性的核心内涵，力避怪奇与过度化之作的出现。

陈运彰《双白龛词话》有云："俳词与雅词，仅隔之间，俳词非不可作，要归醇厚。情景真，虽庸言常景，自然惊心动魄，本不暇以文藻之为装点也。第一须避俗，俗不在乎字面，而在乎气骨，此不可以言传也，多读古人名作，自能辨之。"⑤ 陈运彰论断词作有俳谐与雅致之分，他肯定俳谐之词也有存在的合理性与必要性，关键便在于其创作要入乎醇雅敦厚，情景表现真切动人。陈运彰将避却俗化论断为俳谐之作的首

---

① 朱崇才编纂：《词话丛编续编》，人民文学出版社 2010 年版，第 3340 页。
② 同上书，第 3328 页。
③ 同上。
④ 同上。
⑤ 杨传庆、和希林辑校：《辑校民国词话三十种》，（台湾）花木兰文化出版社 2016 年版，第 308 页。

要准则，强调俗化的表现其实并不在字语运用，而更本质地在于气脉与骨相，这些是词作内在的东西，创作者通过多赏读古人优秀之作，便更能入乎其辨、化人入我，努力脱却浅俗之病。刘永济在《词论》中云："大凡人之观物，苦不能深静，而不能深静之故，在浮在闹。浮与闹之根，在不能远俗。能远俗，则胸次湛虚，由虚生明，观物自能入妙。故文家之作，虽纯状景物，而一己之性情学问即在其中。"① 刘永济也将去俗入雅论说为文学创作入乎其妙的前提条件。他强调唯能远俗，则创作主体襟怀明澈，识断高妙，这是保证文学创作得以有效开展的前提条件，它从根本上影响着主体情性修养与艺术表现。

新中国成立以后，朱庸斋《分春馆词话》有云："学词之道，自有其历程。创作方面，先求文从字顺，通体浑成；次求避俗取深，意境突出；三求表现自家风格，以成面目。"② 朱庸斋将学习作词之道概括为三个步骤，其中，主张第二个步骤即为避却俗化而求取意致的深远幽细，让词作意境得到艺术化的凸显。朱庸斋将去俗崇雅作为词的创作所必须遵循的重要原则之一。

第二节　多方面探讨词作雅俗呈现之论

我国传统词学雅俗之论的一个主要方面内容，便是对雅俗之貌呈现的论说与辨析。这一维面内容，主要体现为将其与词的一些主要创作因素加以联系，考察它们相互之间的影响及所包含的创作内涵。民国时期的词学雅俗呈现之论，主要体现为从情感表现、主体学养、语言运用及艺术表现等方面加以展开。此时期的词论家将古典词学雅俗呈现之论的内涵进一步予以了拓展、深化与完善。

在词作雅俗呈现与主体情感表现关系的论说方面，元代张炎，明代王世贞及清代朱彝尊、吴衡照、刘熙载、陈廷焯等曾作出过论说。延至民国时期，况周颐对词作雅俗呈现与主体情感表现的关系进一步予以阐

---

① 刘永济：《词论》，上海古籍出版社1981年版，第68页。
② 张璋、职承让、张骅、张博宁编纂：《历代词话续编》，大象出版社2005年版，第1129页。

说。其《蕙风词话》有云："读前人雅词数百阕，令充积吾胸臆，先入而为主，吾性情为词所陶冶，与无情世事，日背道而驰。其蔽也，不能谐俗，与物忤。自知受病之源，不能改也。"① 况周颐之论，道出主体自身情感内涵及创作取向与接受、体悟前人词作的内在紧密联系。他明言，是前人优秀的词作不断陶冶自身的情性，厚积自身的修养，使之日益真挚、纯化与趋向雅致，这与世俗之物事在本质上形成区隔，也成为他不愿屈就现实世俗而坚持自己秉性的内在根本缘由。况周颐之论，进一步将创作主体情感表现与词作雅俗之面貌呈现有机联系起来。

在词作雅俗呈现与主体学养关系的论说方面，清代陈廷焯、沈祥龙等曾作出过论说。延至民国时期，陈洵、夏敬观对词作雅俗呈现与主体学养的关系进一步予以论说。陈洵《海绡说词》有云："词莫难于气息，气息有雅俗，有厚薄，全视其人平日所养，至下笔时则殊，不自知也。"② 陈洵从词作气脉运行论说到雅俗之面貌呈现。他认为，从根本而言，词作气貌的雅俗是由创作主体学为修养决定的，创作主体学为修养深厚高洁，便自然会使词作呈现出雅致之面貌，反之亦然。陈洵从词作面貌呈现的角度，对主体情性修养实际上提出很高的要求。夏敬观《蕙风词话诠评》在阐说况周颐《蕙风词话》中"词中求词"一条时云："多读书，始能医俗，非胸中书卷多，皆可使用于词中也。词中最忌多用典故，陈其年、朱彝尊可谓读书多矣，其词中好使用史事及小典故，搬弄家私，最为疵病，亦是词之贼也，不特俗为词之贼耳。"③ 夏敬观在况周颐持论作词之道与读书及避俗关系的基础上，进一步诠释和阐说读书以增加才学修为与词作面貌弃俗入雅的内在联系。他主张，创作者要将胸中之丰厚学识，巧妙化入词作艺术表现之中，而切不可像陈维崧、朱彝尊一样，大量在词中寓事用典，一味驰骋与张扬才学。他认为，其在无形中实有碍于词作艺术表现，这就像词作气貌流于俗化一样，是人见人恨的词家之"贼"，其在本质上是违背词作审美要求的。夏敬观又在阐说《蕙风词话》中"词人愁而愈工"一条时云："读书

---

① 王国维著，徐调孚注，王幼安校订：《人间词话》，人民文学出版社 1960 年版，第 9 页。

② 唐圭璋编：《词话丛编》，中华书局 1986 年版，第 4840 页。

③ 同上书，第 4586 页。

多，致身为士大夫，自不俗。其所占身分，所居地位，异于寒酸之士，自无寒酸语。然柳耆卿、黄山谷好为市井人语，亦不俗不寒酸。史梅溪一中书堂吏耳，能为士大夫之词，以笔多纤巧，遂品格稍下。于此可悟不俗不寒酸之故矣。况氏以纤为俗，俗固不止于纤也。"① 夏敬观论断要通过读书养学蓄才以脱却俗化的气貌与格调，将多读书以增扩识见视为从内在改变人之性情与品格的主要手段。他列举柳永、黄庭坚词作虽表面多用市井之语，却并不显示出俗化的气象面目；相反，史达祖虽身为朝廷大吏，却因为用笔纤弱取巧，而终使其词作格调显示出趋俗之面貌。夏敬观纠正与补充况周颐"以纤为俗"之论，认为词作俗化并不仅仅体现在纤弱取巧之上，而更多地体现在思想内涵的浅直与虚化之上。夏敬观之论，将创作主体才学修为与词作雅俗呈现的关系进一步予以了拓展与深化。

在词作雅俗呈现与语言运用关系的论说方面，元代张炎，清代彭孙遹、吴锡麒、陈廷焯、张祥龄等曾作出过论说。延至民国时期，蒋兆兰、吴梅对雅俗呈现与语言运用的关系进一步予以阐说。蒋兆兰《词说》有云："古文贵洁，词体尤甚。方望溪所举古文中忌用诸语，除丽藻语外，词中皆忌之。他如头巾气语、南北曲中语、世俗习用熟烂典故及经传中典重字面皆宜屏除净尽。务使清虚骚雅，不染一尘，方为妙笔。至如本色俊语，则水到渠成，纯乎天籁，固不容以寻常轨辙求也。"② 蒋兆兰在前人反复论说与规范词作用语的基础上，仍从此角度论说词作雅俗之道及提出要求。他倡导词体贵在洁净，虽可用秾丽华美之辞，但务必将"头巾气语"、"南北曲中语"、"世俗习用熟烂典故"及"经传中典重字面"等一概不用。他主张词作应在注重"清虚骚雅"中入乎高格。蒋兆兰之论，虽体现出传统词体本色论的特征，但其从词语、词体角度规范词之质性的做法，将宋代以来的去俗崇雅之论进一步予以了落实与展开。吴梅《词学通论》有云："至于南北曲，与词格不甚相远，而欲求别于曲，亦较诗为难。但曲之长处，在雅俗互陈，又熟谙元人方言，不必以藻缋为能也。词则曲中俗字，如'你我'、'这

---

① 唐圭璋编：《词话丛编》，中华书局 1986 年版，第 4588 页。
② 同上书，第 4630 页。

厢'、'那厢'之类，固不可用；即衬贴字，如'虽则是'、'却原来'等，亦当舍去。……由是类推，可以隅反，不仅在词藻之雅俗而已。宋词中尽有俚鄙者，亟宜力避。"① 吴梅在承衍前人所论的基础上，重申词曲是两种在创作体制上既相近又相异的文学形式。他比较词曲之体中对雅俗的运用及其艺术特征，认为戏曲表现的长处之一便在于雅俗渗透融合，方言俗语的运用可以极大地增强艺术表现力，它在用语上无须做过多的打磨；而词的创作中最好避免使用俗语，即使是无法回避与绕开时，也要讲究语言表现的化入转出之法，亦即如何化俗为雅，这是由词曲之体的审美质性所决定的。吴梅之论，将词作用语崇尚典雅的创作原则又一次予以了伸张与强化。

　　在词作雅俗呈现与艺术技巧关系的论说方面，清代沈谦、陈廷焯、沈祥龙等曾作出过论说。延至民国时期，况周颐、蒋兆兰、周曾锦对词作雅俗呈现与艺术技巧的关系进一步予以论说。况周颐《蕙风词话》有云："词人愁而愈工。真正作手，不愁亦工，不俗故也。不俗之道，第一不纤。"② 况周颐道出具有沉郁顿挫情感意蕴的词作在艺术表现上是不求工致而自然工致的，深刻识见到主体情感内涵对词作艺术表现的决定作用。他论断，脱却俗化的关键在于不纤弱、不萎靡，体现在艺术表现上便是，即使创作主体内心愁怨苦楚孕蕴积聚，也能以较完美充实的艺术形式加以表现出来。蒋兆兰《词说》有云："填词以到恰好地位为最难，太易则剽滑，太难则晦涩，二者交讥。至如浅俗之病，初学尤易触犯。第浅俗之病，人所易见，醒悟不难。惟纤佻之病，聪颖子弟不特不知其为病，且认为得意之笔。此则必须痛改，范以贞正，然后克跻大雅之林。"③ 蒋兆兰从学习作词的几个阶段论说到词之雅俗呈现。他认为，浅俗之病是初学者最容易"触犯"的，但相对于"纤佻之病"，浅俗之病还是较容易知见的，故作词必须在创作旨向上注重入乎贞正，如此，词作才能入乎"大雅之林"。周曾锦《卧庐词话》有云："柳耆卿词，大率前遍铺叙景物，或写羁旅行役，后遍则追忆旧欢，伤离惜

① 吴梅：《词学通论》，中华书局 2010 年版，第 2 页。
② 王国维著，徐调孚注，王幼安校订：《人间词话》，人民文学出版社 1960 年版，第 6 页。
③ 唐圭璋编：《词话丛编》，中华书局 1986 年版，第 4630 页。

别，几于千篇一律，绝少变换，不能自脱窠臼。词格之卑，正不徒杂以鄙俚已也。"① 周曾锦通过评说柳永之词的艺术特征，实际上提出了词的卑俗并不仅仅来自于下字用语的鄙俚浅俗，也来自于其艺术表现的程式化、格套化。他将柳永之词界定为"千篇一律，绝少交换"，体现出对艺术表现独创性、新颖性的崇尚与呼唤。周曾锦将词的雅俗呈现与艺术表现是否具有独创性有机联系了起来，这在传统词学雅俗呈现之论中又是富于新意的。

在对词作雅俗呈现与审美境界创造关系的论说方面，元代张炎、清代陈廷焯等曾作出过论说。延至民国时期，况周颐、唐圭璋、黄人对词作雅俗呈现与审美境界创造的关系进一步予以阐说。况周颐《词学讲义》有云："古今词学名辈，非必皆绝顶聪明也。其大要曰雅，曰厚，曰重、拙、大。厚与雅，相因而成者也，薄则俗矣。轻者重之反，巧者拙之反，纤者大之反，当知所戒矣，性情与襟抱，非外铄我，我固有之。"② 况周颐反对词作艺术表现缺乏深度模式，认为艺术内涵上的单薄、浅化必然导致词作的俗化。他力主将词作审美境界创造的绵厚与雅致之性加以融合、相映相生，如此，才能有效地避免浅薄俗化之病。况周颐这一对词作雅俗的论说，是从词的思想内涵与艺术表现相结合处着眼的，在传统词学雅俗之论中显示出重要的意义。唐圭璋在《论词之作法》一文中云："厚与雅婉二者，皆相因而生。能婉即厚，能厚即雅也。盖厚者薄之反，薄则俗矣。"③ 唐圭璋论说到"雅"、"婉"、"厚"三者的审美特征及其相互因成与生发的关系。他进一步概括词作如果能在艺术表现上体现出委婉典丽、沉郁顿挫，那么，也就必然入乎雅致，会同时给人以纯正高华的美感享受。唐圭璋之论，体现出他所一贯反对的词作艺术表现浅直俗化的主张，在我国传统词学雅俗之论中是甚为醒目的。

黄人在《中国文学史》中云："盖言文学者，固尚雅而戒俗，爱古而薄今，而不知雅之本意为恒常，若以涂饰填砌为雅，则鄙陋实甚。且

---

① 唐圭璋编：《词话丛编》，中华书局 1986 年版，第 4648 页。
② 张璋、职承让、张骅、张博宁编纂：《历代词话续编》，大象出版社 2005 年版，第 47 页。
③ 同上书，第 918 页。

韵语起于风谣,风谣即俗之代名。古人之今,即今人之古,舍今俗而求古雅,所谓皮之不存毛将焉附?故征引典实,非古也;妆点词句,非雅也。能善传现象,则形式不古而精神自古;能深合俗情,则面目不雅而意气自雅。知此始可以尚论我国千古之文学,而韵语尤其显著者也。然此事亦不尽关人力,其盛衰消长,亦与国家社会之变迁相似。"① 黄人对文学创作的雅俗之道予以深入的阐说。他明确表达去俗崇雅的主张,强调文学之事为雅道之业。黄人对"雅"之道的理解是甚为透彻的。他认为,"雅"的含义是随着时代发展而不断变化的,如果仅仅将追求修饰视为求雅之道,这是对"雅"之意义的浅薄之见。黄人认为,我国文学本就起源于民谣风调之中,本身就是从现实世俗生活中撷取而来的,其血液之中流淌的就是俗世之人间、俗世之生活的具体鲜活的内容,这其实就是真正意义上的"雅"之内涵。并且,古今之间的雅俗观念是在不断传承中转替变化的,如果文学创作能细致深入地表现当世人的所谓世俗情感与心理愿望,则其自然呈现出雅化之精神与面貌。黄人之论,显示出对文学雅俗之道相通相贯、相互转化的深入认识,是甚富于历史辩证法意义的。

总结民国时期传统词学批评中的雅俗之论,可以看出,其主要体现在两个维面:一是高标去俗崇雅创作原则之论,二是多方面探讨词作雅俗呈现之论。其中,第一个维面内容,主要体现在况周颐、赵尊岳、唐圭璋、陈运彰等的论说之中,他们在新的时代背景下,将词作追求雅致的原则进一步倡扬与彰显开来。第二个维面内容,主要体现在况周颐、陈洵、蒋兆兰、夏敬观、吴梅、周曾锦、唐圭璋、黄人等的论说中,他们主要对词作雅俗呈现与主体情感表现、学养蓄贮、语言运用及艺术境界创造等的关系予以不同程度的论说,将词作雅俗之貌的呈现与创作主客体因素多方面的联系进一步予以了拓展与深化。上述两方面论说线索,从主体上继续展开了古典词学中的雅俗之论,将传统词学雅俗论的思想内涵与历史意义更为充分地呈现出来,显示出重要的理论批评价值及社会现实意义。

---

① 黄人著,杨旭辉校:《中国文学史》(第二册),苏州大学出版社 2015 年版,第 47 页。

第三章
民国时期词学批评中的
体派之宗论

　　体派宗尚是我国传统词学批评的核心论题。这一论题主要从词作艺术表现与风格特征的探讨入手，考察词的创作取径与审美取向等方面的不同。在我国传统词学批评史上，体派宗尚主要体现在对婉约与豪放两种主导性风格与体派的推扬上。这一方面论说很多，形成相互承衍的阐说线索，建构出传统词学审美风格之论的主体空间，在古典词学发展史上曾经起到过重要的促进与推动作用，富于历史观照的意义。

第一节　偏重于推扬婉约体之论

　　我国传统词学批评偏重于对婉约词的推扬萌芽于北宋中期，其最初是与词体本色当行观念紧密相联的。明代，偏重于推扬婉约词之论正式出现。清代，很多词论家主要从词之体性的视点继续展开对婉约词的推尚，他们将对婉约词体的张扬进一步建立在充足的理据之上。延至民国时期，碧痕、徐珂、徐完亮、顾宪融、唐弢、卓揆、赵尊岳、唐圭璋、蔡桢、梁启勋等，在传统词学与现代审美观念相互交融的时代背景下，仍然持论以婉约之体为宗尚，体现出对传统词学审美观念的坚持与守望。

　　民国前期，碧痕《竹雨绿窗词话》有云："李渔谓有道学风、书本气者，不可以为词。余谓除道学风、书本气而外，有寒酸态者，亦不可以为词。何则？词以婉约为宗，纤巧绮丽，必如风流自赏之人，然后始得其正，豪健沉雄则次之。如带寒酸之气，必腐涩质实，非词矣。"①
碧痕在前人李渔所论的基础上，持论词不可有寒酸之气。他将其理论生
发立足于以婉约词体为正宗之上，道出寒衲酸腐之气与词体之风华绮丽
审美质性是背道而驰的。他认为，唯词体以婉约为宗尚，便不允许其充
蕴滞塞腐朽之气脉。碧痕将词之本色体性与词气呈现有机联系起来。徐
珂《近词丛话》有云："后七家者，张惠言、周济、龚自珍、项鸿祚、
许宗衡、蒋春霖、蒋敦复也。惠言字皋文，济字保绪，号止庵，自珍字
定庵，鸿祚字莲生，宗衡字海秋，春霖字鹿潭，敦复字剑人。七家中莲
生、海秋、鹿潭之作，大都幽艳哀断，而鹿潭尤婉约深至，流别甚正，
家数颇大，人推为倚声家老杜。"② 在清代中后期词人中，徐珂甚为推
尚张惠言等"后七家"之词。其中，尤为推尚蒋春霖之作，评断其柔
婉细腻、深挚感人，在创作取径上入乎大道，因而成为清代当世的大词
人之一，被尊为"词中老杜"，获得广泛的赞誉。徐珂之言体现出以婉
约之词为宗尚的批评观念，显示出对传统词体本色正变观念的坚持与维
护。徐完亮在《洁园绮语跋》中云："词以清空婉约为上，豪放者非，
倩丽者亦非。姜石帚所以为千古第一人也，本朝厉樊榭实足继之。"③
徐完亮将"婉约"界定在"豪放"与"倩丽"风格类型之上，判评其
词作艺术表现更见当行本色，更体现出长久的艺术魅力。由此，他标树
姜夔、厉鹗为婉约词之典范，其词作是值得人们努力学习与效仿的。吴
梅在《中国文学史（自唐迄清）》中云："词体大约有二：一为婉约，
一为豪放。婉约者，其词调蕴藉；豪放者，其气调恢宏。顾以词之本言
之，宜以婉约为旨。"④ 吴梅几乎不动一字地翻说明人张綖之意，也体
现出其以婉约风格为当行本色的词学观念。他在风起云涌的现代美学历
史进程中，仍然强调以婉约为求，确乎体现出执拗的词学理念与批评
主张。

---

① 张璋、职承让、张骅、张博宁编纂：《历代词话续编》，大象出版社 2005 年版，第
1387 页。
② 唐圭璋编：《词话丛编》，中华书局 1986 年版，第 4223—4224 页。
③ 冯乾编校：《清词序跋汇编》，凤凰出版社 2013 年版，第 2027 页。
④ 林传甲、朱希祖、吴梅著，陈平原辑：《早期北大文学史讲义三种》，北京大学出版
社 2005 年版，第 474 页。

顾宪融在《论词之作法》一文中云："诗词虽同一机杼，而词家气象自与诗略有不同。诗以雄直为胜，宜若长江大河，一泻千里。词以婉转为上，宜若九曲湘流，一波三折。"① 顾宪融从诗词体性与艺术表现的细微不同来加以立论。他论断相对于诗作之体以雄放直致、呈现阔大气象为胜，词作之体则宜以委婉含蓄、曲折流转为尚，以细腻深致的艺术表现为词作本色面目。顾宪融之论，虽有流于非此即彼的机械分界之嫌，却体现出对词作婉约体性的偏尚。唐玗《读词闲话》有云："词贵婉约，与诗不同。然诗人作词，往往不能脱尽诗腔。"② 唐玗批评不少诗人在填词的时候，常常会不自觉地以诗入词，不脱"诗腔"，这模糊了诗词之体的相互差异，消弭了诗词之体的内在分界，是不值得提倡的。唐玗之论亦体现出对词作婉约体性的推尚与张扬。其又云："才如子瞻，犹不免有铜琶铁板之讥，盖词固以婉约为上品也。"③ 唐玗通过对苏轼填词不见当行本色的批评，又一次将委婉含蓄论断为词作艺术表现的本质要求。他视婉约之体为词之"上品"，极致地体现出对婉约之体的宗尚。卓掞《水西轩词话》有云："周、秦、张、柳为词正宗，苏、辛斯为别体，宋伶人评《雨霖铃》、《酹江月》之优劣，遂为填词定律。"④ 卓掞承衍前人之言加以论说。他以周邦彦、秦观、张炎、柳永等的婉约之作为词之正宗，而以苏轼、辛弃疾等所作为别样之体，对婉约词作仍然表现出推尚之意，将宋代伶人之言论断为不变的准则。

民国后期，赵尊岳《珍重阁词话》有云："词为温柔、婉约之至文，故在在宜认定婉字。可迷离者迷离之，可曲达者曲达之，可比兴者比兴之。彼言杏花而曰燕子，言梅花而曰幺凤者，亦不过曲达其事，使于情益为宛转耳。"⑤ 赵尊岳在新的时代背景下，仍然大力肯定委婉曲折与温柔细腻为词的本色体制与风格呈现。他甚为强调以婉曲之笔而诉

---

① 张璋、职承让、张骅、张博宁编纂：《历代词话续编》，大象出版社 2005 年版，第689 页。

② 同上书，第 1299 页。

③ 同上。

④ 谭新红：《清词话考述》，武汉大学出版社 2009 年版，第 334 页。

⑤ 《同声月刊》第 1 卷第 4 号，第 52 页。

诸艺术表现，认为触类引比、兴会寄托与联想、借代等表现方式是词作之体的最常态性艺术要求。赵尊岳将以婉约之体为宗尚之论又一次倡扬开来。

唐圭璋《梦桐词话》有云："词之所以异于诗者，在于婉。诗有婉，有不婉，词则非婉不可。诗过婉嫌弱，词则不婉嫌率。故少游以婉为诗，则为元遗山所讥；而以婉为词，则为一代正宗。"① 唐圭璋从诗词体性之异的角度强调词的审美质性便在于委婉含蓄。他认为，诗体有可委婉与不委婉的选择自由，而词体却不能这样，它非入于委婉含蓄之艺术表现不可，否则便堕于仓率直切之创作境地。正因此，他持同元好问对秦观诗作的批评，认为它在艺术表现上过于委婉纤细，而其词作却成为词体之正宗，这是甚见错位的。其又云："若豪放而不尚婉，则不免粗犷之失。此陈其年所以被人讥为粗才也。冯梦华论稼轩《摸鱼儿》、《西河》、《祝英台近》诸作，摧刚为柔，缠绵悱恻，尤与粗犷一派，判若秦越，可谓深知稼轩矣。"② 唐圭璋对豪放之体持以低视的态度，他批评豪放词失之于粗豪叫嚣，认为这也是陈维崧被人讥讽的内在原因。他持同冯煦论断辛弃疾词作化刚健入于阴柔之论，界定辛词于艺术表现上体现出委婉含蓄、余味悠长的特征，其与一味粗豪之体是迥然有异的。其还云："厚与雅、婉二者，皆相因而生。能婉即厚，能厚即雅也。盖厚者，薄之反，薄则俗矣。自常州派起，盛尊词体，谓词上与诗、骚同风，即侧重厚之一字。其后谭复堂所标柔厚之旨，陈亦峰所标沉郁之旨，冯梦华所标浑成之旨，况蕙风所标重、拙、大之旨，实皆特重厚字。惟拙故厚，惟厚故重、故大，若纤巧、轻浮、琐碎，皆词之弊也。"③ 唐圭璋论说到"婉"与"厚"、"雅"之审美范畴的联系。他论断，委婉含蓄与旨趣深厚、雅致呈现之间是相互依托、相互联系与相互生成的，其中，委婉含蓄是词作旨趣与意味绵长深厚、呈现出雅致之性的前提条件，它有力地促进与建构着词作的魅力融含。唐圭璋对词作婉约之体性继续予以了切实的推扬。

---

① 朱崇才编纂：《词话丛编续编》，人民文学出版社 2010 年版，第 3329 页。
② 同上书，第 3330 页。
③ 同上书，第 3331 页。

　　蔡嵩云（蔡桢）《柯亭词论》有云："自来治小令者，多崇尚《花间》。《花间》以温韦二派为主，余各家为从。温派秾艳，韦派清丽，不妨各就所嗜而学之。若性不喜《花间》，尚有二途可循。或取清丽芊绵家数，由漱玉以上规后主，参以后唐之韦庄，辅以清初之纳兰，此一途也。或取深俊婉约家数，由宋初珠玉、六一、淮海诸家，上溯正中，更以近代王静庵之《人间词》扩大其词境，此亦一途也。"① 蔡桢就小令之体的创作展开论说。他当然更推尚以温庭筠、韦庄为代表的《花间集》之词，认为其或秾情富丽，或清丽韶秀，学词者自可根据自身性情气质择选而从之。与此相联，他提出两条学词之道：一是走清丽绵密之路，这一途径须远取李清照、李煜、韦庄等，近法纳兰性德而入；二是取婉约深致之道，这一途径要远韶晏殊、欧阳修、秦观等，一直上溯至冯延巳，近效王国维而进。蔡桢之论，无论是对《花间集》清丽韶秀的直接提倡，还是对李清照等的清丽绵密与晏殊等的婉约深致的极力荐举，其在整体上都体现出对婉约之词的推尚。他在词作审美取向上确乎是偏于张扬婉约之体的。梁启勋《曼殊室词话》有云："词及近体诗，大都以婉约为正宗。盖一则上承三百篇之遗风，而格律之拘束亦有以致之也。汉魏乐府，无篇幅之制限，长言咏叹，了无拘管。唯近体诗则以二十字至五十六字为限，若不采含蓄蕴藉之技术，取弦外之音，纳深意于短幅，则作品将薄而寡味矣。唯词亦然，且以其格律愈谨严，故婉约之技术亦愈巧。苏辛以前，几无以词作工具而表示亢进之情感者。苏辛以后，词风虽略有转变，然犹是以高亢为别派，婉约为正宗。或则此种工具特宜于婉约，未可知耳。"② 梁启勋也持以婉约体制为词作正宗之论。他论析，这一方面缘于传统诗歌之源头《诗三百》的影响；另一方面则由于词作体制短小精粹，是词的浓缩之体从内在决定其必然以含蓄婉约为词之正宗。梁启勋在不盲目排斥豪放之体的同时，对婉约体性为词之正宗予以了强调与凸显。其论说在体现辩证性特点的同时，也显示出自身鲜明的审美取向。

---

　　① 唐圭璋编：《词话丛编》，中华书局 1986 年版，第 4904 页。

　　② 朱崇才编纂：《词话丛编续编》，人民文学出版社 2010 年版，第 3029 页。

第二节　主张婉约与豪放不可偏废之论

在我国传统词学批评中，主张婉约与豪放不可偏废之论的承衍线索，大致发端于元代，承传于明代，兴盛于清代。我国古典时期的一些更富于识见的词论家，对婉约与豪放之宗尚发表了不少或平正或融通之论，体现出超乎时代发展的批评水平，对消解婉约与豪放之偏尚起到重要的作用。延至民国时期，吉城、王闿运、蒋兆兰、张龙炎、严复、吴梅、赵尊岳、龙榆生、陈德谦、顾随、邵祖平等，在对婉约与豪放之体派的观照上仍然体现出辩证之论，他们将对词作体派宗尚的论说不断推向历史的高度，显示出对传统词学体派之论的更细致辨析与更通贯的把握特征。

民国前期，吉城在《寄沤止广词合钞序》中云："昔桐城姚惜抱之论文也，曰阴阳刚柔；湘乡曾文正循用其说，复从而推衍之。余以为文则然已，词亦有之。词家之温李，文家之子政、稚圭也，所为柔美者也；词家之苏辛，文家之相如、子云也，所谓刚美者也。体制殊别，其含蕴天地之菁英，艺近于道，则无不同。"① 吉城在姚鼐论文所持阴柔与阳刚之别的基础上加以论说。他持同这一分类，并将其比譬于词作实践之中。他将温庭筠、李煜比譬为刘向、匡衡，将苏轼、辛弃疾比譬为司马相如、扬雄，认为前两者可视为阴柔之美的代表，后两者则是阳刚之美的典范，他们的词作分别体现出自然界与社会生活中的不同类型之美，乃自然之"道"的各异显现，都是值得大力推扬的。王闿运在《论词宗派》一文中云："唐诗宋词，天下风靡，贩夫走卒皆能之，无宗派也。即就其多者为家数，则有二派：曰苏辛，曰姜吴，其近似者各以是准之，盖豪迈旖旎之殊耳。而词之本用不因此。"② 王闿运对文学宗派之论从根本上是不以为然的。他论断唐诗宋词中本无所谓宗派，只因不同的一些人在某些方面有着"近似"而形成所谓"宗派"。就宋词

---

① 冯乾编校：《清词序跋汇编》，凤凰出版社 2013 年版，第 2036 页。

② 张璋、职承让、张骅、张博宁编纂：《历代词话续编》，大象出版社 2005 年版，第 1 页。

而言，则有所谓豪放与婉约之分轻，但这并不能从根本上对词的创作产生多少重大的影响，只不过是一种显在的标识而已。王闿运之论对婉约与豪放之尊尚体现出消解的意义。

民国中期，蒋兆兰《词说》有云："宋代词家，源出于唐五代，皆以婉约为宗。自东坡以浩瀚之气行之，遂开豪迈一派。南宋辛稼轩，运深沉之思于雄杰之中，遂以苏辛并称。他如龙洲、放翁、后村诸公，皆嗣响稼轩，卓卓可传者也。嗣兹以降，词家显分两派，学苏辛者，所在皆是。至清初陈迦陵，纳雄奇万变于令慢之中，而才力雄富，气概卓荦，苏辛派至此可谓竭尽才人能事。后之人无可措手，不容作、亦不必作也。"① 蒋兆兰在词作体性上一方面坚持以婉约为宗尚，同时又显示出通达的词作历史发展观念。他大力肯定以苏轼、辛弃疾为代表的豪放词派，认为其以气脉运词，能将深沉之思致融含于雄奇奔放的艺术表现之中。他们的创作，有力地引导了同时代及之后的不少词人，发展到清初的陈维崧，各体兼善，自如驱遣，洋洋大化，可谓将豪放词的创作推到极致。蒋兆兰之论，从立足于创新求变的角度，对豪放词派的创作特征与艺术成就予以了张扬。细析蒋兆兰对婉约与豪放两派词作的论评，可以看出，他虽然在表面上仍脱不开"以婉约为宗"之论，但事实上，在具体的批评中已脱开人为的拘限，对婉约与豪放之词体词派都予以了推扬。蒋兆兰之论，似乎体现出处于新旧变革时期的一些词论家自身的心理矛盾与批评作为，是很富于历史观照意味的。

张龙炎《读词小纪》有云："词以缥缈绵邈哀感顽艳尽之，东坡以为己词合关西大汉持铜板高歌乃喜，实则柳耆卿之'晓风残月'由妙女按红牙歌之，亦何尝见有逊色，盖情之感人者，不能强定是非。"② 此论可以看出，虽然张龙炎在词体正变上仍持以婉约为正的观念，但他在评说以苏轼为代表的豪放风格及以柳永为代表的婉约风格之作中，也体现出将两者加以并视的做法。这实际上也对婉约与豪放风格比照予以了消解与提升，显示出升华批评层次的意义。严复在《致朱孝臧》中

---

① 唐圭璋编：《词话丛编》，中华书局 1986 年版，第 4632 页。
② 杨传庆、和希林辑校：《辑校民国词话三十种》，（台湾）花木兰文化出版社 2016 年版，第 215 页。

云："复以为词之为道，嵇叔夜手挥目送二语尽之。至于形色，尤不可苟。而声情神思，则作者各有天焉，不得强而致也。先生以为然乎。"①严复借用嵇康"手挥五弦，目送归鸿"一语来概括词作之道宗旨所在，表明其尽在不言中之意。他倡导词作面貌的形成是与创作主体的先天条件紧密相关的，是不可一概而求的。严复之论，对婉约与豪放优劣之论而言亦体现出消解之意，显示出融通的批评眼光。

吴梅在《惜余春馆词钞序》中云："词为诗余，根柢风雅，固无所谓宗派也。北宋如东坡、少游、方回、美成诸公，精诣所至，不囿一长。南宋如白石、稼轩、碧山、玉田、梦窗辈雄奇缜密，亦无可轩轾。明人无词，姑不具论。逊清初年，大氏多宗北宋，要不离《花》、《草》余习。至竹垞独取南宋，分虎、符曾佐之，而风气为之一变。顾咏物诸作，往往摹《乐府补题》之体，有类于无病之呻吟焉。乾嘉以还，皋文、翰风出，研讨正变，返诸骚雅，于是毗陵之词遂与浙西相骖靳。实则二派之争，即苏辛、周秦之异趣也。道咸间，鹿潭以毗陵异军而步武姜史，仲修以西泠坠绪而执中苏秦。至是而学派之见稍息矣。……近世为词，习绮语者托言温韦，工敷叙者貌为姜张，扬湖海者标榜苏辛，盖不窥风骚之原，则缘情托兴，皆无所归宿。而欲与古作者相抗衡，犹却行而求前也。"②吴梅从词为"诗余"之属、发端于风雅之体的角度予以论说。他认为，南北宋代表性词人词作各有所长，彼此之间是难分轩轾的。延至清代，词学兴盛，其开初之时人们各有所宗尚，于是衍生出以《花间集》《草堂诗余》为宗尚的云间派，以南宋之词为宗尚的浙西派和以骚雅为本的常州词派等，而究其实质，乃在于或以苏轼、辛弃疾为宗，或以周邦彦、秦观为尚之结果。吴梅认为，道光、咸丰年间，蒋春霖、谭献等在词的创作上树立了榜样，注重多方吸收，化人为我，创作态度甚见平允，其创作实践对消除体派之偏尚起到很好的引导作用。他批评其时不少词作者，或一味习效温庭筠、韦庄，或一味追摹姜夔、张炎，或一味模仿苏轼、辛弃疾，总是停步与沉溺于某一创作路径或形式体制中找寻出路，此乃舍本逐末之举措，将缘情托兴、追本风骚之旨

---

①　杨传庆编著：《词学书札萃编》，南开大学出版社 2015 年版，第 90 页。
②　冯乾编校：《清词序跋汇编》，凤凰出版社 2013 年版，第 2080—2081 页。

忘却到了脑后，是应该大力批评的。吴梅之论，一方面从一般意义上就人们所习称的体派而论；另一方面又努力破解传统词学体派宗尚观念，强调探本溯源、融通变化、推陈出新。其论说进一步完善了对婉约与豪放之宗尚的消解批评，在传统词学理论批评史上具有十分重要的意义。吴梅在《井眉轩长短句跋》中又云："自樊榭承竹垞之后，以南宋为师，于是词家有浙西派。皋文托体骚雅，词格始尊。保绪复扩大之，于是词家有毗陵派。实则两家之争，即姜张、苏辛之异而已。近百年中，鹿潭、莲生、复堂、顺卿诸子不沾沾于南宋，幼霞、大鹤、彊村、蕙风辈亦奄有众长。而彊村历梦窗以达清真，盖即据保绪之言而实践之也。"① 吴梅对清朝代表性词人词作的历史发展进一步予以论说。他论断以朱彝尊、厉鹗为代表的浙西派词人，其创作旨趣在于以南宋为宗尚；而以张惠言、周济为代表的常州派词人，其创作旨趣在于倡导风雅之习，追求寓含寄托之意。然而他们实际上终究仍在或以婉约为宗，或以豪放为尚，只不过是宋代以来不同体派的"翻版"与"重塑"而已。吴梅认为，晚清时期的蒋春霖、项鸿祚、谭献、戈载、王鹏运、郑文焯、朱祖谋、况周颐等，不拘限于南北宋之效仿，而努力兼融并收、汇集众长，取得了公认的艺术成就。其中，特别是朱祖谋，其词作由学习吴文英入手而终达于周邦彦词作浑融圆成之境界，很好地践行了周济所倡导的学词路径，体现出很高的艺术水平。他们的创作实践，对消解上千年的南北宋之宗尚及体派之论辩，显示出甚为重要的意义。

民国后期，赵尊岳《珍重阁词话》有云："词有婉约、沉著、稳炼、苍劲诸宗法。圣手融众长于一炉无论已。学者或求得其全，或偶获片解，亦必多读古人名作，徐图悟入。盖一家有一家之风格，一词有一词之胜致。名手传作，万不能就一章一语中求之，力为摹拟，愈摹拟且愈窒滞，纵得一二皮相形似之处，造诣必小，气思必促，转贻画虎之诮。"② 赵尊岳论说词作艺术表现具有不同的风格特征。他强调，要多读前人之作，在细致消化中逐渐悟入其道。他认为，一首词自有一首词的优长所在，而一家之创作亦有一家的艺术风格所在，学词者应该融化

① 冯乾编校：《清词序跋汇编》，凤凰出版社2013年版，第2132页。
② 《同声月刊》第1卷第8号，第75页。

众长，化人入我，努力自成一家。赵尊岳之论，亦体现出兼融婉约与豪放风格的论词主张。

龙榆生在《选词标准论》一文中云："务使此千年来之词学，与其渊源流变之所由，乃至各作家之特殊风格，皆可于此觇之；纯取客观，以明真相，宗派之说，既无所容心；尊体之言，亦已成过去，一时有一时之风尚，一家有一家之特质，不牵人以就我，不是古以非今，一言以蔽之：'还他一个本来面目。'吾所望于后之选词者如此。"① 龙榆生对历来选词之旨予以论说。他申言选词之目的，其实更深层次在于使读者明了传统词作历史发展渊源所自与演化流变之历程，努力客观真实地呈现历史上所出现过的不同词体、词风。他特别针对历来的体派宗尚之论，强调词作的编选应该是与此标榜相区隔的，不应借此而倡导人们狭隘地去宗尚某一体、某一派，而主张在对古今词作的"合理"呈现中"还他一个本来面目"。龙榆生高度肯定不同词体、词风各有独特的艺术质性与审美价值，反对盲目地厚此薄彼，他对词作体派宗尚之论予以了有力的消解。陈德谦在《莳烟亭词跋》中云："昔人平词，多以辛、刘为不可学，其实非不可学，特不易学耳，学之虑得其犷悍粗疏耳。能学其清雄沈挚之处，济以清真、淮海之婉约，斯为得之。"② 陈德谦评说人们多不学辛弃疾、刘过之缘由，乃在其词作不易学，易流于放犷粗豪之中。为此，他倡导将周邦彦、秦观等的婉约之神髓融入其中，由此而创作出理想的词作形态。陈德谦之论，主张兼融婉约与豪放之艺术质性，在客观上对消解婉约与豪放之偏尚亦显示出一定的意义。

顾随《驼庵词话》有云："宋代之文、诗、词，皆奠自六一，文改骈为散，诗清新，词开苏、辛。或以为苏、辛豪放，六一婉约，非也。词原不可分豪放、婉约，即使可分，六一也绝非婉约一派。大晏与欧比较，与其说欧近于五代，不如说大晏更近于五代，欧则奠定宋词之基础。盖以文学不朽论之，欧之作在词，不在诗文。"③ 顾随在评说欧阳修对诗、词、文等领域的开拓之功时，论涉到婉约与豪放之体的分属命

题，他对此明确持反对态度。他认为，欧阳修词作并非仅入于婉约之体，其实际上是寓含多种艺术因子的，并不能简单视之。顾随有别于他人，界定欧阳修从不同的方面奠定了宋人词作的基础，其历史贡献确乎值得高度评价。其又云："前人将词分为婉约、豪放二派，吾人不可如此。如辛稼轩，人多将其列为豪放一派，而我们读其词不可只看为一味豪放。《水浒》李大哥是一味颠顸，而稼轩非一味豪放。"① 顾随又一次提出不可简单地划分婉约与豪放之体派的主张。他以人们多将辛弃疾之词归入豪放之体为例，强调辛词并非用"豪放"二字可概括，其更与粗豪之风相去天壤。它实际上寓含多种艺术因素与风格要素，我们应细致体验与辨分之，并且从中提取有益于后世词作发展的丰富养料。邵祖平在《词心笺评·序说》中云："词至南宋，虽仍分豪放、婉约两派，增衍蕃变，符其心声；特国势穷蹙，军挫于外，政紊于内，而词人亨茹不忍婉约不敢豪放之苦，故张孝祥有忠愤填膺之咏，辛弃疾有烟柳断肠之制，张元干有塞垣长江之悲，岳武穆有弦断谁听之叹。而当国者酣嬉宴安如故。"② 邵祖平论说词作发展至南宋时期，因为民族的凌辱、国势的穷弱与内外的交困等各种因素，词的创作中的豪放与婉约两派虽然仍差异明显，但一些代表性词人更多地创作出融豪放与婉约风格于一体的作品，更多地显示出多种艺术风格相互交融的特征。

新中国成立以后，陈声聪《读词枝语》有云："世之言为词者，但知委婉蕴藉之为美，而不知明快决绝之辞尤为可贵，亦断不可无。后世所作长调，多是一片朦胧，以无真情实感，只是遊词浮藻，涂抹敷衍，不关痛痒。"③ 陈声聪对词作面目与风格呈现体现出辩证论说的态度。他评说一些人一味以婉约之面目与风格为美，而不以豪放直快之词风为贵，这确不是平正之论，是必须坚决纠偏的。陈声聪强调词的创作关键在充蕴真情实感，表现出真切的情感体验与生存状态，这才是其艺术表现的本质所在，它与辞藻修饰及技巧运用确乎不在同一层面的要求之中。朱庸斋《分春馆词话》则云："词有豪放派与婉约派之分，而婉约

---

①　朱崇才编纂：《词话丛编续编》，人民文学出版社 2010 年版，第 3206 页。
②　邵祖平：《词心笺评》，复旦大学出版社 2007 年版，第 5 页。
③　刘梦芙编校：《近现代词话丛编》，黄山书社 2009 年版，第 60 页。

派又有为疏、密之分。温庭筠为密之一派，皇甫松为疏之一派。然皇甫松词作太少，未能开一代词风，继而大成者，韦庄也。故前人论词有‘温、韦立而正声定矣’之说。此后北宋词无不受温、韦两家影响，或从此蜕变。至豪放悲凉一派，则从李后主后期作品演变而来。各派皆有优秀之作，学词者宜就己之情性习之，亦不可妄意轩轾也。"① 朱庸斋对婉约与豪放两种词作体派与风格呈现，体现出辩证论说的态度。他分析婉约之词有疏放与细密两种创作之径，其分别导源于温庭筠与皇甫松，最初大成于韦庄之手；而豪放悲凉之词则脱胎衍生于李煜手中。朱庸斋界断不同体派与风格之词作各有艺术特征，其对应于各异的创作主体，这之间确乎是不可以妄分优劣高下的。他将兼融并取婉约与豪放体制之论进一步倡扬开来。

总结民国时期词学批评中的体派之宗论，可以看出，其主要体现在两个维面：一是偏重于推扬婉约词体之论，二是主张婉约与豪放不可偏废之论。前一线索主要体现在碧痕、徐珂、徐完亮、顾宪融、唐弢、卓掞、赵尊岳、唐圭璋、蔡桢、梁启勋等的论说中，后一线索主要体现在吉城、王闿运、蒋兆兰、张龙炎、严复、吴梅、龙榆生、陈德谦、顾随、邵祖平等的言论中。此两方面线索各见承衍，各有推阐，客观上形成相互联系、相互对立的交集与建构关系。它们从主体上继续展开了古典词学批评中的体派之宗论，将传统词学中体派宗尚的历史意义与批评拘限更为明确地揭橥出来。

---

① 刘梦芙编校：《近现代词话丛编》，黄山书社 2009 年版，第 341—342 页。

第四章
民国时期词学批评中的南北宋之论

    对南北宋词的宗尚是我国传统词学批评的基本论题。这一论题主要从推尚北宋词，或推尚南宋词，或对南北宋词兼融并取的角度来展开阐说，对照与比较其相互间的差异、特点、优缺之处、艺术功能及审美价值等。在我国传统词学史上，有着相互联系、相互对立的几条线索，即一方面是对南北宋词不同偏尚的论说，另一方面是倡导兼融并取南北宋词之论。前一线索与传统词学批评的演变发展始终相伴，后一线索主要呈现于清代以降。它们相承相生，从一个独特的角度显示出词学批评在历时视域中所经过的不断对垒、融合及如何逐步达到深层次沟通的，显示出重要的批评价值。

第一节　偏重以北宋词为宗尚之论

    我国传统词学批评偏重以北宋词为宗尚之论，大致出现于南宋后期柴望的言说中。明代，杨慎、李元玉、陈子龙等将对北宋词的推尚明确拈取出来。清代，宋征璧、毛先舒、曹贞吉、先著、吴衡照、焦循、宋翔凤、周济、潘德舆、许宗衡、陈廷焯、冯煦、谭献、文廷式、王国维等，主要从词作体制本色与审美表现等方面对北宋词予以大力推尚，他们将对北宋词的张扬进一步建立在充足的理据之上。延至民国时期，陈匪石、闻野鹤、宣雨苍、董每戡、陈洵、《续修四库全书总目提要》作者、郑文焯、徐珂、柳亚子、张尊五、叶恭绰、杨圻、梁启勋、陈运彰等，在中西方美学思潮日益交融及传统与现代文学观念相互碰撞和渗透的时代背景下，仍然体现出对北宋词的倾心推赏，甚富于历史观照的意味。

民国前期，陈匪石《旧时月色斋词谭》有云："竹垞有言：'世人言词，必称北宋。然词至南宋始极其工，至宋季始极其变。'此在竹垞当时，自有两种道理：一则词至明季，尽成浮响，皆由高谈《花间》《尊前》，鄙南宋而不观之过，故以此语矫之。二则竹垞专宗乐笑翁，遂开二百年浙西词派，其得力正在宋季，自言其所致力也。若律以读词之眼光，清真包括一切，绝后空前，实奄有南宋各家之长。姜、史、吴、王、张诸人，故皆得清真之一体，自名其家；即稼轩之豪迈，亦何尝不从清真出？则至变者宜莫如美成。而屯田、子野、东坡，其超脱高浑处，词境亦在南宋之上。小山、淮海、方回则工秀绝伦，更不得谓'南宋始极其工'也。竹垞此语，实为宗南宋而祧北者开其端。然亦由南宋有门径可寻，学之易至。而南宋之不如北宋，愈彰彰矣。乔笙巢曰：'词至北宋而大，至南宋而深。'余于其论南宋之言，亦未敢以为惬心贵当也。"① 陈匪石在前人朱彝尊推尚南宋之词的基础上加以立论。他认为，朱彝尊推尚南宋之词大致有两个方面的原因：一是针对明词衰落，很多人论词无视南宋而上溯晚唐、北宋之现状，力矫前人之偏颇；二是他本人在创作上受豪放词影响很大，故有"词至南宋，始极其工"之论。陈匪石极为推尚周邦彦之作，认为南宋诸家中，无论是婉约一宗的姜夔、吴文英、张炎等，还是豪放一系的辛弃疾等，其创作因子很多都是从周邦彦词作中化转而出的。他评断北宋之柳永、张先、苏轼，认为其词作意境创造都在南宋人之上；而晏几道、秦观、贺铸，其艺术表现的工致秀美也都在南宋人之上。针对乔笙巢持论南北宋词艺术表现各有所长之言，陈匪石亦表现出不满意的态度，认为其在一定程度上拔高了南宋词作。陈匪石之论，体现出对北宋词的多方面推尚之意。

闻野鹤《词论》有云："北宋水流花开，南宋剪彩为花，遂有天机、人事之别。"② 闻野鹤以比譬的形式论说南北宋词之别。他认为，北宋之词自然天真，不假人力；南宋之词注重修饰，尽显人工，两者呈

① 陈匪石编著，钟振振校点：《宋词举》（外三种），江苏古籍出版社 2002 年版，第211—212 页。

② 杨传庆、和希林辑校：《辑校民国词话三十种》，（台湾）花木兰文化出版社 2016 年版，第 86 页。

现出截然有异的创作路径。其又云："北宋人拙直处，今人万万不能及。南宋则但有巧密，只须心思，可以踵至。"① 闻野鹤进一步论说北宋之词以朴素直率为美，而南宋之词则以细思巧构为求，相对而言，可以看出，他是更为推尚自然之美的，其对北宋词的推尚之意还是比较明显的。其《恫篴词话》又云："无病呻吟，词家通病。大抵南宋以后渐多。《山鬼》、《阳河》，非出逐客；《哀时》、《秋兴》，身非杜陵。浮词既多，枵响杂出矣。"② 闻野鹤痛斥无病呻吟之习为词家通病。他批评南宋词人创作便多缘于此艺术发生机制，而非立足于社会历史与现实情状有感而发，因而，隔靴搔痒，找不到要害，呈现出浮声泛词、乱杂无章的整体面貌。宣雨苍《词谰》有云："世既知倚声之重于修词矣，而涩体亦于是孅入。涩体为南宋一时风尚，文气艰涩怪诞，以词害意，不独为祸倚声，实千古文字之大劫运，可谓南宋亡国文字之妖孽。而近人亦多崇尚此体者，盖同为亡国之余，固应有此亡国之就咎征也。"③ 宣雨苍在词的创作构成因素中明确持声律谐和重于语词修饰之论。他批评南宋词坛竞尚"涩体"，作词过于崇尚语句修饰，以致气脉不畅，一些人甚至以辞害意，将词作甚至文学之道引向偏途。他声言此真乃亡国之征兆，而近人盲目推尚亦有不可推卸之责任。宣雨苍从文学创作之道甚至论说到国运之事，体现出对艰涩怪诞词风的深恶痛疾。闻野鹤、宣雨苍之论，在对南宋词予以批评指责的同时，都间接地体现出对北宋词的推尚之意。

民国中期，董每戡在《与柳亚子论词书》中云："你昨给我看的你在文艺茶话会里讲词的原稿，我觉得你对于词的见解和我差不多，我也以为唐五代词比北宋的好些，像李后主那样悱恻缠绵的词，南宋人连梦也不会梦到的，北宋只是沿袭替唐五代的路径，稍稍掉转过来罢了。迄南宋，词的范围虽广大起来，却已失去自然，况词在渡江以后便成为羔雁之具，酬酢与咏物的作品日多，这就使词受了致命伤。我也与你一样不欢喜吴梦窗一派作品，确是'七宝楼台，眩人耳目，拆碎下来，不

---

① 杨传庆、和希林辑校：《辑校民国词话三十种》，（台湾）花木兰文化出版社 2016 年版，第 88 页。

② 朱崇才编纂：《词话丛编续编》，人民文学出版社 2010 年版，第 2344 页。

③ 同上书，第 2455 页。

成片段'的，到了玉田、白石，词便走向乐律的樊笼中去，使词整个死去了。宋征璧说：'词至南宋而繁，亦至南宋而弊'，这话我极赞成！"① 董每戡在南北宋之论上也是崇尚北宋之词而低视南宋之作的。他认为，北宋词与唐五代词一样，其艺术表现优长都在自然而发，真挚感人；而南宋时期词作虽然在题材抒写等方面扩大了，其艺术表现的自然性却不断丧失，应酬、咏物之作不断增多，人们较少从思想内涵表现的本源上去开拓与创新词作，而主要从艺术形式如音律表现等方面去加以探求，这使词作艺术表现走进逼仄之道，是难有真正开拓与创新的。

陈洵《海绡说词》有云："唐五代令词，极有拙致，北宋犹近之。南渡以后，虽极名隽，而气质不逮矣。"② 陈洵崇尚"拙致"之作，主张词作在自由朴素的艺术表现中尽现丰神意致。他最为推崇唐五代之词，称扬其极有朴拙之意致与趣味，评断北宋词与唐五代词为近，而南宋之词在外在形式上虽见刻意讲究，但内在思想情感与气脉流动上体现出不足，与唐五代词相去甚远，其在质朴之气与充实之质上仍然是有所缺欠的。《续修四库全书总目提要》评陈良玉《梅窝词钞》有云："要而论之，词效朱、厉，取法乎下也；效南宋，取法乎中也；效唐余、北宋，取法乎上也。良玉专效朱、厉之词，宜其不纯粹也。"③《提要》作者将效仿清代朱彝尊、厉鹗之词界定为取法乎下，将效仿南宋之词界定为取法乎中，而将效仿唐五代北宋之词界定为取法乎上。其三个层次界分之论，体现出对北宋词的极致推尚之意。郑文焯在《致朱孝臧》中云："尝谓北宋人词之深美，非可以气取，盖其高健在骨，清空入神，而意内言外，仍出于低徊幽咽之余，不徒以澹雅为工也。"④ 郑文焯对北宋之词甚为推扬。他称赞北宋之词骨骼高妙，神致清隽空灵，是不可以气脉而求的，在低徊含蓄中呈现出平淡典雅的特点。其《大鹤山人论词遗札》又云："北宋词之深美，其高健在骨，空灵在神。而意内言外，仍出以幽窈咏叹之情。故耆卿、美成，并以苍浑造耑，莫究其托谕之旨。卒令人读之，歌哭出地，如怨如慕，可兴可观。有触之当前即是者，正以委曲形容所得感人深也。"① 郑文焯从多方面对北宋之词给予很高的评价。他拈出"骨"、"神"、"意内言外"等审美范畴与命题，评断北宋词格调健朗、神韵空灵、缘情造端、由意而言、所触而是。这之中，尤以柳永、周邦彦等最为突出，他们的词作不刻意关注比兴寄托，然在浑融无垠之美中极致地表现出人的深幽之情，感人至深，确是后世词人学习的典范。

徐珂在《历代词选集评序》中云："唐五代之词，犹文之先秦诸子、诗之汉魏乐府，而以两宋为集大成，北宋尤胜于南宋，以南宋多清泚，北宋多秾挚也。金词清疏伉爽而近刚方，逮元而衰，明亦纤靡少骨，然二三作者，亦间有精到处。今就两宋言，当以周、辛、吴、王为之冠，所期问津碧山，历梦窗、稼轩以还清真之浑化。"② 徐珂在对传统词的历史发展的叙说中，对宋代词作从整体上予以推扬。其中，他认为，北宋词高于南宋词，其缘由乃在于北宋之词创作主体情感表现更见真挚自如，体貌呈现更显自然天成，而南宋之词更多地呈现出雕饰累赘与过于讲究的特征。徐珂认为，宋人词作以周邦彦、辛弃疾、吴文英、王沂孙为冠冕。他主张由南入北，由近而远，从对王沂孙词作的习效入手，中间又通过借鉴辛弃疾、吴文英词作优长，最终进入到周邦彦词作浑融圆通之艺术境界中。

柳亚子在《词的我见》一文中云："普通人的流行语，都说唐诗、宋词、元曲，以为两宋是词的黄金时代，而尤其是南宋。这主张，我是不赞成的。我以为唐五代的词最好，北宋次之，而南宋为最下。理由呢，是唐五代的词纯任自然，虽有词藻，也还不至于雕琢；而一到南宋，便简直是雕章琢句的时代了。北宋处于过渡的地位，当然是比上不足，比下有余。"③ 柳亚子从创作真实自然的角度，将北宋词界定在南宋词之上，体现出"古胜于今"的词史观念。柳亚子在《南社纪略》中又云："在清末的时候，本来是盛行北宋诗和南宋词的，我却偏偏要

---

① 唐圭璋编：《词话丛编》，中华书局1986年版，第4342页。

② 徐珂：《历代词选集评》卷首，（上海）商务印书馆1928年版。

③ 张璋、职承让、张骅、张博宁编纂：《历代词话续编》，大象出版社2005年版，第662页。

独持异议。我以为论诗应该宗法三唐，论词是应当宗法五代和北宋的。人家崇拜南宋的词，尤其是崇拜吴梦窗，我实在不服气。我说，讲到南宋的词家除了李清照是女子外，论男性只有辛幼安是可儿，梦窗七宝楼台，拆下来不成片段，何足道哉！"① 柳亚子对当世普遍宗尚南宋之词不以为然。他主张以五代、北宋之词为宗尚，认为南宋词人中，除李清照、辛弃疾等少数词人外，其余大多创作特色与艺术成就平平而已。他对南宋之词似乎过于表现出偏视的态度。其又云："檗子固墨守南宋门户，称词家正宗，而余独猖狂好为大言，妄谓词盛于南唐，逶迤以及北宋，至美成而始衰，至梦窗而流极，稼轩崛起，欲挽狂澜而东之，终以时会迁流，不竟所志，檗子闻之，则怫然与余争，君仇、寒琼复互为左右袒，指天画地，声震屋梁。"② 柳亚子与庞树柏在南北宋词之尊尚上各执一端。柳亚子主张以南唐、北宋之词为宗尚。他论说大致自周邦彦之后，词的创作开始呈现出衰变之势，延至吴文英，其衰势更为明显；辛弃疾虽有鸿图大志，然终在时代大潮的流变中未能竟其志向，词的发展在其之后呈现出衰变之面貌状况。

张尊五在《北宋词论》一文中云："至北宋而体制日盛，可谓之黄金时代；北宋而后，词之风韵气格，已渐有日落黄昏之慨矣。"③ 张尊五认为，北宋之词大多出于作者胸臆，无意于造作，情感表现真挚，造语自工；而南宋之词则有意于造作，情失真切，局促于门径，刻画亦嫌过度。张尊五将两宋之词的衍化历史视为一个衰变的过程。叶恭绰在《与黄渐磐书》中云："北宋词意境、胸襟之高迈，莫过于东坡，欧阳、大小晏次之。然历代词家，学各家者纷纷，而能学苏、欧阳、大小晏者极少，此不止天姿、学力关系，实胸襟、意境之不如。故为词必须从胸襟、意境着重，而技术又足以达之。"④ 叶恭绰对北宋之词甚为推重，他主要从创作者的襟怀情性与所表现艺术意境入手。他认为，苏轼、欧阳修、晏殊、晏几道等是北宋词人中的典范。但后世习学这几家之作的人并不太多，这其中主要缘由并不仅仅在于他们具有过人的才性资质与

---

① 柳亚子：《南社纪略》，上海人民出版社 1983 年版，第 14 页。
② 庞树柏：《庞檗子遗集》卷首，民国 6 年铅印本。
③ 《国专季刊》第 1 期（1933 年 5 月）。
④ 杨传庆编著：《词学书札萃编》，南开大学出版社 2015 年版，第 329 页。

艺术表现力，更重要的在于其超迈的襟怀情性与独特的意境表现。叶恭绰甚为强调词的创作，应该首先重视创作者的襟怀情性与所表现艺术意境。他将意境创造放在衡量抒情性文学体制优劣高下的首要位置。杨圻在《致王心舟》中云："仆之论词，尊唐而薄宋。于宋，则尊北而薄南。三唐清丽绵邈，固小令之正宗。北宋高华婉约，亦长调之正轨。词之体用，囿于如是。至南宋而各体咸备，无可再变，故元人衍而为曲矣。虽苏、辛雄放，自辟门径，然终为野禅，而非真谛。南渡以后，皆是凡响。元明诸子，尤无足观。国朝浙西诸家勃兴，辞赡学博，论其精力有过古人，然皆组甲饾饤，有意爱好，性灵全失，等诸赋体，而词之体用全湮失矣。每览数阕，昏睡即来。纵极精湛，终不免一'近'字。故苏、辛，词而诗者也，浙西诸老，词而赋者也。"① 杨圻与一般人论词有异。他推尚唐人之词而相对低视宋人之作，在宋人词中，他又推尚北宋之作而低视南宋之词。其原因便在于，他认为，唐人之词清新秀丽，意味绵长，其小令的创作成为后世正宗之体。而北宋之词气象高华，风格婉美，其长调的创作成为后世正宗之体。延至南宋，词的创作虽然各体兼备，但其中不断变化的艺术路径却少了，所拥有的创新空间小了，故而，发展到元人，便逐渐将词体衍化变异为曲体，已脱却了词体艺术的内在质性要求。杨圻之论，仍然体现出较为本色的词体观念，显示出对传统词体内在要求的努力维护。

民国后期，赵尊岳《珍重阁词话》有云："北宋词于清胰之外，兼当重淡，淡当在笔底著意。盖清胰淡三者不可偏举，必于一句一拍一节一奏之际，时时加意，始极造语之能事。惟骨干之说，犹不预焉。"② 赵尊岳论说北宋之词具有在清隽中融含丰腴，兼有平淡的艺术表现特征，但其平淡是内在含蕴深意的。他主张，清隽、丰腴、平淡等都是甚为重要的艺术风格要素，但创作中都不应过于偏重，应从最细微之处入手，时时在意，才能创作出好的词作。

梁启勋《曼殊室词话》有云："词由五代之自然，进而为北宋之婉约，南宋之雕镂，入元复返于本色。本色之与自然，只是一间，而雕镂

---

① 杨传庆编著：《词学书札萃编》，南开大学出版社 2015 年版，第 296 页。
② 《同声月刊》第 1 卷第 3 号，第 57 页。

之与婉约，则相差甚远。婉约只是微曲其意而勿使太直，以妨一览无余，雕镂则不解从意境下工夫，而唯隐约其辞，专从字面上用力，貌为幽深曲折，究其实只是障眼法，揭破仍是一览无余，此其所以异也。"①梁启勋之论，体现出对北宋词的推扬和对南宋词的贬抑之意。他论断北宋之词在艺术表现上的最大特征乃委婉曲折，甚见本色；而南宋之词在创作取径上则流于雕饰，一味在字句上做文章，舍本逐末，于艺术意境之表现渐有隔，南北宋词之间的差异是甚为明显的。其又云："盖天然界本是平淡，浓丽终属人为。既以浓丽相尚，则去天然渐远，势使然也。天然日以远，意境日以窘，唯赖人为之雕琢，貌为深沉，则舍堆垛更有何法。是故南宋末流之晦涩，亦势使然也。吾尝谓意境宜曲折，最忌一览无余。若用障眼法而貌为曲折，识破仍是一览无余。殊非深文周纳之言。"② 梁启勋论断"平淡"为自然界与社会人生之本色。他认为，秾丽是人为的、暂时的，是与自然本色相背离的。他批评南宋词坛末流艺术表现流于晦涩之境地，一味在艺术技巧表现中玩弄花样、舍本逐末，其意境创造与艺术表现日渐窘迫。梁启勋主张词作意境表现应以含蓄曲折为尚，但反对貌似曲折的创作之法，他将词作艺术表现的真正含蓄与貌似曲折界分开来，也显示出对北宋词的推尚之意。

　　陈运彰《双白龛词话》有云："读《古诗十九首》，不外伤离怨别，忧生年之短迫，冀为乐之及时。其志愈卑下，而其情弥真切。为伪道学家所万不敢言者，此其所以为千古绝唱也。自有寄托之说兴，诗词遂成隐谜。自有派别之说起，语言乃不由衷情。故南宋以下，遂无真文字矣。"③ 陈运彰通过评说《古诗十九首》的思想内涵、情感表现及创作特征，引申出对南宋词的低视与贬抑之意。他认为，《古诗十九首》艺术表现情真意切，真实地叙写了现实社会的生存状态和创作者的思想观念及情感意绪。它与单纯地以"寄托"为旨归的文学创作是相背离的，而后者与情真意切有隔，言难由衷，将文学之"真"的精神忘却到了脑后。陈运彰评说"寄托"与"派别"之说，实际上乃影响词的创作

　　① 朱崇才编纂：《词话丛编续编》，人民文学出版社 2010 年版，第 2944 页。
　　② 同上书，第 2981 页。
　　③ 杨传庆、和希林辑校：《辑校民国词话三十种》，（台湾）花木兰文化出版社 2016 年版，第 307 页。

的内在因素，它们往往导致词作"失真"。

刘缉熙在《词的演变和派别》一文中云："南北宋在政治上年代完全相连，而它们的文学则不一致，从词本的音乐上着眼，有很大的区别。音乐因时间的关系，新腔变老调，郑卫之音在当时何尝不新，到现在其旧无论矣；南宋之于北宋亦然。北宋词所以应歌者也；而南宋则有词社之组织。应歌与否固待考，然社是士大夫所组织的处所，则无疑义。以普罗化的应歌，何能登大雅之堂？所以更新的腔调代之而兴，即曲是也。朱彝尊所谓'琴瑟既敝必取而更张之'。其是之谓乎？所以词在音乐上看，温是小令时代，柳是慢的时代，周是犯的时代，姜是自度曲时代。最盛当然在柳、周之间，到了白石已经一步一步地向下走了。因为词在最初是大众的，到了白石变为个人的；虽然个人的不见得比众的坏，但最低限度是个人的了。此两宋的词不同之点一。"① 刘缉熙论说到两宋词在艺术表现上的区别。他从历史发展的角度加以立论，认为南北宋词所协音律是存在差异的。北宋多"应歌"之词，即词的音律之美更多缘于自然之原则而生；南宋乃多"应社"之词，即词的音律之美更多缘于人工协作而生。刘缉熙认为，广泛的、群体性的词的创作一般是难登大雅之堂的。正由此，散曲之体替代词体而成为更具普遍性的文学体制。刘缉熙从音律表现的角度，将温庭筠所处时期概括为小令兴盛的时代，柳永所处时期乃慢词兴盛的时代，周邦彦所处时期为犯调甚为普遍的时代，而姜夔所处时期乃自度曲兴盛的时代。刘缉熙从音律表现的角度道出两宋词的一定差异，他在本质上体现出反对"应社"而作的主张，将词的创作更多地视为人之独特情感与精神世界的自由抒写，音律表现的群体性规范与其自由抒写的本性是有隔的。刘缉熙之论在一定意义上也体现出对北宋词的推尚。其又云："再从词本身的文学方面看：北宋之词大，南宋之词深；北宋直，南宋曲。再进一步说有正变之异。词发展的过程，仿佛一条直线，以诗而论，唐诗大而直，宋诗趣味厚。以一人之生平论，少时的文章与老时的绝然不同。两宋词的情形亦复如此。同时和上面所说的音乐的波浪正相吻合。此两宋的词不同

① 张璋、职承让、张骅、张博宁编纂：《历代词话续编》，大象出版社2005年版，第1280页。

之点之二。此外更受些外来的影响。因为北宋大都是太平的时代，所以它的词，大而直少寄托，如柳永等是也。南宋乃是可怜的时代，说话不能痛快，所以没有北宋人的心境，就没有北宋的词；没有南宋人的心情，就不会有南宋的词。两宋的词在时间上、空间上不同如此，更何怪其悬殊耶？"① 刘缉熙进一步论说两宋词的不同及其所呈现差异的社会原因。他概括北宋之词境界呈现阔大，其艺术表现以直致为主；而南宋之词境界呈现更显深致，其艺术表现以婉曲为主，两者是有着比较鲜明差异的。刘缉熙认为，北宋乃太平之世，人们生活相对平静安顺，故词人创作相对少婉曲寄托之意致；而南宋乃国破苟安之世，此时期人们的心境已发生很大的变化，影响于词作便显现为笔法运用更见婉曲，意致呈现更见深致。我们确乎应该从社会历史的变化中去细致把握两宋词的创作特征及其内在差异。

第二节　主张兼融并取南北宋词之论

在我国传统词学批评中，主张兼融并取南北宋词之论的承衍线索，大致最初出现于明代中后期俞彦的言说中。清代王士禛、沈暤日、宋荦、曹禾、曹贞吉、蒋景祁、田同之、王时翔、马荣祖、娄严、周济、蒋方增、宋翔凤、赵怀玉、顾广圻、郭晋超、于昌遂、谢章铤、刘熙载、杜文澜、陈廷焯、张德瀛、贾敦艮、王国维等，从不同方面对南北宋词作出过多样的论说与深入的辨析，将兼容并取南北宋词之论不断倡扬开来。民国时期，况周颐、《续修四库全书总目提要》作者、龙榆生、张尔田、徐兴业、薛砺若等，在对南北宋词的观照上仍然体现出辩证之论，他们将对南北宋词的论说不断推向历史的高度，显示出对传统词学南北宋之宗尚的更细致的辨析与更通贯的把握特征。

民国前期，况周颐《蕙风词话》有云："两宋人词宜多读、多看，潜心体会。某家某某等处，或当学，或不当学，默识吾心目中。尤必印证于良师友，庶收取精用闳之益。……善变化者，非必墨守一家之言。

①　张璋、职承让、张骅、张博宁编纂：《历代词话续编》，大象出版社2005年版，第1280—1281页。

思游乎其中，精骛乎其外，得其助而不为所囿，斯为得之。当其致力之初，门迳诚不可误。然必则定一家，奉为金科玉律，亦步亦趋，不敢稍有逾越。填词智者之事，而顾认筌执象若是乎？吾有吾之性情，吾有吾之襟抱，与夫聪明才力。欲得人之似，先先己之真。得其似矣，即已落斯人后，吾词格不稍降乎？"① 况周颐从习效作词的角度对南北宋之宗论题予以阐说。他主张学词的过程重在细心体会，多方兼取，逐渐悟入，反对拘守一家，坐井观天，沉溺其中而不能自拔。他进一步指出，初学作词确乎要有门径可寻，不着门墙是难入殿堂的，但坚执地奉某一家为不变之律，并对之"亦步亦趋"，而不敢越雷池半步，这并不是"智者"所为。况周颐大力肯定创作者一人有一人之性情，一人有一人之襟怀，一人有一人之才力。他论断，一味习学他人而必失自己之本真，这使自己先在地落于人后，其词作格调又怎能拔俗呢？况周颐从学词角度对拘泥之习的破解，将兼融并取前人与凸显创作主体自我本真的要求一同道了出来。

　　《续修四库全书总目提要》评朱彝尊《江湖载酒集》有云："自周邦彦以来，莫不以婉雅为正宗，实自淮海启之，玉田虽雅，往往流为滑易，彝尊但知玉田，而不知淮海，此其所以不能沉郁也。浙派之病，在于过尊南宋，而不能知北宋之大也。"② 《提要》作者通过评说朱彝尊以张炎词作为宗尚，而不能进一步上溯至秦观，界定此乃其词作入乎婉雅而不能进乎沉郁之境的深层次缘由。他批评清代浙西派缺失之一便在过于推尚南宋之词，而对北宋词作缺乏辩证观照之故。《提要》作者将兼融并取南北宋之词的论题进一步予以了张扬。其评陈皋《吾尽吾意斋乐府》又云："词以南宋为宗，其间颇有可言。效南宋者，当知二事：梦窗词似凝质而实飞动，玉田词似流滑而实精深；学梦窗不成则近于滞，学玉田不成则近于浮。识此二者，可与言南宋之词矣。"③ 《提要》作者在持论有人以南宋之词为宗尚的基础上，将对南宋词的推扬与效仿分析往前予以了推进。他论断，以南宋为宗尚关键在于把握好吴文英与

　　① 王国维著，徐调孚注，王幼安校订：《人间词话》，人民文学出版社1960年版，第16页。

　　② 孙克强、杨传庆、裴喆编著：《清人词话》，南开大学出版社2012年版，第344页。

　　③ 同上书，第781页。

张炎之词，因为习学吴文英之词易入于滞塞不灵之境，而效仿张炎之词则易流于浮泛不实之地。他们二人之词作为南宋的代表，充蕴艺术灵性与含蕴精深，解此，方可谓真正地以南宋之词为宗尚了。此论将以南宋为宗尚的分析进一步展衍开来，是甚富于辩证识见的。

　　民国中期，龙榆生在《两宋词风转变论》一文中云："词以两宋为极则，而论者或主北宋，或主南宋。此皆域于门户之见，未察风气转变之由，而妄为轩轾者也。"① 龙榆生对南北宋词宗尚之论予以简洁而平正的论说。他概括偏于以北宋为宗还是以南宋为尚，这完全是囿于门户意气的做法，是不能识见词作风气转变与词史整体演变发展的认识，是甚为缺少理性批评眼光的妄为之论。其又云："清代论词学者，往往蔽于宗派之见，议论分歧，断断于南、北宋之争，而恒忽略客观之事实。如上述诸家之说，其影响于词苑者至深。其言或当或否，或能示吾人以研寻之径，或反予吾人以惑乱之邮。执一先生之言，局于一隅以自限，吾未见其可也。两宋词风之转变，各有其时代关系，'物穷则变'，阶段显然。既非'婉约'、'豪放'二派之所能并包，亦不能执南北以自限。吾虑世之学词者，将'南北'二字，横亘胸中，而不能观其通，转滋瞀乱也。聊申微旨，以明风气转变之由，与夫各作家得失利病之所在，期与海内宏达，共商榷焉。"② 龙榆生针对清代以来不少人论词囿于宗派门户之见予以论说。他认为，体派之尚与南北宋之宗其实都是甚见保守与拘限的，其于认识与把握词作历史发展毫无助益。事实上，两宋词作既体现出鲜明的差异，更存在内在渐变与转化的关系，这与它们所产生的时代是紧密联系的。一个真正的词史论者，应该通观整个词作的历史发展，摒弃以某一特定审美观念、艺术趣味而衡量不同时期的词人词作，在"通观"与"细察"的相互结合中，去论说具体作家的利弊得失，去把握文学历史发展的内在脉络与多维动因，这才是顺应时代发展的批评态度。龙榆生之论，有力地消解了南北宋之偏尚，将兼融并取南北宋词之论进一步倡扬开来。其还云："两宋词风转变之由，各有其时代与环境关系，南北宋亦自因时因地，而异其作风。必执南北二

---

① 龙榆生：《龙榆生词学论文集》，上海古籍出版社2009年版，第251页。
② 同上书，第253页。

期，强为画界，或以豪放婉约，判作两支，皆'囫囵吞枣'之谈，不足与言词学进展之程序。吾人研究词学，不容先存门户之见，尤不可拘于一曲以自封。循吾说以观宋词，或可扫空障碍。"① 龙榆生又一次对南北宋词宗尚论题展开分析阐说。他发挥文艺社会学的理论，认为南北宋词风格之异乃缘于不同时代与环境的关系，两者之间确是不可强分界域与彼此割裂的。只有以宏观发展的眼光观照两宋词学的历史进程，才是我们所应持有的批评态度。龙榆生极力批评门户之见与拘泥之习，消解狭隘之批评眼光，其论将兼容并取南北宋词之论予以了完善与张扬，将传统词学批评论题予以了更具现代性的审视，在传统词学批评对南北宋之偏尚的消解历史上显示出夺目的光彩。

张尔田在《与龙榆生论词书》中云："以为欲挽末流之失，则莫若盛唱北宋，而佐之以南宋之辞藻，庶几此道可以复兴。晚近学子，稍知词者，辄喜称道《人间词话》，赤裸裸谈意境，而吐弃辞藻，如此则说白话足矣，又何用词为？既欲为词，则不能无辞藻。此在艺术，莫不皆然。词亦艺也，又何独不然？"② 张尔田针对当世词的创作状况，实际上提出以北宋之词为体而以南宋之词为表的创作主张，他将之视为复兴词道的良方。他认为，当世一些人过高地标树王国维在《人间词话》中所倡导的"意境"之说，一味地贬抑词的创作中运用辞藻的作用，视文辞为大敌，这实际上在无形中改变了词的艺术质性及其表现功能，将这一独特的艺术形式拉进一条单调的胡同，是没有前途的。

徐兴业《凝寒室词话》有云："北宋诸家，除东坡外，才实不逮后人，但以其情真，遂觉脱语天籁，自有浑璞之诣。南宋诸词人，才大而气密，故能独创词境，不剿袭前人。然以其真挚之情稍逊，味之终觉隔一层。"③ 徐兴业对南北宋词作优缺之处都予以论说。他论断北宋词人情感表现真挚自如，语言运用自然而妙，南宋词人则更富于表现才力，词作气脉细腻、结构绵密，在艺术表现上更善于独创。两者之不足分别为：北宋词人才力表现不见显眼，而南宋词人在情感表现上则有所逊

---

① 龙榆生：《龙榆生词学论文集》，上海古籍出版社 2009 年版，第 276 页。
② 杨传庆编著：《词学书札萃编》，南开大学出版社 2015 年版，第 288 页。
③ 张璋、职承让、张骅、张博宁编纂：《历代词话续编》，大象出版社 2005 年版，第 1360 页。

色，在意味融含上有所不足。徐兴业之论，对南北宋主流词人词作予以较平正的论说，体现出兼融南北宋词的取向，对南北宋偏尚之论予以了进一步的消解。薛砺若在《宋词通论》一书中对南北宋词之分予以翔实的论说。他明确否定词分两宋的做法，认为这是简单化的"套用"之举，并不能真正有助于人们对词作历史发展的认识。其云："以前研究词学的人们，对于宋词时间划分问题，都是分为北宋南宋两个部分的。即一般人谈起宋词来，也毫不加思索的而称之为'北宋词'与'南宋词'。其实，这北宋南宋的术语，只能用在政治史上，若用在词学史上，不独太感笼统与模糊，而且也是一种很不自然的分界。"据此，薛砺若主张将宋人词作具体划分为六个时期，即："第一期：由宋初一直到仁宗天圣、庆历间，是北宋词的蓓蕾含苞时期"；"第二期：由仁宗天圣、景祐以后起，直至英宗、神宗、哲宗三朝，是花之怒放时期，是创造时期，同时也是北宋词最灿烂最绚丽的时期"；"第三期：由哲宗末年，历徽宗一朝，直至汴京被陷以前止，是'柳永时期'的总集结时期"；"第四期：约自宣和以后起，直至南渡后庆元间，约七十余年当中，是传统下来的词学史中一个桠枝旁干的怒出"；"第五期：由嘉泰、开禧间起，是苏辛一派词的终了，姜夔时期的开始"；"第六期：为南宋末期，是'姜夔时期'的稳定与抬高时期"。① 薛砺若之论甚为细致地呈现出两宋词作的内在"趋变"与"转化"的历程，对消解南北宋词之偏尚亦体现出重要的意义。

新中国成立以后，赵尊岳《填词丛话》有云："学者动谓北宋不易学，学亦不易成就。按之体制，原无两宋之别。惟一则尽力于环中，一则超然于象外。词笔词心，取径各异耳。其曰先学南宋再进于北宋者，亦先求能抒其浓挚，再使进而至于淡穆。其曰天分少不学北宋，学历少不学南宋，则以天分不高，势难通深入浅出之妙；学力少则文采又不足以尽浓挚之致，使蕴于中者，悉发于外。"② 赵尊岳在论说习效北宋之词的基础上，对南北宋词的创作特征予以平正的辨说。他提出"原无

_____

① 张璋、职承让、张骅、张博宁编纂：《历代词话续编》，大象出版社 2005 年版，第 859—865 页。

② 刘梦芙编校：《近现代词话丛编》，黄山书社 2009 年版，第 283 页。

两宋之别"的观点，认为引发南北宋词差异的根源乃在于创作追求与
笔法用力的不同。南宋人之词"尽力于环中"，更多追求的是词体本身
的精美，故而讲求浓挚之情、精练之笔，主于学力；而北宋人之词则
"超然于象外"，更多致力的是事外远致、淡穆之境、冲淡之笔，因而
更主于天分。南北宋词之所以留给后人那么多相互比较与展开探讨的空
间，正是因为其艺术取径与审美追求不同。如果没有清楚地认识到这些
差异，而对南北宋词之优劣高低妄下论断，显然是有失偏颇的。赵尊岳
之论，紧紧扣住南北宋词人的创作取径与艺术追求予以分析比照，将对
南北宋词之偏尚的消解进一步予以了张扬，显示出十分重要的理论价
值。沈轶刘《繁霜榭词札》则云："两宋词，本为一体，只有时代之
异，初无高下之分，无北则不能正其始，无南则不能备其全。故南北合
流，不应偏废。必欲强为出入以言宋词，是割裂源委以求江河也。"①
沈轶刘对南北宋之词的论说甚为辩证透彻。他概括南北宋词是一个有机
的整体，两者之间是相互联系、相互成就与相互补充的，它们在艺术表
现上只存在时代的差异，而并无优劣高下之分，我们切不可出主入奴，
盲目地抬高或贬低任何一方，否则，便是只见树木而不见森林、只求汇
成江河而不问源头何在之举，是令人可笑的。沈轶刘将兼容并取南北宋
词之论提升到一个很高的理论层次，对全面地观照与把握词作历史发展
及其内在规律具有十分重要的意义。

　　总结民国时期词学批评中的南北宋之论，可以看出，其主要体现在
两个维面：一是偏重以北宋词为宗尚之论，二是主张兼融并取南北宋词
之论。相比照而言，前一线索论者大都从其词作审美理想或所持词学批
评取向而论；后一线索论者则大多从较为理性的批评立场或原则而论，
因此，其批评视域更见宏通，批评主张更显圆融。此两方面线索，形成
相互联系、相互对立的交集与建构关系，它们从主体上继续展开了古典
词学批评视域中的南北宋之论，将传统词学中南北宋之宗尚的历史意义
与批评拘限更为明确与充分地彰显出来。

---

　　①　张璋、职承让、张骅、张博宁编纂：《历代词话续编》，大象出版社 2005 年版，第
845 页。

第五章
民国时期词学批评中的
"明词"之论

我国古典词学的演变发展，在不同历史时期的总体情况怎样，各有何艺术成就与审美特征，相互之间优劣高下如何。这是我国传统词学反复探讨的一个重要论题。历代不少词论家在对具体词人词作展开论评的同时，往往对不同历史时期的词坛予以总体性观照，继而对词的历史发展有较为清晰的认识把握。本章将对民国时期词学批评中的"明词"之论予以考察。

第一节　对明词总体性否定的继续判评之论

在我国传统词学史上，对明词的否定性之评起始于明代当世。其时，陈霆从一定意义上对明代词人词作予以总体性评析，导引了后世对明词的否定之论。其《渚山堂词话》有云："予尝妄谓我朝文人才士，鲜工南词，间有作者，病其赋情遣思、殊乏圆妙。甚则音律失谐，又甚则语句尘俗。求所谓清楚流丽，绮靡蕴藉，不多见也。"[1] 陈霆批评明代当世擅于作词之人较少，而其所作又大多体现出创作运思与情感抒发不够圆融巧妙、音调音律表现有失谐和、字语运用俚俗尘下等特征，他们在创作之路上偏离了传统词作的内在艺术要求，是令人遗憾的。陈霆之论较早地从多方面体现出对明词的贬抑之声。

清代，词学中兴，词学批评活跃，对明词的否定之声不断凸显。这一时期，从总体上对明词予以过否定性评价的词论家很多，主要有丁

---

① 唐圭璋编：《词话丛编》，中华书局 1986 年版，第 378—379 页。

澎、谢良琦、凌应曾、凌廷堪、储国钧、王文治、王昶、王初桐、赵怀玉、顾广圻、朱绶、焦循、陈文述、许赓皞、戈载、董思诚、孙麟趾、胡姚、黎庶焘、蒋湘南、汤成烈、俞樾、郭晋超、周济、林昌彝、谢章铤、江顺诒、丁绍仪、陈廷焯、陈汝康、郑文焯、王国维、陈光淞、文廷式等，他们将对明词的否定之论不断张扬开来。

　　民国时期，王蕴章、况周颐、夏敬观、蒋兆兰、朱保雄、杨圻、张尔田、吴梅、林大椿、顾宪融、陈匪石、许泰、仇埰等，将对明词的否定性之评继续彰显开来。王蕴章在《梦坡词存序》中认为"词盛于宋，衰于元，中绝于明，至清而复成地天之泰、贞下之元焉"①。况周颐在《香海棠馆词话》中评说明以后词"纤庸少骨"②。在《蕙风词话》中，他又评说词作气格至"元人即已弗逮。明已下不论也"③。夏敬观在《忍古楼词话》中评说"元初词得两宋气味，不似明清诸家，堕入纤巧。曲盛词衰，实在明代"④。蒋兆兰在《词说》中评说有明一代"词曲混淆，等乎词亡"⑤。朱保雄在《还读轩词话》中评说自元迄明之词"益以不振"⑥。杨圻在《致王心舟》中有云："元明诸子，尤无足观。"⑦ 张尔田在《近代词人逸事》中评说"曲盛词衰，实在明代"⑧。林丁在《蕉窗词话》中评说"词至元明，已成强弩之末，及清又转盛"⑨。吴梅在《惜余春馆词抄序》中评说"明人无词"⑩；在《词学通论》中，他又持论"明词芜陋"⑪；"三百年中，词家不谓不多，若以

---

① 冯乾编校：《清词序跋汇编》，凤凰出版社 2013 年版，第 2120 页。
② 张璋、职承让、张骅、张博宁编纂：《历代词话续编》，大象出版社 2005 年版，第 112 页。
③ 王国维著，徐调孚注，王幼安校订：《人间词话》，人民文学出版社 1960 年版，第 158 页。
④ 张璋、职承让、张骅、张博宁编纂：《历代词话续编》，大象出版社 2005 年版，第 402 页。
⑤ 同上书，第 541 页。
⑥ 同上书，第 1356 页。
⑦ 杨传庆编著：《词学书札萃编》，南开大学出版社 2015 年版，第 296 页。
⑧ 张璋、职承让、张骅、张博宁编纂：《历代词话续编》，大象出版社 2005 年版，第 402 页。
⑨ 同上书，第 1381 页。
⑩ 冯乾编校：《清词序跋汇编》，凤凰出版社 2013 年版，第 2080 页。
⑪ 吴梅：《词学通论》，中华书局 2010 年版，第 133 页。

沈郁顿挫四字绳之，殆无一人可满意者"①；"往者明三百祀，词学失传"②；"词亡于明"③。林大椿在《词之矩律》一文中认为"有明一代，实为中衰之期"④。顾宪融在《填词百法》中认为"明人无论诗词古文，皆卑下无足取，而词为甚"⑤。陈匪石在《声执》中评说"词肇于唐；成于五代；盛于宋；衰于元，……亡于明，则祧两宋而高谈五代，竞尚侧艳，流为淫哇"⑥。许泰在《梦罗浮馆词自序》中认为"词始于唐，衍于五代，盛于宋，稍衰于元明"⑦。仇埰在《蓼辛词叙》中评说"词至南渡以后，能事毕矣。元继其轨，风流未沫。有明一代，此事寝微"⑧，等等。

在对明词的否定性之论中，有的评说甚富于个性特征。例如，王蕴章在《梅魂菊影室词话》中云："颍川刘体仁著《七颂堂词绎》，以词之初盛中晚，比之于诗。牛峤、和凝、张泌、欧阳炯、韩偓、鹿虔扆辈，不离唐绝句，如唐之初，未脱隋调也，非皆小令耳；至宋则极盛，周、张、柳、康蔚然大家；至姜白石、史邦卿则如唐之中；而明初比唐晚，盖非不欲胜前人，而中实枵然，取给而已，至于神味处，全未梦见。此论殊精，然有明一代，为词学最衰之时，比诸晚唐，虽卑之而实尊之。余近辑《梁溪词征》，明人著作绝少。一日以语倦鹤，倦鹤曰：'明代词家，岂惟梁溪人少，即天下能有几人者！'相与大噱。"⑨ 王蕴章在刘体仁以初、盛、中、晚之"四唐"说比譬词作历史发展的基础上，论断唐五代词如初唐之诗，两宋词如盛唐与中唐之诗，而明人之词则如晚唐之诗。王蕴章评说明词面目苍白，少灵动韶秀，缺少神味。他

① 吴梅：《词学通论》，中华书局 2010 年版，第 144 页。
② 同上书，第 147 页。
③ 同上书，第 162 页。
④ 张璋、职承让、张骅、张博宁编纂：《历代词话续编》，大象出版社 2005 年版，第 1099 页。
⑤ 顾宪融：《填词百法》（卷下），（上海）中原书局 1931 年版。
⑥ 陈匪石编著，钟振振校点：《宋词举》（外三种），江苏古籍出版社 2002 年版，第 207 页。
⑦ 冯乾编校：《清词序跋汇编》，凤凰出版社 2013 年版，第 1939 页。
⑧ 同上书，第 2127 页。
⑨ 杨传庆、和希林辑校：《辑校民国词话三十种》，（台湾）花木兰文化出版社 2016 年版，第 56 页。

概括有明一代为词史发展的低谷时期，其词人词作的整体数量偏少，未能振起词道。王蕴章之论，将对明词的批评与否定推向一个极端。林大椿在《词之矩律》一文中认为："有明一代，实为中衰之期，惟刘基辈尚具元末典型，不乖风雅，其余作者，竞度新声，率畔宫律，扣槃之讥，大家不免，是为词最混乱时代。"① 林大椿一方面将明词评说为"中衰之期"，另一方面在肯定明初刘基等创作不偏离风雅轨道的同时，又将有明一代词作评说为词的"最混乱时代"，体现出对明词的极端低视态度。

第二节　对明词衰亡的多元分析之论

民国时期传统词学批评中"明词"之论的第二个维面，是对明词衰亡的多元分析探讨。在这一维面，清代刘体仁、朱彝尊、高佑祀、吴衡照、杜文澜、谢章铤、江顺诒、王国维等曾作出过论说，延至民国时期，碧痕、蒋兆兰、刘毓盘、林大椿、吴梅、龙榆生、刘缉熙等，从不同的角度联系词作历史发展与现实状况，对"词衰于明"、"词变于明"、"词坏于明"或"词亡于明"的主要缘由及相关因素予以探究，从不同的视点体现出对明词衰亡的较深入思考。

民国前期，碧痕《竹雨绿窗词话》有云："盖明初得金元之余炎，乐府中盛行南北曲，词不大盛，是以作者多就于曲。"② 碧痕论说明人承金元余习，受乐府散曲的影响较大，以致词的创作呈现出过度曲化的现象，这导致了明词的偏位与衰落。

民国中期，蒋兆兰《词说》有云："词至南宋，可谓精矣。至元，而音律破坏。除二三名家以外，已不餍读者之心。有明一代，词曲混淆，等乎词亡。清初诸公，犹不免守《花间》、《草堂》之陋。小令竞趋侧艳，慢词多效苏、辛。竹垞大雅闳达，辞而辟之，词体为之一

---

① 张璋、职承让、张骅、张博宁编纂：《历代词话续编》，大象出版社 2005 年版，第 1099 页。

② 同上书，第 1392 页。

正。"① 蒋兆兰将明词衰亡的缘由主要归结为词曲体制相互混淆。其论寓意着，词的过度曲化从音律上破坏了本色之道，在很大程度上也从艺术面貌上改变了其表现特征，因为便易的创作之法是容易失却雅正之貌的；之后，词的创作再回归于雅正之途，则是清代朱彝尊等的贡献了。刘毓盘在《词史》中云："明人小词，其工者仅似南曲，间为北曲，已不足观。引近慢词，率意而作。绘图制谱，自误误人。自度各腔，去古愈远。宋贤三昧、法律荡然。第曰词曲不分，其为祸犹未烈也。根本之地，彼乌知之哉。"② 刘毓盘在前人所论明人词曲相混导致词作衰亡的基础上，进一步从声调运用与音律表现的角度加以分析。他认为，明人作词时不太考虑词体的本色之求，随意地将曲之声调引入词中，并且也不顾及词作本身的体制差异，他们在声调运用与音律表现上是甚显粗糙的。其创作层次与唐五代宋人相去甚远，未能有效地承扬前人的创作之法。刘毓盘归结，相对于词曲相混而言，声律表现的根本性变化乃导致明词衰亡的最重要原因。

民国后期，林大椿在《词之矩律》一文中云："有明一代，实为中衰之期，惟刘基辈尚具元末典型，不乖风雅，其余作者，竞度新声，率畔宫律，扣槃之讥，大家不免，是为词最混乱时代。"③ 林大椿在总体上界定明代为词史演变发展的衰落时期。他除肯定明代初年刘基等作词合于风雅之道外，论断明代词人大多在创作中自度声律、随意敷衍、体制不明、有失本色，因而，归结其为词的"最混乱时代"。林大椿对明词的否定是甚为尖锐与决绝的。龙榆生在《晚近词风之转变》一文中云："彼明人及清初人之词，大抵非音节未谐，即意格不高，二者交病，故识者无取焉。"④ 这里，龙榆生从两个方面论说明词之弊：一是音律表现不见谐和，在以曲为词中脱却了音律表现的本色之道；二是意致呈现与格调表现不见超拔，体现出萎靡纤弱的艺术特征。刘绪熙在

---

① 张璋、职承让、张骅、张博宁编纂：《历代词话续编》，大象出版社 2005 年版，第 541 页。

② 刘毓盘：《词史》，（上海）群众图书公司 1931 年版，第 169 页。

③ 张璋、职承让、张骅、张博宁编纂：《历代词话续编》，大象出版社 2005 年版，第 1099 页。

④ 龙榆生：《龙榆生词学论文集》，上海古籍出版社 2009 年版，第 414 页。

《词的演变和派别》一文中云："到了明朝以作诗方法去作词，谓其无词，当然不可，谓之有词真是勉强。因为明到清初是曲最发达的时期，世称元曲，实不尽然，盖元不过曲之发端而已。故自明到清初，是词为曲夺，词为曲混的时代，时人每以作曲法来作词，所以明人的词，大都是小令及香艳之词。"① 刘缉熙论断明词的演变发展过程，一方面继续受到"诗化"的挤压，另一方面更受到过度"曲化"的冲击。此时，词体内在艺术质性不断受到消解与淡化，词的创作之法也不断被转替与扭曲，正由此，明人之词大多以小令为主，这便缘于其更类似"曲子"体制，在风格表现上多呈现出香艳软俗的特征，这些，都是与词曲体制相互混淆分不开的。

在民国时期对明词衰亡的分析探讨中，吴梅继承发扬前人之论，对明词之弊予以全面深入的分析，切中肯綮，极富于典型性。其《词学通论》有云："论词至明代，可谓中衰之期，探其根源，有数端焉。开国作家，沿伯生、仲举之旧，犹能不乖风雅。永乐以后，两宋诸名家词，皆不显于世。惟《花间》、《草堂》诸集，独盛一时。于是才士模情，辄寄言于闺闼，艺苑定论，亦揭橥于香奁。托体不尊，难言大雅，其蔽一也。明人科第，视若登瀛，其有怀抱冲和，率不入乡党之月旦。声律之学，大率扣盘。迨夫通籍以还，稍事研讨，而艺非素习，等诸面墙。花鸟托其精神，赠答不出台阁。庚寅揽揆，或献以谀词；俳优登场，亦宠以华藻。连篇累章，不外酬应，其蔽二也。又自中叶，王、李之学盛行，坛坫自高，不可一世。微吾、长夜、于鳞，既跋扈于先；才胜、相如、伯玉，复簸扬于后，品题所及，渊滕随之，庽闻下士，狂易成风。守升庵《词品》一编，读弇州《卮言》半册，未悉正变，动肆诋諆。学寿陵邯郸之步，拾温、韦牙后之慧。衣香百合（用修《如梦令》），止崇祚之余音；落英千片（弇州《玉蝴蝶》），亦草堂之坠响。句撦字掯，神明不属，其蔽三也。况南词歌讴，遍于海内；白苎新奏，盛推昆山；宁庵吴歈，备传白下。一时才士，竞尚侧艳。美谈极于利禄，雅情拟诸桑濮。以优孟缠达之言，作乐府风雅之什。小虫机杼，义

---

　　① 张璋、职承让、张骅、张博宁编纂：《历代词话续编》，大象出版社 2005 年版，第1282 页。

仍只工回文；细雨窗纱，圆海惟长绮语。好行小慧，无当雅言，其蔽四也。"① 吴梅具体将明人词作之弊概括为四个方面：一是其时词的创作未入"尊体"。他认为，明代永乐年间之后，词坛深受《花间集》与《草堂诗余》等的影响，人们在词的创作中往往言说个人化之事，题材抒写比较狭窄；在艺术风格表现上，常常呈现出香软秾丽的特点，这使词作之体与传统风雅之求相去甚远，其必然从内在低化词品，有伤词格。二是明代科第之风盛行与交友唱酬之习浓郁，大凡生活中的琐细，文人才子们常常托之于辞章，词的创作也不例外。这样，在很大程度上，词的创作蜕变成应制唱酬之事，这也从内在虚化了词作所表现的社会内涵，削弱了其价值功能。三是明代心学兴盛，士人佯狂成为一时风气，这对词坛创作也产生了一定的影响。其大致体现为：促进了不拘格套、不求甚解风习的流行，对词之体制、音律与法度之求形成冲击与解构。另一方面，明人在词的创作中，拟古、模古之风习又较为盛行，他们拘泥于在前人体制与词法运用中讨生活，步趋过多，缺乏创新，"神明"不显，这实际上削弱了词的艺术表现力与感染力。以上两个方面相互牵扯、相互作用，导致明词面目不一、芜杂不堪。四是明人作词，在整体上呈现出偏离大道而入于仄径的特点，以汤显祖、阮大铖等为代表，其创作或竞趋新巧，或追逐绮艳，将艺术智慧更多地显摆在字语运用与技巧表现之中，更多地关注"枝叶"而忘却"树木"，这实有碍于词作典雅之性的呈现，与词的创作本质要求是背道而驰的。上述几个方面相互影响、相互作用，明词"中衰"便成为历史的必然。吴梅之论，从不同的视点上剖析与阐说，可谓切中明词之要害，是甚富于启发性与说服力的。

新中国成立以后，张伯驹《丛碧词话》有云："元以曲盛而词衰。至明初，词只刘青田、宋金华、高青邱数家耳。朱元璋残酷之余，继以暴主凶阉，文人天籁，为其束缚，而词益不振。"② 张伯驹将明词衰落的原因之一归结为统治者严酷的文化政策与政治措施，这从内在扼杀了

① 吴梅：《词学通论》，中华书局 2010 年版，第 133—134 页。
② 张璋、职承让、张骅、张博宁编纂：《历代词话续编》，大象出版社 2005 年版，第 812 页。

人们的创作热情与艺术生命力，直接导致词的创作的衰落。朱庸斋《分春馆词话》有云："明词实已趋于沦亡，词、曲不分，格调一致。以曲为词，则易成浅俗，以词为曲，则曲亦失其民间文学本色。词宜雅，曲宜俗，未可混同也。明代复古之风甚盛，文必秦、汉，诗必盛唐，为词亦标榜五代、北宋，奉《花间》、《草堂》为圭臬，务求纤丽轻倩，故风格低，笔力弱，更无论性情矣。"①朱庸斋承衍前人之论，主要从两个方面阐说明词衰亡的内在缘由。这便是：一是词曲之体相混所致。他持论明人常常词曲不辨，在以曲为词的过程中，直接影响词的体性显现，造成了词作呈现出浅俗之貌；二是明代复古之风习所致。受诗文领域复古主义的影响，明人作词也标榜以五代与北宋词为师法对象，但明人却将《花间集》与《草堂诗余》等作为五代及北宋词的代表，这在认识上是存在偏颇的。由此，明人词作呈现出格调低俗、笔力萎靡细弱的特点，而在所表现内涵上则缺乏真情实感、情性不显，此两方面相互联系、共同作用，遂导致明词逐渐趋入衰亡之境地。

第三节　对词亡于明的消解与纠偏之论

民国时期传统词学批评中"明词"之论的第三个维面，是对词亡于明的消解与纠偏之论。在这一论说取向上，况周颐、赵尊岳、俞平伯等针对一味贬抑明词之论作出分析辨说。他们从较为辩证的角度论说明词的不足与值得肯定之处，显示出超越于时代的卓越识见，在一定程度上对修正对明词的偏颇认识体现出重要的价值及意义。

况周颐《蕙风词话》有云："明以后词，纤庸少骨。二三作者，亦间有精到处。但初学抉择未精，切忌看之。一中其病，便不可医也。"②况周颐在持论明词纤巧细弱、芜杂不彰、少有骨力的同时，肯定明代也有极少数词人在创作上有其精妙之处，但关键在其含蕴较为精深，故一时不易被人理解罢了。其又云："世讥明词纤靡伤格，未为允协之论。

---

①　张璋、职承让、张骅、张博宁编纂：《历代词话续编》，大象出版社 2005 年版，第1218 页。

②　王国维著，徐调孚注，王幼安校订：《人间词话》，人民文学出版社 1960 年版，第18—19 页。

明词专家少，粗浅、芜率之失多，诚不足当宋元之续。唯是纤靡伤格，若祝希哲、汤义仍、（义仍工曲，词则敝甚。）施子野辈，偻指不过数家，何至为全体诟病。洎乎晚季，夏节愍、陈忠裕、彭茗斋、王姜斋诸贤，含婀娜于刚健，有风骚之遗则，庶几纤靡者之药石矣。国初曾王孙、聂先辑百名家词，多沉着浓厚之作，明贤之流风余韵，犹有存者。词格纤靡，实始于康熙中。"① 况周颐针对世人所持明词纤弱萎靡、有伤词格之论加以分析，明确界定此不为公允之论。他认为，明代致力于作词之人很少，其词大多在创作之法上乱杂无章，在意致表现与面貌呈现上粗陋浅俗，确未能有效地承扬宋元词作统绪。但况周颐认为，纤弱萎靡、有伤格调的词人之作，在明代并不是全部，这从曾王孙、聂先所辑编的《清百名家词》中便可窥见一二。如果以少数而衡论全体，这显然是不为公允的。他肯定晚明时期夏完淳、陈子龙、彭孙遹、王夫之等词作，认为它们在艺术风格表现上有着阴柔与阳刚之美有机融合的特征，在意致呈现上体现出诗骚之旨趣，合乎艺术中和准则，与纤弱萎靡之作是截然有别的。况周颐之论，对以"纤靡伤格"而否定明词之论予以了一定程度的消解与纠偏。其《词学讲义》又云："洎元中叶，曲学代兴，词体稍稍蔽矣。明词专家少，粗浅芜纤之失多，诚不足当宋元之续。时则有若刘文成（基）、夏文愍（言）风雅绝续之交，庶几庸中佼佼。爰及末季，若陈忠裕（子龙）、夏节愍（完淳）、彭茗斋（孙贻）、王姜斋（夫之）词不必增重其人，亦不必以人增重。含婀娜于刚健，有《风骚》之遗音。昔人谓词绝于明，讵持平之论耶。"② 此论与上述论旨大致相同。况周颐在对明词演变发展内在关节点的梳理及所显示不同艺术表现特征的叙论中，对明代词坛予以总体性判析，对"词绝于明"之论予以明确的反驳与否定。其论显示出对文学观照的辩证态度，在我国传统词学批评史上是体现出重要意义的。

赵尊岳在《惜阴堂汇刻明词提要》之"弁言"中云："明词疲芜，学者所共审。惟其疲也，咸不之重。亦惟不之重，而日趋于散佚。即今

---

① 王国维著，徐调孚注，王幼安校订：《人间词话》，人民文学出版社 1960 年版，第111 页。

② 张璋、职承让、张骅、张博宁编纂：《历代词话续编》，大象出版社 2005 年版，第43—44 页。

不图，后难为继……以流派言，由宋而清，势不能夺明之席。以词言，亦披沙炼金，往往得之，未可概以疲苶为言。"① 赵尊岳针对历来人们论明词所说的庸软俗化、乱杂不齐等缺点予以立论。他论断，正因为存在这样的认识，人们无形中便对明词甚为漠视，致使明词散佚现象甚为严重，真相由此不明。赵尊岳认为，在由宋至清的词作历史发展链条中，明词的独特之处与内在承纳衍化之功是不能无视的。以具体词作而言，其中确有不少优秀之作，我们不应以"疲苶"二字一概而论。也正因此，他不遗余力，历十余年辑编明人词作，以自己切实的努力对修正人们对明词的认识起到重要的作用，也为进一步完善传统词史的建构作出独特的贡献。

赵尊岳在《惜阴堂明词丛书叙录》中又云："虽然，声律之疏，不可以尽废明词也。试陈得失，为之煌引：大抵开国之时流风未沫，青田、《扣舷》、眉庵、清江诸子，思理绵密，韵调流美，虽不能力事骞举，要可厕于大家，人之凤林，诚无多让，外此姑苏七子，北郭诗流，咸有篇章，足资寻绎。此其大格椎轮，承逊国之芳矩；缓歌低唱，开新潮之文献者，固足抗手一时，平视侪辈。中叶而后，曲令渐繁，贤者所乐，换形移步，于是作者日盛，传著较罕。拈毫托兴，每尚浮华，鄙语村谈，俯拾即是，虽高深甫、陈大声、徐文长诸名辈，两擅胜场，分镳竞爽，而一时风会所被，斯道为之不尊。又明人习于酬酢，好为溢美，宦途升转，必有嶂词，申以骈文，贻为致语，系之慢令，比于铭勋。而惟务陈言，徒充滥竽，附诸《金荃》之列，允为点璧之蝇。迨夫万、崇以降，岩壑士流，复及词事，托诣较精，短调要以婉约见长，长调颇虞竭蹶之失，《湘中》、《茗斋》、《蕊渊》、《草贤》诸作，其朱王之祖祢乎！及于鼎革之际，……若陈卧子、夏存古、张元箸、吴日生、陆真如诸家，典雅清雄，别具胜概，可歌可泣，以怨以群，不特敦名节于诗教之间，抑且起正声于俗乐之末，稼轩同甫，逊此才情；《花外》、《草窗》，微嫌刷色。此则殿朱明一朝之国运，亦所以振紫阳一代之词林。轩冕文章，从容大节，诋諆明词者，手此一篇，低回掩卷，亦当爽然自

---

① 赵尊岳：《惜阴堂汇刻明词提要》，《词学季刊》第 1 卷第 3 号，第 49 页。

返矣。"① 赵尊岳的这段论说甚为细致周详，其针对"尽废明词"之论努力予以消解与纠偏。他论断，不能因"声律之疏"而对明词一概持否定态度，这是不见客观公允的。赵尊岳大致将明词的演变发展历程界分为四个时期：一是明代初期，刘基、高启、杨基、贝琼等现身于词坛，其词作意致凸显、结构绵密、音调表现婉转流美，是无愧于风骚之求的。其时"姑苏七子"、北郭诗派中的文士才子，亦各有可以称道的篇什，也都有精妙而值得"寻绎"之处。从总体而言，他们有效地承扬了前人词作统绪，在一些方面并体现出开拓与延伸之功。二是明词的真正衰落大致是从明代中期开始的。其时，散曲的创作繁盛，不断对词的创作形成消解与冲击之势，人们在"无意"中将曲作之法移入词体中，依"兴"而作，便易而成，其字语运用呈现出鄙俚浅俗的特征，词的创作逐渐坠入"不尊"的境地之中。加之，明人常常将词作用于酬唱应答与抒写友朋之间的生活琐细，这使词作题材更显庸常与芜杂，创作旨向不见凸显，无谓的"应酬"、"溢美"与"惟务陈言"的传统创作要求形成鲜明的区隔，由此，词的创作趋入衰亡之境也就在所难免了。三是延至万历、崇祯年间，不少士人才子又尽力于词作之道，其创作旨向体现出含蓄精微的特征，其时小令的创作尽呈婉丽之美，长调的创作则显示出缺乏流转与稳当之弊端，词的创作从内在显示出更为分化的趋势与更见复杂的情况。四是明末变革之际，时代社会的变化促使忠义之士在词的创作中尽抒悲恸之音，词作内涵沉郁深致。陈子龙、夏完淳、张煌言等寓深沉之思与悲愤之气于词作之中，赋予词的创作以更为宽广深厚的社会内涵，其创作旨向凸显，风格表现典雅清雄，伸正绌变。他们有效地承扬了传统诗骚统绪，其创作才情毫不弱于辛弃疾、陈亮等，而其词也并不逊色于《花外集》《草窗集》等当时流行之范本，词作之道由此趋入正途。赵尊岳论断，对有明一代词坛演变发展的较清晰认识把握，是纠正一味贬抑与否定明词的良方，由此而看，"尽废明词"之论与明词已有之事实不符，显然是站不住脚的。

俞平伯《诗余闲评》也云："明朝的词，大都说不好，我却有一点辩护的话。他们说不好的原因，在于嫌明人的作品，往往'词曲不

---

① 赵尊岳：《惜阴堂明词丛书叙录》，《词学季刊》第 3 卷第 4 号，第 17—18 页。

分'，或说他们'以曲为词'，因为'流于俗艳'。我却要说，明代去古未远，犹存古意。词人还懂得词是乐府而不是诗，所以宁可使它像曲。在作法上，这是可以原谅的。"① 俞平伯从词的创作与时代社会发展的关系上来论说明词的特征，包括其优缺之处。他认为，人们所批评的明人"词曲不分"或"以曲为词"，从一个侧面恰恰说明了明人深知词作之体的本质属性乃音乐之体，是有效地承衍"古意"的表现，一定意义上也未尝不是其优点。俞平伯对明词的曲化现象持较为通融的态度。

　　总结民国时期传统词学批评中的"明词"之论，可以看出，其主要体现在三个维面：一是对明词总体性否定的继续判评，二是对明词衰亡的多元分析探讨，三是对词亡于明的消解与纠偏之论。其中，在第二个维面，人们主要从词曲相混、自度曲律、萎靡软俗、意格不高等方面对明词之弊予以论说；在第三个维面，况周颐、赵尊岳、俞平伯等不拘泥于一般之见，从较为辩证的角度论说明词的不足与值得肯定之处，体现出在善于承纳中又突破传统的精神。民国时期传统词学批评对"明词"的论说，在很大程度上仍然深受正统观念的影响，人们常常立足于较为狭隘的词作体性之识，而贬抑其艺术成就与表现层次，体现出一定的武断性与局限性；极少数有识之士独持己见，肯定明词在词史演变发展中的承衍性作用，识见到明词的独特价值，这显示出超越于时代的卓越识见，是难能可贵的。总之，民国时期词论家对"明词"的批评观照，从一个独特的视点展开与深化了对古典词史演变发展的认识思考，显示出重要的价值与意义。

---

① 张璋、职承让、张骅、张博宁编纂：《历代词话续编》，大象出版社 2005 年版，第856 页。

第六章
民国时期词学批评中的
"清词"之论

我国古典词学的演变发展，在不同历史时期总体情况怎样，各有何艺术成就与审美特征，相互之间优劣高下如何。这是我国传统词学反复探讨的一个重要论题。历代不少词论家在对具体词人词作展开论评的同时，往往对不同历史时期的词坛予以总体性观照，继而对词的演变发展持有较为清晰的认识把握。本章将对民国时期词学批评中的"清词"之论予以考察。

第一节　对清词复兴的不断标举之论

在我国传统词学史上，对清词的总体性之论起始于其当世。这一时期，伴随清词作为正在运行中的一代文学，不少词论家结合对前人或当世词人词作的批评，不同程度地对清词予以总体性评说。其主要体现在丁澎、鲁超升、杨凤毛、王初桐、徐乔林、赵怀玉、顾广圻、董思诚、贾敦艮、黎庶焘、谢章铤、杜文澜、陈廷焯、文廷式、焦继华、胡薇元等的言论中。他们将清词复兴之论不断予以了彰显与标举。

民国时期，清词作为一代文学已然成为历史的风景，人们对其的认识与反思得以不断拓展和深化。此时，蒋兆兰、周庆云、冯秋雪、程松岩、王蕴章、陈匪石、仇埰、许泰等，将清词"复兴"之论继续张扬开来。蒋兆兰在《词说·自序》中认为"有清一代，词学屡变而益上。中叶以还，鸿生叠起，辟门户之正，示轨辙之程。逮乎晚清，词家极盛"①。周庆云在《浔溪词征序》中评说"词导源于汉魏乐府，滥觞于唐五代，而畅流于南北宋。有清艺苑集历代大成，倚声之学亦多能希踪南渡，蔚为词宗"②。程松岩在《兰锜词跋》中持论"词学之兴，肇于有宋，而盛于晚清"③。王蕴章在《梦坡词存序》中认为"词盛于宋，衰于元，中绝于明，至清而复成地天之泰、贞下之元焉"④。仇垛在《蓼辛词叙》中评说"清初名流，激扬风雅，志欲起前代之衰"⑤。许泰在《梦罗浮馆词自序》中持论"词始于唐，衍于五代，盛于宋，稍衰于元明。迨夫清代乾嘉之际，人自成家，家各有集，几与两宋相埒"⑥，等等。

在对清词复兴的标举中，有的论说较为具体，将清词演变发展的主要关节点及相关状况更为细致地予以了叙说。例如，冯秋雪《冰簃词话》有云："词之有宋，犹诗之有唐。有清一代，词学大昌，集宋之成者也。吴梅村、顾梁汾也，则可追踪幼安；曹食庵也，可伯仲方回、美成；纳兰容若，则升南唐二主之堂；朱竹垞、陈其年、厉樊榭也，则容与乎白石、梅溪、玉田、梦窗之间；王小山则直逼永叔、少游；张皋文则集两宋之精英，开词家未有之境；项莲生则从白石、玉田、梦窗而超出其外；龚瑟人则合周、辛一炉而冶，作飞仙剑侠之音；蒋鹿潭则与竹垞、樊榭异曲同工，胜朝杜工部也。鹿潭而后，虽有作者，然大都从字句间雕琢，有辞无气，过此目往，恐成广陵散矣。"⑦冯秋雪对有清一代词的创作甚为称扬，将其比譬为集宋词之大成。他详细地例说吴伟业、顾贞观可追踪辛弃疾，曹溶之词可与贺铸、周邦彦之作相媲美，纳兰性德之词深得李璟、李煜之作精髓，朱彝尊、陈维崧、厉鹗之词与姜夔、史达祖、张炎、吴文英之作又不相上下，如此等等，一直到晚清的蒋春霖，其词作与清初的朱彝尊、厉鹗等异曲同工，他在词坛的地位可

---

① 唐圭璋编：《词话丛编》，中华书局1986年版，第4625页。

② 冯乾编校：《清词序跋汇编》，凤凰出版社2013年版，第2025页。

③ 同上书，第2094页。

④ 同上书，第2120页。

⑤ 同上书，第2127页。

⑥ 同上书，第1939页。

⑦ 杨传庆、和希林辑校：《辑校民国词话三十种》，（台湾）花木兰文化出版社2016年版，第107页。

比肩诗坛之杜甫。此后，清词的创作逐渐呈现出以字句为求的特征，讲究辞华，内在缺少气脉贯注，走上了衰落之道。冯秋雪对有清一代词的创作发展历程及特征有着甚为通盘性的把握，对清词的艺术成就较早地予以了推扬。陈匪石《声执》有云："词肇于唐；成于五代；盛于宋；衰于元，……亡于明，……复兴于清，或由张炎入，或由王沂孙入，或由吴文英入，或由姜夔入，各尽所长，其深造者，柳、苏、秦、周，庶几相近。故治词学者虽以唐、五代、宋为矩矱，而宋实为之主。"① 陈匪石在梳理传统词作演变发展历史的基础上，界断清代为词的复兴时期。他认为，清代词人在创作取径上都是以宋人为效仿对象的，其或以张炎、或以王沂孙、或以吴文英、或以姜夔等为创作模范之本，词作体现出各有所效、各见所长的特征。其中的代表性词人之创作境界直可与宋代柳永、苏轼、秦观、周邦彦等相媲美，也正由此，将清词定位为词的复兴时期是十分恰当的，富于说服力。陈匪石实际上从创作取径上对清词"复兴"作出了理论阐明。

新中国成立以后，朱庸斋《分春馆词话》有云："有明一代误于'词为艳科'之说，未能尊体，陈陈相因，取材益狭，趋向如斯，词道几绝。逮及清季，国运衰微，忧患相仍，诗风大变，声气所汇，词学复盛，名家迭出。此道遂尊，言志抒情，不复以体制而局限。故鹿潭、半塘、芸阁、彊村、樵风之作，托体高，取材富，寓意深，造境大，用笔重，炼语精。其风骨神致足与子尹、韬叔、散原、伯子、海藏诸家相颉颃，积愤放吟，固无减于诗也。"② 朱庸斋论说清代确乎为词的复兴时期。他认为，虽然其时社会动荡不安，国运不断衰微，但"国家不幸诗家幸"，人们将对社会历史的认识与现实生活的感受都对象于文学创作之中。词坛名家辈出，词的创作受到前所未有的推尊。发展至晚清，蒋春霖、王鹏运、文廷式、朱祖谋、郑文焯等，其词的创作在总体上呈现出体制高妙、取材宏富、寓意深致、境界阔大、用笔凝重、精于锤炼等特征，他们将词的创作推向一个前所少有的新境地，也最终完美地成

---

① 陈匪石编著，钟振振校点：《宋词举》（外三种），江苏古籍出版社2002年版，第207页。

② 刘梦芙编校：《近现代词话丛编》，黄山书社2009年版，第357页。

就了清词的"复兴"之功。此时期词的创作与诗的创作一起取得同样受尊的地位，词作成就亦可与晚清诗坛大家相媲美，诗词两体同时在文坛上闪耀出璀璨的光芒。朱庸斋从明清两代人对词之体制的认识与创作实践展开而论，进一步对清词"复兴"之论作出了很好的阐明。

第二节　对清词演变发展史的勾画梳理之论

民国时期传统词学批评中"清词"之论的第二个维面，是对清词演变发展史的勾画梳理。在这一维面，陈匪石、刘坡公、金武祥、蒋兆兰、徐珂、王蕴章、蔡桢、仇埰、俞平伯、陈运彰等，从不同的视点作出过论说，他们将清词演变发展历史多方位地予以揭橥与呈现。其对引导人们更好地认识清词实际状况，对启发后人进一步完善清代词史建构都显示出重要的意义。

民国前期，陈世宜（陈匪石）在《复高剑公书》中云："盖乾、嘉以前，湖海宗苏、辛，竹垞宗玉田（世称浙西派为姜、张派，实则入张之室多，入姜之室鲜也）。衍为两派，茗柯继起，碧山家法，卓然成为一支。迄于清末，白石、梦窗，由冷红、彊村两先生各拔一帜，为三百年之殿。窃以依此读清词，当可什得八九。"① 陈匪石对清代词学演变发展的历程予以勾勒。他认为，在乾隆、嘉庆时期以前，陈维崧等以苏轼、辛弃疾为创作宗尚，朱彝尊等以张炎为创作宗尚，形成了阳羡词派与浙西词派交替衍生与共同行进的历史轨迹。之后，张惠言承衍王沂孙之法，逐渐聚拢人气，又形成独特的一支词学脉络。延至清代末年，由郑文焯、朱祖谋各领一脉、各张一帜，引领着晚清词坛的创作走向。陈匪石紧扣清代词学发展的"点"与"线"，对其历史流变的关节点及所呈现特征予以了概括性描画。

刘坡公《学词百法》有云："清初词人，当以龚鼎孳、吴伟业为最。二人皆明季遗臣，入清复仕，乃为时论所讥。惟其词在屯田、淮海之间，均不愧为一代作家。继之者有宋徵舆、钱芳标、顾贞观、王士禛、纳兰性德、彭孙遹、沈丰垣、陈维崧、朱彝尊诸人。而渔洋尤杰

① 杨传庆编著：《词学书札萃编》，南开大学出版社 2015 年版，第 353 页。

出，格力风韵仿佛晏叔原、贺方回。康、乾之际，言词者大率宗尚朱、陈。厉鹗、过春山学朱，郑燮、蒋士铨学陈，然皆不免佻巧粗犷之病。惟太仓诸王，戛然独异，导源晏、欧，能自成一家。阳湖张惠言与其弟琦，选唐宋诸家词为《词选》一书，于是朱、陈二家之外，别成常州一派，恽敬、左辅、丁履恒、李兆洛辈附之，根基益固。其后效之者，有龚巩祚，庄棫、谭廷献诸人。其不入常州派者，有戈载、项鸿祚、蒋敦复、姚燮诸人。"① 刘坡公对清代前中期词史流变历程予以勾画与叙说。他论说清代前期词的创作是深受明季词坛风尚影响的。龚鼎孳、吴伟业等由明入清，他们将对宋代婉约词风的推尚承衍倡扬开来。其时，涌现出宋征舆、钱芳标、顾贞观、王士禛、纳兰性德、彭孙遹、沈丰垣、陈维崧、朱彝尊等一批名家，他们的创作直接造就了清代初期词坛的繁荣兴盛气象。延至康熙、乾隆时期，厉鹗、过春山、郑燮、蒋士铨等将由朱彝尊、陈维崧分别所导引的创作路径与艺术风格发扬开来，形成新的词学群体与创作流派。这之中，虽然词的创作水平参差不齐，有的甚至流于佻巧粗犷之病，但总体上词坛创作兴盛，异途并进，各显其美。之后，张惠言又开创常州一派，恽敬、左辅、丁履恒、李兆洛等羽翼左右，一时彬彬大盛，他们将词的"尊体"运动热热闹闹地推广开来。常州派对词的创作的独特倡导，一直影响到清代中后期的不少词家。刘坡公对清代前中期词坛流变及内中关节点都作出详细的阐明，其对进一步启发清代词史梳理与建构具有重要的意义。

金武祥在《三家词录序》中云："有清一代，词家亦分两派。竹垞、樊榭，狎主齐盟。笙磬同音，于斯为盛。自宛邻《词选》出，阐意内言外之旨，于浙派外独树一帜。别裁伪体，上接风骚。谭复堂谓倚声之学由二张而始尊，信非虚语。"② 金武祥将清代词坛大致界分为两大派别：一是以朱彝尊、厉鹗为代表的词派，即所称"浙西派"，这一派较早崛起于词坛，其突出地讲究词的本色当行之美；二是以张惠言等为代表的词派，即所称"常州派"，其突出的特点表现为倡导"意内言外"，追求"寄托"之意，强调词的创作具有"风人之意"，表现诗骚

① 刘坡公：《学词百法》，上海书店 1987 年版，第 70—71 页。
② 冯乾编校：《清词序跋汇编》，凤凰出版社 2013 年版，第 1963 页。

之旨趣。他们的创作直接导致词坛"尊体"运动的展开，词的创作由此承载了更多的社会价值功能。

　　蒋兆兰在《词说·自序》中云："有清一代，词学屡变而益上。中叶以还，鸿生叠起，辟门户之正，示轨辙之程。逮乎晚清，词家极盛，大抵原本风雅，谨守止庵，导源碧山，历稼轩、梦窗以还，清真之浑化之说为之。虽功力有浅深，成就有大小，而宁晦无浅，宁涩无滑，宁生硬无甜熟，练字练句，迥不犹人，戛戛乎其难哉。其间特出之英，主坛坫，广声气，宏奖借，妙裁成，在南则有复堂谭氏，在北则有半塘王氏，其提倡推衍之功，不可没也。"① 蒋兆兰将清词的演变发展界分为三个历史时期。他评断有清一代词的创作是由低而高的，其创作呈现出逐渐上升的鲜明特征。他认为，清代中期，词的创作不断增多，很多人都以周济所倡导的"导源碧山，历稼轩、梦窗以还清真之浑化"为创作原则，参悟返视，融炼诸家，努力达于深致浑融的艺术境界。谭献、王鹏运分别在南北词坛倡导推衍，词的创作由此走向兴盛繁荣的局面。蒋兆兰之论，主要联系清代中后期词坛演变发展的状况，进一步展开了对清词历史线索的梳理及三个阶段划分的论说。

　　徐珂《近词丛话》有云："明崇祯之季，诗余盛行，人沿竟陵一派。入国朝，合肥龚鼎孳、真定梁清标，皆负盛名。而太仓吴伟业尤为之冠，其词学屯田、淮海，高者直逼东坡，王士祯以为明黄门陈子龙之劲敌。自余若钱塘吴农祥、嘉兴王翃、周筼，亦有名于时。其后继起者，有前七家、后七家，前十家、后十家之目。前七家者，华亭宋征舆、钱芳标，无锡顾贞观，新城王士祯，钱塘沈丰垣，海盐彭孙遹，满洲性德也。征舆字辕文，其词不减冯、韦。芳标字葆酚，源出义山，神味绝似淮海。贞观字华峰，号梁汾，考声选调，吐华振响，浸浸乎薄苏、辛而驾周、秦。士祯字贻上，号阮亭，别号渔洋山人，尤工小令，逼近南唐二主。丰垣字通声，其词柔丽，源出于秦淮海、贺方回。孙遹字羡门，多唐调，士祯撰《倚声集》，推为近今词人第一，尝称其吹气若兰，每当十郎，辄自愧伧父。性德原名成德，字容若，其品格在晏叔原、贺方回间。更益以华亭李雯，钱塘沈谦，宜兴陈维崧三家，遂为十

---

　　① 唐圭璋编：《词话丛编》，中华书局1986年版，第4625页。

家。雯字舒章，语多哀艳，逼近温、韦。谦字去矜，步武苏、辛，而以五代北宋为归。维崧字其年，郁青霞之奇气，谱乌丝之新制，实大声宏、激昂善变者也。"① 徐珂对清代前中期词的创作群体予以论说与概括，他归纳出"前七家"、"后七家"、"前十家"、"后十家"之称名。他认为，"前七家"包括宋征舆、钱芳标、顾贞观、王士禛、沈丰垣、彭孙遹、纳兰性德，他们的创作多受到南唐、北宋名家之词的影响，呈现出某些相近相似的特征；之后，又有李雯、沈谦、陈维崧三人在创作上亦以五代、北宋之词为创作旨归，故合称为"前十家"。他们的词作代表了清代前期词的创作的突出成就。其又云："后七家者，张惠言、周济、龚自珍、项鸿祚、许宗衡、蒋春霖、蒋敦复也。……七家中莲生、海秋、鹿潭之作，大都幽艳哀断，而鹿潭尤婉约深至，流别甚正，家数颇大，人推为倚声家老杜。合以张琦、姚燮、王拯三家，是为后十家，世多称之。"② 徐珂又概括"后七家"，主要便指活跃在清代中期词坛上的一些人，包括张惠言、周济、龚自珍、项鸿祚、许宗衡、蒋春霖、蒋敦复。这些人的创作推尚比兴寄托之意，讲究意致呈现的委婉深致，他们将以意为主的创作之道极致发挥开来。之后，又有张琦、姚燮、王拯三人，故合称为"后十家"，他们乃清代中期词坛的中坚力量。总之，徐珂叙说有清一代词坛代表性人物与词学群体构成。他将龚鼎孳、梁清标、吴伟业都标树为清初词坛的大家，认为其在向北宋优秀词人学习的过程中，善于继承创新，他们的词作有力地引导了其时词坛的创作。之后，他又创造性地提出"前七家"、"后七家"，"前十家"、"后十家"的称名，将活跃在清代词坛上的代表人物归纳进不同的群体之中。他们的创作各具取径与特色，共同标示出清代词坛的繁荣兴盛与艺术成就。徐珂的概括归纳前所未见，新人耳目，体现出原创性，甚便于我们对清代词坛的认识把握。

民国中期，王蕴章在《梦坡词存序》中云："有清一代，作者辈起，粤在初叶，宗尚小令，犹是《花间》余韵。竹垞、樊榭出，一以姜张为主，清空婉约，遂开浙派宗风，及其弊也，饾饤琐屑。张皋文、

---

① 唐圭璋编：《词话丛编》，中华书局1986年版，第4222页。
② 同上书，第4223—4224页。

周止庵救之以拙直重大，而常州一派爰继浙派而代兴。光宣之间，王半塘、郑叔问、况夔笙、朱沤尹喁于互唱，笙磬迭和，造诣所及，圭臬两宋，导源风骚，极体正变。后有作者，莫之或逾矣。"① 王蕴章将清代主体性词作历史发展界分为三个阶段：一是清代前期，以朱彝尊、厉鹗等为代表形成浙西词派；二是清代中期，以张惠言、周济等为代表形成常州词派；三是晚清，王鹏运、郑文焯、况周颐、朱祖谋等唱响于词坛，他们的创作成为其时词坛的风向标，有效地导引了后世词的创作。这之中，浙西词派提倡向姜夔、张炎学习，倡导清丽空灵、委婉含蓄的艺术旨趣，然而其末流之弊不免于琐屑纠缠，在细枝末节上显摆才气，词作之道由此日益虚化。之后，常州词人以标举"拙"、"直"、"重"、"大"的创作题材、意致呈现与风格表现而逐渐替代浙西派的影响，词的创作风气为之一变。再后，光绪、宣统年间，晚清"四大家"逐渐占据词坛的主体位置，词作成就直可与两宋优秀词人相提并论，他们又将词的创作推向一个新的艺术境界与层次。王蕴章之论，将对清词"复兴"的论说具体落实在前、中、晚三个阶段词学流派的不断衍化与代兴之中。

民国后期，蔡嵩云（蔡桢）《柯亭词论》有云："清词派别，可分三期。浙西派与阳羡派同时。浙西派倡自朱竹垞，曹升六、徐电发等继之，崇尚姜张，以雅正为归。阳羡派倡自陈迦陵，吴园次、万红友等继之，效法苏、辛，惟才气是尚，此第一期也。常州派倡自张皋文，董晋卿、周介存等继之，振北宋名家之绪，以立意为本，以叶律为末，此第二期也。第三期词派，创自王半塘，叶遐庵戏呼为桂派，予亦姑以桂派名之。和之者有郑叔问、况蕙风、朱彊村等，本张皋文意内言外之旨，参以凌次仲、戈顺卿审音持律之说，而益发挥光大之。此派最晚出，以立意为体，故词格颇高。以守律为用，故词法颇严。今世词学正宗，惟有此派。余皆少所树立，不能成派。其下者，野狐禅耳。故王、朱、郑、况诸家，词之家数虽不同，而词派则同。"② 蔡桢亦将清代词派的衍化与清词的历史分期结合起来加以论说。他认为，清代词派的形成

---

①　冯乾编校：《清词序跋汇编》，凤凰出版社 2013 年版，第 2120 页。
②　唐圭璋编：《词话丛编》，中华书局 1986 年版，第 4908 页。

与发展呈现出明显的阶段性特征。大致而言,第一阶段主要是浙西词派与阳羡词派的活动时期,第二阶段主要是常州词派的活动时期,第三阶段主要是临桂词派的活动时期。蔡桢分别对不同词派的代表人物、取法对象、美学追求及艺术特征等予以叙说与比照。他认为,在人员构成上,浙西词派以朱彝尊为首,曹贞吉、徐釚等羽翼之;阳羡词派以陈维崧为首,吴绮、万树等羽翼之;常州词派以张惠言为首,董士锡、周济等羽翼之;临桂词派最初由王鹏运导引而来,而以郑文焯、况周颐、朱祖谋等为代表。在美学追求上,浙西词派以典则雅正为创作旨归,阳羡词派以张扬才气为艺术追求,常州词派以意致呈现为审美本位,倡导"比兴寄托"之意,反对拘守声调音律;临桂词派则进一步张扬以"立意"为本,将"意内言外"视为词之本质所在,同时,又谨守音律表现的本色之道,词作呈现出格调高迈的特征。以上几个词派相续相禅,共同衍化与推动着清词的演变发展。蔡桢对清代词派衍化与清词历史分期的论说甚为精粹,对照更见清晰,在传统词学史上显示出重要的意义。

仇埰在《蓼辛词叙》中云:"词至南渡以后,能事毕矣。元继其轨,风流未沫。有明一代,此事寖微。清初名流,激扬风雅,志欲起前代之衰。鸳湖、毗陵,分镳竞进,极其精粹,类能具宋人一体。迨惠言作,而词之途正;止庵作,而词之道尊。流风所扇,迄于光宣之季。粤西崛起,造重、拙、大之境,殚心精微,突过前辈。"① 仇埰对清代词作的历史发展线索予以勾画梳理。他论说清代前期词的创作开始走向兴盛,很多文人雅士都侧身于词道,这改变了有明一代词之衰亡的历史。鸳湖词派、毗陵词派中诸人在创作取径上各具特色,从不同的角度复兴了唐宋词作之途,词坛由此兴盛繁衍。延至清代中期的张惠言、周济等人,词作之途逐渐入乎正道而最终归位于"尊体"的序列中,词的创作获得前所未有的社会地位。再发展至晚清的况周颐,他以"重"、"拙"、"大"为审美理想,亦即在词作艺术表现方面倡导拙致之用笔、深致之立意与阔大之境界创造等。他并为此努力实践,取得了超越前人的创作成就。在这里,仇埰将清词的演变发展历史提纲挈领式地落实到

---

① 冯乾编校:《清词序跋汇编》,凤凰出版社 2013 年版,第 2127 页。

以代表性词人为重要关节点的三个阶段划分之中，进一步呼应与张扬了张德瀛等以来对清代词史的勾画梳理。

俞平伯《诗余闲评》有云："从清代到现在，词已整个成为诗之一体（这'诗'是广义的），并且清代是一切古学再兴时期，词风也曾盛极一时，大体可分作三派：最早有浙派。代表人可推朱竹垞。这派可以说是对明代俗艳的作风起一反动。矫正的办法，是主张'雅澹'。竹垞自己说：'不师秦七，不师黄九，倚新声玉田差近。'可见其作风及宗旨之一斑。稍后有常州派，在清代中叶兴起，代表人可推张惠言。他主张雅澹之外，并主立意须高远深厚；他所选的《词选》，就可以作代表。这比前者更进步了。最后有所谓同光派，代表人应推朱祖谋。他认为填词，在上述两派的条件之外，还主张精研音律，须讲求四声五音，比起以前的作法，要更难一层了。"① 俞平伯也对有清一代词的创作予以论说。他将其主要词派概括为三派：一是浙西派，以朱彝尊为代表。俞平伯道出这一派乃源于对晚明以来俗艳词风的反拨，追求以雅正澹丽为宗趣，推崇张炎之作。二是常州词派，以张惠言为代表，他们在浙西派以雅正澹丽为宗趣的基础上，重视比兴寄托，讲究深远之意致，它在一定程度上弥补了浙西派的不足。三是同光派，以朱祖谋为代表。它在浙西、常州两派所倡词学主张之外，又强调音律表现，注重张扬词体的音乐艺术表现特征。俞平伯对有清一代词派的论说，在划分上虽不显新意，但他将几个词学流派的艺术追求与创作趣尚进一步予以了阐明与廓清，是甚富于批评洞见与理论意义的。

陈运彰《纫芳簃说词》有云："清代词派凡更数变，可就当时撰录觇之。若王渔洋、邹程村之《倚声集》，朱竹垞、王兰泉之《词综》，皆属别出手眼，能使古人就其模范，一时风气，为之丕变。张（惠言）、董（士锡）结集，切箴时弊，实奠常州词派之始基。而周（济）、潘（德舆）乃首为发难，《词辨》之选，即其帜志。介存自云'全稿厄于黄流'者，乃是饰辞。观其拟目，则'正'、'变'两卷，俨然与张、董为敌国，其它琐琐，乃不足论矣。复堂于光绪初元，主持风雅，最为

---

① 张璋、职承让、张骅、张博宁编纂：《历代词话续编》，大象出版社 2005 年版，第856 页。

老师,《箧中》之集,《词辨》之评,亦此志业。然一派之盛衰,其是非利钝,及行之久暂,则时代为之,有非大力者所能左右者矣。"① 陈运彰对清词尤其是清代词派的流变发展予以勾勒与论述。他评说,清初的王士禛、邹祗谟、朱彝尊等人词的创作都"别出手眼",显示出独特的面貌特征与艺术风格,成为后人学习的榜样,他们的创作部分地改变了清初词坛的浮靡风习。之后,张惠言、董士锡等的创作紧扣现实有感而发,为常州派挺立于词坛奠定了根基。再后,周济、潘德舆等进一步树立典范,标举旗帜,以"正"、"变"之道而界分词人词作,努力引导当世创作风气。延至光绪初年,谭献极力倡导复兴风雅之道,追求以比兴寄托为旨,他将常州词派的创作传统进一步予以发扬光大,其对导引晚清词作的兴盛起到重要的作用。其又云:"清初词派也。风气所趋,贤者不免。中间有一二大力者为之主持,则移潜默化,有不期然而然者。及其既衰,则又不期然而变者矣。清代二百数十年,词格屡变,每变而益高,而门派愈多,党争遂起,一派之兴,亦各主持数十年,彼非一是非,尚不知其所属也。"② 陈运彰论说清代词的创作在几百年间其艺术表现路径与面貌特征不断发生变化,但总体上体现出在变化中不断提高、在消解中不断发展的特点。此中,伴随的是创作流派的不断出现,创作门径的不断多样化,整个词坛呈现出繁盛的景象。陈运彰对清代词派流变与发展的论说,是甚富于启发性的。

第三节 对清词不足的多视点批评之论

民国时期传统词学批评中"清词"之论的第三个维面,是对清词不足的多视点批评。在这一维面,清代谢良琦、周而衍、陈维岳、徐釚、王文治、贾敦艮、孙麟趾等曾作出过论说,延至民国时期,陈去病、胡适、况周颐、柳亚子、郑文焯、张尔田、邵瑞彭、杨圻、刘缉熙、吴庠、陈运彰等,主要针对清词所体现出的缺欠予以论说。他们将

---

① 杨传庆、和希林辑校:《辑校民国词话三十种》,(台湾)花木兰文化出版社 2016 年版,第 315—316 页。

② 同上书,第 317 页。

对清词的反思观照不断展衍开来，从不同视域深化与完善了对清词的认识把握。

一　对清词的整体性观照批评

陈去病、胡适、邵瑞彭、刘绪熙、陈运彰等，对清词予以过整体性观照批评，较早地从不同方面揭橥有清一代词作在整体上所呈现出的特征及其不足。

民国前期，陈去病《镜台词话》有云："词肇于唐，盛于宋，衰于元明，而再振于清，然则清之词，将仿佛乎宋之徒欤？亦未也。唐宋研精声律，其词多可入箫管，而清贤俱谢不能，此古今优劣之比较略可睹矣。"① 陈去病从声韵表现的角度论说到清词。他肯定清词中兴，彬彬大盛。但相对于唐宋词合于声韵、入于歌唱而言，他认为清词在声韵表现方面确又显示出劣势，这是毫无疑问的。故从体制本色而言，清词其实并不够当行。

民国中期，胡适在《词选序》中云："清朝的学者读书最博，离开平民也最远。清朝的文学，除了小说之外，都是朝着'复古'的方面走的。他们一面作骈文，一面做'词的中兴'的运动。陈其年、朱彝尊以后，二百多年之中很出了不少的词人。他们有学花间的，有学北宋的，有学南宋的，有学苏辛的，有学白石、玉田的，有学清真的，有学梦窗的。他们很有用全力做词的人，他们也有许多很好的词，这定不可完全抹杀的。然而词的时代早过去了，过去了四百年了。天才与学力终归不能挽回过去的潮流。三百年的清词，终逃不出模仿宋词的境地。所以这个时代可说是词的鬼影的时代；潮流已去，不可复返，这不过是一点之回波，一点浪花飞沫而已。"② 胡适持论清人读书丰赡，学养深厚；同时，也肯定清人之中有不少全力于词作之道的人。他认为，清词的创作渊源丰富，路径多样，从唐五代到南宋之词，无不得到承衍发扬，从很大程度上看确乎呈现出"中兴"之气象，这是毫无疑问的。但从整

① 杨传庆、和希林辑校：《辑校民国词话三十种》，（台湾）花木兰文化出版社 2016 年版，第 31 页。

② 张璋、职承让、张骅、张博宁编纂：《历代词话续编》，大象出版社 2005 年版，第712 页。

体而言，胡适认为，"词的时代"早已过去了，这是文学历史发展的必然结果。清人的丰厚学养与辛勤创作并不能从根本上扭转历史发展的趋势，由此，他判定三百年的清词终逃不出"模仿"的尴尬境地，是为词的"鬼影时代"。胡适之论，既看到清词的"中兴"气象，但更强调其"回光返照"性、"一点浪花飞沫而已"，从一个独特的视域对清词的艺术成就予以了论评，富于反思观照性。邵瑞彭在《珠山乐府序》中云："倚声之学，元氏以降，日即颓落。有清一代，号为复古，要未能越辛、刘、张、史之堘埒。末流所趋，嗥凌譟靡，无复雅音。"① 邵瑞彭论说清代词坛以"复古"相标榜，希图以唐宋人为旨趣，看齐唐宋词作，但很多人的创作取径实际上未能超越辛弃疾、刘过、张炎、史达祖等的范围，呈现出喜于仿效而相对缺乏创新的特征，而其"末流"之作，或叫嚣豪亢，或萎靡猥俗，与雅致之求相隔甚远。邵瑞彭对清代词作在整体上评价并不太高。其论亦显示出独特的批评旨趣，启发我们进一步观照与反思。

民国后期，刘绪熙在《词的演变和派别》一文中论评明清两代词的创作特点。他批评明人之词在艺术表现上"有时表现天分很高，而少妥当处"，而清人之词在艺术表现上"妥当之至，持稳得不得了，所谓厚重端庄是也"，但"也可以一'庸'字形容之"，而"清初的词还带些浮浪气"。② 刘绪熙道出清人之词在艺术创新上有所不足的特点。陈运彰《双白龛词话》有云："《蕙风词话》曰：'余尝谓北宋人手高眼低。其自为词，诚复乎弗可及。其于他人词，凡所盛称，率非其至者，直是口惠，不甚爱惜云尔。后人其闻其说，奉为金科玉律，绝无独具只眼，得其真正佳胜者。流弊所及，不特薶没昔贤精谊，抑且贻误后人师法。'按清代词人乃反是，其流传论词之语，议论之精辟，乃有复绝古人者，迨其自为之，乃多不践其言，不仅为眼高手低已也，是以读宋人论词语，当别白是非，读清人说词，尤当知其所蔽，昔人以初学填词，勿看元以后词，余谓阅词话诸书，于清代诸家，非慎选严择，其流

---

① 冯乾编校：《清词序跋汇编》，凤凰出版社 2013 年版，第 2129 页。

② 张璋、职承让、张骅、张博宁编纂：《历代词话续编》，大象出版社 2005 年版，第 1282 页。

弊亦相等也。"① 陈运彰比较北宋人与清人所作之词的不同。他认为，北宋人"手高眼低"，他们所填之词实际上已达到一个很高的艺术层次，是后人难以企及的，但他们并不自知，往往对前人之作予以推扬。但清人所填之词则与所论往往并不太相符、不太一致，"眼高手低"现象常常出现，这在此时期是甚为突出的，也是我们在观照清人词作时必须特别注意的。陈运彰在相互比照的视域中，对清词的艺术成就从总体上予以了辩证的把握。陈运彰又评说到一些清代词人的创作态度或过于拘谨，或过于随意便易。其云："清人词之所以不及五代北宋者，以其看得太正经，又一面则太随便也。"② 陈运彰论说清词在总体创作成就上是比不上五代、北宋之词的。其内在缘由主要便在或过于重视比兴寄托之意，注重与诗体为近，显得过于庄重趋正；有的又过于脱却相应拘限，显得过于便僻，有违词之本色质性。在灵活地把握词体艺术表现的"度"上是有所不足的。陈运彰实际上从创作旨向与艺术表现上对清词予以了指责。

二　对清代前中期词的观照批评

胡适、况周颐、杨圻对清代前中期之词予以了观照与批评。民国中期，胡适在《评唐宋词人》中云："宋词风度佳胜，亦各有偏重。……清初人词，专矜风度，而每失之纤靡，盖并其骨干而摇曳之也。于字面求摇曳时，于骨干宜特求重拙，使铢两相称于相反之中。若并其骨干而摇曳之，焉得不轻不靡。"③ 胡适评说清初人之词专以风貌韵度呈现为尚，而常常失之于纤弱浮靡之中，其主要缘由便在于忽略了词的思想内涵而偏重艺术风貌。他主张，词作在现实内涵表现上宜求朴素有力，而在艺术风貌呈现上则宜求飘逸动人，两者间形成相反相映之美，而不应如清初人之词那样过于注重风貌呈现，致使词作入于浮靡纤弱之中。况周颐《词学讲义》有云："清初曾道扶（王孙）、聂晋人（先）辑百名

---

① 杨传庆、和希林辑校：《辑校民国词话三十种》，（台湾）花木兰文化出版社 2016 年版，第 305 页。

② 同上书，第 309 页。

③ 张璋、职承让、张骅、张博宁编纂：《历代词话续编》，大象出版社 2005 年版，第 772 页。

家词，多沉著浓厚之作，近于正始元音矣。康熙中，有所谓《倚声集》者，集中所录，小慧侧艳之词，十居八九。王阮亭、邹程村同操选政。程村实主之，引阮亭为重云尔；而为当代钜公，遂足转移风气。词格纤靡，实始于斯。自时厥后，有若浙西六家，是其流弊所极。轻薄为文，每况愈下。于斯时也，以谓词学中绝可也。"① 况周颐批评康熙时期以来词的创作，呈现出追求技巧、风格侧艳的特征，不少都偏离了正道。他认为，后世词作格调之纤弱浮靡便大致始于此。至于浙西六家则为"轻薄为文"之所极，将词的创作进一步引向纤弱浮靡的境地，词的创作由此走向死胡同。其又云："清朝人词（断自康熙中叶）不必看，尤不宜看。看之未必获益，一中其病，便不可医也。且亦无暇看。吾人应读之书，浩如烟海，即应读之词，亦悉数难终。能有几许余力闲暇，看此浮花浪蕊，媚行烟视，灾梨祸枣之作耶？"② 况周颐对康熙时期以来词的创作持甚为批评的态度。他评说读之"未必获益，一中其病，便不可医也"。他认为，人的时间与精力是有限的，而应读的书籍却浩如烟海，确不应花费过多的时间与精力消磨在那些无谓的作品之中。况周颐对清代中期之词创作旨向与艺术风格表现出极尽贬低之意。杨圻在《致王心舟》中云："国朝浙西诸家勃兴，辞赡学博，论其精力有过古人，然皆组甲饤饾，有意爱好，性灵全失，等诸赋体，而词之体用全湮失矣。每览数阕，昏睡即来。纵极精湛，终不免一'近'字。故苏、辛，词而诗者也，浙西诸老，词而赋者也。"③ 杨圻论说浙西词人的创作在彰显学养才情与用辞宏富的同时，体现出过于注重组织穿贯与细部把握的特征，这在很大程度上有碍于创作主体性灵发抒，导致词作过于向辞赋之体的趋近，模糊了文体之间的界限，是难以引发接受者审美兴味的。

新中国成立以后，朱庸斋《分春馆词话》有云："清初诸家，如李雯、吴伟业、宋征舆辈，所为皆'诗人之词'，以词为诗之余，模拟花间、草堂冶艳之调，故成就不高。王士祯词亦重神韵，但才力薄弱，以

---

① 张璋、职承让、张骅、张博宁编纂：《历代词话续编》，大象出版社 2005 年版，第 44 页。

② 同上。

③ 杨传庆编著：《词学书札萃编》，南开大学出版社 2015 年版，第 296 页。

写七绝之惯技而为小令，虽时有可人之语，然终乏大家风度。"① 朱庸斋评说清初如李雯、吴伟业、宋徵舆等所作之词过于诗化，其风格呈现滑易浮艳，艺术成就不高，即便是王士禛之词，亦偏重神采与韵味表现，在创作才力上甚见平庸无奇，常常以写作绝句的笔法用之于小令的填制中，导致有句而无篇，终少大家气象。其又云："清初词人，沿明季颓风，去骚雅之道宜远。朱彝尊补偏救弊，欲挽颓澜，拈出白石、玉田为词之圭臬，一以大雅为归，创立浙西词派。然竹垞词每有肤浅空廓之病，败笔辙出，词中尤好用典不见性情，流弊颇大。《静志居琴趣》风致稍佳，然深情不如纳兰；《江湖载酒集》疏宕有致，气势又不如其年；《茶烟阁体物集》摹形绘状，格调不高，匪独未窥碧山之樊篱，即南宋词社诸人亦未能到。朱氏标榜'崇尔雅，斥淫哇'，然其集中《沁园春》咏美人诸作，则又词皆冶荡，不堪寓目，乌足以言从容大雅也。朱、陈两家词中，则吾取其年焉。"② 朱庸斋评说清初词人在创作上多沿袭晚明浮艳颓废之风习，与骚雅之道的内在要求相去甚远。其时，朱彝尊倡导以姜夔、张炎为创作圭臬，以雅正为求，创立浙西一派。然其在创作上仍然体现出不少缺欠，或好用事典而有损于主体性情表现，或呈现出肤浅空疏之缺失。如其《静志居琴趣》在情感表现上便不如纳兰性德之作，其《江湖载酒集》在结构笔法上又不如陈维崧之词，如此等等。总之，其创作实践与理论主张之间存在一定的距离。朱庸斋声言，在清初词人中，他更推扬陈维崧之词，认为其创作更入乎骚雅之道，其艺术表现更见谐和合度，是为清初词坛之翘楚。

三　对晚清词的观照批评

柳亚子、郑文焯、张尔田、吴庠等对晚清与近代之词予以了批评。民国初期，柳亚子在《与高天梅书》中云："近世词家，如郑文焯辈，弟亦殊不满意。其病亦坐一涩字，往往一句中堆砌无数不相联络之字面。究之，使人莫测其命意所在，甚有本无命意者。此盖学白石、玉

---

① 张璋、职承让、张骅、张博宁编纂：《历代词话续编》，大象出版社 2005 年版，第 1175 页。

② 同上书，第 1178 页。

田，而画虎不成者也。"① 柳亚子批评晚清词作大多过于滞涩不畅，流转乏力，缺少清彻空灵之意味。他批评晚清词人往往喜欢将不太相关涉的一些字语组织在一起，这实际上模糊了词的命意，消解了词之主旨，甚或导致词作意致呈现的虚化。柳亚子认为，这都是时人一味宗法姜夔、张炎的结果，所谓"学虎不成反类犬"，他们实际上将词作之道引向死胡同。郑文焯在《致朱孝臧》中云："近世作者，乃见两宋词眼清新，对仗工丽，遂复移花换叶，涂饰陈陈，窭窄支离，几莫名其所自，是专于词中求生活者，固难语以高诣，而炫博者又或举典庞杂，雕润新奇，失清空之体，坐掎撼之累，是误于词外作注脚者，亦未足以言正宗也。"② 郑文焯批评晚清词人在向两宋词人学习的过程中，并未能很好地吸收其精华，却往往在一些方面过于凸显，体现出偏失。一是过于注重修饰，致使词体清彻空灵之本色意味有失；二是过于注重细枝末节之技巧运用，面目之美有失完整浑融；三是一些人还盲目寓事用典，导致词作缺少直致切近之美，与接受者之间形成较大的隔阂。上述几方面缺失，直接导致了近世词作于正道有所偏离，是令人遗憾的。

　　张尔田在《致夏承焘》中云："词之为道，无论体制，无论宗派，而有一必要之条件焉，则曰真。不真则伪（真与实又不同，不可以今之写实派为真也），伪则其道必不能久，披文相质，是在识者。今天下纷纷宫调，率有年学子，无病而呻，异日者，谁执其咎？则我辈唱导者之责也。疆村诸公，固以词成其家者，然与谓其词之可贵，无宁谓其人之可贵。若以词论，则今之词流，岂不满天下耶？古有所谓试帖诗，若今之词，殆亦所谓试帖词耶？每见近出杂志，必有诗词数首充数，尘羹土饭，了无精彩可言。"③ 张尔田批评晚清近代以来，虽从表面而言，词的创作亦甚见繁荣兴盛，但一些人以"试帖"态度填词，或随意而为，或无病呻吟，是毫无精彩可言的。其所缺便在于一个"真"字，亦即情感之真、意致之真、艺术表现之真，这使他们的词作缺少意趣，是难以吸引与感动人的。吴庠在《致夏承焘》中云："近代词坛，瓣香

---

① 杨传庆编著：《词学书札萃编》，南开大学出版社 2015 年版，第 361 页。
② 同上书，第 186 页。
③ 同上书，第 3—4 页。

所奉，类皆涂抹脂粉，碎裂绮罗，字字饾饤，语语劈积，土木之形骸略
具，乾坤之清气毫无，作者先难其详，读者更莫名其妙，此其三也。此
在老手，或犹讲音律，而兼识辞章。乃使少年遂欲假艰深以文浅陋，词
学不振，盖有由来。"① 吴庠批评晚清近世词坛，不少人热衷于粉饰辞
采，搜讨字句，在奇字僻语中显摆学养，在对零碎意象的拼接中寄托其
晦涩之思致。他们的词作，多枯槁之面目显现而少生动清迈之气脉流
动，读者是难以深入其中而体会其艺术意味的。

　　总结民国时期词学批评中的"清词"之论，可以看出，其主要体
现在三个维面：一是对清词复兴的不断标举，二是对清词演变发展历史
的勾画梳理，三是对清词不足的多视点观照与批评。其中，在第一个维
面，清词"复兴"之论成为传统词学一以贯之的主体声音。在第二个
维面，人们对由浙西词派、阳羡词派、常州词派、临桂词派等组构而成
的衍化线索予以阶段性勾画，对清词流变大多予以了三个阶段的分期。
在第三个维面，人们评说清词在声韵表现方面显示出劣势，存在创新不
足，有些或过于拘谨，或过于随意等缺欠，将对清词的反思观照不断展
衍开来。民国时期词学批评对"清词"的论说，从一个独特的视点展
开与深化了对古典词史演变发展的认识，具有重要的价值与意义。

---

① 杨传庆编著：《词学书札萃编》，南开大学出版社 2015 年版，第 314—315 页。

民国时期重要词人批评的承纳与展开

下 编

第一章
民国时期词学批评中的苏轼之论

苏轼（1037—1101），字子瞻，又字和仲，号东坡居士，世称苏东坡。他博学多识，才情非常人所能及，一生坎坷，仕途不顺，几经贬谪，然胸中豪放与旷达只增不减，融会在作品中表现得尤为丰富多彩，或如万里风来般的豪放，一开豪放派之先河；或为杨花泪里的纸短情长，温柔蕴藉。他一改往日词作的秾纤之貌，清雄并举。其以诗为词的创作手法极大地拓展了词的艺术表现，而其中不协音律与巧协音律之处亦招来议论频频，引人深思。他与后来被称为"词中之龙"的辛弃疾的比较，也在岁月的沉淀中变得丰富多彩。这些对苏轼襟怀情性、创作特征、词法技巧及苏辛比较等方面的论评，极大地丰富了词学批评中苏轼之论的内涵，为不断拓展与深化对苏轼及其词作的认识提供了平台。

第一节　襟怀才性与艺术特征之论

我国传统文论多将作家的襟怀才性、道德人品等与其创作相关联，提倡知人论世，认为作者才情、人品与作品多有关联。民国时期亦然，将苏轼的襟怀才性与其词作所展现的艺术特征相联系，是词学批评家展开品评的重要一维。

自苏轼开创豪放词始，其流传广泛，影响很大，学习创作豪放词的人络绎不绝，至民国时期仍大抵如此。然民国时期批评家在如何习学苏词上似有新知。民国初期，陈匪石《旧时月色斋词谭》有云："苏、辛豪情逸气，自不可及，亦不可学。学之则易留于粗。余固不敢问津也。"① 陈匪石高度称扬苏轼、辛弃疾的豪迈情怀与慷慨气概，其反观自身，认为自己所具有的豪情逸气较苏、辛相去甚远，故其持论，不可勉强学习二人词作，并认为强学苏、辛，所作之词易沦为粗俗之言，反而贻笑大方。蒋兆兰《词说》有云："初学填词，勿看苏、辛。盖一看即爱，下笔即来，其实只糟粕耳。"② 蒋兆兰一方面肯定苏词的艺术魅力，称其"一看即爱"；另一方面认为在这强大吸引力驱动下的模仿却多有糟粕，他进一步道出苏词不易习效的特点。民国中期，况周颐在《历代词人考略》中云："按填词以厚为要旨。苏、辛词皆极厚，然不易学，或不能得其万一，而转滋流弊，如粗率、叫嚣、澜浪之类。"③ 其在《蕙风词话》中亦云："东坡、稼轩，其秀在骨，其厚在神。初学看之，但得其粗率而已。其实二公不经意处，是真率，非粗率也。余至今未敢学苏、辛也。"④ 词创制之初，是以文辞配以曲调，应声和韵用以演唱的。词有调名，称为"词牌"，依调填词是为"倚声"。况周颐认为，填词重在意蕴的醇厚，而"醇厚"二字具体表现为词作内涵的丰富厚实。"厚词"是值得细品和推敲的。他认为，苏、辛二人词旨深致、音韵华美，读来余音绕梁，仔细品哐间能够体悟到所蕴含的深层意味，而词作想要达到这般甚具特色的艺术效果是很困难的，更是一般学词者所难以企及的。若只求形似则易沦为叫嚣之语，势必显得粗劣草率，故况周颐感喟道，"余至今未敢学苏、辛也"。民国后期，赵尊岳《珍重阁词话》有云："学苏辛首贵襟抱，学梦窗大小晏，首贵学力。学力可以求进，襟抱难于求进，故学苏辛者，每每取雄而遗清。"⑤ 赵尊岳在论说学习苏轼、辛弃疾与吴文英区别时指出，苏、辛之词重在表现创作主体襟怀抱负，吴文英之作则重在呈现创作主体学养才力。在他看来，学力是可以通过后天努力习得的，而襟怀抱负却更多地源自天

① 陈匪石编著，钟振振校点：《宋词举》（外三种），江苏古籍出版社2002年版，第212页。
② 唐圭璋编：《词话丛编》，中华书局1986年版，第4633页。
③ 况周颐撰，屈兴国辑注：《蕙风词话辑注》，江西人民出版社2000年版，第377页。
④ 王国维著，徐调孚注，王幼安校订：《人间词话》，人民文学出版社1960年版，第18—19页。
⑤ 《同声月刊》第1卷第8号，第70页。

成，是天性使然。同时，赵尊岳还直陈，学苏、辛作词难在清隽与雄放不易兼举，转而容易产生叫嚣、狂放、率直等弊端。汪东在《唐宋词选评》中称道："东坡天才高旷，不可羁勒，其词挥洒出之，若不经意。及其神思方运，兴会飙发，若乘培风之翼而翱翔乎云物之表，况诸诗家则太白也。"① 汪东评说苏轼天资聪颖，兴发自在，行于其所当行，止于其所当止，思接千载，有诗仙李白之遗风。其又云："后人无其天分，纷纷模拟，里丑效颦，声若蚊虻，何足论哉。"② 汪东指出后人强作模仿，难得精髓，犹如东施效颦，所作如蚊如虻，却是不值得一提的。祝南（詹安泰）在《无庵说词》中，一方面赞扬"东坡乐府气体高妙，前无古，后无今，于词境为最高"的特点，即言苏词气体高妙，词境高远；另一方面又称其"既不雕镂句调，又不用拙重之笔，天趣流行，大气包举"，表明苏词创作自然，不落言筌之功力；但与此同时，詹安泰亦直言苏词"最不易学"，"学之者不失之庸，即失之肆，恰如分际，恰到好处，正不易言也"③，他认为学习苏轼之词，是比较难以把握其中平衡的，要么过于庸常，要么过于放肆，想要照顾周到，掌握好分寸，着实不易。上述词论家虽表达各异，然其评说内涵大体一致，即认为苏轼独具天性，胸襟开阔，处世豁达放逸，故其由此兴发所咏之词自不落俗套，有别庸常，不发戚戚之叹，而能自在豪放，纵情恣肆。学苏词者，若无与苏轼相类似的胸襟抱负，只是兀自求个形式，习个皮毛，则流于粗俗鄙陋在所难免，即使看似有豪放之慨，究其深意亦不免有叫嚣粗率之嫌。龙沐勋（龙榆生）《两宋词风转变论》云："自东坡别出手眼，树之风声，同辈如王安石，后起如晁补之、黄庭坚、叶梦得、向子諲、陈与义等，相与辅翼而倡导之。既而流入中州，与'深裘大马之风'相融洽，遂开金元一代之胜。辛弃疾以豪杰之士，复挟之以南，开南宋豪壮一派之风。解除音律之束缚，以自成其'长短不葺'之新体诗，千汇万状，使人知此体亦无所不包，非东坡'横放

① 屈兴国编：《词话丛编二编》，浙江古籍出版社 2013 年版，第 2307 页。
② 同上。
③ 张璋、职承让、张骅、张博宁编纂：《历代词话续编》，大象出版社 2005 年版，第1324 页。

杰出'之才，谁能辟此疆域耶?"① 龙榆生高度评价苏轼在词史上的开
拓与创新之功。他叙说自苏轼以诗为词、自写襟怀之后，王安石、叶梦
得、向子諲及苏门中的晁补之、黄庭坚、陈与义等都积极追随，将新的
创作之法不断传布开来，并流衍到中原地区。之后，辛弃疾以雄杰之
才，复又将流衍到中原地区的这种以诗为词之风习带入南方，并迅速衍
化开来，形成声势浩大的豪放词派，一时蔚为创作风气。如果没有苏轼
的创造性开拓词径词风，是难以出现如此繁盛气象的。龙榆生从词史发
展的角度对苏轼艺术创新之功予以了高扬。

　　苏词难学在于豪放易得，而襟抱难求；苏词耐读亦在于襟怀驰骋间
携风带雨，气贯长虹，引人流连忘返。对此，蔡嵩云（蔡桢）《柯亭词
论》有云："东坡词，胸有万卷，笔无点尘。其阔大处，不在能作豪放
语，而在其襟怀有涵盖一切气象……东坡小令，清丽纡徐，雅人深致，
另辟一境。设非胸襟高旷，焉能有此吐属。"② 蔡桢认为，正因苏轼胸
襟高旷，其词作方能于阔大处纵横捭阖，于小幅中尽显清丽雅致，另辟
一境。苏轼之高旷胸襟于其创作的重要性，由此可见一斑。陈家庆在
《论苏辛词》一文中认为，苏轼之词"净洗铅华，不著罗绮；豪情发
越，逸趣横生，海雨天风，咄咄逼人。有浩然之气，无做作之态，迥非
花间、耆卿辈所能望其项背者也。至其清俊舒徐，婉约缜密，则又何让
飞卿、端己"③。陈家庆对苏轼词作极为推扬。他概括其词作风格既有
自然天成的一面，又有豪迈旷达的特点，所体现出的艺术风貌是温庭
筠、韦庄等所难以比拟的。梁启勋《曼殊室词话》有云："词不幸而产
生于五季，风尚委靡，文艺之士，多用作镂月裁云、牵愁惹恨之工具，
甚焉者用以调情。苟世无东坡，则词之品格将日就衰落矣。"④ 梁启勋
对词的源起、艺术特征及其中的新变予以论说。他论断，词在最初很长
一段历史时期内都是用来表现人的一己之心情愁怨的，更有甚者拘限到
仅表现男女之情，词作品格日见低靡俗化，苏轼开创性地提高了词品，

────────────

　　① 张璋、职承让、张骅、张博宁编纂：《历代词话续编》，大象出版社 2005 年版，第
967 页。

　　② 唐圭璋编：《词话丛编》，中华书局 1986 年版，第 4910—4911 页。

　　③ 徐英、陈家庆：《澄碧草堂集》，黄山书社 2012 年版，第 224 页。

　　④ 朱崇才编纂：《词话丛编续编》，人民文学出版社 2010 年版，第 2980 页。

升华了词格，对词的历史发展作出了突出的贡献。祝南（詹安泰）《无庵词说》有云："东坡天人姿，胸襟、学养种种均非凡夫所能学步。但亦不能因噎废食。读东坡词多，不惟可以扩胸襟，开眼界，于慢词驱遣驰骤之法、亦大有裨益。"① 詹安泰对苏轼作为创作主体的襟怀、学识与身心修养大加赞赏。在他看来，苏轼的这些特点，虽然不是普通人能够完全持有与习得的，但多读苏词终究是大有裨益的。苏轼之词读得多了，不但可以开阔眼界，拓展胸襟，就连词中的辞句驱遣、节奏韵律的把握也会多几分底气，因此即使苏词难学，詹安泰依然主张不可弃学，因噎废食。

除所表现襟怀高旷难得之外，苏词的艺术境界和所立意致亦为民国时期词论家所称道。闻野鹤在《恓篷词话》中论说到关于"词境"的命题。他认为，词境大致有四种，苏、辛词境即"如深山侠士，瑰抱恢奇。酒酣起舞，剑芒腾跃。抚髀一啸，林木悉靡。咤云掷月，不可一世"②。闻野鹤将苏轼、辛弃疾之词所展现的艺术境界比譬为深山侠客酒后舞剑，酒至酣畅处，剑随身动，自是一派倜傥风流，剑花芬然之间，动静相协，忽而林木静穆，只识剑声，忽而横叱一响，云破天惊，给人以潇洒壮阔、境界恢宏之感，令人称奇。清代，杨寿枏在《云薖词话》中曾明确称"诗词皆重意境"，随后提出"然意境如何方算得高，如何方算得深"的疑问，再将词境的营构与"镂心鸟迹之中，织词渔网之上"作比，直叹道"人或不解，并我亦不能自喻。霞朝星晚，酒熟香温，若有清思一缕，出自迷离惝恍之中，翔于杳冥寥廓之表，来不知所自，去不知所之，此种境界，实在语言文字之外"③。杨寿枏直言词之意境的营构要做到不落言筌，船过水无痕般的自然熨帖实属不易，甚有言不及意的无奈。其又道："选词者只能求诸语言文字之中，至意境则缘情感事，触绪横生，身世不同，哀乐自异。千载后知人论世，虽能冥契，终隔一尘。意境高者，如重光、小山、淮海，锦心绣

---

① 张璋、职承让、张骅、张博宁编纂：《历代词话续编》，大象出版社 2005 年版，第 1325 页。

② 朱崇才编纂：《词话丛编续编》，人民文学出版社 2010 年版，第 2340 页。

③ 屈兴国编：《词话丛编二编》，浙江古籍出版社 2013 年版，第 1867 页。

口，绝世聪明。东坡如飞天仙人，足不履地。"① 杨寿枬认为，艺术意境的创构主要依靠主体真情实感的生发，而情感的产生与作者的生平遭际息息相关。杨寿枬给予苏词艺术境界以极大的肯定，称扬其自然高旷，如飞天仙人，脚不落地，真正做到了境随情造，自然天成。张尔田在《再与榆生论苏辛词》中云："苏、辛词境，只清雄二字尽之。清而不雄，必流于伧俗。"② 张尔田认为苏词艺术境界清迈雄豪，清迈与雄豪本有冲突，失之偏颇便不可同日而语，而苏词却能把握其中的平衡而加以巧妙组构。陈匪石《声执》有云："词境极不易说。有身外之境，风雨、山川、花鸟之一切相皆是。有身内之境，为因乎风雨、山川、花鸟发于中而不自觉之一念。身内身外，融合为一，即词境也。"③ 这里，陈匪石所说的"身内之境"、"身外之境"，与王国维所谓"有我之境"、"无我之境"有异曲同工之妙，都肯定了情感抒发与外界相触的互动性，说明词境的创构与主体情感的表露相互协调。其又云："仇述庵问词境如何能佳，愚答以'高处立，宽处行'六字。能高能宽，则涵盖一切，包容一切，不受束缚，生天然之观感，得真切之体会。再求其本，则宽在胸襟，高在身份，名利之心固不可有，即色相亦必能空，不生执着，渣滓净去，翳障蠲除，冲夷虚澹。虽万象纷陈，瞬息万变，而自能握其玄珠，不浅不晦不俗以出之。叫嚣儇薄之气皆不能中于吾身，气味自归于醇厚，境地自入于深静。此种境界，白石、梦窗词中往往可见，而东坡为尤多。"④ 陈匪石认为，词之境界欲佳，需在意致呈现上从高远超拔之处入手，在艺术表现的路径与形式上尽可能从多方面探寻，辅之以词人的宽广胸怀和空灵澄澈的气质，以真情实感贯穿始末，表露真知灼见。他直言此种境界以"东坡为尤多"，对苏轼词作艺术境界的赏识与推崇可见一斑。

苏轼心胸是开阔的，是"枝上柳绵吹又少，天涯何处无芳草"的自信，是"醉笑陪公三万场，不诉离殇"的爽朗，是"人生如逆旅，

---

① 屈兴国编：《词话丛编二编》，浙江古籍出版社2013年版，第1867页。
② 杨传庆编著：《词学书札萃编》，南开大学出版社2015年版，第283页。
③ 陈匪石编著，钟振振校点：《宋词举》（外三种），江苏古籍出版社2002年版，第189页。
④ 同上。

我亦是行人"的达观，词若其人，苏词风格刚柔并举、境界高远的特点有目共睹。但时人亦有别见。王季思在《词的正变》一文中云："到了东坡，以阔大之笔，写豪放之概，又一变唐五代以来的词风。"① 王季思评说苏轼之词境界阔大，一改隋唐五代以来柔靡之风，大展豪放慷慨之气。陈匪石《声执》有云："读昔人词评，或曰'拗怒'，或曰'老辣'，或曰'清刚'，或曰'大力盘旋'，或曰'放笔为直干'，皆施于屯田、清真、白石、梦窗而非施于东坡、稼轩一派……即知东坡、稼轩音响虽殊，本原则一。倘能合参，益明运用。随地而见舒敛，一身而备刚柔。"② 陈匪石持论，柳永、周邦彦、姜夔、吴文英等的词作风格多样，却与苏轼、辛弃疾一派风格大相径庭，这两人词作在诉诸感官上虽有差异，然而本原是相同的，均以豪放慷慨为主。他又认为，如果能将这些风格掺杂融会，便能使词作收放自如、刚柔兼备。

事实上，苏词字字含情、句句凝泪的温柔之态在民国时期词评家眼中也是受到肯定的。高旭在《论词绝句三十首》（之十二）中吟道："关西大汉粗豪甚，铁板铜琶未敢夸。除去乘风归去曲，倾心第一是杨花。"③ 高旭虽对苏轼豪迈激越的艺术风格颇有微词，直言其为"关西大汉"，却肯定他词中的婉约气度，评说"倾心第一是杨花"，给予苏轼《水龙吟·次韵章质夫杨花词》以盛赞。吴梅《词学通论》有云："余谓公词豪放缜密，两擅其长，世人第就豪放处论，遂有铁板铜琶之诮，不知公婉约处，何让温、韦？如《浣溪沙》云：'彩索身轻长趁燕，红窗睡重不闻莺。'《祝英台》云：'挂轻帆，飞急桨，还过钓台路。久病无聊，欹枕听鸣舻。'《永遇乐》云：'天涯倦客，山中归路，望断故园心眼。燕子楼空，佳人何在？空锁楼中燕。'《西江月》云：'高情已逐晓云空，不与梨花同梦。'此等处，与'大江东去'，'把酒问青天'诸作，如出两手。不独'乳燕飞华屋'，'缺月挂疏桐'诸词，为别有寄托也。要之公天性豁达，襟抱开朗，虽境遇迍邅，而处之坦

① 张璋、职承让、张骅、张博宁编纂：《历代词话续编》，大象出版社 2005 年版，第 1095 页。
② 陈匪石编著，钟振振校点：《宋词举》（外三种），江苏古籍出版社 2002 年版，第 188—189 页。
③ 程郁缀、李静：《历代论词绝句笺注》，北京大学出版社 2014 年版，第 558 页。

然，即去国离乡，初无羁客迁人之感，惟胸怀坦荡，词亦超凡入圣。后之学者，无公之胸襟，强为摹仿，多见其不知量耳。"① 吴梅通过具体的词作，例证苏轼词中温柔婉约之处丝毫不输于温庭筠、韦庄。这里，苏词的婉约风格不仅停留在被发现、被认可的层面，更深入到被赞赏的程度。众所周知，温庭筠是晚唐著名词人，其词注重藻饰，以艳丽见长；韦庄词多为兴会酣畅之作，以疏淡为美，其秀气行处，自然沁人心脾。吴梅将苏轼与温庭筠、韦庄之词相比，极大程度地肯定了其词中婉约之风格。可见，苏词中的豪放气概在民国时期词评家眼中虽然褒贬不一，但其词中的婉约风致却得到很大程度的推扬。蔡嵩云（蔡桢）《柯亭词论》有云："东坡词，胸有万卷，笔无点尘。其阔大处，不在能作豪放语，而在其襟怀有涵盖一切气象。若徒袭其外貌，何异东施效颦。东坡小令，清丽纡徐，雅人深致，另辟一境。设非胸襟高旷，焉能有此吐属。"② 蔡桢认为，苏轼胸襟高旷，于开阔处豁达豪放，于细小处清丽脱俗，正因其胸怀之宽广、人生境界之高达，所以在笔纸相接之时，豪放或婉约都不过信手拈来，洋洋洒洒便是内心百转千回之真情实感，所谓笔落惊风雨，词成亦可泣鬼神。

第二节　词法技巧之论

　　围绕词法技巧的着意考察，是民国时期词学批评中苏轼之论的另一维重要视野。其批评内容，主要体现在对苏轼以诗为词创作方法的论说上。具体表现在对于苏词题材抒写的多样化、主题内涵的深广化、艺术形式的拓展、词作品质和格调的提高以及是否协律等的论说之上。

　　首先，就苏轼词作的题材抒写与主题表现方面而言，民国时期词学批评家大多持肯定态度。陈钟凡在《与陈柱尊教授论自由词书》中云："溯词起于晚唐五季，下逮北宋之欧、晏、张、柳，率以争斗浓纤，抒写艳情为宗。至东坡豪放，不喜剪裁以就声律，时人虽讥为曲子缚不

---

① 吴梅：《词学通论》，中华书局 2010 年版，第 71 页。
② 唐圭璋编：《词话丛编》，中华书局 1986 年版，第 4910—4911 页。

住，然其横放杰出，包罗万有，词境为之一变。"① 陈钟凡持论，词的创作发展到苏轼而境界大变，一改以往秾纤艳丽之姿及以抒写艳情为主的面貌。苏词豪放，不拘泥于小节，同时艺术境界开阔宏达，既抒写个人身世，又评说古今物事，不再局限于个人的凄楚悲凉而作哀婉沉吟之语，更多地拥有了如侠士剑客的洒脱与豪放，如士大夫般的文雅泰然，艺术境界着实提高了。龙沐勋（龙榆生）在《两宋词风转变论》一文中云："北宋词风，至东坡为第三转变。"他认为，北宋词风的演变发展经历几番波折，由最初的停滞到柳永等的兴发，至苏轼又一改秾纤面貌，迎来豪放激昂之音。这里，龙榆生认为苏词带来的"第三转变"呈现了"在破除狭隘之观念，与音律之束缚，使内容突趋丰富，体势益见恢张"的特点。同时，他还援引刘辰翁在《辛稼轩词序》中所谓"词至东坡，倾荡磊落，如诗，如文，如天地奇观"之语，喟叹苏词之不平凡。原本袅袅婷婷的词，在苏轼笔下却变得磊落激荡，有如诗如文的气魄，甚为壮阔豪迈。他持论，苏词与以往词作不同之处就在于其创作目的、所呈格局等的差异。苏轼作词并不为提供给乐工官妓以调笑作乐，而是用以抒写自我人格，表现个人性情抱负。龙榆生又道："惟其悍然不顾一切，假斯体以表现自我之人格与性情抱负，乃与当时流行歌曲，或应乐工官妓之要求，以为笑乐之资者，大异其旨趣。虽目之以'别派'，未足以掩其精光也。"② 在龙榆生看来，苏轼之词虽有别于当世主流艺术范式，被认为是"别派"，但其中的精彩之处依然大放异彩，难以被掩盖与遮蔽。其还云："小山、淮海，虽或'寓意诗人句法'，风格渐高，而鲜有以严肃态度，着意尊体者。东坡出而以灵气仙才，开径独往。其能别树一帜之故，正以其确认词曲，虽出于教坊里巷，亦不妨假以自写胸怀，固不仅为抒发儿女私情而设。东坡词卒得压倒柳氏者在此，所以能独建一宗，历万古而不敝者亦在此。"③ 龙榆生评说晏几道、秦观等虽然也偶有将诗歌创作之法运用于填词之举，但真正着意以词体为尊的当数苏轼。他以自身多方面的艺术才华，开辟创作

---

① 杨传庆编著：《词学书札萃编》，南开大学出版社 2015 年版，第 369 页。

② 张璋、职承让、张骅、张博宁编纂：《历代词话续编》，大象出版社 2005 年版，第 967 页。

③ 同上书，第 966 页。

道路，在将词体用以抒写个人情性的基础上，进一步拓展与衍化，叙写现实人生，抒发理想情怀，极大地开拓词的题材抒写范围，提升词作艺术表现的境界与层次，在传统词史上作出极大的贡献。

胡适在《词选序》中，依照艺术风格大致将词分为三类。其云："苏东坡以前，是教坊乐工与娼家妓女歌唱的词；东坡到稼轩后村，是诗人的词；白石以后，直到宋末元初，是词匠的词。"① 胡适以苏轼之词作为乐工之词与诗人之词的分界点，表明苏轼之词所呈现出的诗化特点，说明其题材抒写上的丰富、内涵蕴含上的深广及情感表现上的不同以往之处。他高度肯定苏轼在词史上的重要地位。其《说词》又云："苏东坡一班人以绝顶的天才，采用这新起的词体，来作他们的'新诗'"，"从此以后，词便大变了"。② 胡适认为，苏轼作词的目的本不似从前那样，"拿给十五六岁的女郎在红氍毹上袅袅婷婷的去歌唱"，而是让词能达到如诗一般"可以咏古，可以悼亡，可以谈禅，可以说理，可以发议论"的目的，由此，他盛赞苏轼所引领的一代风气使得"词的用处推广了，词的内容变复杂了，词人的个性也更显出了"③。在《评唐宋词人》一文中，胡适甚至认为苏轼的创作掀起"词的一大解放"。他论道："词起于乐歌，正和诗起于歌谣一样。诗可以脱离音乐而独立，词也可以脱离音乐而独立。"胡适认为，"苏轼以前，词的范围很小，词的限制很多；到苏词出来，不受词的严格限制，只当词是诗的一体"，具体表现为作词可以"不必儿女离别，不必鸳衾雁字，凡是情感，凡是思想，都可以做诗，就都可以做词……词可以咏史，可以吊古，可以说理，可以谈禅，可以用象征寄幽妙之思，可以借音节述悲壮或怨抑之怀"④。可见，苏轼以诗为词的创作方式，使词作艺术表现的内涵和外延得到很大程度的拓展与深化。祝南（詹安泰）《无庵说词》有云："词至东坡，境界最大，取材最广，可以发抒怀抱，可以议论古

---

① 张璋、职承让、张骅、张博宁编纂：《历代词话续编》，大象出版社 2005 年版，第713 页。

② 屈兴国编：《词话丛编二编》，浙江古籍出版社 2013 年版，第 2241 页。

③ 同上书，第 2241—2242 页。

④ 张璋、职承让、张骅、张博宁编纂：《历代词话续编》，大象出版社 2005 年版，第750 页。

今，其作用不亚于诗文，盖至是而词体乃尊也。"① 詹安泰认为，宋词发展到苏轼，再不似从前只是作为诗的陪衬，词的作用亦不再亚于诗，词的地位得到显著的提升，主要表现为创作境界变得阔大，取材范围更加丰富多样，主旨情感不再局限于个人的幽眇之思，而拓展至能够表现更加广阔的襟怀抱负，甚至可以喟叹古今异变，等等。

其次，民国时期词学批评家对苏轼创作技巧给予极大的肯定。张尔田在《与龙榆生论苏辛词》中云："苏辛笔力如锥画沙，非读破万卷不能，谈何容易。磊落激扬，不从书卷中来，皆客气也。以客气求苏、辛，去之愈远。"② 张尔田认为，苏轼作词笔力遒劲、娴熟自然在于其才学广博、积淀深厚，而深究其缘由又远超于此。况周颐在《广蕙风词话》中云："词中求词，不如词外求词。文忠词大都得之词外，而并勿庸求之者也。"③ 况周颐指出苏轼作词的一个显著技巧，即不纯粹向词中求词，不囿于前人已有的创作成就，同时也不耽于艺术技巧。相反，他将重心转至词外，取材于更为丰富多样的生活阅历与人生积淀，通过表现更为广阔的社会现实，做到有的放矢，从而强化词的艺术感染力。张德瀛《词征》有云："苏、辛二家，昔人名之曰词诗词论。愚以古词衡之曰，不用之时全体在。用即拈来，万象周沙界。"④ 这里，张德瀛承继前人对于苏、辛之词的论评，认为苏词重在"以诗为词"，故曰"词诗"；辛词重在"以文为词"，故称"词论"，强调了两人独特的创作技巧。同时，张德瀛试图将苏、辛之词与古有之词相比较，却发现两人作词出神入化，看似信笔拈来，实乃厚积薄发。夏敬观在《映庵手批东坡词》中云："东坡词如春花散空，不著迹象。"⑤ 夏敬观称扬苏轼之词表现自然，不落言筌，既有纷繁灵动之美，又无刻意雕饰之迹。此种高妙境界好比泰戈尔经典诗句所云："天空中没有鸟儿的痕

---

①　张璋、职承让、张骅、张博宁编纂：《历代词话续编》，大象出版社 2005 年版，第 1324 页。

②　杨传庆编著：《词学书札萃编》，南开大学出版社 2015 年版，第 283 页。

③　况周颐著，孙克强辑考：《蕙风词话·广蕙风词话》，中州古籍出版社 2003 年版，第 236 页。

④　唐圭璋编：《词话丛编》，中华书局 1986 年版，第 4158 页。

⑤　龙榆生选编：《唐宋名家词选》，上海古籍出版社 1980 年版，第 126 页。

迹，但是鸟儿已经飞过。"胡适《评唐宋词人》有云："苏轼的天才最高，文与诗词都好，是文学史上一个怪杰。他常说，他'作文如行云流水，初无定质；但常行于所当行，止于所不可不止'。读他的作品时应记得这句话。"①　胡适通过援引苏轼之言，表明其对于自然兴发创作方式的肯定，充分表现出对苏轼之词流畅自然风格的称赏。陈匪石在《宋词举》中评道："东坡词如天马行空，其用意、用笔及取神迷貌，最不可及。"②　陈匪石同样肯定苏轼作词运笔空灵、纯任自然的特点，同时从侧面赞赏它有别于穷极工巧的抒写方式。

关于苏词是否协律的争论，也是民国时期词学批评的一个重要方面。这方面论说大体可分为两类：一类认为苏词不协音律，有违词作和曲而歌的内在要求；另一类则认为苏词不协音律乃有意为之，是逸兴抒发之产物。

配生在《酹月楼词话》中直言道，"词句最忌似诗，东坡山谷时蹈此弊"，他并指出，"龙山落帽千年事，我对西风欲整冠"，"顾我已无当世望，似君须向古人求"，"上党从来天下脊，先生原是古之儒"，"无波真古井，有节是霜筠"，"皆诗句也"。③　配生认为苏轼明知填词最忌像作诗，却明知故犯，所举之例更坐实了苏轼不精音律表现之论。伊鹃《醉月楼词话》有云："北宋词家以东坡、少游、山谷、美成为最著名，实则坡等皆以诗笔填词，未必真解音律，真解音律之词家，乃寇准、韩琦、司马光、范仲淹诸名臣也，惜后人多不知耳。"④　伊鹃认为，苏轼虽有盛名却用作诗的方式填词，是不懂音律之道的表现。另一方面，佚名在《词通》中云："词至于以七绝诗为调，其律之未必严可知矣。东坡天才放逸，所谓：'铜琶铁板'者，其不肯为律所拘，抑亦明矣。乃以东坡为七绝体之词，而其律有不敢不谨者；然则学词者，固可

---

①　张璋、职承让、张骅、张博宁编纂：《历代词话续编》，大象出版社 2005 年版，第749 页。

②　陈匪石编著，钟振振校点：《宋词举》（外三种），江苏古籍出版社 2002 年版，第 122页。

③　张璋、职承让、张骅、张博宁编纂：《历代词话续编》，大象出版社 2005 年版，第1370 页。

④　同上书，第 1364 页。

幸格调之宽以藏身，利古人之疏以借口乎?"①《词通》作者认为，词的创作发展到以近体诗之音律为声调的阶段，在音律方面存在不够严格之处是可以料想的。苏轼天性放旷，自称"铜琶铁骨"，所以其词不愿拘泥于音律表现也是显而易见的。但他发现，苏轼在以近体音律填词之时，其对待音律的态度是十分谨慎的。这里，作者是欲借苏词协律的事实，对那些心怀侥幸，以古人疏漏为由，为自己填词不精音律找借口者提出严肃的批评。所以，在《词通》作者看来，苏轼不是不识音律，相反是能够巧协音律，在需要的时候能够做到严格协律的。胡适则认为，王安石、苏轼、辛弃疾都是天才诗人，他们都用创作诗文的方式来填词，所以他们这个时代所作之词乃"诗人的词"，因此，也就不需要过分追求协律或是能够和曲而歌。他在《词选序》中论道："这一段落的词是'诗人的词'。这些作者都是有天才的诗人；他们不管能歌不能歌，也不管协律不协律；他们只是用词体作新诗。这种'诗人的词'，起于荆公、东坡，至稼轩而大成。"② 胡适认为，"诗人的词"缘起于王安石、苏轼，至辛弃疾乃大成，他们有意开拓出有别于传统的艺术表现方式，推陈出新，为词的创作拓展出一片新的天地。胡适在《评唐宋词人》中亦云："苏轼认词为诗的一体，不限于乐歌，故不喜拘裁剪以就声律。词至苏轼而范围始放大。至朱敦儒、辛弃疾、陆游，这一派遂成一大宗派。"③ 这里，胡适认为，苏轼把词看作诗的另一种表现形式，既然诗可以脱离原有的曲调，词同样可以不再局限于乐歌，因此，苏轼是不喜欢拘泥于音律而强作剪裁的。由此观之，胡适就苏轼作词不协音律是持甚为理解与宽容态度的。

一些词论家则认为，苏轼之词虽有不协音律之处，但并非不识音律之道，而是填词之时，主体情感如汪洋般恣肆，笔墨挥洒自如，信笔写来，自然为曲子所难束缚。闻野鹤在《恤籁词话》中援引"彩索身轻常趁燕"和"红窗睡重不闻莺"二语，用以说明"坡公高才绝世，旷视千古，其不协律处，正其不屑拘拘于声律，非遂不知律也"。闻野鹤

---

① 张璋、职承让、张骅、张博宁编纂：《历代词话续编》，大象出版社 2005 年版，第519 页。

② 同上书，第714 页。

③ 同上书，第750 页。

认为，苏轼并非不懂音律之道，相反，他能够巧协音律，在必要的时候能够自如地收束情感，雕琢词句，故他称苏轼"偶然敛才琢句，则'彩索'语成矣"①。祝南（詹安泰）在《无庵说词》中亦道："东坡《水调歌头》上阕'我欲乘风归去，又恐琼楼玉宇，高处不胜寒'，'去'、'宇'协韵，下阕'人有悲欢离合，月有阴晴圆缺，此事古难全'，'合'、'缺'协韵"，似系偶合，非有意为此；集中他作，亦无于此处用韵者。"② 詹安泰评说苏轼不但识得音律表现之道，而且运用起来游刃有余，他已将协律内化成一种能力，虽不刻意追求，但协韵时又能使韵律自然妥帖，他对待音律与使用音律的态度是甚显通脱的。梁启煦（梁启勋）在《曼殊室词论》中大力推许苏轼之词。他引用晁无咎评苏词之语，"人谓东坡词多不谐音律，然横放杰出，自是曲子中缚不住者"，然后，又举沈璟为汤显祖改《牡丹亭》，汤显祖怒斥沈璟不知曲意，称其曲中"吾意之所至，不妨拗折天下人嗓子"的故事，在大力赞扬苏轼与汤显祖为"曲中豪杰之士"后，他得出结论："然必须有两君之聪明，有两君之学力，庶可语此。若初学而欲执此二语以自文其短，势必将沉沦万劫，永无重见天日之期。须知两君之所以如此，乃入而复出，非空疏也。"③ 梁启勋认为，苏轼、汤显祖的词作确实有不协音律之处，但是，此二者才情、笔力能够很好地把握住音律运用与情感表达形成冲突时的特殊状况，并且这种处理方式更是在反复探寻中得出的，初学者难以参透把握。为此，其又云："试观《东坡乐府》及《牡丹亭传奇》两部作品，非至今仍能保持其最高地位耶，并未因此而损其声价也，斯可知矣。入而复出则可，若不入尚何出之足云，终究是门外汉而已。"④ 可见，梁启勋持论苏轼之词虽有不协律处，乃是其真情流露之体现，若强加改变反而有损其中万千情致，得不偿失，是以音律限制可作适当突破矣。

　　关于苏词是否协律的问题，有的词评家给出一些较为新颖的观点。

---

　　① 朱崇才编纂：《词话丛编续编》，人民文学出版社 2010 年版，第 2312 页。

　　② 张璋、职承让、张骅、张博宁编纂：《历代词话续编》，大象出版社 2005 年版，第 1324 页。

　　③ 同上书，第 592 页。

　　④ 同上。

胡适在《评唐宋词人》中云："至于音律一层，也是错的。"他认为："词本出于乐歌，正与诗本出于乐歌一样。诗可以脱离音乐而独立，词也应该脱离音乐而独立。苏轼、辛弃疾做词，只是用一种较自然的新诗体来做诗；他们并不想给歌童倡女作曲子，我们也不可用音律来衡量他们。"① 胡适认为，诗词之体的本源是同一的，均出于乐歌，诗体发展到后来既然能脱离音乐而独立，那么词体也同样可以。所以，词体发展到后来，强行让其协同音律的做法，在一定程度上是不妥当的，它限制了词的发展，实际上成为一种束缚。更何况，苏轼作词的初衷本不是供歌童唱玩，而是用一种较为自然的方式来作诗罢了，换言之，就是用作诗的方法来作词。胡适认为，对于苏轼而言，词就属于他的新体诗了。龙榆生在《两宋词风转变论》中云："词依声而成。北宋以教坊新腔，而有柳永一派'讴歌淫冶'之词作。至大晟制曲，而周邦彦'浑厚和雅'（张炎说）之典型词派以兴。苏、辛激扬排宕之风，应运而起，渐与音乐脱离关系，虽别开生面，而就词之本体言之，固不能不目之以'别派'。"② 龙榆生论说苏轼、辛弃疾词作呈现出激扬排宕的风格特征，他们使词体与音乐的关系日见疏离，在笔法运用、意境创造等方面都别开生面，确乎体现出创造性，但就词之创作路径与风格呈现来看，却不得不将其归入变径之中，视为"别派"。

第三节　苏辛比较之论

在豪放词发展史上，辛弃疾接武苏轼，将两人放置一起加以比较，从来都是一个经典话题。在民国时期词学批评中，苏辛之比依然作为保留曲目，成为品评苏轼的一个重要维面。

苏轼一生仕途坎坷，却有着"竹杖芒鞋轻胜马，一蓑烟雨任平生"的旷放与达观，信奉着"吾心安处是吾家"的人生理念。辛弃疾以恢复国家为志向，将满腔激情和对国家兴亡的关切忧虑尽泄于词中。两人

---

① 张璋、职承让、张骅、张博宁编纂：《历代词话续编》，大象出版社2005年版，第757—758页。
② 龙榆生：《龙榆生词学论文集》，上海古籍出版社2009年版，第271—272页。

所具的豪情逸致、磊落激扬投诸词中，便有了诸多相通之处。

　　在不少民国时期词论家看来，苏轼、辛弃疾的相似之处主要体现在襟怀情性、意境创造、风格表现等方面。苏、辛襟怀相似，都有豪情满怀的一面；词境相类，均以清隽雄豪为主；词风相近，皆有豪放洒脱的一面。

　　王国维《人间词话》曾云："读东坡、稼轩词，须观其雅量高致，有伯夷、柳下惠之风。"[①] 王国维认为，苏轼、辛弃疾都有伯夷、柳下惠之高雅气度，有着与尘俗世人相别的放旷与洒脱。两人语多慷慨，苏词豪放，辛词激壮。苏轼有《鹊桥仙·七夕》一阕，陆游曾为之作跋云："昔人作七夕诗，率不免有珠栊绮疏惜别之意。惟东坡此篇，居然是星汉上语，歌之曲终，觉天风海雨逼人。学诗者当以是求之。"陆游之跋，一语点破苏词的独到之处，同样的题材，苏轼却能摆脱"珠栊绮疏惜别之意"，推陈出新，以一腔豪情贯注于其中，表现出天风海雨般的磅礴气势，这是词的创作中少有的大手笔。汪朝桢在《倚盾鼻词草题辞》中衍化陆游之言，其吟道："射雕手段上强台，压倒当时词翰才。拍到苏辛豪放句，天风海雨逼人来。"[②] 汪朝桢评说苏、辛笔力雄健，响遏行云，他以"天风海雨"谓苏、辛词中的壮志豪情，彰显了对两人的推许之意。吴灏在《〈名媛词选〉题辞》（其二）中亦云："粗豪婉约各翻新，本色当行自有人。听罢双鬟花底唱，李朱端合匹苏辛。"[③] 吴灏给予苏、辛词作极大的肯定，将其作为品评词的标准。在他看来，宋词在不断地发展，原本作为词作主流的婉约情致和旁逸斜出的豪放气度都在不断地成熟，各有代表，听惯了好似吴侬软语的袅袅婷婷，再接触些壮怀激烈的豪情壮语，这是甚为自然合理的，而苏、辛甚可为后一创作队伍中的标杆。龙沐勋（龙榆生）在《今日学词应取之途径》一文中，一面持论"自东坡出，而词中乃见倾荡磊落之气，足以推倒一世之豪杰，开拓万古之心胸"，同时，又认为"辛稼轩以一代雄才，蔚为中坚人物"，苏、辛均"以清雄洗繁缛，以沈挚去雕琢，以

---

　　① 王国维著，徐调孚注，王幼安校订：《人间词话》，人民文学出版社1960年版，第213页。

　　② 孙克强、裴喆编著：《论词绝句二千首》，南开大学出版社2014年版，第697页。

　　③ 同上书，第745页。

壮音变凄调，以浅语达深情，举权奇磊落之怀，纳诸镗鞳铿鍧之调"①。龙榆生认为，自苏轼始，词风雄豪，磊落开拓，为词的创作提供了一个典范，而辛弃疾接武苏轼，传承其豪放词风。两人词作意境清雄、情感沉挚、气势雄浑，善用浅显之语道出深切之情志。高旭在《论词绝句三十首》（之十二）中云："关西大汉粗豪甚，铁板铜琶未敢夸。除去乘风归去曲，倾心第一是杨花。"② 高旭不落前人窠臼，在人人称赏的《水调歌头》外，更能识苏轼一阕杨花词之妙。其又云："稼轩妙笔几于圣，词界应无抗手人。侠气柔情双管下，小山亭酒备酸辛。"③ 世人评辛弃疾之词，多以豪放冠之，然高旭认为，辛词刚柔并济，引人入胜。高旭对于苏、辛二人的赏誉之心尽现于纸上。张尔田在《与龙榆生论苏辛词》中更直言"苏、辛笔力如锥画沙"，在他看来，两人词作言虽浅意却深，笔力遒劲，力透纸背。张尔田在《致龙榆生》中云："尊论提倡苏、辛，言之未免太易。自来学苏、辛能成就者绝少，即培老亦只能到须溪耳。苏辛笔力如锥画沙，非读破万卷不能，谈何容易。磊落激扬，不从书卷中来，皆客气也。以客气求苏、辛，去之愈远。古丈学苏，偶一为之。半塘集中，亦多似辛之作，然绝不以辛相命，此意当相会于言外也。"④ 张尔田针对龙榆生所倡导学习苏轼与辛弃疾之言加以论说。他认为，龙榆生低估了习效苏、辛之词的难度。他持论，数百年来，凡学习苏轼与辛弃疾的人之中，能追步他们艺术层次与创作境界的人如凤毛麟角，即使像沈曾植这样的人也大致只能达到刘辰翁的艺术水平。张尔田比譬苏轼与辛弃疾才大力雄，甚富于创作才情与艺术表现力，"如锥画沙"，他们的词作高妙绝不是从书卷典实中而来的，更偏于才情、才气、才力的呈现与张扬。因此，张尔田断言，即使如朱祖谋、王鹏运之人，习学苏、辛，也只能偶而为之，且并不以"效×××"而命题与命意，此足以见一般人习效苏、辛之作是难有所成的。张尔田之论，从创作主体才性的角度对苏、辛二人予以了推扬。

民国时期词评家对于苏、辛相似的创作手法及其影响是持大力肯定

---

① 龙榆生：《龙榆生词学论文集》，上海古籍出版社 2009 年版，第 117 页。

② 程郁缀、李静：《历代论词绝句笺注》，北京大学出版社 2014 年版，第 558 页。

③ 同上书，第 562 页。

④ 杨传庆编著：《词学书札萃编》，南开大学出版社 2015 年版，第 283 页。

态度的。但是，两者亦有不同之处。在民国时期词学批评中，对于苏词的评价总体而言是略高于辛词的。一些人认为，就创作手法、艺术境界而言，苏词更显自然，信笔拈来，有着近乎不着力气的随性。夏敬观在《映庵手批东坡词》中云："东坡词如春花散空，不著迹象，使柳枝歌之，正如天风海涛之曲，中多幽咽怨断之音，此其上乘也。若夫激昂排宕，不可一世之概，陈无己所谓'如教坊雷大使之舞，虽极天下之工，要非本色'，乃其第二乘也。后之学苏者，惟能知第二乘，未有能达上乘者，即稼轩亦然。"① 夏敬观认为，苏轼之词的创作与其自然平淡的美学主张是一致的。苏词巧妙，没有过分的雕饰，情感自然生发，其中迂回婉转处亦一气呵成，不落言筌。在夏敬观看来，那些一味追求磅礴气势的学词者，反倒本末倒置了，将重心放在词句的雕琢之上，而忽视了情感的真切表露。如此作词，即使再好也只能甘于第二乘。在他看来，即便辛弃疾，也只是精工词句中的佼佼者而已。夏敬观还引用苏轼在《永遇乐》一词中所云"紞如三鼓，铿然一叶，黯黯梦云惊断。夜茫茫，重寻无处，觉来小园行遍"之语，用形象的比喻来表明他对苏词创作技法自然天成、音韵表现铿锵有力、节奏变换等艺术特征的推扬。他认为，苏轼作词之自然天成、不落痕迹就好比人于幽眇黯然的园林中寻觅，突然惊醒，好似求无所得，实则已将园林踏遍，即言苏词的自然隽永，看似随意兴发，实则曲径通幽，内中大有乾坤。

民国时期一些词评家认为苏词较辛词的自然之处，除了表现在创作技法方面，还体现在艺术境界的创构之上。相较于苏词善于将气势磅礴、浩大的意境以慢语述之的特点，辛词在气势上总显得豪放有余，语言表达上则有时偏于粗戾，情绪的释放与控制上稍逊一筹。闻野鹤《恫簃词话》有云："苏东坡如深山剑客，不娴俗礼。……辛稼轩如草野人入掌枢密，动辄粗戾。"② 闻野鹤运用形象的话语对苏轼与辛弃疾词境进行比较。在他看来，苏词有深山剑客的胸怀气度，不拘泥于俗世礼仪的豪放洒脱，反观辛词，则如草野之人始掌大权，一时得意，喜不自胜，稍有不慎就显出粗戾之气。陈永年在《词品——仿钟嵘〈诗品〉

---

① 龙榆生编选：《唐宋名家词选》，上海古籍出版社1980年版，第126页。
② 朱崇才编纂：《词话丛编续编》，人民文学出版社2010年版，第2319页。

之例略述两宋词家流品》中云："稼轩负管乐之才，不能尽展其用，满腔忠愤，一寄于词，悲歌慷慨，不可一世。豪放似东坡，而当行则过之。"① 在陈永年看来，辛弃疾虽精通音律，却不能很好地把握音韵表达和情感生发之间的平衡，做到止于所当止，只是一股脑儿地将满腔的报国热忱与内心孤诣倾注于词中，豪放是有了，但程度却显得太过了。

　　除此之外，民国时期一些批评家认为苏词较辛词更为自然洒落，还体现在词之组织结构与音律表现上。如上所述，辛弃疾有管乐之才，对于词句中音韵的把握也更为慎重，词的组织结构也更为规整，更讲求格套，这或许是其优点，但是，在民国时期一些批评家眼中，相对于苏词的自然质朴，辛词的精巧雕饰少了几分任性自在的洒脱。陈洵在《致朱孝臧》中云："稼轩纵横豪宕，而笔笔不能留，字字有脉络如此。"② 陈洵认为，辛词纵横豪宕，然而寻章摘句都是有章可循，有脉络可以把握的。蔡嵩云（蔡桢）《柯亭词论》云："宋初慢词，尤接近自然时代，往往有佳句而乏佳章。自屯田出而词法立，清真出而词法密，词风为之丕变。如东坡之纯任自然者，殆不多见矣。南宋以降，慢词作法，穷极工巧。稼轩虽接武东坡，而词之组织结构，有极精者，则非纯任自然矣。"③ 蔡桢认为，宋代初期的慢词与无明确词法指导之"自然时代"相接近，那时人们往往能写出好的词句，但是，能够把好的词句组合起来形成美妙篇章的少之又少。发展到后来，柳永为填词之法确立大致的雏形，为后世作词提供了框架，周邦彦为之填充细节，使其创作之法更为缜密，宋词发展到这个时候，艺术风格发生明显的变化，即更为精巧密丽，讲求创作技法。而在词的发展的大背景下，苏轼之词则显得与众不同，其放任自如、自在而为的创作方法已经是非常少有的了。南宋以后，慢词更穷尽工巧之能事，辛弃疾虽然接过苏轼手中豪放派的大旗，然而，在词的组织上已不像苏轼那样随性了，相比之下，辛词中有极为精巧的句子，可见其用工至深，而鲜有随性自然的形式。祝南（詹安泰）在《无庵说词》中，评说苏轼《水调歌头》上阕"我欲乘风归

---

　　① 杨传庆、和希林校注：《辑校民国词话三十种》，（台湾）花木兰文化出版社 2016 年版，第 320—321 页。

　　② 杨传庆编著：《词学书札萃编》，南开大学出版社 2015 年版，第 234 页。

　　③ 唐圭璋编：《词话丛编》，中华书局 1986 年版，第 4902 页。

去，又恐琼楼玉宇，高处不胜寒"句中的"去"、"宇"二字协韵，下阕"人有悲欢离合，月有阴晴圆缺，此事古难全"中"合"、"缺"协韵为"似系偶合，非有意为此"，又评说苏轼其他词中"亦无于此处用韵者"，反观"坡派词家，每依此首用韵，如蔡伯坚《明秀集》中《水调歌头》八首无一例外"。詹安泰认为，其中"显系有意仿此"之嫌，而此种"作始者无心，而步趋者固执，积之已久，遂成定律"的现象太多，反倒无须惊异。他还直言，"宋以后学坡词者大率走稼轩一路，稼轩固不能与东坡例视也"①。钱振锽《羞语》有云："词贵韵。北宋韵，南宋不韵。东坡韵多，稼轩韵少。"② 钱振锽认为，词的创作贵在讲究余音绕梁，意味深长。在他看来，北宋词重视韵味容涵，而南宋词相较次之。苏轼较辛弃疾之词更讲究余味悠长，更重视词句所呈现出来的隽永蕴藉。由此可见，在民国时期一些词论家眼中，辛弃疾是追蹑苏轼的，苏轼更胜一筹。

　　民国时期词评家还就苏轼、辛弃疾词作所显示的不同气格展开探讨。闻野鹤《词论》有云："词致悲壮，辛胜于苏；气格超妙，苏胜于辛。"③ 闻野鹤认为，在意致悲慨豪壮的程度上，辛弃疾更胜于苏轼，但论词的气格，苏词更显体气高妙。陈洵《海绡说词》有云："东坡独崇气格，箴规柳秦，词体之尊，自东坡始。"④ 陈洵认为，苏轼作词崇尚气格，在词境表现上有着更为深致的追求，在一定程度上规整了柳永、秦观等所作婉约词的柔靡之态。陈洵将苏词摆在"词体之尊"的地位，可见其对苏词气格表现的推崇。汪东在《唐宋词选评》中亦评说"苏格尤高"。可见，苏轼词作所体现的高邈气格已为民国时期词论家普遍认同。

　　此外，就艺术风格的细微偏重处，苏轼、辛弃疾也各有不同。前文所述，苏词豪放，辛词激壮，虽都属豪放一派，但就内容表现而言，苏

---

　　① 张璋、职承让、张骅、张博宁编纂：《历代词话续编》，大象出版社 2005 年版，第 1325 页。

　　② 屈兴国编：《词话丛编二编》，浙江古籍出版社 2013 年版，第 1857 页。

　　③ 杨传庆、和希林辑校：《辑校民国词话三十种》，（台湾）花木兰文化出版社 2016 年版，第 87 页。

　　④ 唐圭璋编：《词话丛编》，中华书局 1986 年版，第 4837 页。

词的豪放是其旷达精神的体现，更倾向于人生观的不拘一格，洒脱豁达；而辛弃疾作为著名爱国词人，其词中的激壮与郁郁不得志有关，满腔的爱国热忱无处挥洒，借诗词以抒发胸中抑郁，字里行间自然免不了一种激情的飞跃、壮怀的激烈。缪钺在《论苏、辛词与〈庄〉〈骚〉》一文中持论："苏东坡词出于《庄》，而辛弃疾词则出于《骚》。"① 诚然，《庄》《骚》均充满浓郁的浪漫主义色彩，苏、辛豪放词作在思绪驰骋、情感奔流时候自不免带有超脱现实的浪漫情调，这是两者艺术风格上的共性。然而，缪钺此番评论中强调两者的差异。首先在思想内涵上，苏轼一生仕途坎坷，但心胸豁达，更多的是主张出世，在这样的思想指引下，苏词更似《庄子》，更倾向于个人追求的表达与人生理念的呈现，思想境界上更加达观；而辛弃疾身处南宋风雨飘零之际，感时伤世，作为爱国词人的他，满腔热忱，上下求索，誓死报国，其精神与屈原所体现出的执着遥相呼应。其次，在艺术特征方面，《庄子》多寓言，想象奇崛，苏词与之相类，有贯通之处；楚辞多比喻、想象，于情感的千回百转间，携风带雨，吐露深情，而这又与辛弃疾以文为词所体现的"形散而神不散"相得益彰。一些词论家还论说到两者艺术特点上的差异。夏敬观《忍古楼词话》有云："学辛得其豪放者易，得其秾丽者罕。苏则纯乎士大夫之吐属，豪而不纵，是清丽，非徒秾丽也。"② 夏敬观评说，苏、辛之词皆以豪放著称。苏词清丽，侧重于自然，即如士大夫般豪逸却不放纵，以清雅脱俗为重；辛词秾丽，侧重于精饰，浓墨重彩，下笔更重，泼洒有余而清雅不足。汪东在《唐宋词选评》中云："苏、辛天资卓绝，别立门户，苏格尤高，苦多率直，辛才实丽，时患粗犷。"③ 汪东评说苏轼和辛弃疾都是天资卓绝的人，他们一开豪放词之先河，一为豪放派之典范，苏词气格更高，辛词则更偏于秾丽，同时，他认为，两者的缺点也不尽相同，苏词过分率直，辛词有时则显得粗犷。

就创作手法的不同而论，汪东在《唐宋词选评》中云："苏、辛并

---

① 缪钺：《缪钺全集》（第三卷），河北教育出版社 2004 年版，第 66 页。
② 张璋、职承让、张骅、张博宁编纂：《历代词话续编》，大象出版社 2005 年版，第 362—363 页。
③ 屈兴国编：《词话丛编二编》，浙江古籍出版社 2013 年版，第 2308 页。

为豪放之宗，然导源各异。"他认为"东坡以诗为词，故骨格清刚。稼轩专力于此，而才大不受束缚，纵横驰骤，一以作文之法行之，故气势排荡"。因此"昔人谓东坡为词诗，稼轩为词论"，在他看来"以诗为词者，由于诗境既熟，自然流露，虽有绝诣，终非当行，以文为词者，直由兴酣落笔，恃才自放，及其遒劲入范，则金精美玉，毫无疵可指矣"①。汪东认为，苏轼、辛弃疾所作虽都为豪放之词，但两者创作手法不同。苏轼以诗为词，其词骨格清刚，辛弃疾以文为词，其词气势排宕，故昔人称苏词为"词诗"，辛词为"词论"，指出了两者创作方式不同所导致的差异。刘绩熙在《词的演变和派别》一文中也作出相关评述。他认为，苏轼是"承李后主的词人"，但因其仍"视词为小道，所以他的词是文人的词，诗人的词，天才的词，而非词人之词"，苏轼词风是"清旷豪放与婉丽"的，"在辞句方面，他时常采诗赋语、经典语，甚至以散文句法入词；在内容方面，他以词调笑，以词咏古，以词写壮怀，以词叙幽情，以至无意不可入，无事不可言"，所以他"解放了词的束缚，扩大了词的领域"②。刘绩熙之论，再次强调苏轼"以诗为词"的创作方法对于拓展词作题材、丰富词作内容的作用，从一个侧面强调了"以诗为词"和"以文为词"创作方式的差异。

虽然苏轼、辛弃疾在各个方面有着相似和不同之处，但不可否认的是两人在词坛的重要地位。苏轼开豪放派之先导，辛弃疾被称为"词中之龙"，两者在词坛的地位，在民国时期词论家眼中都是令人高仰的。陈钟凡在《与陈柱尊教授论自由词书》中云："溯词起于晚唐五季，下逮北宋之欧、晏、张、柳，率以争斗秾纤，抒写艳情为宗。至东坡豪放，不喜剪裁以就声律，时人虽讥为曲子缚不住，然其横放杰出，包罗万有，词境为之一变。至稼轩多抚时感事之作，绝不作妮子态，更无意不可入，无事不可言矣。是知词在两宋已多变化，非必拘守律谱，方为上乘。"③ 陈钟凡认为，苏轼词的出现一改宋词之前的秾纤艳丽之姿，豪放洒脱，不拘小节，词之艺术境界由此变得更为开阔大气。在苏

---

①　屈兴国编：《词话丛编二编》，浙江古籍出版社 2013 年版，第 2311—2312 页。

②　张璋、职承让、张骅、张博宁编纂：《历代词话续编》，大象出版社 2005 年版，第 1277 页。

③　杨传庆编著：《词学书札萃编》，南开大学出版社 2015 年版，第 369 页。

轼大开词境的基础上，辛弃疾加以适当的变化，将其进一步精细化。这好比一件雕塑的诞生，苏轼是雕塑的造型者，提供了大致的轮廓和方向，辛弃疾则是雕塑的细化者，将稍显笼统模糊的胚胎加以精雕细刻，使之更具独特性。两者都为词的发展作出重要的贡献，他们一同丰富了词的表现形态、思想内容与艺术风格，使填词之事更多地拥有主体情感与生命意蕴，词的创作由此更多地拥有了在文学历史上的一方天地。

　　总结民国时期词学批评视野中的苏轼之论，可以看出，其主要体现在三个维面：一为襟怀才性与艺术特征论，二为词法技巧论，三为苏辛比较论。其中，在第一个维面，词评家们肯定苏轼唱出"樽前别一家"的天雨才华，品评了与其旷达豪放性情相对应的词作艺术特征，并努力予以推扬。在第二个维面，词评家们就苏轼以诗为词的创作方法和其词是否协韵的问题进行了详细的论析。在第三个维面，词评家延续历来的苏辛比较之论，分别从两者的词境创造、技巧运用、气格呈现、风格表现等方面展开了细致的评述。民国时期词学批评中的苏轼之论，在承纳前人的基础上，进一步从不同维面与视点将对其的认识予以了衍化、充实、深化与完善，为我们更好地把握苏轼其人其作提供了平台与空间。

第二章
民国时期词学批评中的周邦彦之论

周邦彦（1056—1121），字美成，号清真居士，钱塘（今浙江杭州）人，北宋著名词人。他少年时期个性疏放，但喜好读书；后来，精通音律，在大晟府审定古乐，曾创制不少新乐调，对词乐的发展作出很大的贡献。周邦彦之词格律谨严，语辞雅丽，长调尤善铺叙，为后来格律派词人所宗尚。其词法度森严，结构绵密，表现出意象森罗之面貌，被称为"词中老杜"。他的词作，除了在用语、笔法、结构、音律等方面广泛吸取前人创作经验之外，还不断探索与拓展词的音律表现，进一步丰富词的艺术形式，形成独特鲜明的风貌。在词的发展史上具有甚为重要的地位，被誉为"词家正宗"。周邦彦之词自产生以来，历代批评家对其艺术特色、词法技巧及创作成就等进行了广泛的论评。这些论评，极大地拓展了传统词学批评视野中周邦彦之论的内涵，为不断深化对周邦彦的认识奠定了基础。

第一节　艺术特色之论

民国时期词学批评中周邦彦之论的第一维视角，是对其词作艺术特色的论评。词论家们从自身所持审美观念及周邦彦具体创作出发，对周词沉郁顿挫、以赋为词、富艳精工、工于体物等多方面艺术特点展开了论析。

吴梅、蔡桢、伊鹍等持论周邦彦之词具有沉郁顿挫的艺术特点。吴梅《词学通论》有云："余谓词至美成，乃有大宗，前收苏、秦之终，后开姜、史之始。自有词人以来，为万世不祧之宗祖。究其实亦不外

'沉郁顿挫'四字而已。……总之，词至清真，实是圣手，后人竭力摹效，且不能形似也。"① 吴梅称扬周邦彦之词算得上集大家之成，认为它继承了苏轼、秦观所长，又为姜夔、史达祖等创作提供了准绳。周邦彦有"万世词之宗祖"的评价，究其根源不过是其词具有深致沉郁而又充分体现出音律之美罢了。词的创作发展到他这里，确实达到一个高峰，即使后人极力效仿，也难以逼肖其形神。"沉郁顿挫"，本为杜甫在《进雕赋表》中对其"述作"所进行的自我评价，吴梅以此论评周邦彦之词，表明了杜诗与周词在艺术风格之美方面确乎十分相似。周词沉郁之要领，须得胸有成竹、精思巧构后方可下笔，所要表达之意仅从字面是难以得到的，即只可意会而难以言传。对此，蔡嵩云（蔡桢）《柯亭词论》亦云："清真慢词，沉郁顿挫处最难学，须有雄健之笔以举之。若无此笔，慎勿学清真，否则必流于软媚。"② 蔡桢对周邦彦之词深致沉郁而又充分体现出音律之美的创作特征予以论说。他认为，周邦彦所填慢词，其中最难学的必是沉郁顿挫，须得有雄健笔力之人方可习效之。若笔力不雄健者，切勿学周词，否则，必会流于娇柔媚俗之声情意态。伊鹃《醉月楼词话》有云："苏东坡之词豪放，周美成之词沉郁，晁无咎之词伉爽，辛稼轩之词激壮，而黄山谷则近于粗鄙矣。"③伊鹃也指出苏轼之词具有豪放洒脱，晁补之词具有刚直豪爽，辛弃疾之词具有激昂雄壮，而周邦彦之词则有沉郁顿挫的艺术特征。综之以言，周邦彦之词的"沉郁顿挫"，主要在于运用婉曲含蓄的艺术手法，表现创作主体独特的现实体验与心灵感受，创造出独特的艺术境界。可见，"沉郁顿挫"乃周邦彦词作的一大特色，而《兰陵王·柳》、《六丑》（蔷薇谢后作）、《满庭芳》（夏日溧水无想山作）等，乃具有此等艺术特征之代表作。

　　夏敬观、蔡桢等认为周邦彦之作具有以赋为词的特点。"以赋为词"的关键在于铺叙展衍。铺叙之法的广泛运用大致始于柳永，故后人多称为"屯田蹊径"、"屯田家法"。夏敬观在《手评乐章集》中云：

---

　　①　吴梅：《词学通论》，中华书局2010年版，第75—76页。
　　②　唐圭璋编：《词话丛编》，中华书局1986年版，第4912页。
　　③　张璋、职承让、张骅、张博宁编纂：《历代词话续编》，大象出版社2005年版，第1364页。

"耆卿写景无不工，造句不事雕琢。清真效之。故学清真词者，不可不读柳词。耆卿多平铺直叙。清真特变其法，一篇之中，回环往复，一唱三叹。故慢词始盛于耆卿，大成于清真。"① 夏敬观指出周邦彦之慢词变柳永的直叙为曲折叙述，结构纡徐，繁复多变。由此看出，回环往复是周词有别于柳词最为明显的特征。蔡嵩云（蔡桢）《柯亭词论》有云："周词渊源，全自柳出。其写情用赋笔，纯是屯田家法。特清真有时意较含蓄，辞较精工耳。细绎《片玉集》，慢词学柳而脱去痕迹自成家数者，十居七八。字面虽殊格调未变者，十居二三。陈裴碧有言：'能见耆卿之骨，始能通清真之神。'目光如炬，突过王晦叔、张玉田诸贤远甚。梦窗深得清真之妙，其慢词开合变化，实间接自柳出。惟面貌全变，另具神理，不惟不似屯田，并不似清真，看词者若仅于字句表面求之，更不易得其端倪矣。"② 蔡桢之言道出周邦彦之词的借鉴源头。他认为，周邦彦的赋笔之法都学自柳永，他的慢词出于柳永而又有着明显的超越特征。他对柳永独特的创作之法不仅曾专心仿学，而且还创变其法，转见生新。

新中国成立以后，朱庸斋《分春馆词话》有云："周词堪称功力之词，即极普通之事物，亦能以曲折离合，顺逆之法写出，若能得其善变手法，则不难有佳作矣。"③ 朱庸斋持论，周邦彦之词的创作很见功夫，就算非常普通的事物，也能用曲折离合的手法加以表现，如果有谁能懂得运用周邦彦作词善于变化的手法，那么他就很容易创作出好的作品。就以赋为词这一技巧而言，柳永开始大量创制长调，讲究铺陈，但多平铺直叙的线性结构；而周邦彦将这一表现手法发展为回环往复、时空交错的立体结构，可以充分表现丰富复杂的情感。笔法上虽有前后继承的关系，但柳永的笔法是诗赋的结合，而周邦彦更着重于诗赋的交叉融合。试举《兰陵王·柳》为例，这首词的题目是"柳"，内容却不是咏柳，而是伤别。词分三片，首片咏柳起兴，一上来就写柳阴、柳丝、柳絮、柳条，用铺陈的笔法将离愁别绪借着柳树渲染一番；由隋堤上笔直

① 龙榆生编选：《唐宋名家词选》，上海古籍出版社1980年版，第87页。
② 唐圭璋编：《词话丛编》，中华书局1986年版，第4912页。
③ 张璋、职承让、张骅、张博宁编纂：《历代词话续编》，大象出版社2005年版，第1229页。

成行的垂柳念及人世间的别离：既在横向空间上给人以无限杳远的旷漠之感，又在纵向时间上予人以无限悠远的历史之感。经纬交叉呼应，为情感的抒写巧设了背景。二、三两片，词人主观意识的跳跃拓展了词的时空，时而回忆过去，时而即事眉睫，时而设想未来。两片间有幻有真，或从行者角度下笔，或从送者角度落墨，或以行者、送者并述，如船行飞快，望人天北是为行者设想；津渡沉寂，斜阳冉冉是为送者设想等。综观全词，作者没有因袭传统送别之作注重对客观场景与送别过程的描写，如柳永《雨霖铃》（寒蝉凄切）中"执手相看泪眼"、"竟无语凝噎"之句，抛弃了传统的直说直叙模式，借助意识活动时闪时现的独特视角，通过诗赋之笔的穿插融合，展示回忆、联想、幻觉等，动荡开合，姿态横生。

　　胡适、詹安泰等认为周邦彦之词具有富艳精工的艺术特点。所谓"富艳精工"，主要指的是典雅工丽的语言风格。周词这一语言风格的形成，主要体现在善于隐括古人诗句，使词的面貌更加典雅化。关于此，宋末元初，张炎《词源·注》曾云："美成负一代词名，所作之词，深厚和雅，善于融化诗句，而于音谱且间有未谐，可见其难矣。"[1] 陈振孙《直斋书录解题》亦云："周美成多用唐人诗句，隐括入律，浑然天成。长调尤善铺叙，富艳精工，词中之甲乙也。"[2] 张炎、陈振孙都认为周邦彦善于采摘前人诗句入词，与整个作品融合一体，显示出自然浑成又富于艺术意味的表现特征。沈义父《乐府指迷》认为周邦彦之词"下字运意，皆有法度，往往自唐、宋诸贤诗句中来，而不用经史中生硬字面，此所以为冠绝也"[3]。沈义父认为，遣词造句、意境营造都是有一定准则与方式的，这些字词往往是引自唐宋文人贤士的诗词，而非经史典籍中那些生硬且看起来只具有表面意思的字词，这就是周邦彦之词出类拔萃的内在缘由。融化唐人诗句入词，乍看起来，不过是一种文字技巧，事实上，它却起到使词体典雅化、深致化的艺术效

　　① 张炎著，夏承焘校注：《词源·注》，沈义父著，蔡嵩云笺释：《乐府指迷笺释》，人民文学出版社1963年版，第9页。
　　② 陈振孙：《直斋书录解题》卷二十一，影印文渊阁《四库全书》本。
　　③ 张炎著，夏承焘校注：《词源注》，沈义父著，蔡嵩云笺释：《乐府指迷笺释》，人民文学出版社1963年版，第44—45页。

果。胡适在《评唐宋词人》中云："周邦彦读书甚博，词中常用唐人诗句，而融化浑成，竟同自己铸词一样。如'夜游宫'，上半用'东关酸风射眸子'，下半用'肠断萧娘一纸书'，皆是唐人诗句；但这两句成句，放在他自己刻意写实的词句里，便只觉得新鲜而真实，不像旧句了。南宋晚年的词人只知偷窃李商隐、温庭筠的字面，——张炎《词源》中有字面一章，——便走入下流一路。"① 胡适论评周邦彦读书甚广，其词作常常引用唐人诗句，并且浑然天成竟然就像自己的一样。例如《夜游宫》一词，上半阕用"东关酸风射眸子"，下半阕用"肠断萧娘一纸书"，都是唐人诗句；但这两句诗放到他自己的词句里，竟不像原来旧的诗句，反觉得新鲜而真实。这就充分说明周邦彦融化诗句入词的艺术功力。综观周邦彦采融唐诗入词的情况，主要有两种：一是借用唐诗作辞藻，即所谓字面；二是用唐诗的意境加以点化，创造出新的意境。换言之，周词中这种融化唐诗入词之法，大致可分为直接采用与间接采用两种。关于前一种，是当时词人习用的手法，但周邦彦用得自然浑成。用前人陈句作字面，本易流于陈腐，周邦彦却能含英咀华，推陈出新，化陈言为神奇。实际上，周邦彦并非仅止于采用唐诗字面，他还把唐诗的意蕴与风神融入词中，袭古咏新，这是形成其词作典雅富丽而又饶于情致的一个重要原因。祝南（詹安泰）《无庵说词》有云："张玉田谓清真'善于融化诗句'。实则清真以前，若耆卿，若东坡，若山谷，均喜以诗句入词；并时贺方回，运用诗句亦不减清真。耆卿《醉蓬莱》之：'渐亭皋木下，陇首云飞'；《倾杯》之'梨花一枝春带雨'；山谷《鹧鸪天》之'且看欲尽花经眼'；《南乡子》之'莫待无花空折枝'；方回《第一花》之'飞入寻常百姓家'；《忍泪吟》之'十年一觉扬州梦'（亦见山谷《鹧鸪天》）；其明征也。至若东坡《定风波》之括杜牧之诗，《水调歌头》之括韩退之诗；方回《晚霞高》之演杜牧之诗（此例起自顾夐，用韵微不同耳），通篇均剪裁诗句为之，不惟摘句而已。"② 詹安泰通过例析，详细论说周邦彦之词善于融化诗句的特

① 张璋、职承让、张骅、张博宁编纂：《历代词话续编》，大象出版社 2005 年版，第 752 页。
② 同上书，第 1325—1326 页。

点。他认为，周邦彦化用唐人诗句，融铸为词中新的意境，既显示出博学精巧，又使词作格调天成、厚重典雅、含蓄蕴藉。这方面最典型的例子要数《玉楼春》一词，它几乎句句点化前人诗句，但又能恰当地表现作者的感情，化陈腐为神奇，确乎有着独特的艺术魅力。其又云："于富艳精工中见沉顿，词家所难，美成能之，以工力言，不能不推圣手。"① 詹安泰认为，周邦彦之词于典雅工丽中体现出沉郁深致，词家认为创作中最难的地方，他却不在话下，从精工雅丽的功夫来说，周邦彦不得不说是"圣手"了。此处更进一步说明了其词富艳精工的艺术特点。

　　善于体物、描绘工巧也是周邦彦之词的主要特点。王国维《人间词话》曾云："美成深远之致不及欧、秦。唯言情体物，穷极工巧，故不失为第一流之作者。但恨创调之才多，创意之才少耳。"② 王国维以"言情体物，穷极工巧"来评价周邦彦词作的体物写志之妙，实为智见。周词或以物写人，或以人比物，不仅使所咏之物形神兼备，而且还与人融成一片。写物，往往与抒情相互结合，使物与人相得益彰。其《人间词话·附录》又云："（清真）先生之词，陈直斋谓其多用唐人诗句隐括入律，浑然天成。张玉田谓其善于融化诗句，然此不过一端。不如强焕云：'模写物态，曲尽其妙。'为知言也。"③ 王国维论评，周邦彦的词作，陈振孙说他多融入唐人诗句，浑然天成。张炎也评说他善于融化唐诗入词。然而这些倒不如说周邦彦善于描摹体物的功力。周邦彦词中有着大量的咏物之句，都具有物与情相互关联的特点。例如《瑞龙吟》（章台路）一首中写梅花和桃花，"褪粉梅梢，试花桃树"；《水龙吟》（素肌应怯余寒）一首中写梨花，"雪浪翻空，粉裳编夜"；《六丑》（正单衣试酒）一首中写蔷薇，"长条故惹行客。似牵衣待话，别情无极"；《兰陵王》（柳阴直）一首中写柳树，"柳阴直。烟里丝丝弄碧"；《大酺》（对宿烟收）一首中写春雨，"对宿烟收，春禽静，飞雨

---

① 张璋、职承让、张骅、张博宁编纂：《历代词话续编》，大象出版社 2005 年版，第 1326 页。

② 王国维著，徐调孚注，王幼安校订：《人间词话》，人民文学出版社 1960 年版，第 206 页。

③ 同上书，第 251 页。

时鸣高屋";《花犯》（粉墙低）一首中写梅花，"雪中高树，香篝熏素被"；等等，都体物细腻，曲尽其妙，深为后人所推崇。

新中国成立以后，张伯驹《丛碧词话》有云："清真《兰陵王》词，《海绡说词》云：托柳起兴，非咏柳也。'弄碧'一留，却出'隋堤'，'行色'一留，却出'故国'；'长亭路'应'隋堤上'；'年去岁来'应'浮水飘绵'，全为'京华倦客'四字出力。第二段'旧踪'，往事，一留；'离席'，今情，一留；于是以'梨花榆火催寒食'一句脱开。'愁一箭'至'数驿'三句，逆提，然后以'望人在天北'合上'离席'作歇拍。第三段'渐别浦'至'岑寂'，乃证上'愁一箭'至'波暖'二句，盖有此'渐'，乃有此'愁'也。'愁'是逆提，'渐'是顺应。'春无极'，正应上'催寒食'。'催寒食'是脱，'春无极'是复。'月榭携手，露桥闻笛'是离席前事。'似梦里泪暗滴'，仍用逆挽。周止庵谓：复处无脱不缩，故脱处如望海上神山。词境至此，谓不神不可也。余按清真此词，全是就眼前真情景以白描法写之。从柳说起，说到古来别离，又说到今时别离，再说到现在与师师别离。'望人在天北'，望师师也。然后再说到别离后自身情况，再归到'沉思前事，似梦里泪暗滴'作结。篇法次第井然，而亦是眼前真情景，天然篇法。《海绡说词》讲得极细，足为后学示范。但清真当时应非如此枝枝节节而写之，后学有眼前真情景来写词，看到海绡所说，应如何留，如何出，如何应，如何脱开，如何逆提，如何合，如何证，如何脱，如何复，如何顺应，如何逆挽，则反而如坠五里云雾中，不知如何著笔矣。"①陈洵在《海绡说词》中论说周邦彦《兰陵王》一词以"柳"起兴，其实内容并不是写柳，写"弄碧"却引出"隋堤"，写行人出发前的景象，却引出"故国"……这所有的描写都突出了"京华倦客"的忧郁之情。陈洵依照周邦彦的这首词，便可知作者全都是用白描手法来写眼前的情景。从柳说起，说到古来别离，又说到今时别离，再说到别离后的自身境况等，写景与抒情交替进行。张伯驹认为，陈洵解读得非常细致。这里，张伯驹对周邦彦善于体物、巧于描绘的细笔功夫论评得

---

① 张璋、职承让、张骅、张博宁编纂：《历代词话续编》，大象出版社 2005 年版，第802 页。

颇为详细到位。朱庸斋《分春馆词话》有云："周词无特殊内容，然能以多变笔法，使同一寻常之相思、离别、羁旅等情事，写来多姿多彩，各尽其妙，故又有言情体物，'穷极工巧'之评。"① 朱庸斋持论，周邦彦之词并没有太多特殊的内容，却有丰富多变的表现手法，他能将同是表达寻常的相思、离别、羁旅等题材写得多姿多彩，各有其妙，故此这就是他言情体物之妙，因而人们常给予"穷极工巧"的评价了。

第二节　词法技巧之论

　　民国时期词学批评中周邦彦之论的第二维视角，是对其词法技巧的着意考察。吴梅《词学通论》有云："集古今之成者，为邦彦。"② 陈匪石《声执》亦云："周邦彦集词学之大成，前无古人，后无来者，凡两宋之千门万户，《清真》一集几擅其全，世间早有定论矣。"③ 可见，在词意表现与词法、词律的运用等方面，周邦彦奄有众长，可谓集大成者。他填词注重艺术形式，在声律、句法、炼字等方面都下了很大的功夫。所以，这一维度词学批评内容主要集中在音律表现、字句运用及词法探讨之上。

　　首先，在音律表现方面。周邦彦知音审律，以"顾曲周郎"自比，所填之词皆可入乐。他很注重词的音乐性，对音律非常精通。对此，林大椿在《清真集跋》中云："美成深精律吕，其所作皆具有法度，惜乎音谱失传，后世读其遗篇，徒惊叹其文字之工妙，未由窥见古人辨音审韵之苦衷。今佐以三家所赓和（按：即方千里、杨泽民、陈允平三人之和作），则细怿美成之佳制，句栉字比，其或庶几焉。"④ 林大椿认为，周邦彦对音律之法有着精深的探究，所以他填词都有法度，音乐性很强，后人读他的词作，都能从中看出文字功夫之高超，只可惜其音谱

　　① 张璋、职承让、张骅、张博宁编纂：《历代词话续编》，大象出版社 2005 年版，第1229 页。
　　② 吴梅：《词学通论》，中华书局 2010 年版，第 65 页。
　　③ 陈匪石编著，钟振振校点：《宋词举》（外三种），江苏古籍出版社 2002 年版，第 206 页。
　　④ 孙克强编著：《唐宋人词话》，南开大学出版社 2012 年版，第 510—511 页。

失传，后人很难据字词而感受出他辨音审韵的高妙之处。现在根据方千里、杨泽民、陈允平三人之和作即可佐证，仔细揣摩周邦彦的佳作，我们就能看出其用字造语工整度方面的功夫是少有人能比的。胡适在《评唐宋词人》中也云："周邦彦是一个音乐家而兼是一个诗人，故他的词音调谐美，情旨浓厚，风趣细腻，为北宋一大家。南宋吴文英、周密诸人虽精于音律，而天才甚低，故仅成词匠之词，而不是诗人之词，不能上比周邦彦了。"① 这里，胡适对周邦彦有很高的评价，他评说周邦彦既是一个音乐家，其本质上又是一个诗人，他的词作情感表现细腻而浓郁，呈现出独特的艺术风神，吴文英、周密等实际上难与之媲美。龙沐勋（龙榆生）在《两宋词风转变论》中云："典型词派之作家，以周邦彦称首，周济所谓'清真集大成者'（《宋四家词选·序论》）是也。清真词成就之原因，一由其'好音乐，能自度曲'（《宋史·文苑传》）；一由其'尽力于辞章'，植基深厚。词以协律为主，而长调尤尚铺叙。辞赋家以铺叙为主，更以其法变而入歌词，乃极壮丽之观，而为士大夫所同矜尚。清真之造诣，洵非诸家之所及已。"② 龙榆生认为，周邦彦之词具有很高艺术成就的原因之一，就在于他爱好音乐，能自度新曲。他的词合乎格律，都能配乐歌唱。可见，周邦彦有着高超的创制声调的才能，并且无论是按旧谱填词，还是自度新曲，其词调的创制都是可以依据的权威范本。唐圭璋在《论词之作法》中云："清真梦窗，不独厚重，音响亦亮也。清真如云：'怒涛寂寞打孤城，风樯遥度天际。'梦窗如云：'自怜两鬓清霜，一年寒食，又身在云山深处。'皆振拔警动，笔无沉滞。"③ 唐圭璋评说周邦彦、吴文英之词不仅所表现意蕴深厚沉著，而且词作音律亦"字字敲打得响"，其笔法运用流转自如，意致呈现警妙动人，乃历代词人中的佼佼者。蔡嵩云（蔡桢）《柯亭词论》有云："北宋如屯田、方回、清真、雅言诸家，南宋如白石、

---

① 张璋、职承让、张骅、张博宁编纂：《历代词话续编》，大象出版社 2005 年版，第 752 页。

② 龙榆生：《龙榆生词学论文集》，上海古籍出版社 2009 年版，第 266 页。

③ 张璋、职承让、张骅、张博宁编纂：《历代词话续编》，大象出版社 2005 年版，第 918 页。

梅溪、梦窗、草窗、玉田诸家，大都妙解音律，所为词，声文并茂。"①
蔡桢认为，北宋时期如柳永、贺铸、周邦彦、万俟雅言等，南宋时期如
姜夔、史达祖、吴文英、周密、张炎等，大都妙解音律，他们的词作都
是声文并茂的。这里，也印证了周邦彦作词精通音律表现的特点。其又
云："当时创调制谱最有名者，首推柳耆。……继之者为周美成，曾充
大晟府乐官。文人而通音律，故其词和协流美，都可入乐，一时称为绝
唱。南渡后，大晟乐谱散失，不独柳谱全亡，周谱亦所存无几。坊曲优
伎，有能歌清真词一二调者，人莫不视同珠璧。惟其审音用字之法既不
传，如是群视周词四声为金科玉律。方千里、杨泽民、陈西麓诸家和清
真调，谨守四声，少有逾越，即其一例。厥后词家，因守周词之四声，
遂推而守其他音律家词之四声，此南宋守四声词派所由成立也。"② 蔡
桢持论，北宋时期创调制谱之有名者首推柳永，接下来就要数周邦彦
了。他又评说当时能唱清真词调的人，没有不被人们视为如珍珠璧玉
的，表现出对周邦彦填词而重音律的推尚。陈匪石《声执》有云："词
之用韵，虽与诗有相承之关系，然词以应歌，当筵命笔，每不免杂以方
音。……如'真'、'庚'、'侵'三部，'寒'、'覃'二部，'萧'、
'尤'二部，及入声'屋'、'质'、'月'、'药'、'洽'五部，按之古
今分部及音理皆不相通，而有时互相羼杂，即知音之清真、白石、梦窗
亦每见之。"③ 陈匪石运用对比之法进一步说明周邦彦知音识律的独特
能力。他认为，填词用韵即使和作诗有相承接的关系，但是作为词，应
该是可以配乐歌唱的。周邦彦曾被提举为大晟府乐官，精通音律，所以
他的词作和谐流美，都可入乐，一时间被称为绝唱。其又云："凡词中
无韵之处忽填同韵之字，则迹近多一节拍，谓之'犯韵'，亦曰'撞
韵'。守律之声家悬为厉禁。近日朱、况诸君尤斤斤焉。而宋词于此实
不甚严。即清真、白石、梦窗亦或不免。彼精通声律，或自有说。吾人
不知节拍，乃觉彷徨。"④ 陈匪石认为，周邦彦妙解音律，他不仅雅好

---

① 唐圭璋编：《词话丛编》，中华书局 1986 年版，第 4899 页。
② 同上书，第 4900 页。
③ 陈匪石编著，钟振振校点：《宋词举》（外三种），江苏古籍出版社 2002 年版，第 171
页。
④ 同上书，第 176 页。

音乐，而且还能自度曲，既善于创调，又工于持律，其过人的音乐表现能力由此可见一斑。

其次，在字语运用方面。周邦彦用字传神，用词凝炼。对此，陈匪石《声执》有云："《珠玉》、小山、子野、屯田、东山、淮海、清真，其词皆神于炼，不似南宋名家针线之迹未灭尽也。"① 陈匪石认为，周邦彦和晏几道、柳永、秦观等一样，他们的词都炼造得出神入化，对下字用语的锤炼都达到极点。因为致力于语言锤炼，其词作才能精妙传神地写景状物，挥洒自如地表情达意，达到了典雅精工的艺术境界。如"柳阴直，烟里丝丝弄碧"，这是周邦彦《兰陵王·柳》一词的开首两句。此词借咏柳起兴，引出离别主题，寄寓词人倦游京都却又留恋情人的凄婉心情。古代有折柳送别的习俗，文学作品中常用柳来渲染离情别绪，所以周邦彦落笔即写柳阴。"直"字是作者精心锤炼的"词眼"。词中所写，是汴河堤岸上的柳树。汴堤为人工开筑，故其上所栽柳树笔直成行。柳树阴浓，沿堤展列，不偏不斜，又显示出时当正午，日悬中天。"直"字，画出一道色彩由浓变淡、由近到远的直线，使画面有一种深远的视觉艺术效果。唐代，王维《使至塞上》一诗中，有"大漠孤烟直，长河落日圆"一句，以直线和弧线勾勒塞外的荒凉寥廓，气象壮阔，笔力雄劲粗犷，被王国维誉为"千古壮观"。周邦彦把王维诗中的这个"直"字，移用来描摹春日正午汴堤上的柳阴，状物切实逼真，渲染出寂寞、单调、苍凉的情调氛围，用字下语可谓大胆出奇。下句中"烟"字，指薄薄的雾气。"丝丝"，形容柳枝细长柔嫩，像丝一样。"弄碧"，将柳丝拟人化，柳丝迎风飘拂，好像故意舞弄着碧绿的新装，以显示自己袅娜的腰肢。词人以柳枝春风得意、欢欣起舞的情态，反衬后文所抒发登堤送别的伤愁。碧绿的柳丝被春天的烟霭缭绕着，增添一种朦胧之美，并惹动着离人的迷茫意绪。从画面的整体效果来看，笔直成行的柳阴与婀娜起舞的柳丝，构成了直与曲、刚与柔、静与动的对照与相互补充，呈现出独特的艺术表现效果。清代，先著、程洪在《词洁》中曾评："美成词，乍近之觉疏朴苦涩，不甚悦口。含咀

---

① 陈匪石编著，钟振振校点：《宋词举》（外三种），江苏古籍出版社2002年版，第188页。

之久，则舌本生津。"① 这里的"直"字之妙，堪当此评。唐圭璋在《唐宋词简释》中评说此二句"写足题面"，可见，周邦彦遣词造语反复修琢，故能字句精美，言少意丰。用字、运笔只是表达的方法，优秀的作者学习这些方法但又不为其所拘束。

新中国成立以后，赵尊岳《填词丛话》有云："形容字用之得当，便尔栩然欲活。清真于坊陌曰'惝惝'，于梅曰'褪粉'，于桃曰'试华'，于侵晨曰'障风映袖'。'惝惝'朴雅有致，'障映'不嫌其方。且以'惝惝'二字唤起侵晨之情绪，其用形容字之不少苟且如此。"② 这是赵尊岳评说周邦彦《瑞龙吟》一词中之语。他认为，周词非常注重用字，尤其注重形容词的使用，"惝惝"一词表面写坊陌之幽深，实际却蕴含下文"前度刘郎重到"的无限惆怅与忧思，做到了写景而情寓其中，是甚为巧妙的。赵尊岳又指出周邦彦造字用句中的性情之真。其《填词丛话》云："南北宋以片玉为关键，亦惟片玉为大家，后之取法者极伙。其功力在于淡、清、真三字。惟真而能淡，斯得淡之妙谛。盖内蕴者至深，而淡笔又足以达之也。淡之妙，在隽永。真之妙，在深刻。"③ 赵尊岳认为，南北宋词人都很看重周邦彦的《片玉集》，都将周邦彦尊为词坛大家，后辈中模仿的人也非常多。《片玉集》中之作艺术风格大致可用淡雅、清丽、真挚三种类型加以概括。而这三者中只有做到情感真挚，词作才能具有淡雅的风格，也才算参透了"淡"的真谛。赵尊岳论说淡雅的妙处在于隽永，"真"的妙处在于深刻。这里，他将"真"作为"淡"的前提，可见，周邦彦填词时将"真"看得甚为重要。其又云："真伪系于心，吾涵养其心，渐渐可以屏伪而率真。浓淡系于笔，吾浸润其笔，渐渐可以避浓而就淡。逮真性情能流露于外，即更无往而不利。至造句用字之法，就片玉言之，尚末节耳。"④ 赵尊岳指出填词用笔的重要因素在于发自主体内心的真情实感，因其真情实感而可以充沛于天地，诉诸词而自成佳制。至于词之笔法，对于周邦彦《片玉集》来说，尚且只是小事一桩罢了。如果创作者心中无真情实感

---

① 唐圭璋编：《词话丛编》，中华书局 1986 年版，第 1367 页。
② 屈兴国编：《词话丛编二编》，浙江古籍出版社 2013 年版，第 2809 页。
③ 同上书，第 2762 页。
④ 同上书，第 2763 页。

而故弄玄虚，即使文笔高妙也必流于空泛无味。

　　周邦彦的词法技巧还体现在有明确的法度、法理构架。对此，叶恭绰、詹安泰、陈匪石等都有论说。叶恭绰在《与黄渐磐书》中云："兄拟学清真，此已可云取法乎上。盖清真之用笔，正如昔人评右军字之佳处，曰：雄、秀。固不必如稼轩、后村之张眉努目，而筋摇脉转，乃如天马行空。以清真之法度，写东坡之胸襟、意境。于词之道，至矣，尽矣！"① 叶恭绰评说黄渐磐习效周邦彦之词，可谓"取法乎上"，是从艺术表现的高层次而入的。他评说周邦彦之词在用笔上呈现出清雄隽美的特征，与辛弃疾、刘过等的放旷粗率风格是大异其趣的。叶恭绰甚为推尚周邦彦之作法度之美，提倡运用周词之内在法则而表现如苏轼之主体襟怀情性及词之意境，从而，做到内控外放、内外互济、相得益彰，这才是词作艺术表现的极致。祝南（詹安泰）《无庵说词》有云："清真词，神完法密，思沉力健。周止庵谓'读得清真词多，觉他人所作，都不十分经意'，信然。"② 詹安泰认为，周邦彦之词神采生动、法则细密，思沉力健，以至于周济发出读其词多了，倒觉得他人之作都不十分经意的感叹了。这当然是因为周词具有多层次的艺术领悟，不同欣赏水平的读者却能从中得到各自的艺术领悟，同一读者在不同时期也可获得各异的审美享受。关于此，晚清，陈廷焯曾在《白雨斋词话》中有一段甚为精确的评价。其云："美成白石，各有至处，不必过为轩轾。顿挫之妙，理法之精，千古词宗，自属美成。而气体之超妙，则白石独有千古，美成亦不能至。"③ 所谓"理法"，是指词作构思之超妙与技法之纯熟，诸如结构穿贯之谨严、章法布局之巧妙、字句锤炼之工整等。周邦彦的词，在声律、章法、勾勒、用字等方面特别着力，而又自然高妙，不留痕迹，不落言筌。以至于沈义父也认为周词"下字运意，皆有法度"。这都是对周邦彦填词讲究法度而取得高超艺术成就的赞誉。陈洵在《海绡说词》中亦云："清真格调天成，离合顺逆，自然中

---

① 杨传庆编著：《词学书札萃编》，南开大学出版社 2015 年版，第 329 页。

② 张璋、职承让、张骅、张博宁编纂：《历代词话续编》，大象出版社 2005 年版，第 1325 页。

③ 陈廷焯著，杜维沫校点：《白雨斋词话》，人民文学出版社 1959 年版，第 29 页。

度。"① 由此可见，周邦彦填词依靠某些规则进行排列组合，给人以井然的秩序感，这些规则就是艺术创作的法度。陈匪石《声执》有云："词之用韵，虽与诗有相承之关系，然词以应歌，当筵命笔，每不免杂以方音。……如'真'、'庚'、'侵'三部，'寒'、'覃'二部，'萧'、'尤'二部，及入声'屋'、'质'、'月'、'药'、'洽'五部，按之古今分部及音理皆不相通，而有时互相羼杂，即知音之清真、白石、梦窗亦每见之。"② 陈匪石论评，词的创作在用韵方面虽然和诗体有着一脉相承的关系，但是，词是应能配乐歌唱的，能懂这种声律的就数周邦彦、姜夔和吴文英等人了。因此，一首词如果能在平仄四声上完全协合，便能大致把音乐的节奏体现出来。所以，即使词发展到后期与音乐相脱离，只要按照周邦彦词的声律进行填制，词作也会表现出音乐性，因为那些韵律是可从词中的音节推测出来的。正因为这样，南宋时期，方千里、杨泽民和周邦彦之词时，几乎亦步亦趋，不敢稍易一字之平仄，是甚见拘限与保守的。

新中国成立以后，张伯驹《丛碧词话》有云："余以为词有法，与时代之不同，法有白描与色绘。北宋词多白描，南宋词多色绘。故清真词白描者为佳，梦窗词色绘者为长。而清真词有白描，亦有色绘，故其词已界于南北宋之间矣。"③ 张伯驹认为，作词的法度与所处时代是紧密相联的。一般而言，词法体现为白描和色绘两种表现手法。北宋之词以白描为主，南宋之词以色绘为主，所以周邦彦的词应多用白描之法，吴文英的词则以色绘见长。然而周词既有白描，也有色绘，因而他的词是介于南北宋之间的，体现出兼具过渡与创新的历史意义。朱庸斋《分春馆词话》有云："周清真学识渊博，精晓音律，其词能博采众美，融化各家之长，成一己之风格，而雅化柳永词尤为突出——柳词中常见之字句，一入其词，则更为婉转而又保持柳词之风格。其词虽仍以艳为主，终较柳词优雅，语言亦精警，且擅长用笔，曲折多变，每愈变愈深

---

① 唐圭璋编：《词话丛编》，中华书局1986年版，第4841页。

② 陈匪石编著，钟振振校点：《宋词举》（外三种），江苏古籍出版社2002年版，第171页。

③ 张璋、职承让、张骅、张博宁编纂：《历代词话续编》，大象出版社2005年版，第805页。

而愈觉动人，往往同一意境，以不同笔法出之，而曲折尽致，予人以多种感受，章法大备，通体浑成。"① 朱庸斋之论，进一步道出周邦彦学识渊博，精通音律，其词能集众所美，融各家之长，形成自身独特艺术风格的特征。他往往能将同一意境用不同笔法叙写与描绘出来，给人以多种感受，浑然天成。周邦彦在词的创作方面的精细度，与前人所总结的声韵法度没有丝毫的违背之处，而这也恰恰彰显了他对词律法度研究之绝伦。其又云："王国维称之为'词中老杜'，乃指其在宋词发展之承先启后与规范作用，恰如老杜之于唐诗，非指其内容与社会意义可与杜诗相比也。"② 朱庸斋评说王国维称扬周邦彦为"词中老杜"，其实是指周邦彦之词在艺术规范上的成就如同杜甫的诗作一样高超，而不是指他的词作内容和社会价值能与杜诗相比。周邦彦《瑞龙吟》《兰陵王》《六丑》等词，都是讲究艺术表现的典范之作。他的这些词的共同特点是对时间关系、空间关系和情感关系的处理都很巧妙，体现出独具匠心的精心构思和周密布局。如《六丑》题为"蔷薇谢后作"，是咏物伤春之作。春夏秋冬，四时交替，这是不以人的意志为转移的自然规律。在时间的流逝中，生命也会随之由盛转衰。因而人们总是希望留住时光，留住生命中美好的瞬间。在客观规律与主观愿望的相互矛盾中，一方面是去的终究要去，另一方面是留的执意要留。"去"和"留"形成情感矛盾的两个极点，由于这两个极点的不可调和性、非此即彼性，内在地规定了在表现它时必须有一种相应的结构。在这种结构中，具体的时空均已失去意义，无时空的情感两极反复形式（即"去"、"留"）则组成其结构形态，而这种结构形态自然也就有了回环往复的特点。周邦彦的词，结构特质与情感形态吻合得如此完美，充分展示出独特的艺术魅力。

第三节　创作成就之论

对周邦彦之词创作成就的探讨，是民国时期词学批评中周邦彦之论

---

① 张璋、职承让、张骅、张博宁编纂：《历代词话续编》，大象出版社 2005 年版，第 1229 页。

② 同上。

的另一个重要维度。这一维度的论评内容主要表现在对周词精心雕琢却显自然天成之功及浑厚词境创造的推扬上。

周邦彦所填长调慢词，具有精心雕琢而自然天成的特点。对此，况周颐《餐樱庑词话》有云："元人沈伯时作《乐府指迷》，于清真词推许甚至。唯以'天便教人，霎时厮见何妨'、'梦魂凝想鸳侣'等句为不可学，则非真能知词者也。清真又有句云'多少暗愁密意，唯有天知'、'最苦梦魂，今宵不到伊行，伴今生、对花对酒，为伊泪落'。此等语愈朴愈厚，愈厚愈雅，至真之情，由性灵肺腑中流出，不妨说尽而愈无尽。"[1] 况周颐评说沈义父在《乐府指迷》中对周邦彦的推扬实不为全面与中的。他认为，周邦彦之词除了具有艳丽之美的一面，也有不少词句体现出质朴浑厚的特点。它极致地表现出作者的真挚之情，其语言表现是深具艺术辩证之美的，感人至深，令人回味无穷。蔡嵩云（蔡桢）《柯亭词论》有云："宋初慢词，犹接近自然时代，往往有佳句而乏佳章。"[2] 唐代，司空图有"妙造自然，伊谁与裁"之说。文学作为人们对自然与人生的一种艺术把握方式，讲究技巧是必然之理，关键是虽精心雕琢又须自然天成，这便是难能可贵的。词与诗之体制所不同处，就在于倚声而填，它比诗的创作更多几分思致安排。周邦彦填词，相比其他人更多几分思致，能示人以门径。而且他填词讲究法则，这正是对精心雕琢而自然天成创作意识的总结。陈匪石《声执》有云："有曲直，有虚实，有疏密，在篇段之结构，皆为至要之事。曲直之用，昔人谓曲已难，直尤不易。盖词之用笔，以曲为主，寥寥百字内外，多用直笔，将无回转之余地；必反面侧面，前路后路，浅深远近，起伏回环，无垂不缩，无往不复，始有尺幅千里之观、玩索无尽之味。两宋名家随在可见，而神妙莫如清真、梦窗。"[3] 陈匪石持论，作词要有曲直之分，有虚实之分，有疏密之分，这些在篇章与段落中都是甚为重要的事情。他认为，词之用笔一般以曲折为主，寥寥百字内外，如果多用直

---

① 张璋、职承让、张骅、张博宁编纂：《历代词话续编》，大象出版社 2005 年版，第 50 页。

② 唐圭璋编：《词话丛编》，中华书局 1986 年版，第 4902 页。

③ 陈匪石编著，钟振振校点：《宋词举》（外三种），江苏古籍出版社 2002 年版，第 190 页。

笔，则缺少回环起伏的表现效果。所以，周邦彦善于通过场景的变幻、时空的交叉、结构的移转，造成曲折回环、浑灏流转的艺术效果。周词的结构曲折还表现在时间的跳跃性。如《瑞龙吟》一词，其三个部分都描写一个空间，而时间则忽往忽今，结构在转换跳荡中给人以疏朗和严谨之感。"章台路"点明所处的空间。从第二叠开始，时间倒流，写旧时那个"盈盈笑语"的女子呼之欲出，点明相思。过片，又点明重归旧处，才知道是追忆往事，对照今昔，抒发满怀的"伤离意绪"，写尽物是人非之感。《锁窗寒》一词，上片，由京城寒食节追忆少年羁旅，时间上穿越数十年，空间从小窗朱户转换到楚江暝宿；下片，由暮年旗亭唤酒转换到年轻时候的东园桃李，追忆起故乡令人难忘的"小唇秀靥"，最后，作者又回到现实期望："到归时、定有残英，待客携尊俎"，作者的思绪徘徊在过去、现在与未来之间大开大合，往事、故人与故地铺开错落而分明。词人将回忆与眼前穿插而行，感情在顺流与逆流中曲折回还，却总不离寒食、春雨与迟暮之感，布局有峰回路转、柳暗花明之妙。周邦彦词法的成功之处，就在于写景、叙事、抒情中采用穿插变化、腾挪跌宕的曲折章法，思索安排处而不见组织之痕迹。词人在作品中将情感抒写与景物描画互相映衬，怀人之思与自伤自怜之情互为引发，一路婉转而出，层层转深，似人工雕琢却不露痕迹，情景表现浑然一体。

　　新中国成立以后，朱庸斋《分春馆词话》有云："清真小令不如长调，然亦具独特风格。其长调纯以笔法见长，而小令亦以长调笔调、章法为主，处处着意于用笔、用力，化平淡之内容为曲折深远、沉郁之意境，虽雕琢为之，却见自然，较欧晏清晰明净、贴切逼真而又通俗。"①朱庸斋论评周邦彦的小令虽不如长调，但也有着独特的艺术风格。他的长调以技巧表现见长，小令却以长调的笔法、章法为主，各个方面都着力于用笔、用力，能够将平淡的内容衍化为曲折深远的意境，即使对文辞做了修饰却也显得自然。与欧阳修、晏殊等之作相比，更显示出清晰明净、贴切逼真而又通俗生动的特点。

---

　　① 张璋、职承让、张骅、张博宁编纂：《历代词话续编》，大象出版社 2005 年版，第 1229—1230 页。

对"浑厚"之境的创造是周邦彦词作艺术追求的旨归。意境是作者的主观情意与客观物象互相交融而形成的独特时空，是抒情艺术的最高体现。对于周邦彦词之意境，前人有称其"浑厚"者，如张炎在《词源》中认为"美成负一代词名，所作之词，浑厚和雅"[①]。张炎认为，周邦彦享有一代词人之誉，所填之词雄厚浑朴，雅正和谐。顾宪融《填词百法》有云："美成词，其意淡远，其气深厚，其音节又复清妍和雅，最为词家之正宗。"[②] 顾宪融持论，周邦彦之词意境冲淡高远，韵味雄浑博大，韵律爽朗雅正，是最能作为词家之正派的。顾宪融指出了周邦彦之词具有浑融醇厚的意境表现特征。可见"浑厚"之美，是周词意境表现的突出所在。其又云："周介存曰：'美成思力独绝千古，如颜平原书，虽未臻两晋，而唐初之法至此大备。后之作者，莫能出其范围矣。'又曰：'读得清真词，多觉他人所作都不十分经意。'又曰：'勾勒之妙，无如清真。他人一勾勒便薄，清真愈勾勒愈浑厚。'毛稚圭曰：'言欲层深，语欲浑成，诸家论词之诣。直造精微，而求之两宋，惟清真足以备之。清真妙处尤在"浑"之一字，词至于"浑"，无可复进矣。'"[③] 顾宪融论说周济评周邦彦的章法构思能力是自古以来所少有的，正如颜真卿的书法一样，尽管没有达到两晋时期的艺术境界，但唐初之时的书法到他手里已经很完备了。后代填词者，少有能够脱离周邦彦等人的章法结构影响的。顾宪融评说，赏读周邦彦之词后，大多会觉得其他人所填之作都不够经心。他又评说周邦彦之词章法所构造出的妙处，是少有人比得上的。其他人章法一勾勒，其词之意境便易显浅薄直露，而周邦彦对词之章法愈结撰，其艺术意境愈显圆成浑厚。可见，周邦彦之词的妙处便在一个"浑"字之上。陈匪石《声执》有云："读昔人词评，或曰'拗怒'，或曰'老辣'，或曰'清刚'，或曰'大力盘旋'，或曰'放笔为直干'，皆施于屯田、清真、白石、梦窗，而非施于东坡、稼轩一派……故词之为物，固衷于诗教之'温柔敦厚'，而气实为之母。但观柳、贺、秦、周、姜、吴诸家所以涵育其气，运行

---

① 张炎著，夏承焘校注：《词源注》，沈义父著，蔡嵩云笺释：《乐府指迷笺释》，人民文学出版社 1963 年版，第 9 页。
② 顾宪融：《填词百法》，中央书店 1936 年版，第 62 页。
③ 同上书，第 63 页。

其气者，即知东坡、稼轩音响虽殊，本原则一。"① 这里，陈匪石揭橥出周邦彦之词具有温柔敦厚的面貌特征。我们读前人的词评，有的说愤怒不平，有的说老练刚劲，有的说清健有力，有的说大力盘旋，有的说落笔直干，这些词评都可用于柳永、周邦彦、姜夔、吴文英之词，而不适合于苏轼、辛弃疾一派之作。可见，陈匪石认为周邦彦之词本就合于儒家诗教的温柔敦厚之求。

新中国成立以后，赵尊岳《填词丛话》有云："全词警句，不过数句，而精警所在，或即在此数句中之虚字以抒轴之。故当先使精稳平妥，纵使出神入化，终归静穆幽雅。至能通篇淡率，言简情深，不假一二句以自鸣其长者，斯为浑成之至作。《片玉》以外，尤少见之。"② 赵尊岳认为，周邦彦词中警妙之句往往不过寥寥几句，但其精警之妙在于虚词的到位使用。因此，通篇虽言辞单薄却可以意味深长、浑然天成。他的《片玉集》尤为自然浑成之作。"浑厚"之意境的创造，往往是通过一定的章法结构得以实现的。

总结民国时期词学批评视野中的周邦彦之论，我们看出，词论家们着重在周词艺术特色、词法技巧和创作成就等方面进行了丰富多样的论评。周邦彦作为北宋著名词人，他以旁搜远绍之才，建继往开来之业。他精通音律，使词的音乐之美与文辞之美相互交融；他体物入微，对人情物态有着甚为敏锐的观察与细腻的感受。诚然，周词法度严密，韵律精妙，加上作者深厚的文学素养，辅以敏锐灵慧的词心，遂使其词作富丽工致、典雅浑成。民国时期词论家的这些评论，在承纳前人的基础上，进一步从不同维面与视点将对周邦彦词作的认识予以了衍化、充实、深化与完善，为更好地把握周邦彦其人其作提供了平台与空间。

---

① 陈匪石编著，钟振振校点：《宋词举》（外三种），江苏古籍出版社2002年版，第189页。

② 屈兴国编：《词话丛编二编》，浙江古籍出版社2013年版，第2782页。

第三章
民国时期词学批评中的辛弃疾之论

辛弃疾（1140—1207），字坦夫，后改幼安，号稼轩，山东济南人，南宋著名词人。辛弃疾生于金国，青年时期抗金归宋，作为词人与民族英雄，其抗金报国之情与英雄气概，都在纵横自如的辞章中表现出来，并为历代名家所论评。辛弃疾的词鲜明表现出悲壮苍凉、雄奇峭拔与激昂奋进之美，是豪放之作的代表。辛词以其内容上的爱国思想、艺术上的创新精神，在文学史上产生巨大的影响。后世每当民族危难之时，人们都能从中汲取精神上的养料与力量。

第一节 创作主体之论

辛弃疾出生时，距靖康之变已十三年，宋金对峙局面也维持十年，他虽出生于金国，但自幼接受祖父等人思想的熏陶，始终把南宋视为祖国，爱国思想从小就播下了种子。辛弃疾是英雄式词人这一说法在历代词论家口中广为流传，民国时期的顾随等也不例外。顾随《倦驼庵词话》有云："以作风论，辛颇似杜，感情丰富，力量充足，往古来今仅稼轩与之相近。但稼轩有一着老杜还没有，便是干才。感情丰富才不说空话，力量充足才能做点事情，但只此还不够，还要有干才。稼轩真有干才，自其小传可看出这点，老杜不成，此点稼轩颇似魏武帝。"① 顾随从艺术表现和创作风格方面将辛弃疾比作杜甫，认为杜诗与辛词中都包含着丰富的情感和充足的力量。但是，他认为，辛弃疾比杜甫还多了

---

① 屈兴国编：《词话丛编二编》，浙江古籍出版社 2013 年版，第 2999 页。

一样东西，便是有着过人的经邦治世之才，这点颇似魏武帝曹操。这里的"干才"，主要指军事和政治才能。我们知道，辛弃疾曾率几十轻骑闯入金兵大营，生擒叛贼张安国。这与曹操统兵数十万与吴、蜀战于赤壁，可以堪论。其又云："说稼轩似老杜也还不然。老杜终究是个秀才；稼轩则'上马杀贼，下马草露布'。"① 《魏书·傅永传》曾载："上马能击贼，下马作露布，唯傅修期耳。"② 此形容傅修期具有文韬武略之才，顾随借此形容辛弃疾不仅是词人，还是忠君爱国的勇士。在战场上，他奋勇杀敌，卸下战袍，又能填词作文，而杜甫终究是个文士，是一个忧国患民的诗人而已。可见，在一些民国时期词论家眼中，辛弃疾不仅是一位杰出的词人，还是一位民族英雄，他以英雄的身份而登上词坛，又以英雄的笔法而抒写现实，这使其词作显示出独特的艺术魅力。辛弃疾过人的才力，正如范开在《稼轩词序》中所称许的那样，"一世之豪，以气节自负，以功名自许。方将敛藏其用以事清旷，果何意于歌词哉，直陶写之具耳"③。事实的确如此。

　　辛弃疾一生致力于恢复国家，以功业自许，其广阔的胸襟一直为后人所津津乐道，民国时期的王国维、况周颐、詹安泰等亦然。王国维在《人间词话》中对辛弃疾的广阔胸襟大加称扬。其云："东坡之词旷，稼轩之词豪。无二人之胸襟而学其词，犹东施之效捧心也。"④ 王国维认为，苏轼一生受庄子影响较大，虽际遇坎坷，但始终旷达疏放，官场受排挤也好，生活遭挫折也罢，都能坦然面对。其洒脱的个性造就了词作清迈放旷的特色。因此，王国维评苏词旷放。辛弃疾则稍有不同，他十几岁便参加抗金义军，一生致力于恢复国家，却始终不得志，只有将忠勇悲愤之意尽现于诗词之中。正如周济在《宋四家词选目录序论》中所谓"敛雄心，抗高调，变温婉，成悲凉"⑤。因此，王国维评辛弃疾之词豪放。在他看来，苏、辛二人词作成就来源于他们的胸怀境界，

① 屈兴国编：《词话丛编二编》，浙江古籍出版社 2013 年版，第 2999 页。
② 魏收：《魏书》卷七十，中华书局 1974 年版。
③ 郭绍虞主编：《中国历代文论选》（第三册），中华书局 1962 年版，第 159 页。
④ 王国维著，徐调孚注，王幼安校订：《人间词话》，人民文学出版社 1960 年版，第213 页。
⑤ 唐圭璋编：《词话丛编》，中华书局 1986 年版，第 1643 页。

无其胸怀而习学其词必会像东施效颦一样，不见自然。王国维在《人间词话》中又云："读东坡、稼轩词，须观其雅量高致，有伯夷、柳下惠之风。白石虽似蝉蜕尘埃，然终不免局促辕下。"① 历史上，伯夷曾让国于弟弟叔齐；柳下惠曾有美人坐怀而不乱之事。两人之襟怀情性一直为后人所津津乐道。王国维认为，苏、辛承扬了两人的遗风，并评说姜夔虽然如秋蝉那样努力脱离污浊之世，但仍然免不了像车辕下的骏马无力远身。况周颐《蕙风词话》有云："性情少，勿学稼轩。非绝顶聪明，勿学梦窗。"② 况周颐评说习效辛弃疾之词需要有襟怀情性，而学习吴文英之词只需要有聪明才智便可，两者在创作层次上是截然不同的。祝南（詹安泰）《无庵说词》云："辛稼轩词，笔势纵横，气魄雄伟，境界恢阔，每一下笔，即有笼盖一切之概。由此其书卷多，襟抱广，经验丰得来，绝非粗莽浅率者所得借口。"③ 詹安泰认为，辛弃疾性情之语，响遏行云，其词作感情表现发自肺腑，出之自然。在他看来，粗莽浅率无情性之人难以习效辛弃疾之词，辛词难学之处便在于其所表现出的广阔胸襟与超拔情怀。廖辅叔《谈词随录》也云："正是民族的灾难如此深重，生活的经历又如此多变，才成就他这样一位'推倒一世之智勇，开拓万古之心胸'的词人以及在他影响之下崛起的词派。这不是'至南宋始极其工'吗?"④ 廖辅叔从辛弃疾的生活环境与人生经历予以论说。他引用南宋时期陈亮的《甲辰答朱元晦书》中之语，用来形容辛弃疾胸怀广阔，足以开拓万古之事业。他认为，正是深重的民族灾难与坎坷多变的生活经历，才促成了辛弃疾崇高的词史地位。

　　对于辛弃疾过人的创作才力，王国维、胡适、顾随、薛砺若、陈家庆等予以了评说。王国维《人间词话》曾云："南宋词人，白石有格而无情，剑南有气而乏韵。其堪与北宋人颉颃者，唯一幼安耳。"⑤ 这里，

---

① 王国维著，徐调孚注，王幼安校订：《人间词话》，人民文学出版社 1960 年版，第213 页。

② 同上书，第 16 页。

③ 张璋、职承让、张骅、张博宁编纂：《历代词话续编》，大象出版社 2005 年版，第1326—1327 页。

④ 同上书，第 1115—1116 页。

⑤ 王国维著，徐调孚注，王幼安校订：《人间词话》，人民文学出版社 1960 年版，第213 页。

　　王国维崇北抑南之意十分明显，但他给予辛弃疾之词极高的评价。他认为，南宋词人之中，姜夔的词格律工整但相对缺乏真情表现；陆游的词虽然气势轩昂，却韵律不足。而唯一既有真性情，在语言表现上又达到一定高度，并且能与北宋优秀词人相提并论的只有辛弃疾。王国维对辛弃疾的称扬，在《清真先生遗事·尚论三》中也可见一斑。其云："故以宋词比唐诗，……南宋唯一稼轩可比昌黎。"① 作为"唐宋八大家"之首的韩愈在文学史上的地位不言而喻，时人有"韩文"之誉，苏轼称其"文起八代之衰"。韩愈所发起与倡导的古文运动，更开辟我国传统散文的发展新路。王国维认为，在南宋词坛上，只有辛弃疾可与韩愈的文学地位相提并论，甚彰明其推许之意。胡适在《评唐宋词人》中云，"他是词中第一大家。他的才气纵横，见解超脱，情感浓挚，无论做长调或小令，都是他的人格的涌现。"② 胡适对辛弃疾才情人格甚为推尚，他从创作主体性情品格加以立论，强调其词品如人品，令人高仰。胡适又云："古来批评他的词的，或说他爱'掉书袋'，或说他的音节不很谐和。这都不是确论。他的长词确有许多用典之处；但他那浓厚的情感和奔放的才气，往往使人不觉得他在那里掉书袋。"③ 胡适针对自古有人评说辛弃疾爱卖弄才气、词不协律的现象予以批驳。他评说辛弃疾创作才力、情感表现与学力融含兼善，其词作达到很高的艺术境界，融才性、学力、情感于一体。胡适还云："词本出于乐歌，正与诗本出于乐歌一样。诗可以脱离音乐而独立，词也应该脱离音乐而独立。苏轼、辛弃疾做词，只是用一种较自然的新诗体来做诗；他们并不想给歌童倡女作曲子，我们也不可用音律来衡量他们。"④ 胡适认为，不可单纯用音乐表现来衡量词的创作好坏。他评说辛词中浓烈的情感和汪洋肆意的才气，即使其多寓事用典，也不会让人觉得作者在卖弄才气，相反，倒让人感受到浓郁的书卷气息，这是甚为难得的。顾随在《倦驼

---

　　① 王国维著，徐调孚注，王幼安校订：《人间词话》，人民文学出版社 1960 年版，第250—251 页。
　　② 张璋、职承让、张骅、张博宁编纂：《历代词话续编》，大象出版社 2005 年版，第757 页。
　　③ 同上。
　　④ 同上书，第 757—758 页。

庵词话》中云："胡读辛词，吾与之十八相合。'才气纵横'即天才特高，'见解超脱'即思想深刻，超脱即不寻常。稼轩最多情，什么都是真格的。"① 顾随对辛弃疾过人的创作才力与思想情感表现的真实感人予以称扬。他与胡适一样，甚为推重辛弃疾的人品与气格。薛砺若在《宋词作风的时间分剖》中云："岳飞、张元干、张孝祥、陆游、辛弃疾、陈亮等，而以辛弃疾为最伟大。他不独集此派词人的大成，且自苏轼、晁补之、叶梦得一直到朱敦儒所有豪放及潇洒派的词人特长，无不在他的包容涵淹中，造成了一个空前的作家。"② 薛砺若认为，南宋豪放派中的爱国词人，岳飞、张元干、张孝祥、陆游、辛弃疾、陈亮等，其中尤以辛弃疾的成就最大。不仅如此，辛弃疾还集苏轼、晁补之、叶梦得、朱敦儒等之优长，真正是宋代词坛的集大成者，他将词的创作推向一个新的高度。陈家庆《论苏辛词》一文认为："稼轩则沉雄畅茂，痛苦淋漓，有辙可寻，无语不俊。南宋以来，一人而已。以其生当末宋，独具奇才，一腔忠愤，无由发泄，故所作悲歌慷慨，抑郁无聊而又磊落孤高，能具英雄本色，遂于唐宋诸大家外，别树旗帜。"③ 陈家庆对辛弃疾词作极为推扬。他评说辛词在思想内涵与艺术风格表现上呈现出"沉雄畅茂，痛苦淋漓，有辙可寻，无语不俊"的特征，它确乎深层次地表现作者的沉郁之气与博大襟怀，显示出悲情感人的特点。正是在对主体"抑郁无聊而又磊落孤高"的艺术表现之中，辛词呈现其独特的魅力。

第二节　创作内涵与艺术特征之论

辛弃疾之词慷慨纵横，有不可一世之概，于倚声家为变调，而异军突起，能于剪红刻翠之外，屹然别立一宗，迄今不废。就其具体词作而言，历来论者甚多。从总体来看，在内容方面，民国时期词论家注入进更多的"人民性"、"爱国主义"等评价；在艺术风格方面，词论家除

---

① 屈兴国编：《词话丛编二编》，浙江古籍出版社 2013 年版，第 2999 页。

② 张璋、职承让、张骅、张博宁编纂：《历代词话续编》，大象出版社 2005 年版，第864 页。

③ 徐英、陈家庆：《澄碧草堂集》，黄山书社 2012 年版，第 224 页。

了论及其豪放雄杰之美，还论及其婉约之调。在艺术技巧与创作手法方面，辛弃疾的以文为词、寓事用典亦引起民国时期词论家的进一步关注。

在创作内涵上，龙榆生、陈永年、廖辅叔等都评说辛弃疾词中灌注着浓郁的爱国思想。豪放词诞生之前，文人多歌咏闺房情乐，以男子作闺音的婉约之词，一向被视为词的正统，文人墨客难出其右。直到苏轼以诗为词，给词的创作注入新的生机。辛弃疾更将词的创作进一步向前推进，其崛起于金戈铁马之间，呐喊于旌旗战鼓之列，将浓郁的爱国之情、人性之光灌注于词中，特拔于词苑之外，变歌者之词、文人之词而为英雄之词。龙榆生在《两宋词风转变论》中云：“稼轩词之特点，一为英雄抱负之充分表现，二为语汇之无所不包，慷慨淋漓，一洗儿女情态，而距原始里巷歌词之情调，便已判若天渊。”① 龙榆生从创作内涵与艺术表现两方面分析辛词的特点。其一便是，辛弃疾将时代悲愤与个人抱负一寄于词，引金戈铁马的铿锵之声入于词作之中。其二便是，以文为词创作手法的引入，其催柔为刚，变香柔婉媚之词为铁马铿锵之声，使创作面貌与原始歌唱的词相去甚远。陈永年在《词品——仿钟嵘〈诗品〉之例略述两宋词家流品》之“上品”中云：“稼轩负管乐之才，不能尽展其用，满腔忠愤，一寄于词，悲歌慷慨，不可一世。”② 陈永年用“忠愤”来形容辛弃疾作为词人的创作心理，道出他是以一个满腔忠诚而孤愤的爱国词人而名留青史的，其词多表现出“匈奴未灭，何以家为”的英雄气概，感人至深。廖辅叔在《谈词随录》中认为，词“到了辛弃疾手里，宋词才最后完成了‘附庸蔚为大国’的使命。灌注着这样热烈深刻的爱国思想的诗歌，的确是前无古人”③。廖辅叔评说词的创作发展到辛弃疾手中，才真正推陈出新、蔚为气候，表现出更多的社会内涵与多样的艺术风格。辛弃疾戎马一生，致力于恢复国家，却求而不得，其强烈的爱国之情倾注于词中，确是前所未有的。

---

① 龙榆生：《龙榆生词学论文集》，上海古籍出版社 2009 年版，第 271 页。
② 杨传庆、和希林辑校：《辑校民国词话三十种》，（台湾）花木兰文化出版社 2016 年版，第 320—321 页。
③ 张璋、职承让、张骅、张博宁编纂：《历代词话续编》，大象出版社 2005 年版，第 1115 页。

　　对于辛词的艺术风格，民国时期一些词论家认为其充满气势，奔放豪迈，语多慷慨。闻野鹤《恦簃词话》有云："辛稼轩如草野人入掌枢密，动辄粗戾。"① 闻野鹤将辛弃疾作词比喻为草野之人掌管枢密院，其动辄会显出粗鲁之气貌。此论形象地阐说出辛词具有豪旷奔放、粗直豪爽的艺术表现特征。闻野鹤《词论》又云："稼轩颇多壮语，最工者为'易水萧萧西风冷，满座衣冠如雪'，别有悲慨界激之致。次则'千骑弓刀，挥霍遮前后'，十分壮杰。若'气吞万里如虎'，则便有犷气。故知工在境界，决决不能落痕迹中。（'气'字、'吞'字均痕迹也。）"② 闻野鹤细致地列举辛弃疾词句来论证其多豪言壮语之论。他认为，辛词中，艺术境界最高的当数《贺新郎·别茂嘉十二弟》中的"易水萧萧西风冷，满座衣冠如雪"一句，次者为《一枝花·醉中戏作》中的"千骑弓刀，挥霍遮前后"一句，而《永遇乐·京口北固亭怀古》中的"气吞万里如虎"一句则有粗犷之气，人工痕迹明显，没有前两者境界开阔。对于辛弃疾豪放词风的渊源，闻野鹤又云："古今词学，概分两宗，而皆以太白为祖。其一如《菩萨蛮》之'暝色入高楼，有人楼上愁'，花间诸子，皆学此种。降而至永叔、淮海、小山，支别渐繁，而后来之梅溪、梦窗、草窗等属焉。其一如《忆秦娥》之'西风残照，汉家陵阙'，堂庑广大，李重光颇近之，降而至东坡、稼轩、改之，则专以奔放为能矣。"③ 闻野鹤认为，古往今来，词的创作大致可划出两支脉络。一是从李白《菩萨蛮》一词引申而出，后发展为花间词，史达祖、吴文英、周密等皆属这一脉系；另一支脉络由李白《忆秦娥》一词发展而来，从这一派引申而出的，先有李煜，后有苏轼、辛弃疾、刘过等。此两支脉络宗系并驾齐驱，互相辉映，建构出我国传统词的创作的主体骨架。

　　汪朝桢在《倚盾鼻词草题辞》中云："射雕手段上强台，压倒当时词翰才。拍到苏辛豪放句，天风海雨逼人来。"④ "天风海雨"出自陆游

---

　　① 朱崇才编纂：《词话丛编续编》，人民文学出版社 2010 年版，第 2319 页。

　　② 杨传庆、和希林辑校：《辑校民国词话三十种》，（台湾）花木兰文化出版社 2016 年版，第 86 页。

　　③ 同上书，第 85 页。

　　④ 孙克强、裴喆编著：《论词绝句二千首》，南开大学出版社 2014 年版，第 697 页。

《跋东坡七夕词后》一文。其云:"惟东坡此篇,居然是星汉上语,歌之曲终,觉天风海雨逼人。"① 汪朝桢比譬苏轼、辛弃疾之词为天风海雨,自然而来,任意而美,可见其对辛词豪放之美的称扬。柳亚子《为人题词集》有云:"慷慨悲歌又此时,词场青兕是吾师。裁红量绿都无取,要铸屠鲸剐虎辞。"② 柳亚子素斥南宋骈艳词风,却独尊辛弃疾为师。"青兕"一词,乃《宋史·辛弃疾传》中之语,其云:"义端曰:我识君真相,乃青兕也。"后人便以此代称辛弃疾。"青兕"本指一种迅猛异常、剽悍威烈的动物,此形象与辛弃疾作为英雄词人的形象不谋而合。周焯《倚琴楼词话》有云:"稼轩、龙洲,鞺鞳奔被,沉郁雄浑。其独到处乃才气学问使然,非等闲者可与之京。"③ "鞺鞳"为象声词,本指鼓声,周焯用其形容辛词气势之大。他评说赏读辛词,使人如见战马奔驰,尘烟滚滚;如闻戟叉相拨,金鼓齐鸣。"沉郁雄浑"是指辛词情感深厚,拙重悲凉,而非姿质冶丽,此论道出辛词具有昂扬激越、雄浑壮阔的风格特征。陈洵《致朱孝臧》有云:"稼轩纵横豪宕,而笔笔不能留,字字有脉络如此。"④ 陈洵概括辛弃疾之词跌宕豪放,在用笔上,收敛自如,无多余之语,法度分明又仿佛天成。张素在《石工、眉孙两家论词不合》中云:"苏辛语多慷慨,秦柳意尚芊绵。"⑤ 张素认为,苏轼、辛弃疾之语多豪放爽朗,秦观、柳永之词则显示出婉约细腻之态,两方面创作取向与追求是截然不同的。林丁《蕉窗词话》有云:"幼安词奔放淋漓,如悬崖飞瀑,充满忧国热忱;易安词轻柔婉约,如午夜洞箫,抒发个人忧乐。以思想以量论,前者胜后者;以艺术以质论,后者胜先者。"⑥ 林丁对比分析辛弃疾与李清照之词的风格差异。他认为,辛词豪迈奔放,如瀑布般倾落而下,气势磅礴,充满爱国情怀,它是以思想内涵表现而见长的。例如《水龙吟·

---

① 陈良运主编:《中国历代词学论著选》,百花洲文艺出版社 1998 年版,第 108 页。
② 孙克强、裴喆编著:《论词绝句二千首》,南开大学出版社 2014 年版,第 771 页。
③ 杨传庆、和希林辑校:《辑校民国词话三十种》,(台湾)花木兰文化出版社 2016 年版,第 27 页。
④ 杨传庆编著:《词学书札萃编》,南开大学出版社 2015 年版,第 234 页。
⑤ 孙克强、裴喆编著:《论词绝句二千首》,南开大学出版社 2014 年版,第 734 页。
⑥ 张璋、职承让、张骅、张博宁编纂:《历代词话续编》,大象出版社 2005 年版,第 1381 页。

登建康赏心亭》:"楚天千里清秋,水随天去秋无际。遥岑远目,献愁供恨,玉簪螺髻。落日楼头,断鸿声里,江南游子。把吴钩看了,栏杆拍遍,无人会,登临意。"全词气势磅礴、沉郁悲凉,塑造了一个胸怀大志,却无法施展抱负的英雄形象。李清照之词则细腻婉约,如午夜洞箫,抒发的是个人生活中的喜怒哀乐。例如《点绛唇》:"蹴罢秋千,起来慵整纤纤手。露浓花瘦,薄汗轻衣透。见客入来,袜划金钗溜。和羞走,倚门回首,却把青梅嗅。"全词清新靓丽,动静之中都流露着闺中少女闲散却灵动的天真情怀。陈匪石《声执》有云:"夫张炎之妥溜;王沂孙之沉郁;吴文英极沉博绝丽之观,擅潜气内转之妙;姜夔野云孤飞,语淡意远;辛弃疾气魄雄大,意味深厚:皆于南宋自树一帜,流风所被,与之化者各若干人。"① 陈匪石将张炎、王沂孙、吴文英、姜夔、辛弃疾等名家之词的艺术风格加以比照。他认为,相比于前三位词家,辛弃疾之作显得气势雄大,意味深长。他生性磊落旷放,这内在地造就了其词气魄雄大的特色。伊鹍《醉月楼词话》有云:"苏东坡之词豪放,周美成之词沉郁,晁无咎之词伉爽,辛稼轩之词激壮,而黄山谷则近于粗鄙矣。"② 伊鹍评说辛弃疾之词具有激越壮美的风格特征。在他看来,苏轼之词豪迈奔放,周邦彦之词沉郁顿挫,晁补之之词刚直豪爽,而辛弃疾之词激昂雄壮。正如《破阵子》中所吟唱的那样,"八百里分麾下炙,五十弦翻塞外声,沙场秋点兵","马作的卢飞快,弓如霹雳弦惊"。

也有一些词论家,评说辛弃疾词不仅充满豪放激昂之音调,还有清丽婉约之气韵。高旭在《论词绝句三十首》(之十九)中云:"稼轩妙笔几于圣,词界应无抗手人。侠气柔情双管下,小山亭酒倍酸辛。"③ 高旭在对辛弃疾创作才力给予很高评价的同时,认为辛词具有豪侠之气和柔婉之情相互兼融的特征,苏轼与辛弃疾都在扩大词的题材上做出重要的贡献,但是辛弃疾比苏轼还多了一点,那就是在发扬豪放风格的同

---

① 陈匪石编著,钟振振校点:《宋词举》(外三种),江苏古籍出版社 2002 年版,第 205 页。

② 张璋、职承让、张骅、张博宁编纂:《历代词话续编》,大象出版社 2005 年版,第 1364 页。

③ 程郁缀、李静:《历代论词绝句笺注》,北京大学出版社 2014 年版,第 562 页。

时，其词也更多地承扬婉约风格，保持了"凄迷婉约"的艺术特征。其词正如陈廷焯所评说的，"于雄莽中别饶隽味"，是真正的刚柔并济。周焯《倚琴楼词话》有云："其得天也厚，其处遇也艰，其怀志也悲，故能言所欲言，大而不阔，雄而不狂，绮而不狷，秾而不纤，铿鍧绵密，无往不可。世有才逊稼轩，志仅词客而欲逐影追尘于千古下者，吾知其必无成也矣。"① 周焯评说辛弃疾之词气象宏大，艺术境界令人注目，雄豪而不放旷，认为它有一种绮炫而不狷介、秾丽而不纤弱、铿锵有力而绵密引人的特色。辛弃疾流传至今的词作有 600 多首，仅以"豪放"二字概括未免失之偏颇。其词也有不少注明"效花间体"、"效李易安体"、"效朱希真体"的。他的词虽以慷慨豪放为主，但也不乏婉约清丽之作。辛弃疾成功地吸收传统婉约词创作的艺术经验，使豪放与婉约风格互为融合，终于形成雄豪、博大、清隽的"稼轩体"，实现了词之艺术视界的转换，成为词的创作的集大成者。陈锐《褒碧斋词话》有云："词如诗，可模拟得也……辛稼轩俊逸似鲍明远。"② 陈锐将辛弃疾与鲍照相较而论。他认为，辛词中的隽逸之美与鲍照之作相似。鲍照之俊逸，主要指其所呈现的清秀之美，与雕饰浓艳相对而言。辛弃疾曾在江西上饶的带湖与瓢湖隐居，这一时期，他创作出不少描写田园生活之词，这些作品就具有浓郁的清新之气。如《清平乐·村居》："茅檐低小，溪上青青草。醉里吴音相媚好，白发谁家翁媪？大儿锄豆溪东，中儿正织鸡笼。最喜小儿无赖，溪头卧剥莲蓬。"全词用白描手法勾勒出一家老小的生活场景，清新活泼、生动自然。对此，夏敬观认为辛词有秾丽之处，并在《映庵词评》中评贺铸《横塘路》（凌波不过）一词时，道出了辛词中秾丽之艺术风格的来源。其云："稼轩秾丽之处，从此脱胎。"③ 夏敬观认为辛弃疾秾丽的词风乃脱胎于贺铸之作。其又云："稼轩豪迈之处，从此脱胎。"在夏敬观看来，辛弃疾的词风是秾丽与豪迈并存的，且都师法于贺铸。顾随《倦驼庵词话》有云：

---

① 杨传庆、和希林辑校：《辑校民国词话三十种》，（台湾）花木兰文化出版社 2016 年版，第 27 页。

② 唐圭璋编：《词话丛编》，中华书局 1986 年版，第 4196 页。

③ 张璋、职承让、张骅、张博宁编纂：《历代词话续编》，大象出版社 2005 年版，第 422 页。

"前人将词分为婉约、豪放二派，吾人不可如此。如辛稼轩，人多将其列为豪放一派，而我们读其词不可只看为一味豪放。《水浒》李大哥是一味颟顸，而稼轩非一味豪放。"① 顾随对前人将词的创作划分为豪放与婉约两派的做法做了批判。他认为，辛弃疾多被前人列入豪放一派，然而，我们读辛词不可只看到其豪迈放旷的一面。他列举《水浒》中的李逵大致是一味的糊涂不明事理，但辛词却不是一味的豪迈放旷，其豪放中寓含婉约，是多种艺术风格并融的。如《祝英台近·宝钗分》一词中，"是把花卜归期，才簪又重数"。这一心理刻画把女子闺怨之情描写得甚为尽致，我们不禁联想到女子独坐，手中拿着簪花占卜，心中充满焦虑的不安而动人情态。

民国中期，谭觉园《觉园词话》有云："北宋苏东坡，南宋辛弃疾等为豪放领袖；北宋晏氏父子，南宋姜白石，及李后主、柳耆卿、张子野、周美成、李易安、秦少游等均为婉约名家。……况豪放、婉约之分，不过就其大体而言；豪放中未免无婉约者，婉约中亦有未尝无豪放者，……他如《汉宫春》'春已归去'亦不失豪放。"② 谭觉园持论，婉约与豪放之分只是就其大体而言，豪放之中可以融含婉约之风格，婉约之中亦可有豪放之气概。他以辛弃疾《汉宫春》一词为证："春已归来，看美人头上，袅袅春。无端风雨，未肯收尽余寒。年时燕子，料今宵梦到西园。浑未办，黄柑荐酒，更传青韭堆盘？却笑东风，从此便薰梅染柳，更没些闲。闲时又来镜里，转变朱颜。清愁不断，问何人会解连环？生怕见花开花落，朝来塞雁先还。"全词从美人发上的袅袅春幡，看到春已归来，以美人入篇，于哀怨中语带嘲讽，内涵充盈深沉，非豪放之调。但谭觉园认为此词不失豪放，界定这是一首豪放与婉约风格并存之作，显示出独特的艺术魅力。张尔田在《致龙榆生》中云："苏、辛词境，只清雄二字尽之。清而不雄，必流于伧俗。"③ 张尔田概括苏轼与辛弃疾之词都具有清隽雄浑的风格特征。他用"清雄"二字形容辛词，是指其不仅具有浑厚之气脉，更有清隽之姿态。他评说学

① 屈兴国编：《词话丛编二编》，浙江古籍出版社2013年版，第2999页。
② 杨传庆、和希林辑校：《辑校民国词话三十种》，（台湾）花木兰文化出版社2016年版，第225页。
③ 杨传庆编著：《词学书札萃编》，南开大学出版社2015年版，第283—284页。

苏、辛之词，只清隽而不雄浑，必然导致粗俗鄙陋，是难上层次的。

词从晚唐五代以来，以绮丽婉媚为正，烟水迷离、酒边软语、闺阁艳情为墨客骚人所争相描绘。一时之间，"花间南唐，词为艳科，剪红刻翠，委婉缠绵"即成风尚。"词为艳科"的樊篱延续了几百年，直到苏轼将"以诗为词"创作手法加以引入，才使其走出儿女情态、离别愁绪的小庭深院。而词的真正集大成者乃辛弃疾，他将个人情怀与时代悲愤一寄于词，引"以文为词"创作手法而入，使词的题材抒写、笔法运用与内容表现进一步散文化，达到无事不可入、无意不可言，为词的发展作出独特的贡献。王国维《人间词话》曾云："稼轩中秋饮酒达旦，用《天问》体作《木兰花慢》以送月，曰：'可怜今夕月，向何处、去悠悠？是别有人间，那边才见，光景东头。'词人想象，直悟月轮绕地之理，与科学家密合，可谓神悟。"① 王国维之论，虽然意在说明辛词想象丰富，但也不难看出其对"以文为词"创作手法的称扬。以《天问》体作《木兰花慢》，即体现出辛弃疾以散文之法入词的特点。胡适在《说词》中云："到了朱希真与辛稼轩，词的应用的范围，越推越广大；词人的个性的风格，越发表现出来。无论什么题目，无论何种内容，都可以入词。悲壮，苍凉，哀艳，闲逸，放浪，颓废，讥弹，忠爱，游戏，诙谐……这种种风格都呈现在各人的词里。"② 胡适评说，朱敦儒发扬苏轼"无意不可入、无事不可言"的创作风格，而辛弃疾将这一作风推扬到极致，他在"以诗为词"的基础上，进一步"以文为词"。正所谓，词的表现范围越来越大；词人的个性张扬更加明显；词的内容抒写越来越多；词的艺术风格也越来越趋于丰富变化。其又云："这一段落的词是'诗人的词'。这些作者都是有天才的诗人；他们不管能歌不能歌，也不管协律不协律；他们只是用词体做新诗。这种'诗人的词'，起于荆公、东坡，至稼轩而大成。"③ 胡适所说"诗人的词"，即指用作诗的方法来填词，这一方法始于苏轼，至辛弃疾乃

---

① 王国维著，徐调孚注，王幼安校订：《人间词话》，人民文学出版社 1960 年版，第 214 页。

② 张璋、职承让、张骅、张博宁编纂：《历代词话续编》，大象出版社 2005 年版，第 714 页。

③ 同上。

大成，即"以文为词"。辛弃疾将散文之法完美地融入词的创作之中，进一步拓展了词的意致抒写，丰富了词的表现手法，也更开拓了词的体制与创作格局。汪东在《唐宋词选评》中云："苏、辛并为豪放之宗，然导源各异。东坡以诗为词，故骨格清刚。稼轩专力于此，而才大不受束缚，纵横驰骤，一以作文之法行之，故气势排荡。昔人谓东坡为词诗，稼轩为词论，可谓碻评。"① 汪东评说苏轼、辛弃疾都为豪放词的代表。苏轼以作诗之法填词，其词豪放旷远。辛弃疾才大不受束缚，在以诗为词的基础之上，进一步以作文之法填词，对于陈模所言"东坡为词诗，稼轩为词论"之语，汪东认为，此乃确切之评，是甚为中的的。陈钟凡在《与陈柱尊教授论自由词书》中，细致阐述了词的发展至辛弃疾而大成之论。其云："溯词起于晚唐五季，下逮北宋之欧、晏、张、柳，率以争斗秾纤，抒写艳情为宗。至东坡豪放，不喜剪裁以就声律，时人虽讥为曲子缚不住，然其横放杰出，包罗万有，词境为之一变。至稼轩多抚时感事之作，绝不作妮子态，更无意不可入，无事不可言矣。是知词在两宋已多变化，非必拘守律谱，方为上乘。"② 陈钟凡认为，词起源于晚唐五代时期，其作为应歌之具产生，历来被视为小道，一直到北宋时期的欧阳修、晏殊、张先、柳永等，其题材抒写、风格表现还是以清切婉丽为宗，以秾丽艳情为主，正如李清照在《词论》中所说词"别是一家"。这种状况直到苏轼才发生第一次转变，他将豪放风格搬上词坛，不再将词当作应歌之具，而将其与诗歌之体同等看待，词境为之一变。到了辛弃疾手中，词体之变更加显著，多感念时事，伤怀过往，无意不可入，无事不可言。陈钟凡认为，这才是词中的上乘之作。陈洵《海绡说词》有云："词笔莫妙于留，盖能留则不尽而有余味。离合顺逆，皆可随意指挥，而沉深浑厚，皆由此得。虽以稼轩之纵横，而不流于悍疾，则能留故也。"③ 陈洵从艺术表现论说到词味生成。他提出"留"的审美要求，认为艺术表现的留白可使词作审美更为自由，所表现意致与境界更为深沉浑厚，更具有含蕴不尽的艺术意

①　屈兴国编：《词话丛编二编》，浙江古籍出版社 2013 年版，第 2311 页。
②　杨传庆编著：《词学书札萃编》，南开大学出版社 2015 年版，第 369 页。
③　唐圭璋编：《词话丛编》，中华书局 1986 年版，第 4840 页。

味。陈洵例说辛弃疾词作之所以能纵横捭阖而又具永久的魅力，其关键便在善于艺术留白。

　　民国后期，刘缉熙在《词的演变和派别》一文中对辛弃疾"以文为词"创作手法评道："他是天才的词人，不是词的专家。他以《左传》作词，以六朝文作词，使我们看来很觉得奇怪。"①刘缉熙以"天才词人"称呼辛弃疾，甚为彰显推举之意。他认为，辛弃疾以《左传》、魏晋六朝之文的笔法来作词，更是其以散文之法入词的直接证明，这正好体现出其独特的艺术创造力。龙榆生在《两宋词风转变论》一文中，则道出辛弃疾"以文为词"的内在缘由。其云："且自金兵入汴，风流文物扫地都休。士大夫救死不遑，谁复究心于歌乐？大晟遗谱，既已荡为飞烟，而'横放杰出'之词风，更何有于音律之束缚？此南宋初期之作者，惟务发抒其淋漓悲壮之情怀，不暇顾忌文字之工拙与音律之协否，盖已纯粹自为其'句读不葺之诗'，视东坡诸人之作，尤为解放，亦时会使之然也。"②龙榆生指出，辛弃疾出生在民族矛盾尖锐剧烈的时期，作为赳赳武夫的他，"马革裹尸当自誓"，以身许国，壮怀激烈，哪里有闲情逸致去浅斟低唱、文抽丽锦、拍案香檀呢？其音律运用之束缚，自然冰释，文字工拙，自然少有顾及。这乃是辛弃疾"以文为词"创作之法形成的大背景，也很好地诠释了艺术源于时代的传统命题。此论显示出作者所持的社会批评观念，令人信服。

　　新中国成立以后，赵尊岳在《填词丛话》中，将辛弃疾词中的婉约与豪放之作做了简要的划分。其云："雄壮流畅之调如《贺新郎》《摸鱼儿》《水调歌头》，婉约流美之调如《南浦》《甘州》，若以宫律言之，固无所谓雄婉。惟一急拍、一曼吟而已。"③赵尊岳从音律表现的角度，将辛弃疾之词分为豪放和婉约两种风格。他认为，《贺新郎》《摸鱼儿》《水调歌头》等大致属于豪放风格之作，而《南浦》《甘州》等则是婉约风格之词。赵尊岳又论说，如果真正按照宫律表现来加以界划，则无所谓豪放与婉约之区分，而只有急拍和慢拍之异别。此论对以

────────────

① 张璋、职承让、张骅、张博宁编纂：《历代词话续编》，大象出版社2005年版，第1278页。

② 龙榆生：《龙榆生词学论文集》，上海古籍出版社2009年版，第269—270页。

③ 屈兴国编：《词话丛编二编》，浙江古籍出版社2013年版，第2757页。

豪放和婉约两种风格而界划辛词实际上显示出消解的意义，是甚富于批评识见的。

第三节　苏辛与辛刘比较之论

作为宋代有着诸多相似之处的大词人，苏轼、辛弃疾常被人们放在一起加以比较。但对于两者的论说，并不像人们论评李白、杜甫那样有优劣之分。民国时期词论家大都主张并论苏辛，肯定他们各有优长，各呈其胜。王国维《人间词话》曾云："东坡之词旷，稼轩之词豪。无二人之胸襟而学其词，犹东施之效捧心也。"[1] 王国维将苏轼、辛弃疾之词从艺术风格上进行区分。他认为，苏词超旷空灵，辛词雄豪沉郁。苏轼虽然开创豪放词风，但其主体基调仍为疏狂不羁、潇洒飘逸、通脱阔达、高洁独立。辛弃疾则有所不同，他将豪放词风贯彻到底，豪放不仅是其创作的基调，且蔚然大成，屹然成为一宗。闻野鹤《词论》有云："词致悲壮，辛胜于苏；气格超妙，苏胜于辛。"[2] 闻野鹤认为，如果论词中悲壮之气势，辛弃疾比苏轼更胜一筹；如果对比词中超妙气格，则苏轼更高一着。世人皆以"豪放"二字概括辛词的艺术风格，似乎已成定说，实际上未必全是这样。作为豪放派的代表，苏轼、辛弃疾在艺术风格上有着差异。两者都以境界阔大、感情豪爽开朗著称，但不同的是：苏轼常以旷达的胸襟与超脱的观念来体验现实人生，常表现出哲理式的感悟，并以这种参透人生的感悟使主体情感表现从冲动归于深沉的平静，而辛弃疾总以炽热的感情与崇高的理想来拥抱现实人生，其词更多地表现出英雄的豪情与内心的悲愤。因此，主体情感的浓烈、主观理念的执着，构成了辛词的一大特色。况周颐在《历代词人考略》中云："苏词清雄，其厚在神；辛词刚健含婀娜，其秀在骨。"[3] 况周颐评说苏

---

[1]　王国维著，徐调孚注，王幼安校订：《人间词话》，人民文学出版社1960年版，第213页。

[2]　杨传庆、和希林辑校：《辑校民国词话三十种》，（台湾）花木兰文化出版社2016年版，第87页。

[3]　况周颐著，孙克强辑考：《蕙风词话·广蕙风词话》，中州古籍出版社2003年版，第337页。

轼之词清隽雄浑，"清雄"本指书法作品具有清隽雄浑的精神面貌，这里用来指苏词的艺术风格特色，苏词的超脱之处便在于神韵；辛词表面上看豪放不羁，不懂它的人，只能看到粗直豪爽，其实，是经过精心锤炼的，其词看似粗直，实则精致婀娜。

　　民国时期词论家除了论说苏轼、辛弃疾词作风格上的不同之处外，还论评到两者的相似处。陈匪石、龙榆生、张尔田等评说到两人在创作才性中的超拔之处。陈匪石《旧时月色斋词谭》有云："苏、辛豪情逸气，自不可及，亦不可学。学之则易流于粗。余固不敢问津也。"① 陈匪石认为，对于苏轼、辛弃疾词中流露出来的豪壮气势，自己难以企及，也不能妄加学步，认为如果学得不好，便容易流于粗野。龙榆生在《致张尔田》中有云："苏辛之不易学，由其性情、襟抱、学问蕴蓄之久，自然流露，此境诚非才弱如勋者所能梦见。"② 龙榆生认为，苏轼、辛弃疾之词，字字句句都表现出高洁的性情、宽广的胸襟与博大的识见，这正是他们不易被旁人所学到的地方。其又云："然常读二家之作，觉逸怀浩气，恒缭绕于心胸，熏染既深，益以砥砺节操，培植根柢，虽不能至，心向往之。……正惟世风日坏，士气先馁，故颇思以苏辛一派之清雄磊落，与后进以渐染涵泳，期收效于万一。非敢貌主苏辛，而相率入于叫嚣伧俗一途，如世之自负方为民族张目者比也。"③ 龙榆生甚为称扬苏轼、辛弃疾之词。他认为，读苏、辛之词能开拓心胸，使胸中常怀浩然之气，更能磨砺节操，培养情性。苏辛一派清雄磊落，其性情与襟怀非一般人所能到，其词激昂排宕，不可一世。龙榆生坦言，虽然苏轼、辛弃疾之性情襟怀高迈难及，却心向往之，充分表现出对两位词人的推重。张尔田在《致龙榆生》中云："尊论提倡苏、辛，言之未免太易。自来学苏、辛能成就者绝少，即培老亦只能到须溪耳。苏辛笔力如锥画沙，非读破万卷不能，谈何容易。磊落激扬，不从书卷中来，皆客气也。以客气求苏、辛，去之愈远。古丈学苏，偶一为

---

　　① 陈匪石编著，钟振振校点：《宋词举》（外三种），江苏古籍出版社2002年版，第212页。

　　② 杨传庆编著：《词学书札萃编》，南开大学出版社2015年版，第491页。

　　③ 同上。

之。半塘集中，亦多似辛之作，然绝不以辛相命，此意当相会于言外也。"① 张尔田针对龙榆生所倡导学习苏轼与辛弃疾加以论说。他认为，龙榆生低估了习效苏、辛之词的难度。他持论，数百年来，凡学习苏轼与辛弃疾的人中，能追步他们创作层次与艺术境界的人如凤毛麟角。张尔田比譬苏轼与辛弃疾才大力雄，甚富于创作才情与艺术表现力，"如锥画沙"，他们的词作之高妙绝不是从书卷典实中来的，而更偏于才情、才气、才力的呈现与张扬。因此，张尔田断言，即使如朱祖谋、王鹏运之人，习学苏、辛，也只能偶尔为之，且并不以"效×××"而命题与命意，此足以见一般习效苏、辛之作是难有所成的。张尔田之论，从创作主体才性角度对苏、辛二人予以了推扬。

　　新中国成立以后，一些词论家除了将苏轼、辛弃疾放在一起比较外，也将辛弃疾与刘过放在一起予以论说。张伯驹《丛碧词话》有云："刘改之《唐多令》：'旧江山浑是新愁。欲买桂花同载酒，终不似，少年游。'语畅韵协，自是一时佳作。乃传其焚琴之事，终不及稼轩性情之真挚，词自逊一筹。"② 张伯驹认为，刘过大部分词作豪爽奔放、痛快淋漓，与辛弃疾之词艺术风格颇为相似，但这首《唐多令》写得蕴藉含蓄，耐人咀嚼。与其他爱国词相比确乎别具一格，故而流传甚广。但他认为，《唐多令》固然写得好，但其性情表现始终不及辛弃疾真挚，所以在词作艺术表现上自然逊色。赵尊岳《填词丛话》有云："辛刘并称，实则辛高于刘。辛以真性情发清雄之思，足以唤起四座，别开境界，虽疏犷不掩其乱头粗服之美。学者徒作壮语，以为雄而不能得一清字，则仅袭其犷，似刘而不似辛矣。大抵清主于性灵，雄主于笔力。无其清者，不必偏学其雄也。"③ 赵尊岳认为，就艺术成就而言，辛弃疾高于刘过，其高超之处便在于真性情。世人皆模仿其壮语，以为这样就能得其雄豪，殊不知辛词的雄豪根植于清隽，而清隽根植于真性情，无辛弃疾之性情又怎能学来其清隽雄豪之语呢？赵尊岳通过对辛弃疾与刘过的细致辨析，对两人词作成就之高下及其内在缘由作出了判评。朱

---

① 杨传庆编著：《词学书札萃编》，南开大学出版社 2015 年版，第 283 页。
② 屈兴国编：《词话丛编二编》，浙江古籍出版社 2013 年版，第 2860 页。
③ 同上书，第 2716 页。

庸斋《分春馆词话》有云："南宋二刘（刘过、刘克庄）无论辞句、用笔、手法等方面，均摹学稼轩。稼轩不仅雄才大略，文思敏捷，而遭际经历，尤迥异于常人，是以其词文采与内容极其丰实。二刘虽亦有豪气，第得其粗犷；或俚俗不文，终乏典雅；或言之过急，不耐人寻味。从来学稼轩不到者，必近二刘，此书法上所谓'学褚得薛'耶？"① 朱庸斋评说辛弃疾有雄才大略，文思敏捷，加上其特殊的人生际遇，其词作的内容都十分充实饱满。刘过、刘克庄等虽然有豪气，但毕竟粗豪；其词作用语终究粗俗，缺乏典雅；或是有些词作不能耐人寻味，经不起推敲品味。一般来说，学辛弃疾功夫不到家的人，必定会和刘过、刘克庄相近，也就是书法上所说的学褚遂良不得，而却像薛稷。朱庸斋在对豪放词人相互比照的视域中，对辛弃疾其人其作予以了高扬。

　　总结民国时期词学批评视野中的辛弃疾之论，我们看出，其主要体现在三个维面：一是词人襟怀情性与创作才力论，二是词作内涵与艺术特征论，三是苏辛与辛刘比较论。在第一个维面，民国时期词论家普遍对辛弃疾胸怀广大、有情性、有恢宏才力予以推扬。在第二个维面，民国时期词论家评说其词作充满爱国情感，不仅有豪放之音，亦见婉约之气。在第三个维面，民国时期词论家在评说辛、苏之词都以境界阔大、感情豪爽著称的同时，也对辛弃疾情感表现的浓烈、主观理念的执着持以分析论说；同时，在评论辛、刘之词时，则常常扬辛而抑刘，称扬辛弃疾之真性情。民国时期词学批评对辛弃疾的论说，在承纳前人的基础上，进一步从不同维面与视点将对其的认识予以了衍化、充实、深化与完善，为我们更好地把握其人其作提供了平台与空间。

---

　　① 张璋、职承让、张骅、张博宁编纂：《历代词话续编》，大象出版社 2005 年版，第 1209 页。

第四章
民国时期词学批评中的姜夔之论

姜夔（1154—1221），字尧章，号白石道人，南宋著名词人。他身世孤贫，屡试不第，终生未仕，一生漂泊于江湖，靠卖字和朋友接济为生，为人性情孤高，不流俗于世。其词以清空骚雅见长，音节谐美，具有高度的艺术性。姜夔卓越的创作成就，引得无数人追摹学习，也奠定了其在词坛的重要地位。作为南宋词坛大家，姜夔之词独树一帜，引起后世众多词论家的关注与评说。民国时期是我国传统词学的衰退与现代词学的发端时期，词学研究得到很大程度的开拓与发展，姜夔之论便是其中最重要的焦点之一。

第一节　襟怀情性之论

姜夔虽然一生漂泊于江湖，但在人格理想、襟怀情性上有着自己独特的追求和表现。他重视人格的独立、精神的解放，具有超脱于外物的内在追求。因此，也被视为"晋宋人物"的代表之一。姜夔虽身处世俗社会，心却在高雅之境界。他重视自我的主体意识与人生价值，追求保持心灵的独立性，具有超拔的品格与气度。如《三高祠》中"沉思只羡天随子，蓑笠寒江过一生"，表达的是对精神自由的追求；《湘月》中"暝入西山，渐唤我一叶夷犹乘兴"，"玉尘谈玄，叹坐客、多少风流名胜"，所表现出的是悠闲雅兴。也正因此，陈锐在《袌碧斋词话》中曾将姜夔与陶潜相较而论。其云："词如诗，可模拟得也……白石得渊明之性情。"① 虽然宋

---

① 唐圭璋编：《词话丛编》，中华书局 1986 年版，第 4196 页。

人以"晋宋人物"来比喻其当世人，是一种较为笼统的说法，但对于"晋宋人物"的讨论，往往都会有一个明确的对象，那便是陶潜。陶潜"结庐在人境"所体现的淡泊明净之性情，正是宋人所推崇的情性品格。这里，陈锐将姜夔与陶潜相类比，可见其对姜夔淡泊超脱性情的称赏。陈锐对姜夔的称赏不仅体现于淡泊超脱的性情之上。姜夔明心见性的品格，也为陈锐所赏识。在《词比自序》中，陈锐曾云："大抵词自五季以降，以耆卿为先圣，美成为先师。白石道人崛起南渡之余，明心见性，居然成佛作祖；而四明吴君特以其轶才，贯串百氏，蔚为大宗，令人有观止之叹。"① 明心见性，即谓摒弃一切世俗杂念，勿因世俗杂念而迷失自己的本性。虽然姜夔曾试图入仕而终不得，但通观其作品而言，整体格调却是恬淡寡欲又洒脱不羁的。这里，陈锐将姜夔恬淡寡欲的性情视为达到成佛作祖的境界，可见其对姜夔性情的赏识与推扬。

缪钺在《姜白石之文学批评及其作品》一文中，对姜夔的才情、气质、词风等方面都有所评说。其云："白石性情孤高，襟怀冲澹，故于花中最喜梅与莲，屡见于词，盖二花能象征其为人也。"② 又云："以莲花出淤泥而不染，其品最清，梅花凌冰雪而独开，其格最劲，与自己之性情相符，而白石词格清劲，亦可谓即其性格之表现也。"③ 在我国文学史上，人们常将某些与理想人格异质同构的自然物象，作为自我比照的对象。梅与松、竹并称"岁寒三友"，被赋予清高洁净的人格内涵，历来为文人所喜爱与推崇。缪钺视姜夔所咏之梅如其情性、品格之体现，便是以其作品为支撑的。如《玉梅令》云："有玉梅几树，背立怨东风，高花未吐，暗香已远。"写梅的冷香清韵之品性。又如《除夜自石湖归苕溪》（之一）云："细草穿沙雪半销，吴宫烟冷水迢迢。梅花竹里无人见，一夜吹香过石桥。"指掩藏在竹林里的梅花没有人能够看到，一夜清风，却吹着梅花的香气飘过了石桥。此处，姜夔对梅的描写，正体现其身处俗世而心在高雅的清隽性情与品格。缪钺以梅、莲之品性比附姜夔之词格，正是赞赏其远离尘俗、追求人格独立的襟怀

① 孙克强编著：《唐宋人词话》，南开大学出版社2012年版，第145页。
② 缪钺著，缪元朗编：《古典文学论丛》，浙江大学出版社2009年版，第250页。
③ 同上书，第251页。

情性。

　　民国时期词论家对姜夔人格独立的欣赏，还体现在对其无酬应尘俗之词的称扬。宣雨苍曾就姜夔无应酬文字提出过自己的见解。其《词谰》有云："应酬文字，每多溢美不衷之言，未免近谄，不佞生平之所深恶痛绝，故不敢作，不忍作，不能作。即勉强作之，亦断不工。诚不若不作为得。尝观古人此等著作，亦绝少当意。善乎，白石一穷布衣，生平受知于当代名公巨儒，其自述者，实繁有徒，而张平甫最称知己。至谓十年相处，情甚骨肉，亦不得不谓交游之广矣。就集中观之，其所交中，微平甫、石湖外，余子见者几何？盖与张、范之交，素心晨夕，迥异流俗，故得有此。然余子能好白石者，自非庸俗不文可知，乃其自甘穷放，绝不以此为罔道求和之具，益足信其品操之高逸，著作之矜贵矣。"① 宣雨苍首先表达对应酬文字的深恶痛绝之感，进而指出，姜夔之所以受到人们的喜爱，就在于其无酬应尘俗之词。此论表现了他对无献媚之意词作的欣赏及对姜夔品操高逸、追求人格独立之襟怀情性的推扬。缪钺在《姜白石之文学批评及其作品》一文中亦云："白石词集中寿词极少，仅有三首，《阮郎归》、《鹧鸪天》皆寿张平甫，《石湖仙》寿范石湖。张平甫与范石湖皆白石至交，此三词述交亲，记游好，与泛泛贺寿者不同，酬应尘俗之词，盖非白石所肯为也。"② 在缪钺看来，姜夔作品之中寿词所占比重寥寥无几，仅有的几首也特为好友所作，且不同于其他献媚、流俗的众多贺寿之词。由此可见，缪钺对姜夔之词无阿谀奉承之意的激赏。

　　宋南渡以后，民族遭受严重压迫。受所处历史时代的影响，这一时期的词人或激于爱国热情，或发为慷慨悲歌。姜夔亦不例外，他的词情真意挚，表现了其爱国情怀，渗透着家园意识。如人们所熟知的《扬州慢》便典型地体现出爱国情怀，"淮左名都，竹西佳处，解鞍少驻初程。过春风十里。尽荠麦青青。自胡马窥江去后，废池乔木，犹厌言兵。渐黄昏，清角吹寒。都在空城。"词人客游扬州之时，有感于这座历史名城的凋敝和荒凉，而自度此曲，抒写黍离之悲。"过春风十里，

① 朱崇才编纂：《词话丛编续编》，人民文学出版社2010年版，第2470—2471页。
② 缪钺著，缪元朗编：《古典文学论丛》，浙江大学出版社2009年版，第253页。

尽荠麦青青"，词人联想当年楼阁参差、珠帘掩映的盛况，反照今日城池荒芜、人烟稀少的衰败景象。"自胡马窥江去后，废池乔木，犹厌言兵"，显示出当年战祸之残酷无情。而"渐黄昏，清角吹寒。都在空城"，更增添了凄凉寂静之感。虽然姜夔在用辞上不像辛弃疾等豪放词人那样激越；在主体情感的抒发上，也给人以雅淡之感。但这并不代表情意浅薄，也不会因此而削弱词的悲凉严肃之态。因为词人是寄落寞无奈之情于"冷"、"静"的意境表现之中的，若深入体味其词中之情，便能体悟到"此处无声胜有声"的味外之旨。张德瀛在《词征》中便云："太史公文，疏荡有奇气，吴叔庠文，清拔有古气。词家惟姜石帚、王圣与、张叔夏、周公谨足以当之。数子者感怀君国，所寄独深，非以曼辞丽藻，倾炫心魂者比也。"① 张德瀛认为，姜夔之词虽然没有曼辞丽藻的修饰，但其寄托深远。它以虚拟的笔法抒发家国兴亡的感慨，亦是作者真情流露的表现。

可见，情感的真挚并非只有通过慷慨激昂的辞藻才能展现出来。例如，顾宪融在《填词百法》中论姜夔之词时，引用宋翔凤的评价："词家之有姜白石，犹诗家之有杜少陵，继往开来，文中关键。其流落江湖，不忘君国，皆借托比兴于长短句寄之。如《齐天乐》，伤二帝北狩也；《扬州慢》，惜无意恢复也；《暗香》、《疏影》，恨偏安也。盖意愈切则辞愈微，屈宋之心，谁能见之？"② 顾宪融在评价姜夔时，也认识到作者抒发情感时善于通过兴会比附之法而托寄意旨，并且意旨表现愈深致而其字语运用愈委婉含蓄。吴梅在《词学通论》中对此有过详细的论说。其云："南渡以后，国势日非，白石目击心伤，多于词中寄慨，不独《暗香》、《疏影》发二宋之幽愤，伤在位之无人也。特感慨全在虚处，无迹可寻，人自不察耳。盖词中感喟，只可用比兴体，即比兴中亦须含蓄不露，斯为沉郁。若慷慨发越，终病浅显，如《扬州慢》'自胡马窥江去后，废池乔木，犹厌言兵'，已包涵无数伤乱语。又如《点绛唇》'丁未过吴淞作'，通首只写眼前景物，至结处云：'今何许，凭阑怀古，残柳参差舞'，其感时伤事，只用'今何许'三字提唱。无

---

① 唐圭璋编：《词话丛编》，中华书局 1986 年版，第 4162 页。
② 顾宪融：《填词百法》（卷下），中央书店 1936 年版，第 26 页。

穷哀感，都在虚处。他如《石湖仙》、《翠楼吟》诸作，自是有感而发，特未敢臆断耳。"① 总之，姜夔的爱国词作虽然数量不算多，却清雅悲壮、哀婉动人，从中可看出词人对于江山残破、国势不振的伤痛之情。

　　除却对家国之情的抒发，姜夔词的题材和内容，还涉及词人自身遭遇和情感伤痛。此类题材所占比重较多，后人对其词中所表现情感之深浅也有不同的看法。例如，顾宪融在《填词百法》中曾引用周济对姜词的论述。其云："周氏曰：'北宋词多就景叙情，故珠圆玉润，四照玲珑。至稼轩、白石一变而为即事叙景，使深者反浅，曲者反直。吾十年来服膺白石，而以稼轩为外道，由今思之，可谓瞽人扪籥也。稼轩郁勃故情深，白石放旷故情浅；稼轩纵横故才大，白石局促故才小。'"② 在周济看来，姜夔之词因疏放闲雅而显得情感浅薄。但周济这一说法，顾宪融并不认同。其云："姜氏词高远峭拔，清气盘旋，其才力自有过人处。周氏所云，未为定论。"③ 顾宪融认为，姜夔无论写景、叙事还是抒情之作，都情感表现真挚，哀婉动人。宣雨苍在《词谰》中通过对姜夔艳词的论说，也表达出相似的观点。其云："白石集中，亦间作艳词。如戏平甫、戏仲远诸作。游戏之中，仍具深情。又其苕溪记见、金陵感梦，艳在情致，而不在语言。是方称为艳词合作。"④ 在宣雨苍看来，姜夔所填艳词是有深厚情感的。其词之艳，是艳在主体情致的体现，而非语言与形式的表达。

　　新中国成立以后，赵尊岳在《填词丛话》中也表达了类似的观点。其云："词意极深挚而出以清疏之笔、苍劲之音者，白石当屈首指。原来笔苍不害情挚，而深入浅出，尤为词家之至义。惟运笔特难，千古词人，学白石多不可得，可以知之。"⑤ 赵尊岳认为，情感的真挚与否并非只取决于笔力的苍劲。姜夔以清疏之笔仍能抒写出情挚之作。朱庸斋《分春馆词话》也有云："白石虽脱胎于稼轩，然具南宋词之特点，一洗绮罗香泽、脂粉气息，而成落拓江湖、孤芳自赏之风格。此乃糅合北

---

① 吴梅：《词学通论》，中华书局 2010 年版，第 85 页。
② 顾宪融：《填词百法》（卷下），中央书店 1936 年版，第 26—27 页。
③ 同上书，第 27 页。
④ 朱崇才编纂：《词话丛编续编》，人民文学出版社 2010 年版，第 2470 页。
⑤ 屈兴国编：《词话丛编二编》，浙江古籍出版社 2013 年版，第 2752 页。

宋诗风于词中，故骨格挺健，纵有艳词，亦无浓烈脂粉气息，而以清幽出之；至伤时吊古一类，又无粗豪与理究气味，而以峭劲出之。总之，白石词以清逸幽艳之笔调，写一己身世之情，在豪放与婉约外，宜以'幽劲'称之。予以为词至白石遂不能总括为婉约与豪放两派耳。"① 朱庸斋认为，姜夔之词虽然具有南宋词作的普遍特点，但毫无绮罗香泽之情态和脂粉气息，而具有清高之格调与落拓江湖的意味。即使是艳词，也能做到气骨格调遒劲挺健。这正是姜夔善于以清逸幽艳笔调来抒写其身世之情而造就的。从以上论述中可见，民国时期的词学批评家，大多认为姜夔之词具有丰富真挚的情感表现特点。但他这一情感的表达并非用慷慨激昂、华丽粉饰的辞藻来加以承载，而是以清疏幽劲之笔来加以抒写。这也正是姜夔之词能独树一帜、自成一体的重要原因。

第二节　艺术特征之论

姜夔填词注重用字造语，文笔精巧。特别是其咏物词，善于借助意象寄予主体情感，给人印象深刻。在姜夔的词中，便经常会看到"意"与"象"，即主观情理与客观形象的完美融合。例如：《疏影》中的"客里相逢，篱角黄昏，无言自倚修竹"；《暗香》中的"但怪得竹外疏花，香冷入瑶席"。他笔下的梅花总表现出一种孤傲幽独、冷香清韵的品格。这里，梅与人，"物"与"我"相互交织，达到高度的融合。其笔下的梅花，也不再停留在形神兼备的表层，而是遗貌取神，被赋予人格化的品性。对于姜夔词中的意象运用，闻野鹤在《恫簃词话》中有着不同的见解。其云："清代戈载有宋七家之选，一周美成，二史梅溪，三姜石帚，四吴梦窗，五周草窗，六王圣与，七张叔夏。综其得失，可得而称焉。美成盖代词才，律细而不枯，意深而不刻。灏灏落落，百世之所宗也。梅溪能巧，上者故自清新，下者辄流浮俗。白石清响，为世所称，然音律故娴，意象未备，虽幽邈自喜，要其去美成远矣。"② 在

---

① 张璋、职承让、张骅、张博宁编纂：《历代词话续编》，大象出版社 2005 年版，第 1210 页。

② 朱崇才编纂：《词话丛编续编》，人民文学出版社 2010 年版，第 2345 页。

闻野鹤看来，姜夔清空苍劲之艺术风格，虽为世人所称赏，但其词中的意象运用并不完备。虽然其词中意象有幽邈的意境，但不如周邦彦使用的意象妥帖。闻野鹤对姜词意象运用的看法是有一定道理的。从另一方面来说，这也正反映出姜词是意在物外的。正因此，姜词具有一种深婉朦胧的艺术效果。唐圭璋在《评〈人间词话〉》一文中云："白石天籁人力，两臻高绝，所写景物，往往体会入微，而王氏以隔少至，殊为皮相。"① 唐圭璋认为，姜夔词中的景物是词人在对生活细致入微的体悟中产生的，虽是状物却饱含深情。其《评〈人间词话〉》又云："王氏极诋白石，不一而足，有谓'白石有格而无情'者，有谓白石'无言外之味，弦外之响'者，有谓'白石之旷在貌。白石如玉衔口不言阿堵物，而暗中为营三窟之计，此其可以所鄙'者，有谓'白石《暗香》、《疏影》格调虽高，然无一语道着'者，余谓王氏之论列白石，实无一语道着。白石以健笔写柔情，出语峭拔俊逸，最有神味，如《鹧鸪天》云：'春未绿，鬓先丝。人间别久不成悲。谁教岁岁红莲夜，两处沉吟各自知。'写得何等深刻！何等沉痛！又如《长亭怨慢》写辞别云：'日暮。望高城不见，只见乱山无数。韦郎去也，怎忘得，玉环分付。第一是，早早归来，怕红萼、无人为主。算空有并刀，难剪离愁千缕。'亦深情缱绻，笔妙如环。其他自度名篇，举不胜举。而《暗香》、《疏影》两词，借梅寄意，怀恋君国，尤为后生所传诵。"② 唐圭璋通过辨析王国维批评姜夔之言，对姜夔词作艺术成就予以高度推扬。他认为，王国维对姜夔的批评是充满偏见、不见公允的。其论评基本没有切中姜夔词作的艺术特点之所在。唐圭璋称扬姜夔善于以铺叙之笔调而抒写主体情感，其语言运用新颖飘逸，富有神采与韵味，其无论写景抒情，还是咏物遣怀，都讲究情景相映相衬，委婉曲折，体现出深致之意，令人回味无穷，确为词中精品，是值得后世称道的。

陈匪石在《旧时月色斋词谭》中也曾表达了对姜夔之词的评价。其云："白石、梦窗皆善练气，但白石之气清刚拔俗，在字句外，人得

---

① 张璋、职承让、张骅、张博宁编纂：《历代词话续编》，大象出版社 2005 年版，第921 页。

② 同上书，第 922 页。

而见之。"① 此后，在《声执》中，其又云："姜夔野云孤飞，语淡意远。"② 陈匪石认为，姜夔之词不黏滞于外在物事，能够达到"意中有景，景中有意"的艺术境界。顾宪融在《填词百法》中，便引用范成大对姜夔的评价，称其"有裁云缝月之妙手，敲金戛玉之奇声"。并引用张炎之言："姜白石如野云孤飞，去留无迹。"又云："白石词不惟清虚，且又骚雅，读之使人神观飞越。"③ 此后，蔡嵩云（蔡桢）《柯亭词论》有云："白石咏梅，暗香感旧，疏影吊北狩扈从诸妃嫔。大都双管齐下，手写此而目注彼，信为当行名作。此虽意别有在，然莫不抱定题目立言。用慢词咏物，起句便须擒题。过变更不可脱离题意，方不空泛，方能警切。"④ 在蔡桢看来，姜夔善于用慢词咏物，开篇便先点明所咏之物，且所咏之物能够贴切合题而富有意蕴。

　　新中国成立以后，赵尊岳在《填词丛话》中对此做了很好的解说。其云："咏物不能不用故实，惟不宜直说、明说，而又当使读者一见便知，则在运笔之法，有以存其精义，去其迹象。白石《咏梅》，即其至者。若将一故实，勉为刻凿，使可强作词语，则或纤或粗，均非运典之道。好学深思者，于此当舍之勿用，不能以一小故实，害全词之气息格调也。"⑤ 在赵尊岳看来，姜夔善于将词中所展现的客观物象，幻化成独特的人物或特定的感情载体，从而体现其咏物而不滞于物、遗貌取神、意境幽冷清空的艺术表现特征。

　　姜夔用字的独特性，还体现在其对用字的精雕细琢，以字之色彩来应和所表现主体的情感。如《淡黄柳》："空城晓角，吹入垂杨陌。马上单衣寒恻恻。看尽鹅黄嫩绿，都是江南旧相识。正岑寂。明朝又寒食。强携酒，小桥宅。怕梨花落尽成秋色。燕燕飞来，问春何在，唯有池塘自碧。"词中的"鹅黄嫩绿"、"梨花"、"秋色"、"碧"等字语，正是词人心境的呈现。他将眼前"鹅黄嫩绿"的柳色与江南的

---

　　① 陈匪石编著，钟振振校点：《宋词举》（外三种），江苏古籍出版社2002年版，第219页。

　　② 同上书，第205页。

　　③ 顾宪融：《填词百法》（卷下），中央书店1936年版，第26页。

　　④ 唐圭璋编：《词话丛编》，中华书局1986年版，第4907页。

　　⑤ 屈兴国编：《词话丛编二编》，浙江古籍出版社2013年版，第2789页。

景色做对比，思乡之意绪慢慢袭来。词人孤身一人，强打精神携酒前往小桥近处恋人家过节，却也深怕梨花落尽而留下一片秋色。进而想象，燕子归来时，询问春光，却也只能看到池塘碧水。虽然词人看似写春景，实则是反衬空城的冷清。整首词弥漫凄清冷隽的气氛，而这种气氛正是通过对色彩之词的巧妙使用而呈现出来的。"鹅黄嫩绿"与"梨花落尽成秋色"这一鲜明对比，给人以强烈的落差，让人产生独特的视觉效果与情感体验。正如高旭在《论词绝句三十首》（之二十二）中所吟："白石当年善写生，人间从此有奇音。梅花清瘦荷花冷，再谱扬州蟋蟀声。"① 在高旭看来，善于描摹是姜夔词作的最重要特征。他能将草木、禽兽等生活之景，以艺术化的手法表现出来，从而赋予物象以独特新奇的象征意味。而其描摹的关键，则在于对色彩的掌控与把握。姜夔在描绘物象时，便巧于刻画它们的颜色，特别是好用冷色调之字词。如写景时多用"秋色"、"空城"、"冷月"、"西风"等意象，组织成一幅幅幽冷凄迷的画面。姜夔视色彩为组织意象和创造意境的关键，用大量的冷色调之字语营造出空灵幽冷的氛围，形成其独有的艺术特色。

　　"清空"与"骚雅"是姜夔之词的重要艺术特征与审美理想。"清空"一词自张炎以来，名家阐述甚多。例如，沈祥龙《论词随笔》曾云："词宜清空，然须才华富，藻采缛，而能清空一气者为贵。清者不染尘埃之谓，空者不著色相之谓。清则丽，空则灵，如月之曙，如气之秋。表圣品诗，可移之词。"② 戈载《宋七家词选》称："白石之词，清气盘空，如野云孤飞，去留无迹，其高远峭拔之志，前无古人，后无来者，真词中之圣也。"③ 民国时期，蒋兆兰《词说》有云："南渡以后，尧章崛起，清劲逋峭，于美成外别树一帜。张叔夏拟之野云孤飞，去留无迹，可谓善于名状。继之者亦惟花外与山中白云，差为近之。然论气格，迥非敌手也。"④ 祝南（詹安泰）《无庵说词》云："余谓白石实兼众长，集中有绝类稼轩者，如《玲珑四犯》、《翠楼吟》、《永遇

　　① 程郁缀、李静：《历代论词绝句笺注》，北京大学出版社 2014 年版，第 564 页。
　　② 唐圭璋编：《词话丛编》，中华书局 1986 年版，第 4054 页。
　　③ 戈载：《宋七家词选》卷三，清道光十七年翠薇花馆刻本。
　　④ 唐圭璋编：《词话丛编》，中华书局 1986 年版，第 4632—4633 页。

乐》诸阕是；有绝类美成者，如《霓裳中序第一》、《秋宵吟》、《月下笛》诸阕是；至若《惜红衣》、《念奴娇》、《扬州慢》、《琵琶仙》、《长亭怨慢》以及《暗香》、《疏影》等作，于清虚骚雅中自饶激楚之音，凄婉之味，则前无古人，自开气派。"① 陈匪石在《声执》中云："姜夔野云孤飞，语淡意远。"② 以上论说，与张炎之言如出一辙。在他们看来，姜夔之词意趣高远，能够出于清流而不入铅华。姜词的清隽空灵重在章法，尤其讲求锤炼词作的艺术意境。他在词中所营造的艺术境界和氛围甚具空灵之感，是虚笔运用的结果。如其代表作《暗香》《疏影》，词人从眼前所见实景写起，将主体情怀寄予冷香、倩影等物态之中，进而将其升华为转瞬即逝的伤感之意，使其具有一种只可意会而难以言表的朦胧意境。从情感体验上来看，它经历了一个由实到虚的转变过程。但是，对于姜词的这一特征，并非只有词论家们的认可与推崇，同样存有批评和争议。陈匪石在《旧时月色斋词谭》中云："周止庵《四家词选》以周、辛、王、吴为不祧之宗，是已。然降白石为稼轩附庸，而所挑剔之'俗滥'、'寒酸'、'补凑'、'敷衍'、'支'、'复'等处，又皆白石之小疵。其实白石之所不可及者，在纯以气胜，子舆氏所谓'浩然'者，白石之词足以当之。而瘦硬通神，为他人展齿所不到，与稼轩之豪迈，畦径似别。余谓白石在两宋中固当独树一帜，非可为他人附庸也。"③ 此后，陈匪石在《声执》中又再次指出周济对姜夔的认识是有偏见的。其云："惟其评论白石，似有失当之处，所指为'俗滥'、'寒酸'、'补凑'、'敷衍'、'重复'者，仍南宋末季之眼光，未必即白石之败笔，且或合于北宋之拙朴。又谓白石'脱胎稼轩'，则愚尤不敢苟同。'野云孤飞'、冲澹飘逸之致，决非稼轩所有；而稼轩苍凉悲壮之音、权奇倜傥之气，亦非白石所能；未可相附也。"④ 在此，陈匪石反驳了周济在《宋四家词选》中将姜夔之词视为辛弃疾附庸之

① 张璋、职承让、张骅、张博宁编纂：《历代词话续编》，大象出版社 2005 年版，第1327 页。

② 陈匪石编著，钟振振校点：《宋词举》（外三种），江苏古籍出版社 2002 年版，第205 页。

③ 同上书，第214—215 页。

④ 同上书，第202—203 页。

作的观点。他认为，周济所言的姜夔之词俗滥、寒酸等只是其较小的
瑕疵。在陈匪石看来，姜词的高妙之处便在于以气取胜、瘦硬通神，
此种意境是其他词人所难以企及的。对于姜词意境表现特征的论说，
虽存有争议，但其清雅的意象、空灵的意境成为后人竞相效仿的典
范，产生了一代影响。且其清隽空灵艺术风格的形成，应是其人格境
界、审美取向与创作功力等方面相互融合的结果，也需从整体上进行
把握。

　　"骚雅"一词大致源于楚辞之中。《离骚》是屈原罹难发愤之作，
自此之后，香草美人、托物比兴的抒情传统得以流传发展，"骚体"这
一体裁也随之诞生。"雅"即正之意。《毛诗序》有云："雅者，正也，
言王政之所由废兴也。"① 说的是王政得失兴废之理。姜夔之词的骚雅
特点，也是民国时期词学批评关注的焦点之一。就姜词之"骚雅"而
言，可从其作品及后人论说中来加以把握。张炎《词源》有云："白石
词如疏影、暗香、扬州慢、一萼红、琵琶仙、探春、八归、淡黄柳等
曲，不惟清空，又且骚雅，读之使人神观飞越。"② 姜夔的"骚雅"是
与"清空"联系在一起的。他善于在清隽空灵之中蕴藏骚兴雅致，在
骚兴雅致之间又不乏清隽空灵之态。姜夔的"骚雅"有一种雅淡的意
趣，且有所寄托。如《疏影》中："苔枝缀玉，有翠禽小小，枝上同
宿。客里相逢，篱角黄昏，无言自倚修竹。昭君不惯胡沙远，但暗忆、
江南江北。想佩环、月夜归来，化作此花幽独。"虽然词中寓事用典较
多，但熔铸巧妙，虚实变化，十分自如。词中所出现的梅之形象不仅寓
含着作者对身世遭遇的感叹，更寄托了感慨兴亡、怀念故国之情怀。晚
清时期词人潘飞声，认为其中之词"情思婉妙，读者疑为白石道人集
中作"。可见，在潘飞声看来，姜夔之词的重要特点就是情思婉妙。而
这种情思婉妙与其骚雅的抒情手法密不可分。此外，姜词骚雅风格又与
其注重炼字琢句密不可分，胡薇元《岁寒居词话》有云："自白石而
后，句琢字炼，始归雅纯，而竹屋、梅溪为之羽翼。"③ 汪东在《唐宋

---

① 郭绍虞主编：《中国历代文论选》（第一册），中华书局 1979 年版，第 63 页。
② 唐圭璋编：《词话丛编》，中华书局 1986 年版，第 259 页。
③ 同上书，第 4032 页。

词选评》中云："白石词如藐姑冰雪，不受半点尘滓，然气骨仍极深厚。若子野则失之薄，希真则失之浅矣，玉田称其'清空骚雅'，最为允惬。清刘熙载论词未甚当行，至谓白石'幽韵冷香，挹之无尽，在乐则琴，在花则梅'，亦庶几得之也。"① 汪东认为，姜夔之词表面上虽如仙风道骨不沾人气，实则骨力遒劲，气格高昂，称其"清空骚雅"最为恰当。郑文焯在《致朱孝臧》中云："功甫赋促织词不使才气，自成名贵，澹雅冲和，其盛唐雅颂之遗音欤。石帚则如变风小雅，几以奴仆命骚，超然异撰，两家各尽能事，诚未易轩轾也。"② 郑文焯评说姜夔之词如先秦时期"变风"与"小雅"之诗，其创作旨向超然无垠，在一定意义上超越了骚体之作旨意显露的特点。蔡嵩云（蔡桢）《柯亭词论》也有云："白石词在南宋，为清空一派开山祖，碧山、玉田皆其法嗣。其词骚雅绝伦，无一点浮烟浪墨绕其笔端，故当时有词仙之目。野云孤飞，去留无迹，有定评矣。"③ 蔡桢认为，姜夔之词骚雅绝伦，没有一点轻浮缥缈的尘俗意味，故而在当时就有"词仙"之称。由此可见，姜夔词作影响之大。他独特的"清空骚雅"艺术面貌与风格特征更是引起后世的竞相效仿。

姜夔具有高超的艺术造诣，通晓音律，能自度词谱。其《白石道人歌曲》收词 80 首，其中 17 首带有曲谱。这 17 首，每首定有宫调，并以宋代工尺字谱斜行注节，扣于字旁。这不仅对南宋后期词的创新和格律变化有很大的影响，更为后世研究宋代音乐提供了重要的文献资料。对此，胡薇元《岁寒居词话》有云："白石道人歌曲，姜夔尧章撰。词精深华妙，为诚斋所推。尤善自度腔，音节文采，冠绝一时，所谓'自制新腔韵最娇，小红低唱我吹箫'，风致可想。歌曲皆注律吕，自制曲二卷及三卷之霓裳中序第一，皆记拍于字旁。"④ 胡薇元首先点明姜词在音律上的艺术成就之高。然后指出自己对姜词音律的钻研和学习，重点之处皆标记于字旁。由此可见，姜夔词中的音律运用与艺术表现对后世影响之大，不仅对词律的发展作出卓越贡献，更激起后人对音

---

① 屈兴国编：《词话丛编二编》，浙江古籍出版社 2013 年版，第 2312—2313 页。
② 杨传庆编著：《词学书札萃编》，南开大学出版社 2015 年版，第 182 页。
③ 唐圭璋编：《词话丛编》，中华书局 1986 年版，第 4913 页。
④ 同上书，第 4034 页。

律表现的极大兴趣与关注。陈匪石《旧时月色斋词谭》有云："近二百年来，善言词者，词多不工。如万红友、戈顺卿、徐诚庵、陈亦峰，皆是也。或谓律太谨严，则为所束缚，而摛词遂不能自然超妙。抑知两宋大家如秦、周、姜、吴、张诸子，谁非精于律者？又谁不工于词耶？故谓红友诸人精于律而拙于词则可，谓其词之不工由于律之太细，则断断不可也。"① 这里，陈匪石通过对比历来词人词作，指出周邦彦、姜夔等两宋大家，既能精于音律，又工于文辞的特点。姜夔能熟练地运用音律的各种变化，自如地表达思想情感。他并不严格要求曲子词的上阕与下阕规格的一致，因而，其自度曲也不太受到音乐形式的束缚。但他的这种做法，也引来民国时期一些人的批评。例如，胡适在《词选序》中云："苏东坡以前，是教坊乐工与娼家妓女歌唱的词；东坡到稼轩后村，是诗人的词；白石以后，直到宋末元初，是词匠的词。"② 在胡适看来，姜夔以后，词多为匠人所填之词，即词人更加注重音律声调等外在形式。胡适此论实有贬意，这在《评唐宋词人》中表述得更为明显。其云："他的词长于音调的谐婉，但往往因音节而牺牲内容；有些词读起来很可听，而其实没有什么意义。如他的《暗香》、《疏影》二曲，张炎称为'前无古人，后无来者；自立新意，真为绝唱'（《词源》）。但这两首词只是用了几个梅花的古典，毫无新意可取，《疏影》一首更劣下，故我们都不采取。"③ 在胡适看来，姜夔之词过于注重音节谐美而忽视思想内容的传达。虽然有些词读起来朗朗上口，但实际上缺乏立意与创新，所用事典也较为常见而缺少新意。可见，胡适对于姜词音韵的运用是持批判态度的。此后，陈匪石在《声执》中通过对"用韵"的分析，也指出："词之用韵虽与诗有相承之关系，然词以应歌，当筵命笔，每不免杂以方音。……如'真'、'庚'、'侵'三部，'寒'、'覃'二部，'萧'、'尤'二部，及入声'屋'、'质'、'月'、'药'、'洽'五部，按之古今分部及音理，皆不相通，而有时互相羼杂，即知

---

① 陈匪石编著，钟振振校点：《宋词举》（外三种），江苏古籍出版社2002年版，第211页。

② 张璋、职承让、张骅、张博宁编纂：《历代词话续编》，大象出版社2005年版，第713页。

③ 同上书，第760页。

音之清真、白石、梦窗，亦每见之。"① 其又云："凡词中无韵之处忽填同韵之字，则迹近多一节拍，谓之'犯韵'，亦曰'撞韵'。守律之声家悬为厉禁，近日朱、况诸君尤斥斥焉。而宋词于此实不甚严，即清真、白石、梦窗亦或不免。彼精通声律，或自有说，吾人不知节拍，乃觉彷徨。"② 在陈匪石看来，即使像周邦彦、姜夔这样精通音律的人，也难免有用韵不当的地方。然而，对于词人音韵运用的问题，或许置于其所处时代背景下考察会更为客观一些。任何文学作品都会显示出一个时代的文化印迹，诗词之作同样如此。作为创作者，词人的主体特性是在社会文化生成过程中培育起来的。因此，其心理构成和创造行为中总会带有所处时代的文化倾向。鲁国尧在《论宋词韵及其与金元词韵的比较》一文中曾得出这样的结论："宋代无人编词韵书，宋词用韵并无功令可遵循。"③ 可见，在宋代是没有具体可考的词韵之书的，因此，词人用韵也便难以遵循具体的规章教令。姜词的用韵情况，便带有这种明显的时代特色。

但是，"宋词用韵并无功令可遵循"，并不代表不注重音律。在自度曲方面，姜夔为配合抒情述怀，往往根据词的内容和意境来加以调配，而不是一味地采用谐婉的手法抒情。例如，他曾在《长亭怨慢》序中阐明自度曲之法是："予颇喜自制曲，初率意为长短句，然后协以律，故前后阕多不同。"④ 由此可见，姜夔是以意致呈现为主，进而协以音律来进行创作的，这就为音律平仄的选择提供了更为广阔的空间。同时，词的情感内容与音律形式相互配合，使其声文并茂，具有很强烈的艺术感染力。对此，闻野鹤在《悃簃词话》中云："清代戈载有宋七家之选，一周美成，二史梅溪，三姜石帚，四吴梦窗，五周草窗，六王圣与，七张叔夏。综其得失，可得而称焉。美成盖代词才，律细而不枯，意深而不刻。灏灏落落，百世之所宗也。梅溪能巧，上者故自清

---

① 陈匪石编著，钟振振校点：《宋词举》（外三种），江苏古籍出版社 2002 年版，第 171 页。
② 同上书，第 176 页。
③ 鲁国尧：《论宋词韵及其与金元词韵的比较》，《中国语言学报》1991 年第 4 期，第 129 页。
④ 姜夔著，夏承焘校辑：《白石诗词集》，人民文学出版社 1998 年版，第 125 页。

新，下者辄流浮俗。白石清响，为世所称，然音律故娴，意象未备，虽幽邈自喜，要其去美成远矣。"① 在闻野鹤看来，姜夔之词虽然音律文雅娴熟，但其意象运用不如周邦彦妥帖；其幽邈的意境与周邦彦相比也有很大的差距。虽然民国时期的学者对姜词音律运用的看法不一，但是，不可否认的是，姜夔对音律的重视与运用有着自身的独特性。他的词正是以情感真挚、音节谐美、韵味悠远而显示出高度的艺术性，在南宋词坛独树一帜。宣雨苍在《词谳》中有更为详细的论说。他以宏观的视角，从诗词之体的联系入手考察词之音律。其进而指出："南宋作者，究心倚声，重于诗歌，一时士夫能文章者，无不旁通音律，故能声文并茂。其最高为姜尧章。《词品》谓其高处有美成不能及者。"② 但是，后人对于皆通音律的周邦彦和姜夔词之高低总会有所比较。虽然宣雨苍引用的是《词品》中的论述，但间接而言，这正是出于对这一看法的认可。民国后期，刘缉熙在《词的演变和派别》中论道："姜的词不但取径于美成，同时也学稼轩。他对音律的功夫过于美成。所以他的词绵密过于清真，他的大乐议虽因嫉未克成功；但他对于音律专门的贡献仍是不少，如论词之音律及自度曲等是也。在平调《满江红》序中更有校正清真处。盖音律与词之关系颇切，律益精，词愈妙。他脱尽了倡优之气，有绵密之巧，清雅之妙。故南宋词家之大领袖非姜莫属。自兹以降以迄清季，未有不属其范围者。所以词到了姜夔已登峰造极，以后只有一些小路可走，和死路差不多。这派作家颇多，今举四位出色者代表之，即史达祖、吴文英、张炎、王沂孙是也。"③ 刘缉熙在此对姜词给予极高的评价，对姜夔为音律所作的贡献也予以了推扬。他不仅认为姜词对音律的运用水平要高于周邦彦，更认为姜词的内容与音律的配合能够达到浑然天成的艺术境界。所以，在他看来，姜词是集音律谐美与内容精妙于一体的典范之作。又如，蔡嵩云（蔡桢）在《柯亭词论》中云："北宋如屯田、方回、清真、雅言诸家，南宋如白石、梅溪、梦

---

① 朱崇才编纂：《词话丛编续编》，人民文学出版社 2010 年版，第 2345 页。

② 同上书，第 2454 页。

③ 张璋、职承让、张骅、张博宁编纂：《历代词话续编》，大象出版社 2005 年版，第 1279 页。

窗、草窗、玉田诸家，大都妙解音律，所为词，声文并茂。"① "声文并茂"也即强调声音与文采兼备，相得益彰，感情丰富。虽然以上论述多为赞赏之辞，但是批评的观点也依旧存在。

第三节　姜吴比较之论

姜夔是南宋时期影响较大的词人，其风格独树一帜，在婉约与豪放之间自成一派，引无数后人竞相效仿。包括吴文英在内的词人也自觉或不自觉地受其影响。因此，后世词论家在品评过程中，通过考察他们与姜夔相近的创作追求、艺术倾向等，将他们合为"骚雅词派"。"骚雅词派"的命名大致出现于民国时期，虽然各个词论家对于派中人员名单看法不一，但吴文英基本会位列其中。例如，胡云翼在《新著中国文学史》中论道："属于姜派的词人，最著名的有高观国、史达祖、吴文英、蒋捷、王沂孙、周密、陈允平、张炎诸家。"② 这里，胡云翼将吴文英归为姜派词人，也认可了吴文英对姜夔是有一定承衍关系的。此后，在《词选》中，他更直接称他们为"姜吴一派"，又说道："音律方面的美，也同样是南宋姜吴一派词人所最重视的。" 由此可见，胡云翼将两者归为一派，除了词风相近之外，另一重要原因是，他们都比较重视词的音律之美。龙榆生在《两宋词风转变论》中认为："知音识曲之士，慨旧谱之散亡，思所以挽救之，乃各潜心乐律，腔由自度，音节闲雅，歌词典丽，制作悉由文士，讴歌尽付名姬，以环境与需要之不同，而风格随之转变。姜、吴一派之昌盛，盖有由矣。"③ 在龙榆生看来，姜、吴一派词作音律表现优雅典重风格的形成与他们重视协律的特点密不可分。蔡嵩云（蔡桢）在《柯亭词论》中也表达了相近的看法。其云："北宋如屯田、方回、清真、雅言诸家，南宋如白石、梅溪、梦窗、草窗、玉田诸家，大都妙解音律，所为词，声文并茂。"④ 可见，善协音律，是姜夔和吴文英等的共同艺术特征。也正因此，他们的词作

---

① 唐圭璋编：《词话丛编》，中华书局 1986 年版，第 4899 页。
② 胡云翼：《新著中国文学史》，北新书局民国 36 年版，第 197 页。
③ 龙榆生：《龙榆生词学论文集》，上海古籍出版社 2009 年版，第 272 页。
④ 唐圭璋编：《词话丛编》，中华书局 1986 年版，第 4899 页。

甚给人以声情并茂之感。

　　除在创作风格、善协音律方面有相似之处外，在主体性情上，姜夔与吴文英也都表现出一种狷介人格。缪钺在《姜白石之文学批评及其作品》中云："白石词集中寿词极少，仅有三首，《阮郎归》、《鹧鸪天》皆寿张平甫，《石湖仙》寿范石湖。张平甫与范石湖皆白石至交，此三词述交亲，记游好，与泛泛贺寿者不同，酬应尘俗之词，盖非白石所肯为也。"① 在缪钺看来，姜夔之词是丝毫没有酬应尘俗之意的。仅有的三首祝寿词，也是出于对好友真挚的，而非奉承献媚之作。由此可见，姜夔确是清高自傲的狷者，他以一袭布衣而往来于江湖，不为富贵荣华所惑。姜夔与吴文英的狷介人格，使得他们不流俗于世，无视名利而不受束缚。陈匪石《声执》有云："仇述庵问词境如何能佳，愚答以'高处立，宽处行'六字。能高能宽，则涵盖一切，包容一切，不受束缚，生天然之观感，得真切之体会。再求其本，则宽在胸襟，高在身分。名利之心固不可有，即色相亦必能空，不生执着。渣滓净去，翳障蠲除，冲夷虚澹，虽万象纷陈，瞬息万变，而自能握其玄珠，不浅不晦不俗以出之，叫嚣偄薄之气皆不能中于吾身，气味自归于醇厚，境地自入于深静。此种境界，白石、梦窗词中往往可见，而东坡为尤多。"② 众所周知，创作者的人格品性、个性气质与其作品风格的形成是密不可分的。在此，陈匪石虽然表面上称扬姜夔与吴文英之艺术境界，但进一步来说，也是对两人狷介性情的肯定与推尚。

　　虽然姜夔与吴文英有以上共同特征，但两人之词在本质上有很大的不同。他们填词都受到周邦彦影响，吸收了周词注重格律、追求醇雅的特点。但是，二人在此基础上向不同的方向发展，形成各自的特色。姜夔力求开拓出与周词不同的境界，形成清隽空灵的风格；吴文英则将周词的密实进一步发挥，形成质实的风格。对于两人的不同，民国时期词论家也有较多的论说。胡薇元《岁寒居词话》有云："吴文英甲乙丙丁

---

　　①　缪钺著，缪元朗编：《古典文学论丛》，浙江大学出版社 2009 年版，第 253 页。
　　②　陈匪石编著，钟振振校点：《宋词举》（外三种），江苏古籍出版社 2002 年版，第 189 页。

四稿词。字君特，号梦窗。君特与白石、稼轩倡和，具载集中。而又有寿贾半闲诸作，殆亦晚节颓唐，如朱希真、陆游之比。"① 胡薇元在此点出吴文英在集中与姜夔唱和，而其寿贾似道诸作又与之不同。又如，陈匪石《旧时月色斋词谭》有云："白石、梦窗皆善练气，但白石之气清刚拔俗，在字句外，人得而见之；梦窗之气，潜气内转，伏于字句中，人不得而见之。此所以知白石者较多，知梦窗者较少。"② 这里，陈匪石通过分析后人了解姜夔多于吴文英的原因，指出了两人炼气方式的根本不同。姜夔的清刚拔俊之气，在字句外，人能得而见之；吴文英则潜气内转，伏于字句之中，人不得而见之。这也从侧面反映出吴词绵密妍练、下语深邃的特点。而吴文英词之密丽又与其沉挚之思致密不可分。况周颐在《蕙风词话》中有云："重者，沉著之谓。在气格，不在字句。于梦窗词庶几见之，即其芬菲铿丽之作，中间隽句艳字，莫不有沉挚之思，灏瀚之气，挟之以流转。令人玩索而不能尽，则其中之所存者厚。沉著者，厚之发见乎外者也。欲学梦窗之致密，先学梦窗之沉著。"③ 可见，吴文英的词几乎都蕴含着这种沉挚之思，即使是其艳丽之作也不例外。这种沉着之气与绵密妍丽的特点相辅相成、相得益彰，使其词作能潜气内转，令人玩索无穷。吴词的这一特点从根本上区别于姜词之高远峭拔、清气盘旋。陈匪石在《声执》中也云："吴文英极沉博绝丽之观，擅潜气内转之妙；姜夔野云孤飞，语淡意远。"④ 在陈匪石看来，吴文英之词沉博绵丽，内蕴深厚，而姜夔之词如野云孤飞，语淡意远。从以上论述中可见，姜、吴二人的词风是有着很大差异的。姜夔以清隽空灵的艺术风格自成一派，吴文英则以秾丽质实的面貌特征独树一帜。

新中国成立以后，张伯驹《丛碧词话》有云："姜白石词，俊朗者使人神飞心畅；其晦涩者亦使人费解凝思。承淮海之先天，亦开梦窗之

---

① 唐圭璋编：《词话丛编》，中华书局 1986 年版，第 4031—4032 页。

② 陈匪石编著，钟振振校点：《宋词举》（外三种），江苏古籍出版社 2002 年版，第 219 页。

③ 唐圭璋编：《词话丛编》，中华书局 1986 年版，第 4447 页。

④ 陈匪石编著，钟振振校点：《宋词举》（外三种），江苏古籍出版社 2002 年版，第 205 页。

后地。"① 在张伯驹看来，姜夔词风承延了秦观之作的特点，而吴文英又承延了姜夔词作之艺术风格。由此可知，两人词风上的特点是有相似之处的，且有所衍化与拓展。赵尊岳在《填词丛话》中也有类似观点。其云："清真、梦窗，浑厚精整，少有途辙，为学词者所必由。淮海风神足，白石出笔健，玉田意境跌宕，亦学者所当永为圭臬者。"② 赵尊岳认为，吴文英、姜夔词之艺术特点都是后人必须学习的，但两人的词有各自的独特性，吴词浑厚精整，姜词则笔力雄健。朱庸斋在《分春馆词话》中也论说两人词风的不同。其云："与梦窗同时词人，不少受白影响，趋向清空疏宕一派，而吴氏则继承与发展周邦彦'富丽精工'词风，寓疏于密，色泽秾丽。周济《宋四家词选》称其'返南宋之清泚，为北宋之秾挚'，殆即指此类作品而言。"③ 在此，朱庸斋指出，吴文英时期的大多数词人，倾向于学习姜夔清空疏宕的风格，而吴文英则承延了周邦彦富丽精工的词风而与之不同。在他看来，一为清空，一为秾丽，两人的词作风格是不尽相同的。

关于"清空"、"质实"这一说法，最早是由张炎提出的。其《词源》有云："词要清空，不要质实。清空则古雅峭拔，质实则凝涩晦昧。姜白石词如野云孤飞，去留无迹。吴梦窗词如七宝楼台，眩人眼目，碎拆下来，不成片段。此清空质实之说。"④ 张炎以"清空"、"质实"作为对姜夔与吴文英词风的评价，受到后人的普遍认可。但从民国时期词学批评来看，人们更多地视"清空"与"质实"为不同的词风，却不存在抑吴扬姜之义。陈锐《袌碧斋词话》有云："白石拟稼轩之豪快，而结体于虚。梦窗变美成之面貌，而炼响于实。南渡以来，双峰并峙，如盛唐之有李、杜矣，顾词人领袖必不相轻。"⑤ 在陈锐看来，姜词与吴词一虚一实，形成了南渡以后的两座高峰。在此，他一改张炎

① 张璋、职承让、张骅、张博宁编纂：《历代词话续编》，大象出版社 2005 年版，第807 页。
② 屈兴国编：《词话丛编二编》，浙江古籍出版社 2013 年版，第 2805 页。
③ 张璋、职承让、张骅、张博宁编纂：《历代词话续编》，大象出版社 2005 年版，第1214 页。
④ 唐圭璋编：《词话丛编》，中华书局 1986 年版，第 259 页。
⑤ 同上书，第 4200 页。

崇尚"清空"、贬低"质实"的观点，将两者共置于词坛的制高之点。吴庠在《清空质实说》一文中，对于两人的"清空"与"质实"之异，有着更为详细的论说。其云："质之对待字为文，非清也。质者，本质也，即词家之命意也。惟质故实，所谓意余于辞也。文者，文饰也，即词家之遣辞也。惟文故空，所谓辞余于意也。予故以为梦窗词，正是文而空，不是质而实；白石词，正是质而实，不是文而空。不过梦窗文中有质，白石质外有文，而其传诵之作，又皆有清气往来，此其所以为名家也。"① 吴庠通过对"质"与"文"的分析，指出姜夔与吴文英之词的异同。他认为，从总体而言，姜夔之词是"质"而"实"，不是"文"而"空"；吴文英之词是"文"而"空"，不是"质"而"实"。即姜夔之词的特点是质实，不浮于表面，并不单纯追求文采的华丽。吴文英之词则囿于表面，倾向于追求文采的华丽而相对忽视内容的连贯性。但是两人之词又不是如此简单的划分，姜夔之词"质"外有"文"，吴文英之词"文"中有"质"。他们的词，在质文相融的基础上又有清迈之气往来其中，从而都被视为一代名家之作。姚锡钧《示了公论词绝句十二首》（之四）云："飞行绝迹定谁俱，七宝楼台密不疏。区别梦窗和白石，一饶秾致一清虚。"② 这里，姚锡钧通过"清虚"与"秾致"四字，将姜、吴二人词作艺术特点做了明确的区分。赵尊岳在《蓉影词跋》中云："白石老仙，风格遒上，宜与稼轩分镳平辔。梦窗专家，斯诣造极，蕃艳之笔，运以沉思，致密之中，饶有清气。七宝楼台之喻，甚非知人之言。"③ 赵尊岳分析姜夔、吴文英词风的不同特点，且更为直接地批评了张炎视吴文英词为"七宝楼台"一说。他评说姜、吴之词各有超妙之处，在我国古典词史上都有着很高的地位。对于姜、吴的异同，薛砺若在《宋词作风的时间分割》中做了更为详细的论说。其云："继姜史之后，略为晚出的吴文英，又为此派人添了一个异样的色彩。他是姜夔时期一贯下来的一个小小的旁枝，一个奇特的结晶，他的作风亦如姜史之雅正，而更要来得古典，更要来得

---

① 孙克强编著：《唐宋人词话》，南开大学出版社 2012 年版，第 156 页。
② 程郁缀、李静：《历代论词绝句笺注》，北京大学出版社 2014 年版，第 588 页。
③ 孙克强编著：《唐宋人词话》，南开大学出版社 2012 年版，第 168 页。

温丽，他将姜史的风调，披上一层北宋缙绅阶级（晏、欧等）诗歌的神貌，于是由周邦彦派以来的词风，至此乃成一个凝固的躯壳，一个唯一的典型作品了。崇拜他的人，至称之为‘前有清真，后有梦窗’，而列为两宋词坛中最大的两个巨头。"① 从这段论说中可知，薛砺若是视吴文英与姜夔为同一派别的。吴文英像这一派别中衍生出来的异树别枝。吴文英的作风承延了姜、史之词雅正的特点，但又并非一味继承，而是在此基础上更加古典与温丽。他将姜、史之词的清雅格调融合于晏、欧等北宋缙绅阶级的艺术神貌之中，从而在宋代词坛中独树一帜。薛砺若的论说，既阐明了吴文英与姜夔同属一派的相似之处，又指出吴词在艺术风格上与姜词的不同之点，其论说是甚为中的的。

　　总结民国时期词学批评中的姜夔之论，可以看出，词论家们对姜夔的关注点主要集中在其襟怀情性、艺术特征及与吴文英之词的比较三个维度上。姜夔作为南宋词坛大家，虽沉沦孤苦一生，却品操高逸。他能以清疏之笔抒写深挚情意。他文笔精巧且善协音律，以清空骚雅见称，在南宋词坛上独树一帜。正是他的这种独特性引起了后世众多词家的竞相效仿。民国时期的词论家们，虽从不同程度上对姜夔之词进行了评说，但总体而言，他们的论说是对前人之论的衍化、充实与完善。他们在承衍前人之论的基础上，从不同的维度进行论说，一方面丰富了对姜夔的有关论说，另一方面也显示出姜夔之词在民国时期仍有着重要的价值与独特的地位，这为我们把握姜夔其人其作提供了更好的平台与空间。

---

　　①　张璋、职承让、张骅、张博宁编纂：《历代词话续编》，大象出版社 2005 年版，第 865 页。

第五章
民国时期词学批评中的
吴文英之论

吴文英（约1200—1260），字君特，号梦窗，四明（今属浙江宁波）人，南宋著名词人。正史无传，其他文献也鲜有载述，生平事迹所知甚少。他的大半生以辞章曳裾侯门，一生未仕，布衣终身。其生前自编词集《霜花腴》已佚，故很长时期词作流传不广，至明末清初，毛晋刻印《梦窗甲乙丙丁稿》才重现于世。清中叶以后，从复古中求得新变的常州词派继重形式、轻意格的浙西词派而出，声势浩大，影响深远，以张惠言、周济等为代表的常州派，强调以丰富深致的寄托之意改变浙西派貌似清雅、缺少真情的创作弊端。而吴文英之词因重视协律声情，讲究琢字修辞，善于炼字用典，具有含蓄不露、柔婉朦胧等审美特质而受到常州派词人的赏识。在这样的大背景下，吴文英之词也开始了渐行渐盛、大行于世的传播接受历程。至此，词坛掀起习效梦窗词的热潮，至清末民初达至顶峰。

第一节　周吴比较之论

周邦彦与吴文英，一为北宋格律词派代表，一为南宋格律派著名词人，他们的词有着许多相似之处。其主要体现为：在内容上侧重抒写儿女情怀，在结构上深细缜密，在音律表现上婉转和谐，在语言运用上精于炼字。民国时期词学批评中吴文英之论的第一维面，便是将他与周邦彦进行比较。这一维面批评，主要从周、吴二人词作艺术风格、炼字用语、声韵格律、创作手法等方面加以展开。

在词作风格上，吴文英之词含蓄柔婉、秾丽典雅，有周邦彦词之风

貌神味。陈洵在《海绡说词》中有云："清真不肯附和祥瑞,梦窗不肯
攀援藩邸,襟度既同,自然玄契。诗云:'惟其有之,是以似之。'"①
陈洵从创作主体品性气质方面评说吴文英和周邦彦之间的相似。他认
为,两人都不肯附和权贵,他们有着相通的襟怀情性,都值得世人景
仰。同时,在艺术风格上,吴文英之词是可以上追周邦彦之作的,是对
其创作路径与艺术风格的承继与发展。其又云:"吾年三十,始学为
词。读周氏四家词选,即欲从事于美成。乃求之于美成,而美成不可见
也。求之于稼轩,而美成不可见也。求之于碧山,而美成不可见也。于
是专求之于梦窗,然后得之。因知学词者,由梦窗以窥美成,犹学诗者
由义山以窥少陵,皆涂辙之至正者也。今吾立周吴为师,退辛王为友,
虽若与周氏小有异同,而实本周氏之意,渊源所自,不敢诬也。"② 陈
洵持论,他赏读周济所编《宋四家词选》之后便想习效周邦彦之词,
他先从学习辛弃疾、王沂孙之作入手,但都学不像周词,后来专学吴文
英之作,才学得像周邦彦之风格。陈洵之论,道出学词从吴文英开始而
可以有周邦彦之风格,学诗从李商隐开始而能有杜甫之风格的特点。其
又云:"梦窗之词丽而则,幽邃而绵密,脉络井井,而卒焉不能得其端
倪。尹惟晓比之清真;沈伯时亦谓深得清真之妙,而又病其晦;张叔夏
则譬诸七宝楼台,眩人眼目。……《提要》云:'天分不及周邦彦,而
研炼之功则过之。词家之有文英,如诗家之有李商隐。'予则谓:商隐
学老杜,亦如文英之学清真也。"③ 冯煦评说吴文英之词外表华丽而内
在合乎中和艺术原则,其用笔深致而细密,脉络分明,意致呈现深邃,
其创作深受周邦彦的影响,但又比周氏之作更显出晦涩之弊。冯煦并引
用《四库全书总目提要》之论,认为在艺术表现的才力方面,吴文英
实际上是比不上周邦彦的,但其锤炼之功则有过之而无不及。因此,吴
文英更像唐代诗坛的李商隐。汪东在《唐宋词选评》中云:"梦窗学清
真最似,可谓遗貌取神,其佳处殆不多让。然饾饤晦涩之病,即亦未能
为讳也。"④ 汪东论说到吴文英与周邦彦之词的相似处。他认为,两宋

---

① 唐圭璋编:《词话丛编》,中华书局 1986 年版,第 4841 页。

② 同上书,第 4839 页。

③ 同上书,第 3594 页。

④ 屈兴国编:《词话丛编二编》,浙江古籍出版社 2013 年版,第 2309 页。

词人中，吴文英与周邦彦最为相似，他们的词不仅形似而且神似，吴词妙处大致不比周词差多少，只不过吴词有堆砌辞藻以致晦涩的弊端。薛砺若在《宋词作风的时间分剖》中云："继姜史之后，略为晚出的吴文英，又为此派人添了一个异样的色彩。他是姜夔时期一贯下来的一个小小的旁枝，一个奇特的结晶，他的作风亦如姜史之雅正，而更要来得古典，更要来得温丽，他将姜史的风调，披上一层北宋缙绅阶级（晏欧等）诗歌的神貌，于是由周邦彦派以来的词风，至此乃成一个凝固的躯壳，一个唯一的典型作品了。崇拜他的人，至称之为'前有清真，后有梦窗'，而列为两宋词坛中最大的两个巨头。"① 薛砺若评说吴文英为"清真派"后期代表人物，其犹如一朵鲜艳的奇葩，他继承周邦彦所开创的词风，并将其拓展衍化得更为温丽，成为一种典型的词作艺术样式。这使得崇拜他的人，将其与周邦彦一同视为两宋词坛中的代表性人物。由此可见，周、吴之词有着许多的相似性。

在炼字用语与音律运用方面，民国时期一些词论家大多持吴文英师承周邦彦之论。陈洵在《海绡说词》中有云："以涩求梦窗，不如以留求梦窗。见为涩者，以用事下语处求之。见为留者，以命意运笔中得之也。以涩求梦窗，即免于晦，亦不过极意研炼丽密止矣，是学梦窗，适得草窗。以留求梦窗，则穷高极深，一步一境。沈伯时谓梦窗深得清真之妙，盖于此得之。"② 陈洵赞同南宋沈义父的"梦窗深得清真之妙"的观点。他认为，吴文英以周邦彦为师，他学到了其韶秀空灵之妙处。陈洵同时指出，后人学习吴词，应当学其笔法寓意内敛深厚的地方，而不能学习其用典炼句质实不灵动之处，不然，要么造成文辞晦涩，要么容易形成太直白之弊端。张尔田在《与龙榆生论词书》中云："弟所以不欲人学梦窗者，以梦窗词实以清真为骨，以词藻掩过之，不使自露，此是技术上一种狡狯法，最不易学，亦不必学。"③ 张尔田认为，吴文英之词是以周邦彦之词作为骨骼，再使用辞藻修饰而成的。他不赞同吴文英的创作之法，认为其做法过于机灵，不容易学，也大可不必学。夏

① 张璋、职承让、张骅、张博宁编纂：《历代词话续编》，大象出版社2005年版，第865页。
② 唐圭璋编：《词话丛编》，中华书局1986年版，第4841页。
③ 杨传庆编著：《词学书札萃编》，南开大学出版社2015年版，第286页。

敬观在《蕙风词话诠评》中云："梦窗学清真者，清真乃真能不琢，梦窗固有琢之太过者。"① 夏敬观评说吴文英学习周邦彦下语用字讲究的特点。他认为，吴文英习学周邦彦之词，周词真挚不刻意雕琢，但是吴词则过于讲究刻画，失去了其韶秀空灵的特征。其又云："南宋清空一派，用此勾勒法为多。用之无不得当者，南宋名家是。乾嘉时词，号称学稼轩、白石、玉田，往往满纸皆此等呼唤字，不问其得当与否，遂成滑调一派。吴梦窗于此等处多换以实字，玉田讥为七宝楼台，拆下不成片段，以为质实，则凝涩晦昧。其实两种皆北宋人法，读周清真词便知之。清真非不用虚字勾勒，但可不用者即不用，其不用虚字，而用实字或静辞，以为转接提顿者，即文章之潜气内转法。今人以清真、梦窗为涩调一派，梦窗过涩则有之，清真何尝涩耶。"② 夏敬观认为，南宋的词家偏好使用白描之法，但吴文英笔法迥异，偏好运用实字，喜好堆砌与构架，由此被张炎讥笑为"七宝楼台"。其实，吴之笔法是取于周之善用实字特点的。周邦彦之词虽偏好使用实字，但没有摒弃虚字，只是能不使用虚字就尽量不用而已，吴文英之词则完全不用虚字，过度使用实词，结果导致词作呈现出密实晦涩的缺点。汪东在《唐宋词选评》中云："梦窗以丽赡之才，吐沈雄之思，镂金错采，而其气不掩，尹惟晓拟之清真，正以其开阖顿挫，潜气内转，与美成同法，非谓貌似也。世人学梦窗者，但知撷取字面，雕缋满纸，生意索然。矫枉过正，则有或欲并梦窗而废之，斯为两失矣。玉田专主清空，故仅举《唐多令》一首，以为集中如是者不多。其实读梦窗词，须于秾采中求其空灵之迹。兹所选录，皆情辞相副，丽内有则，绝无过晦之病，庶几使读者知惟晓之果为公言，而玉田所称，犹有未尽也。"③ 汪东认为，吴文英是与周邦彦采取相似创作法度的。他评说吴文英以丰富多样的才情来应和与表现含蓄深挚的思致，他虽然刻意雕琢文辞，但其词作气脉没有被掩盖。尹惟晓将吴文英与周邦彦相比，正是因为他们词作中纵横起伏、生气流转的法度相同。只是后人，要么只学吴词雕琢密丽的特点，要么完全摒弃

---

① 唐圭璋编：《词话丛编》，中华书局 1986 年版，第 4587 页。
② 同上书，第 4592 页。
③ 屈兴国编：《词话丛编二编》，浙江古籍出版社 2013 年版，第 2315 页。

吴词，这两种方法都是得不偿失的。张炎因为自身在审美上偏好清隽空灵，所以认为吴词只有《唐多令》这类作品才称得上佳作。汪东批判张炎之论而赞同尹惟晓之言，认为吴文英之词秾艳中见出空灵，华丽中有着法则，没有过于晦涩的毛病。

在声律应用方面，吴文英与周邦彦都精通音律，能自度曲。对此，吴庠在《与夏瞿禅书》中云："居桓流览古今词刻，其守四声者，宋人如方千里、杨泽民、陈西麓、吴梦窗，皆能依清真四声。……梦窗佳矣，然合四稿观之，究多费解语。昔人谓梦窗意为辞掩，不佞以为意之受累于辞，实词之受累于声。盖梦窗能知清真之词，不能知清真之词之声，所以清真一调两词，能自变通其声，而梦窗不能，其不能也，其不知也，惟有拘守而已。特其聪明过人，故伎俩较方、杨、陈三家为高耳。"① 吴庠从声律表现的角度出发，阐说吴文英之词较周邦彦之作晦涩的原因。他认为，能遵守周邦彦所定四声的词人有方千里、杨泽民、陈允平、吴文英等。吴文英不仅能谨守周邦彦创立的音律之法，而且创作手法比较高明，所以其词作上佳，但是吴词仍有让人费解的地方，前人以为是吴词过于雕琢的原因，实际上乃因吴文英不能完全知晓周词的声律之妙，导致词意为声律表现所影响。蔡嵩云（蔡桢）在《柯亭论词》中有云："北宋如屯田、方回、清真、雅言诸家，南宋如白石、梅溪、梦窗、草窗、玉田诸家，大都妙解音律，所为词，声文并茂。"② 蔡桢将两宋善解音律之人一一道出，周邦彦、吴文英俨然在列。他评说两人均通晓音律，所以填词之时都甚为重视格律与声情。陈匪石在《声执》中有云："凡词中无韵之处忽填同韵之字，则迹近多一节拍，谓之'犯韵'，亦曰'撞韵'。守律之声家悬为厉禁，近日朱、况诸君尤斤斤焉，而宋词于此实不甚严，即清真、白石、梦窗亦或不免。"③ 陈匪石指出周邦彦与吴文英所犯的"撞韵"禁忌。他认为，在词作不讲究声律的地方，添加同一声律的字，表面上体现为多了一个节拍，此谓之"撞韵"。宋人对于"撞韵"并没有特别严格的规定，不像今人对

---

①　杨传庆编著：《词学书札萃编》，南开大学出版社 2015 年版，第 313—314 页。

②　唐圭璋编：《词话丛编》，中华书局 1986 年版，第 4899 页。

③　陈匪石编著，钟振振校点：《宋词举》（外三种），江苏古籍出版社 2002 年版，第 176 页。

声律表现要求过于苛刻，所以周邦彦、吴文英词中时而见之。其又云："至全依四声，则除方千里和清真以外，梦窗填清真、白石自度之腔亦谨守之。故某人创调，其四声即应遵守某人。"① 在陈匪石看来，除方千里和周邦彦填词能够遵循四声加以应和之外，吴文英使用周邦彦、姜夔自度曲也能自如地按照其内在要求加以创造。所以，后人填词应当有"同感"意识，即遵循创调之人所制格律而运用之。

在章法结构上，吴文英继周邦彦之后进一步打破时空变化的次序，把不同时空的情事、场景统摄于同一画面之内，或将实有的情事与虚幻的情境错综叠映，使意境扑朔迷离，产生令人意想不到的艺术效果。对此，况周颐在《历代两浙人小传序》中云："觉翁崛起四明，以空灵奇幻之笔，运沉博绝丽之才，缒幽抉潜，开径自行，凝然为斯道高矩。"② 况周颐论说吴文英之词呈现出空灵奇幻的艺术风格。他认为，吴文英运用空灵迷幻的笔调、广博绝伦的才气，独辟蹊径，成为词的创新道路上的领头人。陈洵在《海绡说词》中有云："清真格调天成，离合顺逆，自然中度。梦窗神力独运，飞沉起伏，实处皆空。梦窗可谓大，清真则几于化矣。由大而几化，故当由吴以希周。"③ 陈洵较详细地分析吴文英、周邦彦之词在章法上的区别。他持论，在笔法结构上，周词是开阖自然，有着内在法则的；而吴词结构转换跳跃不定，表面看起来过于质实，内在却显现出空灵之貌，具有独特的艺术表现力。陈洵认为吴词艺术境界超出一般词人，而周词艺术境界更接近于浑然天成的层次，学词之人想要从超越之境升华至天成之境，可先从模仿吴词入手。张尔田在《梦窗词集跋》中云："梦窗词，殿天水一朝，分镳清真，碎璧零玑，触之皆宝。虽埋藩溷，其精神行天壤，固自不敝。"④ 张尔田认为，吴文英与周邦彦之词的结构章法截然不同。他认为，虽然吴词犹如掩埋在篱厕之处，但其仍似破碎的璧玉与零散的珠玑，浑身是宝，其精、气、

---

① 陈匪石编著，钟振振校点：《宋词举》（外三种），江苏古籍出版社 2002 年版，第 182 页。

② 况周颐著，孙克强辑考：《蕙风词话·广蕙风词话》，中州古籍出版社 2003 年版，第 446 页。

③ 唐圭璋编：《词话丛编》，中华书局 1986 年版，第 4841 页。

④ 龙榆生编选：《唐宋名家词选》，上海古籍出版社 2014 年版，第 367 页。

神不会衰败。由此可见，吴文英之词于奇特的想象和联想中，善于创造出如梦如幻的艺术境界。夏敬观在《忍古楼词话》中有云："予尝谓梦窗词，如汉魏文，潜气内转，不恃虚字衔接。不善学者，但于字句求之，失之远矣。"①夏敬观评说吴文英之词就像汉魏时期的散文一样，内有运转之气，其结构脉络自有气机潜贯流转，而不需要运用虚字来加以衔接。不善于学习的人，倘若抠字抠句地加以模仿，是学不到吴词之气脉潜贯的艺术特点的。

新中国成立以后，朱庸斋在《分春馆词话》中有云："清真已具潜气内转之法，梦窗更广为运用，并成为独特手法。梦窗从清真出，却非完全承袭清真面目，其词密丽、沉着、浓厚，而无清真之自然，故须以较晦涩手法出之。沈伯时谓'梦窗深得清真之妙，其失在用事下语太晦处，人不可晓'，实属的评，较尹焕、张炎所评中肯。"②朱庸斋认为，吴文英之词内在富有运转的生气。他评说周邦彦之词已具有潜在气机流动的法度，而吴文英将这种法度广泛运用，成为其创作的独特法则。朱庸斋还认为吴词虽继承发展了周词，但没有完全沿袭其法度，它更加秾丽沉郁深挚，所以必然要舍去周词的清新自然手法，而采用棘练雕琢的法则。朱庸斋赞同沈义父所论吴文英深得周邦彦妙处，只是用字下语太过晦涩，并认为沈义父的评价比尹焕、张炎之言显得更加中肯。

第二节　用字下语之论

吴文英在词作艺术上惨淡经营，不遗余力，他的词在南宋后期甚富于独创性，闪烁出夺目的光彩。民国时期词学批评中吴文英之论的第二个维面，便是对其用字下语继续展开论说。

吴文英填词很下功夫，其用字偏好文雅、华丽、含蓄，所以词作深致入骨，引人兴味。陈匪石在《旧时月色斋词谭》中有云："予谓造句

①　唐圭璋编：《词话丛编》，中华书局1986年版，第4827页。
②　张璋、职承让、张骅、张博宁编纂：《历代词话续编》，大象出版社2005年版，第1215页。

琢字，不外一‘化’字。用一故实，必有数故实以辅佐之。意取于此，用字不妨取于彼，合数典为一典，自新颖而有来历。如白石词中‘昭君不惯胡尘远，但暗忆、江南江北’之类，即得此诀。而梦窗尤擅用之，甲乙丙丁稿中，举不胜举，吾人欲求造句琢字之妙，须于梦窗词深味之。"[1] 陈匪石认为，造句琢字，不外乎"化用"二字。使用一个故事，必定有数个故事来佐证。意思取自此，用字取自彼，合数个典故为一个典故，这样就能既显得新颖又体现出有来历。例如姜夔词中"昭君不惯胡尘远，但暗忆、江南江北"之句，就是这种艺术表现方法。吴文英特别擅长使用此法。陈匪石还认为，今人想要入乎造句琢字之妙，就必须从吴词之中去深入体悟，学习挖掘。其又云："张玉田论梦窗词，谓‘如七宝楼台，炫人眼目，拆碎则不成片断’。是美其奇思异彩，而以其过于典实，意犹不知足也。玉田论词，取清空不取质实。夫质实之流弊，晦涩与堆砌，易踏其一。玉田之说，未可厚非；但细谈梦窗各词，虽不着一虚字，而潜气内转，荡气回肠，均在无虚字句中。亦绚烂，亦奥折，绝无堆垛饾饤之弊。后人腹笥太空，读之不能了解，辄袭取乐笑翁语，亦为质实而不疏快，不亦谬乎？"[2] 陈匪石对宋人张炎对吴文英之评予以驳斥与辨析，他对吴文英词作艺术表现有着独特的解会。他认为，张炎以"七宝楼台"譬说吴文英之词，这一方面是对其运思奇妙、赋彩浓郁的称扬，另一方面也是对其过于寓事用典而导致词作结构相对支离，意致呈现受到影响而导致艺术表现完整性受损的批评。张炎论词以清隽空灵为上，而贬抑过于质实不畅之作，反对堆砌辞藻，这当然是体现出独特的艺术原则与审美理想。陈匪石对张炎之论不以为然，他评说吴文英之词表面虽不用虚字加以衔接，实际上，其气脉通贯，灵气回荡，不用虚字而体现出空灵之意，在绚烂的表象中寓含性灵与思致，其词作是绝少堆砌之弊的。有人以质实而归结其词作艺术特点，这是有误的。

　　况周颐在《蕙风词话》中有云："近人学梦窗，辄从密处入手。梦窗密处，能令无数丽字，一一生动飞舞，如万花为春，非若雕璃蹙绣，

---

① 屈兴国编：《词话丛编二编》，浙江古籍出版社 2013 年版，第 2600 页。

② 同上。

毫无生气也。如何能运动无数丽字，恃聪明，尤恃魄力。如何能有魄力，唯厚乃有魄力。梦窗密处易学，厚处难学。"① 况周颐多处论说到吴文英用字密丽的创作特点。他论断，吴文英偏好用字密实华丽，且能让华丽的字语灵动起来，这不只是凭借聪明才智就可以做成的，更需要艺术魄力。而艺术魄力是从作品所表现厚实之处来的，吴词密处比较容易学习，但厚实之处难以习效。其又云："重者，沉著之谓。在气格，不在字句。于梦窗词庶几见之，即其芬菲铿丽之作，中间隽句艳字，莫不有沉挚之思，灏瀚之气，挟之以流转。令人玩索而不能尽，则其中之所存者厚。沉著者，厚之发见乎外者也。欲学梦窗之致密，先学梦窗之沉著。"② 其还云："宋词深致能入骨，如清真、梦窗是。"③ 况周颐运用"重、拙、大"之审美理想来评说吴文英词作。他认为，吴词虽然字语密丽，但寓意仍然深厚，这是与主体深沉的创作态度分不开的。因为吴词几乎都有这种沉着的特点，即使是华美艳丽的作品，中间带有艳字，也会显示出沉挚之气。所以，习效吴文英词之密实华丽的风格，还需学习其沉挚的表现手法。张德瀛在《词征》中有云："吴梦窗词，绚中有素，故于南宋自成一派。"④ 张德瀛论说到吴文英之词不仅绚丽，同时还具有素雅的特点，可谓绚丽与素雅并融。他认为，吴词绚丽中寓含素雅，在南宋自成一派，令人高视。吴梅在《词学通论》中有云："梦窗词，以绵丽为尚，运意深远，用笔幽邃，练字炼句，迥不犹人。貌观之，雕缋满眼，而实有灵气行乎其间。细心吟绎，觉味美于方回，引人入胜，既不病其晦涩，亦不见其堆垛。此与清真、梅溪、白石，并为词学之正宗。"⑤ 吴梅对吴文英的评价很高，认为他和周邦彦、史达祖、姜夔一起，体现出词之正宗创作路径。他认为，吴文英之词崇尚绵丽，内蕴深远，炼字炼句与众不同，表面看来似乎雕琢太多，实际上很有灵气行乎其间，用心品味便觉得比贺铸等之词更引人入胜、回味无穷，所以，吴文英之词堪称正宗，是值得大力提倡的。高旭在《论词

---

① 唐圭璋编：《词话丛编》，中华书局 1986 年版，第 4447 页。
② 同上。
③ 同上书，第 4456 页。
④ 同上书，第 4165 页。
⑤ 吴梅：《词学通论》，中华书局 2010 年版，第 90 页。

绝句三十首》（之二十五）中云："梦窗才藻艳于霞，七宝楼台眼欲花。心赏蘋洲渔笛谱，白莲花底思无涯。"① 高旭认识到吴文英之词密丽深致的特点，但对之并不太欣赏。他评说吴文英才之词辞藻华丽犹如七宝楼台令人眼花缭乱。高旭比较欣赏周密之词，他认为周密《蘋洲渔笛谱》一词让人浮想联翩，确属妙作。蒋兆兰在《词说》中有云："继清真而起者，厥惟梦窗，莫思壮采，绵丽沉警，适与玉田生清空之说相反。玉田生称其'何处合成愁'篇，疏快不质实。其实梦窗佳处，正在丽密，疏快非其本色也。"② 蒋兆兰认为，吴文英是继周邦彦之后而出现的大词人，吴词文采壮丽，周词意蕴沉郁，与张炎的清隽空灵相反。张炎评价吴词"何处合成愁"一篇，开阔而不密实。但是吴词妙处正在于密丽而非疏快。可见，民国时期词论家对吴文英词作用字偏丽、深致入骨、引人兴味有比较一致的看法。

赵尊岳在《珍重阁词话》中有云："用字研炼，最推梦窗，而梦窗有真情真意，贯若干研炼之字，七宝楼台，正具栋梁，玉田之所谓不成片段者，非也。用字最停匀而不加研炼者，玉田即其一人。玉田流走之致，与所用之字相表里，故往往不嫌其疏，同工异曲。知此始足语于用字之道。"③ 赵尊岳认为，在锤炼字语方面，吴文英应当是第一个被提及的。词作有了真情真意之根本，"研炼"的语言方能灵动；而不善学吴词者，语言"质滞"，乃缺少真情真意所致。吴文英善于运用真挚的情感、动人的意象，来驱动这些反复锤炼的词语，加上其词全篇布局有生气流转，使得密实的字语不觉滞塞，这体现出作者的独特艺术表现力，不是一般人所能做到的。蔡嵩云（蔡桢）《柯亭论词》有云："梦窗慢词，高华密丽处最难学，须有灵变之笔以御之。若无此笔，慎勿学梦窗，否则必流于晦涩。"④ 蔡桢评说吴文英的慢词高华密丽最难学习，只有使用灵活多变的文笔才能表现出来。他认为，没有此种笔力的人学习吴词，是很容易犯晦涩之病的。蔡桢在《乐府指迷笺释》中又云："梦窗词，

---

① 程郁缀、李静：《历代论词绝句笺注》，北京大学出版社 2014 年版，第 566 页。
② 张璋、职承让、张骅、张博宁编纂：《词话丛编续编》，大象出版社 2005 年版，第538 页。
③ 《同声月刊》第 1 卷第 4 号，第 47 页。
④ 唐圭璋编：《词话丛编》，中华书局 1986 年版，第 4912 页。

绵密妍练，运用丽字，如数家珍。"① 蔡桢认为，吴文英之词周密工整，能够十分熟练地运用秾丽的字语，这确是其一大创作特征。祝南（詹安泰）《无庵说词》有云："梦窗词以丽密胜，然意味自厚，人惊其丽密而忘其意味耳。其源出自飞卿。"② 詹安泰看到吴文英之词与温庭筠之词艺术风格的相似处。他持论吴词有着密丽深致的特点，但其词作同时具有内蕴深厚、沉郁动人的艺术魅力。他认为，世人品赏吴词往往会被其秾艳的辞藻、密丽的意象所惊艳，而忽略其沉挚内敛的意味。

工于研炼是南宋末季词家一种较为极端的艺术追求，这之中，吴文英可谓典型。他甚为讲究炼字炼意，词作力求凝练，精美雕琢，尽态极妍，在继承前人的基础上，独创幽隐密丽一格，在南宋词坛上卓然一家。况周颐在《香海棠馆词话》中有云："词太做，嫌琢。太不做，嫌率。欲求恰如分际，此中消息，正复难言。但看梦窗何尝琢，稼轩何尝率，可以悟矣。"③ 况周颐认为词的创作既要反对过于雕琢，又要避免流于率意便辟，而应注重原则，适可而止。他一反大多数人持论吴文英之词流于雕琢之弊，认为其词无雕琢之失，是"恰如分际"的。杨铁夫在《吴梦窗词笺释》中云："梦窗诸词，无不脉络贯通，前后照应，法密而意串，语卓而律精。而玉田七宝楼台之说，真矮人观剧矣。"④ 杨铁夫论说吴文英之词炼意灵巧，认为其词脉络贯通，法度严密，意义连贯，字语卓绝，格律精巧。他批评张炎"七宝楼台"之说如矮人观剧，其实并未见戏中巧妙之处，是对吴文英词作的偏视。陈洵在《海绡说词》中有云："清真格调天成，离合顺逆，自然中度。梦窗神力独运，飞沉起伏，实处皆空。梦窗可谓大，清真则几于化矣。由大而几化，故当由吴以希周。"⑤ 陈洵评说吴文英之词匠心独运、沉浮不定，所谓密实之处其实都很空灵。他持论，在笔法结构上，周邦彦之词是开

① 张炎著，夏承焘校注：《词源注》，沈义父著，蔡嵩云笺释：《乐府指迷笺释》，人民文学出版社 1963 年版，第 40 页。
② 张璋、职承让、张骅、张博宁编纂：《词话丛编续编》，大象出版社 2005 年版，第 1328 页。
③ 同上书，第 112 页。
④ 吴文英著，杨铁夫笺释，陈邦炎、张奇慧校点：《吴梦窗词笺释》，广东人民出版社 1992 年版，第 10—11 页。
⑤ 唐圭璋编：《词话丛编》，中华书局 1986 年版，第 4841 页。

阖自然，有着内在的法则；吴文英之词则具有独特的表现力，结构转换跳跃不定，表面上看起来过于质实，内在却显现空灵的特点。所以吴词超出一般词人的境界，而周词则接近于浑然天成的层次，可以先从吴词入手模仿学习进而入乎周词的艺术境界。赵尊岳在《珍重阁词话》中有云："梦窗之炼字，在炼形容事物之字，有时从苍劲中锤炼得之，有时从艳冶中锤炼得之，有时从明媚中锤炼得之，各极其胜。然苍劲者难，雕琢者易。"① 赵尊岳认为，吴文英喜爱锤炼形容事物的语词，这些语词有从苍劲、艳冶、明媚等字语中锤炼而出的，不过从苍劲之中炼字较难，雕琢就比较容易。吴文英偏好锤炼形容词的特点，在《风入松·听风听雨过清明》一词中表现得十分突出。其云：

> 听风听雨过清明，愁草瘗花铭。楼前绿暗分携路，一丝柳、一寸柔情。料峭春寒中酒，交加晓梦啼莺。　　西园日日扫林亭，依旧赏新晴。黄蜂频扑秋千索，有当时、纤手香凝。惆怅双鸳不到，幽阶一夜苔生。

这是一首怀人之作。西园在吴地，是吴文英和情人的寓所，二人亦在此分手，所以，西园诚乃悲欢交织之地。吴文英常提及此，可见实为其梦萦魂牵之地。这同时是一首伤春之作。词的上片情景交融，意境有独到之处。前二句伤春，三、四句伤别，五、六句则是伤春与伤别的交融。"听风听雨过清明"，起句貌似简单，不像其绵丽的风格，但用意颇深致。不仅点出时间，而且勾勒出内心细腻的情愫。舍我在《天问庐词话》中就吴文英的《风入松·听风听雨过清明》和《高阳台·丰乐楼》二词进行评说。其云："近数十年，作者多趋重梦窗，盖因仲修有涩字之论。涩即棘练之简称，而梦窗则专以棘练见长者也。如'黄蜂频扑秋千索，有当时纤手香凝'，'断红若到西湖底，搅翠澜，总是愁鱼'等句，皆想入非非，非率尔操觚者所能做到。惟棘练太甚，则难免牵强不通，学者所当慎也。"② 舍我持论，因为谭献判评吴文英之

---

① 《同声月刊》第 1 卷第 3 号，第 56 页。
② 朱崇才编纂：《词话丛编续编》，人民文学出版社 2010 年版，第 2292—2293 页。

词密实幽邃，近人便纷纷效仿推崇吴文英。"涩"与"棘练"意思相近，常被用来形容吴词，吴文英之词确有隐晦幽眇、章法奇特的特点。舍我认为，像"黄蜂"、"纤手"、"香凝"、"东风"、"斜阳"这些意象含情的语词，充分体现出秾挚的特点。只不过吴词有时过于锤炼，显得太过直白，后人学之应当慎重。除了喜爱锤炼形容词之外，吴文英也注重字语的搭配组合，往往打破正常的语序和逻辑惯例，完全凭主观心理感受随意组合，这可见于《高阳台·丰乐楼分韵得如字》一词。其云：

> 修竹凝妆，垂杨驻马，凭栏浅画成图。山色谁题？楼前有雁斜书。东风紧送斜阳下，弄旧寒、晚酒醒余。自消凝，能几花前，顿老相如？　　伤春不在高楼上，在灯前敧枕，雨外熏炉。怕舣游船，临流可奈清臞？飞红若到西湖底，搅翠澜、总是愁鱼。莫重来，吹尽香绵，泪满平芜。

这首词是作者晚年故地重游之作。它将身世之叹融进景色描写之中，厚实沉重。上阕写景。楼前景色如画，由"东风紧送斜阳"逼出"顿老相如"。词人炼意炼句，用心精细。下阕第一句"伤春不在高楼上"，将忆旧伤别之情托出，跌宕起伏。"怕舣游船"句，实"怕"在水中见到自己清瘦的倒影。"飞红若到西湖底，搅翠澜、总是愁鱼"，在空间上把思绪由湖面深入到湖底，寄情于景，想象湖底的游鱼也会为花落春去而顿生忧愁。"吹尽"、"泪满"一联凄凉萧瑟，触动词人无限的哀情。蔡桢在《乐府指迷笺释》中云："梦窗喜炼字面，即恐用字太露。然有时矫枉过正，结果往往流于晦涩。"[①] 蔡桢也道出吴文英炼字过度的弊端。他认为，吴文英为避免用字直白，过于喜爱炼字琢句，有时矫枉过正而流于晦涩，令人难以悟解。新中国成立以后，张伯驹在《丛碧词话》中也评道："《高阳台》丰乐楼词：'东风紧送斜阳下'，何其神色动人。后阕：'飞红若到西湖底，搅翠澜、总是愁鱼。莫重来，吹尽香绵，泪满平芜。'可哀可哭。此等词，秾丽清空，兼而有

---

① 张炎著，夏承焘校注：《词源注》，沈义父著，蔡嵩云笺释：《乐府指迷笺释》，人民文学出版社1963年版，第40页。

之。安能诮为拆碎七宝楼台？然后人学梦窗者，则不学此等词也。"①
张伯驹甚为欣赏吴文英《高阳台》一词，认为其兼有秾丽与清隽两种
艺术风格，如"东风紧送斜阳下"一句，十分感人。下阕"飞红若到
西湖底，搅翠澜、总是愁鱼。莫重来，吹尽香绵，泪满平芜"，将主观
情绪与客观物象加以融合，无理而妙。张伯驹反对张炎将吴文英之词比
作拆碎的楼台之喻，认为后人学习吴词，便应当从《高阳台》《风入
松》这类词作入手，当为妙径。

　　吴文英作词独具匠心，其语言搭配、字句组合，往往打破正常的语
序和逻辑惯例，与其结构安排相得益彰。对此，严复在《致朱孝臧》
中云："窃谓梦窗词旨，实用玉溪诗法。咽抑凝回，辞不尽意。而使人
自遇于深至。钩铰杂碎，或学者之过。犹西昆末流，诚不可归狱梦
窗。"② 严复评说吴文英的创作脱胎于李商隐之诗法，其最大的特点是
吞吐幽隐，言不尽意，在有限的言辞中体现无限的意致，给人以很大的
艺术容量之感，显示出深致幽隐的特点。刘缉熙在《词的演变和派别》
中云："他学清真而善变化，清真词固已绵密，而文英的词更加甚
了。"③ 刘缉熙将吴文英与周邦彦之词进行比较，并认为吴词有学习周
词的痕迹，只不过吴文英善于变化创新。在他看来，周邦彦之词结构法
度已经很绵丽密实了，但吴文英之词相比于其词更加绵丽密实。陈匪石
在《声执》中有云："有曲直，有虚实，有疏密，在篇段之结构，皆为
至要之事。曲直之用，昔人谓曲已难，直尤不易。盖词之用笔以曲为
主，寥寥百字内外，多用直笔，将无回转之余地；必反面侧面，前路后
路，浅深远近，起伏回环，无垂不缩，无往不复，始有尺幅千里之观、
玩索无尽之味。两宋名家随在可见，而神妙莫如清真、梦窗。"④ 陈匪
石认为，吴文英在词的结构安排上匠心独运。其词有回环起伏、虚实相

---

① 张璋、职承让、张骅、张博宁编纂：《历代词话续编》，大象出版社 2005 年版，第
810 页。

② 杨传庆编著：《词学书札萃编》，南开大学出版社 2015 年版，第 90 页。

③ 张璋、职承让、张骅、张博宁编纂：《历代词话续编》，大象出版社 2005 年版，第
1280 页。

④ 陈匪石编著，钟振振校点：《宋词举》（外三种），江苏古籍出版社 2002 年版，第 190
页。

间、浅深远近的特点，这些特点在篇幅段落之中都是最为要紧的事，所以吴词能让人在品尝时玩赏不尽、意味无穷。两宋名家之中，吴文英和周邦彦之词最为突出。

新中国成立以后，赵尊岳在《填词丛话》中有云："宋词以晏、秦、周、柳、苏、吴、姜、张为八大家。……吴以精金美玉胜。细针密缕，学者望之似有迹，学之辄无功。"[1] 在赵尊岳看来，吴文英之词以精金美玉胜出，其如细针密缝，后世学者看着似乎有迹可仿，但学起来往往徒劳无功，这之中是蕴含着各异艺术功力的。其又云："梦窗精整而有气机，斯不窒滞。玉田疏荡而有性情，故不空泛。学者取径两家，当先立此二戒。"[2] 赵尊岳又论说到，吴文英之词不让人觉得窒滞，就是结构精练规整而且有内在生机气蕴之故。张炎的词疏朗跌宕有真性情，所以不会让人觉得空泛，赵尊岳告诫后世学者应注意这两个方面。朱庸斋在《分春馆词话》中有云："梦窗词后人学之者众多，沈伯时《乐府指迷》曾转引其作词之主张。后世以'正宗'词派自居者，莫不据此以为填词之法。倘不用重笔，决不能得。盖笔重始能将瑰丽之辞藻驱使至飞舞流动，具见厚拙。梦窗造句精巧，用笔幽邃之处，予后世有一定影响，且起纠正浮滑轻率习气之作用。"[3] 朱庸斋论说，自沈义父《乐府指迷》转引吴文英作词主张之后，后世之人大多将吴文英视为填词正宗，学之者众多。但是吴文英词的艺术成就体现在需要下重笔才能有所得。因为笔力凝重才能驱动华丽的辞藻使之飞舞生动起来，可见，习学吴词是十分考验填词者艺术功力的。吴文英造句精巧、用笔深邃能予后世一定的影响，起到纠正滑易轻率风气的作用。

第三节　创作得失之论

民国时期词学批评中吴文英之论的第三个维面，是对其创作得失的论说。由于吴文英之词幽邃艰深、骤难索解，因此，对其人其词的认识

---

① 屈兴国编：《词话丛编二编》，浙江古籍出版社 2013 年版，第 2772 页。
② 同上书，第 2806 页。
③ 张璋、职承让、张骅、张博宁编纂：《历代词话续编》，大象出版社 2005 年版，第 1215 页。

评价历来纷争不断，毁誉参半。自宋末张炎著名的"七宝楼台"之评，到将其置于历史上十大词人之一的"大家"地位，其间经历了起落变化。清代中叶起，逐步掀起推尚吴文英之词的热潮，至清末民初达到顶峰。吴梅在《乐府指迷笺释序》中云："近世学梦窗者，几半天下。"①许多词论家也都对吴文英词进行了评说。他们对于吴文英词的艺术成就看法各异。其中多为欣赏推崇的，如陈锐、况周颐、杨铁夫、陈洵等；也有一些词论家认为，吴文英词有晦涩雕琢之不足，如陈匪石、闻野鹤、张尔田、吴梅、钱振锽等。上述两个方面，形成一定的批评交锋。

陈洵《海绡说词》有云："周止庵立周辛吴王四家，善矣。唯师说虽具，而统系未明。疑于传授家法，或未洽也。吾意则以周吴为师，余子为友，使周吴有定尊，然后余子可取益。于师有未达，则博求之友。于友有未安，则还质之师。如此，则系统明，而源流分合之故，亦从可识矣。"② 陈洵对周济以周邦彦、辛弃疾、吴文英、王沂孙四家为尊之说加以评说。他认为，如此立说虽好，但仍然显示出词学渊源统系不够明晰的欠缺，于习效词作之道不见恰当。陈洵主张，填词应以周邦彦、吴文英为师，在此基础上再借鉴吸收其他词人之优长。他强调要将周、吴二人与其他词人别分开来，如此才能寻源别流，使学词之道呈现出清楚的门径。陈洵将周邦彦与吴文英标举到极高的词坛地位。其又云："飞卿严妆，梦窗亦严妆，惟其国色，所以为美。若不观其倩盼之质，而徒眩其珠翠，则飞卿且讥，何止梦窗？（玉田所谓碎拆不成片段者，眩其珠翠耳。）"③ 陈洵对温庭筠与吴文英词作面貌特征与艺术风格予以辨说。他认为，吴文英之词，虽然表面看来浓墨重彩，着意讲究，但因其用笔纯正，体现出深婉的艺术意味，故体现出正宗之美的特征。人们如果仅仅关注其形式而忽略内在意蕴，则容易对其产生误解。陈洵对长期以来人们对吴文英之词的误读予以了揭橥与纠正。

陈锐在《词比自序》中云："大抵词自五季以降，以耆卿为先圣，

---

① 张炎著，夏承焘校注：《词源注》，沈义父著，蔡嵩云笺释：《乐府指迷笺释》，人民文学出版社 1963 年版，第 92 页。

② 唐圭璋编：《词话丛编》，中华书局 1986 年版，第 4838 页。

③ 张璋、职承让、张骅、张博宁编纂：《词话丛编续编》，大象出版社 2005 年版，第 197 页。

美成为先师。白石道人崛起南渡之余，明心见性，居然成佛作祖；而四明吴君特以其轶才，贯串百氏，蔚为大宗，令人有观止之叹。"① 陈锐评说五代以后的众多名家，对吴文英之词评价很高。他认为，吴文英有超出同辈的才能，汇集百家之言，而成为一代词宗，令人叹为观止。其《褒碧斋词话》又云："词如诗，可模拟得也。南唐诸家，回肠荡气，绝类建安。柳屯田不着笔墨，似古乐府。辛稼轩俊逸似鲍明远。周美成浑厚拟陆士衡。白石得渊明之性情。梦窗有康乐之标轨。皆苦心孤诣，是以被弦管而格幽明，学者但于面貌求之，抑末矣。"② 陈锐认为，词的创作像诗体一样，可模拟而成，南唐众多名家的作品充满情感，流淌着血液，体现出建安文学慷慨多气、富于情韵的艺术特征。柳永长于通过叙述以抒情，其词类似古乐府；辛弃疾超逸脱俗如鲍照，周邦彦浑化深挚似陆机，姜夔具有陶渊明的性情，而吴文英苦心钻研，其词有谢灵运的创作法式寓含其中，入乎别人所难以达至的境界。其又云："白石拟稼轩之豪快，而结体于虚。梦窗变美成之面貌，而炼响于实。南渡以来，双峰并峙，如盛唐之有李、杜矣，顾词人领袖必不相轻。"③ 陈锐认为，姜夔效仿辛弃疾的豪放，但往往不直接抒发自身情感，而是在虚幻中探其形态，在隐约中体味情理。吴文英之词深得周邦彦之艺术风貌，并在其基础上，更讲究炼字炼句。南渡之后先有姜夔，后有吴文英，两人以不尽相同的艺术风格，双峰并峙，犹如盛唐时期的李白、杜甫，影响了相当一批词人。而且姜、吴二人作为南宋词坛领袖，必定是惺惺相惜的。

况周颐在《蕙风词话》中有云："近人学梦窗，辄从密处入手。梦窗密处，能令无数丽字，一一生动飞舞，如万花为春，非若雕璃蹙绣，毫无生气也。如何能运动无数丽字，恃聪明，尤恃魄力。如何能有魄力，唯厚乃有魄力。梦窗密处易学，厚处难学。"④ 况周颐评说，后世学吴词之人大多是从其雕琢密丽的特点入手的。吴词密丽之处，能驱动

---

① 张璋、职承让、张骅、张博宁编纂：《历代词话续编》，大象出版社 2005 年版，第 141 页。

② 同上书，第 134—135 页。

③ 同上书，第 137 页。

④ 唐圭璋编：《词话丛编》，中华书局 1986 年版，第 4447 页。

无数华丽的辞藻使之飞舞生动，就像春天盛开的百花，而不像琼玉金绣那样毫无生气。但是吴文英之词需要凝重笔力才能有所得，如果只凭借灵慧，而没有艺术魄力是驱动不了这些华丽字眼的。艺术魄力是从厚实之处得来的，所以吴词密处比较容易学习，但厚实之处却难以习学。其又云："性情少，勿学稼轩。非绝顶聪明，勿学梦窗。"① 况周颐持论，缺少主体情性的人，是不要习效辛弃疾之词的。而悟性平庸之人，则不要学习吴文英之词，可见，习学吴词比较考验填词者的主体灵性。其还云："宋词深致能入骨，如清真、梦窗是。"② 况周颐还评说吴文英之词极为深致，触人心神，他认为，它可以和周邦彦之词相提并论。其在《餐樱庑词话》中又云："欲学梦窗之致密，先学梦窗之沉著，即致密，即沉著，非出乎致密之外，超乎致密之上，别有沉著之一境也。梦窗之词，与东坡、稼轩诸公实殊流而同源，其见为不同者，则梦窗致密其外耳。其至高至精处，虽欲拟议形容之，犹苦不得其神似。颖慧之士束发操觚，勿轻言学梦窗也。"③ 况周颐评说习效吴文英之词，应首先学习其沉郁之艺术表现。他强调，这并是说吴文英之词在细密的艺术表现之外另有沉著之意境，两者其实是一体两面的东西。吴文英之词与苏轼、辛弃疾之作同源而异流。其异别便体现在，吴氏之词结构穿贯与艺术表现更为细密，而且能于细中见精，细中有神，是甚为高妙的。

杨铁夫在《吴梦窗词选笺释》中云："梦窗诸词，无不脉络贯通，前后照应，法密而意串，语卓而律精。而玉田七宝楼台之说，真矮人观剧矣。"④ 杨铁夫对吴文英之词的脉络、法则、意象、用语、格律作出评价，他批判张炎"七宝楼台"之说，认为吴文英词炼意灵巧，脉络贯通，法度严密，用语卓绝，格律精巧，是令人高仰的。陈洵《海绡说词》有云："周止庵立周辛吴王四家，善矣。……周氏之言曰：'清

---

① 唐圭璋编：《词话丛编》，中华书局1986年版，第4596页。
② 王国维著，徐调孚注，王幼安校订：《人间词话》，人民文学出版社1960年版，第57页。
③ 张璋、职承让、张骅、张博宁编纂：《历代词话续编》，大象出版社2005年版，第51页。
④ 张炎著，夏承焘校注：《词源注》，沈义父著，蔡嵩云笺释：《乐府指迷笺释》，人民文学出版社1963年版，第40页。

真，集大成者也。稼轩敛雄心，抗高调，变温婉，成悲凉。碧山切理餍
心，言近指远，声容调度，一一可循。梦窗奇思壮采，腾天潜渊，返南
宋之清泚，为北宋之秾挚。是为四家，领袖一代。'所谓师说具者也。
又曰：'问途碧山，历梦窗、稼轩，以还清真之浑化。'所谓系统未明
者也。"① 陈洵与周济持相同之论。他认为，周邦彦是宋词的集大成者；
辛弃疾有着雄心壮志，以文为词，使豪放词大放光彩；王沂孙之词辞直
义畅，言浅意深，音律和谐，有法度可循；吴文英之词想象奇特，有神
思壮采，一改南宋词的清冽，而有北宋词的秾艳，这四人不愧为宋代四
大词家。同时，陈洵还认为，四人之中，周邦彦的艺术成就最大，只有
取径王沂孙，再学习吴文英、辛弃疾，才能达到周邦彦浑然化一的艺术
层境。张尔田在《梦窗词集跋》中云："梦窗词，殿天水一朝，分镳清
真，碎璧零玑，触之皆宝。虽埋藩溷，其精神行天壤，固自不敝。"②
张尔田之论，道出吴文英与周邦彦之作的区别。他比譬吴文英之词就像
破碎的璧玉、零散的珠玑，浑身是宝，虽长在篱厕，但很有精、气、
神，犹开不败，是甚富于艺术生命力的。

　　陈匪石在《旧时月色斋词谭》中多处反驳有人攻击吴词之论。其
云："张玉田论梦窗词，谓如七宝楼台，炫人眼目，拆碎则不成片断。
是美其奇思异彩，而以其过于典实，意犹不知足也。玉田论词取清空，
不取质实。夫质实之流弊，晦涩与堆砌易蹈其一。玉田之说，未可厚
非。但细谈梦窗各词，虽不着一虚字，而潜气内转，荡气回肠，均在无
虚字句中。亦绚烂，亦奥折，绝无堆垛饾饤之弊。后人腹笥太空，读之
不能了解，辄袭取乐笑翁语，亦为质实而不疏快，不亦谬乎！"③ 陈匪
石对吴文英之词评价很高。他反驳张炎所评吴文英词"如七宝楼台，
炫人眼目，拆碎则不成片断"之论。他认为，张炎论词偏好清空不喜
密实，所以其虽赞美吴词的奇思异彩，但认为过于质实，导致词意表达
不足。质实之病，一般是由晦涩与堆砌导致的。但陈匪石认为吴文英之
词不用虚字，词中有生气运转，有荡气回肠之感，其绚丽幽深，引人回

　　① 唐圭璋编：《词话丛编》，中华书局 1986 年版，第 4838—4839 页。
　　② 龙榆生编选：《唐宋名家词选》，上海古籍出版社 2014 年版，第 367 页。
　　③ 陈匪石编著，钟振振校点：《宋词举》（外三种），江苏古籍出版社 2002 年版，第 215
页。

味，绝无堆砌晦涩的毛病。一些人因为腹中诗书太少，品尝不了吴文英之词的妙处，所以往往沿袭张炎的评语，取笑吴词过于质实，这是令人可笑与惋惜的。其还云："白石、梦窗皆善练气。但白石之气清刚拔俗，在字句外，人得而见之；梦窗之气，潜气内转，伏于无字句中，人不得而见之。此所以知白石者较多，知梦窗者较少。而一般对君特肆攻击者，犹不免为吴氏之门外汉也。"① 在陈匪石看来，姜夔、吴文英都善于锤炼气脉。但是，姜夔清冽刚正脱俗的气机多体现在词句之外，人们容易体会得到；而吴文英词中气机是潜在的，在词句之外流转，一般人不容易体会。这就是为什么称扬姜夔的人多，而知道吴文英的人较少。所以，一般对吴文英肆意攻击的人大多是吴词的门外汉。其又云："世人病梦窗之涩，予不谓然。盖涩由气滞；梦窗之气，深入骨里，弥满行间，沉着而不浮，凝聚而不散，深厚而不浅薄，绝无丝毫滞相。浅尝者或未之知耳。但必有梦窗之气，而后可以不涩。"② 陈匪石不认同世人对吴文英之词晦涩的评价。他认为，晦涩是生气滞塞的缘故，而吴词之中的气机是深入骨髓，弥漫于字里行间的，它沉着而不轻浮，凝聚而不溃散，深厚而不浅薄，没有细致品味吴词的人是难以知道的。

闻野鹤在《恫簃词话》中有云："自乐笑翁有'姜白石如野云孤飞'一语，于是论词者竞尊石帚，而梦窗则竟折抑矣。要知'清空'、'质实'云者，不徒以面目判也。石帚天分孤高，洞晓声律，其学自宜迈人。所谓'清空'者，犹不过其面目耳。若梦窗则作词浑厚，遣词周密，若天孙锦裳，异光耀目，无丝缕俗韵，特学者每以蕴意深邃为憾，于是有以凝滞诮之者矣，要之皆非本也。且所谓'金碧楼台，拆散下来，不成片段'者，此语尤未能适当。词如人体然，完好无恙，则神采奕奕，使从而支解焉，则臭腐随之矣。以其臭腐，遂亦谓人体不善耶。试以姜白石之野云拆之，亦未审其果成何片段也。嗟乎，惟其不能成片段，益足见构造之者之苦心。且楼台自楼台，亦正无烦于拆散。而乐笑翁乃以此抑梦窗，真冤煞矣。"③ 闻野鹤评说后人受张炎之论影

① 陈匪石编著，钟振振校点：《宋词举》（外三种），江苏古籍出版社 2002 年版，第 219 页。
② 同上。
③ 朱崇才编纂：《词话丛编续编》，人民文学出版社 2010 年版，第 2316—2317 页。

响，对吴文英之词多有贬抑，与张炎所推崇的"清空"不同，吴文英之词体现出秾挚的风格，就像织女织出的锦裳，光亮耀眼，没有丝缕俗韵，所以初学者都感到其意蕴深厚，很难学到。其实一首词犹如人体结构一样，是不能被肢解的。即使把姜夔的词拆开，也是不成片段的。况且吴词结构严密，即便拆将下来也是"楼台"，其独特的艺术之美是令人高仰的。

吴梅在《词学通论》中有云："梦窗词，以绵丽为尚，运意深远，用笔幽邃，练字炼句，迥不犹人。貌观之，雕缋满眼，而实有灵气行乎其间。细心吟绎，觉味美于方回，引人入胜，既不病其晦涩，亦不见其堆垛。此与清真、梅溪、白石，并为词学之正宗。一脉真传，特稍变其面目耳。犹之玉溪生之诗，藻采组织，而神韵流传，旨趣永长，未可妄讥其獭祭也。昔人评骘，多有未当，即如尹惟晓以梦窗并清真，不知置东坡、少游、方回、白石等于何地，誉之未免溢量。至沈伯时谓其太晦，其实梦窗才情超逸，何尝沈晦？梦窗长处，正在超逸之中，见沉郁之思，乌得转以沉郁为晦耶？若叔夏七宝楼台之喻，亦所未解。"[1] 吴梅认为，吴文英之词风格绵丽而内蕴深远，下语深邃，炼字炼句与众不同，表面看来似乎雕琢太多，实际上很有灵气行乎其间，用心品味方觉意味无穷，既不觉其词隐晦不畅，也不觉堆砌。吴梅对吴文英评价很高，认为他和周邦彦、史达祖、姜夔都为词学正宗。吴梅论说吴文英之词由五代、北宋词一脉而来，只不过稍稍改变了一些面貌而已。吴词犹如李商隐之诗，辞藻华美，想象奇特，但是风度韵致流动，旨意趣味深长，又怎能被讥笑为堆砌辞藻的代名词呢？吴梅看到了吴文英之词正是以辞藻华美、神韵流转、旨意隽永而见长的，因此，他认为前人对吴文英的评价有失偏颇，意在修正。

唐圭璋在《论词之作法》中云："清真梦窗，不独厚重，音响亦亮也。清真如云：'怒涛寂寞打孤城，风樯遥度天际'梦窗如云：'自怜两鬓清霜，一年寒食，又身在云山深处'皆振拔警动，笔无沉滞。"[2]

---

① 吴梅：《词学通论》，中华书局2010年版，第90页。
② 张璋、职承让、张骅、张博宁编纂：《词话丛编续编》，大象出版社2005年版，第918页。

唐圭璋评说周邦彦、吴文英之词不仅所表现意蕴深厚沉著，而且词作音律亦"字字敲打得响"，其笔法运用流转自如，意致呈现警妙动人，乃历代词人中的佼佼者。钱振锽《谨语》有言："玉田云：'词要清空，不要质实。清空则古雅，质实则凝涩晦昧。白石词，如野云孤飞，去留无迹。梦窗词如七宝楼台，眩人眼目，碎拆下来，不成片段。此清空、质实之说。'案玉田语竟无是处。质直亦是好处，从来质实文字安有凝涩晦昧者乎？不曰绛云在霄，而曰野云孤飞，寒俭之至。七宝楼台非质实之谓也，且何故拆下？梦窗自拆耶，他人拆耶？若系自拆，原不算楼台，若他人拆，于梦窗何与！惟其以涩昧指目梦窗，则不谬耳！"① 钱振锽反对张炎"清空质实"之说而大力称扬吴文英之词。他认为，意象密实也是词之妙处所在，质实的文字实际上是不会凝滞晦涩的。反观姜夔之词，不说红云在霄，而说野云孤飞，其实读起来显得十分寒促简俭。"七宝楼台"之语的论断并不能指出吴词质实的缺点，况且一座完整的楼台为什么要拆开？是作者自己拆，还是他人拆？如果是作者自己拆，那吴词本身就算不得楼台；如果是他人拆，又与作者有什么关系呢！钱振锽评判张炎因为主张"清空"之说，便以涩昧指责吴文英之词，这真是犯了不小的错误。

　　碧痕、夏敬观、周曾锦、蔡桢、舍我、胡适、詹安泰等，对吴文英之词的艺术成就则大致持批评态度。碧痕在《竹雨绿窗词话》中有云："张叔夏《词源》论吴梦窗词如'七宝楼台，眩人眼目，拆碎下来，不成片段'，盖以其太质实耳。予读其'何处可成愁，离人心上秋。纵芭蕉、不雨也飕飕。都道晚凉天气好，有明月、倦登楼。　年事梦中休，花空烟水流。燕辞归、客尚淹留。垂柳不萦裙带住，漫长是，系行舟'一阕，实足与清真相将，不落质实之讥。他如'渺空烟四远'，'宫粉雕痕'等句，亦属咎有应得。"② 碧痕认为，吴文英之词之所以被张炎称为"七宝楼台，眩人眼目，拆碎下来，不成片段"，是因为其词太过于质实。但碧痕自己品读吴词时，发现吴文英有些词作确可以和周邦彦之词相提并论，有些词则过于雕琢。他甚为称赏吴文英《唐多令

---

　　① 屈兴国编：《词话丛编二编》，浙江古籍出版社 2013 年版，第 1851 页。
　　② 朱崇才编纂：《词话丛编续编》，人民文学出版社 2010 年版，第 2267 页。

·惜别》，认为此词有周邦彦之作的风采，而《高阳台·宫粉雕痕》
《八声甘州·渺空烟四远》中的"渺空烟四远"、"宫粉雕痕"等句，
则诚如张炎在《词源》中所评说的，质实雕琢，眩人耳目。夏敬观在
《蕙风词话诠评》中有云："梦窗学清真者，清真乃真能不琢，梦窗固
有琢之太过者。"①夏敬观认为，吴文英虽然学习周邦彦之词，但周词
真挚，没有雕琢之气，吴词却雕琢过度。周曾锦在《卧庐词话》中言：
"《白石道人诗说》有云：'雕琢伤气'。予谓非第说诗而已。惟词亦然。
梦窗诸公，恐正不免此。"②周曾锦明确指出吴文英之词显现出雕琢之
弊。他认为，词体和诗体一样，都不能过于雕琢，不然会损伤气脉贯
穿，而吴文英之词就有着这样的毛病。

　　蔡桢、舍我、胡适、詹安泰认为吴文英之词比较晦涩。蔡桢在
《乐府指迷笺释》中云："梦窗喜炼字面，即恐用字太露。然有时矫
枉过正，结果往往流于晦涩。"③蔡桢评说吴文英喜欢炼字，但有时
矫枉过正，使词作流于晦涩。舍我在《天问庐词话》中有云："近数
十年，作者多趋重梦窗，盖因仲修有涩字之论。涩即棘练之简称，而
梦窗则专以棘练见长者也。如'黄蜂频扑秋千索，有当时纤手香
凝'，'飞红若到西湖底，搅翠澜，总是愁鱼'等句，皆想入非非，
非率尔操觚者所能做到。惟棘练太甚，则难免牵强不通，学者所当慎
也。"④舍我评说吴文英《风入松·听风听雨过清明》和《高阳台·
丰乐楼分韵得如字》二词，他认为，吴文英之词以意象密丽见长，其
中一些语词带有强烈的色彩，组合起来予人无限的想象，无一不体现
秾艳华美，这不是一般文人所能创作出的。只不过吴词有时过于雕
琢，不太让人容易理解，后人学之应当慎重。胡适在《词选序》中
云："词到了稼轩，可算是到了极盛的时期。姜白石是个音乐家，他
要向音律上去做工夫。从此以后，词便转到了音律的专门技术上去。

————————

　　① 唐圭璋编：《词话丛编》，中华书局1986年版，第4587页。

　　② 张璋、职承让、张骅、张博宁编纂：《历代词话续编》，大象出版社2005年版，第
557页。

　　③ 张炎著，夏承焘校注：《词源注》，沈义父著，蔡嵩云笺释：《乐府指迷笺释》，人民
文学出版社1963年版，第40页。

　　④ 朱崇才编纂：《词话丛编续编》，人民文学出版社2010年版，第2292—2293页。

史梅溪、吴梦窗、张叔夏都是精于音律的人；他们都走到了这条路上去。他们不惜牺牲词的内容来迁就音律上的和谐。"① 胡适不太喜爱吴文英之词。他认为，吴词过于注重音律表现，不惜牺牲词的内容来迁就音律的和谐。其在《评唐宋词人》中又云："清朝词人之中，张惠言不喜梦窗；周济却把梦窗抬得很高，列为宋四大家之一。近年的词人多中梦窗之毒，没有情感，没有意境，只在套语和古典中讨生活。所以我选他的词，特别加严，只取了一首最本色的。"② 胡适反对周济将吴文英列为"宋四大家"之一的做法。他和清人张惠言一样，不喜欢吴文英之作，并认为近些年来不少人趋重吴文英，填起词来缺乏情感内涵，不注重意境表现，只讲究套语与堆砌。所以，胡适选取吴文英的作品特别苛刻，只选取了吴词中最本色的一首。黄意城在《与潘与刚论词中分段落书》中云："慨梦窗、樊榭之敝，于今转炽。堆积冷典，东拉西杂。初读之，未尝不清新隽雅，然细寻其段落，如坠云雾中矣。"③ 黄意城批评吴文英等人之词过于堆砌辞藻，运用僻典，在字语运用上过于拉杂不纯，导致词之意致表现模糊不清，在很大程度上影响了词的艺术感染力。黄意城对寓事用典持强烈的反对态度。祝南（詹安泰）《无庵说词》有云："梦窗词亦有气势，有顿宕，特不肯作一平易语，遂不免陷于晦涩。读者须于此处求真际，不应专讲情韵、猎采藻也。"④ 詹安泰论说吴文英之词颇有跌宕起伏的气势，但用字雕琢，所以常常让人读起来觉得晦涩。他认为，品赏吴文英之词应当注重其高妙之处，不能只讲究情感表现、韵致飘动和辞藻飞扬，不然的话，会让词作陷于晦涩之境地。

　　唐圭璋等则对吴文英之词有着比较中肯的评价。他在《评〈人间词话〉》中云："南宋诸家如梦窗、梅溪、草窗、玉田、碧山各有艺术特色，亦不应一概抹杀。王氏谓梦窗'映梦窗凌乱碧'，谓玉田'玉老

---

① 屈兴国编：《词话丛编二编》，浙江古籍出版社 2013 年版，第 2243 页。
② 张璋、职承让、张骅、张博宁编纂：《历代词话续编》，大象出版社 2005 年版，第 763 页。
③ 杨传庆编著：《词学书札萃编》，南开大学出版社 2015 年版，第 415 页。
④ 张璋、职承让、张骅、张博宁编纂：《历代词话续编》，大象出版社 2005 年版，第 1328 页。

田荒',攻其一端,不及其余,尤非实事求是之道。"① 唐圭璋反对王国维贬低包括吴文英在内的南宋词人艺术成就的言论。他认为,王国维对吴文英"映梦窗凌乱碧"、张炎"玉老田荒"的评价都过于极端,没有实事求是。包括吴文英在内的众多南宋词人,他们的词作各有独特的艺术魅力,不能一概抹杀,应实事求是地加以分析评价。

新中国成立以后,朱庸斋在《分春馆词话》中有云:"梦窗之佳处,一为潜气内转,二为字字有脉络。辞藻虽密而能以气驱使之,即使或断或续之处,仍能贯注盘旋,而'不着死灰'。不过,其气非如稼轩发之于外,而蓄之于内耳。此殆书家之藏锋而非露锋欤?"② 朱庸斋认为,吴文英词之妙处,一在于气脉潜贯流转,二在于字字体现出脉络穿贯。虽然吴词辞藻密实但能以生气驱使,所以即使词中有断续的地方,依旧能连贯通顺,达到字不连而意连、字不接而气贯的境界。不过,吴词中的气机犹如书法上不显露的笔锋,并不像辛弃疾一样发之词外,而是充蓄于内。这也是吴文英词精妙之处让人难以发掘的原因吧。

总结民国时期词学批评中的吴文英之论,可以看出,其主要体现在三个维面:一是周吴比较论,二是用字下语论,三是创作得失。在第一个维面,民国时期词论家主要比较了吴文英与周邦彦之词在炼字用语、创作风格、艺术成就等方面的异同点。在第二个维面,民国时期词论家主要针对吴文英之词密丽质实、工于研练、匠心独运等特点予以了评说。在第三个维面,民国时期词论家主要针对吴文英之词优劣高下进行了评说。上述几个维面论说,进一步从不同的视点将对吴文英之词的认识予以了衍化、充实、深化与完善,为后人更好地把握其人其词提供了丰富的辨识,将对吴文英的认识观照不断推向历史的高度。

---

① 张璋、职承让、张骅、张博宁编纂:《历代词话续编》,大象出版社 2005 年版,第922 页。
② 同上书,第 1214 页。

第六章
民国时期词学批评中的张炎之论

张炎（1248—约 1320），字叔夏，号玉田，又号乐笑翁，祖籍陕西凤翔，南宋时数代侨居临安。他填词堪称家学，其曾祖、父亲均为词人。张炎之作多"吊古伤今，长歌当哭"，"意度超玄，律吕协洽"，"和雅精粹"，在其"晚出人间"后，历代词论家都给予不少的关注，或以其为典范，成"前百年词坛，白云世界也"之景象。民国时期词学上承清代余绪，虽不再宗尚张炎，但对其词作主题表现、艺术风格、声律运用与词史地位等仍然给予了很多的评说。

第一节　主题抒写之论

张炎之词主题抒写主要体现在两大方面：一是风月游宴之闲，二是家国黍离之感。民国时期诸家对其词中的风月游宴关注相对较少，而对其黍离主题关注较多。如俞陛云评张炎《渡江云·山空天入海》一词云："通首警动，无懈可击。前三句写山阴临江风景，以下三句兼状乡居。'隔水动春锄'五字有唐人诗味。'新烟'四句因客里逢春，回思故国。下阕写客怀而兼忆友。"① 张炎在国破家亡之后，其眼中景象大多笼罩了一层故国之感，形诸笔墨，便自然生发黍离之悲。作为王孙贵胄，他在宋时便有不少踏青咏春之作；入元后，春色每到，诸景都似旧曾相识，自然追忆故国旧家，惆怅之感顿生。

民国时期有的词论家认为，张炎多追思故国之作，原因大致有二：

---

① 俞陛云：《唐五代两宋词选释》，上海古籍出版社 1985 年版，第 616 页。

其一，追忆旧时家国，以抒黍离之悲，是宋代遗民词人的共同主题。冒广生在《草间词序》中曾引李汉珍之语："南宋词人如玉田、草窗、碧山及箨房兄弟，皆生际承平，晚遭离乱，牢愁山谷，无补于世，一以禾黍之痛，托之歌谣。百世之下，犹想见其怀抱。"① 在宋元易代之时，无论在生理还是精神上，人们均饱受战乱的折磨。蒙古军队南下，兵荒马乱，张炎为避家祸，逃遁于外，从前安定的生活被元人的马蹄踏得粉碎。且蒙元统治者更在精神上摧残人们。杨琏真伽毁坏帝陵，侮辱遗体，遗民无不悲怆；元朝政府强颁法令，视儒为丐，歧视文人。遭逢这等悲剧，遗民们自然感怀故国，所填之作必多抒发黍离伤悲。蔡嵩云在《柯亭词论》中有云："碧山、玉田生当宋末元初，《黍离》、《麦秀》之感，往往溢于言外。"② 其二，张炎乃故国王孙，对家国之变较他人感触更深，自然多有黍离之作。詹安泰在《无庵说词》中也云："张玉田以故国王孙，遭覆亡之痛，故其词感慨特深。"③ 张炎六世祖乃"中兴四大名将"之一的张俊，颇受宋高宗宠幸；其曾祖张镃、祖父张濡、父亲张枢均受国恩。张炎本人作为贵胄王孙，在宋时亲睹国家繁华，沐浴过宋帝的恩典，其个人命运与国家存亡息息相关，是最为拥护宋朝的一类人。且其祖父曾在镇守独松关时误杀元使，后举家遭到元军报复，祖、父被杀，家族星散。因为这等家庭背景及遭遇，张炎自然最痛亡国，每过故园，黍离之伤悲油然而生。因此，薛砺若在《南宋末期三大作家》中云："炎生于理宗淳祐八年，宋亡时，年已过三十，犹及见临安全盛之日。故其词多苍凉激楚，不胜盛衰兴亡之感。"④

同时，民国时期有的词论家对张炎之作追思故国主题做了深层的剖析，认为其故国之思与身世之感相为融合。例如，俞陛云评张炎《月下笛·万里孤云》一词云："此则明言《黍离》之感，抚连昌杨柳，访

① 冒广生著，冒怀辛整理：《冒鹤亭词曲论文集》，上海古籍出版社 1992 年版，第 489 页。

② 唐圭璋编：《词话丛编》，中华书局 1986 年版，第 4913 页。

③ 张璋、职承让、张骅、张博宁编纂：《历代词话续编》，大象出版社 2005 年版，第 1329 页。

④ 薛砺若：《宋词通论》，江西教育出版社 2018 年版，第 274 页。

杜曲门庭，亡国失家之痛，并集于怀矣。"① 此词作于元大德二年（1298），张炎时年五十一岁，寓居甬东，然其"孤游万竹山中"，见"闲门落叶"，顿时"愁思黯然，因动《黍离》之感"。正如上文所述，对于张炎这种与国同休的贵胄来说，国破则代表家亡。时间的流逝，并没有使他淡忘故国，相反，这一缕悲思始终萦绕在其脑海之中，与家破人亡的身世之愁相交融，构成独特而悲凉的人生体验。因此，俞陛云认识到，张炎词中的故国主题，往往由其对故家的思念引出。他评张炎《忆旧游·过故园有感》云："张循王故宅在临安，擅池台花木之胜。玉田在邻家，遥望故园，回想当年牡丹畔，歌筵盛况，旧主重来，望庐思人，不尽家国沧桑之感。燕归已近黄昏，犹人归已经易世，而垂杨路隔，等燕子之无家，宜其长言咏叹也。"② 张炎每过故园，犹如周大夫"过故宗庙宫室"，故园仍在，而亲朋早已不知所踪。当年宋廷犹在，其也身处园中，填词游宴；而今故国已亡，他只能在园外张望，所填之词自然有黍离之悲。故园是故家的影子，而故家的背后又是故国，家与国，在此刻被紧密地联系在一起。

关于这份家国之感，在词中如何具体表现，民国时期有的词论家以不同词作为例进行了较为充分的论说。他们认为，张炎的家国之感，寄托于咏物节序，又通过词中今昔对比的手法，将这份情感传达给读者。

创作咏物词与节序词，是宋代遗民抒发家国之感的重要手段。薛砺若在《宋词通论》中云："他们（遗民词人）仅仅借着春花秋月，衰柳寒蝉，或朋辈的饯别，来写他们的故国之痛，和身世之感。"③ 张炎亦不例外，其咏物词与节序词常以小见大，以身边景物时节之变化咏叹宋元家国之变。俞陛云对此有所论说。他评张炎《探芳信·西湖春感寄草窗》一词云："唐末五代遗民，行歌黍离，辄托诸美人香草。虽茹蘖饮冰，而其辞则乱，良足伤矣。玉田和草窗《西湖春感》词，则丹心如旧、'忍说铜驼'等句，皆情见乎词，以抒忠爱。和'瘦'字韵，与草窗同工。和'柳'字韵，草窗有恋阙之忧，玉田有摇落之感，皆长

---

① 俞陛云：《唐五代两宋词选释》，上海古籍出版社 1985 年版，第 653 页。
② 同上书，第 629 页。
③ 薛砺若：《宋词通论》，江西教育出版社 2018 年版，第 23 页。

歌之哀也。"① 俞陛云在此指明，以咏物词寄托黍离之情乃抒情传统，张炎承之，在春夜骤雨中写自身飘零摇落，意内言外，别具忠爱之致。薛砺若又评张炎《绮罗香·万里飞霜》一词云："起三句咏红叶，喻寒不改柯之操，不羡春华。'船舣'二句，对语自然，与集中《绮罗香》词'随款步、花密藏莺，听私语、柳疏嫌月'同妙，不减梅溪之'临断岸、新绿生时，是落红、带愁流处'二语。'载情不去'句自是隽咏，用御沟事，是红叶而非落花也。下阕句句咏红叶，而皆自喻身世，超脱而沉着，且直贯至结语，极见力量。结句'绿遍江南'，贞元朝士，回首承平，渺如天上矣。"② 张炎以红叶喻己，以春华喻新朝，暗指自己为国守节，不仕蒙元。即使"绿遍江南"，亦不肯入洛阳花谱，污损清誉。

　　另一方面，梁启勋、俞陛云等认为，今昔对比是张炎词作产生家国之感的关键。俞陛云以为，今昔对比，或生发于故地重游，或因于旧人重逢。他评张炎《长亭怨·旧居有感》一词时，将《忆旧游·登蓬莱阁》与之对比，云此二词"同为感念故国而作"。同时又细致区分，认为"《忆旧游》词梁燕归来，而垂杨路隔，专为故园之咏，此则专为园中人而咏"。并"观其上下阕'鹤去台空'、'晓窗分袂'等句"，悟得此词所述，"非特朱邸春空，且征衫人远，如风林残叶，一扫皆空，垂杨有转绿之时，而罗带无同携之日"③。颇有"杜郎俊赏，算而今、重到须今"之意。梁启勋在《词学》中亦评："题曰'有感故居'，玉田乃循王之后，王孙落魄，重过故国，感伤不能自已，然'恨西风'以下数句，则极风流蕴藉之致。"梁启勋亦认为张炎重游故地，激发了其对比今昔之心，由此而抒写家国之悲。

　　故人重逢亦是如此。俞陛云评张炎《疏影·柳黄未结》一词云："玉田虽系出朱邸，遭逢不偶，遗行不少概见。于庚寅年自燕赵北归，辛卯至杭州，襟怀澹泊，将以肥遁终身，可于此词见之。重至西湖访旧，时年近五十，故有'惊见华发'句。抚今追昔，于上、下两阕分

① 俞陛云：《唐五代两宋词选释》，上海古籍出版社 1985 年版，第 631 页。
② 同上书，第 620 页。
③ 同上书，第 609 页。

咏之。莺燕好春，怅堕欢之难拾，闭门山色，愿终老于是乡。结句恐寒到梅花，虑身世之孤危，与'愁到鸥边'句同感也。"① 该词作于至元二十八年（1291），张炎由大都归杭，"与西湖诸友夜酌"，忆起旧时同游，虽诸友依在而黑发渐变华发，不复年少，故国亦复不存，作者内心感怀前代，不胜悲慨。其又评《湘月·行行且止》一词云："鸥点二句，写出水乡秋意。'岸嘴'二句，状村景细确。下阕因《晋雪图》而叹袁安宅废，谢傅庭空，即使晋代犹存，而斯人不作，谁共清游。玉田与中仙，皆君国之念甚深，其追怀晋代，亦借古慨今也。"② 张炎于题下有序，略述其作词缘由云："余载书往来山阴道，每以事夺，不能尽兴。戊子冬晚，与徐平野，王中仙曳舟溪上，天空水寒，古意萧飒。中仙有词雅丽，平野作《晋雪图》，亦清逸可观。余述此调，盖白石《念奴娇》鬲指声也。"薛砺若评张炎之词时，云其家国身世之感，由"悽恻冷越，笔带秋声"中体现。其见此秋冬之景，亦有凄恻冷隽之感，且又与王沂孙、徐平野二友重逢。于萧瑟冬风之中又赏平野之作，见其中晋代故事，何能不思宋帝、故国？

梁启勋以为，其词今昔所对比的是昨日的欢愉与今日的落魄。他评张炎《斗婵娟·春感》一词云："玉田乃落魄王孙，过故国而兴感之作，集中数见。此词全首不叙今日之满目苍凉，但写前时赏心乐事，最后以'愁极酒醒，背花一笑'二语兜转，倍觉凄凉，此与杜工部'忆昔开元全盛日'至'叔孙礼乐萧何律'一段同一章法。"③ 张炎重回故园，又见少年时所游之水房依旧由旧柳守护。眼见荒芜，恼听莺声，而心中犹忆旧时繁华。在今昔对比之间顿生愁思。同是一杯浊酒、一片花海，所不同者，是作者早已由翩翩王孙沦为落魄行人。酒醒后，苦笑而去，只留下一袭萧索的背影。

俞陛云以为，家国之感源于今昔对比的变与不变。他评张炎《春从天上来·海上回槎》一词云："故国重来，旧人云散。上阕至'纹纱'句历历叙之。'蝴蝶飞来'以下八句，是春是梦，一片迷离幽怨，

① 俞陛云：《唐五代两宋词选释》，上海古籍出版社 1985 年版，第 632 页。
② 同上书，第 625 页。
③ 张炎著，黄畲校笺：《山中白云词笺》，浙江古籍出版社 1994 年版，第 131 页。

家国苍凉之感合并其中。春自无情，人自伤情，勿错怨杨花、杜宇也。"① 董高士之楼依旧矗立，而旧时欢宴之人早已不在。不变者引起对变者的思恋，变者又在与不变者的对比中激发家国之感。俞陛云在《唐五代两宋词选释》中云："玉田生平踪迹，历燕蓟、天台、明州、山阴、义兴等处，而于吴中尤所恋恋。"② 张炎在吴中仿若孤独的守陵人，守护着一份不变的故国之景。其虽软弱，不敢举义旗以图恢复，但至死不仕新朝，亦足见其忠爱之情怀。

　　民国时期词学批评重视张炎黍离之悲，大致缘于三个方面：一是就张词本身而言，黍离之感是其基本主题。杨海明在《张炎词研究》一书中云："一部《山中白云词》，给人的总体印象是：它用或悲或愤（前者是主要的）的笔调，时隐时现、反复缠绵地抒写着作者的家国之痛和身世之感。因此可以说，它的基本主题即是'黍离之悲'、'麦秀之恸'。"③ 因而，民国时期词论家评张炎之作时论其黍离之感，方得圆照。其二，就词坛宗尚而言，晚清民国时期很多词论家注意到其词的思想性，不再仅仅重视其字句之工致。陈廷焯在《白雨斋词话》中曾云："大抵读玉田词者，贵取其沉郁处。徒赏其一字一句之工，遂惊叹欲绝，转失玉田矣。"④ 况周颐在《宋人词话》中有云："玉田故国王孙，飘零湖海，寓麦秀黍离之感，于选声订韵之间，其词固卓然名家，抑亦品节为之增重矣。"张炎深具思想性之作大多集中在宋亡以后，因而论其词作必然要提及黍离主题。其三，就俞陛云而言，与张炎相似的人生经历与情感体验，促使他对此评论较多。俞氏历经晚清民国的易代变乱，其晚年生活在北平，处于汪伪政权的统治之下，如张炎一般不仕伪朝，闲居家中，《唐五代两宋词选释》一书大致便在这一时期撰成。且观其《吟边小识》，亦多遗民之悲。因此，他与张炎虽时隔千年，却有着强烈的情感共鸣，其《唐五代两宋词选释》一书中，选张炎之作多达 60 首，仅次于周邦彦的 65 首。其相通之心迹可见一斑。

---

① 俞陛云：《唐五代两宋词选释》，上海古籍出版社 1985 年版，第 637 页。
② 同上书，第 468 页。
③ 杨海明：《杨海明文集》（第一册），江苏大学出版社 2010 年版，第 297 页。
④ 唐圭璋编：《词话丛编》，中华书局 1986 年版，第 3817 页。

第二节　风格表现之论

对词作艺术风格表现的考察，是民国时期词学批评中张炎之论的另一维重要视野。张炎之词具有雅正清空的风格，历代均有论说。例如，清代，章恺在《论词绝句八首》中有云："玉田妙境谁能会，万里冰壶月正凉。"① 秦恩复在《日湖渔唱跋》中有云："南渡词人推白石、玉田得雅音之正宗。"② 民国时期，吴梅在《词学通论》中亦云："玉田词皆雅正，故集中无俚鄙语，且别具忠爱之致。玉田词皆空灵，故集中无拙滞语，且又多婉丽之态。自学之者多效其空灵，而立意不深，即流于空滑之弊。岂知玉田用笔，各极其致，而琢句之工，尤能使意笔俱显。人仅赏其精警，而作者诣力之深，曾未知其甘苦也。"③ 在此，吴梅将"雅正"、"清空"分而述之。内容雅正，则词无俚俗鄙陋之语；语言空灵，则词有流丽清畅之气。而张炎又于此之外，别具爱国情怀、婉约风貌，自然取得极高的艺术成就。其词亦如蔡桢在《柯亭词论》中所言"轻圆甜熟，最易入手"，它与后世效仿者相比，立意深刻，雕琢又不掩词意，而后人仅识其中一畴，又"无其怀抱与工力也"，自然"流于滑易而不自觉"，殊为可惜。

民国时期有的词论家认为，张炎雅正清空的艺术风格源于驳荡平淡的韵致呈现。陈匪石在《旧时月色斋词谭》中有云："玉田以'春水'词得名，人呼之曰'张春水'，即《南浦》'波暖碧粼粼'一首也。余昔以其平淡无异人处，心甚疑之。沤尹先生曰：'此词虽无新奇可喜之处，然吾尝试为之，终不能及。玉田之安详合度，是即其可传处也。'夫词之平淡无奇，而他人为之辄不能及，则其境深远矣。"④《南浦·春水》一词，冠于《山中白云词》之首，各家均有论说，无不称之。然其词貌若平淡，无甚可道之处，令人"了不知其佳处"。但和之、拟

<hr>

① 孙克强、裴喆编著：《论词绝句二千首》，南开大学出版社2014年版，第105页。
② 金启华等编：《唐宋词集序跋汇编》，江苏教育出版社1990年版，第286页。
③ 吴梅：《词学通论》，中华书局2010年版，第86页。
④ 陈匪石编著，钟振振校点：《宋词举》（外三种），江苏古籍出版社2002年版，第216页。

之，却难及张炎之万一。细细寻绎，其词平淡无奇却骀荡有味，"全篇过人处"在于"运思环中，而传神于象外"，以淡语入情而隐藏锻炼，作呕心之句而"绝不伤气"，创造出深远的意境。"深情绵邈，意余于言，自是佳作。"对此，赵尊岳在《填词丛话》中有云："姜之苍雅，张之骀荡，均为百世之师。"① 姜夔、张炎同为雅词，张炎虽出于姜夔，而衍为骀荡之词，"气象宽和，情辞绵邈"，如春季景物，舒缓荡漾，安详合度。而此种平淡宽和，源于张炎词中所创造的独特艺术意境。

"玉田轻圆甜熟，最易入手"，后世学张炎者众多，功力不及者强效其词，则易暴露张词之弊。张炎之词胜在清空闲婉，而又囿于其中。然清代词论家较少谈论张炎此弊，而民国时期不少人逐渐认识到，清空风格易生空泛之弊端。赵尊岳在《填词丛话》中有云："宋词佳处，亦各擅其胜场。小山华贵而取境不大；淮海艳宕而或失之轻俊；……玉田谐婉或失之空疏；草窗、《花外》，敷藻甚工，往往言之无物。读者当各采其精英，各避其短失。"② 赵尊岳认为，张炎部分谐婉之作有空疏、不够浑厚的缺点，此正道出其"清空"艺术表现之弊。陈运彰在《双白龛词话》中云："凌次仲（廷堪）论词，以诗譬之，其言曰：'慢词如七言，小令如五言。慢词如北宋为初唐，……南渡为盛唐，……宋末为中唐，玉田、碧山，风阔有余，浑厚不足，其钱、刘乎？'"③ 浑厚之美，出于意境沉着、情感深厚，多可于清真词撷之。而张炎词，尤其是他创作于宋亡以前的词多纤细工巧，在情感表达上相对缺乏深度，如《南浦·春水》，意境远则远矣，却过于缥缈，未见沉着；词中又少实感，情感缺乏力度，因而"浑厚不足"。

赵尊岳又剖析其根源，以为无性情则显空泛。其《填词丛话》有云："玉田疏荡而有性情，故不空泛。"④ 赵尊岳指出，张炎的部分词作

---

① 《词学》编辑委员会：《词学》（第五辑），华东师范大学出版社1986年版，第215页。
② 《词学》编辑委员会：《词学》（第三辑），华东师范大学出版社1985年版，第166页。
③ 杨传庆、和希林辑校：《辑校民国词话三十种》，（台湾）花木兰文化出版社2016年版，第304页。
④ 《词学》编辑委员会：《词学》（第五辑），华东师范大学出版社1986年版，第232页。

确有空疏之弊。然其集中佳者，于疏荡中包含性情，亦见沉郁。宣雨苍在《词谰》中有云："人有真性情而后有真文字。"① 性情者，词人之真实自我、真实情感也。张炎在宋亡以前，生活于贵胄之家，钟鸣鼎食，其生活不出山水游宴等范围。因而其前期之词，亦如其父张枢之吟山水草木、弄风花雪月，自然生空泛之病；入元以后，经受家破国亡之痛，亲身经历使得其词中的悄怆凄凉之情更为深邃，家国之感更为其词增添了一分厚重，因此方得清空而不空泛。陈廷焯曾评其《台城路·寄姚江太白山人陈文卿》云"字字感慨，句句闲雅"，亦与赵尊岳所言相合。

张炎虽以雅词为主，然亦非并无变调。宋亡以后，他创作了部分逾出清空平淡风格的作品。尤其于元世祖至元二十七年（1290）时，张炎曾离开原本生活的江南一带，北上大都。这种生活环境的改变，使其创作发生较大的变化。于此，民国时期有的词论家亦有论说。陈匪石《声执》有云："婉约之与豪放，温厚之与苍凉，貌乃相反，从而别之曰'阳刚'、曰'阴柔'……即观龙川何尝无和婉之作？玉田何尝无悲壮之音？忠爱缠绵，同源异委；沉郁顿挫，殊途同归。"② 观《山中白云词》，其中《湘月·行行且止》《春从天上来·海上回槎》等，均气韵沉雄；《壶中天·扬舲万里》更是满篇豪情，"可与放翁、稼轩争席"。陈匪石认为，词作风格，无论婉约或豪放，均同出于忠君爱国之旨，故而喜好壮词的陈亮有和婉之音，善填雅词的张炎亦有豪情之调。不同艺术风格的词作只要蕴含爱国情怀，均能生出沉郁顿挫之感。此论实将张炎之雅词、壮词置于其创作主题的旗帜之下，从内容表现的角度阐述了《山中白云词》所抒写现实内涵的统一性。陈匪石通过点出张炎词之变调，将他从一个"雅词词人"升华成为"爱国词人"，此举既承衍陈廷焯"读玉田词者不应徒赏其一字一句之工"之论，看到了张炎在"字句之工"以外的创作成就，又顺应民国时期词坛风气，将张炎之作纳入当时高扬的爱国浪潮中，提升了张炎的词史地位。

---

① 朱崇才编纂：《词话丛编续编》，人民文学出版社 2010 年版，第 2456 页。
② 陈匪石编著，钟振振校点：《宋词举》（外三种），江苏古籍出版社 2002 年版，第 189 页。

第三节　声律运用之论

张炎作词尤重音律。胡云翼在《宋名家词选》中云:"现在,我们就精通词律的一点上,来推荐宋代乐府词坛的四大权威——柳永、周邦彦、姜夔与张炎。""姜夔与张炎均为音乐专家,有自度腔流行于时。"① 即使不喜张炎者如胡适,其在《词选序》中亦云:"史梅溪、吴梦窗、张叔夏都是精于音律的人,……他们不惜牺牲词的内容,来迁就音律上的和谐。"② 词体声律的探究,经清代各家不断推进后,至民国时期已然较为完备。较前代而言,民国时期词论家偏重对格律的探讨。龙榆生在《晚近词风之转变》中云:"于是倚声填词者,不复知乐律之律,而字音轻重之律,则仍可于前贤遗制推求得之。"③ 他们希望在曲谱亡佚、音律不可探求的情况下,以格律的合范追求声律的和谐。夏仁虎在《谈词》中有云:"词之谐不谐,恃乎韵之合不合,此不可不察也。"④ 因此,对张炎之作叶韵的考察便成为其词作批评的重要部分,虽然诸家多于大处着眼,有云"玉田新声最美"、"妙解音律",然亦有从小处讨论其词之用韵者。于此有所议论者大体认为:张炎词中,平、上、去三声用韵杂。吴梅在《词学通论》中有云:"玉田用韵至杂,往往真文、青庚、侵寻同用,亦有寒删间杂覃盐者,此等处实不足法。"⑤ 依照《词林正韵》,真文、青庚、侵寻均为平声,但真、文为第六部、青庚为第十一部、侵、寻为第十三部,各部本不应通用。而张炎在《庆春宫·波荡兰舫》中的韵字分别为:晴、人、饧、迎、筝、裙、云、情、泠,分属第六部真、文与第十一部青庚。于此,顾宪融于《填词百法》中引戈载之语,说得更为具体。戈载曾云:"玉田诚不可不学,而有不

① 胡云翼编:《宋名家词选》(下编),文力出版社1947年版,第1—2页。
② 张璋、职承让、张骅、张博宁编纂:《历代词话续编》,大象出版社2005年版,第714页。
③ 龙榆生:《龙榆生学术论文集》,上海古籍出版社2017年版,第468页。
④ 杨传庆、和希林辑校:《辑校民国词话三十种》,(台湾)花木兰文化出版社2016年版,第126页。
⑤ 吴梅:《词学通论》,中华书局2010年版,第87页。

可学之一端，则其用平、上、去三声之韵也。词之合律与否，全在乎韵，玉田则'真'、'文'、'庚'、'青'、'侵'杂用。'真'、'文'为抵腭韵，'庚'、'青'为穿鼻韵，'侵'为闭口韵，亦有'寒'、'删'间杂'覃'、'盐'。'寒'、'删'亦抵腭，'覃'、'盐'亦闭口，皆断不能通者。"① 顾宪融对张炎有所回护，认为"张玉田为人诟病，不曰律不精，即曰韵太杂"。他从张炎词之数量着眼，认为《山中白云词》所收之作"为数太多，不无瑕瑜之互见耳"。其承认张炎的部分词作有律粗韵杂之病，却肯定了张炎词之最精者水平极高。因此，"使于三百首中，仅精选数十首传之后世，亦何至供人指摘耶？"② 但实则亦认为部分张炎之词在声律上存在不小的问题。与此相对，张炎词于入声用韵谨严。吴梅在《词学通论》中有云："惟在入声韵，则又谨严，屋沃不混觉药，质陌不混月屑，亦不杂他韵。"陈运彰在《双白龛词话》中亦有相似之论，认为张炎"用韵至为泛滥"，"句中于双声叠字，亦有安之未洽者，读之顿觉戾喉棘舌"，但在入声韵辨析入微，谨严有度，"极为可法"。③

毋庸置疑，张炎是通晓音律的，"用功逾四十年，锤锻字句，必求协乎音律"。胡适在《评唐宋词人》中认为他"宁可牺牲词的意思来迁就词的音律，不肯放松音律来保存词的情意"④。张炎又著有《词源》一书，讨论音律、创作，他对音律务求妥溜，又怎会不知平、上、入韵各字叶韵与否？此前诸家，亦多称其通晓音律，用韵严谨。如此抵牾之论之所以出现，试论其原因或有三点：一是就民国时期研究者来说，受戈载等影响，存在以今律古的现象。宋代填词"以声合不以部限"。戈载在解释这种现象时，认为"南宋词人多不经意之作，取其便易，玉田亦未能免俗"，片面地认为宋代词作若有不合《词林正韵》所列韵部时，或为创作便利，或为用韵不严。然究其本源，《词林正韵》与不少

① 顾宪融：《填词百法》卷下，（上海）中原书局1931年版。
② 屈兴国：《词话丛编二编》，浙江古籍出版社2013年版，第2593页。
③ 杨传庆、和希林辑校：《辑校民国词话三十种》，（台湾）花木兰文化出版社2016年版，第308页。
④ 张璋、职承让、张骅、张博宁编纂：《历代词话续编》，大象出版社2005年版，第767页。

韵书，虽总结了宋代名手之作，对唐宋之韵进行了拟构，"万不得已，宁守宋词旧式，不致僭越规矩"。实则这种呆板凝固的做法，"其法益密"，"其境亦苦"，并不能完整无误地重现宋人之韵，存在着不少错漏。如其所云"真"、"庚"、"侵"等韵，张德瀛便在论《词林正韵》时以为，"戈氏于入声韵编分五部，核诸唐宋诸家词，独见精审。惟以第六部之真、谆等韵，第十一部之庚、耕等韵。第十三部之侵韵，判而为三，与宋人意旨，多不相合"①。宋代与清代、民国时期用韵不同，"今之所疑拗句者，乃当日所为谐音协律者也"。而前人不能识之，民国时期诸家继此错漏之法，以清代、民国时期之用韵评张炎之词，自然难有客观之论。二是就张炎本身来说，其作词"当以可歌者为工，虽有小疵，亦庶几矣"②。唐宋人作词，并非如工业生产一般毫厘不差，其词虽受韵律约束，但同调之下，只需大体相同，个别之处允许有异或不合韵。沈义父在《乐府指迷》中曾云："古曲谱多有异同，至一腔有两三字多少者，或句法长短不等者，盖被教师改换。"③龙榆生总结《词源·音谱》观点为："歌词之不合律者，可由歌者设法宛转迁就之。"④就具体作品而言，其《清波引·横舟是时以湖湘廉使归》《霜叶飞·悼澄江吴立斋，南塘、不碍云山皆其亭名》《忆旧游·寄友》等，或于字数运用，或于平仄押韵，与周邦彦、姜夔或王沂孙等之作稍异。吴梅《词学通论》论小词押韵时亦云："古人成作，彼此不符。"⑤可见，在张炎看来，词调仅是一个大体的框架，可以根据创作的实际情况略作改动，以便歌唱。"每作一词，必使歌者按之，稍有不协，随即改正。"甚至在其认为现有词调不足以应和情感表现时，可自度一曲以求情感畅发。因此，张炎终归以能歌为先，若有纰漏，亦可不论。戈载于《玉田词序》中便云："况玉田三百首中不合韵者仅三十七首，此亦偶然之误耳。"又云"当取古人之是者学之"。此中正恕人之论也。三是就宋代填词来说，当时存在以方言入词的现象，张炎填词或便如此。

---

① 唐圭璋编：《词话丛编》，中华书局1986年版，第4123页。
② 同上书，第256页。
③ 同上书，第283页。
④ 龙榆生：《龙榆生词学论文集》，上海古籍出版社2009年版，第152页。
⑤ 吴梅：《词学通论》，中华书局2010年版，第6页。

戈载在《词林正韵》中曾云："宋人词有以方音为叶者。"李佳《左庵词话》亦云："宋人词有以方音为叶者，如黄鲁直惜余欢，阁合同押。林外洞仙歌，锁考同押。曾觌钗头凤，照透同押。刘过辘轳金井，淄倒同押。吴文英法曲献仙音，冷向同押。陈允平水龙吟，草骤同押，皆以土音叶韵，不可为法。"① 可见，以土音押韵，在宋代十分常见。究其原因，填词是为了歌唱，而歌者并非全用官话，自然在填词时，词人要考虑唱者用何语。"歌词之能否协律，必以歌喉为准。"为方言唱者作词自然应用方言发音押韵。因此，有些现在看来不押韵的地方，可能是以方言入词的原因。

　　总之，宋代填词用韵情况较为复杂，由于音理失传而难以厘清。且诸家如此论张炎之韵，亦有其现实的原因。自词体形成以来，叶韵逐渐由宽至严。晚近以来，词人用韵，"自喜泛滥"，且彼辈"每以玉田为藉口"，张炎虽有声律运用精细之名，但宋人押宋韵，今人押今韵，而彼辈"以宋律今"，借张炎不合清代民国时期韵部之处，宥己词用韵不严之谬。诸家为救弊补失，击破谬论，便借张炎为武器，指出张炎词中不合韵律之处，以攻张炎身后之当代填词庸手。例如，吴梅论张炎用韵，结尾却云："学者当从其谨严处，勿藉口玉田，为文过之地也。"② 然其又云："余谓小词如《点绛唇》、《卜算子》类，凡在六十字下者，四声尽可不拘。一则古人成作，彼此不符；二则南曲引子，多用小令，上去出入，亦可按歌，固无须斤斤于此。"③ 这一严一宽之间，足可见吴梅对张炎之评实出于纠正时弊，而非有意诋毁。故而诸家议论当辩证看待，切勿顾此失彼。

第四节　词史地位之论

　　民国时期词论家虽对张炎褒贬不一，但对其词史地位有着较为一致的认识。各家对张炎词史地位的建构，主要是通过姜夔与张炎之比较来

① 唐圭璋编：《词话丛编》，中华书局 1986 年版，第 3127 页。
② 吴梅：《词学通论》，中华书局 2010 年版，第 87 页。
③ 同上书，第 6 页。

实现的。这主要包括两个方面：一是在艺术源流上，认为姜夔是张炎的
主要词学渊源之一，而张炎学于姜夔，其中自然有张炎不如姜夔之意。
张炎作为两宋词家的殿军，其身处的便是姜词的时代。薛砺若在《宋
词作风的时间分剖》一文中云："第六期：为南宋末期，是'姜夔时
期'的稳定与抬高时期。这时候大作家如王沂孙、张炎、周密三个人，
都系姜夔的继承人。"① 因此在世风的熏陶下，张炎深受姜夔的影响。
另外，张炎词中的清空骚雅风格，即是通过学习姜夔等骚雅词人继承与
发扬而来。

　　陈洵在《海绡说词》中有云："南宋诸家，鲜不为稼轩牢笼
者。……二刘笃守师门，白石别开家法。……至玉田演为清空，奉白石
为祧庙。"② 明确指出张炎之词在形成"清空"艺术风格时，继承了姜
夔之作的宝贵遗产。追本溯源，张炎本人对于姜夔更是极度推崇，他在
《词源》中便多次提及姜夔之词，以其为标杆，"最右白石"。在论述
"清空"、"质实"时，亦盛赞姜夔之词如"野云孤飞，去留无迹"，以
扬姜抑吴的方式进行论说。可见，张炎在构建其词学理论批评时对姜夔
有着较为明显的继承与张扬。蔡桢在《柯亭词论》中有云："白石词在
南宋，为清空一派开山祖，碧山、玉田皆其法嗣。"③ 其又评张炎词作
有《黍离》《麦秀》之感，点明张词在思想内容上与姜词趋同。姜夔在
世时，宋金屡次交战，故都汴京一直在金人手中，因而姜夔词中，黍离
之悲显而易见。张炎更是"水落槎枯，田荒玉碎"，故国被异族统治，
自家旧园物是人非。两人又都有游历江湖、寄食他人麾下的经历，羁旅
之思与家国之感在他们的词中均有体现。而蔡桢此前又指出张炎身在姜
夔"清空派"之中。寥寥数笔，两人的联系已被勾勒出来。因此，在
明确姜夔与张炎之间具有师承关系后，自然有视张炎为姜夔从祀之意，
以为其"具夔之一体"，因而其词史地位隐隐地被定位于姜夔之下。

　　二是在艺术表现方面，大多数词论家认为张炎不如姜夔。况周颐的
《蕙风词话》有云："周保绪（济）《止庵集·宋四家词筏序》以近世

① 薛砺若：《宋词通论》，江西教育出版社 2018 年版，第 34 页。
② 唐圭璋编：《词话丛编》，中华书局 1986 年版，第 4838 页。
③ 同上书，第 4913 页。

为词者，推南宋为正宗，姜、张为山斗，域于其至近者为不然，其持论介于同异之间。张诚不足为山斗，得谓南宋非正宗耶？"① 况周颐对周济并举姜、张提出质疑，认为张炎之词不足与姜夔之作并论。况氏于此摘去张炎，仅是甲乙姜、张二人之次第，并非全盘否定张炎之词。他曾以书法名家为喻，认为"玉田如赵文敏"，借赵孟頫来评价张炎的词史地位。可见，其承认张炎之词具有很高的艺术水平，但相较于姜夔又等而下之了。对此，宣雨苍《词谰》有云："玉田于白石具体而微，然风骨终不能及。"② 此正如王国维在《人间词话》中所云："白石尚有骨，玉田则一乞人耳。"③ 王国维所云，稍有激进偏颇，但大体亦无差错。张炎继承了姜夔的遗产，气象大体已备，然独少风骨，终差一等。宣雨苍之论较为中肯，张炎在其词中一直以孤雁形象示人，"离群万里"，"旅愁荏苒"。他既不与元代统治者合作，又不参加反元斗争；其词清空骚雅。他只在自己的世界中徘徊与照影，即使稍有逾矩，接触现实后作了壮词，却又立刻借隐世逃离，回到穷困潦倒的江湖生活之中。

詹安泰在《无庵说词》中分析了姜夔、张炎句调、笔法之后，指出"玉田专学白石'高柳垂阴，老鱼吹浪'一类句调耳，非真白石也。二白并称，不免冤煞尧章"④。张炎的家庭出身与性格，决定了他终生会秉持士大夫"清"、"雅"的审美情趣，即使表现家国黍离之情，也是围绕着自己的不幸遭遇，以哀伤凄凉的形式表现出来。而姜夔之词"气体雅健"，即使"流落江湖"，亦"不忘君国，皆借托比兴于长短句寄之"，北狩、恢复、偏安，在其词中均以比兴寄托体现。其创作视野广阔、情感表现深沉，皆是张炎所不能及处。无怪乎陈永年在《词品——仿钟嵘〈诗品〉之例略述两宋词家流品》一文中，将姜夔置于上品，而将张炎置于中品也。

---

① 王国维著，徐调孚注，王幼安校订：《人间词话》，人民文学出版社 1960 年版，第 49 页。

② 朱崇才编纂：《词话丛编续编》，人民文学出版社 2010 年版，第 2460 页。

③ 王国维著，徐调孚注，王幼安校订：《人间词话》，人民文学出版社 1960 年版，第 259 页。

④ 张璋、职承让、张骅、张博宁编纂：《历代词话续编》，大象出版社 2005 年版，第 1329 页。

　　然民国时期亦有词论家以为，张炎应与姜夔齐名。俞陛云评张炎《月下笛·万里孤云》一词时云："玉田与姜白石齐名，世有姜张之目。郑所南谓玉田：'三十年汗漫南北数千里，……仰攀姜尧章、史邦卿、卢蒲江、吴梦窗诸名胜，互相鼓吹春声于繁华世界……能令饰绣西湖三十年后，犹生清响。'仇山村谓其'意度超玄，律吕协洽'。舒阆风谓其'诗有姜尧章深婉之风，词有周清真雅丽之思，……未脱承平公子故态。'光绪间王鹏运校刻其集，亦推许甚至。"① 俞陛云持论较为旧派，其《唐五代两宋词选释》所体现的词学思想中，既因家学原因受浙派影响；又接受常州派的观点。因此，在论比兴寄托之外重视词的艺术性，其分析亦从意境、音律、技法等处着手。因此，俞氏此处论述，应是借以往词论家之作，阐发自己对张炎之词艺术水平的看法。而没有论及张炎之词在思想内容方面的短板，因而在这一维面上，云其与姜夔齐名是没有问题的。

　　持此论者又有陈匪石。他在《宋词举》中云："选南宋词者，戈顺卿取史、姜、吴、周、王、张六家，周稚圭取姜、史、吴、王、蒋、张六家，周止庵则以辛、王、吴为领袖。夫张炎之妥溜；王沂孙之沉郁；吴文英极沉博绝丽之观，擅潜气内转之妙；姜夔野云孤飞，语淡意远；辛弃疾气魄雄大，意味深厚：皆于南宋自树一帜。流风所被，与之化者各若干人。然蒋捷身世之感同于王、张，雕琢之工导源吴氏，周密附庸于吴，尤为世所同认，始舍周、蒋而录张、王、吴、姜、辛，意实在此。至此五家者，相因相成，往往可见，然各有千古，不能相掩也。"②《宋词举》一书出版于1947年，此时期较民国初年来说，对晚清词学的因袭更少，正处在向现代词学转型时期。词论家的论述更显辩证通达。

　　综上所述，民国时期词论家对姜夔与张炎地位的比较，大体是张不如姜。试析其原因，大略有二：一是历史因素。因为词作风格、艺术渊源等关系，张炎一直被视为姜夔的羽翼。即使认为张炎"与白石老仙

————————

① 俞陛云：《唐五代两宋词选释》，上海古籍出版社1985年版，第654页。
② 陈匪石编著，钟振振校点：《宋词举》（外三种），江苏古籍出版社2002年版，第8页。

相鼓吹"、"与白石老仙方驾"，也隐约有略输一筹之意。对张炎的批评，起于元，晦于明，盛于清，但自始至终，在词论家的评价中，其大多难逃出姜夔的范围。特别是清初，在对张炎进行重新发现后，各派诸家都对张炎的词学渊源、词史地位进行了分析。汪森《词综序》曾云："鄱阳姜夔出，句琢字炼，归于醇雅。……王沂孙、张炎、张翥效之于后。"①汪森综论"姜夔词派"，略述姜夔对南宋词人的巨大影响，点出姜、张之间的继承关系。《词论》亦云："周清真，诗家之李东川也。姜尧章，杜少陵也。吴梦窗，李玉谿也。张玉田，白香山也。……词至白石，疏宕极矣。梦窗辈起，以密丽争之。至梦窗而密丽又尽矣，白云以疏宕争之。"②张祥龄更是以白居易诗学杜甫为喻，又借两人之"疏宕"风格为线索，勾勒出姜、张的宗祧关系。即使认为张胜于姜的邓廷桢，亦承认张炎以"遗貌取神"的方式继承姜夔。清代诸家，尤其是晚清词论家对张炎的详尽论说，深刻影响了民国时期词论家对张炎的评论，其中的承衍关系显而易见。二是时代宗尚。民国时期上承晚清，吴文英之词风盛行。"近世学梦窗者，几半天下"，而张炎和吴文英，因为创作与主张相异，常常站在对立面。龙榆生在《词史要略》残稿"南宋词中"一章之拟目中，将南宋末期名家分作"丽密"、"咏物"两派。张炎在此被归入王派词人，属咏物派；而吴文英被归入丽密派，由此可见张炎、吴文英在艺术上有对立之意。③而在词学理论批评方面，张炎以"七宝楼台"喻吴文英之作，直接对吴文英之密丽风格予以指责，因而晚清民国时期词论家大多认识到两人在艺术主张上的对立。蒋兆兰在《词说》中云："继清真而起者，厥惟梦窗。英思壮采，绵丽沉警，适与玉田生清空之说相反。"④自然好吴文英者，于张炎多有贬抑之词，以为张炎不及吴文英。而姜夔与吴文英之优劣关系，或视姜夔为南宋词人之冠，吴文英次之；或以两人为"双峰并峙"，因而在晚清民国时期很多词论家看来，姜夔胜于吴文英或与其相等，而吴文英又胜于张炎。例如，陈廷焯在《白雨斋词话》中云："白石，仙品也；

---

①　朱彝尊、汪森编，李庆甲校点：《词综》，上海古籍出版社1978年版，第1页。
②　唐圭璋编：《词话丛编》，中华书局1986年版，第4211页。
③　龙榆生：《唐宋词格律》（外二种），上海古籍出版社2017年版，第339页。
④　唐圭璋编：《词话丛编》，中华书局1986年版，第4633页。

东坡，神品也，亦仙品也；梦窗，逸品也；玉田，隽品也。"① 隽者，甘美而深长也，隽与逸终隔一层。自然在当时有张炎不如姜夔之论。

　　当然，在民国时期词坛，也有一些词论家对张炎之作的评价殊为不佳。较宽和者云其"实乃平平"。较激进者如闻野鹤云其乃"下驷才也"，言辞激烈，宛若仇雠。对张炎词的消极评价，从文学接受的角度来说，可以看作民国时期词坛对其经典性质的消解。童庆炳在《文学经典建构诸因素及其关系》一文中云："文学经典是一个不断地建构过程。"② "玉田之风，振之曝书"，对张炎词作经典性的建构之势，自朱彝尊，到常州派兴起后方才停滞，而后开始消解。民国时期词坛的艺术趣味发生改变，更尚通俗与豪放，而对雅正与婉约之作的关注度有所下降。同时，词坛风行"重拙大"之论，与张炎"词要清空"之论迥异。"愈唱愈高"的"玉田真面目"不再受人追捧，整个词坛风向也由宗南宋转为尚北宋，张炎之词因而受到冷落。同时，《山中白云词》的地位于清代前中期被过分抬高，被奉为不刊之圭臬。因而，民国时期词论家对前人有所补正，对张炎之词由过誉而趋向更为理性的批评。

　　总结民国时期词学批评中的张炎之论，可以看出，其主要体现在四个维面：一是词作主题抒写之论，二是艺术风格表现之论，三是词体声律运用之论，四是词史地位之论。其中，在第一个维面，一些批评家讨论了张炎之词的黍离主题，探寻了其抒写缘由及表现手段等。在第二个维面，一些词论家通过寻绎张炎之雅正清空艺术风格的源头，揭示了其词的平淡韵致，并指出清空风格易生空疏之弊。在第三个维面，一些批评家探讨了张炎词的音律运用，认为其平、上、去三韵杂而入声韵极为严密。在第四个维面，一些词论家以姜夔为坐标，进一步标示出张炎的词史地位。民国时期词学批评中的张炎之论，在对前人之说的承衍中有所拓展与创新，体现出丰富多样的批评内涵，为我们更好地把握张炎其人其作提供了平台与空间。

---

　　① 陈廷焯著，杜维沫校点：《白雨斋词话》，人民文学出版社 1959 年版，第 205 页。

　　② 童庆炳：《文学经典建构诸因素及其关系》，《北京大学学报》（哲学社会科学版）2005 年第 5 期，第 71 页。

结　　语

　　通过对民国时期词学理论批评衍化与展开的考察,我们认为:1.
民国时期,我国传统词学仍然不断开出新义。其词学理论批评,是传统
词学推衍发展的有机组成部分,是传统词论"众人添火"之内在延续,
其流程似入末世而却非回光返照,其面貌似相对稳态而内含化转与开
新,成为推动我国词学现代化转型的关键时期,体现出由古典向现代过
渡与转型的重要意义。2. 民国时期词学理论批评在整体上呈现出有选
择性地展开与建构的特征。一方面,一些传统词学命题论说范围不断收
窄,甚或淡出理论批评视域,如词源之论、词兴之论、词法之论、词味
之论、词韵之论、词趣之论、词格之论、正变之论等;另一方面,又有
一些命题如词体之论、词情之论、词意之论、词律之论、词境之论、尊
体之论、雅俗之论、体派之论、南北宋之论等不断得以拓展与充实,并
由此得以凸显,在承纳与衍化的细致变化中,民国时期词学呈现出独有
的面貌特征,并体现出"过渡性"与"转型性"。3. 民国时期词学在
体制论、创作论、审美论、批评论、宗尚论等方面都分别有着内在的承
纳接受与创衍发展,这从质性上影响和规定着其理论构架及维面展开,
最终构建出民国词学的历史面貌及承载方式。4. 民国时期词学所达到
的广度与深度,从总体而言,是难与清代词学相比的,但其在一些命题
上或体现出卓越之见,或有着独特之处,或显示认识蜕变,进一步延展
了传统词学的触角,完善了传统词学的建构,在很多论题上亦提升了传
统词学理论批评的水平,具有重要的历史价值。5. 在多维发展流程中,
民国时期词学理论批评体现出交融性、藤蔓状展开等特征,其"保守
性"与"自觉性"共生,"建构性"与"破解性"并存,"传统性"与
"现代性"糅合,甚富于历史观照与反思意味。6. 民国时期词学理论批

评的承纳与衍化是历时和共时发生的必然结果；同时，其建构与展开又为传统词学的转型与创新起到直接的沟通或催化作用。它从一个独特的视域，有机地展示出"中国文论古今演变"的动态化历程，是对我国文论发展之民族性道路及特色与现代化视域及方向的生动诠释与实体呈示。

　　具体来说，在词学体制论领域，民国时期词学对词作体性论题作出进一步的辨析。词论家们在承衍前人对词之体性辨说的基础上，较为集中地从艺术体制与内在质性，创作旨向与艺术功能、音调变化与审美表现、面貌呈现与风格特征，以及词作自然表现等角度进一步予以了展开。他们对词体与诗、曲等文体的相通相趋与相异相离进行了具体丰富而细致深入的辨说。这些辨说，从不同视点上展开、充实、深化与完善了传统词体之论的内涵，为我们全面深入地把握词体之质性提供了坚实的平台，其也从一个视点显示出民国时期词学所达到的思维认识高度。

　　在词学创作论领域，民国时期词学对词情之论、词意之论、词气之论、词律之论、词境之论、用事之论等作出了不断的论说。大致来说，民国时期传统词学中的词情之论，主要体现在三个维面：一是对"情"作为词作生发之本的标树，二是对词情表现特征与要求的论说，三是对"情"与其他创作因素关系的探讨。其中，在第二个维面，主要包括四个方面内容：一是词情表现含蓄蕴藉要求之论，二是词情表现真实自然要求之论，三是词情表现新颖独创要求之论，四是词情表现中和化要求之论。在第三个维面，主要体现在词情与涉世、"情"与"辞"、"情"与"韵"、"情"与"景"、"情"与"意"、"情"与"境"的关系之论中。上述三个维面，多向度地展开了词作情感表现之论，使古典词情之论在多维面上得到拓展、充实、深化与完善，标示出传统词情论的发扬光大。民国时期传统词学中的词意之论，主要体现在三个维面：一是对词作之本"意内言外"论的继续标树，二是对词意表现特征与要求的论说，三是对"意"与其他创作因素关系的探讨。其中，在第二个维面，主要包括六个方面内容，即新颖独创、含蓄深致、真实自然、圆融浑成、不可取巧与精粹凝练及切实充蕴要求之论。在第三个维面，主要包括两个方面内容，即：词作构思、用笔与表意关系之论，词作用语与意致呈现关系之论。上述几个维面所呈现的内容，大范围与多向度地展开了古典词意之论，使词意之论在多维面上得到拓展、充实、深化与完善，极大地丰富了传统词学创作论的内涵。民国时期传统词学中的词气论，主要体现在三个维面：一是对"气"作为词作本质因素的标树之论，二是词气审美特征与要求之论，三是词气呈现与创作因素关系之论。其中，在第二个维面，主要包括两个方面：一是词气潜伏流贯与运转自如论，二是反对迂腐与寒酸之气论；在第三个维面，也主要包括两个方面：一是词作用笔与行气关系之论，二是词人性情与词气关系之论。这些论说，从不同视点上继续展开、充实、深化与完善了传统词气之论的内涵，为我们全面深入地把握词气论题进一步提供了宽阔而坚实的平台。民国时期传统词学中的词律之论，主要体现在三个维面：一是偏于对协律的标树之论，二是偏于对破律的标树之论，三是主张协律与破律相结合之论。其中，在第一个维面，很多词论家对协律的必要性不断予以强调，对如何协合音律予以了探讨。在第二个维面，不少词论家对拘守声律之论不断予以了批评与消解。在第三个维面，不少词论家从较为综合的眼光与更为平正的视点出发，对词律表现之道予以了会通，他们一方面强调协律的必要性，另一方面又对协律持较为平正融通的态度，主张因意而音，律为意用。上述三个维面，相互交融、相互补充，共构出民国时期传统词律之论的主体空间，将词律之论推向一个新的平台。民国时期传统词学中的词境之论，主要体现在四个维面：一是对"境"作为词作审美之本的不断标树，二是对词境表现要求的多方面论说，三是对王国维《人间词话》对词作境界类型之分与层次界划的承衍论说，四是对王国维"境界"说的消解之论。其中，在第一个维面，一些词论家进一步将传统词学"境"范畴的审美本体地位不断张扬开来。在第二个维面，一些词论家对词境表现或承扬或提出真实自然、深致静穆与新颖别致等要求，将对词作艺术境界表现要求的探讨不断言说开来。在第三个维面，一些词论家从不同的视点对词作境界类型之分与层次界划提出各异的看法，极大地丰富与完善了对词作境界呈现的认识。在第四个维面，一些词论家针对王国维在理论总结与批评创新中难免出现的不周延之处予以大力的反思与修正，使传统词学"境界"说得到更为完善的建构。民国时期词学从主体上继续展开了古典词学中的境界之论，将传统词境之论的本质内涵与历史意义更为明确与充分地揭橐和彰显出来。民国时期传统词学中的用事之论，主要体现在三个维面：一是对词作用事的要求之论，二是对词作用事之法的探讨，三是对词作用事的分析之论。其中，在第一个维面，包括两条线索，一是要求词作用事自然妥帖圆融之论，二是要求词作用事灵活、事为意用之论。在第二个维面，词论家们将辩证原则充分运用到对事典运用的论说之中。在第三个维面，词论家们对词之寓事用典的多方面理据与相关注意之处、优缺点等予以了论说。上述三个维面，从主体上展开了传统词学用事论的空间，将词学用事论的内涵较为完整地呈现出来。

　　在词学批评论、宗尚论领域，民国时期词学对尊体之论、雅俗之论、体派之宗、南北宋之论等作出不断的论说。大致来说，民国时期传统词学中的尊体之论，主要体现在三个维面：一是从诗词同源或同旨角度对词体的推尊，二是从创作实践之难角度对词体的推尊，三是从有补于诗歌艺术表现角度对词体的推尊。上述几个维面，彼此之间相互联系、相互影响与相互生发，从主体上继续展开了古典词学对词之体制的推尚，标示出古典词学尊体之论走过一条不断拓展、充实、深化与完善的道路，是甚富于历史观照价值与社会现实意义的。民国时期词学批评中的雅俗之论，主要体现在两个维面：一是高标去俗崇雅创作原则，二是多方面探讨词作雅俗呈现论题。其中，第一个维面内容，主要体现在况周颐、赵尊岳、唐圭璋、陈运彰、朱庸斋等的论说中，他们在新的时代背景下，将词作追求雅致的原则进一步倡扬与彰显开来。第二个维面内容，主要体现在况周颐、陈洵、蒋兆兰、夏敬观、吴梅、周曾锦、唐圭璋等的论说中，他们主要对词作雅俗呈现与主体情感表现、学养蓄贮、语言运用及审美境界创造等的关系论题予以不同程度的论说，将词作雅俗之貌的呈现与创作主客体因素多方面的联系予以了进一步的拓展与深化。上述两方面论说线索，从主体上继续展开了古典词学批评中的雅俗之论，将传统词学中雅俗论的思想内涵与历史意义更为充分地呈现出来。民国时期词学批评中的体派之宗论，其主要体现在两个维面：一是偏重于推扬婉约词体之论，二是主张婉约与豪放不可偏废之论。此两方面线索，各见承衍，各有推阐，在客观上形成相互联系、相互对立的交集与建构关系。它们从主体上继续展开了古典词学批评中的体派之宗论，将传统词学中体派宗尚的历史意义与批评拘限更为充分地揭橐出来。民国时期词学批评中的南北宋之论，主要体现在两个维面：一是偏重以北宋词为宗尚之论，二是主张兼融并取南北宋词之论。相比照而言，前一线索论者大多从其词作审美理想或所持词学批评取向而论；后一线索论者则大多从较为理性的批评立场或原则而论，因此，其批评视域更见宏通，批评主张更显圆融。此两方面线索，形成相互联系、相互对立的交集与建构关系，它们从主体上继续展开了古典词学批评视域中的南北宋之论，将传统词学中南北宋之宗的历史意义与批评拘限更为明确地彰显出来。

　　在词学批评论领域，民国词学还对"明词"、"清词"等作出不断的论说。大致来说，民国时期词学批评中的"明词"之论，主要体现在三个维面：一是对明词总体性否定的继续判评，二是对明词衰亡的多元分析探讨，三是对词亡于明的消解与纠偏之论。其中，在第二个维面，人们主要从词曲相混、自度曲律、萎靡软俗、意格不高等方面对明词之弊予以了论说；在第三个维面，况周颐、赵尊岳等不拘泥于一般之见，从较为辩证的角度论说明词的不足与值得肯定之处，体现出在善于承纳中又突破传统的批评精神。民国时期词学批评对"明词"的论说，在很大程度上仍然深受正统观念的影响，人们常常立足于较为狭隘的词作体性之识，而贬抑其艺术成就与表现层次，体现出一定的武断性与局限性；但极少数有识之士独持己见，肯定明词在词作历史演变发展中的承衍性作用，识见到明词的独特价值，这显示出超越于时代的卓越识见，是难能可贵的。民国时期词学批评中的"清词"之论，主要体现在三个维面：一是对清词复兴的不断标举，二是对清词演变发展史的勾画梳理，三是对清词不足的多视点批评。其中，在第一个维面，清词"复兴"之论成为传统词学一以贯之的主体声音。在第二个维面，人们对由浙西派、阳羡派、常州派、临桂派等组构而成的衍化线索予以阶段性勾画，对清词流变大多予以了三阶段分期。在第三个维面，人们评说清词在声韵表现方面显示出劣势，存在创新不足，有些或过于随意等缺欠，将对清词的反思观照不断展衍开来。民国时期词学批评对"清词"的论说，从一个独特的视点展开与深化了对古典词史演变发展的认识，显示出重要的价值及意义。

　　在词人批评论领域，民国时期词学对苏轼、周邦彦、辛弃疾、姜

夔、吴文英、张炎等作出了不断的论说。大致来说，民国时期词学批评
中的苏轼论，主要体现在三个维面：一为襟怀才性与艺术特征论，二为
词法技巧论，三为苏辛比较论。在第一个维面，词评家们肯定苏轼的出
众才华，品评其词作的艺术特征并予以了推扬。在第二个维面，词评家
们就苏轼以诗为词创作方法和其词是否协韵进行了详细的论析。在第三
个维面，词评家延续了历来的苏辛比较之论，就二人之词的创作技巧、
意境呈现、风格表现等方面展开了评述。民国时期词学批评中的周邦彦
之论，主要体现在三个维面：一是艺术特色论，二是词法技巧论，三是
创作成就论。在第一个维面，词论家们对其沉郁顿挫、以赋为词、富艳
精工、工于体物等艺术特征展开了论说。在第二个维面，词论家们对其
知音审律，用字凝练传神，作词有明确法度等予以了论析。在第三个维
面，词论家们对其精心雕琢而自然天成的创作成就予以了推扬。民国时
期词学批评中的辛弃疾之论，主要体现在三个维面：一是词人襟怀情性
与创作才力论，二是词作内涵与艺术特征论，三是苏辛与辛刘比较论。
在第一个维面，词论家普遍对辛弃疾胸怀广大、有情性、有恢弘才力予
以了推扬。在第二个维面，词论家评说辛弃疾词作充满爱国思想，其词
不仅有豪放之音，亦见婉约之气。在第三个维面，词论家在评说辛、苏
之词以境界阔大、感情豪爽著称的同时，也对辛弃疾情感表现的浓烈、
主观理念的执着持以分析论说。民国时期词学批评中的姜夔之论，主要
体现在三个维面：一是襟怀情性论，二是艺术特征论，三是姜、吴比较
论。在第一个维面，词论家们对其人格独立、情性真挚等予以了论说。
在第二个维面，词论家们对其用笔精巧、善协音律及清空骚雅的艺术风
格展开了论析。在第三个维面，词论家们从风格特色、创作情性等方面
对比了其与吴文英的创作异同。民国时期词学批评中的吴文英论，主要
体现在三个维面：一是周、吴比较论，二是下字用语论，三是创作得失
论。在第一个维面，词论家们普遍对吴文英以周邦彦为师而自成一家予
以称扬。在第二个维面，词论家们围绕其用字密丽、炼意深致、匠心独
运进一步展开了评说。在第三个维面，词论家们对其创作得失进行了多
样的分析评说。民国时期词学批评中的张炎之论，主要体现在四个维
面：一是词作主题抒写之论，二是艺术风格表现之论，三是词体声律运
用之论，四是词史地位之论。其中，在第一个维面，一些批评家讨论了

其词的黍离主题，探寻了其抒写缘由及表现手段等。在第二个维面，一些词论家通过寻绎其雅正清空艺术风格的源头，揭示其词的平淡韵致，并指出清空风格易生空疏之弊。在第三个维面，一些批评家探讨了其词的音律运用，认为其平、上、去三韵杂而入声韵极为严密。在第四个维面，一些词论家以姜夔为坐标，进一步标示出张炎的词史地位。总之，民国时期的词学批评，进一步从不同视点将对宋代一些经典词人的认识予以了衍化、充实、深化与完善，将对他们的认识观照不断推向历史的高度，为我们更好地把握其人其作提供了平台与空间。

当然，民国时期的词学理论批评，在整体上也显示出存在一些相对比较忽视的领域。在一些方面建树无多。具体来说，在词学体制论领域，民国时期词学对词源之论的承衍论说并不见太多新意，在词学创作论领域，民国时期词学对词兴之论、词法之论的承衍论说也比较少；在词学审美论领域，民国时期词学对词味之论、词韵之论、词趣之论、词格之论的承衍论说也比较少，且亦新意无多；在词学批评论领域，民国时期词学对正变之论的承衍论说也比较少。这从不同方面显示出民国时期词学关注点的一些变化，以及其在理论批评建构上的着力所在，显示出传统词学在特定历史时期的承衍创新与萎缩消退的内在变化与消长，是甚富于历史观照意义的。

总之，我们认为：民国时期词学理论批评是难与清代词学相比的。但其在一些命题上或体现出卓越之见，或有着独特之处，或显示认识蜕变，进一步延展了传统词学理论批评的触角，完善了传统词学的建构与展开，具有重要的历史价值。其流程似入"末世"而却非回光返照，其面貌似相对稳态而内含化转与开新，体现出由古典向现代过渡与转型的重要意义。民国时期词学理论批评在承纳与衍化的细致变化中，呈现出独有的面貌。其"保守性"与"自觉性"共生，"建构性"与"破解性"并存，"传统性"与"现代性"糅合，是对中国文论发展之民族性道路及特色与现代化视域及方向的生动诠释与实体呈示。

附录一
本书所涉主要词论家简介

1. 王闿运（1833—1916），初名开运，字纫秋，改字壬秋，又字壬父，号湘绮，世称湘绮先生，湖南湘潭人。清咸丰二年（1852）举人，曾入曾国藩幕府，主持过成都尊经书院，又先后主讲于长沙思贤讲舍、衡州船山书院、南昌高等学堂，后授翰林院检讨，辛亥革命后曾任清史馆馆长。著名诗人、学者。著有《湘绮楼诗集》《湘绮楼文集》《湘绮楼日记》等。

2. 金武祥（1841—1924），原名则仁，字溎生，号粟香，又号菽香，别署一斤山人、水月主人，江苏江阴人。早年游幕，清光绪八年（1882）入曾国荃幕府，后任署广东赤溪直隶厅同知等；辛亥革命后，侨寓上海，以购书、藏书、编书、刻书为业。藏书家、诗人。著有《粟香室随笔》《赤溪杂志》《冰泉唱和集》《陶庐杂忆》《霞城唱和集》《粟香行年录》《溎生诗草》《芙蓉江上草堂诗稿》《木兰书屋词》《粟香室文稿》等，编撰有《江阴艺文志》。

3. 冯煦（1843—1927），字梦华，号蒿庵，晚号蒿叟，自称蒿隐公，江苏金坛人。清光绪十二年（1886）进士；历任山西河东道、四川按察使、安徽巡抚等。词人。著有《蒿庵类稿》《蒿叟随笔》《蒿庵论词》等，词有《蒙香室词》（一名《蒿庵词》）。

4. 奭良（1851—1930），字召南，裕瑚鲁氏，满洲镶黄旗人，有"八旗才子"之称。曾任山西河东道、湖北荆宜道、江苏淮扬道等，后入清史馆。著有《野棠轩文集》《史亭识小录》，词有《野棠轩词》四卷。

5. 严复（1854—1921），字又陵，一字几道，晚号愈野老人，福建侯官人。早年毕业于福州船政学堂，后留学英国，曾任北洋水师学堂总办。近代启蒙思想家、著名翻译家。著有《严几道诗文钞》《严复集》等。

6. 朱彦臣（1854—1929），字大征，一字雨绿、语绿，江苏华亭（今上海松江）人。文学家。著有《片玉山庄诗存》《片玉山庄词存词略》等。

7. 吴东园（1854—1940），字子融，又字紫蓉，安徽歙县人。曾任上海蜇英书局编辑，又投笔从戎。著有《六朝文挈补释》《东园传奇十八种》《东园丛编》，编有《文选类脥》等。

8. 蒋兆兰（1855—1932），字香谷，一字兰笙，江苏宜兴人。增贡生，曾参加寒碧词社、鸥隐词社，晚年客居授徒于苏州，后居上海。文学家。著有《青蕤庵文集》《青蕤庵诗集》《词说》等。

9. 郑文焯（1856—1918），字俊臣，号小坡，又号叔问、瘦碧，晚号鹤、鹤公、鹤翁、鹤道人，别署冷红词客，自号石芝崦主及大鹤山人，奉天铁岭（今属辽宁）人，隶正黄旗汉军籍。光绪举人，曾任内阁中书，后旅居苏州。工诗词，通音律，擅书画，懂医道，长于金石古器之鉴，"晚清四大家"之一。著有《大鹤山房全集》等。

10. 吴昌绶（1856—1924），字伯宛，号印丞，晚号松邻，浙江仁和（今杭州）人。清光绪三十三年（1907）进士，官内阁中书；民国期间曾任北洋政府司法部秘书及陇海路局秘书。著有《宋金元词集见存卷目》，词《松邻遗词》，刻有《仁和吴氏双照楼景刊宋元本词》。

11. 朱祖谋（1857—1931），原名朱孝臧，字古微，一字藿生，号沤尹，又号疆村，浙江归安（今湖州）人。清光绪九年（1883）进士；历任侍讲学士、礼部侍郎、广东学政；晚年以病辞，居苏州，以校书、著述自娱。"晚清四大家"之一。有词集《疆村语业》，又校刻《疆村丛书》，另编有《湖州词征》《国朝湖州词录》等。

12. 康有为（1858—1927），原名祖诒，字广厦，号长素，又号明夷、更牲、西樵山人、游存叟、天游化人，人称康南海，广东南海人。曾于广州万木草堂授徒讲学，发起"公车上书"，倡导维新运动。晚清时期著名政治家、思想家、教育家，改良主义的代表人物。著有《万木草堂诗钞》等。

13. 潘飞声（1858—1934），字兰史，号剑士，又号独立山人，广东番禺（今属广州）人。曾受聘为德国柏林大学教授，归国后，曾赴香港主持《华报》《实报》笔政，后到上海加入南社，又参加希社、沤社、鸥隐社等，晚年以卖文为生。文学家、批评家。著有《说剑堂诗集》《说剑堂词集》《在山泉诗话》《两窗杂录》等，编有《粤词雅》《粤东词钞三编》。

14. 陈锐（1859—1922），字伯弢，一字伯涛，号裒碧，湖南武陵（今常德）人。清光绪十一年（1885）拔贡，先后出任湘潭训导、桂阳州学正等；清光绪十九年（1893）举人，曾任江苏靖江知县等；辛亥革命后，先后任湖南省长公署政治顾问官、湖南省通志局分纂、常桃汉沅四县联合公立中学校长等。文学家、批评家。著有《裒碧斋集》《梦鹤庵诗集》《秋出吟词稿》《裒碧斋诗话》《裒碧斋词话》等。

15. 况周颐（1859—1926），原名况周仪，因避讳，改名况周颐，字夔笙，一字揆孙，别号玉梅词人、玉梅词隐，晚号蕙风词隐，人称况古、况古人，临桂（今广西桂林）人。清光绪五年（1879）举人，一生致力于词，尤精于词论，"清末四大家"之一。著有《蕙风词话》《玉栖述雅》《词学讲义》《阮庵笔记》《香其漫笔》等，词有《新莺词》《玉梅词》《锦钱词》《蕙风词》《菱景词》《二云词》《餐樱词》《菊花词》《存悔词》，总称为《第一生修梅花馆词》；辑有《粤西词见》等。

16. 陈荣昌（1860—1935），字筱圃，号虚斋，又号铁人、遁农、困叟、桐村，祖籍江苏上元（今南京），生于云南昆明。清光绪九年（1883）进士，授编修，历任山东学政、贵州学政、福建宣慰使、昆明经正书院山长等。辛亥革命后，隐居不仕，闭门撰述。诗人、教育家、书法家。著有《虚斋诗稿》《虚斋文集》《桐村骈文》《滇诗拾遗评选》《剑南诗抄》《东游日记》《老易通》《桐村词》《明夷子》等，又有《滇贤像传初集》《益州书画录续编》。

17. 张德瀛（1861—1914?），字采珊，号禺麓，别号山阴道上人，广东番禺（今属广州）人。清光绪十七年（1891）举人。词人、批评家。著有《耕烟词》，辑有《词征》等。

18. 李岳瑞（1862—1927），字孟符，陕西咸阳人。清光绪九年

（1883）进士，选庶吉士，散馆授工部主事，迁工部屯田司员外郎，兼充总理各国事务衙门章京。维新运动活动家。著有《评注〈国史读本〉》《春冰室野乘》《悔逸斋笔乘》等。

19. 黄人（1866—1913），原名振元、震元，后更名人昭，字羡涵，又字慕韩、慕庵，别号江左儒侠、野蛮、蛮、梦暗、梦庵、慕云，中年更名黄人，字摩西，江苏常熟人。1900年后，任东吴大学教授，后加入南社。作家、文学史家。著有《中国文学史》，编纂有《普通百科新大辞典》，与沈粹芬合辑《国朝文汇》，译有《哑旅行》《大复仇》《银山女王》《大狱记》等。

20. 周庆云（1866—1934），字景星，号湘舲，别号梦坡，浙江吴兴人。清光绪七年（1881）秀才，后以附贡授永康教谕，援例授直隶知州，均未就任；曾任苏、浙、沪属盐公堂总经理，投资兴建苏杭铁路，在杭州开办天章丝织厂，在上海设立五和精盐公司，兴办长兴煤矿等。文史学家、书画家、音乐学家、藏书家。著有《梦坡诗文》《历代两浙词人小传》《浔溪词征》《浔溪文征》《浔溪诗征》等。

21. 刘毓盘（1867—1928），字子庚，号叔禽，浙江江山人。曾执教于浙江第一师范学校，后任北京大学教授。词人、文学史家。著有《中国文学史略》《诗心雕龙》《词话》《词学斠注》《词律斠注》《叔禽词》等，编有《词史》。

22. 吉城（1867—1928），字凤池、凤堚，别字经郍、更婴，号曾甫、曾父，江苏东台人。曾任南京"上江公学堂"和合肥"庐州府中学堂"教习，主持东台"乐学馆"。学者。著有《楚辞甄微》《亭林诗补注》《鲁学斋读书杂志》《鲁学斋诗文钞》等。

23. 程适（1867—1937），字肖琴，号蛰庵，晚年人称雪堂老人，江苏宜兴人。清光绪丁酉（1897）举人，曾于安徽任知县，晚年主持宜兴女子师范学校，一生大部分时间从事教育工作。著有《蛰庵类稿》等。

24. 杨寿枬（1868—1948），江苏无锡人。清末举人，曾任北洋政府监政务总办、总统府顾问兼财政部次长、段祺瑞政府财政部次长等；1935年后寓居天津，不问外事。

25. 徐珂（1869—1928），原名昌，字仲玉、仲可，浙江杭县（今余杭）人。清光绪十五年（1889）举人，先后任商务印书馆、《外交报》《东方杂志》编辑。词人、批评家。著有《真如室诗》《纯飞馆词》《小自立斋文》《近词丛话》等，编有《清稗类钞》《历代白话诗选》《古今词选集评》等。

26. 杨铁夫（1869—1943），名玉衔，字懿生，号铁夫、季良、鸾坡，以号行，广东香山人。清光绪二十七年（1901）举人，光绪三十年（1904）考取内阁中书，官广西知府；民国年间，曾任无锡国学专修学校及香港广州大学、国民大学教授；晚年蛰居香港大屿山，以著述自娱。词学家。著有《抱香室词钞》《双树居词》《五厄词集稿》《梦窗词笺》《清真词选释》等。

27. 吴曾源（1870—1934），字守经，号伯渊，又号九珠，江苏吴县（今苏州）人。为吴梅叔父。清光绪二十三年（1897）举人，曾任内阁中书。著有《全清诗抄》《井眉轩长短句》等。

28. 陈洵（1870—1942），字述叔，别号海绡，广东新会人。曾设馆于广州西关授徒，晚年任中山大学教授。词人、批评家。著有《海绡词》《海绡说词》等。

29. 汪朝桢（1870—?），字漱兰，号芷亭，江苏丹徒（今镇江）人。擅书法。

30. 张百禔（生卒年不详），湖南长沙人。清光绪二十四年（1898）进士。余不详。

31. 王瀣（1871—1944），字伯沆，晚年自号冬饮，文别署沆一、伯涵、无想居士等，江苏溧水人，家居南京。曾任两江师范学堂教习，历任南京高等师范学校、金陵女子大学、东南大学、中央大学教授。著有《冬饮庐诗稿》《冬饮庐词稿》，曾批校《红楼梦》，评点《云起轩词》。

32. 姚绍书（生卒年不详），字伯怀，浙江会稽（今绍兴）人。先后任广西南海知县、广东观察使等。尝学词于叶衍兰。

33. 吴虞（1872—1949），原名姬传、永宽，字又陵，亦署幼陵，号黎明老人，四川新繁（今成都新都）人。早年留学日本，归国后，曾任四川《醒群报》主笔，后任北京大学、北京高等师范学校、成都大学、四川大学教授。近代思想家、学者。著有《吴虞文录》等。

34. 邵章（1872—1953），字伯炯、伯绹，一作伯褧，号倬庵、倬安，浙江仁和（今杭州）人。清光绪二十八年（1902）进士，早年曾留学日本政法大学，历任翰林院编修、杭州府学堂、湖北法政学堂监督、奉天提学使、北京法政专门学校校长、北京政府评政院院长等。藏书家、版本学家、书法家。著有《云淙琴趣词》《倬庵诗稿》《倬庵文稿》《古钱小录》《邵章遗墨》《云缪琴曲》等。

35. 杨全荫（生卒年不详），女，字芬若，江苏虞山人。工诗文，精于词。著有《绾春词》《绾春楼诗词话》，辑有《绿窗红泪词》。

36. 梁启超（1873—1929），字卓如，号任公，又号饮冰室主人，广东新会人。清光绪十五年（1889）举人；曾任强学会书记、上海《时务报》主笔，主讲长沙时务学堂，后创办《清议报》《新民丛报》《新小说》等；辛亥革命后，创办《庸言报》，后出任北洋政府司法总长、财政总长、教育总长；民国时期，专事著述，并在南开大学、北京大学、清华大学等校讲学，受聘为清华国学研究院导师。著名维新派领袖、社会活动家。一生著述宏富，著有《饮冰室合集》等。

37. 仇埰（1873—1945），字亮卿，一字述庵，江苏南京人。清光绪三十年（1904）留学日本弘文学院，宣统元年（1909）拔贡，后主持南京美术专科学校；辛亥革命后，创办江苏省立第四师范学校。词人、教育家、书法家、收藏家，"蓼辛社四友"之一。著有《鞠燕词》，辑有《金陵词抄续编》等。

38. 冒广生（1873—1959），字鹤亭，号疚斋，江苏如皋人。清光绪二十年（1894）举人，曾任刑部及农工部郎中，民国时期历任农商部全国经济调查会会长、江浙等地海关监督；抗战胜利后，任中山大学教授、南京国史馆纂修。诗词家、文史学家。著有《小三吾亭诗文集》《疚斋词论》《冒鹤亭诗歌曲论著述》《四声钩陈》《蒙古源流年表》等。

39. 陈去病（1874—1933），字佩忍、巢南、伯儒，别字病倩，笔名有季子、南史氏等，号垂虹亭长，江苏吴江人。早年参加同盟会，追随孙中山；1923 年担任东南大学教授，后任江苏革命博物馆馆长等。诗人、社会活动家、"南社"创始人之一。著有《镜台词话》《浩歌堂诗钞》《明末遗民录》《五石脂》等，辑刊有《吴江县志》《笠泽词征》

《松陵文集》《杏庐文钞》《百尺楼丛书》等。

40. 易孺（1874—1941），字韦斋、大厂，别署待公、花邻词客等，广东鹤山（今高鹤）人。早年肄业于广雅书院，精研书画、篆刻、碑版音韵、文字源流、乐理等；后留学日本，辛亥革命后长期居上海，历任暨南大学、国立音乐学院教授，印铸局技师等。词人、批评家、书画家。著有《大厂词稿》《韦斋曲谱》等。

41. 张尔田（1874—1945），一名采田，字孟劬，号遁庵、遁庵居士，又号许村樵人，浙江钱塘（今杭州）人。曾中举，官刑部主事、知县、候补知府；历任北京大学、北京师范大学、中国公学、光华大学、燕京大学等校教授；后为燕京大学国学总导师。词人、历史学家、经学家。著有《史微》《遁庵乐府》《遁庵文集》《玉溪生年谱会笺》《清史后妃传》《近代词人逸事》等，参撰《清史稿》，参编《浙江通志》。

42. 黄沛功（生卒年不详），又名浦功，号奉宣，又号心陶阁主、岐江钓徒，广东香山（今中山）人。世居中山石岐，中年后寓居澳门，从事教育工作。诗词家。著有《心陶诗钞》等。

43. 夏仁虎（1874—1963），字蔚如，号啸庵、枝巢，别署枝翁、枝巢子、钟山明民等，江苏江宁（今南京）人。清光绪二十三年（1897）拔贡，辛亥革命后，先后在北洋政府交通部、财政部任职，并成为国会议员；张作霖入关后，历任国务院财政部次长、代理总长、国务院秘书长；晚年任北京大学、北京师范大学教授。1951年任中央文史研究馆馆员。著有《谈词》《啸庵诗存》《啸庵词》《零梦词》《啸庵文稿》《碧山楼传奇》《旧京琐记》《北京志》《枝巢四述》等。

44. 杨圻（1875—1941），初名朝庆，更名鉴莹，又名圻，字云史，号野王，江苏常熟人。清光绪二十八年（1902）举人，曾官邮传部郎中，出任驻英属新加坡总领事；入民国，任吴佩孚政府秘书长，亦曾经商。著有《江山万里楼诗词钞》，其中收词四卷，即《回首词》《楼下词》《海山词》《望帝词》各一卷。

45. 钱振锽（1875—1944），字梦鲸，号谪星，又号名山、庸人、藏之，别署星影庐主人、海上羞客等，江苏阳湖（今属常州）人。清光绪二十九年（1903）进士，曾官刑部主事；辛亥革命后，在常州寄园授徒；抗战时期客居上海，以卖字画为生。通医术，工书画，尤工诗文。著有《星影楼诗文集》。

46. 夏敬观（1875—1953），字剑丞，一作鉴丞，又字盥人、缄斋，晚号映庵，别署玄修、牛邻叟，祖籍江西新建，生于湖南长沙。清光绪二十年（1894）举人，1895年入南昌经训书院，曾任江苏提学使，1919年任浙江省教育厅厅长，1924年辞职闲居上海，专心从事绘画与著述。词曲家、书画家、学者。著有《忍古楼诗集》《映庵词》《忍古楼词话》《词调溯源》等，作品有《夏庵画集》等。

47. 姚华（1876—1930），字一鄂，号重光，一号茫父，别号莲花庵主，贵州贵筑（今贵阳）人。清光绪三十年（1904）进士，授工部虞衡司主事，曾留学日本法政大学；入民国后，曾任贵州省参议院议员，后任北京女子师范学校校长。教育家、书画家、词曲家。著有《弗堂类稿》，词有《弗堂词》。

48. 高旭（1877—1925），字天梅、号剑公，别字慧云、钝剑，江苏金山（今上海金山）人。1903年，与叔父高燮和弟弟高增创办觉民社；1904年，留学日本法政大学；1905年，创立《醒狮》杂志，后加入同盟会，参与创建南社。著有《天梅遗集》《论词绝句三十首》等，后人辑有《高旭集》。

49. 王国维（1877—1927），字静安，号观堂，浙江海宁人。早年留学日本；先后任职于上海商务印书馆、清华大学等。著名学者、哲学家、文学批评家、敦煌学家、历史学家。著有《观堂集林》《观堂别集》《静安文集》等，后人汇编有《王国维全集》。有《苕华词》《人间词话》《清真先生遗事》《唐五代二十一家词辑》等。

50. 许之衡（1877—1935），字守白，广东番禺人。曾任北京大学、北京师范大学教授；致力于中国古典词曲声律研究。著有《中国音乐小史》《曲律易知》《守白词》等。

51. 高毓浵（1877—1956），字淞荃，号潜卿，直隶静海（今属天津）人。清光绪二十九年（1903）进士，选庶吉士，散馆授翰林院编修，兼任京师大学堂教习；1907年赴日本早稻田大学留学，归国后任教于京师大学堂；辛亥革命后，曾任江苏省督军公署秘书长，后沦落草野，以卖字为生。在上海时加入沤社，在北京组建"国学书院"，与友人创办《国学书院丛刊》。国学研究家。著有《潜子文钞》《潜子骈体文钞》《潜子诗钞》《微波词》《砚北小品》《潜庵辑古佚有》等。

52. 张素（1878—1945），字挥孙，又字穆如，号婴公，江苏丹阳人。清光绪壬寅（1902）举人；曾在上海《新闻报》社及《南方报》社任编辑，后在哈尔滨主持《远东报》笔政。出版家。著有《婴公文存》《婴公词集》等。

53. 吴庠（1878—1961），原名吴清庠，字眉孙，别署寒芋、芋叟，号画研翁、双红豆斋主，江苏丹徒（今镇江）人。早年毕业于上海南洋公学，曾任北京交通银行秘书。诗词家、藏书家、版本学家。著有《寒芋阁集》《遗山乐府编年小笺》等。

54. 梁启勋（1879—1965），字仲策，广东新会人。早年入广州万木草堂，后赴美国哥伦比亚大学留学，曾任交通大学、北平铁道管理学院、青岛大学教授，1937 年出任伪中华民国临时政府外汇局调查室主任。著名词学家，学者。著有《词学》《词学铨衡》《中国韵文概论》《稼轩词疏证》《曼殊室随笔》《海波词》等，译有《社会心理之分析》《世界近世史》等。

55. 程善之（1880—1942），名庆余，号小斋，别署一粟，以字行，安徽歙县人，居江苏扬州。曾入中国同盟会、南社，1911 年，任《中华民报》编辑；1913 年参与讨袁之役，任孙中山秘书；后回扬州美汉中学任教；1928 年在镇江创办《新江苏报》。学者，小说家。著有《沤和室诗存》《残水浒》《宋金战纪》《四十年闻见录》《清代割地谈》等。

56. 徐沅（1880—?），字芷生，号姜庵，江苏吴县人。清光绪二十九年（1903）进士；曾任山东聊城县知事、直隶洋务局会办、津海关监督、肃政厅肃政史等。诗人，笔记家。著有《珊村语业》《珊村笔记》《云到闲房笔记》《斗南老人诗集》等。

57. 叶恭绰（1881—1968），字裕甫，又字玉甫、玉虎、玉父、誉虎，号遐庵，晚年别署矩园，广东番禺人。曾任北洋政府交通总长、南京国民政府铁道部长等；中年以后沉潜于诗文书画，富于收藏。著有《遐庵诗》《遐庵词》《遐庵汇稿》《矩园余墨》《叶恭绰画集》等，编有《全清词钞》《广东丛书》等。

58. 周曾锦（1882—1921），字晋琦，一作晋耆，号卧庐，江南通州（今江苏南通）人。清光绪三十二年（1906）优贡；工弈，精篆刻。词人，批评家。著有《香草词》《藏天室诗》《卧庐词话》《木樨庵印存》等。

59. 郭则沄（1882—1946），字蛰云、养云、养洪，号啸麓，别号孑厂，祖籍福建侯官，生于浙江台州。清光绪二十九年（1903）进士，授庶吉士、武英殿协修，官至浙江温处道、署理浙江提学使；入民国，曾任国务院秘书长、侨务局总裁。政客，文学家、笔记家。著有《龙顾山房全集》《十朝诗乘》《清词玉屑》《旧德述闻》《竹轩撷录卷》《庚子诗鉴》《南屋述闻》《遁圃詹言》《洞灵小志》《红楼真梦》《红楼真梦传奇》等。

60. 李澄宇（1882—1955），原名李寰，别号瀛北，字瀛业，笔名洞庭，湖南岳阳人。曾任国民革命军第四十四军秘书长；1922年，任总统府江西行营秘书，授少将军衔；又任湖南省政府秘书、湖南民众参议会参议、湖南省政府设计委员；后历任南岳国立师范学院、民国大学、国学馆、中国大学、湖南大学教授。诗人、文史学家。著有《万桑园诗》《未晚楼诗稿》《未晚楼日记》《未晚楼词》《未晚楼续文存》等。

61. 汪兆铭（1883—1944），字季新，笔名精卫，祖籍浙江山阴（今绍兴），生于广东三水。早年投身革命，后到法国留学，1924年任国民党中央宣传部部长；后期思想明显蜕变，于抗日战争期间投靠日本，在南京成立伪国民政府，沦为汉奸、民族罪人。著名政客、诗词家。著有《双照楼诗词稿》等。

62. 陈匪石（1883—1959），名世宜，笔名匪石，字小树，号倦鹤；江苏江宁（今南京）人。1906年东渡日本修习法律，加入同盟会；1908年回国，任江苏法政学堂教务；武昌起义后，参与江苏独立之谋；后赴南洋槟榔屿任《光华日报》记者，宣传革命；1919年起，历任中国大学、华北大学、持志大学、中央大学教授。词学家、藏书家、教育家。著有《宋词举》《声执》《旧时月色斋诗》《倦鹤近体乐府》《陈匪石先生遗稿》等。

63. 庞树柏（1884—1916），字檗子，号芑庵，别号剑门病侠、龙禅居士，江苏常熟人。曾与黄人等组织"三千剑气文社"，在圣约翰大学任中国文学讲习时，参与策划上海光复，后归隐。曾加入同盟会，为"南社"发起人之一。著有《龙禅室诗》《玉铮琼馆词》，二者合刊为《庞檗子遗集》，另有《裛香簃词话》。

64. 吴梅（1884—1939），字瞿安，一作癯庵，号霜厓，江苏长洲（今苏州）人。曾任东南大学（后更名为中央大学）教授，对近代词曲史有深入的研究。词曲家、教育家。著有《霜厓文录》《霜厓诗录》《霜厓词录》《霜厓曲录》《顾曲麈谈》《词学通论》等。

65. 王蕴章（1884—1942），字莼农，号西神，别号窈九生、红鹅生，别署二泉亭长、鹊脑词人、西神残客等，江苏金匮（今无锡）人。清光绪二十八年（1902）举人；应上海商务印书馆之聘，主编《小说月报》及《妇女杂志》十余年；民国初，游历南洋各国；后回上海，历任上海沪江大学、南方大学、暨南大学教授，上海《新闻报》编辑，上海正风文学院院长；曾入南社，并发起组织组淞社、春音词社。作家、书法家、教育家。著有《梅魂菊影室词话》《秋平云室词话》《词学》《词学一隅》《词史厄谈》《然脂余韵》《梁溪词话》等。

66. 吴灏（？—1943），字子琴，号木石居士、半山老人，浙江杭州人。辑有《历代名媛词选》，一名《五百家名媛词选》。

67. 胡怀琛（1886—1938），原名有怀，字季仁，后改寄尘，安徽泾县人。早年就读于南洋中学，后以卖文自给，终日笔耕，清宣统二年（1910）受聘于《神州日报》任编辑，辛亥革命爆发，与柳亚子编撰《警报》鼓吹革命；后又任《中华民报》编辑；先后在中国公学、沪江大学、持志大学及正风学院担任教授，1932 年受聘于上海通志馆任编纂。学者，文学史家。著有《国学概论》《墨子学辨》《老子学辨》《托尔斯泰与佛经》《文字源流浅说》《简易学说》《中国文学史略》《修辞学发微》《中国诗学通评》《中国民歌研究》《中国小说研究》《中国文学过去与未来》《中国戏曲史》《中国神话》《文艺丛谈》《清季野史》《上海外记》《苏东坡生活》《陆放翁生活》等。

68. 张东荪（1886—1973），字圣心，浙江杭州人。张尔田之弟；曾留学日本，研究哲学；历任《大共和日报》《大中华杂志》《庸言杂志》主笔及《时事新报》总编；先后任光华大学、东北大学、北京大学教授。哲学家、学者。著有《哲学与科学》《新哲学论丛》等。晚年学词。

69. 邵瑞彭（1887—1937），一名寿篯（寿钱），字次公，浙江淳安人。清光绪三十四年（1908）就读于慈溪浙江省立优级师范学堂，加入光复会、同盟会，任同盟会浙江支部秘书，历任北京大学、民国大学、河南大学教授。词人、学者。著有《扬荷集》《山禽余响》《泰誓决疑》等。

70. 叶楚伧（1887—1946），原名单叶、宗源、宗庆，以字行，字卓书，另有叶叶、小凤、湘君、老凤、春凤、之子、单公、龙公、屑屑、琳琅生、箫引楼主等名号，江苏吴县（今属昆山）人。1904 年考入苏州高等学堂，早年参加同盟会；先后在上海创办《太平洋报》《生活日报》，并一度入《民立报》操笔政。1916 年，与邵力子合办《民国日报》，任总编辑；历任国民党中央宣传部部长、江苏省政府主席、国民政府委员、国民党中央执行委员会常委兼秘书长、国民党立法院副院长等。报人、小说家、政治活动家。著有《世徽堂诗稿》《楚伧文存》以及小说《古戍寒笳记》《金阊之三月记》等。

71. 柳亚子（1887—1958），原名慰高，字安如，改名人权，字亚卢，再更名弃疾，字亚子，江苏吴江人。创办并主持南社，曾任孙中山总统府秘书，中国国民党中央监察委员、上海通志馆馆长；新中国成立后，历任中央人民政府委员、全国人民代表大会常务委员会委员。诗人、政治家、社会活动家。著有《磨剑室诗词集》《磨剑室文录》《柳亚子诗词选》等。

72. 刘永济（1887—1966），字弘度、宏度，号诵帚，晚号知秋翁，湖南新宁人。1916 年毕业于清华大学语文系；历任东北大学、武汉大学、浙江大学、湖南大学教授，后又任武汉大学教授。学者、文学家、批评家；著有《文学论》《十四朝文学要略》《微睇室说词》《诵帚词》《宋词声律探源》《云巢诗存》等。

73. 陈钟凡（1888—1982），字科玄，号觉元，江苏建湖人。曾任东南大学、金陵大学、南京大学教授。教育家、文学批评史家、经学家。著有《中国文学批评史》《经学通论》《中国韵文通论》等，诗词作品有《清晖集》。

74. 王易（1889—1956），原名朝综，字晓湘，号简庵，江西南昌人。1907 年考入京师大学堂（北京大学前身），历任江西心远大学、北京师范大学、东南大学、中央大学教授。语言学家、词曲家。著有《修辞学通诠》《乐府通论》《国学概论》《词曲史》等。

75. 潘与刚（生卒年不详），字次檀，上海人。曾与金世德、黄意城等发起成立秋棠社，创办《秋棠月刊》，以研究国学与传统文化为主。著有《读红馆词话》等。

76. 黄意城（生卒年不详），上海朱家角人。曾与金世德、潘与刚等发起成立秋棠社，创办《秋棠月刊》，以研究国学与传统文化为主。

77. 汪东（1889—1963），原名东宝，后改名东，字旭初，号寄庵，别号寄生、秋梦，江苏吴县人。早年追随孙中山，参加过辛亥革命；曾任《大共和日报》总编辑、中央大学文学院院长等。文学家、书法家。著有《秋梦词》《词学通议》等，编有《唐宋词选》。

78. 向迪琮（1889—1969），字仲坚，四川双流人。早年就读于四川铁道学堂，后入唐山路矿学堂，历任行政院参议、天津海河工程局局长等；1949 年以后，任四川大学教授；1954 年后，任上海市文史研究馆研究员。词学家、学者、收藏家。著有《柳溪长短句》《柳溪词话》《云烟回忆录》等。

79. 陈柱（1890—1944），字柱尊，号守玄，广西北流人。曾任教于中央大学、交通大学上海分部。一生勤于国学，著述九十余种，议论遍及经史子集四部。历史学家、文学史家、教育家。著有《守玄阁文字学》《小学考据》《公羊家哲学》《墨子间诂补正》《三书堂丛书》《文心雕龙校注》《墨子十论》《诸子概论》《中国散文史》等，编有《白石道人词笺平》《粤西十四家诗钞》等。

80. 黄浚（1891—1937），字秋岳，号哲维，福建福州人。早年就读于京师译学馆，民国初年留学日本早稻田大学，后任国民政府行政院高级机要秘书，1937 年以叛国罪被处决。著名政客，汉奸。著有《壶舟笔记》《花随人圣庵摭忆》等。

81. 蔡桢（1891—1944），字嵩云，号柯亭，江西上犹人。早年曾从郑文焯、况周颐等问学，后任河南大学教授。词人、词学家。著有《柯亭长短句》《柯亭词论》《词源疏证》等。

82. 胡适（1891—1962），原名嗣穈，学名洪骍，字适之，又字希疆，笔名胡适、天风、藏晖等，安徽绩溪人。早年留学美国，后任北京大学教授；1938 年至 1942 年，任国民政府驻美国大使；1946 年至 1948 年，任北京大学校长；1957 年始，任台湾"中央研究院"院长。思想家、哲学家、文学史家、历史学家，"新文化运动"领袖之一。著有《中国哲学史大纲》（上）、《尝试集》《白话文学史》（上）等，有《胡适文存》。

83. 憾庐（1892—1943），原名林和清，号憾庐，又署林憾，福建龙溪人。为林语堂之兄。早年学医，后来到过南洋行商，终生爱好文艺尤其是诗词。与林语堂、陶亢德一起主持过《宇宙风》杂志，有诗词集《影儿》等。

84. 曾缄（1892—1968），字慎言，一作圣言，四川叙永人。早年就读于北京大学，后到蒙藏委员会任职，历任四川省参议会议员、四川国学专门学校教务长、四川大学教授、西康省临时参议会秘书长；新中国成立后，复任四川大学教授。搜集、整理与翻译仓央嘉措藏语情歌，译著有《六世达赖仓央嘉措情歌》等，其翻译版本在现行汉译古本中公认成就最高。

85. 方廷楷（生卒年不详，卒于 1936 年前），字瘦坡，安徽太平（今黄山市）人。南社成员，诗词家。著有《香痕奁影录》《习静斋诗话》《习静斋词话》《论诗绝句百首》等。

86. 冯秋雪（1892—1969），名平，号西谷，室名冰簃，广东南海人。少读于澳门灌根学塾；后加入同盟会；之后在澳门从事文教事业；与妻子一起创办佩文学校，从事革命活动，并参与抗日战争。教育家、诗词家。著有《冰簃词话》《宋词绪》《金英馆词》《甲甲夏词》《秋音甲稿》《水珮风裳集》等，辑有苏曼殊诗集《燕子龛诗》。

87. 姚锡钧（1893—1954），字雄伯，号鹓雏，以号行，别署宛若、龙公、红豆词人等，江苏松江（今属上海）人。南社成员，民国时期曾任国民政府监察院监察委员，中华人民共和国成立后曾任上海市松江县副县长。文学家、编辑家。著有《恬养移诗》《红豆移诗》《苍雪词》《示了公论词绝句十二首》等。

88. 胡无闷（生卒年不详），女，号凝香楼主人，浙江人，长于北京。1915 年主编《莺花杂志》；着意编著历代闺秀词史料，并能从事戏曲创作。著有《闺秀诗传》《香艳诗话》《香艳词话》，后汇为《凝香楼奁艳丛话》。

89. 朱鸳雏（1894—1921），名尔，字尔玉，号孽儿，别号银箫旧主，江苏松江（今属上海）人。曾加入南社，与姚鹓雏、闻野鹤一起，号为"云中三杰"；又与姚鹓雏一起，号为"松江二雏"。作家。著有诗词《凤子词》《银箫集》《情诗集》《银箫遗韵》，小说《恬屏泖镜录》《玉楼珠网》《帘外桃花记》，杂著《红蚕茧集》等，有《朱鸳雏遗著》。

90. 孙人和（1894—1966），字蜀丞，江苏建湖人。早年毕业于北京大学国文系；历任中国大学教授，北平师范大学、辅仁大学、北京大学讲师，民国大学教授，河北大学、上海暨南大学教授等。新中国成立后，任中央文史研究馆馆员。藏书家、文献学家、词学家。著有《论衡举正》《抱朴子校补》《阳春集校证》《吕氏春秋举正》《吕氏春秋举正（续）》《人物志举正》《韩非子举正》《鹖冠子举正》《宁埩齐读书志》《左宦漫录》《墨子举正》《三国志辨证》《词学通论》《词史》《词沛》，整理有《校订花外集》《南唐二主词校证》《阳春集校证》等。

91. 庞俊（1895—1964），字石帚，祖籍重庆綦江。早年肄业于商业学堂，因贫辍学；历任成都高等师范学院、成都师范大学、华西大学教授，后任四川大学教授。文史学家。著有《国故论衡疏证》《论吃菜事魔与墨家者流》《养晴室遗集》《余杭章先生行实学术纪略》等。

92. 周焯（1895—1968），号朗宣，后改名周无，号太玄，四川新都人，祖籍江西金溪。清宣统元年（1909）入成都高等学堂；1918 年与李大钊等倡立"少年中国学会"，后留学法国巴黎大学，获理学博士学位；回国后，先后任成都大学、四川大学教授；1949 年以后，历任中国科学院动物研究所研究员、科学出版社社长等。生物学家、诗词家。著有《中国动物图谱》《动物心理学》《倚琴楼词话》《周太玄日记》《桂影疑月词》等，今人编有《周太玄诗词选集》。

93. 刘咸炘（1897—1932），四川成都人；学者、书法家；著有《说词韵语》等。

94. 顾随（1897—1960），本名顾宝随，字羡季，笔名苦水，别号驼庵，河北清河人。早年毕业于北京大学英文系；先后到山东青州中学、天津女子师范学院、燕京大学、北平大学、中法大学、北京大学、中国大学、辅仁大学、北京师范大学等校执教。学者、作家、禅学家、书法家。著有《稼轩词说》《东坡词说》《元明残剧八种》《揣籥录》《佛典翻译文学》等。惜多种未刊稿在十年动乱中惨遭毁弃，80 年代后经多方收集，已出版《顾随文集》《顾羡季先生诗词讲记》《顾随：诗文丛论》《顾随说禅》《顾随笺释毛主席诗词》《顾随与叶嘉莹》《顾随致周汝昌书》；辑得各类著作、文稿、书信、日记等，编订为《顾随讲文心雕龙》《顾随讲古代文论》《顾随讲南北朝散文》《顾随讲诗经》等。

95. 梁品如（1897—1975），原名聘儒，河北真桥人。先后任鲁迅文艺学院、中央戏剧学院、北京师范大学教授。学者。著有《论词绝句笺》《稼轩词辩证》《文学批评集》等。

96. 朱光潜（1897—1986），笔名孟实、盟石，安徽桐城人。1922年毕业于香港大学，1925 年留学于英国爱丁堡大学，后在法国斯特拉斯堡大学获得哲学博士学位；历任北京大学、四川大学、武汉大学教授，后复任北京大学教授。美学家、文艺理论家、教育家、翻译家。著有《文艺心理学》《悲剧心理学》《谈美》《诗论》《谈文学》《西方美学史》《谈美书简》《美学拾穗集》等。

97. 陈兼与（1897—1987），原名声聪，后以字行，字兼与，号壶因、荷堂，福建闽侯人。早年毕业于中国大学政治经济科，曾任贵州省税务局副局长、福建省直接税务局局长、财政部专门委员。书画家、文学家。著有《兼与阁诗》《壶因词》《兼与阁诗话》《荷堂诗话》《填词要略及词评四篇》《壶因杂记》等。

98. 任讷（1897—1991），字中敏，后以字行，别号二北、半塘，江苏扬州人。1920 年毕业于北京大学国文系，1930 年后，曾任江苏镇江中学校长、南京栖霞乡村师范生活指导主任、汉民中学校长；后任广东大学、上海大学、大厦大学、南方大学、复旦大学、四川大学、扬州师范学院教授。中国古代文学专业博士研究生导师，古典文学研究家、敦煌学家。编著有《词曲通义》《词学研究法》《敦煌歌曲校录》《隋唐五代燕乐杂言歌辞集》等。

99. 赵尊岳（1898—1965），原名汝乐，字叔雍，别号高梧轩主人，晚年署名赵泰，江苏武进人。少从况周颐学词，早年毕业于上海南洋公学，曾任上海《时事新报》记者、《申报》经理秘书、行政院驻北平政务整理委员会参议等；抗战期间，历任汪伪政权上海市秘书长、铁道部次长、宣传部部长等。抗战胜利后被关押；1948 年保释出狱，远走南洋，1950 年移家香港，1958 年受聘为新加坡马来亚大学教授。词学家、书画家、收藏家。著有《明词汇刊》《珍重阁词集》《和小山词》《炎洲词》《填词丛话》《惜阴堂辛亥革命记》等，其作品收录于《高梧轩诗全集》。

100. 邵祖平（1898—1969），字潭秋，别号钟陵老隐、培风老人，江西南昌人。早年肄业于江西高等学堂，先后任《学衡》杂志编辑，东南大学、之江大学、浙江大学、朝阳法学院、四川大学、金陵女子大学、华西大学、西北大学、西南美术专科学校、重庆大学、四川教育学院教授；新中国成立后，历任四川大学、中国人民大学、青海民族学院教授。国学家、诗词家。著有《中国观人论》《文字学概论》《国学导读》《词心笺评》《乐府诗选》《七绝诗论七绝诗话合编》《培风楼诗存》《培风楼诗续存》《培风楼诗》《峨眉游草》《关中游草》等。

101. 张伯驹（1898—1982），字家骐，号丛碧，别号游春主人、好好先生，河南项城人。1918 年毕业于袁世凯混成模范团骑兵科，历任安武军全军营务处提调、陕西督军公署参议；1927 年起投身金融界，历任盐业银行总管理处稽核、南京盐业银行经理、秦陇实业银行经理等；抗战胜利后，曾任国民党第十一战区司令长官部参议、河北省政府顾问、华北文法学院教授，后任吉林省博物馆副馆长，中央文史馆馆员。爱国民主人士，收藏家、书画家、诗词家、京剧研究家；著有《丛碧词》《春游词》《秦游词》《雾中词》《无名词》《续断词》《氍毹纪梦诗》《氍毹纪梦诗注》《洪宪纪事诗注》《乱弹音韵辑要》《丛碧书画录》《素月楼联语》等。

102. 舍我（1898—1991），原名成勋，后名成平，舍我为其笔名；湖南湘乡人，生于南京下关。1924 年起，先后创办《世界晚报》《民生报》《立报》《香港立报》等，1945 年在重庆创办《世界日报》，1952

年由香港去台湾，执教于政治大学、台湾师范大学、东海大学。1955年创办世界新闻职业学校，后升格为世界新闻专科学校（现名世新大学），1967年起任世界书局董事长。报人、新闻教育家。著有《天问庐词话》等。

103. 沈轶刘（1898—1993），名桢，上海浦东人。早年毕业于上海中国公学，长期从事报刊工作，20世纪50年代参加中华书局上海编辑所新诗韵等书的编辑。诗词家。著有《沈吴诗合刻》《小瓶水斋诗存》《繁霜榭诗词集》《繁霜榭续集》《八闽风土记》，合选有《清词菁华》。

104. 夏承焘（1900—1986），字瞿禅、瞿禅，晚年改字瞿髯，浙江温州人。曾任教于浙江省立第九中学、之江大学文理学院、浙江大学，后任职于中国科学院浙江分院。词学家、文献学家，20世纪最负盛名的词学大师之一。著有《唐宋词人年谱》《唐宋词论丛》《姜白石词编年笺校》《夏承焘词集》《天风阁诗集》《天风阁学词日记》等，后汇为《夏承焘集》。

105. 俞平伯（1900—1990），原名俞铭衡，字平伯，祖籍浙江德清，生于江苏苏州。1919年毕业于北京大学，后任燕京大学、北京大学、清华大学教授。散文家、红学家、诗人，中国白话诗创作的先驱之一。著有《红楼梦辨》《冬夜》《古槐书屋问》《古槐梦遇》《读词偶得》《清词释》《西还》《忆》《雪朝》《燕知草》《杂拌儿》《杂拌儿之二》《燕郊集》《唐宋词选释》等，有《俞平伯全集》。

106. 严既澄（1900—?），名锷，字既澄，广东肇庆人。长期从事教育与编辑工作，翻译过但丁的《神曲》，并对儿童文学有较深入的研究。著有《初日楼诗》《驻梦词》等。

107. 缪金源（1900前后—1941），字渊如，江苏东台人。1924年毕业于北京大学哲学系，曾任辅仁大学、北京大学教授。1937年日本军队占领北平后，留守贫病而死。著有《缪金源诗词集》《鸡肋集》《灾梨集》等。

108. 顾宪融（1901—1955），一名廷璧，后改名佛影，别号大漠诗人、红梵精舍主人等，江苏南汇（今属上海）人。曾任商务印书馆及中央书店编辑。"七七事变"后避居四川，抗战胜利后返上海。词人、词学家。著有《红梵词》《红梵精舍词》《大漠诗人集》等。

109. 曾今可（1901—1972），名国珍，江西泰和人。早年留学日本，归国后参加北伐战争；20 世纪 30 年代初，在上海从事文学活动，主编《新时代月刊》；抗战期间，曾任湘鄂赣边区挺进军总部少将参议；后赴台湾，曾主编《台湾诗坛》。著有《乱世吟草》等。

110. 闻野鹤（1901—1985），名宥，字子威、在宥，号野鹤，别署人风，江苏娄县（今上海松江）人。1916 年参加《民国日报》编辑工作，后入商务印书馆；历任中山大学、燕京大学、山东大学、云南大学、西南联合大学、华西大学、四川大学、西南民族学院教授，后任中央民族学院教授。南社、创造社社员。民族语言学家、词学家，以治西南文字享誉中外。著有《野鹤零墨》《四川汉代画像选集》《古铜鼓图录》《闻宥论文集》《恛簃词话》《词论》等。

111. 唐圭璋（1901—1990），字季特，满族，生于江苏南京。新中国成立前，曾任中央大学、金陵大学教授；新中国成立后，历任南京大学、东北师范大学，南京师范大学教授。词学家、文献学家、词人，20 世纪最负盛名的词学大师之一。著有《宋词三百首笺注》《南唐二主词汇笺》《宋词四考》《元人小令格律》《词苑丛谈校注》《宋词纪事》《词学论丛》等，编有《全宋词》《全金元词》《词话丛编》等。

112. 龙榆生（1902—1966），名沐勋，晚年以字行，号忍寒公，别号忍寒居士、风雨龙吟室主，江西万载人。历任暨南大学、中山大学、中央大学、上海音乐学院教授。词学家，20 世纪最负盛名的词学大师之一。主编《词学季刊》《同声月刊》；著有《词学论丛》《词曲概论》《唐宋词格律》《忍寒庐词》等，编著有《风雨龙吟室词》《唐宋名家词选》《近三百年名家词选》等。

113. 詹安泰（1902—1967），字祝南，号无庵，又曾署无想庵，广东饶平人。早年毕业于广东高等师范学校和广东大学，先后任职于韩山师范学校、金山中学，后任中山大学教授。词学家、词人。著有《花外集笺注》《碧山词笺注》《姜词笺解》《宋人题词集录》《温词管窥》《词学研究十二论》《无庵词》《鹪鹩巢诗》《宋词散论》等。

114. 方欣庵（1902—1970），名壮猷，1925 年入清华国学院就读，曾任武汉大学历史系教授、系主任、文学院代院长。新中国成立后，历任中南图书馆（今湖北省图书馆）馆长、湖北省文化局长、省文物管理委员会副主任等。著有《室书考》《中国史学概要》《契丹民族考》《匈奴王号考》《宋史类编及宋史校注》《中国古代学术史上的百家争鸣》，主编有《第一次国内革命战争时期湖北革命史稿》等。

115. 徐英（1902—1980），字澄宇，湖北汉川人。学者、诗词家。著有《神经学纂要》《诗话学发凡》《天风阁集》等，与妻陈家庆著有《孤愤集》，今人辑二人诗词编为《澄碧草堂集》。

116. 施则敬（生卒年不详），曾任中央大学艺术系教授，诗人、书画家。

117. 薛砺若（1903—1957），名光泰，字保恒，号砺若，安徽霍邱人。1920 年考入北京大学政法系。词学家。著有《中国词学史》《宋词通论》《两代词人传略》等。

118. 巴壶天（1904—1987），名东瀛，字壶天，号玄庐，安徽滁县人。曾任安徽省政府秘书、贵州省民政厅主任秘书、湖南省政府秘书长等；后去台湾，先后任教于台湾师范大学、台湾大学、东海大学等；1963 年，应新加坡义安学院之聘，出任中文系教授兼主任。学者、诗人、禅学家。著有《艺海微澜》《禅骨诗心集》等，编有《唐宋诗词选》。

119. 缪钺（1904—1995），字彦威，江苏溧阳人，生于河北迁安。1924 年于北京大学文科肄业，曾任保定私立培德中学、志存中学教员，后历任河南大学、广州学海书院、浙江大学、四川大学教授。中国史专业博士研究生导师，历史学家、文学家、教育家。著有《元遗山年谱汇纂》《诗词散论》《杜牧传》《杜牧年谱》《冰茧庵丛稿》《冰茧庵诗词稿》等。

120. 蒙庵（1905—1955），即陈运彰，一作陈彰、运章，字君漠，一字蒙安、蒙庵、蒙父，号华西，原籍广东潮阳，生于上海。早年从况周颐研习词学；历任上海通志馆特约采访、潮州修志局委员、之江文理学院、太炎文学院及圣约翰大学教授。词学家、书画家、金石家、收藏家。著有《双白龛词话》《纫芳簃说词》《纫芳宧读词记》等。

121. 施蛰存（1905—2003），原名施德普，字蛰存，常用笔名施青萍、安华等，浙江杭州人。1923 年考入上海大学，后转大同大学、震旦大学，1932 年起在上海主编大型文学月刊《现代》，并从事小说创作；1937 年起，相继在云南大学、厦门大学、暨南大学、大同大学、光华大学、沪江大学等校任教；1952 年起任华东师范大学教授。文学家、翻译家、词学家、教育家。有《施蛰存文集》。

122. 王季思（1906—1996），学名王起，字季思，以字行，笔名小米、之操、梦甘、在陈、齐人，浙江永嘉人，生于浙江温州。1925 年，考入东南大学中文系；20 世纪 40 年代初，任教于浙江大学龙泉分校；抗战胜利后，在浙江大学、之江文学院任教；新中国成立后，任中山大学教授。中国古代文学专业博士研究生导师，戏曲史家、文学史家。撰著与编选有《西厢五剧注》《集评校注西厢记》《桃花扇注》《中国十大古典悲剧集》《中国十大古典喜剧集》《元杂剧选》《元散曲选》《中国戏曲选》《全元曲选》《玉轮轩戏曲新论》《王季思学术论著自选集》等。

123. 廖辅叔（1907—2002），原名尚棐，笔名居甫，曾用名黎棐，广东惠州人。1922 年就读于广州英文专科学校，1926 年转广东省法官学校，曾任上海国立音乐专科学校、南京国立音乐学院教授，后任中央音乐学院教授。音乐理论家、诗人、翻译家。著有《中国文学欣赏初步》《中国古代音乐史》《谈词随录》《萧友梅传》《乐苑谈往》等，译有《阴谋与爱情》《瓦格纳论音乐》《西洋音乐发展史论纲》等。

124. 卓掞（生卒年不详），原名组茂，字幼庭，号炎男，福建侯官（今福州）人。著有《水西轩词话》等。

125. 董每戡（1907—1980），名董华，笔名每戡，浙江温州人。曾任中山大学教授；"文化大革命"中携家迁居湖南长沙，度过了二十年近乎流放的生活。戏剧家、戏曲史家。著有《中国戏剧简史》《琵琶记简说》《三国演义试论》等，诗词作品见《董每戡文集》。

126. 萧涤非（1907—1991），原名忠临，江西临川人。1930 年毕业于清华大学，后任山东大学教授。中国古代文学专业博士研究生导师，中国文学史家、杜甫研究专家。著有《读词星语》《解放集》《汉魏六朝乐府文学史》《杜甫研究》《乐府诗论薮》等，主编有《杜甫全集校注》。

127. 胡云翼（1908—1965），原名耀华，字号南翔、北海，笔名拜苹女士，湖南桂东人。1927 年毕业于武昌师范学校，历任长沙岳云中学、南华中学、湖南省立第一中学、无锡中学、暨南大学教职，后在上海中华书局、商务印书馆任编辑；新中国成立后，任上海南洋模范中学教员、上海师范学院教授。词学家、文学史家、作家。著有《宋词研究》《宋诗研究》《唐诗研究》《中国词史大纲》《新著中国文学史》《唐代的战争文学》，编有《词选》《诗学小丛书》，又有小说《西冷桥畔》等。

128. 翁麟声（1908—1994），满族，后改名偶虹，笔名藕红、怡翁、怡簃、碧野，祖籍河北大兴，生于北京。1935 年于中华戏曲专科学校任编剧和导演；1949 年以后，任职于中国戏曲研究院、中国京剧院。1988 年任中央文史研究馆馆员。戏曲家、教育家。著有《锁麟囊》《将相和》《大闹天宫》《红灯记》《怡簃词话》《翁偶虹戏曲论文集》《翁偶虹编剧生涯》等。

129. 张龙炎（1909—2009），后改名隆延，字十之，号罍翁，江苏南京人。1932 年毕业于金陵大学，后于法国南溪大学获法学博士学位，并于柏林大学、牛津大学、哈佛大学从事研究工作；后曾任驻德国大使馆、联合国秘书处专员；1949 年去台湾，曾任台湾艺术专科学校校长。1971 年以后旅居美国，任圣约翰大学教授。书画家。著有《读词小纪》《西洋景》《张龙炎书法论述文集》《中国书法》等。

130. 沈祖棻（1909—1977），字子苾，别署紫曼、绛燕，祖籍浙江海盐，生于江苏苏州。1934 年毕业于中央大学，后又卒业于金陵大学国学研究班；历任金陵大学、华西大学、江苏师范学院、南京师范学院、武汉大学教授。词人、词学家。著有《宋词赏析》等，有《涉江词》《涉江词外集》。

131. 陈德谦（1910—1986），又名陈恒安，字恒堪，号宝库，贵州贵阳人。早年就读于中央大学，曾任贵阳师范学院、贵州大学讲师，后任贵州省艺术馆馆长、贵州通志馆编纂等。

132. 沤庵（生卒年不详），江苏吴江人。古典文学研究家。著有《沤庵词话》等。

133. 何嘉（1911—1990），字之硕，号颛斋、硕父，江苏嘉定（今属上海）人。曾任中央大学教授、南方大学教务长；"反右"运动中获罪，远放青海，后任青海省西宁市政协常委。词学家、书画家。著有

《词调溯源笺》《千章草堂丛话》《颙斋乐府甲乙稿》《阳春集》《颙斋词话》《石淙阁词话》等。

134. 翁漫栖（1912—2008），又名翁克庶、翁文楷，广东潮安人。曾在汕头参加"青抗会"，后到上海求学，1937 年毕业于上海江南大学市政系。诗词家。著有诗集《祭》，词集《漫音》，另有《闭户谭》《戊寅韵钞》等。

135. 谢之勃（1913—1975），浙江余姚人。早年毕业于无锡国学专修学校，历任余姚、宁波、舟山等地中学教师。著有《论词话》等。

136. 唐弢（1913—1992），原名唐端毅，曾用笔名风子、晦庵、韦长、仇如山、桑天等，浙江镇海人。历任复旦大学、上海戏剧专科学校教授，上海市文化局副局长，中国作家协会上海分会书记处书记，《文艺新地》《文艺月报》副主编等，后任中国社会科学院文学研究所研究员。中国现当代文学专业博士研究生导师，作家、文学理论家、鲁迅研究专家、文学史家。出版有：杂文集《推背集》《海天集》《投影集》《劳薪集》《识小录》《短长书》《唐弢杂文选》等，随笔集《落帆集》《晦庵书话》等，论文集《向鲁迅学习》《鲁迅的美学思想》《海山论集》等，主编有《中国现代文学史》，辑有《鲁迅全集补遗》《鲁迅全集补遗续编》。

137. 徐兴业（1917—1990），浙江绍兴人。1937 年毕业于无锡国学专修学校，曾任职于上海国学专修馆、稽山中学、上海通成公司；新中国成立后，先后任职于上海立信会计学校、和建中学、上海市教育局、上海教育出版社、上海师范学院（今上海师范大学）。作家、词学家。著有长篇历史小说《金瓯缺》，有《凝寒室词话》等。

138. 朱庸斋（1920—1983），原名奂，又名志奂，字涣之，号庸斋，晚号眇翁，广东新会人，世居广州西关。早年随陈洵学词，历任广东大学、广州大学、文化大学等校讲师。词学家、词人、书法家。著有《分春馆词》《分春馆词话》等。

139. 刘德成（生卒年不详），字话民，早年毕业于北京大学，曾任奉天省警察厅秘书，1926 年任东北大学编辑部主任；1928 年任职于冯庸大学，1931 年任辽宁省图书馆馆长；东北光复后，任职于辽东学院，新中国成立后任职于东北师范大学。著有《一苇轩词话》等。

140. 吴征铸（生卒年不详），字白匋，江苏仪征人。早年毕业于金陵大学中文系，曾任南京大学教授。

141. 武酉山（生卒年不详），安徽人。早年就读于金陵大学中文系，曾任江苏泗县中学、南京市第五中学教师，后任南京师范大学教授。著有《听鹃榭词话》等。

附录二
本书所涉部分词学文献撰著或
刊行时间简列

序号	著者	词学文献	时间	刊物、刊期或出版社
1	王闿运	《湘绮楼评词》	刊于民国元年（1912）	
2	吴　梅	《词学通论》	民国元年（1912）铅印，民国21年（1932）出版	商务印书局
3	陈荣昌	《虚斋词自识》	作于民国元年（1912）	
4	杨全荫	《绾春楼词话》	刊于民国元年（1912）	载《妇女时报》1912年第7期
5	柳亚子	《与高天梅书》	作于民国元年（1912）	
6	无名氏	《闺秀词话》	刊于民国2年（1913）	载《时事新报》新增月刊《时事汇录》第1期，1913年12月出版
7	周　焯	《倚琴楼词话》	刊于民国3年（1914）	载《夏星》杂志1914年第1、2期
8	陈匪石	《复高剑公书》	刊于民国3年（1914）	
9	张德瀛	《词征》	刊于民国3年（1914）	载《民国》杂志第1卷第3、4、6期
10	陈去病	《镜台词话》	刊于民国4年（1915）	载《女子》杂志1915年第1卷第1期
11	胡无闷	《香艳词话》	刊于民国4年（1915）	载《莺花》杂志1915年第2、3期
12	陈匪石	《与檗子论词书》	刊于民国4年（1915）	载《民权素》杂志1915年第4集

续表

序号	著者	词学文献	时间	刊物、刊期或出版社
13	碧　痕	《竹雨绿窗词话》	刊于民国 4 年至民国 5 年（1915—1916）	载《民权素》杂志第 9、10、11、12、13、14 集
14	王蕴章	《梅魂菊影室词话》	刊于民国 4 年至民国 5 年（1915—1916）	分别载《双星》杂志 1915 年第 2、3、4 期，《文星》杂志 1915 年第 1 期，《春声》杂志 1916 年第 2、3 集
15	陈匪石	《旧时月色斋词谈》	刊于民国 5 年（1916）	载《民权素》杂志第 13、15、17 集
16	姚孟振	《梦罗浮馆诗余跋》	作于民国 5 年（1916）	
17	朱鸳雏	《双凤阁词话》	刊于民国 5 年（1916）	《申报·自由谈》1916 年 5 月至 8 月连载
18	庞树柏	《裛香簃词话》	刊于民国 5 年（1916）	《民国日报》1916 年 10 月连载
19	吴东园	《与黄花奴论词书》	刊于民国 5 年（1916）	载《小说新报》1916 年第 2 卷第 7 期
20	舍　我	《天问庐词话》	刊于民国 6 年（1917）	载《民国日报》1917 年 4 月 1、2、3、5、9 日
21	闻野鹤	《恫簃词话》	刊于民国 6 年（1917）	载《民国日报》1917 年 11 月 26 日
22	周庆云	《浔溪词征序》	作于民国 6 年（1917）	
23	闻野鹤	《词论》	作于民国 6 年（1917）	载《礼拜花》杂志 1921 年第 1 期
24	方廷楷	《习静斋词话》	刊于民国 6 年（1917）	载《小说海》杂志第 3 卷第 5、6 号
25	胡　适	《致钱玄同》	作于民国 6 年（1917）	
26	冒广生	《草间词序》	作于民国 7 年（1918）	
27	孙德谦	《鸳音集序》	作于民国 7 年（1918）	

续表

序号	著者	词学文献	时间	刊物、刊期或出版社
28	吉城	《寄沤止广词合钞序》	作于民国 7 年（1918）	
29	□灏孙	《红藕词跋》	作于民国 7 年（1918）	
30	史别抱	《空斋词话》	连载于民国 7 年至民国 8 年（1918—1919）	
31	邵瑞彭	《珏庵词序》	作于民国 8 年（1919）	
32	张素	《珏庵词序》	作于民国 8 年（1919）	
33	冯秋雪	《冰篴词话》	刊于民国 8 年（1919）	载 1919 年《诗声》月刊第 4 卷第 3 期
34	黄沛功	《心陶阁词话》	刊于民国 8 年（1919）	载 1919 年《诗声》月刊第 4 卷第 10 期
35	况周颐	《餐樱庑词话》	刊于民国 9 年（1920）	载《益世报》1926 年 7 月 18 日
36	李澄宇	《珏庵词序》	作于民国 9 年（1920）	
37	霜蝉	《红叶山房词话》	刊于民国 9 年（1920）	载《民觉》杂志第 1 卷第 1 期
38	况周颐	《玉栖述雅》	成书于民国 9 年至民国 10 年（1920—1921），刊于民国 29 年（1940）	载《之江中国文学会集刊》第 6 期
39	张尔田	《词莂序》	成书于民国 10 年（1921）	
40	胡薇元	《岁寒居词话》	作于民国 10 年（1921）	《玉津阁丛书》本，刊于 1921 年
41	况周颐	《蕙风词话》	成书于民国 13 年（1924）前	武进赵氏惜阴堂《惜阴堂丛书》，1924 年刊行
42	吴梅	《惜余春馆词钞序》	作于民国 13 年（1924）	
43	陈匪石	《复高剑公书》	作于民国 14 年（1925）前	
44	顾宪融	《填词百法》	刊于民国 14 年（1925）	上海中原书局 1925 年印行
45	蒋兆兰	《词说》	成书于民国 15 年（1926）	

续表

序号	著者	词学文献	时间	刊物、刊期或出版社
46	宣雨苍	《词谰》	刊于民国 15 年（1926）	载《国文周报》1926 年第 3 卷第 8、9、10 期
47	徐完亮	《洁园绮语跋》	作于民国 15 年（1926）	
48	刘德成	《一苇轩词话》	刊于民国 15 年（1926）	载《东北大学周刊》第 1 期
49	潘与刚	《读红馆词话》	刊于民国 16 年（1927）	载《秋棠》月刊 1927 年第 1、2 期
50	黄意城	《致潘与刚》（原题为《与潘与刚论词中分段落书》）	刊于民国 16 年（1927）	载《秋棠》月刊 1927 年第 1 期
51	向迪琮	《柳溪词话》	刊于民国 16 年（1927）	载《南金》杂志 1927 年第 5 期
52	张尔田	《与黄晦闻书》	刊于民国 16 年（1927）	
53	方欣庵	《词的起源和发展》	刊于民国 16 年（1927）	载《一般》杂志第 3 卷第 3 期
54	程适	《乐府补题后集乙编序》	作于民国 17 年（1928）	
55	王鸿年	《南华词存前集序》	作于民国 17 年（1928）	
56	郑振铎	《词的启源》	刊于民国 18 年（1929）	
57	陈洵	《海绡说词》	作于民国 18 年（1929）	载《同声月刊》第 2 卷第 6 期（1942 年）
58	任讷	《致张大东》（原题为《与张大东论清词书》）	刊于民国 18 年（1929）	载《清华周刊》第 31 卷第 2 期
59	萧涤非	《读词星语》	刊于民国 18 年（1929）	载《清华周刊》第 32 卷第 2 期
60	顾随	《致卢伯屏》	刊于民国 18 年（1929）	

续表

序号	著者	词学文献	时间	刊物、刊期或出版社
61	翁麟声	《怡簃词话》	刊于民国 18 年至民国 19 年（1929—1930）	分31 期载于《华北画刊》第 11 期至第 62 期，不定期
62	谭延闿	《灵鹊蒲桃镜馆词书后》	作于民国 19 年（1930）	
63	邵　章	《渌水余音序》	作于民国 19 年（1930）	
64	张龙炎	《读词小纪》	作于民国 19 年（1930），刊于民国 20 年（1931）	载《金声》月刊 1931 年第 1 卷第 1 期
65	唐　弢	《读词闲话》	作于民国 19 年（1930），刊于民国 24 年（1935）	载《中华邮工》杂志 1935 年第 4 期
66	张尔田	《与光华大学潘正铎书》	刊于民国 19 年（1930）	载《小雅》杂志 1930 年第 2 期
67	胡怀琛	《中国文学史概要》	出版于民国 20 年（1931）	
68	配　生	《爵月楼词话》	刊于民国 20 年（1931）	载《北平晨报》1931 年 5 月至 7 月
69	胡云翼	《宋词研究》	刊于民国 20 年（1931）	载《艺林》杂志第 21 期
70	谭觉园	《觉园词话》	刊于民国 21 年（1932）	分 9 期载于《励进》杂志 1932 年第 1 期至第 10 期
71	芮　善	《霜草宦词自序》	作于民国 21 年（1932）	
72	王蕴章	《东坡词存序》	作于民国 21 年（1932）	
73	况周颐	《历代词人考略》	清稿本，民国 21 年（1932）左右删订	
74	谢之勃	《论词话》	刊于民国 22 年（1933）	载无锡《国专季刊》1933 年 5 月刊
75	王　易	《学词目论》	刊于民国 22 年（1933）	载《词学季刊》创刊号

续表

序号	著者	词学文献	时间	刊物、刊期或出版社
76	龙榆生	《词体之演进》	刊于民国 22 年（1933）	载《词学季刊》创刊号
77	况周颐	《词学讲义》	刊于民国 22 年（1933）	载《词学季刊》创刊号
78	胡云翼	《词的起源》	刊于民国 22 年（1933）	
79	陈　锐	《词比》	刊于民国 22 年（1933）	载《词学季刊》第 1 卷第 2 号
80	龙榆生	《选词标准论》	刊于民国 22 年（1933）	载《词学季刊》第 1 卷第 2 号
81	严　复	《致朱孝臧》（原题《近代名贤论词书札·侯官严几道复先生与朱彊村书》）	刊于民国 22 年（1933）	载《词学季刊》创刊号
82	程善之	《致夏承焘》（原题为《与夏瞿禅论词书》）	刊于民国 22 年（1933）	载《词学季刊》创刊号
83	徐　英	《致潘元宪》（原题为《复潘生元宪论词为诗余书》）	刊于民国 22 年（1933）	载《安徽大学月刊》1933 年第 6 期
84	柳亚子	《词的我见》	刊于民国 22 年（1933）	载《新时代月刊》"词的解放运动"专号第 4 卷第 1 期
85	董每戡	《致曾今可》（原题为《与曾今可论词书》）	刊于民国 22 年（1933）	载《新时代月刊》"词的解放运动"专号第 4 卷第 1 期
86	潘飞声	《阕伽坛词序》	作于民国 22 年（1933）	
87	张尔田	《致陈柱》	出版于民国 22 年（1933）	
88	翁漫栖	《词改善的意见》	作于民国 22 年（1933）	

续表

序号	著者	词学文献	时间	刊物、刊期或出版社
89	易孺	《韦斋杂说》	刊于民国22年（1933）	载《词学季刊》创刊号
90	佚名	《词通》	刊于民国22年（1933）	载《词学季刊》第1卷第1、2、3、4号
91	张尊五	《北宋词论》	刊于民国22年（1933）	载无锡《国专季刊》第1期
92	龙榆生	《词律质疑》	刊于民国22年（1933）	载《词学季刊》第1卷第3号
93	龙榆生	《两宋词风转变论》	刊于民国23年（1934）	载《词学季刊》第2卷第1号
94	朱光潜	《关于王静安的〈人间词话〉的几点意见》	刊于民国23年（1934）	载《人间世》半月刊第1期
95	干因	《杂碎词话》	刊于民国23年（1934）	载《人间世》半月刊1934年第12、14、16期，又载《北平晨报》1934年10月
96	憨庐	《谈词》	刊于民国23年（1934）	载《人间世》半月刊1934年第12、14、16期
97	巴壶天	《读词杂记》	刊于民国23年（1934）	载《学风》杂志1934年第4卷第9期
98	萧莫寒	《致陈柱》（原题为《上陈柱尊导师论诗词书》）	刊于民国23年（1934）	载《大夏》杂志第1卷第7期
99	陈柱	《致萧莫寒》（原题为《答学生萧莫寒论诗词书》）	刊于民国23年（1934）	载《大夏》杂志第1卷第7期
100	邵瑞彭	《红树白云山馆词草序》	作于民国23年（1934）	
101	叶恭绰	《与黄渐磐书》	作于民国23年（1934）	
102	姚华	《与邵伯绸论词用四声书》	刊于民国23年（1934）	载《词学季刊》第2卷第1号

续表

序号	著者	词学文献	时间	刊物、刊期或出版社
103	黄　浚	《花随人圣庵摭忆》	起民国 23 年讫民国 26 年（1934—1937）	最初连载于《中央时事周报》，续刊于《学海》
104	孙人和	《词㳇》	刊于民国 23 年至民国 30 年（1934—1941）	分别载《细流》杂志 1934 年第 3 期、1935 年第 4 期，《辅仁文苑》1939 年第 2 辑、1940 年第 3 辑、1941 年第 6 辑
105	憾　庐	《怎样读词》	刊于民国 24 年（1935）	载《人间世》半月刊第 20 期
106	唐　弢	《读词闲话》	作于 1930 年，刊于民国 24 年（1935）	载《中华邮工》杂志第 1 卷第 4 期
107	林大椿	《词之矩律》	刊于民国 24 年（1935）	载《出版周刊》1935 年第 112 期，又见《三六九画报》1943 年
108	王闿运	《论词宗派》	刊于民国 24 年（1935）	
109	徐兴业	《凝寒室词话》	刊于民国 24 年（1935）	载无锡《国专月刊》第 1 卷第 2 期
110	胡　适	《致任访秋》	作于民国 24 年（1935）	
111	陈钟凡	《答陈柱尊教授论自由词书》	刊于民国 24 年（1935）	载《学术世界》第 1 卷第 12 期
112	陈　柱	《答陈斠玄教授论自由词书》	刊于民国 24 年（1935）	载《学术世界》第 1 卷第 12 期
113	张尔田	《致龙榆生》	刊于民国 24 年（1935）	载《词学季刊》第 2 卷第 3 号
114	龙榆生	《今日学词应取之途径》	刊于民国 24 年（1935）	载《词学季刊》第 2 卷第 2 号
115	乔雅邠	《乔雅邠君论词》	刊于民国 24 年（1935）	载《唯美》杂志 1935 年第 5 期
116	叶恭绰	《与陈柱尊教授论自由词书》	刊于民国 24 年（1935）	载《学术世界》第 1 卷第 12 期

续表

序号	著者	词学文献	时间	刊物、刊期或出版社
117	武酉山	《听鹃榭词话》	刊于民国 24 年（1935）	载《待旦》（九江同文中学二六级级刊）创刊号
118	郭则沄	《清词玉屑》	刊于民国 25 年（1936）	1936 年蛰园样刊本
119	林花榭	《读词小笺》	刊于民国 25 年（1936）	载《北平晨报》1936 年 5 月 13 日至 6 月 1 日
120	郑文焯	《郑大鹤先生论词手简》	刊于民国 25 年（1936）	
121	卢 前	《饮虹簃论清词百家》	刊于民国 25 年（1936）	
122	夏敬观	《半樱词续序》	作于民国 25 年（1936）	
123	陈德谦	《莳烟亭词跋》	作于民国 25 年（1936）	
124	高毓浤	《词话》	作于民国 25 年（1936）	
125	陈永年	《词品——仿钟嵘〈诗品〉之例略述两宋词家流品》	刊于民国 25 年（1936）	载《河南政治》杂志第 6 卷第 4 期
126	龙榆生	《填词与选调》	刊于民国 26 年（1937）	载《词学季刊》第 3 卷第 4 号
127	林 丁	《蕉窗词话》	刊于民国 26 年（1937）	载《北平晨报》1937 年 7 月 12 日
128	王蕴章	《秋平云室词话》	出版于民国 26 年（1937）	见于《云外朱楼集》，上海中孚书局 1937 年
129	徐兴业	《清代词学批评家述评》	民国 26 年（1937）印行	
130	唐圭璋	《评〈人间词话〉》	刊于民国 27 年（1938）	载《斯文》杂志 1938 年 3 月刊

序号	著者	词学文献	时间	刊物、刊期或出版社
131	王季思	《词的正变》	刊于民国 28 年（1939）	载《战时中学生》杂志第 1 卷第 11 期
132	赵尊岳	《珍重阁词话》	刊于民国 29 年（1940）	载《同声月刊》第 1 卷第 3 号
133	刘缉熙	《词的演变和派别》	刊于民国 29 年（1940）	载《新东方》杂志第 1 卷第 8 期
134	王 澃	《致徐一帆》（原题为《王伯沆先生致徐君一帆论词学书》）	刊于民国 30 年（1941）	载《国学通讯》第五辑
135	许 泰	《梦罗浮馆词自序》	作于民国 30 年（1941）	
136	吴 庠	《与夏瞿禅书》	刊于民国 30 年（1941）	载《同声月刊》第 1 卷第 3 号
137	吴 庠	《与友人论填词四声书》	刊于民国 30 年（1941）	载《同声月刊》第 1 卷第 3 号
138	吴 庠	《四声说》	刊于民国 30 年（1941）	载《同声月刊》第 1 卷第 6 号
139	冒广生	《疚斋词论》	刊于民国 30 年（1941）	载《同声月刊》第 1 卷第 5、6、7 号
140	张尔田	《与龙榆生论词书》	刊于民国 30 年（1941）	载《同声月刊》第 1 卷第 8 号
141	吴征铸	《评〈人间词话〉》	刊于民国 30 年（1941）	载《斯文》杂志第 22 期
142	龙榆生	《晚近词风之转变》	刊于民国 30 年（1941）	载《同声月刊》第 1 卷第 3 号
143	施则敬	《与龙榆生论四声书》	刊于民国 30 年（1941）	载《同声月刊》第 1 卷第 10 号
144	王蕴章	《词学一隅》	刊于民国 30 年（1941）	载《民意》月刊第 2 卷第 8 期
145	沤 庵	《沤庵词话》	刊于民国 31 年至民国 32 年（1942—1943）	载《杂志》第 10 卷第 2、3、5 期，第 11 卷第 1 期
146	唐圭璋	《论词之作法》	刊于民国 32 年（1943）	载《中国学报》第 1 卷第 1 期

续表

序号	著者	词学文献	时间	刊物、刊期或出版社
147	吴世昌	《论词的章法》	刊于民国 32 年（1943）	
148	夏仁虎	《谈词》	刊于民国 32 年（1943）	北京大学 1943 年排印
149	何　嘉	《颛斋词话》	刊于民国 32 年（1943）	载《永安》月刊 1943 年第 48 期
150	何　嘉	《石淙阁词话》	刊于民国 32 年（1943）	载《永安》月刊 1943 年第 52 期、第 54 期
151	唐圭璋	《梦桐室词话》	刊于民国 33 年（1944）	载《中国文学》杂志 1944 年第 1 卷第 2 期
152	蔡　桢	《柯亭词论》	成书于民国 33 年（1944）	
153	庞　俊	《清寂词录叙》	作于民国 33 年（1944）	
154	汪兆铭	《致龙榆生》（原题为《双照楼遗札·与龙榆生》）	刊于民国 33 年（1944）	载《同声月刊》第 4 卷第 3 号
155	梁启勋	《曼殊室词话》	成书于民国 35 年（1946）	南京正中书局 1948 年 2 月出版
156	乔大壮	《片玉集批语》	作于民国 35 年（1946）	
157	詹安泰	《无庵说词》	刊于民国 35 年（1947）	载《文学》杂志 1947 年第 1 期
158	俞平伯	《诗余闲评》	刊于民国 36 年（1947）	
159	陈匪石	《宋词举》	刊于民国 36 年（1947）	
160	陈运彰	《双白龛词话》	刊于民国 36 年至民国 37 年（1947—1948）	分别载于《雄风》月刊第 2 卷第 2 期，《茶话》杂志 1948 年第 23 期
161	邵祖平	《词心笺评·自序》	作于民国 37 年（1948）	

续表

序号	著者	词学文献	时间	刊物、刊期或出版社
162	陈运彰	《纫芳簃说词》	刊于民国38年（1949）	载《永安》月刊第118期，1949年3月号
163	陈匪石	《声执》	作于民国38年（1949）	有《词话丛编》本，1960年《陈匪石先生遗稿》，江苏古籍出版社2002年版《宋词举》本
164	张伯驹	《丛碧词话》	作于1961年	油印本
165	赵尊岳	《填词丛话》	刊于1975年	新加坡（出版社不详）
166	朱庸斋	《分春馆词话》	刊于1989年	广东人民出版社

附录三
本书所涉民国时期主要词论家省籍分布

省籍	词论家	生卒年
江苏	金武祥：江苏江阴人	1841—1924
	冯煦：江苏金坛人	1843—1927
	蒋兆兰：江苏宜兴人	1855—1932
	黄人：江苏常熟人	1866—1913
	吉城：江苏东台人	1867—1928
	程适：江苏宜兴人	1867—1937
	杨寿枏：江苏无锡人	1868—1948
	吴曾源：江苏吴县（今苏州）人	1870—1934
	汪朝桢：江苏丹徒（今镇江）人	1870—？
	王瀣：江苏溧水人	1871—1944
	陈去病：江苏吴江人	1873—1933
	仇埰：江苏江宁（今南京）人	1873—1945
	冒广生：江苏如皋人	1873—1959
	陈去病：江苏吴江人	1874—1933
	夏仁虎：江苏江宁（今南京）人	1874—1963
	杨圻：江苏常熟人	1875—1941
	钱振锽：江苏阳湖（今属常州）人	1875—1944
	张素：江苏丹阳人	1878—1945
	吴庠：江苏丹徒（今镇江）人	1878—1961
	徐沅：江苏吴县人	1880—？
	周曾锦：江苏南通人	1882—1920
	陈匪石：江苏南京人	1883—1959
	庞树柏：江苏常熟人	1884—1916
	吴梅：江苏长洲（今苏州）人	1884—1939

省籍	词论家	生卒年
江苏	王蕴章：江苏金匮（今无锡）人	1884—1942
	陈世宜：江苏江宁人	1884—1959
	叶楚伧：江苏吴县（今属昆山）人	1887—1946
	柳亚子：江苏吴江人	1887—1958
	陈钟凡：江苏建湖人	1888—1982
	汪东：江苏吴县人	1889—1963
	孙人和：江苏盐城（今属建湖）人	1894—1966
	任讷：江苏扬州人	1897—1991
	赵尊岳：江苏武进人	1898—1965
	缪金源：江苏东台人	1900 前后—1941
	唐圭璋：生于江苏南京	1901—1990
	卢前：江苏南京人	1905—1951
	张龙炎：江苏南京人	1909—2009
	杨全荫：江苏虞山人	生卒年不详
	沤庵：江苏吴江人	生卒年不详
	吴征铸：江苏仪征人	生卒年不详
上海	朱彦臣：江苏华亭（今上海松江）人	1854—1929
	高旭：江苏金山（今上海金山）人	1877—1925
	姚锡钧：江苏松江（今属上海）人	1892—1954
	朱鸳雏：江苏松江（今属上海）人	1894—1921
	沈轶刘：上海浦东人	1898—1993
	闻野鹤：江苏娄县（今上海松江）人	1901—1985
	浦江清：江苏松江（今上海松江）人	1904—1957
	蒙庵（陈运彰）：原籍广东潮阳，生于上海	1905—1955
	何嘉：江苏嘉定（今上海）人	1911—1990
	顾宪融：江苏南汇（今属上海）人	生卒年不详
	潘与刚：上海人	生卒年不详
	黄意城：上海人	生辛年不详
浙江	施则敬：浙江杭县（今余杭）人	1855—1924
	吴昌绶：浙江仁和（今杭州）人	1856—1924
	朱祖谋：浙江归安（今湖州）人	1857—1931
	周庆云：浙江吴兴人	1866—1934
	刘毓盘：浙江江山人	1867—1928
	徐珂：浙江杭县（今余杭）人	1869—1928
	邵章：浙江仁和（今杭州）人	1872—1953

续表

省籍	词论家	生卒年
浙江	张尔田：浙江钱塘（今杭州）人	1874—1945
	王国维：浙江海宁人	1877—1927
	张东荪：浙江杭州人	1886—1973
	邵瑞彭：浙江淳安人	1887—1937
	夏承焘：浙江温州人	1900—1986
	俞平伯：浙江德清人	1900—1990
	施蛰存：浙江杭州人	1905—2003
	王季思：浙江永嘉人，生于浙江温州	1906—1996
	董每戡：浙江温州人	1907—1980
	谢之勃：浙江余姚人	1913—1975
	唐弢：浙江镇海人	1913—1992
	徐兴业：浙江绍兴人	1917—1990
	吴灏：浙江杭州人	？—1943
	姚绍书：浙江绍兴人	生卒年不详
广东	康有为：广东南海人	1858—1927
	潘飞声：广东番禺（今属广州）人	1858—1934
	张德瀛：广东番禺（今属广州）人	1861—1914？
	汪兆镛：祖籍浙江山阴（今绍兴），生于广东番禺	1861—1939
	杨铁夫：广东香山人	1869—1943
	陈洵：广东新会人	1870—1942
	梁启超：广东新会人	1873—1929
	易孺：广东鹤山人	1874—1941
	许之衡：广东番禺人	1877—1935
	梁启勋：广东新会人	1879—1965
	叶恭绰：广东番禺人	1881—1968
	汪兆铭：祖籍浙江山阴（今绍兴），生于广东三水	1883—1944
	冯秋雪：广东南海人	1892—1969
	严既澄：广东肇庆人	1900—？
	詹安泰：广东饶平人	1902—1967
	廖辅叔：广东惠州人	1907—2002
	翁漫栖：广东潮安人	1911—2008
	朱庸斋：广东新会人	1920—1983
	黄沛功：广东香山（今中山）人	生卒年不详
	胡无闷：广东人	生卒年不详

续表

省籍	词论家	生卒年
安徽	方廷楷：安徽太平（今黄山）人	生年不详，卒于1936 年前
	吴东园：安徽歙县人	1854—1940
	程善之：安徽歙县人，居江苏扬州	1880—1942
	胡怀琛：安徽泾县人	1886—1938
	胡适：安徽绩溪人	1891—1962
	朱光潜：安徽桐城人	1897—1986
	薛砺若：安徽霍邱人	1903—1957
	巴壶天：安徽滁县人	1904—1987
	武西山：安徽人	生卒年不详
江西	王易：江西南昌人	1889—1956
	邵祖平：江西南昌人	1898—1969
	曾今可：江西秦和人	1901—1972
	龙沐勋：江西万载人	1902—1966
	萧涤非：江西临川人	1907—1991
	蔡桢：江西上饶人	生卒年不详
福建	严复：福建侯官（今福州）人	1854—1921
	郭则沄：祖籍福建侯官，生于浙江台州	1882—1946
	黄浚：福建福州人	1891—1937
	憾庐：福建龙溪人	1892—1943
	陈兼与：福建闽侯人	1897—1987
	卓掞：福建侯官（今福州）人	生卒年不详
湖南	王闿运：湖南湘潭人	1833—1916
	陈锐：湖南武陵人	1861—1922
	夏敬观：祖籍江西新建，生于湖南长沙	1875—1953
	李澄宇：湖南岳阳人	1882—1955
	刘永济：湖南新宁人	1887—1966
	胡云翼：湖南桂东人	1908—1965
	张百祁：湖南长沙人	生卒年不详
四川	吴虞：四川新繁人	1872—1949
	向迪琮：四川双流人	1889—1969
	曾缄：四川叙永人	1892—1968
	周焯：祖籍江西金溪，生于四川新都	1895—1968
	刘咸炘：四川成都人	1897—1932

续表

省籍	词论家	生卒年
重庆	庞俊：祖籍重庆綦江	1895—1964
辽宁	郑文焯：奉天铁岭（今属辽宁）人	1856—1918
广西	况周颐：广西临桂（今桂林）人	1859—1926
	陈柱：广西北流人	1890—1944
云南	陈荣昌：祖籍江苏上元（今南京），生于云南昆明	1860—1935
陕西	李岳瑞：陕西咸阳人	1862—1927
河北	顾随：河北清河人	1897—1960
	梁品如：河北真桥人	1897—1975
	张松如：河北辛集人	1910—1998
北京	翁麟声：祖籍河北大兴，生于北京	1908—1994
天津	高毓浵：直隶静海（今属天津）人	1877—1956
河南	张伯驹：河南项城人	1898—1982
贵州	姚华：贵州贵筑（今贵阳）人	1876—1930
湖北	徐英：湖北汉川人	1902—1980

附录四
民国时期主要词话著作有关信息一览

序号	著者	词学文献	时间	刊物、刊期
1	杨全荫	《绾春楼词话》	刊于民国元年（1912）	载《妇女时报》1912年第7期
2	佚 名	《闺秀词话》	刊于民国2年（1913）	载《时事新报》新增月刊《时事汇录》第1期，1913年12月出版
3	陈匪石	《旧时月色斋词谭》	刊于民国2年（1913），民国4年至民国5年（1915—1916）	载《华侨杂志》1913年第1、2期，《民权素》第13、15集
4	鹓 雏	《学词随笔》	刊于民国3年（1914）	载《江东》杂志1914年第1期
5	周 焯	《倚琴楼词话》	刊于民国3年（1914）	载《夏星》杂志1914年第1、2期
6	红 篱	《读词法》	刊于民国3年（1914）	载《民权素》杂志1914年第2期
7	张德瀛	《词征》	刊于民国3年（1914）	载《民国》杂志1914年第1卷第3、4、6期刊载前三卷，另有1922年刊本、《词话丛编》本
8	无名氏	《滑稽词话》	刊于民国3年（1914）	载《最新滑稽杂志》1914年第6期
9	陈去病	《病倩词话》（含《镜台词话》）	刊于民国4年（1915），民国6年（1917）	载《女子》杂志1915年第1卷第1期；《民国日报》1917年9月1日至19日

续表

序号	著者	词学文献	时间	刊物、刊期
10	摩汉	《适斋词话》	刊于民国 4 年（1915）	载《爱国月报》第 1 卷第 1 期
11	胡无闷	《香艳词话》	刊于民国 4 年（1915）	载《莺花》杂志第 2 期
12	雷瑨、雷瑊（辑）	《闺秀词话》	成书于民国 4 年（1915）	扫叶山房石印本
13	碧痕	《竹雨绿窗词话》	刊于民国 4 年至民国 5 年（1915—1916）	载《民权素》杂志第 9、10、11、12 集，第 14、16 集
14	王蕴章	《梅魂菊影室词话》	刊于民国 4 年至民国 5 年（1915—1916）	分别载于《双星》杂志 1915 年第 2、3、4 期，《文星》杂志 1915 年第 1 期，《春声》杂志 1916 年第 2、3 集
15	刘哲庐	《红藕花馆词话》	刊于民国 5 年（1916）	载《小说新报》第 2 卷第 1、4、6 期
16	朱鸳雏	《双凤阁词话（附续稿）》	刊于民国 5 年（1916）	载《申报·自由谈》1916 年 5 月 12、15 日，6 月 3、4、5、11、13、16、17、19、21 日，7 月 12、19、20、25 日，8 月 9 日
17	庞树柏	《褒香簃词话》	刊于民国 5 年（1916）	载《民国日报》1916 年 10 月 9、10、12、13、16、18、19、31 日
18	伊鹃	《醉月楼词话》	刊于民国 5 年（1916）	载《民彝》杂志第 1 卷第 1 期
19	舍我	《天问庐词话》	刊于民国 6 年（1917）	载《民国日报》1917 年 4 月 1 日
20	闻野鹤	《悃簃词话》	刊于民国 6 年至民国 7 年（1917—1918）	载《民国日报》1917 年 9 月 25 日至 1918 年 4 月 26 日
21	吴东园	《论词》	刊于民国 6 年（1917）	载《中华编译社社刊》1917 年第 1、2 期
22	方廷楷	《习静斋词话》	刊于民国 6 年（1917）	载《小说海》杂志第 3 卷第 5、6 期

序号	著者	词学文献	时间	刊物、刊期
23	刘哲庐	《论词》	刊于民国 6 年（1917）	载《中华编译社社刊》1917 年第 4 期
24	绛　珠	《蕊轩词话》	刊于民国 6 年（1917）	载《小说新报》第 3 卷第 6 期
25	易顺鼎	《论词》	刊于民国 6 年（1917）	载《中华编译社社刊》1917 年第 5、6 期
26	饭牛翁	《夕阳楼阁词话》	刊于民国 6 年（1917）	载《新世界》1917 年 8 月 27 日
27	鹓　雏	《赭玉尺楼词话》	刊于民国 6 年（1917）	载《新世界》1917 年 8 月 27 日
28	佚　名	《蛰庐诗词话》	刊于民国 6 年（1917）	载《新世界》1917 年 9 月 30 日、10 月 5 日
29	鹃　魂	《淡月梨花馆词话》	刊于民国 6 年（1917）	载《新世界》1917 年 10 月 10 日
30	庄谁欤	《戒心室词话》	刊于民国 6 年（1917）	载《新世界》1917 年 10 月 19 日
31	郭血黄	《冷香馆词话》	刊于民国 6 年（1917）	载《新世界》1917 年 11 月 6 日
32	闻野鹤	《千叶莲花室诗词话》	刊于民国 6 年至民国 7 年（1917—1918）	载《新世界》1917 年 12 月 26 日，1918 年 3 月 20、22 日，4 月 6 日
33	旡　生	《惨离别楼词话》	刊于民国 7 年（1918）	载《友声日报》1918 年 7 月 12、13、19 日
34	民　哀	《息庐诗词话》	刊于民国 7 年（1918）	载《新世界》1918 年 9 月 12 日
35	梅　痴	《春雨潇湘馆诗词话》	刊于民国 7 年（1918）	载《先施乐园日报》1918 年 9 月 30 日
36	恂　叔	《铜鼓书堂词话》	刊于民国 7 年（1918）	载《小说月报》第 9 卷第 10 期
37	无名氏	《小蝶诗词话》	刊于民国 7 年至民国 8 年（1918—1919）	载《新世界》1918 年 10 月 29、30 日，11 月 30 日，1919 年 2 月 15 日

续表

序号	著者	词学文献	时间	刊物、刊期
38	史别抱	《空斋词话》	刊于民国 7 年至民国 8 年（1918—1919）	载《先施乐园日报》1918 年 11 月 25 日，12 月 2、5、27 日，1919 年 2 月 27 日，3 月 12 日
39	富 华	《才华富有室诗词话》	刊于民国 7 年（1918）	载《新世界》1918 年 12 月 9、10 日
40	滕若渠	《根香山馆词话》	刊于民国 7 年（1918）	载《先施乐园日报》1918 年 12 月 12、19、25 日
41	滕若渠	《冷庐非词话》	刊于民国 8 年（1919）	载《先施乐园日报》1919 年 1 月 8、9 日，4 月 12、14 日
42	瘦 红	《人倚楼词话》	刊于民国 8 年（1919）	载《新世界》1919 年 1 月 15、16 日
43	善 之	《凉云室词话》	刊于民国 8 年（1919）	载《新世界》1919 年 1 月 17、21、22 日，2 月 10、16、17、18、19、20 日
44	谢黛云	《黛影阁词话》	刊于民国 8 年（1919）	载《先施乐园日报》1919 年 4 月 4 日
45	冯秋雪	《冰簃词话》	刊于民国 8 年（1919）	载《诗声》杂志第 4 卷第 2、3、4、6 期
46	黄沛功	《心陶阁词话》	刊于民国 8 年至民国 9 年（1919—1920）	载《诗声》杂志第 4 卷第 6、7、8、10 期
47	况卜娱	《织余琐述》	刊于民国 8 年（1919）	临桂木活字本
48	陈 陈	《词话》	刊于民国 8 年（1919）	载《广益杂志》1919 年第 5 期
49	秋 农	《滑稽词话》	刊于民国 8 年（1919）	载《先施乐园日报》1919 年 10 月 15 日
50	况周颐	《餐樱庑词话》	刊于民国 9 年（1920）	载《小说月报》第 11 卷第 5、6、7、8、9、10、11、12 期

序号	著者	词学文献	时间	刊物、刊期
51	霜　蝉	《红叶山房词话》	刊于民国 9 年（1920）	载《民觉》杂志第 1 卷第 1 期
52	佚　名	《词话》	刊于民国 9 年（1920）	载《中国实业新报》1920 年第 7 期
53	闻野鹤	《词论》（原题名《读书杂记·词论之部》）	刊于民国 10 年（1921）	载《礼拜花》杂志 1921 年第 1 期
54	忍　庵	《双十书屋词话》	刊于民国 10 年（1921）	载《国庆纪念特刊》1921 年特刊
55	冷　芳	《小梅花馆词话》	刊于民国 10 年（1921）	载《消闲》月刊 1921 年第 4 期
56	况周颐	《玉栖述雅》	成书于民国 9 年至民国 10 年（1920—1921），刊于民国 29 年（1940）	载《之江中国文学会集刊》第 6 期
57	云　夫	《留云馆诗词话》	刊于民国 10 年（1921）	载《新世界》1921 年 4 月 1 日
58	胡薇元	《岁寒居词话》	作于民国 10 年（1921）	
59	稚　农	《守诚斋词话》	刊于民国 10 年（1921）	载《小说新报》第 7 卷第 6、7 期
60	周曾锦	《卧庐词话》	刊于民国 10 年（1921）	载《周营琦遗书三种》本
61	郑周寿梅	《纸帐铜瓶室词话》	刊于民国 10 年（1921）	载《四民报》1921 年 12 月 21 日
62	沈生今	《心斋诗词话》	刊于民国 11 年（1922）	载《新女子》杂志第 1 卷第 1 期
63	佚　名	《词话》	刊于民国 11 年（1922）	载《家庭》杂志 1922 年第 3 期
64	姚赓夔	《香艳词话》	刊于民国 11 年（1922）	载《游戏世界》杂志 1922 年第 16 期
65	林子和	《爱莲轩词话》	刊于民国 11 年至民国 12 年（1922—1923）	载《新世界》1922 年 8 月 12 日，《小说日报》1923 年 1 月 15、16、30 日，2 月 1 日

续表

序号	著者	词学文献	时间	刊物、刊期
66	朱婉贞	《海棠香梦馆词话》	刊于民国 11 年（1922）	载《快活》杂志第 36 期
67	沈瘦碧	《啼红阁词话》	刊于民国 11 年（1922）	载《礼拜六》杂志第 157 期
68	李万育	《说词》	刊于民国 12 年（1923）	载《国学丛刊》第 1 卷第 3 期
69	唐和华	《兰蓓蕾馆词话》	刊于民国 12 年（1923）	载《先施乐园日报》1923 年 8 月 29 日
70	姚冷绿	《冷绿馆谐词话》	刊于民国 13 年（1924）	载《天韵报》1924 年 2 月 13 日
71	胡凤声	《凤吟楼词话》	刊于民国 13 年（1924）	载《天韵报》1924 年 4 月 16 日
72	况周颐	《蕙风词话》	刻于民国 13 年（1924）	载《惜阴堂丛书》
73	朱保雄	《还读轩词话》	刊于民国 13 年（1924）	载《清华周刊》第 3、4 卷第 1 期
74	郑周寿梅	《双梅花龛词话》	刊于民国 13 年（1924）	载《半月》杂志第 3 卷第 12 期
75	青伯	《嚼红馆词话》	刊于民国 13 年（1924）	载《天韵报》1924 年 11 月 25 日
76	邓履冰	《自惕斋词话》	刊于民国 13 年（1924）	载《先施乐园日报》1924 年 12 月 31 日
77	顾宪融	《填词百法》	刊于民国 14 年（1925）	
78	朱剑芒	《重阳词话》	刊于民国 14 年（1925）	载《申报》1925 年 10 月 26 日
79	傅君剑	《学词大意》	刊于民国 14 年（1925）	载《晨报副刊：艺林旬刊》1925 年第 11 期
80	卧云	《卧云居士词话》	刊于民国 15 年（1926）	载《新世界》1926 年 2 月 2 日
81	朱剑芒	《申江本事词》	刊于民国 15 年（1926）	载《红玫瑰》杂志第 2 卷第 30、31、32、33、34、35、36、38 期

续表

序号	著者	词学文献	时间	刊物、刊期
82	阿翠	《芳翠楼词话》	刊于民国 15 年（1926）	载《新世界》1926 年 2 月 3、4、5、6 日，12 月 24 日
83	蒋兆兰	《词说》	成书于民国 15 年（1926）	1926 年铅印本
84	朱剑芒	《秋棠室词话》	刊于民国 15 年（1926）	载《天韵报》1926 年 3 月 10、11、12、13 日
85	宣雨苍	《词谰》	刊于民国 15 年（1926）	载《国闻周报》第 3 卷第 8、9、10 期
86	刘德成	《一苇轩词话》	刊于民国 15 年（1926）	载《东北大学周刊》第 1 期
87	温匋（辑）	《长兴词话》	刊于民国 15 年（1926）	载《长兴词存》1926 年铅印本
88	况周颐	《繙兰堂室词话》	刊于民国 15 年（1926）	载《中社》杂志 1926 年第 2 期
89	何庸鼠	《藤轩词话》	刊于民国 15 年（1926）	载《新新日报》1926 年 9 月 1 日
90	顾曲生	《咏莲诗词话》	刊于民国 16 年（1927）	载《新新日报》1927 年 1 月 9 日
91	潘兴刚	《读红馆词话》	刊于民国 16 年（1927）	载《秋棠》杂志 1927 年第 1、2 期
92	微	《词学研究之一得》	刊于民国 16 年（1927）	载《申报》1927 年 3 月 13 日
93	向迪琮	《柳溪词话》	刊于民国 16 年（1927 年）	载《南金》杂志 1927 年第 5 期
94	耐寒后人	《钱塘词话》	刊于民国 16 年（1927）	载《钱业月报》第 7 卷第 4 期
95	吴瘿庵	《词话》	刊于民国 16 年（1927）	载《联益之友》杂志第 44、45、46、47、53 期
96	紫兰主人	《听歌词话》	刊于民国 16 年（1927）	载《紫罗兰》杂志第 2 卷第 18 期
97	萍子	《秋苹词话》	刊于民国 16 年（1927）	载《紫罗兰》杂志第 2 卷第 20 期
98	鸳湖	《忆红馆词话》	刊于民国 17 年（1928）	载《妇女》杂志第 2 卷第 1 期

续表

序号	著者	词学文献	时间	刊物、刊期
99	朱剑芒	《垂云阁恋爱词话》	刊于民国 17 年（1928）	载《红玫瑰》杂志第 4 卷第 33 期
100	陈　洵	《海绡说词》	作于民国 18 年（1929）	
101	萧涤非	《读词星语》	刊于民国 18 年（1929）	载《清华周刊》第 32 卷第 2 期
102	郑振铎	《词的启源》	刊于民国 18 年（1929）	载《小说月报》第 20 卷第 4 期
103	翁麟声	《怡簃词话》	刊于民国 18 年至民国 19 年（1929—1930）	分 31 期选载于《华北画刊》第 11 期至第 62 期，不定期，1929 年 3 月 24 日至 1930 年 3 月 16 日
104	朱保雄	《还读轩词话》	刊于民国 19 年（1930）	载《清华周刊》第 34 卷第 1 期
105	配生忏吾	《词话三则》	刊于民国 19 年（1930）	载《乐园》杂志 1930 年第 5 期
106	张龙炎	《读词小纪》	作于民国 19 年（1930），刊于民国 20 年（1931）	载《金声》杂志第 1 卷第 1 期
107	配　生	《酹月楼词话》	刊于民国 20 年（1931）	载《北平晨报》1931 年 5 月至 7 月
108	梦　蚨	《谈词》	刊于民国 20 年（1931）	载《希望》月刊第 8 卷第 8 期
109	谭觉园	《觉园词话》	刊于民国 21 年（1932）	载《励进》杂志 1932 年第 1、2、3 期，第 5、6、7、8、9、10 期
110	幼　全	《诗词话》	刊于民国 21 年（1932）	载《枕戈》杂志 1932 年第 2、4、6 期
111	陈昌强	《水西轩词话》	刊于民国 21 年（1932）	1932 年抄本

序号	著者	词学文献	时间	刊物、刊期
112	况周颐	《历代词人考略》	作于民国 6 年（1917）前后，民国 21 年（1932）左右删订	
113	易　孺	《韦斋杂说》	刊于民国 22 年（1933）	载《词学季刊》第 1 卷第 1 号
114	郑文焯	《郑大鹤先生论词手简》	刊于民国 22 年（1933）	载《词学季刊》第 1 卷第 3 号
115	谢之勃	《论词话》	刊于民国 22 年（1933）	载无锡《国专季刊》1933 年第 1 期
116	王　易	《学词目论》	刊于民国 22 年（1933）	载《词学季刊》创刊号
117	况周颐	《词学讲义》	刊于民国 22 年（1933）	载《词学季刊》创刊号
118	陈　锐	《词比》	刊于民国 22 年（1933）	载《词学季刊》创刊号
119	柳亚子	《词的我见》	刊于民国 22 年（1933）	载《新时代》月刊词的"解放运动专号"第 4 卷第 1 期
120	毕几庵	《芳菲菲堂词话》	刊于民国 22 年（1933）	载《词学季刊》第 1 卷第 4 号
121	佚　名	《词通》	刊于民国 22 年（1933）	载《词学季刊》第 1 卷第 1、2、3、4 号
122	汪兆镛	《楔窗杂记》	刊于民国 22 年（1933）	载《词学季刊》第 1 卷第 2 号
123	汪　琬	《旅谭》	刊于民国 22 年（1933）	载《词学季刊》第 1 卷第 2 号
124	龙榆生	《忍寒庐零拾》	刊于民国 22 年（1933）	载《词学季刊》第 1 卷第 2、3 号
125	龙榆生	《疆村本事词》	刊于民国 22 年（1933）	载《词学季刊》第 1 卷第 3 号
126	词　客	《放屁词话》	刊于民国 22 年（1933）	载《微言》第 1 卷第 9、10 号
127	林庚白	《孑楼诗词话》	刊于民国 22 年（1933）	载《拒毒》月刊第 67 期

续表

序号	著者	词学文献	时间	刊物、刊期
128	灵	《词林新语》	刊于民国 22 年（1933）	载《词学季刊》第 1 卷第 3 号
129	潘飞声	《粤词雅》	刊于民国 22 年至民国 23 年（1933—1934）	载《词学季刊》第 1 卷第 4 号，第 2 卷第 1 号
130	夏敬观	《忍古楼词话》	刊于民国 22 年至民国 25 年（1933—1936）	载《词学季刊》第 1 卷第 2、3、4 号，第 2 卷第 1、2、3、4 号，第 3 卷第 1、2、3 号
131	顾 名	《词说》	刊于民国 23 年（1934）	载《大夏》1934 年 1 月
132	潘飞声	《粤词雅》	刊于民国 23 年（1934）	载《词学季刊》第 1 卷第 4 号
133	毕几庵	《芳菲菲堂词话》	刊于民国 23 年（1934）	载《词学季刊》第 1 卷第 4 号
134	武酉山	《听鹍榭词话》	刊于民国 23 年（1934）	载《文艺春秋》第 1 卷第 8 期
135	巴壶天	《读词杂记》	刊于民国 23 年（1934）	载《学风》第 4 卷第 9 期
136	林瑞良	《词话》	刊于民国 23 年（1934）	载《津汇月刊》创刊号
137	星 舫	《西溪词话》	刊于民国 23 年至民国 25 年（1934—1936）	载《海滨》1934 年第 3、5 期；《福建省立龙溪中学师范校刊》第 1 卷第 1 期（1934 年）；《龙中导报》第 1 卷第 8 期（1936 年）
138	干 因	《杂碎词话》	刊于民国 23 年（1934）	载《人间世》半月刊第 12、14、16 期，又《北平晨报》1934 年 10 月
139	干 因	《诗词丛谈》	刊于民国 23 年（1934）	载《北平晨报》1934 年 12 月 5 日至 12 日
140	憾 庐	《谈词》	刊于民国 23 年（1934）	载《人间世》半月刊第 12、14、16 期

续表

序号	著者	词学文献	时间	刊物、刊期
141	徐兴业	《杂碎词话》	刊于民国23年（1934）	载《北平晨报》1934年10月
142	王桐龄	《碧梧词话》	刊于民国23年（1934）	载《文化与教育》第22期
143	王蕴章	《秋云平室词话》	刊于民国23年（1934）	载于《云外朱楼集》，署梁溪王西神著，上海中孚书局1934年
144	干因	《诗词丛谈》	刊于民国23年（1934）	载《北平晨报》1934年12月5日至12日
145	陈匪石	《声执》	刊于民国23年（1934）	1934年《词话丛编》本
146	黄浚	《花随人圣庵词话》	刊于民国23年至民国26年（1934—1937）	最初连载于《中央时事周报》，续刊于《学海》，起迄于1934年至1937年8月
147	孙人和	《词浦》	刊于民国23年至民国30年（1934—1941）	分别载于《细流》1934年第3期、1935年第4期，《辅仁文苑》1939年第2辑、1940年第3辑、1941年第6辑
148	徐兴业	《凝寒室词话》	刊于民国24年（1935）	载无锡《国专月刊》第1卷第2期
149	星舫	《今人词话》	刊于民国24年（1935）	载《南方》第2卷第1期
150	张尔田	《近代词人逸事》	刊于民国24年（1935）	载《词学季刊》第2卷第4号
151	杨易霖	《读词杂记》	刊于民国24年（1935）	载《词学季刊》第2卷第4号
152	郑文焯	《大鹤山人论词遗札》	刊于民国24年（1935）	载《词学季刊》第2卷第4号
153	夏敬观	《映庵词话》	刊于民国24年至民国26年（1935—1937）	载《青鹤》杂志第4卷第2、4、6、8、10、12、15、17、19、20、22、24期，第5卷第6、8、10、14、16、18期

续表

序号	著者	词学文献	时间	刊物、刊期
154	唐弢	《读词闲话》	刊于民国24年（1935）	载《中华邮工》第1卷第4期（1935年6月）
155	林大椿	《词之矩律》	刊于民国24年（1935）	载《出版》周刊第112期
156	王闿运	《论词宗派》	刊于民国24年（1935）	载《人间世》半月刊第42期
157	冯振	《自然室词话》	刊于民国24年（1935）	载《学术世界》1935年6月
158	中山敆子	《诗词辨句》	刊于民国24年（1935）	载《北平晨报》1935年6月29日至7月2日
159	丁易	《词中叠字》	刊于民国24年（1935）	载《北平晨报》1935年7月26日
160	武酉山	《听鹃榭词话》	刊于民国24年（1935）	载《待旦》（九江同文中学二六级级刊）创刊号
161	杨钟羲	《雪桥词话》	刊于民国24年（1935）	墨巢丛刻本
162	蒋礼鸿	《读词偶记》	刊于民国24年（1935）	载《之江》杂志1935年12月
163	风子	《古今词话》	刊于民国24年（1935）	载《人间世》半月刊第23期
164	恨生	《香塚词话》	刊于民国25年（1936）	载《戏世界》1936年3月30日
165	史幼云	《闲话谈词》	刊于民国25年（1936）	载《民德》月刊1936年第4、5期
166	雯白	《评戏词话》	刊于民国25年（1936）	载《戏世界》1936年5月6日
167	林花榭	《读词小笺》	刊于民国25年（1936）	载《北平晨报》1936年5月13日至6月12日
168	郭则沄	《清词玉屑》	刊于民国25年（1936）	自刊本
169	佚名	《影香词话》	刊于民国25年（1936）	载《天津商报画刊》第16卷第35、36、37期

续表

序号	著者	词学文献	时间	刊物、刊期
170	松　如	《白茶斋说词》	刊于民国 25 年（1936）	载《正中校刊》1936 年 10 月
171	顾宪融	《填词门径》	刊于民国 25 年（1936）	上海中央书店 1936 年
172	高毓澎	《词话》	作于民国 25 年（1936）	
173	况周颐	《蕙风词话续编》	刊于民国 25 年（1936）	载《艺文》月刊第 1、2、3、4、5、6 期
174	尤　子	《拼字的词话》	刊于民国 25 年（1936）	载《阳春小报》第 52 期
175	林　丁	《蕉窗词话》	刊于民国 26 年（1937）	载《北平晨报》1937 年 7 月 12 日
176	仲　宪	《词话一则》	刊于民国 26 年（1937）	载《进化》杂志 1937 年第 7 期
177	王蕴章	《秋平云室词话》	刊于民国 26 年（1937）	见于《云外朱楼集》，上海中孚书局 1937 年
178	黄秋岳	《聆风簃词话》	刊于民国 26 年（1937）	载《中华月报》第 5 卷第 2、4、6、7 期
179	吴去疾	《新年词话》	刊于民国 26 年（1937）	载《神州国医学报》第 5 卷第 5 期
180	淡　华	《读词杂记》	刊于民国 26 年（1937）	载《华年》杂志第 6 卷第 20、25、27 期
181	何家炳	《谈词》	刊于民国 26 年（1937）	载《约翰声》杂志第 48 卷
182	老　韬	《词话》	刊于民国 26 年（1937）	载《新天津画报》第 191 期
183	李冰人	《淡泊斋词话》	刊于民国 27 年（1938）	载《华文大阪每日》创刊号
184	厉星槎	《星槎词话》	刊于民国 29 年（1940）	载《国学通讯》1940 年第 1、2、3、4、5、6 期
185	庄蝶庵	《菊部词话》	刊于民国 29 年（1940）	载《半月戏剧》第 3 卷第 1 期
186	顾尚勋	《词话》	刊于民国 29 年（1940）	载《立信会计专科学校卅年级级刊》1940 年第 2 期

序号	著者	词学文献	时间	刊物、刊期
187	白　俞	《茶叶词话》	刊于民国 30 年（1941）	载《闽茶季刊》第 1 卷第 2 期
188	龙榆生	《读词随笔》	刊于民国 30 年（1941）	载《同声月刊》第 1 卷第 2 号
189	赵尊岳	《珍重阁词话》	刊于民国 30 年（1941）	载《同声月刊》第 1 卷第 3、4、6、8 号
190	石狮头儿	《词话》	刊于民国 30 年（1941）	载《同声月刊》第 1 卷第 3 号
191	唐圭璋	《评〈人间词话〉》	刊于民国 30 年（1941）	载《斯文》杂志第 1 卷第 21 期
192	述　庵	《方外词话》	刊于民国 30 年（1941）	载《同愿》月刊第 2 卷第 6 期
193	留　夷	《怀旧词话》	刊于民国 30 年（1941）	载《宇宙风：乙刊》第 56 期
194	冒广生	《疚斋词论》	刊于民国 31 年（1942）	载《同声月刊》第 1 卷第 5、6、7 期
195	子　文	《怀人词话》	刊于民国 31 年（1942）	载《中央周刊》第 4 卷第 47 期
196	词　客	《词话》	刊于民国 31 年（1942）	载《三六九画报》第 13 卷第 9、10、12、13、15、16、17 期，第 14 卷第 1、2、3、4、6、7、8、10、11、12、13、14、15、16、17、18 期，第 15 卷第 1、2、4、6、7、8、9、11、12、13、14、18 期
197	靖　梅	《词话》	刊于民国 31 年（1942）	载《三六九画报》第 15 卷第 15、17、18 期
198	沤　庵	《沤庵词话》	刊于民国 31 年至民国 32 年（1942—1943）	连载于《杂志》第 10 卷第 2、3、5 期，第 11 卷第 1 期
199	夏仁虎	《谈词》	刊于民国 32 年（1943）	载《枝巢四述》，北京大学 1943 年排印

续表

序号	著者	词学文献	时间	刊物、刊期
200	何　嘉	《颛斋词话》	刊于民国 32 年（1943）	载《永安》月刊第 48 期
201	何　嘉	《石淙阁词话》	刊于民国 32 年（1943）	载《永安》月刊第 52、54 期
202	唐圭璋	《论词之作法》	刊于民国 32 年（1943）	载《中国学报》第 1 卷第 1 期
203	龙沐勋（龙榆生）	《文芸阁先生词话》	刊于民国 32 年（1943）	载《同声月刊》第 2 卷第 12 号
204	淡　岚	《萍庐词话》	刊于民国 32 年（1943）	载《中国商报》1943 年 4 月 17、21、28 日
205	唐圭璋	《梦桐室词话》	刊于民国 33 年（1944）	载《中国文学》1944 年连载
206	林书田	《读词随笔》	刊于民国 33 年（1944）	载《公教》杂志第 4 卷第 2、3 期
207	何　嘉	《石床词话》	刊于民国 33 年（1944）	载《永安》月刊第 62 期
208	朱　衣	《新词话》	刊于民国 33 年（1944）	载《中国周报》第 126 期
209	蔡　桢	《柯亭词论》	成书于民国 33 年（1944）	1945 年《柯亭词》附录本
210	汪遵时	《读词随笔》	刊于民国 33 年至民国 34 年（1944—1945）	载《艺文》杂志第 2 卷第 1、3、5 期，第 3 卷第 1 期
211	鬼谷子	《"空祸"词话》	刊于民国 35 年（1946）	载《和平日报》1946 年 6 月 23 日
212	健　凡	《弦边词话》	刊于民国 35 年（1946）	载《风光》杂志第 24 期
213	锡　金	《咏雪词话》	刊于民国 35 年（1946）	载《文萃》杂志第 26 期
214	梁启勋	《曼殊室词话》	成书于民国 35 年（1946），刊于民国 37 年（1948）	南京正中书局《曼殊室随笔》本
215	厉鼎煃	《集成词话》	刊于民国 36 年（1947）	载《集成》1947 年第 1、2 期
216	祝　南	《无庵说词》	刊于民国 36 年（1947）	载《文学》杂志 1947 年第 1 期

续表

序号	著者	词学文献	时间	刊物、刊期
217	王仲闻	《读词杂记》	刊于民国 36 年（1947）	载《现代邮政》第 1 卷第 3 期
218	俞平伯	《读词偶得》	刊于民国 36 年（1947）	上海开明书店 1947 年
219	郝少洲	《今古一炉室词谈》	刊于民国 36 年（1947）	载《永安》月刊第 99、101 期
220	陈运彰	《双白龛词话》	刊于民国 36 年至民国 37 年（1947—1948）	分别载刊于《雄风》月刊第 2 卷第 2 期，《茶话》1948 年第 23 期
221	红豆轩主人	《词林语丝》	刊于民国 37 年（1948）	载《上海洪声》第 2 卷 5、6、7、8 期
222	人风	《词话雨》	刊于民国 37 年（1948）	载《锡报》1948 年 4 月 2、3、7、8、9、10、13、14、15、16、17 日
223	白欧	《红豆词话》	刊于民国 37 年（1948）	载《大风报》1948 年 5 月 5 日
224	目寒	《危楼词话》	刊于民国 37 年（1948）	载《和平日报》1948 年 8 月 28 日
225	卫心	《词话与乐话》	刊于民国 37 年（1948）	载《音乐评论》第 25 期
226	一风	《风楼词话》	刊于民国 38 年（1949）	载《中华时报》1949 年 2 月 26、27 日，3 月 1、3、4、6、8、11、12、13、15、16、17、18、19、20、22、24、25、29、31 日，4 月 19、21、22 日
227	陈运彰	《纫芳簃说词》	刊于民国 38 年（1949）	载《永安》月刊第 118 期
228	陈匪石	《声执》	作于民国 38 年（1949）至 1950 年	

附录五
民国时期主要词作选本有关信息一览

序号	编选者	选本	时间
1	不著撰人	《全唐词选》	民国元年（1912）
2	刘端璐	《唐五代词钞小笺》	民国 2 年（1913）
3	吴莽汉	《词学初桄》	民国 9 年（1920）
4	紫 仙	《十二楼艳体词选》	民国 9 年（1920）
5	王官寿	《宋词钞》	民国 11 年（1922）
6	朱祖谋	《宋词三百首》	民国 13 年（1924）
7	胡 适	《词选》	民国 16 年（1927）
8	叶绍钧	《苏辛词》	民国 16 年（1927）
9	陈匪石	《宋词举》	民国 16 年（1927）
10	胡云翼	《抒情词选》	民国 17 年（1928）
11	王君纲	《离别词选》	民国 17 年（1928）
12	刘麟生	《词挈》	民国 19 年（1930）
13	叶绍钧	《周姜词》	民国 19 年（1930）
14	陈登元	《词林佳话》	民国 20 年（1931）
15	欧阳渐	《词品甲》	民国 22 年（1933）
16	端木埰	《宋词十九首》	民国 22 年（1933）
17	胡云翼	《女性词选》	民国 22 年（1933）
18	林大椿	《唐五代词》	民国 22 年（1933）
19	林大椿	《词式》	民国 22 年（1933）

续表

序号	编选者	选本	时间
20	巴 龙	《二晏词》	民国 22 年（1933）
21	李宝琛	《绝妙词钞》	民国 22 年（1933）
22	易 孺	《韦斋活叶词选》	民国 22 年（1933）
23	龙榆生	《唐宋名家词选》	民国 23 年（1934）
24	俞平伯	《读词偶得附词选》	民国 23 年（1934）
25	姜方锬	《唐五代两宋词概》	民国 23 年（1934）
26	吴遁生	《宋词选注》	民国 24 年（1935）
27	韩天赐	《名家词选笺释》	民国 24 年（1935）
28	曲滢生	《唐宋词选笺》	民国 24 年（1935）
29	杨易霖	《词范》	民国 25 年（1936）
30	胡云翼	《词选》	民国 25 年（1936）
31	唐圭璋	《南唐二主词汇笺》	民国 25 年（1936）
32	汪 东	《唐宋词选》	民国 26 年（1937）
33	胡云翼	《宋名家词选》	民国 26 年（1937）
34	胡云翼	《故事词选》	民国 26 年（1937）
35	朱孝移	《词释》	民国 26 年（1937）
36	龙榆生	《唐五代宋词选》	民国 26 年（1937）
37	谢秋萍	《唐五代词选》	民国 26 年（1937）
38	冯都良	《宋词面目》	民国 27 年（1938）
39	陈曾寿	《旧月簃词选》	民国 27 年（1938）
40	夏承焘	《宋词系》	民国 29 年（1940）
41	丁寿田、丁亦飞	《唐五代四大名家词》	民国 29 年（1940）
42	胡云翼	《唐宋词选》	民国 29 年（1940）
43	俞陛云	《唐词选释》	民国 30 年（1941）
44	俞陛云	《五代词选释》	民国 30 年（1941）
45	俞陛云	《宋词选释》	民国 30 年（1941）

续表

序号	编选者	选本	时间
46	欧阳渐	《词品乙》	民国 31 年（1942）
47	余 謇	《唐宋词选注集评》	民国 34 年（1945）
48	冯 平	《宋词绪》	民国 34 年（1945）
49	孙人和	《唐宋词选》	民国 35 年（1946）
50	孙人和	《宋词选注》	民国 35 年（1946）
51	胡云翼	《宋名家词选》	民国 35 年（1946）
52	胡士莹	《唐宋词选》	民国 35 年（1946）
53	陈匪石	《宋词举》	民国 36 年（1947）
54	季 灏	《两宋词人小传》	民国 36 年（1947）
55	夏承焘	《唐宋词录最》	民国 37 年（1948）

主要参考文献

鲍恒：《清代词体学论稿》，人民文学出版社 2007 年版。

曹顺庆、李天道：《雅论与雅俗之辨》，百花洲文艺出版社 2005 年版。

曹辛华：《20 世纪中国古代文学研究史·词学卷》，东方出版中心 2006 年版。

曹艳春：《词体审美特征论》，巴蜀书社 2010 年版。

陈伯海：《中国诗学之现代观》，上海古籍出版社 2006 年版。

陈德礼：《中国艺术辩证法》，吉林人民出版社 1990 年版。

陈匪石编著，钟振振校点：《宋词举》（外三种），江苏古籍出版社 2002 年版。

陈福升：《繁华与落寞：柳永、周邦彦词接受史研究》，北京大学出版社 2016 年版。

陈鸿祥：《〈人间词话〉〈人间词〉注评》，江苏古籍出版社 2002 年版。

陈良运主编：《中国历代词学论著选》，百花洲文艺出版社 1998 年版。

陈美朱：《明末清初诗词正变观研究——以二陈、王、朱为对象之考察》，（台湾）花木兰文化出版社 2007 年版。

陈水云：《清代前中期词学思想研究》，武汉大学出版社 1999 年版。

陈水云：《清代词学发展史论》，学苑出版社 2005 年版。

陈水云：《中国词学的现代转型》，社会科学文献出版社 2016 年版。

陈水云：《清代词学思想流变》，社会科学文献出版社 2018 年版。

陈硕：《经典制造》，广西师范大学出版社 2004 年版。

陈廷焯著，杜维沫校点：《白雨斋词话》，人民文学出版社 1959 年版。

陈振濂：《宋词流派的美学研究》，江苏教育出版社 1994 年版。

陈振孙：《直斋书录解题》，影印文渊阁《四库全书》本。

陈竹、曾祖荫：《中国古代艺术范畴体系》，华中师范大学出版社 2003
　　年版。

程继红：《辛弃疾接受史研究》，吉林人民出版社 2001 年版。

程麻：《文学价值论》，人民文学出版社 1991 年版。

程郁缀、李静笺注：《历代论词绝句笺注》，北京大学出版社 2014
　　年版。

迟宝东：《常州词派与晚清词风》，南开大学出版社 2008 年版。

邓广铭：《稼轩词编年笺注》，上海古籍出版社 1993 年版。

邓广铭、辛更儒：《辛稼轩诗文笺注》，上海古籍出版社 1995 年版。

邓乔彬：《词学廿论》，上海古籍出版社 2005 年版。

邓乔彬：《唐宋词美学》，齐鲁书社 2005 年版。

邓子勉：《宋金元词籍文献研究》，上海古籍出版社 2008 年版。

邓子勉：《两宋词集的传播与接受史研究》，华东师范大学出版社 2015
　　年版。

第环宁、鲍鑫等：《中国古典文艺美学范畴辑论》，民族出版社 2009
　　年版。

丁放：《金元明清诗词理论史》，安徽大学出版社 2000 年版。

丁放：《金元词学研究》，中国社会科学出版社 2002 年版。

丁宁：《接受之维》，百花文艺出版社 1990 年版。

丁楹：《南宋遗民词人研究》，凤凰出版社 2011 年版。

方智范、邓乔彬、周圣伟、高建中：《中国古典词学理论史》，华东师
　　范大学出版社 2005 年版。

冯乾编校：《清词序跋汇编》，凤凰出版社 2013 年版。

佛雏：《王国维诗学研究》，北京大学出版社 1999 年版。

傅宇斌：《现代词学的建立——〈词学季刊〉与 20 世纪三四十年代的
　　词学》，商务印书馆 2013 年版。

葛兆光：《中国美学思想史》，复旦大学出版社 2001 年版。

龚书铎：《中国近代文化概论》，中华书局 2002 年版。

古风：《意境探微》，百花洲文艺出版社 2001 年版。

顾宪融：《填词百法》，中央书店 1936 年版。

顾祖钊：《艺术至境论》，百花文艺出版社 1992 年版。

郭锋：《南宋江湖词派研究》，巴蜀书社 2004 年版。

郭绍虞主编：《中国历代文论选》，中华书局 1962 年版。

郭扬：《千年词史》，广西人民出版社 1987 年版。

韩林德：《境生象外》，生活·读书·新知三联书店 1995 年版。

胡怀琛：《中国文学史概要》，（上海）商务印书馆 1931 年版。

胡家祥：《志情理：艺术的基元》，百花洲文艺出版社 2005 年版。

胡建次：《中国古典词学理论批评承传研究》，凤凰出版社 2011 年版。

胡建次、邱美琼：《中国古代文论承传研究》，中国社会科学出版社
　2012 年版。

胡建次、邱美琼：《中国传统词学重要命题与批评体式承衍研究》，中
　国社会科学出版社 2016 年版。

胡经之主编：《中国古典美学丛编》，中华书局 1988 年版。

胡经之主编：《中国古典文艺学丛编》，北京大学出版社 2001 年版。

胡适：《词选》，（上海）商务印书馆 1927 年版。

胡适：《白话文学史》，上海古籍出版社 1999 年版。

胡云翼：《新著中国文学史》，北新书局 1947 年版。

胡云翼：《胡云翼说词》，华东师范大学出版社 2004 年版。

黄拔荆：《中国词史》，福建人民出版社 2003 年版。

黄浚：《花随人圣庵摭忆》，上海古籍出版社 1983 年版。

黄霖：《中国文学批评通史·近代卷》，上海古籍出版社 1996 年版。

黄霖主编：《近现代中国文论的转型》，上海古籍出版社 2015 年版。

黄霖主编：《中国文学理论批评史》，高等教育出版社 2016 年版。

黄念然：《中国古代文论研究的现代转型》，中国社会科学出版社 2006
　年版。

黄人著，杨旭辉校：《中国文学史》，苏州大学出版社 2015 年版。

黄雅莉：《宋代词学批评专题探究》，（台湾）文津出版社 2008 年版。

蒉伯象：《张炎词学研究》，中南大学出版社 2006 年版。

姜耕玉：《艺术辩证法》，江苏教育出版社 2003 年版。

蒋永青：《境界之"真"：王国维境界说研究》，中国社会科学出版社
　2001 年版。

蒋兆兰：《乐府补题后集》（乙编），民国刻本。

蒋哲伦、傅蓉蓉：《中国诗学史·词学卷》，鹭江出版社 2002 年版。

蒋哲伦、杨万里：《唐宋词书录》，岳麓书社 2007 年版。

金启华：《中国词史论纲》，南京出版社 1992 年版。

巨传友：《清代临桂词派研究》，上海古籍出版社 2008 年版。

况周颐撰，屈兴国辑注：《蕙风词话辑注》，江西人民出版社 2000
　年版。

况周颐著，孙克强辑考：《蕙风词话·广蕙风词话》，中州古籍出版社
　2003 年版。

蓝华增：《意境论》，云南人民出版社 1996 年版。

李昌集：《中国古代曲学史》，华东师范大学出版社 1997 年版。

李存山：《中国气论探源与发微》，中国社会科学出版社 1990 年版。

李剑亮：《宋词诠释学论稿》，人民文学出版社 2006 年版。

李剑亮：《民国词的多元解读》，浙江大学出版社 2012 年版。

李静：《金词生成史研究》，中国社会科学出版社 2010 年版。

李康化：《明清之际江南词学思想研究》，巴蜀书社 2001 年版。

李绮青：《草间词》，民国 8 年刻本。

李睿：《清代词选研究》，安徽大学出版社 2011 年版。

李天道：《中国美学之雅俗精神》，中华书局 2004 年版。

李遇春：《中国当代旧体诗词论稿》，华中师范大学出版社 2010 年版。

梁令娴：《艺蘅馆词选》，广东人民出版社 1982 年版。

梁启超：《中国之美文及其历史》，东方出版社 1996 年版。

梁启勋：《词学》，中国书店 1985 年影印版。

梁荣基：《词学理论综考》，北京大学出版社 1990 年版。

廖辅叔：《谈词随录》，三联书店香港分店/广东人民出版社 1985 年版。

林葆恒：《瀼溪渔唱》，民国刻本。

林传甲、朱希祖、吴梅著，陈平原辑：《早期北大文学史讲义三种》，
　北京大学出版社 2005 年版。

林衡勋：《中国艺术意境论》，新疆大学出版社 1993 年版。

林衡勋：《中国古代文论纲目体系论》，中国社会科学出版社 2015
　年版。

林鹍翔：《半樱词续》，民国刻本。

林立：《沧海遗音：民国时期清遗民词研究》，香港中文大学出版社
　　2012 年版。

刘锋焘：《宋金词论稿》，中国社会科学出版社 2002 年版。

刘贵华：《古代词学理论的建构》，中国文史出版社 2006 年版。

刘麟生：《词挈》，（上海）世界书局 1930 年版。

刘梦芙：《二十世纪名家词述评》，安徽文艺出版社 2006 年版。

刘梦芙编校：《近现代词话丛编》，黄山书社 2009 年版。

刘梦芙：《近百年名家旧体诗词及其流变研究》，学苑出版社 2013
　　年版。

刘乃昌：《两宋文化与诗词发展论略》，山东大学出版社 2005 年版。

刘坡公：《学词百法》，上海古籍出版社 1982 年版。

刘庆云：《词话十论》，岳麓书社 1990 年版。

刘少坤：《清代词律批评理论史》，人民出版社 2015 年版。

刘少雄：《南宋姜吴典雅词派相关词学论题之探讨》，台湾大学出版委
　　员会 1995 年版。

刘石：《苏轼词研究》，（台湾）文津出版社 1992 年版。

刘文忠：《正变·通变·新变》，百花洲文艺出版社 2005 年版。

刘小枫、陈少明：《经典与解释的张力》，上海三联书店 2003 年版。

刘兴晖：《晚清民国唐宋词选本研究——以光宣时期为中心》，安徽师
　　范大学出版社 2017 年版。

刘扬忠：《辛弃疾词心探微》，齐鲁书社 1990 年版。

刘扬忠：《唐宋词流派史》，福建人民出版社 1999 年版。

刘永济：《词论》，上海古籍出版社 1981 年版。

刘勇刚：《云间派文学研究》，中华书局 2008 年版。

刘毓盘：《词史》，上海书店 1985 年版。

刘肇隅：《阅伽坛词》，民国刻本。

刘尊明：《唐五代词史论稿》，文化艺术出版社 2000 年版。

刘尊明：《唐宋词综论》，中国社会科学出版社 2005 年版。

柳亚子：《南社纪略》，上海人民出版社 1983 年版。

龙榆生：《词曲概论》，上海古籍出版社 1980 年版。

龙榆生：《词学十讲》，北京出版社 2005 年版。

龙榆生：《龙榆生词学论文集》，上海古籍出版社 2009 年版。

龙榆生编选：《唐宋名家词选》，上海古籍出版社 2014 年版。

卢善庆：《王国维文艺美学观》，贵州人民出版社 1988 年版。

陆迳冬：《宋词纵横》，人民文学出版社 1987 年版。

洛地：《词体研究》，中华书局 2009 年版。

马大勇：《二十世纪诗词史论》，时代文艺出版社 2014 年版。

马大勇：《晚清民国词史稿》，华中师范大学出版社 2016 年版。

马强才：《中国古代诗歌用事观念研究》，中国社会科学出版社 2014
　　年版。

冒广生著，冒怀辛整理：《冒鹤亭词曲论文集》，上海古籍出版社 1992
　　年版。

苗菁：《唐宋词体通论》，中州古籍出版社 1998 年版。

闵丰：《清初清词选本考论》，上海古籍出版社 2008 年版。

敏泽：《中国美学思想史》，中国社会科学出版社 2007 年版。

缪钺：《缪钺全集》（第三卷），河北教育出版社 2004 年版。

缪钺、叶嘉莹：《灵溪词说》，上海古籍出版社 1987 年版。

缪钺著，缪元朗编：《古典文学论丛》，浙江大学出版社 2009 年版。

莫立民：《晚清词研究》，中国社会科学出版社 2006 年版。

莫立民：《近代词史》，人民文学出版社 2010 年版。

木斋：《唐宋词流变》，京华出版社 1997 年版。

木斋：《宋词体演变史》，中华书局 2008 年版。

木斋：《曲词发生史》，光明日报出版社 2011 年版。

牛海蓉：《元初宋金遗民词人研究》，中国社会科学出版社 2007 年版。

彭国忠：《元佑词坛研究》，华东师范大学出版社 2002 年版。

彭玉平：《人间词话疏证》，中华书局 2011 年版。

彭玉平：《中国分体文学学史·词学卷》，山西教育出版社 2013 年版。

皮述平：《晚清词学的思想与方法》，学苑出版社 2003 年版。

蒲震元：《中国艺术意境论》，北京大学出版社 1999 年版。

祁光禄：《词艺术研究》，湖南教育出版社 2003 年版。

钱基博：《现代中国文学史》，上海书店 2007 年版。

邱全成：《苏轼词的接受与影响——从期待视野的角度观之》，（台湾）

花木兰文化出版社 2011 年版。

屈兴国编：《词话丛编二编》，浙江古籍出版社 2013 年版。

任二北：《词学研究法》，（上海）商务印书馆 1935 年版。

芮善：《霜草宦词》，民国印本。

沙先一：《清代吴中词派研究》，人民文学出版社 2004 年版。

沙先一、张晖：《清词的传承与开拓》，上海古籍出版社 2008 年版。

邵祖平：《词心笺评》，复旦大学出版社 2007 年版。

沈松勤：《唐宋词社会文化学研究》，浙江大学出版社 2000 年版。

施议对：《词与音乐关系研究》，中国社会科学出版社 1985 年版。

施蛰存主编：《词籍序跋萃编》，中国社会科学出版社 1994 年版。

施蛰存：《北山楼词话》，华东师范大学出版社 2012 年版。

石凌汉、仇采、孙浚源、王孝煊：《蓼辛词》，民国印本。

苏利海：《晚清词坛"尊体运动"研究》，中国社会科学出版社 2013
    年版。

孙虹、薛瑞生：《清真集校注》，中华书局 2002 年版。

孙克强：《词学论考》，延边大学出版社 2001 年版。

孙克强：《清代词学》，中国社会科学出版社 2004 年版。

孙克强：《清代词学批评史论》，上海古籍出版社 2008 年版。

孙克强编著：《唐宋人词话》，南开大学出版社 2012 年版。

孙克强、杨传庆、裴喆编著：《清人词话》，南开大学出版社 2012
    年版。

孙克强、岳淑珍编著：《金元明人词话》，南开大学出版社 2012 年版。

孙克强、裴喆编著：《论词绝句二千首》，南开大学出版社 2014 年版。

孙立：《词的审美特性》，（台湾）文津出版社 1995 年版。

孙维城：《宋韵——宋词人文精神与审美形态探论》，安徽大学出版社
    2002 年版。

孙维城：《千年词史待平章：晚清三大词话研究》，安徽大学出版社
    2010 年版。

谭新红：《清词话考述》，武汉大学出版社 2009 年版。

谭新红：《词学研究》，中国社会科学出版社 2013 年版。

汤溢泽、廖广莉：《民国文学史研究（1912—1949）》，吉林大学出版社

2011 年版。

唐圭璋编：《词话丛编》，中华书局 1986 年版。

陶尔夫：《北宋词坛》，山西人民出版社 1986 年版。

陶尔夫、刘敬圻：《南宋词史》，黑龙江人民出版社 1992 年版。

陶然：《金元词通论》，上海古籍出版社 2001 年版。

涂光社：《原创在气》，百花洲文艺出版社 2001 年版。

宛敏灏：《词学概论》，中华书局 2009 年版。

汪梦川：《南社词人研究》，上海古籍出版社 2015 年版。

汪涌豪：《中国文学批评范畴及体系》，复旦大学出版社 2007 年版。

汪涌豪：《中国文学批评范畴十五讲》，华东师范大学出版社 2010
　　年版。

王昊：《两宋词学批评论要》，（台湾）花木兰文化出版社 2014 年版。

王小盾：《隋唐五代燕乐杂言歌辞研究》，中华书局 1996 年版。

王易：《词曲史》，东方出版社 1996 年版。

王运涛：《中国古代贬谪文化与经典文学传播研究》，吉林文史出版社
　　2005 年版。

王兆鹏：《唐宋词史论》，人民文学出版社 2000 年版。

王兆鹏：《唐宋词史的还原与建构》，湖北人民出版社 2005 年版。

王兆鹏：《词学研究方法十讲》，北京大学出版社 2008 年版。

王振复主编：《中国美学范畴史》，山西教育出版社 2006 年版。

吴承学、彭玉平编：《詹安泰文集》，中山大学出版社 2004 年版。

吴承学：《中国古代文体学研究》，人民出版社 2011 年版。

吴承学：《中国古典文学风格学》，北京大学出版社 2011 年版。

吴梅：《词学通论》，中华书局 2010 年版。

吴肃森：《敦煌歌辞通论》，黄山书社 2010 年版。

吴文英著，杨铁夫笺释，陈邦炎、张奇慧校点：《吴梦窗词笺释》，广
　　东人民出版社 1992 年版。

吴熊和：《唐宋词通论》，浙江古籍出版社 1989 年版。

吴熊和：《吴熊和词学论集》，杭州大学出版社 1999 年版。

吴曾源：《井眉轩长短句》，民国 22 年刻本。

吴丈蜀：《词学概论》，中华书局 2009 年版。

夏承焘：《姜白石词编年笺校》，上海古籍出版社 1981 年版。

夏承焘校辑：《白石诗词集》，人民文学出版社 1998 年版。

夏敬观：《词调溯源》，（上海）商务印书馆 1933 年版。

夏昭炎：《意境概说》，北京广播学院出版社 2003 年版。

肖鹏：《群体的选择——唐宋人词选与词人群通论》，凤凰出版社 2009 年版。

谢桃枋：《宋词概论》，四川文艺出版社 1992 年版。

谢桃枋：《中国词学史》，巴蜀书社 1993 年版。

谢桃坊：《宋词辨》，上海古籍出版社 1999 年版。

谢桃坊：《词学辨》，上海古籍出版社 2007 年版。

谢无量：《词学指南》，（上海）中华书局 1918 年版。

徐安琪：《唐五代北宋词学思想史论》，人民文学出版社 2007 年版。

徐德智：《明代吴门词派研究》，（台湾）花木兰文化出版社 2012 年版。

徐敬修：《词学常识》，（上海）大东书局 1925 年版。

徐珂：《历代词选集评》，（上海）商务印书馆 1928 年版。

徐兴业：《清代词学批评家述评》，无锡国学专修学校 1937 年版。

徐英、陈家庆：《澄碧草堂集》，黄山书社 2012 年版。

许菊芳：《民国重要唐宋词选研究》，河南文艺出版社 2015 年版。

续修四库全书总目提要编纂委员会编：《续修四库全书总目提要》，上海古籍出版社 1972 年版。

薛砺若：《宋词通论》，江西教育出版社 2018 年版。

薛青涛：《晚明文化与晚明艳情词研究》，新华出版社 2016 年版。

薛瑞生：《东坡词编年笺证》，三秦出版社 1998 年版。

严迪昌：《清词史》，江苏古籍出版社 1990 年版。

严既澄：《初日楼诗·驻梦词》，北平人文书店民国 21 年线装本。

严羽著，郭绍虞校释：《沧浪诗话校释》，人民文学出版社 1983 年版。

杨柏岭：《近代上海词学系年初编》，上海教育出版社 2003 年版。

杨柏岭：《晚清民初词学思想建构》，安徽大学出版社 2006 年版。

杨传庆编著：《词学书札萃编》，南开大学出版社 2015 年版。

杨传庆、和希林辑校：《辑校民国词话三十种》，（台湾）花木兰文化出版社 2016 年版。

杨调元：《绵桐馆词》，民国刻本。

杨海明：《唐宋词史》，江苏古籍出版社1987年版。

杨海明：《张炎词研究》，齐鲁书社1989年版。

杨海明：《唐宋词美学》，江苏教育出版社1998年版。

杨海明：《唐宋词与人生》，河北人民出版社2002年版。

杨海明：《杨海明文集》，江苏大学出版社2010年版。

杨联芳：《晚清至五四：中国文学现代性的发生》，北京大学出版社
　2003年版。

杨铁夫：《梦窗词全集笺释》，广东人民出版社1992年版。

姚柯夫：《〈人间词话〉及评论汇编》，书目文献出版社1983年版。

姚蓉：《明清词派史论》，广西师范大学出版社2007年版。

叶程义：《王国维词论研究》，（台湾）文史哲出版社1991年版。

叶恭绰：《遐庵汇稿》，上海书店1990年版。

叶恭绰著，姜纬堂选编：《遐庵小品》，北京出版社1998年版。

叶嘉莹：《中国词学的现代观》，岳麓书社1990年版。

叶嘉莹：《词之美感特质的形成与演进》，北京大学出版社2007年版。

叶嘉莹：《词学新诠》，北京大学出版社2008年版。

叶嘉莹：《清词丛论》，北京大学出版社2008年版。

叶嘉莹：《王国维及其文学批评》，北京大学出版社2008年版。

叶朗：《中国美学史大纲》，上海人民出版社1985年版。

尹占华：《诗词曲格律学》，中国科学文化出版社2002年版。

于东新：《金词风貌研究》，人民文学出版社2017年版。

余意：《明代词学之建构》，上海古籍出版社2009年版。

余意：《明代词史》，北京大学出版社2015年版。

俞陛云：《唐五代两宋词选释》，上海古籍出版社1985年版。

俞平伯：《读词偶得》，（上海）开明书店1947年版。

郁玉英：《宋词经典的生成及嬗变》，中国社会科学出版社2016年版。

袁志成：《晚清民国福建词学研究》，福建人民出版社2013年版。

袁志成、曾娟：《晚清民国湖湘词坛研究》，湖南师范大学出版社2014
　年版。

岳淑珍：《明代词学批评史》，社会科学文献出版社2014年版。

昝圣骞：《晚清民初词体声律学研究》，社会科学文献出版社 2017
　　年版。

曾大兴：《词学的星空——20 世纪词学名家传》，河北人民出版社 2009
　　年版。

曾大兴：《20 世纪词学名家研究》，中华书局 2011 年版。

曾祖荫：《中国古代美学范畴》，华中工学院出版社 1986 年版。

张伯伟：《中国古代文学批评方法研究》，中华书局 2002 年版。

张方：《虚实掩映之间》，百花洲文艺出版社 2005 年版。

张海明：《经与纬的交结——中国古代文艺美学范畴论要》，陕西人民
　　教育出版社 2006 年版。

张宏生：《清代词学的建构》，江苏古籍出版社 1999 年版。

张晖著，张霖编：《张晖晚清民国词学论文集》，南京大学出版社 2014
　　年版。

张惠民：《宋代词学的审美理想》，人民文学出版社 1995 年版。

张璟：《苏词接受史研究》，光明日报出版社 2009 年版。

张利群：《词学渊粹——况周颐〈蕙风词话〉研究》，广西师范大学出
　　版社 1997 年版。

张若兰：《明代中后期词坛研究》，中国社会科学出版社 2010 年版。

张世斌：《明末清初词风研究》，天津古籍出版社 2008 年版。

张廷杰：《宋词艺术论》，研究出版社 2002 年版。

张炎著，黄畲校笺：《山中白云词笺》，浙江古籍出版社 1994 年版。

张炎著，夏承焘校注：《词源注》，沈义父著，蔡嵩云笺释：《乐府指迷
　　笺释》，人民文学出版社 1963 年版。

张再林：《唐宋士风与词风研究——以白居易、苏轼为中心》，人民文
　　学出版社 2005 年版。

张璋等编纂：《历代词话》，大象出版社 2002 年版。

张璋等编纂：《历代词话续编》，大象出版社 2005 年版。

张仲谋：《明词史》，人民文学出版社 2002 年版。

张仲谋：《明代词学通论》，中华书局 2013 年版。

赵仁珪：《论宋六家词》，北京师范大学出版社 1999 年版。

赵树功：《气与中国文学理论体系建构》，人民出版社 2012 年版。

赵树功：《古代文学习用批评范式研究》，中国社会科学出版社 2014
　年版。

赵维江：《金元词论稿》，中国社会科学出版社 2000 年版。

赵晓兰：《宋人雅词原论》，巴蜀书社 1999 年版。

赵晓岚：《姜夔与南宋文化》，学苑出版社 2001 年版。

郑海涛：《明代词风嬗变研究》，中国社会科学出版社 2013 年版。

钟锦：《词学抉微》，华东师范大学出版社 2008 年版。

周明秀：《词学审美范畴研究》，上海古籍出版社 2014 年版。

周庆云：《浔溪词征》，民国刻本。

周锡山：《王国维美学思想研究》，中国社会科学出版社 1992 年版。

周兴陆：《中国文论通史》，复旦大学出版社 2018 年版。

朱崇才：《词话史》，中华书局 2006 年版。

朱崇才编纂：《词话丛编续编》，人民文学出版社 2010 年版。

朱崇才：《词话理论研究》，中华书局 2010 年版。

朱德慈：《近代词人考录》，中国社会科学出版社 2004 年版。

朱德慈：《近代词人行年考》，当代中国出版社 2004 年版。

朱惠国：《中国近世词学思想研究》，上海古籍出版社 2005 年版。

朱立元：《接受美学》，上海人民出版社 1989 年版。

朱自清：《诗言志辨》，华东师范大学出版社 1996 年版。

庄永平：《音乐词曲关系史》，（台湾）国家出版社 2010 年版。

卓清芬：《清末四大家词学及词作研究》，台湾大学出版委员会 2003
　年版。

卓掞：《水西轩词话》，福建图书馆藏抄本。

邹同庆、王宗堂：《苏轼词编年笺证》，中华书局 2002 年版。

后　记

　　本书为 2016 年度国家社会科学基金项目"民国时期重要词学理论批评承纳、建构与展开研究"的结项成果。

　　有必要作出一些交代。

　　2004 年 9 月，在黄霖先生的宽容接纳下，我有幸进入复旦大学中国语言文学博士后流动站从事研究工作。黄师交给我做的课题为"中国古代文论承传研究"，将我引入到中国传统文论承纳与衍化的研究领域之中，对我而言，打开了一扇学术研究的新大门。2006 年 6 月，我以"中国古代文论承传研究"为题，提交了博士后工作报告。之后，该课题研究获得 2007 年度国家社会科学基金项目资助，其最终成果为 2011 年出版的《中国古代文论承传研究》（中国社会科学出版社，62.3 万字）一书。

　　2007 年 11 月，在曾繁仁先生的宽容接纳下，我又有幸进入山东大学中国语言文学博士后流动站从事第二站博士后研究工作。在请教曾师并征得其同意之后，我进一步将考察维面集中到中国古典词学理论批评承纳与衍化研究领域。2010 年 6 月，我以"中国古典词学理论批评承传研究"为题提交了博士后工作报告。之后，该课题研究获得 2011 年度国家社会科学基金项目资助，其最终成果为 2016 年出版的《中国传统词学重要命题与批评体式承衍研究》（中国社会科学出版社，74.5 万字）一书。

　　在从事以上两项课题研究的过程中，我深感到中国传统文论承纳与衍化研究是一个具有广阔前景的学术领域，同时，受近些年来"民国学术研究热"的影响，我也深感到中国传统文论研究应切实地将民国时期各体传统文学理论批评纳入考察视域之中，其中的学术空间确是大有可为的。正是基于这种学术认识，2016 年 3 月，我以"民国时期重要词学理论批评承纳、建构与展开研究"为题申报了国家社会科学基金项目，并获准立项。

因此，本书可谓"中国传统文论古今演变研究思潮"所催生的一个学术成果。它旨在对民国时期传统词学理论批评的承纳、建构与展开情况进行细致的考察，对其承纳、衍化与发展的内在脉络、线索轨迹及面貌特征进行勾画和梳理，试图阐说出这一时期传统词学理论批评是如何一步步递变与演进的。其学术意愿是祈望能弥补传统词学研究中的一个短板。

本书中若干章节的主要内容，曾分别发表于一些刊物。其主要有：1.《中国近现代词学中词气论的承衍》一文，发表于《宁夏大学学报》（人文社会科学版）2012 年第 4 期；2.《中国现代词学中的词意论》一文，发表于《山西师大学报》（社会科学版）2013 年第 1 期；3.《民国时期以来传统词学中的词境论》一文，发表于《中国文学研究》2013 年第 4 期；4.《新世纪以来民国词学研究述论》一文，发表于《宁夏大学学报》（人文社会科学版）2014 年第 3 期；5.《民国以降词学视野中的南北宋之宗论》一文，发表于《中国文学研究》2015 年第 2 期（收入黄霖先生主编《民国旧体文论与文学研究》一书，凤凰出版社，2017 年）；6.《民国以降词学批评视野中的体派之宗论》一文，发表于《南昌大学学报》（人文社会科学版）2015 年第 2 期；7.《民国以降传统词学对词作体性的辨分》一文，发表于《求索》2015 年第 10 期（收入黄霖先生主编《民国旧体文论与文学研究》一书，凤凰出版社，2017 年）；8.《中国传统词学视野中的"明词"之论》一文，发表于《湖南大学学报》（社会科学版）2016 年第 2 期；9.《民国以来传统词学视野中的词情论》一文，发表于《南昌大学学报》（人文社会科学版）2016 年第 4 期；10.《民国时期词学对王国维"境界"之论的消解与辨析》一文，发表于《海南大学学报》（人文社会科学版）2016 年第 6 期（收入黄霖先生主编《民国旧体文论与文学研究》一书，凤凰出版社，2017 年）；11.《民国以来传统词学视野中的尊体之论》一文，发表于《汕头大学学报》（人文社会科学版）2016 年第 7 期；12.《民国以降传统词学视野中的雅俗之论》一文，发表于黄霖先生主编《民国旧体文论与文学研究》一书（凤凰出版社，2017 年）；
13.《民国时期词学对传统协律之论的修正》一文，发表于《古代文学
理论研究》第四十七辑（华东师范大学出版社，2018 年）；14.《民国
时期词学批评中的"清词"之论》一文，发表于《贵州社会科学》
2018 年第 12 期；15.《民国中期传统词律论的辨说与展开》一文，发
表于《社会科学研究》2019 年第 1 期。谨向以上期刊的有关审稿专家
和编辑人员致以诚挚的谢意！

　　需要说明的是，本书也算集体合作的成果。前两大编各章，由胡建
次执笔撰写；第三编各章，则由南昌大学人文学院文艺学专业 2016 级、
2017 级硕士研究生赵丹琴、吴小芳、陈娟娟、王育涵、童琰璐和中山
大学中文系中国古代文学专业 2018 级硕士研究生林泽靖执笔，经胡建
次反复修改与润色而成。邱美琼对全书有关内容及注释予以了查核与
规范。

　　著名中国古典文学与中国文学理论批评史研究专家、复旦大学资深
教授、博士生导师黄霖先生为小书题写了书名。衷心感谢黄老师！谨以
小书表达对黄师的爱戴与敬意。

　　著名词学研究专家、教育部"长江学者"奖励计划特聘教授、《中
山大学学报》主编、博士生导师彭玉平先生，在繁忙的教书育人与学
术研究工作中，挤出宝贵的时间为小书作序。对书稿点滴之收获许以肯
定，对个中不足则予以恳切之批评，令我们茅塞顿开，受益良多。在
此，谨向彭老师致以诚挚的谢意与敬意！

　　本书的出版，得到云南师范大学文学院学术著作出版基金资助，特
致谢忱！

　　本书的出版，得到中国社会科学出版社罗莉女史的热情帮助和责任
编辑刘艳女史的精心编校，也谨向两位老师致以诚挚的谢意！

　　是为记！

胡建次　邱美琼

2019 年 12 月 10 日于昆明雨花毓秀寓所